以梦想之瞳观世界

赤魂血影 傲骨剑心

原创故事：黄伟杰
小说改编：潘　晨

江苏凤凰文艺出版社
JIANGSU PHOENIX LITERATURE AND ART PUBLISHING, LTD

■《蜀山战纪之剑侠传奇》官方同名衍生小说

图书在版编目（CIP）数据

蜀山战纪之剑侠传奇 / 潘晨等著. — 南京：江苏凤凰文艺出版社，2016

ISBN 978 - 7 - 5399 - 6633 - 5

Ⅰ. ①蜀… Ⅱ. ①潘… Ⅲ. ①长篇小说—中国—当代 Ⅳ. ①I247.5

中国版本图书馆CIP数据核字（2015）第309594号

书　　名	蜀山战纪之剑侠传奇		
原创故事	黄伟杰	**小说改编**	潘　晨
出 品 人	黄小初　熊　静	**总 策 划**	刘小枫　王雁雁
总 监 制	刘　雄　张　焱	**责任编辑**	陈义景　王宏波
特约策划	刘　青	**特约编辑**	田　原
水墨画作者	张榕珊	**封面设计**	小名鼎鼎
内文设计	齐晓婷	**插画作者**	丹青show

出版发行	凤凰出版传媒股份有限公司 江苏凤凰文艺出版社
出版社地址	南京市中央路165号，邮编：210009
出版社网址	http://www.jswenyi.com
经　　销	凤凰出版传媒股份有限公司
印　　刷	长沙鸿发印务实业有限公司
开　　本	710×1000毫米 1/16
印　　张	50
字　　数	850千字
版　　次	2016年1月第1版 2016年1月第1次印刷
标准书号	ISBN 978 - 7 - 5399 - 6633 - 5
定　　价	59.80元(全两册)

（江苏凤凰文艺版图书凡印刷、装订错误可随时向承印厂调换）

目录

上卷

目录 上卷

楔子

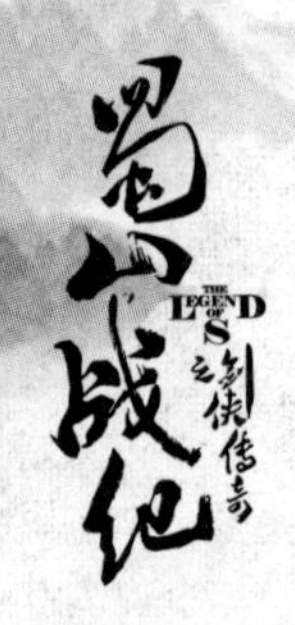

《山海经》记载，有九黎族酋长蚩尤共兄弟八十一人，皆兽身人语，铜头铁额，一时杀戮无道，涂炭生灵。黄帝兴仁义之兵，与蚩尤鏖战于冀州之野，终击而杀之，一统天下。

然蚩尤殁后，八十一兄弟元神无处依附，藏入奇石之中。千百年来，斗转星移，终炼化为血红灵石，后世称为“赤魂石”。

相传赤魂石中蕴藏巨大力量，每隔二十四年便会苏醒一次，得者修为精进，天下无敌。倘若心性不坚，便会为戾气所染，贪心滋长，恶念丛生。千百年来，利欲熏心者为抢夺赤魂石，造下了无数杀孽，直至赤魂石为太清真人取得。

太清真人心性坚韧，世所罕见，毕生以苍生为念、侠义为怀，最终破魔得道，修成绝世武功，创下旷古烁今的蜀山剑派。

太清真人痛心赤魂石为祸人间，率众弟子凝天地灵力将其封印于伏魔谷中，又设下剑阵，命弟子世代守护。功成之后，蜀山派遁隐山林，从此绝迹江湖。然而武林群雄因景仰蜀山派的功德大业，始终唯蜀山派马首是瞻，可谓“蜀山振臂一呼，则天下归心”。

斗转星移，转眼又至二十四年之期。

这日蜀山之巅，层云低涌，春雷交加。

伏魔谷中弥漫着山雨欲来的紧张气息。一只满是疤痕、轮廓狰狞的怪手缓缓向前伸出，映照在一片血光之中，微微抽搐。符印之下，镇压于此的赤魂石，隐隐透出一抹凄艳的血光，好似具有灵性一般，蠢蠢欲动……

赤魂血珠落苍生，山村浩劫玉人殇

蜀山之巅，乌云遮住一隅天光，殿外的柏树郁郁葱葱。

从素因嘴角浅浅地流出一线鲜血，映着惨白的面色，分外殷红。

她倒在上官警我的怀中，楚楚可怜地说："师兄，今生与你相遇，素因无怨无悔。别再做无谓的挣扎了，这或许就是我们的命运……"

蜀山不是一座山，而是一片秘境。

很多人以为，攀到峨眉山巅，看过晴苍莽莽、乱云飞渡，就算窥到谷神之灵，出离尘世之境。殊不知天外有天，峨眉金顶万仞山，不过是通往修真异界的一扇门。《道德经》云，天下万物无生于有，有生于无。假使凡人去过蜀山秘境，从此世间哪怕再壮美绮丽的风光，也都成了盆栽。

秘境不在山上，在天上。

境中巍峨耸峙的座座峰峦，并非插入凌霄，而是凭空虚浮在云雾之上。五脉九峰彼此以粗重的铁索相连，如同列阵诸天一般，其山势或崔嵬雄奇或险峭嶙峋，各具惊世之貌，可谓神奇。群峦之上，参天古木郁郁葱葱，从中露出大殿的琉璃瓦与金光闪闪的飞檐，周遭是紫气升腾、虹飞天外的气象。阵形中央，为群峰环绕的，正是蜀山的主峰——凌云峰。

这日，凌云峰大殿早已被蜀山弟子布置一新，弟子们人人面带喜色，来回奔走，新任掌门接任大典即将举行，蜀山上下全是久违的喜气洋洋。

一记钟鸣透过漫天云雾破空传来，遥遥似琴音。然而即将接过掌门大位的诸葛驭我却很平静，此刻他正立于栖霞峰的内室中央，望着墙上的画像，久久无言。那画像描绘的，乃是一位桃林舞剑的佳人，画中桃花妍艳，却美不过女子的蛾眉。他只顾端详着画像，似未听到吉时的钟声。在他身侧的卧床上，整齐叠放着一套女子的大红吉服。

二弟子公孙无我在栖霞峰弟子晓如真人的陪同下匆匆寻来：“大师兄！你怎么又跑到栖霞峰来了？时辰快到了，掌门接任大典马上要开始了。”

诸葛驭我应道："人都齐了吗？"

公孙无我有些支吾："除……除了妙一师兄和百草师弟受命下山安抚各门派之外，其他各峰弟子都到了。"

诸葛驭我顿了顿，问道："她还是不肯来？"他发问的时候，似乎仍在赏画。

一旁的晓如真人眉头一皱，神色颇为黯然："素因师妹……还在伏魔谷牢房，守着警我师弟。"

晓如真人想要再说几句宽慰的话，一时又不知从何谈起。

诸葛驭我望了望两人，又顿了一顿，转过视线，怅然道："走吧。"

二月的蜀山，碧空如洗，莺飞草长。适逢接掌蜀山的盛世，又对此良辰美景，诸葛驭我的眉心却罩着一丝悲愁。三人一路也不言语，依次向凌云峰大殿走去。

大殿之内，披红挂彩，四众归心，自是一番喜乐升平的景象。甫入大殿，诸葛驭我即被请上白玉石台，众弟子纷纷躬身，依班次施行参见之礼。主持仪式的公孙无我站定在新掌门身侧，姿容庄重而隽雅，只听他朗朗道："开山祖师太清真人在上，先掌门白眉真人得道飞升，今有蜀山第七十代首座弟子诸葛驭我，剑术品行出众，平定西疆魔地有功，授命其接任蜀山掌门之位。此为蜀山剑派掌门令牌，寓意蜀山五脉九峰，永保赤魂石不失，天下安宁。新掌门当谨记祖师遗训，将蜀山剑派发扬光大！"言毕，另一侧的晓如真人随即将掌门令牌双手奉上。

诸葛驭我郑重接过，肃然道："驭我谨记祖师遗训，将带领诸弟子以天下正道为己任，守护苍生，心念所归，无惧无退！"

殿内众弟子人人正襟而立，肃然同声："心念所归，无惧无退！"

"心念所归，无惧无退"这八个字，如击破磬石一般，久久回旋在大殿上空。

人群之后，却在此时传来一声冷啸，一道红影破空而来，又以凌厉的收势落在白玉石台前。众人方才看清，那红影原是被困在伏魔谷牢中的上官警我。

"好一个无惧无退，师兄，你刚刚上任，气势不小嘛。"上官警我一脸阴笑，显然是来者不善。

变故遽生，诸葛驭我正待应对，却看见上官警我左臂衣袖下隐隐闪着诡异的

光芒。在场的弟子中修为高的也有所察觉，不禁脸色微变；修为低的，则是压低声音议论了起来。

诸葛驭我勉力稳住方寸：“师弟，你是如何……”

上官警我也不听他说完，冷冷抢白道：“如何冲破伏魔谷牢房的法阵禁制吗？很简单，用我这只新手。”随即他不无得意地抬起手来，挑衅般对满堂的蜀山弟子展示，“你们想看吗，那就让你们看个够。”上官警我抬起左臂，随着衣袖滑落，一只轮廓狰狞的手臂赫然出现在众人面前，令人不寒而栗。

诸葛驭我也不禁倒吸一口凉气，话音虽平静，心中却已做出最坏的打算：“警我师弟！”诸葛驭我正色道，“师父关押你自是有他的道理，你体内魔气不除，命中必有大劫，若潜心修行，或许还能重回正道……”

“哈哈——”放肆的笑声打断了诸葛驭我的话头。

上官警我好似有些不耐烦了，语气愈加冷漠：“大劫？我的大劫难道不是你吗？这蜀山上谁都知道，论武学，我绝不在你之下。平定西疆魔地，我的功劳最大！结果呢？我被废了一条胳膊，关在暗无天日的伏魔谷。而你诸葛驭我，荣升为蜀山掌门，还要迎娶我的素因师妹！这就是你所谓的正道吗？”

“今天是大日子，你不要乱来。”诸葛驭我发出警告。

上官警我却是有备而来：“是啊，今日新掌门上任，除了我这刚恢复的胳膊是个惊喜之外，还有件礼物要送给掌门师兄你。”话音未落，上官警我便伸出左手，摊开掌心，随着红光一现，赤魂石便在众目睽睽下缓缓升向半空。

凌云峰大殿内即刻骚动起来，众人惊慌失措，继而如临大敌。诸葛驭我当机立断，只见他两眼大睁，电光石火间由白玉石台飞身而下，想要抢夺赤魂石。

上官警我转身一闪，将赤魂石打回体内，动作亦是极快。诸葛驭我扑了个空，回身一掌打向上官警我，上官警我毫不退缩，上前接了他一掌。

上官警我掌风一动，公孙无我与晓如真人同时惊呼：“血影神功！”

刹那间红光爆发，诸葛驭我被巨大的力量击退十几步。公孙无我忙飞身上前搀扶，晓如真人等众弟子也立刻站在掌门身边，众人纷纷拔剑，剑锋直指上官警我。

只见上官警我发丝飞舞，瞳孔渐渐被血红色布满，一股巨大的红色雾气笼罩着整个凌云峰大殿，煞气逼人。

诸葛驭我调匀内息，话音仍有些颤动：“上官警我，你居然偷练血影神功、私盗赤魂石，你可知如此这般，不仅要成为蜀山的千古罪人，也要为天下人所不齿！”

上官警我一阵狂笑，道：“蜀山正道，根本就是个笑话！天下人早已负我，我又何必顾天下人的死活！”

“警我师弟，交出赤魂石，回头是岸！”

“是啊，师弟，切勿被执念冲昏头脑。”

公孙无我与晓如真人在旁出言规劝，期望以同门之谊来说动他。

“你们通通闭嘴！”上官警我大吼一声，全然不将两位同门放在眼里。他一身戾气，站立在白玉石台前，与三位师兄对峙着。众弟子持着剑，围绕着四人，凌云峰大殿内，静得悄无声息，唯有寒光映照。

蜀山之巅，层云低涌，却无一丝风势，唯有雷声轰轰作响。

落雨之前，素因师妹气喘吁吁地冲入大殿。她急急穿过人群和剑阵，素履未到，话音先至：“警我！不要啊！我们不是说好在山脚见面，从此离开蜀山的吗？为什么要去抢赤魂石，为什么要做出这样的事？”

诸葛驭我并未料到素因的出现，眼中先是闪过欣喜，又很快凋零衰败。

上官警我似乎早知这幕，似笑非笑：“素因，你以为我们这么逃走，诸葛驭我会善罢甘休吗？上官警我的人生里，从无‘退缩’二字。与其躲躲藏藏过不上好日子，不如我现在就杀了他！”说完单手一挥，剑气如同从手中射出的一把把血红匕首，直击向诸葛驭我。

诸葛驭我飞身而起，冲出凌云峰大殿，向广场退去。上官警我穷追不舍，如箭般飞出殿门。两人兔起鹘落，先后落定，分立广场两侧，怒目相向。

“师弟，我再劝你最后一次，一事归一事，少将个人感情与蜀山门规混为一谈。如今你私盗赤魂石，置全天下的安危于不顾，就是大逆不道。你若再执迷不悟，我身为蜀山掌门，就只能清理门户了！”

上官警我冷笑一声：“有这个本事，就试试看啊。”

二人顿了一顿，只见诸葛驭我怒斥一声，数十道剑气直逼上官警我。上官警我运气狂吼，周身红光暴起，剑气顿时化为无形。二人腾空而起，各自御剑，剑光四射，斗得难解难分。公孙无我、晓如真人和蜀山弟子也纷纷拔剑围攻上官警我，顿时地面掀起巨大的气旋，飞沙走石。

忽地，上官警我仰天长啸，赤魂石自怀中升腾而起，火焰从中一丝一缕地迸发，如同红线一般包裹住身躯，侵入体内，继而他神情开始疯狂，面上现出煞气，红光亦丝丝化为霸道的劲力，竟将诸葛驭我、公孙无我等人逼得连连后退。上前助战的十余位蜀山弟子，在强大剑气的波及下，纷纷受伤倒地。素因呆立在一旁，眼看同门残杀，一双美目浸满泪水，心中更加痛苦难言。她仰头望了望如同魔王一般的上官警我，终于心中一横。

“师兄！别再打下去了，我腹中已经怀了你的骨肉，为了孩子，住手吧！”

素因的话犹如晴空霹雳，上官警我愣住了，理智瞬间恢复，眼中的红光渐渐灭去。他回头望向素因，嘴唇颤抖：“孩子？我们有孩子了？”

素因泪如雨下，拼命点头。

倏然而至的变故令激斗有了瞬息的暂停。

公孙无我一记飞身，降到诸葛驭我身边，沉声道：“师兄，上官警我得到赤魂石，如今如有神助，根本就无从攻破，恐怕要从素因下手。”

诸葛驭我初时有些犹豫：“攻击素因？你知道你在说什么吗？”

公孙无我望了望新任掌门，凛然道：“上官警我已经堕入魔道，若是由他带走赤魂石，必定贻害人间。紧急关头，唯有冒险一搏，佯攻素因师妹，分散他的注意力，方才有机可乘。师兄，大局为重！”

诸葛驭我内心有些挣扎，他与晓如真人交换了一个眼神，终于点了点头。电光石火间，只见公孙无我与晓如真人从不同的两个方向以极为凌厉的杀势飞身扑向素因。

待上官警我惊觉，已是猝不及防，他口中大吼一声，如疯虎般扑身上去，单臂护住爱妻，同时全力击出一掌，硬生生将两道剑气扫开。手掌与剑锋相交的一刹，发出裂碑之音，其惨其烈，莫说观战的众弟子，连诸葛驭我亦为之动容。

然而时不我待，掌剑交锋之际，诸葛驭我不作稍停，已经割破手腕，将鲜血抹于剑刃，运起剑诀，飞身一跃，以更加凌厉的一剑直刺上官警我身上的赤魂石。这一剑来势之快，全场蜀山弟子竟无一人看得分明。

上官警我应变如电，想要抢先护住赤魂石，却因为素因的险情分心，终究慢了一刹。一道绚丽的剑光乍现，伴随几股极强的力量于此翻涌际会，那上古神物赤魂石竟轰然爆裂，化作无数颗红色血珠，如疾风骤雨般四下飞散。

众人分明看见，其中一枚血珠飞向天际消失，难觅其踪。其余的红光又沿着诸葛驭我的长剑，一一为他吸入体内，沿着血管上浮，诸葛驭我顿时两眼冒出红光，显是魔性入脑的征兆。

变故遽生，上官警我不问诸葛驭我的魔怔，也不顾自身的伤势，只是出离愤怒地咆哮道："诸葛驭我，你竟然对素因出手！"

"诸"字方才出口，排山倒海般的掌力已然劈向诸葛驭我。诸葛驭我还未接招，上官警我便感受到一股霸道无匹的力量迎面袭来，那是赤魂石蕴藏的神异之力。

在这股巨力面前，上官警我催动的掌力犹如螳臂当车，他当即被震退三步，自口中吐出一口鲜血来。

诸葛驭我祭出两道剑光，直追上官警我。双方变招之快捷，情势之凶险，令人噤若寒蝉、呆若木鸡。在场众人已被这场变故夺去心神，个个不知所措。

就在此时，素因整个人挡在上官警我面前，任凭两道剑光当胸而过。

"素因——"

上官警我撕心裂肺的呼喊声令全场闻之动容。

蜀山之巅，乌云遮住一隅天光，殿外的柏树郁郁葱葱。

从素因嘴角浅浅流出一线鲜血，映着惨白的面色，分外殷红。

她倒在上官警我的怀中，楚楚可怜地说："师兄，今生与你相遇，素因无怨无悔。别再做无谓的挣扎了，这或许就是我们的命运……"

上官警我抱着她，似乎听见一阵风吹铁链的低鸣。

这些巨大、亘古、冰冷、沉重的铁链，自从祖师开山以来，就连接着蜀山的五脉九峰。

他此刻远远望着被公孙无我、晓如真人搀扶着的诸葛驭我："本是同根生，相煎何太急！诸葛驭我，没想到我将生死托付于你，你却杀我妻儿！只可惜，今天败给了你们这些虚伪阴险的小人，成王败寇，上官警我不愿独自苟活。"

随后他轻轻撩起素因散落额角的鬓发，温柔地俯下头，在她耳边低声道："素因，警我随你去了！"

说罢转过身去，纵身一跃，怀抱着素因，从凌云峰扑向万丈深渊。

遭此惨变，诸葛驭我登时气血上涌，终于一口鲜血喷涌而出。

"师兄！"公孙无我提醒师兄不可大意，待要下山崖追击。

诸葛驭我早已面无血色，勉力支撑道："别追了，我刚刚情急之下将赤魂石打入体内，现在我体内真气翻腾不已，稍不小心就会走火入魔，你快快随我入

凝碧崖，协助我布阵，将赤魂石封存。由你另派蜀山弟子，尽快追回失散的元神！”

自此之后，诸葛驭我常年闭关于凝碧崖，以免赤魂石为世间邪念挑动，并试图利用自身修为来与赤魂石的力量抗衡。而凌云峰一场血战后，上官警我与素因双双坠崖，尸骨无存。

此后蜀山一切大小事务，皆由公孙无我打理。

往后二十四年间，寒来暑往，武林再无波澜。

公孙无我执掌蜀山、教导弟子，对祖师遗志、师兄嘱托不敢稍忘。多年过去，蜀山派越发兴旺，许多少年英才纷纷涌现出来。其间公孙无我数次派弟子下山，四下寻找遗落的一枚赤魂石元神，那元神却始终如沧海遗珠，杳无音信。

转眼又至赤魂石二十四年之期，近来公孙无我总觉心绪不宁。尤其听闻弟子报说天下突逢灾变，百姓无辜死于恶疾，加之朝廷昏庸，只当是瘟疫泛滥，一时间各地生灵涂炭、哀鸿遍野，公孙无我的神色越发凝重起来。

“守护苍生，生死于斯。心念所归，无惧无退。”

每次看着弟子们仗剑下山，他耳边总是响起这十六字的铿锵之音。

二十四年后的故事，从蜀山脚下数十里外的卧云村开始。

一阵疯狂的号叫声响彻小村，众多猎户纷纷向村中一个小院赶去，每个人都是一脸紧张严肃。

嗓门最大的王胖子奋力惊呼：“不好，丁大力又发病了！”

话音未落，庞大的身躯竟被人撞飞到十步开外，直将菜地的栅栏冲出一道缺口。

撞他的男子双手戴着镣铐，镣铐上又连着刚被扯断的铁链，在众目睽睽下狂躁地撒野，俨然一个疯汉。

众人见他披头散发，身上沾满灰尘草屑，双目充血，嘴角还有涎水流下来，无不啧啧摇头，满脸忧色。

十余个猎户举着猎刀和铁器，小心翼翼地围着他，步步为营，都不敢上前。

狼狈不堪的王胖子从地上爬起，急急以大嗓门发号施令：“放绳箭！”

“嗖嗖嗖——”

无数绳箭向那个男人射去，猎户相互移位拉绳，瞬间绳索将男子重重缠在小院门口碗口粗的旗杆上，动弹不得。

众猎户见已制住疯汉，也不上前伤他，反而面露关切之色。

“大力，大力，你听得见吗？”

“丁兄弟，你认得我吗，我是秦阿守啊！”

发问的两人，看装扮可知是村中的猎户，想来与疯汉熟悉。

这名疯汉，名叫丁大力，也是村中打猎的人家。他不发疯时，原是个十足的俊朗青年，剑眉星目、英气勃勃。村中人时常开玩笑，说他若是换上一身好衣服，便是个长身玉立的清秀公子。这丁大力性格也热情质朴，在村中颇有些人缘。想不到此刻却是神色疯狂，面目狰狞，宛如恶鬼上身的模样。

王胖子见情势稍安，提醒大家：“大家注意，别伤着丁大力。只要等到三炷香过去，他就能恢复清醒了。”

却不料丁大力猛然暴起，以极为蛮横的力量将浑身绳索全部崩断，拽起绳子飞甩，与猎户们撞作一团，再如疯虎般扑抓，将猎户们一一抓住丢出。众猎户避之不及，纷纷被丁大力所伤，场面十分骇人。

“王胖子，现在怎么办？现在怎么办？”秦阿守的脸上被抓出一道血痕，五官扭曲地问道。

王胖子咬了咬牙：“没办法，得先让大力镇定下来才行。用真箭，射他的胳膊！”

“不要！”

一个女子扑上来，死命拉住了王胖子。女子相貌十分端正，一张清丽的瓜子脸，秀眉凤目、玉颊樱唇，虽是荆钗布裙，却反而衬得她整个人如春梅映雪一般娇艳。她眼角盈盈含泪，抓着王胖子不住摇头，求对方不要伤害丁大力。

“小玉嫂子，力哥这次发作得委实厉害，再不将他制住，怕要闯出祸来！”

这女子是丁大力的妻子小玉，她虽深知王胖子所言非虚，却无论如何不肯丈夫为弓箭所伤，于是殷殷地乞求着乡亲：“别伤他，别伤他，大力不是故意伤人的，他只是在发病，控制不了自己！”

王胖子不为所动，推开小玉，正要号令放箭，丁大力仿佛有所感应，当即向王胖子扑过来。

王胖子一脸绝望，眼看要被打伤，忽然小玉扑了出去，猛地一把抱住丁大力。

“大力哥！是我，你快醒过来！醒过来啊！”

小玉死死抱着丁大力，不让他继续伤人。

丁大力暴怒之下挥拳，却硬生生在空中停住。他痛苦地看着小玉，浑身颤抖，却无法对小玉下手。

丁大力咆哮着想推开小玉，小玉却不松手，用娇小的身躯与他对峙着。

“小玉不走！我是你的妻子，不管你怎么样我都会陪着你！”

丁大力浑身颤抖，在疯狂和理智中挣扎，拼命捶打着地面，却无一拳落在小玉身上。

“咔嚓”一声，那碗口粗的旗杆竟因丁大力刚刚崩绳之力迸裂，轰然倒了下来，正好压向小玉和丁大力。

众人大惊失色，眼见悲剧就要发生。

小玉也唯有抱着丁大力，绝望地闭上双目。

千钧一发之际，丁大力眼神忽而清明，却已来不及避开，他一咬牙摸向腰间，抽出一柄短斧，以极大的力道掷向旗杆。那短斧挟力而去，去势极快，竟将旗杆劈作两半。

丁大力趁机带着小玉一个翻滚避开，好似虎豹狩猎时的身法。随即旗杆砸落地面，一阵烟尘冒起。众人一阵咳嗽，大呼侥幸。

丁大力化险为夷，将小玉扶起，感激一笑：“小玉，你没事吧？”

小玉笑意盈盈，仿佛刚才的危险从未发生过，继而柔声道：“我没事，只要你醒了就好。”

秦阿守惊魂未定，心有余悸道：“丁兄弟，你这次发病比以往都厉害，以前发病的时候还保留一些神志，这次却谁都不认识了。”

丁大力连忙上前扶起受伤的猎户们，又看看周围被自己毁坏的鸡笼和房舍，一脸歉疚，欠身道：“这次伤了这么多乡亲，我明天上山挖些药草山参来给大家疗伤。”

“不碍事，不碍事。”

“你醒转就好。”

“真是多亏了王胖子和小玉嫂子。”

“我爹说弄坏一点篱笆也没有什么大不了。”

乡亲们七嘴八舌，又都是温言相慰，令丁大力好生感激：“还有弄坏的东西，我这就去替大家修理。”

不待大家反应，丁大力已经快速上前，从腰间百宝袋里掏出几件工具，修整起损坏的东西。他身强力壮，一人就将倒下的磨盘扶起，又将四处修补好，不多时整个村子就整齐了不少。

“大力，你也别忙了，反正你这怪病每月一发作，下个月发病，还是得打坏一次。我们受点委屈没关系，但是你这疯病长久下去总不是办法。”

王胖子接道：“赵四叔说的是真心话。可现在到处都是瘟疫，不如等疫情过去之后，让小玉带你去找个郎中看看吧。”

丁大力与小玉对视一眼，又点了点头。

随后丁大力拱手对众人作揖，正色道：“都说远亲不如近邻，我给诸位添了这么多麻烦，诸位非但不怪罪，反而还关心我的身体，我丁大力在这里谢过大家的恩情。”

众人微笑摆手，依然由王胖子代言：“你可是天生神力，每次遇上你丁大力发病，我们也算是锻炼身体了，以后上山狩猎，没有制服不了的猛兽！”

众人知是揶揄，跟着笑了起来。

“大力哥，回家吧。”小玉满心愧疚地看了看大家，又轻轻牵起丁大力的手，柔声说。

丁大力重重地点点头，两人相视一笑，转身向家的方向走去。

村落虽然经历了风波，可依旧一派祥和安宁的景象。

卧云村北靠蜀山群峦，南向一条溪流蜿蜒而过，汇入岷江。涉过溪流，是一片小树林，穿过树林，便是蜀地的官道。官道向东四十里，就至邻县的向阳村。

二月早春，向阳村的集市原本十分热闹，村中物产丰富，除了本邑的商贩，南北的货郎、采药的乡民、临江的渔家也常常汇聚此处。去年端阳节，诸葛紫英和丹辰子就曾在集市上品尝过上好的农家粽子。

然而此刻，向阳村的境况却令人不寒而栗。

往常兴旺的村口，再不见了摊位酒肆；往常鼎沸的人声，亦变成死一般的寂静。空气中弥漫着鲜血的气味，满目的断壁残垣间，横七竖八铺陈着十多具尸体。

一阵阴风吹过，直叫人毛骨悚然。

这时西首坍塌的瓦屋边有了一些动静，一记白影倏地蹿出，扑腾几下，原来是只通体雪白的貂儿，它正在冒头查看，总算为这地狱般的道场添加了一点生机。

那貂儿的行动甚是敏捷，以极快的速度在尸体间跳跃，不时人立起来，探头嗅嗅死者的气息，随后发出尖厉的叫声。

“大师兄，在这里！”

两道寒光飞来，一对俊秀的青年男女御剑而行，男的身着华服，气宇轩昂；女的一袭劲装，肩上披着一层紫色轻纱，看来清逸如仙。这两人正是蜀山弟子丹辰子和诸葛紫英。

二人将飞剑收势，款款落在地上。那貂儿极具灵性，紫英甫一落地，它便飞扑着扎进紫英怀中，依旧不安地嘶声尖叫。

“小宝乖，莫害怕。”紫英一面搂着貂儿，一面环视着周遭的惨状，不由得眉头紧锁。

丹辰子更是神色凝重，查看了身边的几具尸体，不住摇头，叹息道：“掌门授命你我追查病因，可到现在还没有丝毫头绪，若瘟疫再继续蔓延下去，恐怕救治不及了。”

紫英见丹辰子面色严峻，上前拉住他的手温柔安慰：“大师兄，你是我爹的首徒，这种事情难不倒你的，就当是一场试炼。而且，我也会一直陪着你的。”

丹辰子感激一笑，走进村中继续细察，反复检视了多具尸体，仍是不得要领。他与紫英对望一眼，疑虑道：“我只是觉得奇怪，这些尸体具具犹如干尸，好像血液都被吸干一般，不似瘟疫，倒更像是人为造成。”

紫英顺着丹辰子的思路细想，低头看着嘶叫不安的小宝，忽然惊觉：“小宝它，它感应到了魔气……”

与此同时，只听那水井边的铁匠铺子内传出一声凄厉的尖叫。二人对视一眼，丹辰子已运起剑诀，整个人凌空向事发地飞了过去。

“师兄等我——”

紫影一闪，诸葛紫英便随着师兄飞身而上，绰约的身姿翩若惊鸿。

那铁匠铺木门紧闭，丹辰子不敢怠慢，先以剑尖触碰那木门，小心试探，忽然脸色一沉，迅速向后闪开。

一把伞破门飞出，那伞初看与寻常女子手中所执之伞并无甚差别，伞面罩着一层流光溢彩的紫色薄纱，伞尖、伞柄俱是金色，伞尖镶有一颗红色宝石，伞柄则缀着紫色流苏，十分华丽精致。仔细看时，方见伞骨是玄铁铸就，伞边则缚着十数把寒光凛凛、形似柳叶小刀的利刃，端的是取人性命的神兵利器。那伞飞速旋转着从丹辰子面前擦过，向紫英袭去。丹辰子冷哼一声，单手挥剑，轻描淡写的一式，就将那伞挡开。

紫英从容落地持剑，与丹辰子并立，正待出言，就听见屋内传来女子娇媚妖娆的笑声。

那笑声令紫英好生反感，一张俏脸露出鄙夷之色。

笑声过后，屋中接着飘来女人娇滴滴的声音："是什么人坏我好事？"

"邪魔妖道，蜀山弟子人人得而诛之！"

丹辰子正气凛然，一马当先，双方正要对峙起来，他却忽然神色一凛，急忙转身拉开身边的紫英。

只见那柄被挡开的铁伞并未飞远，而是自半空旋回，伞尖竟向二人射出一道黑水。丹辰子拉着紫英往后一撤，那黑水直直喷到墙上，发出刺鼻的气味。

黑水浇过之处，青草瞬间干枯发黑，继而变成一地碎屑。

丹辰子和紫英都是神色大变，知是遇上劲敌。

门内又是一声轻笑，接着门窗倏地打开，里面漆黑幽深。铁伞旋转着向门内飞去，人影一晃，一个同样身着紫色衣衫的中年艳妇现身门口。这艳妇容貌妖冶，眼神中藏着戾气，唇边又始终带着妩媚的笑意。

她伸手将铁伞收入手中，另一只手竟然还抓着一个苟延残喘的村民。在那村民的脖子上，丹辰子赫然见到两处伤口。

艳妇也不出招，只看了看丹辰子，又看了看紫英，自顾自将那村民丢开，媚笑道："什么蜀山弟子，一会儿不也是我伞下冤魂？"

丹辰子眼前一花，艳妇已到了他面前，眼波流转地看着他，柔声道："不过你长得这么帅，我还真舍不得杀你呢。"

话音未落，她已化成一道紫影扑将上来，来势之疾，实为丹辰子和紫英所罕见。艳妇藏身于铁伞之下，身法飘忽迷离，全不知将要袭向何方。丹辰子二人遂背对背倚靠对方，全神贯注御敌。

"大师兄，小心背后！"

紫英刚刚出言，谁知面前却忽然现出艳妇身影，一掌正中她的胸口。紫英身子一顿，手中双剑已经被夺了去。

丹辰子抢上一步，奋勇将紫英护在身后，一脸无惧地喝道：“妖女，你究竟是何人？竟在此杀人放血！”

“哈哈哈……”每次对答，艳妇总要先媚笑几声，“看来蜀山剑派也不过尔尔，连我西疆烈影神宗的名号都没有听说过。再敢挡道，就只有自取灭亡！”

虽身处险境，丹辰子风骨依然坚毅：“放肆！自古以来，我蜀山剑派绝没有向邪魔外道屈服的道理！”

对他铿锵的话语，艳妇非但面无愠色，反而媚笑道：“凡事总有第一次。我宝城仙主屠媚，也是看到你这样的帅哥，才第一次手下留情哟，哈哈哈……”

其笑声似有极强的穿透力，令这死寂的村庄变得分外恐怖诡谲。

屠媚不知何时身形一闪，竟然鬼魅般消失在丹辰子和紫英面前。二人持着剑，呆立在阴风中，一时不知所措。

“回去告诉诸葛驭我，我们宗主绿袍尊者，还要送给蜀山一个大大的惊喜！”

妖媚的声音再度传来，闻声辨位，屠媚却是已经乘着阴风远去了。

惊魂未定的丹辰子收剑入鞘，连忙来扶面无血色的紫英，两人对视一眼，又是担忧，又是无奈。

丹辰子稳住心神说道：“师妹，这宝城仙主屠媚，想来是西疆魔地的人。来者不善，我们必须尽快通知掌门。”

紫英点点头，吹起口哨，貂儿“嗖”一下从紫英袖中跃出。貂儿身形轻巧，跳跃能力极强，纵身一跃便落在了紫英肩头。接着紫英眼神一转，貂儿又如离弦之箭一般跃出，它口中已衔着一封书信。

这貂儿名叫小宝，由紫英一手养大，小宝不仅机敏乖巧，还通灵性。屠媚现身向阳村兹事体大，时间紧迫，差小宝速速将情报送往蜀山，乃是当下的第一要务。那小宝也不辱使命，衔着书信在林间飞速跳跃，顷刻间消失在二人的视野中。

却说此时的蜀山凌云峰大殿中，公孙无我、晓如真人与妙一和尚三位长老正共聚一堂，人人脸上皆写满严峻神色。

“如今山下出了那么大的事，他百草仙人怎么还躲着不出来？”公孙无我虽是发问，语气中却显然带着指责抱怨的意味。

晓如真人也颇为无奈：“他那怪脾气，恐怕无人管得了。”继而望向公孙无我，“无我师弟，如今山下疫情危急，是否要请掌门出关主持大局？”

一旁的妙一和尚亦向公孙无我投去目光。

公孙无我对二人摆了摆手，正色道：“二十四年又到，赤魂石尚缺一个元神未归位，魔性难控，断不可打扰掌门。”

晓如真人待要进言，公孙无我座下弟子何清从殿外匆匆进来。

何清作揖道：“师父、诸位长老，栖霞峰弟子周青云在外求见。”

话音未落，只听大殿外一阵铃声脆响，一道青光从殿上众弟子头顶滑过。众人定睛看时，早已有一个俏丽少女站在正殿当中，正是晓如真人的徒弟周青云。

她不顾向长老施礼，急切道：“师父，师姐差小宝送回书信，他们查到瘟疫的原因了！”

三位长老同时脸色大变，青云知道事态紧急，立刻从怀中取出字条，递给公孙无我。

公孙无我读完字条，正色道：“烈影神宗？这是从哪冒出来的东西？”似乎是在发问，又像揣测自语。

妙一和尚思忖道：“武林中也从未听闻绿袍尊者这等名号。”

晓如真人沉吟片刻，缓缓道：“能强行穿越西疆封印而出，恐怕来者不善。”连她也不确知“烈影神宗”与“绿袍尊者”是何等样人。

“如此残忍，还敢自称神宗，我看就是魔宗！”妙一和尚最是疾恶如仇，此刻竟将桌子拍得山响。

“眼下敌暗我明，不可冒进。丹辰子、紫英和对方交过手，尽快将他们召回，问明情况，再作部署吧。”公孙无我毕竟老成干练，当下有了主张。

公孙无我令召丹辰子和紫英回山，一旁垂首倾听的青云忽然抬起头来，兴奋地说：“师父，我愿下山去接应师姐和大师兄。”

晓如真人沉吟片刻，微笑点点头。

妙一和尚回头望了望身后站着的弟子张琪，示意道：“张琪也一同去吧，两人好有个照应。”

青云和张琪对视一眼，上前作揖，同声道：“弟子领命！”

向阳村罹遭惨变，四十里外的卧云村却很喜庆。

酉时黄昏新至，明月初上柳梢。

村民早在村口的广场上筑好高台，又在高台上燃起熊熊火堆，照得两侧的广场上灯火通明。台下的贡桌上摆放着香烛、三牲和贡果，广场四周悬着双双对对的灯笼，灯火映着月色，煞是好看。村民们三三两两地聚在一起，大家在早已准备好的孔明灯上写着愿望，气氛欢乐祥和。

小玉静静站在人群中，翘首等待着什么。

好姐妹双喜上来关心道："小玉姐，马上就要放灯了，丁大哥还不来的话，就赶不上天灯仪式了！"

一旁的王胖子有点义愤填膺："这家伙这种时候跑哪里去了，就丢你一个人在这里？"

小玉温和一笑："他会来的。"

三人正说着，人群中传来骚动，接着自动让开一条道，小玉远远望见丁大力从人群中走来，手提一盏精致华丽的天灯，神色好不得意。众人艳羡惊叹，小玉也是一脸惊讶。

丁大力快步跑到小玉身前，像个孩子般迫切地说："小玉，我专门为你做的，希望给你一个惊喜。喜欢吗？"

小玉接过天灯捧起来，含羞点了点头。这幕恩爱景象，由不得周围的村民不上来起哄。这一来，小玉的脸就更红了。

多亏双喜解围："大力哥、小玉姐，祭天马上就要开始了，快快写愿望吧！"

丁大力连忙进入状态，一脸恳切地问道："小玉，你有什么愿望？"灯火倚着月色，照得小玉的俏脸分外清丽，丁大力看得有些痴醉。

小玉察觉到丁大力的眼神，嫣然一笑，随后拉着丈夫的手轻轻蹲下，纤手运起毛笔，在天灯上写下一行清丽的小楷。

"愿我如星君如月，夜夜流光相皎洁。可好？"

"啊？星月也有被乌云遮蔽之时，我们只做人间一对平凡夫妻，相守白头才是最好。"

两人一问一答，相视一笑，执手在柳树下并立。风自南来，月华如水，一双璧人看似一幅画屏。

笑闹声中，高台下的一堆碎砖下，一双明亮的眼睛也在偷偷注视着众人。而村长已经走上高台，朗声道："时辰已到，放——天——灯——"

随后数十盏天灯齐齐放飞，夜色中灯火点点，冉冉乘风，众人举头望天，纷纷对着天灯许下心愿。

村长居高声远，神色甚是虔诚庄重："今有善民祈祷天佑，愿我卧云村七十二户百姓，瘟疫不侵，水火不殃，丰衣足食，世代安康！"

台下众人同声祈愿："丰衣足食，世代安康！"

丁大力和小玉也站在人群中，小玉看着自家那盏最明亮的天灯，闭眼许愿："但愿大力哥的病能够早日医好！"

丁大力生性旷达，应声道："就算不好也无所谓，只要保佑我和小玉白头偕老，永不分离。"

小玉白了他一眼，佯作嗔怒："别瞎说。"

丁大力美在心头，却仍道："我丁大力别无所求，只要老天满足我这一个愿望就够了。"

小玉见他说得真切，更是欢喜不尽，面上泛起红晕，小鸟依人般偎依到丈夫怀中。丁大力从背后抱着小玉，随后悄悄从怀中掏出一根玉簪，猛一下取出来献给爱妻："天灯带着愿望飞走，而这个，要一直留在我的小玉身边！"

小玉一脸惊喜，接过玉簪，左右端详着："大力哥，这簪子是哪里来的？"

丁大力据实道："昨日在村口碰上一支商队，他们用这个交换我刚猎回来的鹿。"说罢，当即将玉簪插入小玉发髻中。小玉反应不及，面颊上的红晕更加醉人了。

"好看吗？"

"当然了，我的妻子像天仙一样美。"

繁星点点，月光皎白，盏盏天灯随着风势，好似萤火虫凌空列出的阵形。

此情此景，丁大力拥着爱妻，只觉岁月静好。

忽然猎户秦阿守一声疾呼："小畜生！哪里走！"喊声自燃着香烛的贡桌旁传来，人群也跟着骚动起来，丁大力放开小玉，快步跑上前去。

只见惊慌的人群四下避散，秦阿守迈开长腿手舞足蹈地呼喊着，在他身前胡乱逃窜的，是一个瘦小的身影，那身影虽狼狈，却奔得极快，三两下扒开了阻挡的人群夺路而逃，却不想撞翻了高台的支架，眼见树干粗的支架即将塌陷下来，黑影闪避不及，定然凶多吉少。

千钧一发之际，丁大力斜刺里杀出，硬是单手将砸下来的支架稳稳托住，随

手掷向一边晒谷的空地，将那黑影的性命从阎王殿中拉了回来。

惊惧之下，被救之人怔立在那里，也不知如何才好。众人这才看清，那原是个瘦小的男孩子，周身衣服残破肮脏，加上一脸的泥污，看来风尘仆仆。

秦阿守已追上来，厉声责问："你这小畜生！为何偷吃贡果？"

那瘦小的男孩却不理会他，只向丁大力作了一揖，口中道："多谢大哥救命之恩。"话音未落，他便甩开步子，野兔一般迅速钻出人群夺路而逃。

丁大力出手如电，只一闪身，便如猎犬擒兔子般将他肩膀扣住，令他挣扎不得，三两下便扭送到村长面前。

一番盘问，这偷食贡果的小男孩姓张，半月前村中遭了瘟疫，全村只他一人幸存，沿路乞讨而来，路过卧云村时，委实饥饿难耐，便混入人群中，想去偷食贡桌上的果品充饥。

村长听得将信将疑，遂问他："求助村民，大家也能接济你，你为何要弄得鬼鬼祟祟？"

这个姓张的小男孩无奈道："我怕你们知道我是瘟疫村来的，不肯收留我，我只想找个地方过一晚上，明天我就走，去投奔亲戚！"

一边说话，小男孩一边向着众人磕头："诸位行行好，就一晚上！"

村民们人人保持着警惕，村长一时也拿捏不定，只推托说："不是我不愿留你，可是现在瘟疫横行，村里实在不能收留来历不明的人。"

丁大力挺身而出，一把抓起小男孩的胳膊，将他带到自己家中。天将般精壮的丁大力几乎是将他提回了家，小男孩初时畏惧，却见丁大力不住打量着他满是破洞的衣服和全身伤势，不时关切几句，遂逐渐平静下来。

"小张，你多久没吃饭了？"

"不记得了。你不怕我有瘟疫？"

"我见你偷吃了不少贡果，染上瘟疫的人，胃口不会这么好。而且，你身上也没有瘟疫病人的斑点。"

他们二人一问一答间，小玉也走了过来。小张刚想跟小玉打招呼，肚子却"咕咕"叫了起来。丁大力笑道："对了，小张，你想吃什么？我让你嫂子做。"

"馅饼！"小张眉飞色舞。

说到馅饼，小张兴奋难耐，吃起来时，更是狼吞虎咽。

“我小张外号‘张馅饼’，平生最爱吃的就是馅饼，一顿八个不在话下。”

“吃八十个都随便你。”丁大力大笑起来，再转身去望小玉，却见客房里张罗铺盖的小玉面带忧色。

小张一边吃着馅饼，一边好奇四顾，只见客厅墙上挂着不少打猎用的工具：“大哥，你这屋里的弓箭、铁夹是用来做什么的啊？”

丁大力介绍说：“我们村里的人都以狩猎为生，这些工具自然是少不了的。”

小张恭维道：“想必大哥身手不凡，不知是否会武艺？”

丁大力笑道：“我不过是个猎户，打交道的都是野猪、黑熊之类的畜生。这舞刀弄枪的事，我就一概不知了。”他见小张吃完五张馅饼，仍是意犹未尽，又接着道，“小张，你先吃着，厨房里还有，我热热就给你拿来。”

小张冲着两人咧嘴一笑，小玉却往丁大力身后躲了躲，只轻轻地点点头。

待两人离开客厅，小张抹了抹嘴，放下手上馅饼后悄然起身，走到卧室旁，轻轻掀起门帘，向内好奇张望了两下，然后便走进房中，将手伸向小玉放在梳妆台上的盒子，似乎想要打开盒子查看一番。

却不料小玉突然出现，将盒子猛地盖住，冷冷道：“这里面可没有馅饼。”

小张有些不好意思，忙赔笑：“嫂子，我就是好奇，所以四处看看。”

小玉也不和他多说，一双美目冷冷瞪着，似乎可以洞穿他。二人无声地僵持着，小张有些胆怯起来，多亏传来丁大力招呼的声音，打破了沉寂。

“小张，快来，馅饼都热好了。”

小张赶忙转身去厨房，却听小玉冷声说道：“吃饱了就赶紧走，我们这里不欢迎你。”

小张被这语气吓了一跳，却又不敢多说话，哈腰转身出去。他跟丁大力一起时，说话便自如许多：“大哥，你这家里虽然朴素，但清雅别致，真是很不错。”

“金窝银窝不如自己的狗窝。”丁大力说得不无得意，继而嘱咐道，“小张，你多吃几块，大哥见你身上有些伤，待吃完了大哥给你敷药。不过话说回来，你年纪不大，这么多伤，是怎么弄的？”

小张不以为意，淡然道：“我从小没爹没娘，要讨口吃的只能自己去偷去抢。被人打多了，自然就留了这些疤痕。哪像大哥你，衣食无忧，还有这么漂亮

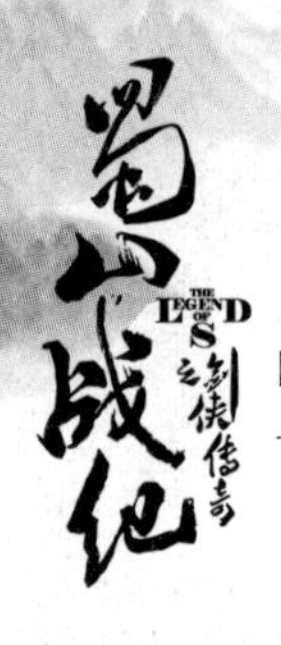

的老婆。我从小到大，连女人的手都没碰过，要是有一天，有个女人肯抱我一下，我张馅饼这辈子也就没白活。”

丁大力看着小张陶醉的样子，忍不住微微一笑。

小张这时才想起请教他姓名：“对了，大哥，你叫什么名字？”

“我从小无父无母，也没名字，只知道自己姓丁，因为力气大，所以别人都叫我丁大力。”

“丁大哥，今天村里的人都不想留我，你为什么要帮我？”

“我只是不喜欢看到别人受苦，能帮一把就帮一把。”

小张不解：“天底下受苦的人多了，你一个个帮得过来吗？”

“至少我帮一个就能少一个啊。”

小张有些动容：“丁大哥，你是个好人，是我这辈子遇到对我最好的人。可是……可是小玉嫂子……她好像不太喜欢我。”

丁大力沉默片刻，缓缓道：“小玉呀，其实她的心比我还软，她只是担心过度而已。”

小张闻言爬了起来，对着丁大力就是一拜：“大哥，我不会让你为难。你和嫂子肯收留我一夜，我已经很感激了，我明天就接着上路。我小张一个人闯荡江湖，赖在这里不是我的作风。”

丁大力愣了一下，然后示意小张继续吃饼。

当夜小张在丁大力家安身下来，一夜无话。次日清晨，小张吃过几张馅饼，仍是执意要走，丁大力拗不过他，便选了身干净衣服让小张换上，再一路将他送上官道。

两人临别，小张一脸郑重：“丁大哥，若有缘，江湖再会。”

听得丁大力摇头一笑：“我一山野村夫，生活自在，不会去什么江湖。”

小张跟着笑起来，继而正色道：“也是。等瘟疫结束以后，我一定会再来卧云村看你和嫂子的。你待我如朋友，我就当你是兄弟，以后你的事情，我一定万死不辞！”

两人并肩走出一段路，小张正要转身告别，却忽见卧云村的方向冒起了浓浓黑烟。

“小玉！”丁大力情知不妙，心中立马挂念起爱妻安危，再来不及与小张多说，如同发疯一般向回奔去。小张亦甩开步伐，紧随其后向卧云村的方向疾奔而去。

待二人奔回村子，只见到熊熊火海，整个村子都笼罩在一片恐怖的火光中，空气中裹着炎炎热浪，直令人不敢近前。

一个披头散发的身影，周身披着零星的火苗，撕心裂肺般从村内号呼奔来，丁大力一把抱住，定睛一看，那竟是满脸血污、奄奄一息的王胖子。

“王胖子！王胖子！到底发生什么事了？”

王胖子口吐血沫，死在丁大力的怀里，脊骨上分明插着一柄钢刀。丁大力一咬牙，为王胖子合上双眼，向村里跑去。小张紧随其后，全然无惧火海。

二人出村不足两个时辰，村中竟变成了一片惨境，村民尸横遍野，到处都有着邪魔般打扮的人在烧杀作恶。丁大力也不管不顾，只如同失心疯一般向家的方向狂奔。他很快经过祠堂、穿过巷陌、转过角落，来到自家的小院前，当即惊得说不出话来，只见自家的小院已经坍塌了半边，火光中隐约看到一个身影。

“小玉——”

丁大力泣血般嘶吼着，正要不顾一切地向前冲，数枚钢钉猛然飞至，将着火的横梁劈断，伴随着一声巨响，整间屋子轰然倒塌。丁大力呼喊着小玉的名字，疯狂地想要扑进火海，被人从身后拦腰抱住：“丁大哥，你不要命了！”

小张及时赶到，将丁大力拖了出来，两人摔倒在地。丁大力随身的猎具散落一地，他也顾不得拾取，仍要拼命扑进火海中。

这时火海中现出一个凶煞般的人形，一袭青衣，面色阴戾，眉心刻画着火焰印记，一手持着根蛇头法杖，一手握着钢钉，气势十分骇人。

丁大力全无惧意，一双充血的虎目狠狠盯着他，几乎是咬牙切齿：“你们是什么人？为什么要毁我卧云村，为什么要杀我妻子！”

那青衣人懒懒地看了丁大力一眼，示意身后的手下处理两人。两名手下正要上前，丁大力猛地抓起散落的猎刀，迅速将他们砍翻，接着向那青衣人飞劈过去。青衣人冷哼一声，一把抓住飞至面前的猎刀，未料丁大力抛出的猎刀威力极大，青衣人的手心竟渗出血来。

青衣人大为意外，反而饶有兴趣地打量丁大力，顺势喝止住正要向丁大力下手的手下，说道：“抓活口，说不定有用。”又指指小张，冷冷道，“那个就不用留了。”

“老子要死要活，凭什么听你的！”小张热血一涌，猛一翻身，从一旁抓过

一块砖头向魔宗的人掷去，却没有砸中任何人。

青衣人哂笑道：“死到临头，不知好歹。”

小张嘴角一扬，不无得意：“你最好回个头再说！”

只听巨大的嗡嗡声响起，青衣人诧异回头，只见那砖头没有砸中人，却正中树上的一个毒蜂窝。蜂窝掉落，正好砸在他几个手下中间，毒蜂汹涌而起，包围了众人。

机不可失，小张趁机拉起丁大力想逃走。丁大力却挣脱小张的手，不顾死活地再次向那青衣人扑去。小张情知不敌，却根本拉不住他。

另一边一阵口哨响起，毒蜂好像听到了命令，有序地排列在青衣人周围，不再攻击。青衣人冷笑一声，手中三枚钢钉出手，射向丁大力。情急之下，小张舍身上前，一把推开了丁大力，三枚钢钉正中肩膀，小张顿时软软倒在丁大力怀中。

丁大力疾呼一声，只见怀中小张脸色瞬间泛青，嘴唇也变得乌紫，显是中了剧毒。小张气若游丝地道：“大哥，留着命……给嫂子……报仇。”

青衣人不依不饶，抬手一挥，再度指挥毒蜂向两人袭来。

此时，却见几道白色的剑芒闪过，毒蜂纷纷被劈碎，散落在空中，化成粉末。

“魔宗妖孽，休要伤人！”丹辰子一声清啸，御剑而来，紧接着诸葛紫英、张琪、青云三人相继落下，众人持剑护在丁大力和小张面前。紫英瞥见小张脸色，知道他中毒，一把将他拉到身边，塞了一颗丹药入他口中。

小张迷糊中瞥见紫英美貌，喃喃呓语：“神仙……神仙姐姐……”紫英冷哼一声，点中小张穴道。丹辰子向张琪使了个眼色，张琪也点中丁大力穴位，两人都晕厥过去。青云面有不甘：“师兄，咱们还没找到那个元神……”

丹辰子当下决断：“救人要紧，先回蜀山。”言毕向那青衣人睥睨一眼，冷哼一声，便偕同三人闪电般向蜀山飞行而去。

在场的魔宗门徒欲要追击，为青衣人伸手拦住，只听他冷声道：“不用再追了，接下来的事，宗主自有办法。”

这青衣人便是魔宗的护使九毒神君。昨夜，九毒曾与丹辰子等四人打过一次照面。当时九毒在官道边的树林遭蜀山四人围攻，九毒佯装不敌，借着毒烟勉强脱身，却不慎将一封魔宗的书函遗落战场，为丹辰子截获。

丹辰子为防有诈，以剑尖挑开信封读完后，不禁面露喜色："这家伙果然地位不低，是魔宗护使九毒神君。他这次来不是为了杀人，是为了一样东西！"

紫英关切道："他在找什么？"

丹辰子肃然道："信中说，二十四年前赤魂石内失落的那个元神，就在此地以西三十里的卧云村内。"

张琪担忧地说："魔宗已经发现元神，他们岂不是马上就会去抢？"

一旁的青云眼睛一亮，好生兴奋："咱们应该替掌门取回丢失的元神，决不能让魔宗的人抢在我们前面！"

紫英感到兹事体大，四人贸然行动恐有不妥。然而时间紧迫，倘若飞回蜀山禀告，必遭魔宗抢了先手，张琪也拿不定主意，只好望向丹辰子。

丹辰子思量了一番，对三人说道："蜀山寻找失落的元神多年，始终无果，这次有了线索，的确是个罕见的机会。"

紫英点点头："既然这样，我听你的。"

四人不再多言，御剑向卧云村飞去。

与此同时，树林的另一边，一丝不易察觉的狞笑浮现在九毒脸上。

蜀山凌云峰大殿。

正殿之外的庭院中，紫英和青云正陪伴着丁大力、小张两人，丹辰子通报，入殿觐见还需要等候一些时辰。

上山以来，小张目瞪口呆地四望着蜀山盛景，赞叹惊呼："原来蜀山真的是人间仙境，蜀山弟子也像神仙一样，可以随便在天上飞，爱去哪就去哪！长得还这么美！"他一面说，一面目不转睛地盯着紫英，深为她的美貌倾倒。

紫英见他轻浮，丝毫也不理会。

丁大力却始终哀伤消沉，一路低头沉思，此时又摸了摸肩膀上的绷带，满面愁容："多谢几位救命之恩。请问什么时候可以放我们走？"

紫英柳眉一皱，不忿道："蜀山是凡人做梦都想来的圣地，你怎么说得像我们关押你一样？"

丁大力也不睬她，拔腿便要下山。

丹辰子上前，礼貌地拦住他，正色道："两位暂时还不能离开。两位都是卧云村的人，我派公孙长老还有些关于魔宗的问题想请问两位。"

丁大力激动起来：“我就是个普通猎户，不知道什么情报。我的妻子还在山下等我，我此刻只想下山回家。”

紫英不悦道：“我们好歹救了你们的命，算是你们的恩人，恩人的话你都不肯听吗？”

丁大力轻叹一声，凛然道：“恩情我一定回报，但是没有人可以强迫我做不愿意的事情。”随即仍要转头奔走。

丹辰子上前一步拦住：“这位兄弟重情重义，我很理解。但是卧云村有关于赤魂石元神的情报，事关天下苍生性命。为了大局，请你再考虑一下。”

丁大力沉默片刻，依旧维持之前的态度：“我丁大力只是个凡人，你说的天下苍生，我担不起，我只能管小玉一个人。”说罢再不理会丹辰子，要向山下奔去。

“过分！”紫英看不下去，径直拔剑上前。

“神仙姐姐，别伤丁大哥！”小张上前待要抢紫英的剑，紫英早已挥剑拦住丁大力去路。丁大力匆匆避开，却不慎将紫英扑个正着，碰到了紫英的胸脯。丹辰子面色一沉，紫英面色一红，接着忍不住大怒，刚刚还是虚张声势，此刻却是真的一招向丁大力刺来。

“师妹！点到即止！”丹辰子连忙警示。

“丁大哥——”小张也是一声疾呼。

电光石火间，丁大力竟然徒手抓住了剑身，掌心鲜血淋漓。鲜血顺着剑身淌下，众人都是脸色煞白。紫英想要抽剑，却愣住了，剑身被丁大力捏住，竟是怎么抽也抽不出。

丁大力如金刚一般傲立在那里，任凭掌心的鲜血沿着剑锋滴落，目光灼灼，让人不寒而栗，只听他冷冷道：“我只想回家看小玉，你们为什么都要阻拦我？”

紫英与他对峙，渐渐有些害怕，颤声说：“你……你别太嚣张……”

一旁的青云也焦急起来，上前对丁大力解释：“你别误会，师姐的意思是，你回去也没用了！你们的村子已经被魔宗烧光了，根本没有人幸存。”

“不可能，小玉她冰雪聪明，一定可以躲过一劫。她现在肯定已经在家里等我了，我要回去，我要回去……”丁大力的态度更加坚决，此刻几乎嘶吼起来，伴随着激烈的情绪，他的手腕也渐渐用力，紫英的佩剑竟被他弯成一个不可思议的弧度，继而从中折断！

这徒手断刃剑的一幕将众人惊得目瞪口呆，紫英手持残剑，更是面无血色，不敢相信。

丁大力捏着半截剑身，面孔变得扭曲，双眼迅速充血，整个人刹那间仿佛失去理智，疯虎般嘶声咆哮，扑向紫英、青云二人。

丹辰子临危不乱，身法一动，已将二人护在身后，再看丁大力，只觉他手中有红光隐现，连着半截剑尖也散发出红色暗光。

丹辰子长剑出鞘，直指发疯的丁大力，全神防御。他双眼与丁大力对视，口中却对紫英、青云说道："不对，他不是普通人，身上有邪气！"

不消丹辰子提醒，紫英和青云分明看见丁大力双瞳布满血光，呼吸随之变得粗重，顷刻间整个人狰狞如同凶兽，一股煞气迎面逼来。就连小张也吓得瘫在一旁，不敢言语。

青云一把揪住小张："你们到底是什么人？他怎么会变成这样？"

小张一脸茫然："我也不知道，丁大哥之前一直都是好好的啊！"

一旁的紫英杏目一睁，怒道："他有问题，你能不知道？他一定居心不良，妄想混进蜀山！"

丹辰子依然眉头紧皱，剑尖不离丁大力眉心，铿锵道："邪魔歪道，蜀山弟子得而诛之！"

丁大力迎着剑气，自喉中迸出话语："我要去见小玉！谁都别想拦我！"说罢低吼一声，握着断刃剑撞开紫英、青云两人，向山下冲去。

丹辰子见状再不留情，剑柄划出，长剑瞬间变换成长枪形状，随着剑势，枪尖在空气中划出道道银色光芒，汇成一道剑锋交织的大网，向丁大力罩来。

丁大力仿佛不知疼痛，毫不畏惧地向着剑网冲去，旁观的小张忍不住惊呼起来。眼见丁大力逃不过喋血当场的宿命，却在此时，一道人影破空而来，袍角扬起，风沙翻腾，那凌厉无比的剑网顿时消散于无形。

"爹！"诸葛紫英激动道。

"掌门！"丹辰子和青云也齐声呼喊。

话音间，那收伏剑网之人已翩然降下，只见他一袭长袍纤尘不染，眉目之间从容不迫，正是蜀山派的当今掌门诸葛驭我。

此前诸葛驭我在凝碧崖的石洞中闭关多时，精研武道，入定太虚。近日来

二十四年前同门相残的惨相、上官警我扭曲的面孔、素因临死的幽幽泪眼与赤魂石的殷红血光交织，呼之欲出，令他心绪不宁、如堕梦魇，竟由定境中跌堕出来。他急忙运气，却好似有一股力量倒行，直逼得气血冲顶、头发乱飞。

诸葛驭我惊觉异状，料知是赤魂石活跃所致，于是他一掌拍开石门，自凝碧崖向凌云峰飞来，甫至大殿门前，就见丹辰子挥出剑网，千钧一发之际，出手将丁大力救出生天。

诸葛驭我正待问明形势，却见到丁大力眼中的殷殷血光，不禁一怔，兀自惊叹：“赤魂石的力量，竟然在和他相呼应？”

丁大力不明就里，反向诸葛驭我扑来。诸葛驭我轻巧闪开，一掌击在丁大力后脑。丁大力眼中红光退去，昏倒在地。

“辰儿，此人从何而来？”诸葛驭我举止从容，眼神却透着警觉。

丹辰子向师父一揖，恭敬道：“回禀师父，此人名叫丁大力，是我们在山下卧云村从魔宗护使九毒神君手中救回。但此人身上魔性极重，弟子怀疑，是魔宗的探子想混上蜀山。”

诸葛驭我伸手示意丹辰子不必再说，在丁大力脉搏一探，尔后径自低语：“天意……真是天意……这个人我先带走，你立刻去请其他四位长老前往凝碧崖！就说我有要事商议！”

“是。”丹辰子、紫英、青云三人躬身作揖。

只留下小张不知所措地呆立在原地。

诸葛驭我携昏迷的丁大力御剑飞行，很快返回凝碧崖的石洞内。不多时，公孙无我与晓如真人御剑齐至，三人神色凝重。诸葛驭我一掌拍向地面，地面金光亮起，组成一张巨大的法阵，昏迷中的丁大力正躺在阵中。

只见阵中的丁大力身体腾空，周身泛起红光。

见此情状，公孙无我惊叹道：“莫非这就是……”

诸葛驭我点了点头：“骨骼清奇，内聚纯阳之力，六星之子无疑。”

晓如真人脸色一变：“不可能，六星连珠是天地巨变之象，那时候绝不会有婴孩出生！”

公孙无我却道：“凡事皆无绝对！六星之子虽难得一见，但一出世就是纯阳之体，是赤魂石最好的载体！”

诸葛驭我接着说道：“此人名叫丁大力，就住在蜀山脚下西面卧云村，正是二十四年前赤魂石破碎时那个元神消失的方向！”

公孙无我与晓如真人异口同声：“这么说来，那个失落的元神……”

“就在丁大力体内！赤魂石的八十一元神终于可以合为一体了！”诸葛驭我肯定了二人的猜想。言毕，他开始运起全身功力。公孙无我、晓如真人二人见到一滴血珠状的红点在丁大力眉心浮现出来，蠢蠢欲动。

“启阵，助元神归位！”

诸葛驭我命令一下，两位长老当即上前，各自占据一方，聚气助力，将那红点往诸葛驭我身上推聚。只见那赤魂石元神不住震动，诸葛驭我的表情却愈来愈痛苦，他耳边仿佛又响起一个声音——

“师兄——”

“师兄，不要啊——”

两位长老情知凶险，一面警醒，一面奋力催动真气替师兄护法。却看见诸葛驭我这一角青光顿灭，阵法消失，本已离开丁大力体内的赤魂石元神倏然回到他体内，紧接着丁大力重重摔在地上。诸葛驭我一口鲜血吐出，双膝一软，差点跪倒在地，两位长老赶紧抢上前扶住他。

公孙无我一搭脉象，面色愈发严峻：“掌门师兄，你体内其他元神不稳，不要再强行运功了！”

晓如真人十分错愕：“怎么会这样？”

诸葛驭我面如死灰，唯有苦笑道：“那枚失落的元神在他体内二十四年，已和他融为一体，方才我若再不收手，恐怕我体内那一部分赤魂石元神也会被他吸引过去。”

二人闻言面面相觑，皆是一脸无奈。

公孙无我思忖一番，眼下实无良策，良久才出言道：“掌门，既然已经找到失落元神，也不急于一时取出，身体为重。”

“也好。不过元神戾气极重，方才还影响了他的心智，必须小心对待。”诸葛驭我又对晓如真人道，“晓如，你栖霞峰一脉阳气最弱，不易受元神影响，就暂且将丁大力和他的那个同伴都安顿在你那里吧。”

晓如真人面露难色，应声道：“掌门师兄，栖霞峰皆是女弟子，这恐怕多有不便。”

让男子入驻栖霞峰，公孙无我情知不妥，却料想掌门此举必有因由，便谓晓

如真人道：“晓如师姐，事关重大，掌门如此安排自有道理，你还是不要推辞了。”

话到此处，晓如真人也只有点头遵命。

诸葛驭我又是长叹一声：“又是二十四年之期，但愿此次元神归来，是福不是祸……”

警我梦碎入魔宗，素因以血开天门

二十四年之后，百蛮山阴风谷中，仍是阴风唳唳，冷月如钩。

屠媚娓娓道来的一段往事，令九毒神君听得兀自轻叹。屠媚依旧面带微笑，话音不疾不徐：“我欲将心向明月，奈何明月照沟渠。我又何尝不是上官警我。”

夜色凄冷，春寒料峭。

百蛮山高高矗立，阴风谷中，鹤唳猿啼。周遭山体上，冰柱形成的巨石锋利倒垂，如同恶鬼獠牙，散发着幽幽蓝光。几名沉默的魔宗门徒来回护卫，森严而井然。

循着护卫巡逻的足迹，隐隐见到一处阴森诡异的洞窟，怪石狰狞，深邃巨大。令人窒息的黑暗中，有一点火光自洞内依稀透了出来，照亮一条狭窄的石径。此刻沿着石径独上阶梯的，正是九毒神君。

岩洞以内，虽是广阔，却仍透着令人战栗的煞气。一个硕大的冰晶池边，满目晶石林立，璀璨却又诡异。岩洞上方，生出一丛丛血红色的莲花，红白相映，鲜艳欲滴。血莲开处，散出星星点点荧光，映照出雪池边一个鬼魅般的人影。

“九毒拜见宗主。”九毒神君见到人影，倏地一拜，十分恭敬。

光所及处，那人影只是静静欣赏着莲花，并未回头。饶是如此，身影依旧气势迫人，一袭长袍色如墨玉，配以金线刺绣云纹，原已显得十分凝练厚重，又在领、袖、及开襟处采取收势，如藏刃于鞘，衬得整个人越发冷峻。长袍之外，又披一层软甲，那软甲金色为底，下延及膝，甲下那人的左臂分明已经生出一层鳞甲，幽幽映着晶石与血莲的光芒，忽明忽暗，令人不寒而栗。

“事情办好了吗？”绿袍问得淡然。

“宗主神机妙算，一切都按照宗主计划进行。”九毒答得拘谨。

“我并不会算，只是等待得已经太久了。我为了这个计划，已经准备了二十四年。”

绿袍一边说，一边转过身来。他的面孔并不狰狞，反而称得上俊美，长发以金环束起，浓眉之下一双眼睛不怒自威，目光如同冷电一般落在九毒脸上。

“属下有一事不明，此番返回中原，本意是为夺取可以破开西疆结界的南明离火剑，可为何宗主要做如此安排？”九毒十分不解。

未等绿袍回话，两人身后已经传来一阵娇媚的笑声。随着笑声，一名妖冶的艳妇自莲花深处迤逦而出，正是宝城仙主屠媚。她笑靥如花，说道：“哈哈哈，宗主只是想了结这二十四年来心中的怨恨罢了。”

九毒连忙见礼：“参见副宗主！”

绿袍也不接屠媚的话头，只伸手入水摘下一朵血莲。那池水竟然如鲜血般，红得触目惊心。接着他看了看九毒，平静地道：“你想知道，我的手为何会变成这样吗？”

九毒不明就里，谨慎回话：“属下不敢妄加揣测，不过，宗主的深仇大恨，应与蜀山剑派有关吧。”

绿袍冷笑了一下，一只手握紧成拳，咔咔作响。

屠媚依然是面若桃花，像是满心欢喜谈论着别人的掌故：“九毒，你恐怕怎么也想不到吧，当年中原武林与我西疆一战，西疆魔地自此被封印二十多载，暗无天日。这当中最大的功臣，还是咱们宗主呢！”

二十四年前，屠媚就很爱笑。

那时西疆魔地的男子说，屠媚那婉转的身姿、妩媚的笑容，总是隐在伞下，就像江南早春细雨中朦胧的桃花。

桃之夭夭，灼灼其华。之子于归，宜室宜家。

这株妍艳的桃花，却从来无人敢去采撷。究其原因，有三：一是屠媚武艺超绝，魔地男子相形见绌，唯有仰止，不敢高攀；二是屠媚兄长屠霸，人称“赤手天尊”，乃是西疆雄霸一方的魔头枭首；三是因为屠霸手中的白骨吹。

白骨吹是上古宝物，由蚩尤胸骨制成，有聚灵之术，可驾驭魑魅魍魉、妖魔鬼怪。屠霸在机缘巧合下获得白骨吹，不仅制霸魔地，还因此感受到了莫名的召唤，那是亘古魔神蚩尤的精血，来自蜀山赤魂石的共鸣。

屠霸以白骨吹召唤出数万怨灵，意图踏足中原，夺取赤魂石。屠媚则成为此次远征的先锋，那时屠媚满心欢喜，因为她想去看一看中原的桃花。

白骨吹的神力，助屠媚穿过两重封印抵达中原。

随后短短数日，秦岭汉中一带便消失了十一个大小门派。劫后余生的活口逃出来，只说先是看见一柄绣伞，听见一阵醉人的笑声，接着听见一个银铃般的声音在说：“蜀山一日不交出赤魂石，我便一日灭一个门派！只看这中原武林，到底能撑到几时！”

那年的蜀山，诸葛驭我的两鬓犹未泛白。

掌门白眉真人正闭目端坐在伏魔谷的一片岩壁之前，双眉紧皱。他身前的岩壁中空，金色封印里面悬着一颗血红宝石，蠢蠢欲动。

听完诸葛驭我的讲述，白眉真人猛地睁开眼睛，怒道：“蜀山世代守护赤魂石，就是为了天下苍生安宁，如若让这邪物落在妖人手中，才是真正的武林浩劫！”

赤魂石似通人语，岩壁内一片红光陡然亮起，它乘着戾气猛地冲击岩壁，却被一道金色封印挡了回去。

白眉真人脸色一白，身子一晃，被诸葛驭我扶住。

诸葛驭我道：“师父，眼下武林受难，蜀山绝没有袖手旁观的道理。可如今赤魂石正逢二十四年活跃之期，亦是戾气最盛之时。您为了守护赤魂石已经耗费诸多修为，这个时候去对付屠霸，您的身子怕是支撑不住！”

白眉真人看了看他，肃然道：“驭我，为师知道你孝顺，但身为蜀山传人，苍生之福远胜于己，这是责任，也是命数使然！”

诸葛驭我闻言退后一步，跪在白眉面前，朗声道：“弟子愿为师父分忧，下山除魔！”

众弟子唰地一起跪下，同声道：“弟子也愿随大师兄一起下山，匡扶正道！”

白眉真人看着一众弟子，甚是欣慰，忽又想起什么，脸色一冷，问道：“警我呢？”

一众弟子顿时一脸尴尬，谁都不敢回话。

白眉震怒，厉声叱喝：“荒唐！警我身怀魔地血脉，我一直想将他引向正途，谁知他野性难驯，竟然三番五次私自下山闯祸滋事，如今大敌当前，竟还我行我素，成何体统！”继而长叹一声，对着一众弟子传令道，“驭我，你和无我一起，立刻下山查探屠霸的消息。妙一，你回天门峰，将各位武林同道迎入。百草，你亦全力配合妙一救扶伤者。晓如和素因，你二人留守蜀山，助我护阵，以保赤魂石不失！”

众弟子各自得令，依次御剑飞出。

蜀山秘境，紫气升腾，群峦坐落于青葱苍翠之间，四条铁链直通主峰，凌云峰恰如众星捧月般悬浮于云海之上。众人自绝壁间披云穿雾，御剑飞行，足底掠过蓝天碧树，宛如天人行迹。

大抵修真的圣境，都有这般出尘的景致。

就连武当山脚下一间小小的酒肆，也因为靠近本宗，显得分外宁静别致，不染纤尘。

蜀山同门御剑出云的同时，上官警我在这里点了一壶酒，三两口喝得微醺，不待小二将下酒的花生米呈上，索性趴在桌上休憩，将戴着面具的半张脸伏在案上。

这时来了一个武当弟子，带着几名小弟子，经过他身边，向邻桌一位独自饮茶、仙风道骨的老者齐齐一拜：“弟子佟元齐，恭迎贾长老云游归来！”

那老者虽然年暮，话音却很清朗：“老朽虽已闲云野鹤多年，但老骥伏枥，希望能助掌门一臂之力，斩妖除魔。”

佟元齐施礼道：“贾长老过谦了，您是督练七星剑阵的最佳人选啊。”

姓贾的老者颇有豪情，只说道：“元齐师侄何必多礼，你们且去迎接其他长老吧，我自行上山就好。”

佟元齐携着几位弟子又是一揖，躬身退下。那姓贾的老者见他们一行走出酒肆，微微一笑，起身离开。

上官警我这时一脸醉相，傻笑着端过酒坛，坐在了老者对面。老者面上有些厌恶，旋即笑脸相迎：“年轻人，你带个面具，可不是喝酒的好习惯！”

上官警我压低声音，凑上前去，悄声说道：“可怜贾长老云游归家，都走到家门口了，却冤死他人之手，连尸体被藏在哪都不知道。”

那老者闻言先是一惊，接着眼中露出杀机，眼看上官警我还没反应过来，便一把抓起桌上竹筷折断，就要插向他后心。

上官警我依旧趴在桌上，忽然哈哈大笑，一个轻描淡写的动作避开竹筷的来

袭，仍奚落道：“哈，你自己学得不像，怎么反要迁怒于我？”

不待老者反应过来，上官警我手中酒坛里的酒水全部向他泼来，老者赶忙避开。上官警我趁此机会，轻巧一跃，翩然出了酒肆。

“你别走——”

老者牙关一咬，竟是越窗追了出来。他施展轻功，毫不费力就在后巷口的一处死角将上官警我截了下来。老者也不多言，一柄长剑“嗖”地刺向上官警我。上官警我不慌不忙闪身一躲，单手一扣，也不知是无心还是有意，正将那老者的外衣撕破，只见宽大的袍子间露出一个少女之躯，胸口虽用纱布缠着，却遮不住雪白娇嫩的肌肤。

“哎呀，原来是个姑娘，真是得罪了。”上官警我佯作自责，嘴上分明带着玩世不恭的笑意。

“老者”脸色绯红，也顾不得呵斥，转身将袍子一裹，勉力遮住香肩，随后转过身来，凭空取出一把绣伞握在手中，再将那绣伞盈盈一转，只见她面上的易容伪装悉数褪去，露出一副娇艳绝伦的面庞，正是屠媚。

原来真正的贾长老已遭屠媚毒手，适才答应上山督练武当弟子的这位，正是屠媚易容假扮的冒牌货。上官警我暗中察觉，却非但不与武当弟子当面说破，反而避开佟元齐等人，跑来寻她屠媚的开心。

屠媚为这神秘男子撞破真容，不免羞愤交加，转动绣伞，一阵凌厉急攻，袭向上官警我，一面逼问：“你究竟是谁？既然看了我的脸，就别想活着离开！”

上官警我一边应对，一边笑道：“我是谁不重要，只是觉得姑娘此去凶多吉少，好意提醒一句罢了。”

屠媚听他语带戏谑，更加光火起来，“噗”一声，自伞尖放出一股黑色内力，直冲上官警我。

上官警我一笑，转手运掌，竟然也放出一道相同黑气，两股气息在空中碰撞，竟然融为一团。

屠媚见状大吃一惊：“你……你是西疆魔地之人？”

上官警我不置可否，淡淡地说：“我只是怜惜姑娘之人。”说罢佩剑出鞘，剑锋轻轻一引，牵动两股刚刚交汇的魔气攻向屠媚。那魔气来势汹汹，速度快绝，屠媚暗叫不妙，下意识举伞一挡，却发现对方并未使任何攻击之力。她收起伞来，只见那团黑气在空中汇成“切莫大意”四个字，而上官警我的身影早已消失不见。

屠媚一噘嘴，一挥伞，将那些黑气汇成的字形打散，随后将绣伞撑开，自面前旖旎一转，再次露出面庞时，已恢复成之前扮成贾长老的模样。她取出铜镜一照，只觉自己易容之术天衣无缝，就连武当弟子也休想识破，不禁一阵得意。

“贾长老”又望了望上官警我消失的巷陌，轻叹口气，便向着武当山翩然而去。

武当掌门左景携众弟子已在山门外恭迎多时，与“贾长老”简单见礼后，左景便直入主题，凝眉说道：“如今西疆邪魔兵临城下，匡扶正义，义不容辞。武当弟子正待操练破敌剑阵，斗胆邀请贾长老与晚辈同入剑阵。”

“贾长老”不住点头，望着左景，目光中颇有嘉许之意。

两人并肩而行，来到演武场的剑阵前。这剑阵由四十九名武当弟子组成，七人为一股，皆按照天罡北斗方位排布，又依据临、攻、御、协、围、缠、诛等情势，蕴藏了数百种机变，临阵施展起来，四十九柄长剑各据其位，有莫测之能。阵法威力之强，足以对阵两百名魔地高手。

如今这剑阵已近大成，所欠只是火候。所谓“行百里者半九十”，在左景看来，尤其是到了最艰险的关隘，唯有找人模拟强敌，方能以战代练，铸成大器。然而武当山上，同辈之间，鲜有人与自己功力相当，此番“贾师叔”云游归来，确是给自己增添了一个强援。

佟元齐长剑一挥，下令道：“起阵！”

四十九柄长剑齐齐上扬，道道寒光出匣，伴着剑身震颤微鸣，看来煞是威严。

“叔侄”二人也不多言，纵身跃入“天璇”阵位，七名武当弟子却不让二人入内，七柄长剑织出一张剑网，将二人笼罩在剑光之下。左景反身一剑，挑向西首的一名弟子，迎面又是一道剑锋袭来，他赶忙闪避，去路却被另外双剑封住。

“贾长老”在左景身侧三步，甫一入阵，即为三道剑光罩住，武当弟子的剑招凌厉无匹，操演中虽不会真正杀伤，但弟子们身负大业，因此练得分外认真，招式间力求快疾，模拟成殊死搏斗的境况。却不料“贾长老”甚是严厉，“铛铛”两剑就将东首一名弟子的腕骨震碎。

阵外观战弟子议论纷纷，有的说：“只是请贾长老试个剑，怎么下手这么重？”有的却说：“到底是前辈高人，唯如此才能铸就大器！”

却看左景用一记“伏雀尾”隔开三柄长剑，挑开了身前攻势，背后空门随之打开，两名“天玑”位的弟子正待迫近，却见“贾长老”暗自冷笑，从“玉衡”飞身而起，一剑就要向左景后心刺落！

左景从容应变，侧身避过暗算，高声叫道：“转明夷位！”

话音刚落，剑阵陡然变换，无数剑光同时向着“贾长老”袭来，“贾长老”一时间措手不及，惊险万分。

只见左景冷冷站在一旁，忽然大呼：“妖女，真以为区区易容术可以骗得过武当？你们修炼易容术所用的南烛石，和我派云龙香相克，还不束手就擒！”

屠媚心下一惊，索性再不遮掩，露出本来面目，散开满头青丝，取出袖中绣伞，独自冷对剑阵，并不示弱，口中骂道：“中原人，果然狡诈！”

此时剑阵中的四十九柄长剑忽地飞入空中，汇成一把巨剑，落入左景手中。左景暴喝一声：“今日你必败无疑！”随即运起身法，凌空向屠媚扑杀过来。阵中的武当弟子，依然护住方位，运起“困”字诀，封锁了屠媚逃避的出口。

屠媚迎着左景巨剑，竟使出以命相搏的打法，她见退路被封，便撑起那柄色彩斑斓的绣伞，硬生生与左景正面相抗。左景知那绣伞纵然凶险，也远不敌大阵淬炼的巨剑，却想不到自伞柄中倏然两发暗器射出，正中自己胸口！

左景一口鲜血吐出，支撑着一剑横扫，就要削去屠媚头颅！剑锋离屠媚脖子尚有一寸，剑气已经在她咽喉处划出一道血槽，屠媚万念俱灰，引颈受戮。

一袭青衣忽然飘然而降，一个戴着面具的男子落在屠媚身侧，正是上官警我。他单手揽住屠媚的腰，将她往怀中一拉，另一手握住了左景剑锋，手中稍一用力，竟将那巨剑从中折断！

众人目瞪口呆，左景也大惊失色，死死盯住上官警我面孔，正要开口，上官警我却以迅雷不及掩耳之势将断刃剑剑锋刺入左景心口，一系列动作只在瞬间完成，左景还没来得及反应，已经倒在地上气绝身亡。

“掌门师兄——”佟元齐绝望地喊叫着，“为掌门报仇！别让妖人跑了！”

阵内阵外，百余位武当弟子眼睁睁目睹掌门身亡，一时急怒攻心，迅速在佟元齐带领之下摆开剑阵，欲将两人包围在其中，报此血海深仇。

却不料上官警我搂住屠媚腰肢，两人“嗖”地化成一道剑光，消失于众目睽睽之下，只留下左景死不瞑目的尸体。

上官警我将屠媚带到僻静无人的郊外，借着树林掩护，这才将她放下。屠媚惊魂甫定，仍有些不服气，挣扎着从上官警我怀中挣脱，举伞就想反攻。上官警我不慌不忙应战，两人过了三两招，屠媚探手一把扯下了上官警我的面具，却发现上官警我面容俊朗，五官精致，屠媚一时间竟有些失神。

上官警我看着屠媚，柔声道：“你受伤了，在流血。”

屠媚这才发现上官警我正拿着一条帕子，按在她颈上的伤口处，心中顿时怦然一跳，尴尬地扫开上官警我的手，自己捂住伤口：“你为什么要救我？”

“我觉得姑娘需要援手，就来了。”

“那我要是不喜欢人帮忙呢？”

“那便不算帮忙，姑娘所发暗器上淬有剧毒，那武当掌门早晚都是一死，我只是锦上添花，做个人情，你说对吗？”

屠媚饶有兴致地看着上官警我，似乎对他产生了很大的兴趣。她问话的语气也转为轻柔：“你到底是谁？为什么你身上会有我们西疆魔气？”

“我回答了，你会相信吗？”

屠媚低头不语，上官警我上前一步，她就警惕地退后一步。上官警我笑道：“你的伤口不处理，会很严重。”屠媚一愣，只好放下手让上官警我为她擦去血迹。两人面庞接近，屠媚竟有些紧张。

上官警我一边为屠媚处理伤势，一边轻叹道：“我体内的魔气是天生的，我从小没有爹娘，自己姓甚名谁也无从知道。从那个时候起，我就无门无派，无牵无挂，独自往来天地之间，没有什么可以牵制我。有人想阻止我，只要一剑杀了他就行！”

屠媚看着细心为自己包扎的上官警我，一直提防的表情终于略有松动，道：“这么说来，我们还挺像的。我生平最恨的就是有人束缚我，只要阻碍我的，都是我的敌人。”

上官警我抬头一笑，悄然避开屠媚的目光，继而道：“你的伤已经无碍了。”说罢转身就要离去。

“你去哪里？”屠媚急急拦住他。

上官警我仍是一张玩世不恭的笑脸：“天下间，还有很多姑娘等着我施以援手呢。”屠媚“啐”了一句，竟是微有醋意。上官警我并不理会，当下快走两步，身影已经消失在树林中。

屠媚看着上官警我离去的方向，心想：此人先是拆穿她易容，再和她交手，又出手相救，究竟是敌是友，一时难以判断。再想下去，眼前又都是上官警我那张亦正亦邪的笑脸，令她不禁脸红心跳起来。

“啊！”

正当屠媚想入非非之际，忽然，一只手抚向她的肩头。她惊觉过来，竟看见自己的兄长屠霸立在身后。屠霸此刻身在西疆魔地，屠媚所见，只是绣伞送来的幻影虚相。

“啊！大哥！”屠媚这才从念想中抽离。

见到屠媚脖子上的伤口，屠霸关切道：“你怎么受伤了？”虽是关怀，但从屠霸口中说出，仍带狠戾之气，像是含有责备之意。

屠媚搪塞道：“遇到点小麻烦，不过已经解决了。呃……大哥，我要晚一日才能回去。”

屠霸目光一凛：“你是不是有事瞒着我？”

屠媚只继续掩饰：“哪有，我只是想乘胜追击。”

屠霸狐疑地打量着屠媚，查看不出丝毫端倪，只能叹了口气，沉吟道：“阿媚，中原人心诡谲，善耍心机，你千万不能相信他们，更不能吐露营地所在！”

屠媚点头道：“大哥放心，我心里有数。”说话间，一丝甜蜜的笑容从她嘴角流露出来。

月朗星疏，乍暖还寒。

深夜破庙中，上官警我静静坐在一堆篝火前。

忽地风声流动，三剑从天而降，原是蜀山弟子诸葛驭我、公孙无我和师妹素因御剑而来。

“素因！师兄！”上官警我赶忙站起身来，亲切地迎将上去。

久别重逢，素因也是笑靥如花，欣然道：“师兄！真的是你！”

其他两人却是面色凝重，投来的目光好生冷峻。诸葛驭我冷声道：“师父原本令素因师妹与晓如一起留守蜀山，她挂念你安危，现是瞒着师父，偷偷跑来见你。”

上官警我心头一暖，素因已旁若无人地一头扑进他怀中，正待与他述说久别离绪，诸葛驭我却走上前来，面色铁青地望着亲昵的两人。

上官警我被他看得有些心虚，道：“大师兄，我瞒着师父偷跑下山，师父他老人家还生气吗？”

诸葛驭我正色道：“警我师弟，眼下另有一桩事情，你需当面与我说清楚。”

上官警我不待师兄发问，坦然一笑，道：“左景胸口那一剑的确是我刺的。”

三人皆是勃然变色。公孙无我正要开口训斥，诸葛驭我虽也恼怒，却以手势阻止：“先听他说完。”

只见上官警我面无愧色，说得不疾不徐：“擒贼先擒王，屠霸这次来势汹汹，只有抓住他才能平定乱局。可是此人从来不肯现身，连跟他妹妹联络都是使用传灵之术，我下山寻找他多日都没有线索，我们需要一个更直接的突破点！”

素因惊道：“你说那个妖女屠媚？”

上官警我点了点头，继续道：“还有什么能比潜伏在屠霸最信任的妹妹身边更直接？”

诸葛驭我怒道：“荒唐！所以你就对左掌门下杀手吗？”

上官警我有些激动地辩白道：“大师兄，你也看过左掌门的尸体，当时他身中剧毒，就算我不杀他，他也活不过一个时辰，与其让他白死，倒不如以他一条命换一个冒险的机会！”

诸葛驭我怒意更甚：“杀人就是杀人，哪来这么多理由？你这分明是在玩火！”

上官警我却不服道：“大师兄，你就是太墨守成规，不敢冒险！”

公孙无我无奈地挡在两人之间，对上官警我使个眼色：“师弟，别再说了！”

这时，素因对诸葛驭我说道：“大师兄，危急时刻当机立断，我相信左掌门一定也会为了武林选择慷慨赴死的。”说完，一双美目望定上官警我，眼中写满

了温暖与信任。

诸葛驭我长叹一声，颓然坐下："那你下一步计划是什么？"

上官警我成竹在胸，道："等取得屠媚的信任之后，我会假意投诚，让她带我去找屠霸的营地，到时候我再暗中传信给师兄。"

素因闻言紧张道："师兄，这么做太危险了。"

上官警我笑道："放心吧，素因，就算真的遇到危险，两位师兄也一定会来救我的，不是吗？"

上官警我微笑着向两位师兄伸出手，诸葛驭我和公孙无我无奈地对视一眼，伸手与他紧紧相握。素因在三人身旁，看着上官警我意气飞扬的英姿，眼中却有一些担忧。她眉间戚戚，又不想被警我看出。

她心知上官警我此次私自下山，是想要平息魔害、建立奇功，一心向师父证明自己。但上官警我始终身怀西疆魔地的血统，行事也往往偏激，素因生怕他正邪不辨、遭人蛊惑，最终堕落魔道。尤其听闻他与那妖女屠媚接近，素因心中更是忐忑不安。三位师兄就寝之后，她心中烦忧，竟一人不声不响走到不远处的小溪边思虑起来。

夜凉如水，溪流潺潺，素因梳理着纷乱的心绪，夜风吹起她的长发和衣衫，使她姿容愈发绰约，飘然若仙。可她脸上却亮晶晶挂着几点泪痕，显得楚楚可怜。素因幽幽一叹，却发现自己的倒影边多了一个人影，上官警我已在她身边微笑而立，不由分说将她揽入怀中："素因，从我私自下山，我们有多久未见了？"

素因脸上泪痕未消，柔声道："每次等得越久，见到你的时候我就会越开心。"

"开心为什么哭？"

"警我，你为什么这次一定要接近那个妖女？魔地来的人那么多，就没有更好的办法了吗？"

上官警我搂紧素因，缓缓说道："我身怀西疆血统，在蜀山之上处处受人歧视，这是我证明自己的最好机会。是，为了接近那妖女，我说过言不由衷的话，做过口是心非的事，但那些全都是假的。不管发生什么，我心里永远只有你一个。"

素因仍然噘着嘴，揪着自己的衣角。

“吃醋了？”素因闹别扭不回应，上官警我轻轻一笑，巧妙回身吻上她的唇。素因脸色顿时绯红，一时娇羞不已，先前的怨气更是化为乌有。

警我吻得深情，素因却一手推开了他，上官警我一愣，素因脸上却充满笑意，无限温柔地说：“等你得胜归来，就去向师父提亲吧。”

听到这个承诺，上官警我满腔热血沸腾，仿佛已看见美好未来，拍手道：“好！壮志与爱人，为行动之翼，我必不负你期待！”素因嫣然一笑，轻轻点头。月色下的小溪，倒映着一双璧人。

不远处的树林中，诸葛驭我默默看着素因对着上官警我的一颦一笑，脸上是说不出的苦涩。他沉默良久，最终还是转头离去。

客栈房间之中，一灯如豆。

屠媚一个人静静坐在桌旁，自斟自饮。

上官警我不知何时突然现身：“让姑娘久等了。”

“谁说我在等你？”

“若一人自斟自饮，为何要放两只杯子？”

屠媚被人识穿心意，只好微微一笑，起身为上官警我倒酒。两人距离一瞬间贴得极近，屠媚忍不住心猿意马，脸上又展露妩媚的笑容。

上官警我接过屠媚递来的酒，警觉地看向杯中，杯中酒水晶莹清澈，却隐隐闪着荧光。

“看来这杯酒，很不简单。”

“豪爽点，喝是不喝？”

“你说过，但凡看见过你面容的人，没人可以活。这话，我该不该相信呢？”

屠媚只是笑。

上官警我也笑，一只手暗暗握拳，运起功力，另一只手却端起酒杯，干脆利落地仰头喝下杯中的酒。

屠媚如释重负，欣然笑出声来：“哈哈哈，好胆量！可是以你的功力，不会看不出这酒里下了东西吧？”

上官警我凛然道：“这世间最难能可贵的，就是‘信任’二字，我当姑娘是朋友，如果姑娘执意要我的命，那我无话可说。反正贱命一条，只要姑娘开心，开膛破肚都悉听尊便。”

屠媚听完，满心欢喜，风情万种道：“说得好，开心就好。酒里的东西不会要你的命，只会让你觉得，春宵一刻值千金。”

上官警我忽然一阵眩晕，意识一点点模糊，浑身开始燥热起来。屠媚媚眼如丝，缓步走了上来，一把脱去了上官警我的上衣。上官警我下意识地握紧拳头，他体内真气流窜，面上的燥热缓缓退去。

屠媚娓娓道：“我们西疆之人生性豪爽，有肉就吃，有酒就喝，有爱就许，不像你们中原人总爱来虚情假意那一套。我对你一颗真诚之心，你拿什么回应我？”说罢伏在上官警我肩头，双唇渐渐靠近他的脸庞，倏然觉出异状，“你身上怎么这么凉？难道你不喜欢我吗？我要你陪着我，心里只有我一个，这样才能证明你的真心。”

上官警我早知酒中做了手脚，入口之前便运起功力抵抗药性，此刻屠媚轻解罗裳，投怀送抱，原是他意料中事，他转念一想：为了接近这妖女，自己此前历经艰辛，不惜刺杀武当掌门来换取她的信任，而今要是现出破绽，不仅前功尽弃，寻找魔窟、剿灭邪魔的希望更要破灭……于是他有些痛苦地闭上双眼，硬生生收回了自己的功力，内心却喊道：“素因，我对你真情朗朗于心，但江湖险恶，人心最是难测，此番唯有将计就计了。”

等他再睁开眼的时候，最后一丝神志已经丧失，当下横抱起香肩半露的屠媚，径直走入内堂……

不远处，诸葛驭我和公孙无我两人一直遥遥注意着客栈窗户的动静，诸葛驭我痛心地移开视线，不愿再看下去。

“师兄，我去阻止！”

诸葛驭我一把拉住公孙无我，严肃地盯着他的双眼，一字一句道：“警我现在所做的一切，已经不止关乎他自己的个人安危！你此刻要是冲动，只会让他白白牺牲。”

公孙无我疑道：“可是此举有违正道，万一师父问起来……”

诸葛驭我打断师弟的话头，神色威严凝重，说道：“师父绝不能知道此事！

不管是为了蜀山，还是为了警我，今晚的事情除了你我之外，不能有第三个人知道。”

在诸葛驭我的逼视下，公孙无我叹了口气，唯有重重点头。

次日拂晓，蜀山剑林峰。

岩壁上早已绘上一个巨大的阵法，白眉真人静坐阵法之前，身前一把宝剑悬浮空中，散出蓝色幽光，剑气逼人。晓如立在一旁护法。素因一脸喜色，正由山下赶来，人未到，声先至：“大师兄传信息回山，说是快要探出屠霸藏身之地了。”

白眉真人却是先问：“嗯？可有警我的消息？”

素因眼神一闪，说道：“师兄他……暂时还没有消息。”

白眉真人闻言深深叹了一口气，凝眉道：“此番魔地来袭，希望他不要误入歧途才好。”随后中气一发，传令道：“令点苍峰弟子，全数下山支持驭我、无我！”

“是，掌门！”晓如真人得令一揖。

白眉继续将一股真气输入宝剑，那宝剑如获灵性，猛然飞到阵法之中，冰蓝色的光芒大盛。

见到蓝光炽盛，晓如、素因顿时认出宝剑，同声道：“这是祖师爷留下的南明离火神剑！”

白眉真人略一沉吟，向两人说道：“不错，此剑剑气刚猛，威力无比。屠霸野心太盛，为祸人间，为师如今要引蜀山天地灵气入南明离火剑，设下封印之眼，在中原西疆之间立界，将这群妖人镇压西疆，永世不得踏入中原一步！”

此时上官警我与屠媚正御剑飞过一片林海雪原，屠媚示意他降在一块雪山冰岩之上。只见地面上水晶林立，寒气逼人。屠媚念动咒语，启动阵法，那些水晶柱依次退开，万年玄冰上竟缓缓裂开一道缝隙，从中现出一条小径。

两人一前一后，牵手踏入小径。只见两旁的冰壁内侧，竟然封存着层层白骨，透出阵阵阴风。这条聚集妖魔的小路，遥遥通向冰谷深处。

上官警我心中满是震惊，表面仍然不动声色，向屠媚问道：“这里是……”

“百蛮山阴风谷，是大哥在中原的营地。这里由千年冰岩结晶而成，人迹罕

至，整个中原武林没有人知道这个地方。”

“什么地方不重要，只要有你在身边，就是好去处。”上官警我探过头去轻吻屠媚的面颊，指尖却弹出一点荧光，透过冰凌间隙，遥遥飞落天地之间。

屠媚携着上官警我，经过许多堂口，径直步入阴风谷腹地的一间密室，要将自己的如意郎君向兄长引荐。

随着重重冰雪大门打开，一个背影伫立在前方，面对着墙上一幅雪花结成的神州大地图。虽然是背影，却仍然透出一股冷厉气息，霸气逼人。那背影却忽然一声冷笑，上官警我周围压力忽然倍增，巨大的压迫力竟然迫使他一下跪地，膝下冰层轰然裂开。上官警我强撑着抬起头，只见一个眉目冷傲阴郁的男子扭过头来，正是屠霸。

屠霸看也懒得多看他，狰狞道：“我说过，中原人来了阴风谷，只有死路一条！”

“大哥，他是我的救命恩人！且他身上带有魔地血统，也愿意成为大哥的左膀右臂！”

屠霸这才移过目光，认真打量着上官警我。他先是点了点头，继而转身对屠媚说道：“要入我魔地，必须接受魔气灌顶，运用白骨吹将身体内力全部转化为魔气。媚儿，等这小子能撑过再说吧！”

上官警我依旧带着玩世不恭的表情，笑道：“悉听天尊吩咐。”

屠霸冷哼一声，信手一挥，密室大门再次锁死，冰封岩壁在屠霸面前打开，露出了深藏其中的白骨吹。屠霸祭出白骨吹，森森白骨在空气中幻化而出，在屠霸手中汇聚成一把长刀。两只白骨的手突然从地面冰层深处伸出，死死扣住上官警我双脚。白骨化为锁链，将上官警我四肢锁起。

“大哥，你……”见此情形，屠媚失声惊叫。

“大哥告诉过你，中原人没有一个是值得相信的，只有死人才信得过。”屠霸说罢暴起，瞬间骨刀悬在上官警我面前，一刀劈下！

千钧一发之际，上官警我袖中幻化出一柄长剑，护在身前，与屠霸的刀锋正面相抗，兵刃相交，发出铿锵之音。上官警我趁机发力，手脚上的禁锢应声碎裂，长剑入手，剑气翻滚。

屠媚见势不对，冲入两人之间：“大哥，别杀他！”

屠霸见状怒喝道："他使蜀山剑法！小妹，你还没看到吗？他一直在骗你！"

屠媚一愣之下，缓缓转头，难以置信地看着被她护在身后的上官警我。

上官警我对屠媚颔了颔首，依旧带着玩世不恭的笑意："在下蜀山剑派上官警我。"

屠媚一张俏脸顿时没了血色，怔道："你一直在利用我！那天还与我……"

"对不起，我们天生为敌。"

"既然是敌人，就不需要道歉。"屠媚举起绣伞，刺向上官警我心口，眼神之中满是阴冷，"我杀你的时候，便不会手下留情！"

一阵震动袭来，屠媚的绣伞失去准头，刺入上官警我肩部。上官警我看向脚下，只见地面的冰层中，阵法的金光隐隐向着密室内部蔓延而来。上官警我料定是诸葛驭我收到他先前的荧光传信，找到魔窟方位，现下已带了蜀山弟子赶来，在阴风谷布下阵法，即刻便能斩妖除魔，剿灭屠霸。想到此处，他不禁露出欣慰的笑容。

屠霸看向冰层下，先是一愣，继而狂怒起来。

上官警我喝道："蜀山已经在谷外设下了降魔阵，要你等妖魔无所遁形！"

屠霸一脸阴戾道："你也在谷内，蜀山难道想让弟子给我陪葬吗？"

上官警我微微一笑，擦去嘴边血迹："谁想陪你一起死了？有人在等着我回去呢！"言毕真气流转，拔剑向屠霸冲去。

屠媚看着上官警我，眼神由恨变冷，飞身加入战团，与屠霸一起对阵上官警我，顷刻间三人已战成一团。

阴风谷外，诸葛驭我、公孙无我两人偕同点苍峰弟子三十四人早已列好阵法。这降魔阵刚猛无匹，威力非凡，一旦催动，无从可破。此阵的阵眼，远在数百里外的蜀山剑林峰。

剑林峰上，岩壁上金色法阵光华隐现，白眉真人须发皆张，衣衫无风自荡，护阵的二人，正是素因和晓如。

但听晓如高声道："掌门，大师兄法阵已成！"

"启阵！"白眉真人一声清啸，再道，"此为降魔阵阵眼，亦是封印之眼，能助力驭我，将妖魔封印于西疆！"

只见那南明离火剑如有灵性，凭空飞入白眉掌中。白眉低吼一声，再将宝剑

插入法阵正中。蓝光一现，整个法阵即开始转动，阵眼亦凝聚成形。透过阵眼，阴风谷内的一切缓缓在岩壁上显现，屠霸等人的身影隐现。

素因忽然浑身一震，死死盯着岩壁——上官警我的身影出现在了岩壁上！

素因大惊失色，险些站立不稳。

白眉真人亦是眉头大皱："警我！他怎么会和屠霸在一起？"

素因眼见无可隐瞒，唯有据实说道："掌门，是警我师兄以身犯险，和妖女周旋才找到了屠霸所在！这件事大师兄和无我师弟都可以做证！"

白眉真人大惊失色："为什么不早说？"

素因硬着头皮说道："我，我怕掌门因为血统一事怀疑他……"

这时一旁护阵的晓如突然叫道："掌门，上官师弟他好像……快撑不住了！"

三人神情一震，看向岩壁，只见上官警我正在与屠霸、屠媚周旋，已经渐渐不敌。白眉看着岩壁上苦苦支撑的上官警我，神情挣扎，最终痛苦地闭眼，凝声说道："素因，封印之眼已经启动，万不能停。"

素因一怔，惊叫起来："不！师兄是为了蜀山才去冒险的，您不能让他也被封印！"随后"扑通"一声跪在了白眉面前，不住地重重磕头，一个劲地乞求掌门。

白眉真人长叹一声，低声道："太迟了，此番若不除屠霸，中原武林将不得安宁，大局为重，也许警我命该如此……"

剑林峰的封印之眼一启，阴风谷立时光华大盛，只见群峦上空乌云聚拢，天象诡异，一道巨大旋涡隐隐出现。诸葛驭我看着脚下的皑皑冰层，还在苦苦等待上官警我的消息。

公孙无我上前道："大师兄！掌门已经开启封印之眼，再不开阵就来不及了！"

诸葛驭我看向公孙无我和周围弟子，再看向阴风谷谷口，一闭眼，高喊道："开阵！"

只见剑林峰上，南明离火剑径自颤抖，蜀山源源不断的天地灵气涌来，全部汇集在阴风谷地下，硕大的封印围绕着阴风谷缓缓成形。

一阵天摇地动，冰凌崩裂，整个阴风谷摇摇欲坠。上官警我被屠霸、屠媚两人狠狠击出，撞烂冰层。屠霸一手五指成钩，将上官警我从密室内砸到了室外大殿中。上官警我支撑着从尘埃中站起，他一人独对两人，已经浑身是伤，到了强弩之末，嘴角渗出触目惊心的鲜血，但还是企图拔剑再战。屠霸暴怒之下，直接掠过上官警我的剑锋，一手掐住了他的脖子，将他高高提起，怒喝道："白眉真人龟缩不出，居然派你一个半人半魔的怪物前来，我屠霸白骨吹在手，如果真的有心要走，区区一个降魔阵能拦得住我？"

大殿颤抖得更加厉害，法阵的金色光芒潮水一般涌入阴风谷，巨大的结界缓缓开启。屠媚看着大殿外蔓延而来的金光，惊叫道："大哥，再不走就来不及了！"

屠霸冷冷看着重伤的上官警我冷漠的瞳孔，白骨吹汇成的骨刀抵住上官警我眉心，阴戾地道："坏了我的计划，我也不会让你好过。"

上官警我无动于衷地看向屠霸，屠霸一刀刺入上官警我胸口。上官警我不怒反笑，竟然猛地迎上前去，一直冲到屠霸面前，让骨刀刺得更深："最后还是骗到你了。"

只见他一把抓住了骨刀，一剑夹杂着汹涌剑气向刀柄末端砍去。骨刀齐柄而断，白骨吹就此毁去，屠霸一口黑血喷出，重伤倒地。

没有了白骨吹的召唤，屠霸的恶灵大军瞬间失去了动力，不受控制，乱成一团，被封印的金光吞噬。封印已经将整个大殿围住，上官警我和屠霸、屠媚已经彻底没有了退路。

上官警我捂着伤口，看向蔓延而来的金光，苦笑出声："师父，您终究还是狠心放弃了我……"

素因却没有放弃上官警我！她目睹了此景，犹如遭受摧心之痛，从未有过的决绝神情在她眼中闪过。只见素因猛地起身，整个人如飞蛾扑火般扑向南明离火剑！

"素因，休得胡来！"

见此剧变，白眉真人和晓如神色大变，却不得不全力维持住法阵，无法上前阻止素因。

素因赤手握住了南明离火剑，单薄的身子迎风而立，向着白眉与晓如一字字说道："祖师爷曾经说过，只要心诚，就能够以血开天门，打开封印缺口。"尔

后转身惨然一笑，以锋利剑身划破手掌，任凭鲜血沿着剑身缓缓流下。她口中犹在低声自语："师兄真心对我，我也真心对他。素因知道此举有违师命，如有差错，素因愿以死抵罪，只求换师兄一条生路！"

素因手上伤口深可见骨，汩汩涌出的鲜血一丝丝被南明离火剑吸收。然后法阵光芒猛然变成红色，整个法阵忽然之间反弹出了巨大的力量，将白眉与晓如双双击开。

素因死死握着剑身，顶着法阵强大的冲击力，巍然而立，一双眼睛默默看向岩壁——只见阴风谷大殿内，本来已经蔓延一片的金色封印裂开，一道天门缓缓开启，透出绚丽光芒。

素因缓缓笑开："心诚则灵，老天爷终于开眼了！"随后双眼一闭，昏倒在地。

阴风谷内，众人九死一生。重伤的上官警我看着眼前打开的天门，却已经没有了动弹的力气，耳旁却响起屠霸的冷笑。屠霸支撑着站起，也无力理会上官警我，只勉力拉着屠媚向着天门挣扎而去。

天门内一道身影却猛然冲出，数道剑光刺向屠霸，正是及时赶到的诸葛驭我！屠霸和屠媚已经无力抗敌，被诸葛驭我一剑逼退。天门开始缓缓合拢，诸葛驭我上前扶起了上官警我，上官警我微微一笑："大师兄，我知道你一定会来救我……"

"事不宜迟，我们快走。"诸葛驭我微一点头，便拉着上官警我，纵身一跃从天门离开。

上官警我在最后一刻回头张望，只见屠媚扶着怀中昏迷的屠霸，眼神幽怨地看着他。

诸葛驭我长剑一挥，剑锋再次推出一个咒印，金色封印将屠媚、屠霸两人淹没。

随着一声巨响，天门合拢，金光散去，阴风谷又恢复了冰雪皑皑的死寂。

日落黄昏，栖霞峰上层峦叠嶂，晚霞烧天。石壁、山崖、丛林、草木，霎时变得绮丽壮美，如同画境。

断崖之上，芳草艾艾，夹杂着不知名的野花，三两只蜻蜓悄悄经过。

草地尽处，是一片绝壁。上官警我面临绝壁而坐，素因依偎在他怀中，如同小鸟依人。上官警我轻轻捋着素因鬓角的乱发，然后俯下身，轻吻着她。

当日素因的舍身之举换来上官警我劫后余生。两人再次相见时，再不消千言万语，情到浓处，便是天地为庐，白云为盖，要将生死都许给对方。此刻天地如织，山林尽染，二人如漆似胶，正有那说不尽的缱绻情话。

“素因，我明天就向师父他老人家提亲，要你做我的新娘子！”上官警我在她耳边信誓旦旦地说。

素因嫣然一笑，将素手轻放在警我胸前，无限温柔地道：“警我，在素因心中，我早已是你的妻子了。”

“警我——”诸葛驭我远远御剑飞来，撞破这短暂的温柔乡。

两人回头，赶紧系好衣带。诸葛驭我一愣，一时也说不出话来。倒是上官警我耐不住性子，问道：“大师兄，什么事来得这么着急？”

诸葛驭我压抑住情绪，正色道：“师父找你。左掌门一事败露，武当上凌云峰问责来了！”

素因和上官警我听到“武当”两字，都是神情一紧。素因忙道：“师兄，他们是要找你报仇！你别去，且下山避上一避吧！”

上官警我冷哼一声，满不在乎道：“这桩事我做得没错，就算左掌门复生，我也不怕和他们对峙！大师兄，我跟你一道去会会他们。”

上官警我甫一来到凌云峰大殿，就看到一席染血衣衫。那血衣平铺在恩师白眉真人面前，白眉真人面色冷峻。武当新任掌门佟元齐迎面而立，连同六七位武当弟子，个个披麻戴孝，面上神色却很亢然。众武当弟子见上官警我入殿，眼中好似喷出火来。佟元齐给足蜀山面子，示意门徒不得无礼，且看白眉真人如何处置。

白眉真人眉头一锁，不怒而威，向上官警我问道：“警我，当真是你？”

上官警我迎着师父目光，坦然道：“既然佟掌门查到了，我也不再否认。当时攻入武当派的确实是我，左掌门胸口那一剑，也是我刺的。”他直言不讳，态度竟十分强硬，似根本不觉得自己杀了名震天下的武当前任掌门有什么不妥。

佟元齐忍无可忍，剑已出鞘，直指上官警我：“杀人凶手竟如此趾高气扬！”

上官警我淡定地道："左掌门当时已经身中剧毒，就算我不出手，他也保不住性命。我之所以那么做，全是为了博取妖女信任，以找到阴风谷所在。一命换天下命，这个账，你们难道不会算吗？"

佟元齐怒道："天下命重要，难道我们掌门的性命就不值一提吗？当时若不是你一剑致命，我们或许还可以用丹药救活他！"

上官警我微一颔首，从容道："左景掌门是为天下牺牲，我想他泉下有知，也会感到欣慰。"

"混账！"白眉真人突然怒斥一声，整个凌云峰大殿登时鸦雀无声。白眉真人环视一周，自有一股威严凛然之气，只听他语气铿锵："武当掌门左景德高望重，你出手置他于死地，便是大逆不道，如今竟然还口出狂言，毫无歉疚之心！"

上官警我仍道："与妖魔交手，不工谋略，何来良机？师父，弟子为救天下出生入死，武当派的人不懂，难道您也不懂吗？"

话一出口，白眉真人分明一怔。

诸葛驭我和公孙无我见势不妙，忙上前走到上官警我身边。

公孙无我急忙说道："师父，上官师弟向来心直口快，但他为人正直，我们蜀山上下无人不晓。"

诸葛驭我向白眉真人一揖，又望着武当诸侠道："警我这一次的做事方式确实有欠妥当，但他也是为了平天下、救苍生，希望掌门和武当派诸位能有所见谅。"

随后又附到上官警我耳边低声说道："警我师弟，当下不要鲁莽行事，当着武当派的面，示一下弱并没有什么坏处。还不快认罪。"

上官警我甩开诸葛驭我的手，态度强硬，仍是一脸的不情愿，叫道："为什么要认罪，我又没有错！"说完恶狠狠地瞪着佟元齐，一副挑衅模样。

佟元齐愈发被激怒，口中讥讽道："好啊，蜀山三杰名震天下，没想到尽是苟且之徒，一个下毒手，另外两个合谋隐瞒。蜀山身为武林之首，竟然如此偏私！如此看来，与那西疆妖人又有何区别！"

上官警我骂道："你少在那里危言耸听，蜀山乃名门正派之首，岂容你污蔑！"

佟元齐也不相让："名门正派？当日你在武当所用招式，我看并非蜀山剑法，倒是与那妖女相得益彰。难道蜀山上现在已经不练剑，改练魔功了？都说天下至邪的血影神功秘籍在蜀山掌门手上，看来，掌门破忌，正道不再啊。"

白眉真人听到此话，眉头紧锁，望向上官警我，问道："警我，佟掌门所说当真？"

上官警我此时明白对方是为了激怒白眉真人，遂收起傲气，虚心以对，说道："师父，此人是在小题大做，颠倒是非！"

"砰"一声巨响，只见白眉真人一掌击在座椅之上，将那张红木做体、寒玉镶面的靠椅直拍得四五分裂，巨响之中，玉石碎屑四散飞溅。

见此情状，在场的两派弟子谁也不敢说话。

白眉真人对着上官警我，越发震怒起来："我问你是怎么回事？"

上官警我猛地跪在地上，磕头道："师父请息怒！弟子为了接近魔地之人，动用了体内魔气……"

众人听他这般说，顿时一片哗然，蜀山、武当两派弟子面面相觑。

白眉真人当机立断，一记飞身来到上官警我身边，不由分说抓住他的左臂，强行运功，催动金色真气，探查上官警我体内隐隐流动的魔功气息。

见此情状，上官警我更加紧张，恳切道："师父，弟子知道与妖魔为敌，不能墨守成规，必须以其人之道还治其人之身，一切仅是权宜之计。我发誓，从此以后，决不会再用体内魔气。"

白眉真人沉默不语，但他紧紧抓住上官警我的左臂，丝毫没有要松开的意思。他回头看了看武当诸侠，再看看蜀山弟子，缓缓开口："佟掌门，这孽徒是我从西疆边境带回，体内天生带着魔气。我本以为可以加以驯化，引向正途，如今看来是我太过仁慈，实在愧对武林同道。"

"师父您不分是非对错，我不服！"上官警我义愤填膺，白眉真人却面无表情，并不理会。

只听白眉真人肃然道："上官警我，为师之所以赐你名为警我，就是希望你能随时警惕自我，行事切勿率性而为。你此行即使初衷是好，可行事太过肆意妄为，体内魔性终究难除。为免再生祸害，今日为师只能将你身上魔气除去，以谢天下。"言毕真气一催，只见一道道金光交缠住上官警我的手臂。

上官警我察觉大事不妙，想逃，却被白眉牢牢抓住。那几束金光越收越拢，围绕着上官警我的手臂快速旋转，眨眼之间，只见一片刺眼的光芒亮起……

“啊——”

一声撕心裂肺的惨叫直冲穹顶，上官警我的手臂瞬间经脉尽断，颜色化为乌黑。他随即两眼一翻，昏死过去。

白眉真人向武当诸侠略施一礼，凛然道：“蜀山弟子上官警我，无视门规，残害武林同道前辈，今废去一臂，囚于伏魔谷，终身悔过，以儆效尤！”

佟元齐等唯有呆立当场，噤若寒蝉。

伏魔谷牢房内，庞大的法阵繁复慑人，上官警我倒在法阵当中，面色苍白，发丝凌乱。他悠然转醒，也不知过去了多久、身在何处，想支撑着坐起来，却发现自己的左臂已经化为乌黑。上官警我愣了愣，尝试着想重新运用左臂，然而左臂再无任何知觉，宛若一截焦炭。

“啊——”

肉身的痛苦与内心的不甘，令上官警我失心疯般惨叫起来。就连前来送饭的诸葛驭我听到这凄厉之音，也为之动容：“师弟，你冷静点。事出突然，若不给武当派的人一个交代，整个蜀山恐怕都逃不过中原武林的讨伐。师父当时是没办法才出此下策，他老人家也是心疼你的。”

上官警我苦笑以对：“心疼？他明明就是对我有偏见，拿我当替罪羊交差。大师兄，我不想被关在这里，你去求求师父，让他放我出去，师父平日最疼你了，你一定要帮我！”

诸葛驭我点头道：“放心吧，我一定会站在你这边。”

上官警我又问：“素因……素因在哪里？我想见她！”

诸葛驭我沉吟道：“师父下令，除了我，任何人都不得探视你。你放心，等师父气头过了，我就悄悄带素因来。”

“师兄，这世上除了素因，我唯一信任的人就是你，拜托你了……”上官警我无助地倒在诸葛驭我怀中。诸葛驭我轻拍着他的后背安抚，面上写满忧虑。

此刻上官警我并不知道，一个时辰以前，素因已被师父许给他唯一信任的人。而他又爱又恨的师父白眉真人，也已撒手尘寰，羽化登仙。

却说白眉真人大义灭亲后，又别过了武当佟元齐众人，便沉默不言，独自一人向着凝碧崖的石室走去。不出半个时辰，石室外响起了叩门声，白眉真人只听步伐，就知是诸葛驭我与素因。

白眉真人缓缓推开石门，素因“扑通”一声跪下来，不住磕头，一张清丽的面庞满是泪痕。一侧的诸葛驭我神色凝重，说道：“弟子有一事相求。”

不待白眉真人应答，素因便开始乞求：“掌门，求求您给警我师兄一次机会，他现在已经废了一条手臂，想必也受到教训了……”

白眉真人眉头一锁，喝道：“别再说了！为师知道警我的委屈，他天资过人，但始终魔性难除。且为师算过，他命中带有大劫，劫难降临之日，恐殃及整个蜀山。”

素因心焦仍要恳求，一时找不出言辞，唯有拼命磕头，又以眼神向诸葛驭我求助。

诸葛驭我躬身作揖，恳求道：“师父，此事警我纵然千错万错，初衷仍在斩妖除魔、守护苍生。警我行事乖张，师父已断他一臂为惩，这终身监禁的大刑，只怕严苛了些……”

岂料白眉真人答道：“命数之事，定要以酷刑方可破解。历代高人，为躲天劫，无不将自己封闭数十载。将警我押于伏魔谷中，潜心修行，若能避过此难，也不失为一件好事。”

诸葛驭我闻言错愕，继而道：“可是，师父，只怕师弟无法承受如此重罚。”

白眉真人面色苍白，只念道：“他若是这点苦都受不了，尽是想随心所欲，才是蜀山之大不幸！”说到“幸”字之时，他竟从口中喷出一口鲜血来。

“师父——”

“掌门——”

诸葛驭我与素因连忙上前搀扶，却见白眉真人的脸色顷刻间惨白如纸，双瞳亦渐涣散。他气若游丝道：“日前与屠霸一战，为将妖魔封印在西疆，为师耗费了大量真气，方才又因警我之事耗损心神，如今邪魔已退，内事已决，为师也无力支撑这肉身，是时候仙游去了。”

听到此处，诸葛驭我与素因已含泪跪下，仆地叩拜。

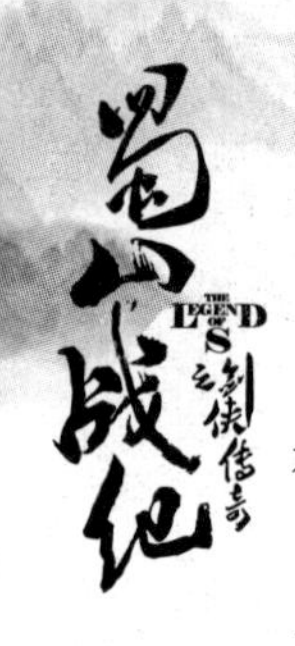

白眉真人望着二人，继续说道："你们俱为少辈精英，今后整个蜀山将交托在你们手中，记住，一定要以天下为己任，守护苍生。"

他说话的气息虽衰，眼神之中却充满坚定："驭我、无我、警我，你们的这三个名字是我取的，因为为师知悉你们各人的心性，希望能一路开导你们，面对自己、知悉本我。是非善恶一念间，唯有懂得放下，才能超脱悟道。"

素因心知这是师父羽化前的最后嘱托，哭得泣不成声，只拼命磕头，不知说什么才好。

白眉真人将诸葛驭我叫到身前，自怀内掏出掌门令牌及一簿书卷，交到了诸葛驭我手中。

那书卷的封面，以篆体写着"血影神功秘籍"字样，看起来十分古老，素因知道那是蜀山一派历代掌门的精血所系。

白眉真人仍以衰弱却又坚定的声音说道："驭我为人正直，行事谨慎周全，悲天悯人。从今以后，由你接任掌门之位，众人应尽心辅佐。大家当谨记蜀山职责，守护赤魂石，保护苍生安宁。驭我，这本《血影神功》乃是配合赤魂石修炼的秘籍，但祖师爷曾经交代过，此秘籍凶险万分，视为禁书，决计不可外传，须由蜀山历代掌门妥善保存，不可毁去，但也不可让蜀山弟子练习。现在就交给你了。"

诸葛驭我拜道："弟子领命。"

白眉真人释然一笑，又接着道："离别之际，为师还希望能成就一段姻缘。"说着望向素因，颔首道，"为师将你许配给驭我，从此你就是掌门夫人。你为人善良，宅心仁厚，你二人结合，是蜀山之幸。"

素因闻言娇躯一震，如遭晴天霹雳，几乎是叫喊了出来："掌门！可是……"

白眉真人抬手一挥，阻断素因的话头，轻吟道："放下执念，究竟自在。"霎时间，从他周身经络间乍现出数道光华，那光华先是涌动，继而缠绕，再是飞旋起来，随后，汇成一道刺眼金光直冲天际。金光消逝后，白眉真人头一沉，与世长辞。

诸葛驭我看到师父离去，悲从中来。素因一动不动，仿佛无法相信这个事实。诸葛驭我担忧地回头看她，只见素因双眼含泪，不停地摇头，随后扭身奔出凝碧崖。

诸葛驭我忧心万分，追上前去，一把抓住她："师妹！师父必是以蜀山大业为先，才希望你我二人结合，掌门遗命不可违啊！"

素因蓦然回首，一张俏脸刻满悲愁，泪珠不断滴落下来："师命不可违，但感情之事只要你我两人不从，其他人不可勉强。"

素因的眼中闪过一丝期待，但诸葛驭我死死地盯着她，似乎下定了决心："你还要执迷不悟下去吗？警我如果真的疼惜你，怎么可能行事如此冲动？素因，这么多年了，他对你是爱，我对你难道不是爱吗？"

素因一惊，正色道："大师兄，我敬你为兄长，并无男女之情……"她也不看诸葛驭我，又说道，"掌门一向不管弟子私事，羽化前又为何会突然许婚？是不是你和掌门说了什么？是不是你想分开我和警我？"

这咄咄逼人的话语激得诸葛驭我恼怒起来："警我警我！你处处替他着想，他和那个妖女卿卿我我的时候，怎么就想不起你呢？"

素因呵斥道："你别说了！"

诸葛驭我仍说道："我在窗外听得清清楚楚，他们二人……"

"你别说了！"素因突然喊了出来，也不知自己是怎样出手，竟扇了诸葛驭我一巴掌。

诸葛驭我呆站了一会儿，低着头，双拳紧握，自觉颜面尽失，不禁怒火中烧。他抬头看着素因，眼神中透出冷意："我给你一个月的时间，这一个月里，我会为师父守丧。你可以去见他，但你也做好准备，我不希望看到你在掌门接任大典上哭哭啼啼。"说完转身离开，头也不回，留下素因独自站在原处，浑身发抖，泪流不止。

上官警我昏睡在牢房中，面容越发憔悴。一只纤纤玉手拨开他凌乱的头发，温柔地抚摸着他的脸庞。上官警我猛然转醒，看到素因正坐在自己身边。上官警我欣喜若狂，忙起身将素因紧紧抱在怀中。

"师兄，你受苦了。"素因虽想安慰警我，但眼泪不听使唤，哭得泣不成声。

"别担心了，我过几日就去向师父领罪，求他原谅。"

"掌门……他与屠霸之战耗费真气过多，已经仙逝了！"

上官警我听了素因的话，不禁悲切起来。他转身跪在地上，对着牢房高处的小窗叩首，悲怆道："师父，是弟子不孝……"

另一边的素因却以极低的声音道出又一个噩耗："掌门离世前，命大师兄接替掌门之位，命我嫁给大师兄……"

上官警我虎躯一震，如遭雷击，愕然道："素因，你……你再说一遍？"

素因绝望地闭上双眼，眼角流出泪水。

上官警我一时无法接受这个打击，整个人癫狂起来。他想冲出牢房，却被法阵所困。他只能对着牢房外大喊起来："诸葛驭我！你这个小人，竟然乘人之危夺人所爱！枉我一直当你是好兄弟，我叫你帮我求自由，你究竟向师父求了些什么！"

素因死死抱住癫狂的上官警我，在他耳边轻柔而笃定地说道："师兄，我谁都不会嫁，就算在这地牢陪你，我也愿意。"

上官警我搂紧素因，心绪稍定，咬牙道："素因，我不会让你在地牢里陪我一辈子的。我上官警我一生效忠蜀山，现在总算看透了，什么守护苍生、维护正义，都是活埋我们的借口！"

素因茫然惶恐，叹息道："可如今又有何路可走？"

上官警我眼中怨气一闪，厉声道："素因，我需要你帮我拿到一样东西，有了它，我就能带着你远走高飞，永远离开这是非之地！"

上官警我说的那件东西，是蜀山派开山以来的秘籍《血影神功》。此前他深入魔窟，九死一生，全凭着对蜀山派的一片赤子之心。这份壮志，出于对师父养育之恩的感怀、对师门的热忱，也出于对素因刻骨铭心的挚恋。

想他舍生忘死击退魔枭，换来的不是师门的嘉许、武林的誉赞，而是众目睽睽下的断臂之辱！非但从此残疾，师父还将他终身囚在暗无天日的伏魔谷中！单是这黑白颠倒的迫害，已令他心肝尽碎，含恨欲绝。却不料师父临终还要将他深爱的素因许婚给那假仁假义的伪君子诸葛驭我！

上官警我只觉得几个时辰间，诛心惨变，一波未平，一波又起，登时五内俱焚，心魔炽盛，一股复仇的烈焰已从他心中生腾而起……

素因知他心意，也不多言，当下拭去泪痕，悄悄潜入点苍峰诸葛驭我居住的房室，略施小计，便在诸葛驭我不知情的状况下，从他身上盗走了《血影神功》，再以极快速度飞回伏魔谷，将秘籍呈到上官警我面前。

时已入夜，伏魔谷上空冷月如钩。

素因捧着秘籍，幽幽地望着警我，不安道："掌门在世时常说这血炼之术凶险异常，我怕……"

上官警我若有所思，嘴角一沉，厉声道："我一心效忠蜀山，未曾有过一丝私念，结果却落得如此境地，不是上官警我辜负蜀山，是蜀山辜负了上官警我！"言毕催动内息，只见一股白气冲冠而起，将他整个人笼罩在一片清明当中，那是蜀山派的玄门真气。

同时素因已依着秘籍所载，将血影神功的心法绘在面前的墙壁上。洋洋洒洒一面墙的草书，展现出血影神功的绝世奥秘，上官警我依着素因所示练习起来。

不多时，一股赤红之气倏地从上官警我的残臂处汹涌而出，势如狂蟒飞升，绕着他残缺的左臂飞旋，似具灵性。

素因见状惊得面色惨白，怯怯问道："师兄，真的要继续吗？"

上官警我眼内布满血丝，面上肌肉不住抖颤，仍咬牙道："若我不做最后一搏，就会失去一切。动手吧！"

素因双目一闭，随着寒光一闪，已挥剑在上官警我的左肩上划下一道刀口。血液如同有生命的游丝，从伤口中飞出，缠绕在上官警我乌黑的左臂处。此前周身腾起的清明之气瞬间被红光侵吞，他左臂之处，渐渐生出一层狰狞可怖的鳞甲来。

与此同时，封印在伏魔谷深处的赤魂石似乎也有所感应，红光渐强，如同一颗有力的心脏，蠢蠢欲动。

二十四年之后，百蛮山阴风谷中，仍是阴风唳唳，冷月如钩。

屠媚娓娓道来的一段往事，令九毒神君听得兀自轻叹。屠媚依旧面带微笑，话音不疾不徐："我欲将心向明月，奈何明月照沟渠。我又何尝不是上官警我。"

洞窟内，那血莲妖芒一闪，九毒神君闻言微怔，心知屠媚一心爱慕上官警我，却反受后者之害，与上官警我之于蜀山无二，故而轻轻摇了摇头，唏嘘道："此后却又如何？"

映着妖芒，屠媚从容道："不久之后，在诸葛驭我加冕蜀山掌门的仪式上，

上官警我终于打碎了自己心中的一轮明月。如今二十四年过去，蜀山还是蜀山，屠媚也还是屠媚……”她顿了顿，轻轻笑着，又说，“当年的上官警我，如今却成为西疆魔地的绿袍尊者。”

九毒神君听罢大惊。

含明隐迹忘前事，心机暗藏玉无心

二月的春风，裹着湖面的寒潮。他对着墓碑，捧着茶盏，任凭往事如水潺潺逆流。他舀水、烹茶、自斟、自饮，每一口茶经过唇齿、舌间、口腔、咽喉缓缓地下咽，每饮一口，就像耗去二十四年的光阴。

一

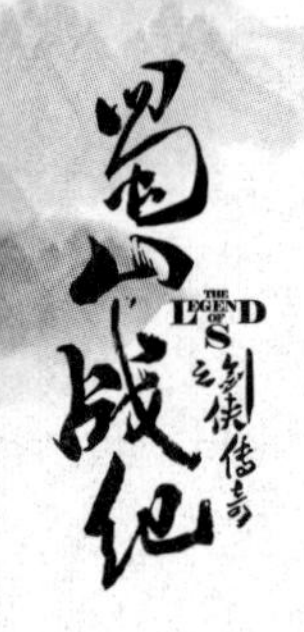

卧云村口，凄凉寂静。一只乌鸦栖在断壁颓垣间，突然低鸣一声，扑腾着飞往远方一处火场废墟。那惊起乌鸦的人，是丁大力。

此刻丁大力能够回到卧云村，是因为一盏灯和一个人。

灯是他和小玉共同放飞的那盏天灯；而人，则是蜀山弟子周青云。

丁大力体内的赤魂石元神戾气极重，一经激荡，必将惑人心智，令人疯魔，假如落到魔宗手里，后果不堪设想。为免元神受激，诸葛驭我令晓如真人将丁大力与小张安置在阳气最弱的栖霞峰上，对这具赤魂石的天然容器严加保护。

栖霞峰上弟子众多，可将丁大力看护周全，即便他找到下山小径，途中也有天门剑阵筑起的结界。这天门剑阵，位于栖霞峰下山的唯一通道，本是蜀山为防御妖魔骚扰、外敌入侵所设，威力十分骇人，莫说以人力硬闯，就算一只苍蝇蚊子，也休想从中来去。

想不到周青云碰巧自树林间拾到一盏远处飞来的天灯，又碰巧被灯上“愿我如星君如月，夜夜流光相皎洁”的诗句打动，再碰巧此时遇见了漫山寻路、无头苍蝇般的丁大力，于是便听到了一个凄美动人、催人泪下的爱情故事。

“月暂晦，星常明，留明待月复，三五共盈盈。”青云默念，她终于明白为什么丁大力这般不顾死活想要离开蜀山，原是他爱妻生死未卜！看来这丁大哥可真是个情深义重的好男儿！感动之下，又挨不过丁大力几次三番流泪恳求，青云当即心肠一软，竟答应带着他去卧云村废墟寻妻。

假若丁大力遇见的是别人，纵然再有十倍感动、百倍心软，也势必无法觅到下山路径，将他带出剑阵，离开蜀山，回到这卧云村来。

原来布下天门剑阵的妙一和尚，正是青云的养父。多年前妙一和尚将年幼的青云捡上山来，再交给晓如真人抚养授艺。近些年，妙一又常带青云下山玩耍，每次都由此来去，因此青云熟识这剑阵的机关所在，三两下便领着丁大力从中穿越，翩然下了蜀山。

丁大力刚到卧云村口，也不顾周遭惨相，拔腿向自家小院狂奔而去。他搬开烧成黑炭的横梁，撬起龟裂崩落的石墙，双手死命地翻动挖掘，口中念念有词。不多时，十指已翻刨得鲜血淋漓，青云在一旁心下感伤，不忍触目。

丁大力忽然停住了，只见灰烬中露出一点玉色，正是那根他为小玉戴上的玉簪。他缓缓捧起那片灰烬，全身颤抖，自喉间发出悲怆的哭音。或是气息扰动，那灰烬片片飘散，只留那根玉簪在丁大力手中。

丁大力将玉簪贴近心口，竭尽全力隐忍着不让眼泪流下："小玉她……果然一直在等着我。只是我迟到了，她没有等到……"

青云默默转过身，只觉他们夫妻情深似海，连她也心下怆然。过了一个时辰，丁大力才形容枯槁地走出废墟，神色悲痛欲绝，目光却透着坚毅，手中仍死死握着那根玉簪。

丁大力向青云行了一礼，便埋头开始收拢村民的遗体。青云帮助他将散落各处的尸骸一一收整，又于村尾草建一片新坟。唯独小玉的坟茔，由丁大力一人筑起，孤独地栖于一角，分外凄楚。

丁大力为它盖上最后一抔土，又在简陋的木牌上以鲜血描下"爱妻小玉之坟"的字样，穆然拜了几拜，又站起身对着青云深深鞠了个躬，开口道："青云姑娘，此番多谢你送我下山，我才有机会回到卧云村与小玉告别。现下我们就此别过，如果晓如真人问起，你就说是我自己逃走的。"

青云一愣，惊道："你不和我一起回蜀山吗？凭你一个人怎么对付魔宗？"

丁大力傲然道："这是我的家事，不需要蜀山插手！"

"不行！"丁大力转身欲走，青云的金铃出手，铃铛背后的蚕丝顿时将丁大力捆住。青云不顾丁大力挣扎，上前将他捆得结结实实。

丁大力如陷阱中的猛兽般狂躁挣扎，不住嘶吼："让我走！放开我！我要去报仇！"

青云为之动容，却不松手，平静地道："丁大哥，报仇可不等于送死。和我一起回蜀山，你才能有报仇的办法！"说罢，她也不理会丁大力的挣扎，剑诀一

运，便施展御剑之术带丁大力一同飞向蜀山，只留小玉的一座孤坟无声地立在那里，冷了二月春风。

太元湖边，另有一座孤坟坐落在湖光山色间。

墓碑上空无一字，墓前只有两炷香在燃烧。此外便是一个人，一壶茶，一座小小的茶炉。

诸葛驭我坐在坟前，沏上一杯淡香的素心莲。每年这一天，他都会离开蜀山，只身来这里凭吊。

二月的春风，裹着湖面的寒潮。他对着墓碑，捧着茶盏，任凭往事如水潺潺逆流。他舀水、烹茶、自斟、自饮，每一口茶经过唇齿、舌间、口腔、咽喉缓缓地下咽，每饮一口，就像耗去二十四年的光阴。

他对着墓碑独自沉吟："能驭万剑独难驭我心，能降众魔唯难保一人。素因，你走了二十四年，我也内疚了二十四年。只能让这湖边美景长伴着你，每年此时来看你，和你说说话。今生所欠，来世再还。"

"哈哈！分明是自己杀的，此刻又来坟前凭吊，诸葛掌门倒真是慈悲得很。"一声怪笑突然从诸葛驭我身后传来，紧跟着响起屠媚阴阳怪气的嘲讽。

诸葛驭我微微一愣，陡然转头，只见蒙面的屠媚和九毒两人不知何时已到近前，屠媚的铁伞和九毒的钢钉同时出手，如同漫天花雨向诸葛驭我袭来。

诸葛驭我并不起身，袖袍一扬，铁伞和钢钉全部被他的内力逼回。九毒和屠媚勃然变色，全力挡住诸葛驭我的一击。

诸葛驭我冷冷转身，将手中那杯素心莲放回墓前，再不理会二人："今日是我一位故人的祭日，我不想被打扰，二位请回吧。"

话音未落，却见远山之滨的湖水开始激荡，接着越来越剧烈，附近的陆地也开始震颤。一顶黑色软轿在四名铁甲护卫的簇拥下，从湖边山巅缓缓飞来，踏足湖面之上却如履平地。

屠媚、九毒二人对望一眼，面露喜色："宗主来了。"

诸葛驭我反倒一笑："也好，擒贼先擒王，除恶当诛首！"言罢身形一起，翩若惊鸿般跃入湖中，以足尖踏着水面，双袖一卷，只见湖面凭空舞起两道水龙，向那顶黑轿疾射而去。

却看一条乌黑锁链从黑轿中倏地冲出，尽头的巨刀将两道水龙顷刻斩碎！轿子在冲击下当场破碎，四名铁甲护卫全数被震开，一个人影冲出轿子，抡起锁链，以霸道绝伦的刀法向诸葛驭我袭来。

双方骤然间的一轮对攻，不仅招式精奇、威力骇人，彼此的速度更是快绝，屠媚与九毒甚至未来得及看清来势，就被气浪卷起的巨大水花沾湿衣襟。

诸葛驭我虽然被压得连连后退，却依然顶住刀势，又猛出一掌拍向水面，挥起一道水墙。再是一声轰响，水墙四分五裂，漫天水雾如烟般弥散。

待到水雾消散，诸葛驭我面前出现一个清瘦人影，背对他立于水上，一袭绿袍披身，满是孑然肃杀之气。

那绿袍尊者缓缓转身，赫然正是上官警我！

上官警我的眼神冷得如同冰雪，令人悚然，似笑非笑地看了一眼诸葛驭我，轻声道："掌门师兄，好久不见。"

言罢也不再去理会一脸惊愕的诸葛驭我，径自来到素因墓前，一双眸子盯着墓碑，一动不动。诸葛驭我紧随其后来到墓碑的另一端，一双眸子盯着绿袍，同样凝神肃立，神情之中既有防备，也有内疚。两人就这样隔着墓碑对峙着，似乎谁也不愿先开口。

"是我低估了你，我一直以为你已经死了。"诸葛驭我率先打破沉默。

"没错，上官警我的确和素因一起死了，苟延残喘活下来的人，是现在的绿袍尊者！"

"想不到二十四年过去，你已经堕落至此。"

"哈，堕落？就因为我当了神宗宗主？"

"因为你残害苍生，滥杀无辜，没想到当年赤魂石带给你的魔性竟然会这么深！"

"你以为我变成今天这副样子，是赤魂石害的？"绿袍将素因坟前那杯茶举起，当着诸葛驭我的面缓缓洒下，杯子在他内力的挤压下化为粉末，他脸上的表情亦随之现出狰狞，"掌门师兄，这一切都是你们害的！你们杀了我，神宗却救了我，现在再和我谈什么正邪之分，不觉得可笑吗？你亲手杀害素因，又在这里拜祭她的衣冠冢来安抚自己的良心，你的所作所为与魔宗又有何区别？"

诸葛驭我微微一怔，正容道："我救人，魔宗杀人，公道自在人心。当年误杀素因，我一直后悔至今。你要报仇，我理当一力承担，但你又为什么要滥杀无辜？"

“一人罪，天下偿！蜀山不是号称要守护苍生吗？我偏偏要看你能守护到几时！”

“师弟，别再找借口了。”诸葛驭我一拍腰间剑鞘，剑鞘颤声如龙鸣，瞬间光华出鞘。剑光笼在诸葛驭我身后，一剑变两剑，两剑变三剑，最终幻化成九道剑光。他口中说道：“你只为一己私欲，根本就不在乎什么天下，你真正的目的和二十四年前一样，都是为了赤魂石。”

绿袍也不掩饰，狞笑道：“还是掌门师兄了解我。不过，谁说我不能兼得？我既要赤魂石，也要天下再没有蜀山的名字！”

诸葛驭我眼中精光一聚，怒喝道：“我堂堂蜀山，岂容你造次！”他手中宝剑瞬间光芒大盛，将周遭湖面激起千层浪来。

绿袍转身一跃，避其锋芒，踏着水花一路向湖心飞去。宝剑发出的霸道剑气，竟凭空劈开了湖水，无形的锋芒所指，正是绿袍逃避的方向，绿袍前一刹的落脚之处，后一刹便被那巨芒吞噬。这凶险的情景，令得屠媚花容失色，险些叫出声来。

绿袍感到身后强大的剑气，回头一瞥，迎着凌厉的剑芒，手中运气，左臂成刀，同样劈出排山倒海般的一斩。那一斩之力，含着极为霸道的内劲，与诸葛驭我的剑气硬生生在湖心交锋。

分明是无形无体的气浪相碰，却发出天崩地裂般的巨大声响，随之爆开的水浪如同飓风海啸，一旁的九毒立身未稳，几乎跌倒，屠媚也只能以铁伞为拐勉力支撑。

再看诸葛驭我，他忽然之间心口一热，宝剑红光一闪，接着光华顿失，暗淡下来，紧接着真气逆行，鲜血喷出，剑气屏障裂开，整个人倒飞了出去。

绿袍轻轻落地，微微一笑：“掌门师兄，赤魂石反噬的滋味不好受吧？不枉我特意将那个元神送回蜀山，才能让你体内的赤魂石内力激荡，产生反噬之力！”

九把乾坤剑已经回归实体，诸葛驭我勉力用剑支撑起身，原来双方惊天动地的一次硬碰并非绿袍以功力胜出，而是诸葛驭我遭到体内赤魂石的反噬，受了内伤，这才输了一阵。

诸葛驭我双眸泛红，青筋抖颤，赤魂石的红光在他皮肤下隐隐浮现，衣衫也鼓荡起来。

绿袍狰狞道："赤魂石被你独占二十四年，如今也该换换主人了。"

"就算我身死，也决不会让赤魂石落入你手里！"

"那你就死吧！"绿袍提起长刀，一记飞身，那妖异的刀光已罩住诸葛驭我的身体。

诸葛驭我方受内伤，五脏六腑如被烈焰焚烧，面上却毫无惧色，积攒起毕生的修为，准备抵御绿袍尊者的致命一击。

千钧一发之际，清脆的铃声响起，一个金铃带着蚕丝不知从何而来，绊住了绿袍手中的长刀。绿袍眉头一皱，手腕一转，寒光一现，那些蚕丝便尽数在刀锋下碎裂。

青云和丁大力已经趁机冲到诸葛驭我旁边，扶住了他。丁大力看向绿袍，又看向岸边的九毒，手中紧紧握住那根玉簪。原来，是青云带着丁大力由卧云村飞返蜀山，途经太元湖时撞见这场大战，于是当即出手，绊住了绿袍的一刀。

青云见掌门负伤，便不迟疑，当下也不与魔宗众人纠缠，只拉住诸葛驭我的手，道："掌门，我带你走！"说罢又拉着丁大力，起剑欲飞。

绿袍脸色一沉，叫道："全都给我留下！"同时一刀向诸葛驭我三人砍去。

青云携着诸葛驭我堪堪避开，却未想到那丁大力拔出了随身猎刀，迎着绿袍的刀势，不要命般扑过去，口中怒喝："就是你派人杀了小玉！"

青云、屠媚、九毒等人大惊失色。

眼见丁大力就要死于绿袍刀下，诸葛驭我又拼尽全力，一掌向绿袍拍出。丁大力夹在两人中间，一刀一掌全都指向他的身上。

一股巨大的吸力竟然将绿袍、诸葛驭我两人的刀掌粘住，连同丁大力，三人谁都动弹不得。

屠媚和九毒上前就要助阵，忽然之间愣住了。只见诸葛驭我一阵痛苦挣扎，身上的伤口崩裂，一串血珠涌出，在空中渐渐汇集成宝石之形。

屠媚惊道："赤魂石！"

绿袍挣扎着伸手上前，企图将赤魂石抓在掌中，却不料赤魂石猛然崩碎，涌入丁大力身体之中。与此同时，丁大力体内一股强力爆发，诸葛驭我和绿袍两人同时被气浪打飞出去，两大高手皆是气血上涌，一时动弹不得。

半空中丁大力浑身散发红光，赤魂石的血珠在他周身运转，渐渐在胸口聚为一体。丁大力的表情越加痛苦，像是耐不住赤魂石的力量，忍不住爆发出一阵怒

吼，瞬间山摇地动。继而他喷出一口鲜血，身体急速坠落。

“赤魂石入体，时机到了！”

屠媚说话间点地腾起，想要去抓丁大力，却被青云眼疾手快甩出金铃阻挡：“妖女，蜀山圣物，岂容你染指！”

屠媚运起铁伞，与青云战作一团。

诸葛驭我强忍胸中翻腾之气，从青云身后的间隙迅速来到丁大力旁边，以手为剑封住丁大力几处大穴，一把将他抓到自己身边，大叫道：“青云，不要恋战，快走！”

青云听得掌门命令，用剑将屠媚的铁伞一隔，也御剑追随诸葛驭我而去，三人化作两道剑光，往蜀山飞去。

屠媚还想往前追，却听到后面九毒大喊。屠媚心中一紧，料知绿袍伤势不轻，赶紧回头扑向绿袍，只见他此时虽然口中带血，面容却依旧阴冷，嘴角浮出一丝诡笑：“不用追了，随他们去吧。诸葛驭我，我们的游戏刚刚开始。”

上官警我非但未死，还成了魔宗宗主绿袍尊者。

公孙无我、晓如真人与妙一和尚三位长老初听这个噩耗时，都是一阵唏嘘，继而满面愁云。二十四年前的惨剧犹在眼前，人人心有余悸。而今上官警我死而复生，凶相毕露，赤魂石又逢周期，西疆群魔虎视眈眈……三位长老心中一时间掠过许多念头，直感到山雨欲来风满楼。

诸葛驭我不顾伤势，一把拽过已不省人事却周身泛着红光的丁大力，对众长老道：“警我师弟之事，且容再议。”他吞了吞喉中逆行的鲜血，指着丁大力，勉力支撑道，“赤魂石在他体内，快，不能让他死了。”

公孙无我赶上前来搀扶诸葛驭我，妙一和尚一把抱起丁大力，连同晓如真人五人，当即御剑而起，迅速向凝碧崖法阵飞去。

情势危急，唯有借助法阵之力才能护住丁大力心脉。四大长老深知此节，一至凝碧崖便分列阵位，让丁大力居中，各人运足功力，但见一阵光华炽盛，法阵随之催动。

阵形之中，躺在地上的丁大力徐徐升起，一层红光笼照周身，意识中升起幻境——

他又回到了过去平静的小村庄，一切似乎都和记忆中一样，只是有一丝模糊和缥缈。他走在熟悉的路上，看着两旁熟悉的房子，村民们都站在那里看着他，但他们都面无表情，没有微笑，也并不愤怒，眼神空洞，死气沉沉。

他有些疑惑，继续向前走。在他眼中，自己的目标是路尽头的那间小屋，那是他的家。可是他走着走着，两边的景象变了，魔宗教众的身影恍然出现，开始残杀村民。

丁大力想要帮助村民，却发现自己一靠近，无论是村民还是魔宗之人，都消失不见。唯一没有消失的，是熊熊燃起的火光。

火光中，丁大力奔向自己的小屋。他想呼唤小玉的名字，可是在梦境中，他无论多用力，都无法发出声音。丁大力赶到家门外，再次看到火中小玉的身影。但与现实不同的是，这一次，丁大力在房屋倒塌之前，冲入火海，将小玉一把拉出，紧紧地抱在怀里。

突然，丁大力怀中的小玉全身燃烧起来。丁大力感觉到火焰灼烧的痛，但他又想抱着小玉，挣扎中万分痛苦。

丁大力在幻境中声嘶力竭地喊着小玉的名字，小玉却露出忧伤的神情，呆呆看着丁大力。火光中，小玉的容颜开始模糊，她的脸因为痛苦而扭曲。

丁大力扑向浑身着火的小玉，不顾火焰的灼烧，紧紧抱住她不松手。只一瞬间，小玉化作灰烬，所有的幻象也都化作一道白烟，消失了。

“不——”

丁大力的喊声悲怆凄绝，令人毛骨悚然。

四长老见丁大力胸口一震，自半空跌落下来，咳出一口鲜血，仍是双眼紧闭，平静地躺在凝碧崖石室中央，胸中含着一点红光，若隐若现。四人各自收起内力，围了上来。诸葛驭我抢先搭上丁大力的脉搏，探他脉息，众人都十分紧张。

公孙无我忙问道：“怎么样？”

诸葛驭我皱眉道：“好奇怪……按说赤魂石入体，所承受的痛苦更甚于烈火焚身，我们方才也是运了十成力气才护住他心脉不损，可是现在……”

公孙无我追问道：“有何不同？”

诸葛驭我摇了摇头，开口道：“赤魂石在他体内几乎已平稳下来。他的身体完好无损，连之前的内伤都不治自愈，脉象稳定，呼吸均匀，好像……好像只是睡着了。”

众人听闻丁大力没事，都松了一口气，但亦感到十分奇怪。公孙无我仍不放心，慎言道："不会有什么问题吧？"

妙一和尚思忖道："赤魂石本属魔物，极其容易左右人的心智，一旦入体，更乃大劫，即使是六星之子，也要通过心劫这一关，意志薄弱的人是绝对承受不住的。我看这丁大力心中一定有着强烈的执念，才能忍受这般剧烈的痛苦，通过考验。"

晓如真人一怔："执念？不知道是仇恨还是希望呢？"

公孙无我推测道："他之前寻死觅活要下山，恐怕心中是放不下他那亡妻吧？"

妙一和尚念了一句佛号，轻叹道："唉，执念这东西最是害人，若是心中有爱，那尚可调教；若是心中有恨，后果就像那上官警我……"

诸葛驭我眼神一黯，晓如真人白了妙一和尚一眼，妙一和尚自觉多言，不再说话。一侧公孙无我又道："掌门，如今赤魂石易主，蜀山真气受损，西疆封印之眼也受其影响。上官警我借此机会带领魔宗重返中原，想必是冲着我蜀山而来，虽说这丁大力暂时承受住了赤魂石，但事关重大，我看还是先用玄铁金刚锁将他锁住，以免再生差池。"

诸葛驭我点头道："也好，一切就有劳师弟去安排。百草师弟若是不想亲自来看，便请他的弟子送些草药过来，将丁大力的外伤治好。"

此时凝碧崖外，丹辰子、诸葛紫英、周青云三人正在焦急等待。周青云一直在来回踱步。紫英心系父亲伤势，呆坐在一旁的石凳上，因为难过而身体微微发抖。丹辰子听闻太元湖一战的来龙去脉后，大为震惊："这么说，还是丁大力救了掌门？"

紫英一脸不屑，哂道："怎么可能，若是丁大力这种山野村夫能随随便便接绿袍一掌，那我蜀山剑派岂不成了笑话？反倒是他每次一出现，我爹就受伤，我看这丁大力就是个扫把星！"

青云听不过去，小声道："师姐，其实丁大哥他很可怜的……"

紫英还想责怪青云，丹辰子却温柔地走过去，双手扶在紫英肩膀上，温言劝道："紫英，你别担心。师父武功高强，几位师叔伯也都在里面，一定会没事的。"

诸葛紫英勉强一笑，开口道："其实我爹当年逼不得已将赤魂石强行打入体内，这么多年来已经心力交瘁，如今得以解脱，也不算坏事。可为什么赤魂石偏偏到了那个讨人厌的丁大力身上，你不觉得最近发生的一切，都太巧合了吗？”

丹辰子眉头一皱，思忖道：“我也觉得这丁大力来历蹊跷，很是奇怪，只是师父的命令，我不便违抗。”

诸葛紫英不忿道：“那咱们岂不是要忍气吞声，任由他待在蜀山了？”

丹辰子双手握拳，目光如炬：“任何居心叵测的人，都别想逃过我丹辰子的眼睛！紫英，为了蜀山的安危和你的幸福，我会拼尽全力的。”

紫英这才展开眉头，微微露出笑意。青云却嘟着嘴，一脸委屈地站在一边。这时候只见诸葛驭我在晓如真人的陪同下走出凝碧崖，面色虽憔悴，但并无大碍。

诸葛紫英扑上去，搀扶着父亲，紧张地道：“爹，您没事吧，女儿好担心……”

诸葛驭我微笑道：“放心吧，没什么大碍。”

青云却关心起丁大力的情形，向诸葛驭我施礼，问道：“掌门，丁大哥他……”

不待掌门回答，青云的师父晓如真人先怒喝道：“你还好意思问！你不知道你私自带人下山，闯了多大祸吗？若是今天赤魂石被绿袍抢走，你就成了蜀山的千古罪人！”

青云见到晓如真人，犹如老鼠见到猫，立刻低头认错：“师父，弟子知错了。”话音甚是畏惧。

诸葛驭我看着青云，和善地笑道：“算了，若不是青云顽皮，我今天恐怕也回不来了，机缘注定，此次就不必计较了。我暂且将丁大力留在凝碧崖以待观察，你们也都各自回去吧，以后谨记恪守门规，切勿再任性，知道吗？”

众弟子同声领命，紫英也不再多言，只盼丁大力在凝碧崖安生度日，不要再出什么差池。丹辰子知她所想，出言稍劝，说那金刚锁不是凡品，就算他丁大力身负异能，也决计挣脱不得。紫英听完丹辰子一番话语，也就宽下心来。

谁料仅过了一夜，丹辰子的信心就彻底破灭！

先是一阵急切的钟鸣，将正在点苍峰居室中歇息的丹辰子猛然惊醒。他翻身下床，只一伸手，墙上挂着的宝剑已经凌空飞入掌中。丹辰子由钟声分辨，知是变故突发，因此做好了紧急迎战的准备。他疾走出门，见苏阳也从院中疾步踏入。

却听苏阳上气不接下气地说道："大师兄，大师兄！不好了，丁大力跑了。"

丹辰子目光一凛，心下稍安，这钟鸣至少不是强敌来袭。他转念细思：丁大力若要逃跑，以他的力量绝无可能挣开金刚锁束缚，莫非有外敌潜入凝碧崖？如此一来，丁大力体内的赤魂石元神恐将落入魔宗之手，着实是万般凶险之事！

丹辰子心中思忖，脚下却不稍停，当下御剑而起，以极快的速度向凝碧崖石室飞去，甫到石室门前，就见到两个受伤的蜀山弟子被扶在一旁。公孙无我抓着地上碎成数段的铁链，目中惊诧，不解道："这金刚锁乃是千年玄铁打造而成，他居然能够以一人之力挣脱，这太不可思议了……"

丹辰子正待问明，却听诸葛驭我肃然说道："当务之急，是赶快找到丁大力。"

丹辰子领命而去，率着一众弟子沿诸峰细细排查，几个时辰一无所获。

诸葛驭我闻讯，更是心急如焚，却也无计可施，唯有下令继续巡查。一旁的妙一和尚上前劝慰道："掌门，少安勿躁，我已将整个蜀山剑阵都开启，丁大力一时半会儿应该跑不出蜀山。"

丹辰子此前领着众人在蜀山各处飞来飞去，大海捞针般找了几个时辰，原已懊恼急躁，此刻又见到师父忧虑心焦的样子，更是升起一股无名火，直骂道："可恶，今天就算把蜀山翻过来，我也要揪出这小子！"

这时候何清急匆匆跑进石室，也顾不得向掌门行礼，只一脸欣喜地大叫道："掌门，找到了！找到了！"

"在哪里？"丹辰子急忙发问，却是与妙一和尚、诸葛驭我两人异口同声。

"在……在……桃……桃林中，栖霞峰后崖。是……是青云师姐找到的！"那何清显是一路狂奔来传信，心中又十分兴奋，说话竟有些语无伦次。

众人不待详考，当即便向栖霞峰后崖飞去。

栖霞峰后崖桃林中，一盏天灯仍挂在树上，点点星火忽明忽暗，树下静坐一人，正是刚刚逃脱的丁大力。

不远处的树林里，一个身影伏在那里，观察着丁大力的一举一动，正是蜀山弟子周青云。诸葛驭我已经带人来到青云身边，青云见掌门来到，大喜过望。诸葛驭我点头，示意青云不要惊动丁大力。他仔细打量，见丁大力背对众人，坐在那天灯下，一动也不动。

青云轻声道："他这样坐了好一阵了，我不敢惊动他，于是才差人过去报信，自己在这里守着。"

丹辰子大喝一声："妖孽！"就要拔剑上前砍杀，却被诸葛驭我拦住："辰儿，不要妄动，赤魂石力量不可轻忽，大家分散开来，慢慢包围他，听我号令。"

众弟子听令，四散进入树林，从四周慢慢围向丁大力，很快形成了一个逐渐收缩的包围圈。众人以内力相连，树林上空渐渐出现一张巨网，压向丁大力头顶。此时青云腰间的铃铛却被树枝挂住，发出了一阵清脆的响声。

丁大力被惊动，猛然起身回头，正与诸葛驭我等人正面相见，众人皆十分紧张，手握长剑，呈对峙之势。却见丁大力一脸迷茫，神色痴呆，缓缓发问道："你们是谁？我这是在哪里？"

周青云一愣，失声问道："丁大哥……你，你怎么了？"

丁大力仍是一脸疑惑，对青云道："姑娘，我们见过吗？我怎么全都记不起来了。"他一边说，一边使劲地抓着自己的头发，表情又是痛苦，又是迷离。

见此情形，蜀山众人也是面面相觑。

公孙无我低声问晓如真人："这是怎么回事？"

晓如真人推测道："看来是赤魂石的力量太过强大，令他失去了记忆。"

丹辰子则是横眉冷对，哂道："哼，我看他八成是装的。"

诸葛驭我沉思片刻，走上前去。

丁大力见到诸葛驭我向自己走来，眉目间除了迷惘，又多出了紧张的神色。

诸葛驭我向他微微一笑，从容说道："别紧张，你自幼在蜀山长大，是我蜀山剑派的一名普通杂役，日前不慎撞伤了脑袋，才失去了记忆。"

丁大力一呆，追问道："可是……我叫什么名字？"

诸葛驭我说得一脸平静："你叫丁隐。隐，是含明隐迹的意思。"

公孙无我顿时明白了诸葛驭我的意思，向不远处已经形成包围之势的弟子做了个手势，让大家都把剑放下。

只听丁大力又再追问："那我是从哪来，现在又该到哪里去呢？"

诸葛驭我温和一笑，反问道："你可记得你是怎么走到这里来的？"

丁大力眉头一皱，继而又不假思索道："我也不知道，糊里糊涂就走过来

了，好像对这里特别熟悉一样。”

诸葛驭我微微点了点头，面色慈和：“那就对了，你本就在这栖霞峰桃林别院做事，这里就是你家。晓如，你差弟子将他送回去休息吧。”

晓如真人会意，点点头，走到丁大力面前，和颜悦色道：“跟我来吧。”

丁大力一脸茫然，虽然顺从地跟着晓如真人离去，面色仍有些惶惶不安。

公孙无我看丁大力走远，与诸葛驭我交换了一个眼神，低声问：“掌门，这样安排……”

却见诸葛驭我正色道：“师弟，这赤魂石能蛊惑人心，皆因人内心诸多杂念，可现在这丁隐如一张白纸，岂不正好是赤魂石天然的封印？这是祖师爷在保佑我们蜀山。”

妙一和尚赞同道：“掌门所言极是，只要让他一直安稳地生活下去，波澜不惊，赤魂石便永远不会有异动。”

诸葛驭我点了点头，环视众人道：“大家都听着，从今以后，丁隐的身世便是蜀山最高的机密，谁也不许提及，知道吗？”

从此，蜀山派凭空多出一名劈柴打水的杂役丁隐，他记不起来自己是谁，只知每日勤勤恳恳，周而复始。

今日他到溪边汲水，明日他去坪上晒谷，后天又该干些打桑葚、割桃胶、砍柴禾的活计，除了偶尔与经过的蜀山弟子打个招呼，终日再无新事可言。

唯一有些奇怪的是，丁隐总是感觉身后不远处好像有人在暗中监视，每次他回头张望，却又看不到任何异样。

这日黄昏，丁隐刚在后崖的梯田除完杂草，他也不觉劳累，便靠在垄上，看着一弯朦胧的新月悄然高出远山，一瞬间心中似明似暗，怅然若失。

几炷香的光景过去，他兀自在那里遐思，却仍是不得要领，正要起身时，忽地从他随身的腰包内掉出一根玉簪，在月光下显得格外温润。

他痴痴盯着那根玉簪，不知所措。好久他才自语道：“奇怪，我身上怎么会有女人的东西？”

随身藏着女人家的物什，总归不算什么豪迈的事，丁隐不单疑惑，内心中还有一些羞愧自责，生怕被别的杂工撞破，那是要遭人取笑的。

他心中想到此节，脚下不免分神，步入杂役居住的后院时，竟被门坎绊了一下，脚下随之一滑，眼看就要跌个“狗啃泥”。却见旁边十步远，一个与他打扮相同的“杂役”箭一般冲到他身边，一把扶住他。

丁隐连忙道谢，那“杂役”笑了笑，慢步到园中继续浇花。丁隐好生奇怪，心道：“怎生那花匠的身手如此矫健？分明大家都是蜀山杂役，我丁隐却恁地傻憨呆萌、笨手笨脚？这花匠要不是什么隐世高手，那便是我丁隐太过愚钝了。”

丁隐疑惑地看着那花匠的背影，叹息着摇了摇头，径直走到院中埋头劈柴。横竖劈了一阵，心中越觉纳闷，望着那花匠浇花的英挺姿态，丁隐深觉沮丧自卑，殊料这一分心，挥起的斧子竟对着自己的手砍去……

多亏院中另一名施职扫地的“杂役”眼明手快，当下抛开竹扫帚，身形一动，以迅雷之势扑上前来，将丁隐手中的斧子夺了去。再看那柄竹扫帚，仍被他脱手的余劲牵动，将地上的落叶通通扫入畚箕。

丁隐心存感激，惊吓却是更甚，当下拉住那扫地的“杂役”问道：“这位大哥，你们都跟我一样，是蜀山的杂工吗？”

那“杂役”神色拘泥，有些勉强道：“是呀，我叫郑阿强，在这里专施扫地一项，丁大哥有什么见教？”

丁隐显然不信，追问道：“可是……为什么你们个个都好像武功高强、步履如飞，与我这笨手笨脚的样子完全不同！”

郑阿强支吾道：“这个……哪有什么武功高强，我们都是普通杂工，是你眼花看错了吧。”

丁隐又指着刚才那花匠道：“这花匠也是高手啊，身手快得很哩！”

郑阿强啐了一口：“他算什么花匠，他叫林阿盛，一脸痘疮，疯疯癫癫，他有什么本领？就是个浇花的小厮嘛。”

丁隐讲不过他，只有堆笑恳求：“那郑大哥……你可不可以给我讲讲，我以前到底是怎样的？”

郑阿强忽然一拍脑门：“呐呐呐，天都黑了，我……我还有好多活要干，改天吧，改天再聊啦。”说着再不理会丁隐，拿起扫帚畚箕，一溜烟也不知跑去哪里了。

丁隐好一阵无语，继续劈柴，待到劈完了今日所需的用量，便抱着柴禾投入厨房的柴炉内。入炉的一瞬，火光“噗”地一下蹿高。丁隐似乎被触发了什么记忆，眼前浮现出小玉葬身火海的一幕，心中倏地一惊，差点跌坐在地，只觉得周身紧张不安，仔细再去回忆那画面，却又什么也想不起来了。

“她是谁？到底是谁？”

丁隐不断低声自语，如同咒吟。他拿出一块木头，坐在一边，用随身的刀子雕刻起脑中闪现出来的女子形象。丁隐小心翼翼掌握着刻雕的分寸，捧着木条的手温软而轻柔，每一记落刀，都依着回忆的轮廓来刻画，只可惜他的回忆，连轮廓都很模糊……

一个人记不清过去反而更好，至少每一天都是新的开始。

有些伤心的事，在心里住得久了，人就会变成孤魂。

此刻阴风谷断崖边的一处石室当中，皎白的月光从山顶洞口的缝隙射入，将洞中照亮。绿袍尊者独自站在石室一角，背后的披风在凄厉的风中猎猎作响。

他身前放着一块手掌大小、通体晶莹剔透的晶石。绿袍轻抚着晶石，寒光慢慢散出，将他笼罩在内。他一闭眼，往事就如纷纷白雪扑面而来，带着他穿越到许久以前的时光，他冷峻的面容也随之缓和下来。

年轻的上官警我正在桃林间舞剑，桃花纷飞，英姿飒爽，自成一道风景。这时候，甜美的女声从身后传来，只见素因一袭白裙，笑靥如花，手中抱着一只锦盒，穿过桃林款款而来。

两旁桃花纷飞，映着素因的脸庞，越发显得美人如画。素因小心翼翼地将锦盒打开，只见其中安放着一块通体晶莹剔透的晶石，闪闪发亮。

上官警我问道：“这是何物？”

素因眨眨眼，笑道：“此物乃天山万年晶石，是极寒之地的灵气凝结而成，能封存人的回忆，是我陪师父下山时机缘巧合得到的。师兄，有了它，咱们就能将回忆都放进去，保存起来。”

上官警我心中欢喜，却佯怒道：“傻瓜，记在脑子里不就行了，要这晶石有何用？”

素因仍一脸甜蜜：“师兄，和你在一起的时光，我一刻也不想遗忘。等有一天我们都老了，再将封存的回忆拿出来观赏一番，岂不是一件美事？我就是要你永远都不要忘记我，若是……若是将来我先你而去，你也可以借此凭吊。”

上官警我眉头一皱，薄责道：“胡说！咱们不是早就说好了吗，今生今世，不能同生，但愿同死。”

“千秋万世，至死不渝。”素因深情地重复着，面上泛起红晕，比桃花还要娇美。

绿袍看着这个情景，脸上忍不住泛起一丝温暖的笑意，眼中也闪出盈盈泪水。他伸手去抚摸素因的面庞，伸手所及，只有虚空，素因消失了，上官警我也不存在了，有的只是如今的绿袍，此刻伫立在幽冷的石室，室外是百蛮山上咆哮的阴风，眼前的人面桃花早已葬进虚空，唯有那块晶石还在那里殷殷地招魂。

“千秋万世，至死不渝。可是，师妹，你为何要独留我守着这份回忆，饮下孤独？旁人虽已推我为尊者，可天地苍茫，我却始终心无归处，我等着和你重逢的这一天，已经太久了。”绿袍尊者轻抚着那枚晶石，凄凄然自语着。

这时，门外忽地传来一阵敲门声，素因的影像倏地收回晶石之中。绿袍脸上的笑意猛然消失，换作一脸阴寒。

只见九毒神君疾步而来，手中擎着一只白鸽。那白鸽羽白似雪，在阴风谷一片幽暗阴森之中，尤其显得突兀。九毒见了绿袍，当即跪拜下去，报道：“宗主，‘山中人’来信，赤魂石已经顺利打入丁大力体内。”

绿袍的神色已回复如常，听罢振臂一笑，喜道：“哈哈，真是天佑我也，丁大力这颗棋子，终于起作用了。”

九毒担心地道：“可是，宗主，如今蜀山全面防卫，恐怕难有机会接近丁大力。”

绿袍开口道：“不急，棋要一步步地下，这颗棋子用完，就该另一颗上场了。”

这时又一名下属来报，说是玉无心已返大殿，正在见过副宗主。绿袍闻言别过九毒，向大殿行去。一入大殿，只见屠媚傲立在中堂，目光冰冷严峻，一名黑衣黑纱蒙面女子单膝跪在她身前，不敢言语。

那女子见到绿袍，仍维持着跪姿，又拜了一遍：“属下玉无心参见宗主，参见副宗主。”屠媚仍是冷哼一声，扭身坐在一边。

绿袍看了看屠媚，又看了看玉无心，淡然道：“我有一个新任务要你去完成。”

玉无心应声颔首，说道：“宗主但请吩咐，属下万死不辞。”

“上蜀山，去将丁大力带回来。”

玉无心双手一抱拳：“属下遵命！”

绿袍反手弹出一粒药丸，飞到玉无心面前，玉无心伸手接住。

绿袍道："服下这药丸，助你功成。"

玉无心接住药丸，问也不问，只说道："属下多谢宗主赐药！"言毕揭下面纱，当众将药丸服下。她面容冷静如水，没有一丝表情，细看之下，那玉琢般绝美的样貌丝毫不逊屠媚，她似乎还很像另一个人……

待玉无心领命而去，屠媚脸上的寒霜方才退去，她轻叹口气，问绿袍："那个玉无心，你是从哪找来的，能不能担此重任？"

绿袍尊者应道："你且放心，我向来不做没有把握的事情。"

屠媚又道："小姑娘年轻，又要以色行事，难免把持不住。我担心……"

绿袍冷哼一声，道："她早已服下断情丹，灭情绝欲，一切都只不过是逢场作戏而已，有何担心？"

屠媚话锋一转："哦？那你是不是也服了这断情丹？怪不得你的心，这么冷……"

绿袍见她借题发挥，冷下脸来，不予理睬。

屠媚见状，只得温言道："好了好了，信你就是，你明白的，我一定会全力支持你，咱们二人一同称霸武林。"一边抚弄着绿袍的披风，秋波流转，"到时候……我可不要再做这个副宗主，我要堂堂正正做宗主夫人！"

绿袍脸色突然一变，冷冷地推开了屠媚："大事未成，说这些，你不觉得太早了吗？"

屠媚被他一激，愣在原地不知如何作答。

绿袍却已转身离去，屠媚急得大喊："上官警我！当年你已经骗了我一次，难道这么多年来，你仍然在骗我吗？"

绿袍走出两步又停下来，脸上表情复杂："我没有骗你，只是我的心，早就死了。"他望定屠媚，冷冷说道，"以后人前称呼我宗主。"说罢决然离去。

屠媚一个人意兴阑珊地僵立地在当场，面上神色变换不定。

有人转身告别，就有人不期而遇。

栖霞峰后崖的山林间，两个男人在一株桂花树边席地而坐。

正在说话的人是当年那个吃了丁大力家馅饼的小张，那一脸茫然的听众，是丁大力，也就是如今的杂役丁隐。

丁隐遇见小张，是因为小张暗中偷窥诸葛紫英练剑。小张倒也不算什么色鬼流氓，只是将紫英当作了神仙姐姐一般仰慕久矣，结果被神仙姐姐当场撞破，小张活该被那灵貂小宝追得漫山遍野地胡乱逃命，否则被它咬上一口，那还了得。

小张慌不择路，逃到杂役居住的偏院躲藏，正好撞见正在晒太阳的丁隐。两人一番言语，小张发现丁大哥居然懵懂失忆，当下拉了他的手，寻个僻静处来说话。

只见丁隐倚着树干，一脸阳光："掌门说我自幼就在蜀山长大，是这里的杂役，不久前因为跌下山撞到脑袋，所以才失去了记忆。"

小张"噌"地一下蹦了起来："胡扯！简直是胡扯！你名叫丁大力，原本是阳城卧云村的一个猎户，你有一个妻子名叫小玉，你们感情很好，十分恩爱……"

小张越说越激动，一边比画着，一边将自己所知的事情全部告诉丁隐，从屠村讲到上蜀山，一字不漏。

丁隐越听越疑惑，神色随之凝重起来。

小张趁热打铁，又接着道："那天晚上我一时没看住你，让你跑了，后来听说你竟然偷偷下了山，我一直担心你，哪知道你回来以后就变成这样了！"

丁隐听到这里，怔了一怔，颤抖着从自己的腰包中取出一根玉簪，递到小张面前，仿佛想确定什么。

小张眼睛一亮，叫道："这是小玉嫂子的发簪啊！"

丁隐得到答案，一时间竟然愣在那里默默无言，脸上的表情不知是喜是悲。

"丁大哥……你，你真的一点都想不起来了？"

丁隐痛苦地点点头，有些气愤道："可我不明白，为什么明明所有人都知道，却要瞒着我，不肯告诉我？还有掌门，他为什么要骗我？"

小张一时也想不到其中要害，唯有附和道："是啊，他们为什么要骗你呢？"

两人找不出答案，只有偷偷跑去经堂问青云。

青云见丁隐对赤魂石一事毫不知情，便微笑着开解他："我们不是瞒着你，反正你都想不起来了，告诉你，只会让你多伤心一次，徒增烦恼而已。"

小张被她说得直点头，不由赞叹："这人生在世短短几十年，能多开心一天便是赚一天，过去那些伤心的事，丁大哥你记不得也罢。"

青云也很满意自己说话的艺术，欣然道："就是就是！这人呐，最重要是珍

惜当下，不为过去懊悔，不为未来忧虑，全心全意活在这一刻，丁大哥你说对吗？”

小张立刻恭维道：“想不到你一个小女子，居然说得头头是道。”

青云听得嫣然一笑，十分得意：“那是自然！我可是这栖霞峰最出色的弟子……之一。”

丁隐在一边听着，却是一言不发，若有所思。

青云见状，上前将手放在丁隐肩上，想要安慰他。没想到丁隐却突然给了青云一个大大的拥抱，青云被丁隐拥到怀里，脸色突然绯红，尴尬地想要推开丁隐，丁隐却将她抱得更紧。

青云俏脸一红：“丁大哥，你……你做什么？”

丁隐却很郑重，作揖道：“青云姑娘，我知道是你救了我的命，还因为我受罚，谢谢你了！”

青云又是惭愧，又是羞涩，当下更加脸红起来，喃喃道：“你们……你们乡下人，都是这么感谢别人的吗？”

小张见气氛大好，一时开心也围了上去，三人抱成一团。青云立即推开两人，指着小张狠狠骂道：“说你是冒失鬼，你还真得寸进尺了。你最好以后乖乖待在别院别乱跑，否则我第一个把你抓回去。”

小张却不服气，回嘴道：“动不动就说要抓人去关，像个姑娘家吗？”

丁隐看着两人再次斗起嘴来，一时间哭笑不得。

当夜丁隐做了一个梦，梦境中，他在一片丛林中拼命地奔跑，似乎后面紧紧跟着追兵。一个身影突然从树丛中跃到他面前，正是小玉。

丁隐看到小玉的面容，似乎松了一口气。可小玉却突然目光一冷，伸出一只手直插丁隐胸口，一把便将丁隐的一颗红心掏出体外。丁隐睁大了双眼，难以置信地看着自己胸前的空洞，小玉却发出一阵诡异的冷笑……

丁隐在梦中失神惊叫，睁开双眼，只见枕边摆着的，正是白天雕了一半的小玉雕像。他下意识地伸出手，将雕像握在掌心摩挲，却发现自己的后背早已被冷汗浸湿。

丁隐自噩梦中惊醒的那一刻，天门峰的脚下，有个黑纱蒙面的女子正抬眼瞭望夜色中的蜀山。夜凉如水，山风寂寂，她的嘴角有一丝邪魅的笑容转瞬即逝。

继而她轻轻念道：“蜀山剑阵，按子丑寅卯、辰巳午未、申酉戌亥分作十二个方位。子为北方，丑为东北偏北，寅为东北偏东，卯为东方……以此类推，每一个方位，若是有人强行攻入，必然催动阵法，触发万剑攻击，但只要顺其方位走动，就能安然过关。”

这段口诀，她早已倒背如流，当年的上官警我也就是如今的绿袍尊者，曾在蜀山学艺二十年，今次将破阵要旨传授于她，实是委以重任。只见她如鬼魅一般从天门峰潜入，按照口诀所述，迂回前进，在严密的剑阵中寻找缝隙，如入无人之境，很快便向蜀山腹地奔去。

丁隐一夜无眠，内心百般煎熬，身子倒不觉疲累。次日拂晓，他便独自一人跑到院外的井边担水，这是每日杂役生活的开始。

可是昨日听过小张述说，加上夜间梦境显现，令他心头疑窦越发深重，此刻他看着水桶中自己的脸，只觉得熟悉却又陌生，倒影中顷刻又现出小玉的面容，丁隐一惊，回头一看，却见是青云，方才松了口气。

青云忽地从身后拎出一个篮子，得意地拍了拍，欣然道：“丁大哥，我给你带了好吃的。”说罢，将丁隐拉入桃林一角，“啪啪啪”将篮子里的食物摆了一地。

丁隐见青云笑得明眸皓齿，也不禁被感染，微微一笑：“青云姑娘，你人真好。”

青云点头笑道：“我是个孤儿，自幼被妙一师伯捡上山来，这个人帮一把那个人帮一把，我才能顺利长大。所以师父常常教导我，要懂得感恩，尽力帮助别人。”

想不到丁隐却若有所思起来，恳求道：“既然青云姑娘乐于助人，就请再帮我一次，教我剑法！”

青云一愣，旋即连连摆手，正色道：“我偷偷来看你，已经是不对了，再教你武功，那我一辈子都别想从经堂出来了。况且我昨晚跟你说的道理，都是白说了吗？”

丁隐好生失望，却仍不放弃：“青云姑娘，你说的道理我都懂。可我是一个大男人，妻子惨死于他人之手，我现在想不起来，不代表以后也想不起来。我不想有一天记起过往的时候，因为没能替妻子报仇而看不起自己。”

周青云见他失落难过的样子，也心软下来，安慰道：“好吧好吧！看你这么可怜，我就教你个一招半式吧。”随后又是一脸肃然地对丁隐说，“蜀山剑法不

传外人，但我有一套家传的剑法，叫傲雪双剑，教你应该也不算违规。”

丁隐喜上眉梢，又是一拜：“青云姑娘，你的大恩大德，丁隐无以为报！”

青云心想：我是答应教你，可不保证教会哦，傲雪双剑连我自己都未能参透，你半点武功根基都没有，想要学会真是难于登天！想到此节，青云眼里闪过一丝狡黠的笑意，口中却说：“丁大哥，你可看好了！”

话音未落，佩剑已经出鞘，只见她一袭青衣翩若惊鸿，舞起一道白虹般的剑光，于桃林中穿梭飞旋。这时桃花初开，青翠间缀着点点粉艳，青云在林间辗转腾挪，剑气不时带下花瓣落英。

丁隐身在其中，赞叹不已，心想，天人之境也不过如此。

丁隐折下树枝为剑，也随青云比画起来，只觉得时光飞快，不经意间，已过去两个时辰。丁隐正舞到酣处，青云的剑招却戛然而止，丁隐只得停了下来。还未发问，却见到青云吐吐舌头，笑着说：“就教到这里吧，后面的我也不会了。”

丁隐兴致盎然，不愿罢休：“青云姑娘，可否再示范一遍？”

青云想了想，觉得无碍，便拿起手中宝剑，再次舞起了傲雪双剑。只见丁隐抄起树枝，竟然舞出和青云一模一样的剑招，无论身形剑力都丝毫不差。

青云目光中满是诧异。舞到方才停住的那一招，两人相隔三米有余，丁隐竟然出剑向青云刺去。青云大惊，下意识举剑想挡。丁隐在剑锋将要刺中青云之时猛然闪身，剑身刚好贴着青云的衣袖向前刺去，而青云挡拆的一剑也划过丁隐袖边，剑气冲出，气势浑厚。

两人默契十足，竟然将方才青云未舞完的剑招完成。青云收起剑来，脸上露出不可思议的表情。

青云满脸惊喜，拍手道：“哇！原来傲雪双剑的奥妙竟然是这样！难怪我一人练习总是不得要领，原来只有两人联合，才会显出威力。丁大哥，我一直参不透这剑法，想不到竟然是你画龙点睛！”

丁隐兴高采烈地道：“真的吗？我也只是胡乱比画，多亏青云姑娘的指点。”

青云参悟剑招，高兴得忘乎所以：“不如我们再试一次！”

“好！”丁隐更不知有多高兴。

两人当下又在桃林中翩翩舞起双剑，此番淤塞已除，剑式已成，两人心领神会，将双剑合璧的气象演绎得淋漓尽致，比起之前青云独舞的景象，不仅更为精美华丽，那迫人的剑势亦不可同日而语。

转眼到了最后一招，丁隐要出剑刺向青云，胸中却突然内息激荡，感觉剑身有些失控，似乎有一股力量透过宝剑，拉着自己刺向青云。

青云瞪大眼睛，看着丁隐手中的树枝向自己刺来，正要闪避，只见一个身影突然出现，夹在两人之间，一掌将丁隐击开。

丁隐摔倒在一旁，回头一看，是晓如真人。

青云大惊失色，忙不迭地喊着“师父”，却见晓如真人面色铁青，只冷冷说了两个字：“胡闹！”

于是丁隐当即被栖霞峰弟子押去后崖的山壁上罚跪，青云也只好怯生生跟着晓如真人回到栖霞峰的大殿领罚。

“师父，你听我解释……”

“你还嘴硬！”

“我看他可怜，不好拒绝他，便想找些难点的剑法教他，让他知难而退，可我没想到他悟性如此之高，居然参透了傲雪双剑剑法。”

话到此节，晓如真人才是一惊：“青云，你说什么？”

青云跪倒在地，惭愧地道：“徒儿不敢欺瞒师父。我家传的傲雪双剑，我自己钻研数年都不曾全部领会，丁隐第一次接触就将我想不通的地方点破，我一时激动，才……”

晓如真人沉思片刻，长叹一声：“这丁大力并不是一般人，他身怀赤魂石，是整个蜀山重点看护的对象。你今日鲁莽行事，若是不慎勾起他心中仇恨之火，令他走火入魔，岂不枉费了掌门如此安排的一片苦心。”

青云点了点头，又道：“徒儿知错了。可是师父，其实丁大哥真的很可怜，我每次看到他难过的样子，就忍不住想起自己的身世，我也一样，连自己的父母长什么样子都记不起来，那种感受我太明白了。咱们真要这样残忍地对他吗？这不公平！”

晓如真人仍是叹息：“青云，这个世上本来就没有绝对的公平可言，如今牺牲他一人的感受，能换得赤魂石安然无恙，换得天下太平，这时候，你还会觉得他可怜吗？”

青云竟被晓如真人一番道理说得哑口无言。

晓如真人看着青云，缓缓说道："你起来吧，为师知道你心地善良，可是作为蜀山剑派的传人，肩上就有着一份责任，要顾全大局，不要再随着性子做事。你是我栖霞峰资质最出众的弟子，不要让为师失望。"

青云感激地点点头："徒儿知道了，那丁大哥他……"

晓如真人一笑："放心吧，我只是让他在后崖罚跪而已，不会太为难他的。"

青云心下一宽，又替小张求情。

晓如真人又好气又好笑，想不到她连小张都要记挂，便道："好啦，好啦，掌门自会有所安排。这段时间就先让他待在别院跟丁隐做个伴吧。"

夜空下，丁隐正在栖霞峰后崖的峭壁上罚跪，失忆的他对一切都感到莫名其妙。丁隐仰望星空，见夜空一片血红之色，西南角一颗不知名的星星正发出微弱之光。

丁隐看着那颗不知名的孤星，心中感慨万分："蜀山的人到底隐瞒了我多少事？我若只是一介杂工，他们为什么对我多加观察戒护？我到底经历过什么呢？我现在真的好像这一颗孤星，茫茫于天际，失落无依。"

身后传来晓如真人的声音："你心里一定有一连串的问题，对不对？"

丁隐猛一回头，只见晓如真人一手提着灯笼，一手抱着一件披风缓步走来。丁隐赶忙施礼，晓如真人则报以和善的微笑，令丁隐生出一阵愧疚："前辈，今天是我太莽撞了。"

晓如真人反来宽慰他："这也怪不得你，不管是谁听到自己爱妻丧命，都会难以自持。"

丁隐见晓如真人态度慈和，像是一位可以信任的前辈，便将心中的苦水吐了出来："前辈，我心里难受，明知道自己失去了妻子，却连她是谁都想不起来。"

晓如真人笑道："你有没有想过，这是上天给你的启示。"

"我不明白……"

"仇恨只是人生的一些际遇罢了，逝者已去，对于活着的人来说，还有很多更为重要的东西，比如自己的理想，自己身边那些需要去关心去爱的人，这些才是最重要的。学着放下，有些时候也是一种大爱。"

听到晓如真人不疾不徐说出这番话来，丁隐释然一笑，他想起不久前青云也曾说过类似的话，于是又向晓如真人施了一礼，恭敬地道："前辈的话我听进去了，蜀山剑派有恩于我，我实在不应该这样不顾后果。"

晓如真人点了点头，赞道："我看得出你是个聪明善良的孩子。往事就让它随风而去，安住当下，从今以后这里就是你的家！"说着便将手中的披风递给丁隐，"更深露重，你也早些回去歇息吧。"

丁隐接过披风，内心涌起一股久违的温暖。他目送晓如真人离去，再转过身仰望天空，长出了一口气："莫非真是天意要我放下一切，重新开始？"

晓如真人话别丁隐，径直向凝碧崖飞去。凝碧崖上，诸葛驭我正站在山崖边，仰望星空，见晓如前来，也不问余事，目光落在苍穹之上，观察着星斗运转。

晓如真人上前道："掌门，今日栖霞峰看管丁隐不力，前来领罚。"

诸葛驭我似未听见，遥指着西南角的星宿，低声对晓如说道："你看，荧惑守心，乃是大凶之象。可在这煞气环绕之中，竟有一颗孤星出云破雾，照亮一方。"

晓如真人随诸葛驭我的目光仰望，也看到了方才丁隐所见的那一颗不知名的星星，正发出微弱之光。她微一沉吟，似乎想起什么，即道："今日青云偷偷传授丁隐剑术，没想到这丁隐不消半日便将青云家传的傲雪双剑剑法参透，实在令人惊叹。"

诸葛驭我眉头一紧，道："你的意思是……"

晓如真人道："晓如斗胆一言，既然丁隐有如此天分，又是六星之子，不如索性继续祖师爷太清真人未竟之志，由丁隐将赤魂石炼化。"

诸葛驭我惊道："不可，赤魂石乱人心智，非一般人能够驾驭。太清真人凭借超于常人的坚韧心性，才收服赤魂石。我承载赤魂石二十四年，也曾数次受到影响，若非你们几位鼎力相助，恐怕早已劫数难逃。"

晓如真人目光一闪，说道："可丁隐不同，他现在全无记忆，一张白纸，又何来恶念？也许真的可以借由他的力量，将赤魂石彻底炼化，根除魔性。"

诸葛驭我正色道："可你有没有想过，一旦出了差池，可就是魔王再世。"

晓如真人闻言一凛，惭愧道："这……是晓如莽撞了。"

诸葛驭我沉吟了片刻，思忖道："此事容我再考虑考虑。如果没有十足的把

握，我宁愿赤魂石永远尘封，也不愿冒险开启。”

晓如真人微微点头，又问道：“师兄，你如此谨慎，是否还在介怀当年警我师弟叛出之事？”

诸葛驭我深深地叹了口气，缓缓道：“警我入魔，我也有责任，当年若不是我步步相逼，也不至于走到今天这地步。如今还是先稳住丁隐为要，千万不能让他成为第二个绿袍。”

晓如真人一阵唏嘘，只见诸葛驭我对着苍茫的夜空，兀自念道：“万物轮回，孤星现世，难道这一切，真是我蜀山剑派的命数吗？”

看着诸葛驭我有些苍老的背影，晓如真人不由得也皱紧了眉头。

却说丁隐接过晓如真人赠他的披风，心中好不温暖，正待转身离开，回到那杂役居住的偏院里，却忽然见到山崖下闪着一点亮光。定睛一看，只见顺风飘来的，正是一盏盏小天灯。他不由得心中一惊，脑海中霎时闪过一些支离破碎的画面，两个人紧握双手在天灯上写下誓言的场面再度浮现出来。丁隐不由自主地顺着天灯飘来的方向走去，黑夜中前路不清，他脚下一失足，竟然跌落山崖。

崖边险要，丁隐急急滚落，脑袋猛地擦过一处陡峭的岩壁，鲜血飞溅而出，再往前去，又是一块凸起的巨岩，倘若撞上，必然头骨崩裂、命丧当场，丁隐吓得惊叫起来。

正当危机之时，一只手突然抓住了他的腰带，将他向上一提，用轻功托着他慢慢下坠。丁隐下意识地顺手搂住那人的腰，定睛一看，见是一个黑纱蒙面的女子，夜色中双目灿如星辉。山风一起，将女子面纱吹起，露出一张熟悉的面容，正是丁隐脑海中数次浮现的那个女子。他一时之间心神恍惚不定，竟然看得呆了。

那女子，自然是玉无心。她托着丁隐缓缓自悬崖峭壁降下，落在半山一处洞口的大石上。丁隐一时间仍未反应过来，如呆鹅一般直勾勾望着玉无心。

玉无心满含喜悦的泪光，一头扑进丁隐怀里：“大力哥！我终于找到你了！”不等丁隐反应，玉无心已经抬起头，深深吻住丁隐。

电光石火之间，丁隐脑后的伤处却传来一阵剧痛，令他脑海中闪现出小玉在火海中求救的画面，跟着又闪出小玉在密林之中掏他心肝的血腥场面，两相交迭，令他胸口气血翻涌，眼中红光闪烁，他猛然一把推开玉无心：“你是谁？你到底是谁！”

玉无心站立不稳，狠狠地撞到了岩壁上，一脸惊讶和委屈："你怎么了？难道连我都不认识了吗？我是小玉啊！"

丁隐努力回忆，伤口却越发疼痛，眼前模糊，"扑通"一声晕倒在地。

玉无心一个箭步上前，将丁隐扶在怀里，脸色微微一变，心想：难道他真的失忆了？她一咬牙，将丁隐放在地上，一把扯开他胸前的衣服，见丁隐胸中一点红光，隐隐闪耀。

待丁隐再次醒转，已是次日清晨。他躺在山洞之中，衣衫不整，后脑剧痛。

玉无心听到动静，从山洞外急急奔进来，一把扶住丁隐，一脸担心地道："大力哥，还疼吗？好些了吗？"

丁隐听见对方叫他大力哥，回想起之前小张的叙说，于是犹豫地问道："你……你是我的妻子小玉？"他发问时，面上仍带着深深的疑惑。

玉无心却掩不住哀伤的神色，轻叹道："大力哥，你真的不记得我了吗？"

丁隐凝视着面前的女子，颤抖着抬起手，想要抚摸她的脸庞，话音温柔而又彷徨："我在梦里见过你的脸，你真的是……小玉？"

玉无心眼中泪光盈盈，握住丁隐的手，紧紧贴在自己脸上，低声道："就算上刀山下火海也要跟大力哥在一起的小玉。"

丁隐仍是怀疑："可是……他们告诉我你死了。"

玉无心的表情由吃惊变为愤怒，一下子站了起来，一张俏脸顿时布满怒容："想不到堂堂蜀山正派，为了留下你，竟然耍这种阴招！"

"留下我？这究竟是怎么回事？"丁隐追问道。

玉无心柳眉倒竖，怒斥道："哪有什么屠村，哪有什么魔宗，明明就是蜀山的人见你神力非凡，便说你是什么武学之才，非要收你为徒。你不愿意，就强行把你抓上山！"

丁隐难以置信，反问道："真是这样？可是蜀山之人，个个都待我很和善，他们不像是坏人。"

玉无心一双妙目噙满泪水，如泣如诉："我们明明在山下过着平静的生活，可他们生生将我们拆散，毁人家室，这还不够过分吗？我拼着性命上山找你，也不知道他们给你下了什么药，连我都想不起来了。"

丁隐见她哭得梨花带雨，一时间也乱了方寸，只好抓住她的手臂。玉无心疼得一缩手，丁隐拉起她的袖子，看到她手臂上昨晚因为撞击而留下的擦伤，立刻

心软了："对不起……小玉，是我不好。"

玉无心深情地望着丁隐，犹带着哭腔，柔声道："大力哥，我们回家好不好？"

就在这当口，两人听见晓如真人的声音："来者何人？竟然胆敢偷入我蜀山！"

丁隐循声望去，只见晓如真人已带着众弟子御剑而来。

原来此前青云与小张只道丁隐还在后崖罚跪，清晨便带了吃食与伤药寻来，谁知四下都不见他，又听晓如真人说昨夜已让丁隐回住所安歇，两人又找回偏院，仍不见其人，这才意识到丁隐再次失踪。

众人大为吃惊，慌忙寻找，又在断崖下的巨石上见到清晰血渍，方想到丁隐不会武功，只怕是夜色中失足坠落山崖。

小张想要沿着峭壁爬下去寻找，青云当场失声痛哭，唯有紫英很是不以为然。晓如真人虽也紧张，却料定丁隐并无性命之虞，只带弟子御着飞剑，沿途寻找下来。

此刻晓如真人远远见到丁隐，心下已是稍宽，却见丁隐身边多出一人，当下喝问起来。

丁隐大惊失色，将玉无心护在身后。玉无心低头蒙上面纱，不愿在蜀山众人前露脸。青云掩不住一脸欣喜款款落下，又指着玉无心问道："丁大哥！她是谁？"说着正要上前，又遭晓如真人瞪视一眼，被紫英拉回到身后。

晓如真人目光严厉，向丁隐道："丁隐，蜀山好心收留你，为何偷偷摸摸跟随陌生人下山？"

丁隐心中生出一股豪气，凛然道："一切都是我自己做的决定，和小玉无关！"

"小玉？"晓如真人打量着玉无心，玉无心却避开投来的目光。

这时小宝蹿上紫英肩头，发出尖厉的叫声。紫英一愣，拔剑出鞘："师父！有魔气，她是魔宗的人！"

晓如真人脸色本已严厉，闻言更是怒上眉梢，喝道："妖人休想离开！布阵！"

随行的十几名栖霞峰弟子得令，迅速启动剑阵，将丁隐和玉无心团团围住。丁隐紧紧抓住玉无心的手，整个身子护在玉无心面前。

只听"嗖嗖"两声，晓如真人背上双剑出鞘，剑气扫过，直攻玉无心面门，却被一柄横空扫来的巨刀挡住，原来是绿袍尊者和九毒神君赶到！

绿袍也不理睬众人，只回手隔空一掌劈向丁隐，丁隐还没来得及反应，已经被震晕。

“带他走！”绿袍掌力一收，示意九毒裹挟丁隐。

青云和紫英正想阻止，却只见山洞中蓦地升起一阵毒烟，顷刻间四处弥漫，栖霞峰弟子倒下一片，两人顿时大怒，只得与九毒缠斗起来。

另一边，晓如真人双剑在手，正和绿袍对峙：“上官警我，你还有胆量再回蜀山？”

绿袍似笑非笑：“有何不敢？”

晓如真人厉声道：“堕入魔道，作恶多端！你对不起素因师妹，会有报应的！”

绿袍冷笑起来：“那我倒是等着，看看这报应轮到我，还是轮到你们！”说罢巨刀光芒一涨，将晓如真人逼出一口鲜血来。

绿袍见晓如败象已露，说道：“我不杀你，你帮我给诸葛驭我带一句话，赤魂石我就此笑纳了！”言毕，带着九毒、玉无心以及昏迷的丁隐，仰天长笑而去。

待诸葛驭我、公孙无我、妙一和尚等人赶来，洞内只剩受伤的晓如真人与十余位中毒的弟子。多年以来，蜀山从未有过如此狼狈的一幕，公孙无我一面施救疗伤，一边骂道：“这绿袍竟然敢光天化日之下擅闯蜀山，实在太猖狂！”

妙一和尚则轻叹道：“绿袍师出蜀山，对剑阵极为熟悉，是我百密一疏，竟然让他闯进了蜀山。而且魔宗这次到来实在猝不及防，甚至连我们都来不及救援。”

晓如真人在一旁自责道：“掌门，此事错在我一人。当初如果不是我执意处罚丁隐，导致他落单，他也决不会落入绿袍之手。”

诸葛驭我为晓如真人输入真气，缓缓收功：“疗伤要紧。此事是绿袍肆意妄为，实也防不胜防。”

一旁照顾伤员的紫英忍不住开口：“爹，此事只怪丁隐自己，我看他八成和那个魔宗妖女是一伙的！”

青云不忿道：“丁大哥才没和魔宗联合，他是被骗的。”

紫英冷笑一声：“呵，你又不是没看见他豁出命来保护那个妖女的样子，清

醒得很，哪有一点被骗的样子？”

丹辰子也来表态：“掌门，此事的确是因为丁隐心志不坚，才会给魔宗可乘之机。”

诸葛驭我挥了挥手，沉吟道：“现在不是争辩对错的时候。辰儿，你先送受伤的弟子去百草庐，请你百草师叔替他们疗伤，我有事要与几位长老商议。”

丹辰子领命而去，众人也跟着退出，大厅内只留几位长老。

晓如真人凝眉道：“掌门师兄，绿袍这次抓走丁隐，意在夺取赤魂石。如果赤魂石真的落到他的手上，不止是蜀山，恐怕整个武林都会迎来一场劫难。”

妙一看法不同：“丁隐体质奇特，绿袍想从他体内取出赤魂石，恐怕没那么简单。”

公孙无我思忖了一番，缓缓道：“我们冒不起这个险。现在当务之急是集结所有蜀山弟子，攻入阴风谷，杀了绿袍，保住赤魂石！”

诸葛驭我静静听着三人意见，微微摇头：“其实，警我师弟也是个不幸之人。眼下晓如有伤在身，妙一当务之急是重布剑阵，你们俩且留下。”说着又看向公孙无我，开口道，“无我，你我二人带弟子去阴风谷，和绿袍谈一谈。”

公孙无我先是一愣，又说道：“掌门，还有什么可以谈的？对待魔宗就应该当机立断，不能留情！你万不可再心慈手软，置天下苍生于不顾！”

诸葛驭我似乎早有考量，正色道：“杀了一个绿袍，以后还会有第二个、第三个。为了天下苍生着想，我愿意尽力一劝。希望警我心里，还有最后一点良知在。如果他真的已经无可救药……”诸葛驭我握了握拳，眼中精光一闪，“那我一定会亲自为蜀山剑派清理了这个叛徒！”

正邪激战夺赤魂，拯危救难练血影

绿袍再次紧闭双目，不愿目睹这片腥红的血色。他仿佛又看到蜀山上的那片桃林，心中响起一个声音：“素因！素因！若不是因为对你的执念，我才不会这样屈辱地苟活，可是为了你，我愿意撑下去，活着！”

一

丁隐从昏迷中醒来，顿觉异香扑鼻，他睁开双眼，才发现自己被一株血莲的藤蔓倒吊起来，悬在雪池上方。那藤蔓如触手般紧紧抓住他，同时扭动着钻入他体内吸食血液。他吓得惊叫起来，再一抬头，看见绿袍尊者冷笑着走来。

“这是什么地方？你……你是魔宗的人？”丁隐挣扎着问道。

绿袍上前一步，抬起丁隐的下巴，缓缓道：“你真的不记得我了吗？”

丁隐似乎没有惧意，反而有些不耐烦起来：“你到底是谁？为什么抓我来这里？”眼神之中，一半迷惘，一半愤怒。

绿袍尊者并不理会他的感受，以低沉的声音宣布了他的命运：“我不关心你是谁，也不关心你是不是失忆。身怀赤魂石的元神，你就得死。”说着一指点在丁隐眉心，内力催动。顿时丁隐浑身剧震起来，眉心浮起颗颗血滴，赤魂石渐渐汇聚成形。

绿袍衣衫飘动，双掌相合继续催力，刚聚起的赤魂石竟缓缓落入他的手心，只剩最后一个元神还在丁隐胸中激荡。只需再加功力，那个最后的元神也势必一跃而出，八十一元神眼看就快汇集成形。

伴随着赤魂石成形，丁隐脑海中，屠村那日的惨相开始升腾浮现：火光冲天、断壁颓垣，村民垂死的呼救声彼此交织，令他如焰焚身，目眦欲裂。

这个时候，雪池外突然传来凄厉的“救命”呼声，这一声“救命”，恰与丁隐脑海中卧云村村民的呼救声相迭，两者交汇，如同冷泉灌顶。

身处炼狱、神识昏沉的丁隐忽而惊觉，他猛然睁开眼睛，自内心深处嘶叫着：“不！不要杀他们！”与此同时，留在丁隐体内的那个元神忽然迸发出强大的力量，竟然令其余赤魂石元神迅速脱离绿袍的控制，再度向丁隐靠近。

绿袍大惊失色，急忙运足功力，伸手去抓赤魂石，赤魂石却轰然炸裂成万千血滴，又从各方逐一汇集到丁隐的眉心，刹那间全数沁入。继而一股巨力凭空爆发，雪池崩炸，妖莲破毁，绿袍也被这股力量撞飞开去。而丁隐，再次昏迷在一片狼藉间。

屠媚和玉无心在洞外听到巨响，料是绿袍大功告成，匆匆进入道贺，却见绿袍面无血色，气息不匀，二人还道是收伏赤魂石耗损了功力。屠媚欣然揖道："恭喜宗主，赤魂石终于得手！"

绿袍尊者却冷冷问道："刚刚那声救命是谁叫的？"

"是一批刚刚抓来的血奴，有一个胆子特别大的企图逃走，已经被我处理了。"屠媚轻描淡写地道。

绿袍怒吼一声："混账！"便一口鲜血喷出，单手扶着岩壁急急喘息。

二人大惊失色，忙运气抵住绿袍尊者后背，助其疗伤。

绿袍苦笑道："适才我催动功力，眼见要逼出赤魂石收为己用，丁大力却被那血奴的救命之声猛然唤醒。那元神跟随他多年，竟然沾染上了他的恻隐之心，拒绝出体，甚至还将剩余的元神也吸了回去，导致功败垂成！"

屠媚不假思索地道："简单，那就把他杀了为宗主出气。"

玉无心柳眉一皱，开口道："属下觉得，就算杀了丁大力，赤魂石也未必取得出来，倒不如先留他一条性命。"

屠媚当即呛道："这种事情什么时候轮到你做主了？"她对玉无心似乎很有芥蒂。

绿袍调匀内息，渐缓伤势，从容道："玉儿说得对，先留着丁大力的命，再想办法。既然玉儿你有办法，丁大力就先交给你处理。赤魂石是邪性之物，丁大力一日不成魔，赤魂石就一日无法顺利到手，你要想尽一切办法，唤醒他心底的魔性！"

玉无心恭敬地道："属下明白！"

绿袍示意玉无心近前一步，意味深长地拍了拍她的肩膀。玉无心只觉一股内力源源不断地灌入体内，令她身躯剧颤，她一时不明所以，惊道："宗主有伤，不可催动内力……"

绿袍却道："不要慌，这股内力可助你一臂之力，如果能成功逼出赤魂石，

你就是我烈影神宗的功臣。”

玉无心又惊又喜，恭敬地道：“属下为宗主效力，万死不辞。”

屠媚忿忿地瞪了玉无心一眼，娇媚地凑到绿袍身旁。绿袍按住她的手，嘱咐道：“这次诸葛驭我失了丁大力，恐怕会大张旗鼓前来救人，我现在受了伤，对付蜀山就要靠你了。”

屠媚会心一笑：“宗主放心，有我在，蜀山不会有任何机会。”

蜀山有没有机会，诸葛驭我最清楚。

诸葛驭我在凌云殿后堂召集了丹辰子、紫英和青云三人。三人是蜀山新一代弟子中的杰出人物，对于明日阴风谷一战早已跃跃欲试，想不到诸葛驭我的第一句话，就令他们面面相觑——

“明日阴风谷之行，你们三人不必跟着我了。”

青云心直口快，最是沉不住气，当即不满地道：“掌门，您不放心我们的武功？”

诸葛驭我抚须一笑：“正相反，当下我最放心的，就是你们三人。”

青云一脸疑惑，愣在当场。

只听诸葛驭我继续说道：“明日蜀山真正的行动，不在为师与上官警我的博弈，而是要靠你们三人去完成。”

丹辰子立即醒悟，了然道：“原来师父去见上官警我，乃是声东击西之策，真正的目的，是要我们趁机深入虎穴，将那丁隐营救出来。”

诸葛驭我微笑点头，紫英却不忿道：“爹，为了一个丁隐，何必如此冒险？”

诸葛驭我正色道：“丁隐关系着天下正道的命运，不管冒多大的风险，都不能让他出事。”

丹辰子沉吟片刻，深深一揖：“弟子明白，定当不负师命。”

诸葛驭我点了点头，取出一个早已备好的锦囊，对丹辰子告诫道：“辰儿，阴风谷是当年西疆魔王屠霸盘踞之地，地形错综复杂，谷中寒冷难耐，而魔宗的实力也不容小觑，你们此去必定危险重重，万一到了绝境，将这个锦囊交给丁隐，便能逢凶化吉。”

丹辰子一怔：“为什么是丁隐？”

诸葛驭我只道："为师自有安排，切记这个锦囊只有丁隐能看，你们几个绝对不能打开！"

丹辰子三人稍有疑惑，但也立刻点头。

春日载阳，有鸣仓庚。

午时方过，本该是日间阳气炽盛的时候，百蛮山阴风谷中，却依然是一派萧条肃杀、荒无人烟的景象。诸葛驭我与公孙无我带着一众弟子来到谷口，忽见一块巨石拦路，更有数股魔气在怪石间滋生萦绕，将阳光浸得阴寒森冷。

诸葛驭我高声道："上官师弟！故友来访，但请一见。"

山间余音回荡，却毫无动静。

公孙无我环顾一周，开口道："师兄，绿袍似乎并没有要见我们的意思。"

诸葛驭我面色一沉，将一粒石子打入山中溪流，激起涟漪千层，跟着长袖一招，一滴水珠被弹开，飘荡出去。一滴、两滴、十滴、千百滴，水珠串联成线，汇聚成剑，诸葛驭我长袖一扬，那水剑竟洞穿了山口巨石。只听"砰"的一声，剑气激荡，巨石轰然倒塌，化为无数碎屑。

阴风谷内，魔宗诸人纷纷拿着兵器围了上来，和蜀山众人对峙。双方剑拔弩张之际，九毒神君忽地排众而出，对着诸葛驭我礼貌一揖："蜀山剑派果然名不虚传，诸葛掌门也是功力深厚，九毒见识了。"

公孙无我怒道："我们掌门亲自来见，已经是对你们魔宗的抬举，还不叫你们宗主出来！"

九毒点了点头："宗主已经在谷中恭候，但他吩咐过，只愿见诸葛掌门一人。"

公孙无我一怔，说道："绿袍葫芦里到底卖的什么药？"

九毒冷笑一声，从容道："诸位与其在这里胡乱猜想，倒不如请诸葛掌门见我们宗主，自然便知。再等下去的话，也不知那位丁大力还能不能撑下去。"

公孙无我大怒之下就要拔剑，诸葛驭我略一沉吟，点头上前："好，我跟你去。"

公孙无我急忙阻拦："掌门，万一这是个陷阱，绿袍要伺机暗算你呢？"话音未落，剑已出鞘。

诸葛驭我却将公孙无我的长剑按回鞘内，开口道："能不动用武力最好，见

到警我之后，我自有打算。这个心结已经结了二十四年，今日当一并了断。”又向九毒使个眼色：“请带路吧。”

九毒施了一礼：“掌门有请。”魔宗门徒让开一条道，诸葛驭我和九毒的身影消失在阴风谷深处。剩下魔宗门徒和公孙无我等人互相瞪视，谁都不敢放松警惕。

诸葛驭我随九毒在崎岖的山径上迂回辗转，沿途所遇，皆有魔宗门徒恭敬行礼。不多时，两人步入一处石窟大殿，只见殿内只有一盏孤灯，魔宗护卫幽灵一般守在四周，绿袍尊者静静坐在桌边，泡了一壶茶，面容平静，不见喜怒之色。

九毒先向绿袍施礼，再指着绿袍对面的空座请诸葛驭我入座。诸葛驭我犹疑片刻，还是坦然坐定。绿袍摒退了九毒与众护卫，缓缓倒上两杯茶，递给诸葛驭我一杯。诸葛驭我顿了顿，仍是坦然接过。

“你就不怕我下毒？”

“以你的本事，真想杀人，用不着下毒。”

“哈哈，还是师兄了解我！我想过很多次，如果可以再和师兄品茶论剑的话，会是什么模样。当年在蜀山之上，你常常与我一起采雪化水泡茶，讨论茶道，切磋武功，那时候你是我最崇敬的兄长。”

时光交错，电闪雷鸣，诸葛驭我瞬间忆起前事，面上掠过一丝暖意：“只可惜这杯茶晚了二十四年。师弟，如果我们当年能够平心静气地谈一谈，将所有误会都解释清楚，也许一切都会不一样。”

绿袍对诸葛驭我口中说的“误会”显然并不赞同，当即抢白：“误会？我和素因从始至终两情相悦，是师兄你一定要横刀夺爱，将我和她逼上了绝路，一句轻飘飘的‘误会’，就对得起素因吗？”

提到素因，诸葛驭我面露愧色，一声长叹：“当年师父仙去，与素因成亲是他的临终遗命，我怎么好违抗？”

绿袍大笑起来，冷冷地道：“不好违抗？我看你是满心欢喜才对！”

诸葛驭我面色难看，一时无言以对，沉默片刻，苦口婆心地道：“师弟，事情已经过去那么久了，为何还要一直执着？我诸葛驭我一生无愧于世，只有这件事是我一生的遗憾。只要你交还丁隐，素因的债，我会还给师弟你。”

绿袍冷冷一笑：“听起来，你是来求我的？”

“悬崖勒马，时犹未晚。当年的事，我愿意补偿。我只希望你不要再为了你我二人的恩怨，去伤害无辜的人。”

绿袍神情复杂地看向诸葛驭我，心中五味杂陈，忽然狂笑，笑声乖戾狰狞，回荡在石窟内久久不息。饶是诸葛驭我定力惊人，也听得毛骨悚然。

绿袍止住笑声，眼神一片虚空，轻声道：“素因，你听到了吗？当年那个不可一世的掌门师兄终于向你道歉了，他终于来求我了！”说着单手拍桌，桌边一块暗格翻起，三枚毒针飞出，猝不及防地扎入诸葛驭我胸前的大穴。与此同时，石窟顶端的藤蔓“嗖嗖嗖”猛然向下袭来，将诸葛驭我牢牢捆住。

诸葛驭我身子一震，忍痛看向绿袍：“警我！你要干什么？”

“你不是说要补偿吗？交出掌门令牌，我要蜀山还我当年失去的一切！”

诸葛驭我没料到绿袍尊者会有这样的要求，淡然道：“若你真是要杀人才能解恨，那你就放回丁隐，杀了我吧。”

绿袍叫道：“我不稀罕！要你的命有什么用？你的命能和素因的命相提并论吗？没有她，整个天下对我来说不过是过眼云烟！什么天下苍生，他们是生是死，和我有什么关系！”

诸葛驭我仍在苦苦相劝：“警我，你毕竟曾为蜀山弟子，蜀山教导你数十年，难道你心里连最后一丝做人的良知都没有了吗？”

绿袍却是一脸狞笑：“我不再是人了，你就当我是地狱门口爬回来的恶鬼好了！”他顿了顿，又开口道，“丁隐，这是你给丁大力取的名字吗？含明隐迹，你真以为能藏得住他？我要他身上的赤魂石，和蜀山一起给素因陪葬！”

“有我在，决不会让你碰他一下。”诸葛驭我义正辞严，缓缓站起，那妖莲的藤蔓在他的威力下顿时片片碎裂。诸葛驭我一提真气，将三根毒针逼出体外，摇头叹道：“上官警我，我曾以为你良心未泯，现在看来，你当真无可救药了。”言毕挥手一扬，乾坤剑自动飞入他的手心，霎时光芒大盛。

绿袍冷笑一声，手中刀锋随之一闪。

诸葛驭我与他对视一眼，缓缓说道：“刚刚受你三针，算是尽了最后一点情分，从今以后，我们不再以师兄弟相称。我身为蜀山掌门，当为师父清理门户！”

绿袍也是战意大盛，话语间竟有几分快意：“也好，诸葛驭我，当年被你拿走的东西，如今我要一样样夺回来！”

诸葛驭我准备清理门户的时候，丹辰子三人正潜入阴风谷的后山。

一声口哨响起，小宝一阵疾奔，跃上紫英肩头。紫英一边跟小宝交流，一边以剑尖在沙地上画出地图。

丹辰子警惕地查看四周，小声对二女说道：“师父说过，绿袍为了催化元神，一定会将丁隐关押在阳气最重的地方。我和公孙师叔会吸引魔宗和绿袍的注意力，到时候阴风谷外围防御空虚，你们可以趁机潜入找到丁隐，将他救出。根据小宝带回来的情报，眼下魔宗绝大部分门徒都集中在大殿和谷口。”

紫英抬头看了看太阳的方位，向丹辰子点头道：“看来爹已经进入阴风谷，在和绿袍谈判了。”

青云蹲在紫英身边，对着地图思忖：“阳气最重的应该是东首这个地方，丁大哥应该就被关在这里！我们快走。”

刚刚踏出脚步，却正碰到九毒神君从后山谷口远远走来，三人迅速隐藏在乱石沙丘后。丹辰子见九毒孤身一人，心中当即盘算：紫英一直期望我将来接过师父的掌门之位，此番前来阴风谷，正是立功的好机会，若能顺道擒住此人，岂非锦上添花？于是低声向二女说道：“既然已潜入阴风谷内部，不如一石二鸟，把那九毒一并抓了。”

青云谨慎地道：“可是掌门说过，让我们直接去救丁大哥，不要徒生波折。”

丹辰子却说：“他现在落单，我们三人合力的话，形势占优。以他为人质，自然能救出丁隐，亦能审出魔宗机密，对我蜀山极为有利。”

紫英随声附和道：“是啊，青云，大局为重，我同意师兄的决定。”

青云犹豫了一下，只有点头。三人见九毒已经走近，交换了一个眼神，忽然从藏身处一起飞出，合围九毒。偷袭突然，九毒未能反应，只接了两招，就被丹辰子用长剑架在脖颈之上。

九毒也不慌乱，只冷笑道：“蜀山弟子，竟也会偷鸡摸狗，偷施暗算。”话音未落，“哗啦”一声，九毒半身湿透。

只见青云手中举着一个空皮囊，俏皮一笑：“我浇你的可不是水，是火油。”

九毒一愣，心中暗叫不妙。这时小宝又不知从何处衔来一枚点燃的火折子，扑腾两下，落在紫英肩头。丹辰子接过火折子，向九毒看了看，笑道：“不想当灯芯的话，就乖乖合作。”

丹辰子三人出奇制胜，顷刻间便制住九毒，紫英又点了他的周身大穴，令他一时无法动弹。九毒虽然不惧，却也一脸无奈，只得冷冷看着三人，内心暗自寻思。

丹辰子开门见山：“快，带我们去找丁隐！”

九毒有些惊讶，说道：“就算救出丁隐，你们也走不出这阴风谷。”

青云不屑地道：“这倒用不着你为我们操心了。你说不说？不说就把你点燃了。”说着还指了指丹辰子手中的火折子。

九毒冷哼一声，道：“丁隐被关在雪池，一路往西就是。”

青云一愣，骂道：“你骗人！师父说过丁大哥应该被关在阳气重的地方，应该是往东走，怎么会往西？”

丹辰子与紫英对望一眼道：“师父只是猜测，难保也有考虑不周全的时候。青云，让他带路吧，他应该不敢骗我们。”说着解开九毒腿上的穴道，“你带路。”

青云只好听从丹辰子的话，瞪了九毒一眼：“敢说假话，我和你没完！”三人就这样跟着九毒离开。

丁隐现下身在何处，玉无心最清楚。

却说昨日绿袍强行由丁隐身上吸取赤魂石，紧要之际，突如其来的一声“救命”唤醒丁隐神志。

那赤魂石元神在丁隐体内居留日久，竟染了他的恻隐之心，当下不仅拒绝出体，反将绿袍运功吸纳的部分元神强势夺回。

激爆之下的惊人威力，还将绿袍震出内伤，丁隐也因此昏迷过去。

待丁隐再度恢复神志，已身处阴风谷中一处秘密囚牢之内。他发现自己被一道绳索捆住，一旁蜷缩的玉无心同样戴着镣铐，她身上，尽是瘀痕，血迹斑斑。

丁隐虎吼一声，生出一股神力，竟将自己身上的绳索崩断。他赶忙抱起玉无心，查看她的伤势。

玉无心缓缓睁开眼，苍白的脸上现出甜蜜的笑容，含泪道：“大力哥，你醒来了，太好了。”

丁隐见此一幕，霎时又陷入纷乱杂芜的记忆之境，他分辨不出真假，却一心知道，眼前是他日思夜想、魂牵梦萦的小玉。他紧紧抱住玉无心，坚定地说："别怕，我带你逃出去。"

囚牢上下左右，尽是巨岩形成的石窟，唯有一面墙壁乃是砖石砌成。砖石虽坚，却好过岿然不动的岩壁。丁隐二话不说，竟用双手开始挖掘砖石。起初见效甚微，但是他一股神力惊人，加上不要命的执着，小半个时辰后，竟也初见规模。

玉无心则在一旁帮着搬运沙土碎石，不时为他拭一拭汗水，软言细语地安慰他。

玉无心见到丁隐刨出的砖石上带着血迹，惊道："啊？大力哥，让我看看你的手！"

丁隐赶紧将手藏在身后，口中直说没事。玉无心一把拉过丁隐的手，发现十指全部血肉模糊。玉无心眼睛一红，撕下身上衣服就要为丁隐包扎。

丁隐傻笑道："真的没事，我性子急，只顾着挖，其实真的一点也不疼。"

"可我心疼你。"玉无心话音很轻，却听得丁隐一阵心醉，伸出手来。玉无心默默包扎着伤口，忽然之间眼泪掉下，一把上前搂住丁隐，在他耳边凄楚地道："大力哥，别再挖了。能够和你死在一起，小玉已经很满足，别无他求。"

丁隐心口一热，紧紧搂住玉无心，凛然道："有我在，我们不会死在这里的！"

丁隐仍是锲而不舍地挖墙，那砖墙上的血迹越染越多，他不知疼痛，只顾疯了一般地拼命挖掘。这场景，连暗中窥视的屠媚也为之动容。

丁隐一面不顾死活地挖掘，一面口中还在念念有词："小玉，我曾经失去过你一次，我不想再经历第二次。等我们逃出去后，谁都不要再理，也不管什么蜀山、魔宗，咱们两个找处安安静静的地方过日子。"

玉无心一脸羞涩："只有我们两个？以后……说不定还会有我们的孩子。"

丁隐激动起来："对对，要两个孩子，一个男孩一个女孩。我们养些鸡鸭，白天我去打猎，你在家做饭。我们两个以后再也不要分开，谁都不会死，谁都不会离开……"

墙上丁隐挖开的洞口越来越大，渐渐透进光亮。丁隐面露喜色，对玉无心说："快了快了，我们就快要逃出去了。"

不多时，最后一块砖头终于倒塌，阴暗的牢房顿时充满了光亮。丁隐拉起玉无心，大步向牢房外逃去。光线使得丁隐的视线模糊不清，他只晓得往外一步步走去，却觉得脚下一步一滑，走得格外艰难。

忽然玉无心不小心滑倒，丁隐匆匆去扶，也滑倒在地，正待定神站起，却忽然愣住了。

原来这地面上满是鲜血，丁隐撑着地面的手掌沾满鲜血，浑身更是鲜血淋漓。这时眼前的一切渐渐清晰——一片腥红的地狱血海。丁隐和玉无心竟然依旧处在雪池中，面前尸横遍地，宛如地狱，惨不忍睹。

丁隐脑海中卧云村的幻象与此刻的惨相重叠，令他头痛欲裂，幻象中村民们的一声声呼救刺穿他的脑海。他跪在雪池中，愣愣看着前方，心中闪过一个念头：这些人难道都是因为我才死的吗？

他伸手去牵玉无心，玉无心也不应他，面上如罩雪霜，神情冰冷。这时，雪池下方一个虚弱的呼救声响起。丁隐惊起，匆匆上前，硬是从雪池下方翻出一个还没有断气的血奴，他死死按住血奴的伤口，想要阻止鲜血涌出。

他想起玉无心曾为他包扎伤口，便喊道："小玉，小玉，帮我救救他！哪怕救一个都好！"

话音未落，那垂死的血奴双眼猛然瞪开，原来是一记手刀穿过他的胸膛，掐断了他的最后一丝生机。丁隐呆住了，他不可思议地缓缓抬头，只见玉无心收回鲜血淋漓的手，向他微微一笑。

丁隐难以置信地望着玉无心，惊愕道："小玉，你……你在做什么？"

玉无心楚楚一笑，无限温柔地说道："没错啊，大力哥，他们就是因为你才死的，每一条人命都是！因为你不听话，就必须要有人付出代价。"

丁隐如遭雷击，还不待反应，那雪池中又一朵妖艳的红莲陡然张开花瓣袭向他，刹那间藤蔓已经缠绕住他的四肢，将他吊挂起来。

丹辰子三人挟着九毒来到了雪池外的转角处，听到了丁隐痛苦的叫声。青云抢先而入，只见丁隐孤身一人被吊在雪池上方，已然昏迷。

丹辰子环视一周，对九毒道："去把他放下来。"

九毒仍是一副不卑不亢的模样："血莲只有宗主可以操控，我没办法。"

丹辰子只好示意紫英看押九毒，自己拔剑出鞘，一记凌空飞身，剑光一舞，就将丁隐身上的血莲藤蔓尽数斩断，又自半空揽住丁隐，再轻巧落地，几个动作一气呵成，明快优雅。

青云赶紧上前关心丁隐的伤势，却见丁隐缓缓睁开眼睛，声音十分虚弱：“你们来救我了？就连大师兄都来了……”

丹辰子开口道：“我不过听从师父号令而已。”

丁隐闻言，忽然瘫软下来，好似身负重伤下盘不稳，一侧身倒在丹辰子身上。丹辰子眉头一皱，还是扶住了他。

此时丁隐脸上神色一变，怪笑道：“可惜我却不想走了……”这声音已化为娇软女声。丹辰子一愣，只见怀中人已经变成了屠媚。屠媚又是一声娇笑：“而且我还要你这个美少年一起留下来陪我！”

青云惊呼一声，上前救援已是来不及，屠媚白皙的双掌已如鬼魅般贴上丹辰子胸口，骤然发力击出。丹辰子惨叫一声，一口鲜血喷出，连连后退。

变故遽生，紫英大惊失色，忙将手中佩剑一抬，架在九毒颈上，向屠媚叫道：“住手，否则我杀了他！”

却不料九毒也是有备而来，以一种稀奇古怪的身法滑开，摆脱了紫英控制，还顺手一摸紫英的脸蛋，微微一笑：“年轻人，你们未免也太小看神宗的实力了！”

这一来，情势瞬间逆转，丹辰子三人陷入危机自不待言，紫英脸上刚被九毒摸过的地方又瞬间化为黑色，一阵灼热难当。三人只得背靠背站在一起，凝神对敌。

就在此时，周遭的环境忽然开始波动变换，原本的雪池，变成一座阴森山洞，暗影憧憧。

阴影之中，九毒一声暴喝，数十枚钢钉分别从不同的方向激射而来。紫英、青云二人拼命挥剑隔挡，稍不留神，一枚钢钉擦过青云耳边，径自没入身后的岩石，青云暗叫一声“侥幸”，心知情势已十分凶险。

另一边，屠媚如调戏一般频频缠住丹辰子，令他不得脱身，丹辰子不停接招，少有回击，被屠媚一把绣伞带得左支右绌，好不狼狈。

众人斗得越发吃力，丹辰子忽然剑出险招，凌空飞身将佩剑横向一扫，再借着剑势，反向挑起剑尖，绕开绣伞锋芒，向屠媚侧面“嗖嗖嗖”连刺三剑。这一招之所以凶险，是因为丹辰子只攻不守，假若屠媚不采取守势，而是硬受三剑，那丹辰子必遭绣伞打断脊椎，横死当场。

但屠媚毕竟是女子，焉能生出毁容杀敌的狠心？何况丹辰子的搏命三剑，也只在顷刻间刺出，屠媚不及细思，只有暂时退避，匍匐在岩洞的内壁上。

丹辰子觅得喘息之机，立时由怀中摸出那个锦囊，又提起最后一口真气扑向正与二女对战的九毒。九毒腹背受敌，仍是不乱，冷笑一声，挥出一阵毒烟来。

丹辰子脱下披风，迎上前去一兜，将毒烟收入披风，随后裹起披风，向追来的屠媚掷去。一时间，原本昏暗的岩洞内毒烟弥漫，众人目不能视，唯有听声辨位。

丹辰子忽然一掌拍向青云，青云还没反应过来，便被掌力推出通天岩洞口，只听丹辰子奋力大喊："青云！去找丁隐！"

同时，紫英袖中的雪貂如闪电一般蹿出，丹辰子将锦囊对着洞口光亮处掷去，小宝一跃而起，凌空衔住锦囊，一阵疾奔，追上了青云。

丹辰子则和紫英对视一眼，默契转身，分别缠住了屠媚和九毒。

青云知道形势危急，咬了咬牙，只能带小宝迅速离开。

另一边，诸葛驭我和绿袍尊者正斗得旗鼓相当，激烈相持中，绿袍内伤忽然发作，呕出一口鲜血来。诸葛驭我乾坤剑气势一盛，绿袍顿时险象环生，加上伤势发作，渐渐只守不攻，落到下风。

乾坤剑迎面砍来，绿袍举刀硬接，发现乃是虚招，大惊之下，再变招已是不及，心口硬生生受了诸葛驭我一掌，只觉得内息翻涌，脚下虚浮不稳。这时却见诸葛驭我收了势，冷冷道："你受了伤，更非我对手。"

绿袍正要应声，却感到整个阴风谷都在剧烈摇晃，犹如多年前启动降魔阵的情形。不同的是，二人周遭渐渐泛起一股血红之气。绿袍心知玉无心已然取得丁隐体内的赤魂石，当下不顾劣势，纵声狂笑："诸葛驭我，你费尽心思，赤魂石最终还是得落到我手里！"说罢运起轻功，飞身向雪池奔去。

诸葛驭我暗叫不好，一步跃出，挡在绿袍身前，凛然道："绿袍，今天就算拼上我这条命，也不会让你得逞！"

绿袍狰狞一笑，正待出招逼退诸葛驭我，然而他手掌一扬，还未出招，掌心一股黑雾竟然猛地炸开，接着又是一口鲜血自口中喷了出来。诸葛驭我岂会放过良机，双手一出，又制住绿袍两处大穴，令他无法出手。

绿袍见大势已去，颓然倒在地上，脸色苍白，惨然笑道："只差一步！没想到离赤魂石又是只差一步！"

诸葛驭我持剑而立，冷冷地看着绿袍，开口道："师父说过，放下执念，究

竟自在，可你终究还是没法超脱。”言毕抬起手来，意欲一剑结束绿袍的性命。顷刻间，那些少小同学的情怀，二十四年的纠葛，伴随着两人间的恩恩怨怨，是是非非，就要随着剑光一闪而逝。

“剑下留人——”

千钧一发之际，屠媚抢在剑落之前闯入正殿，运足十成功力，硬是与诸葛驭我凌空对了一招，然后如同护雏的雌鸟一般，疯也似的扑身过来，挡在绿袍前面。

诸葛驭我神色一凛，再次举起剑来，肃然道：“便连你这妖女一并杀了。”

诸葛驭我的话，屠媚置若罔闻，只轻轻抚摸绿袍的面颊，幽幽叹了一声，这才抬起头，迎着诸葛驭我冷峻的目光，嫣然一笑：“掌门，有两个人想请你见一见。”

诸葛驭我浑身一震，赶紧回头，只见九毒带着一队魔宗门徒，押着丹辰子和紫英步入正殿。

“爹！”紫英喊了一声，面上焦急万状，一旁的丹辰子亦是神色沮丧，羞愧得不敢抬头。

九毒将丹辰子和紫英的剑丢在地上，眼神不屑，嘴角含着嘲笑，似乎在有意羞辱、挑衅整个蜀山。

“英儿！辰儿！”

诸葛驭我喊了一声，身形一闪，已经掠到九毒身旁，正要出招救人，九毒微微一笑，仍是一副不屑的神情：“人还给你好了。”反手就将两人向诸葛驭我推去。

丹辰子急忙喊道：“师父，当心！”只见他与紫英两人身上捆着的绳子忽然化作两条五彩斑斓的蜈蚣，向着诸葛驭我啃咬而去！

诸葛驭我眉头一皱，蜈蚣被他以内力化为无形。他稳稳接住两人，却发现两人脖颈已经各有了一个微小的伤口，显然已经中了毒，毒性正顺着血脉蔓延而上。诸葛驭我长剑指向九毒，依然保持着宗师风范，从容问道：“解药呢？”

九毒平静地道：“本宗解药一向都是由宗主赐下的，谁都不例外。药方全天下只有我一人知道，掌门如果杀了我，你的千金和爱徒只怕也要为我陪葬。”

丹辰子身中剧毒，却很有担当：“师父！先救紫英，用不着在意我的性命！”

屠媚在一旁扶起受伤的绿袍，听到丹辰子的话，不忘阴阳怪气："哎哟，原来还是一对小情人。有这样的痴情郎做女婿，诸葛掌门好福气。我屠媚可真是羡慕啊！"

绿袍伤势稍缓，勉力站起身来，开口道："诸葛驭我，论武功你我不相上下；论心狠，你可不及我万分之一。是要杀我一个，还是要死儿女一双，这笔买卖你自己知道怎么做。"

诸葛驭我怒视绿袍良久，长叹一声，将乾坤剑掷于地下："说吧，你到底想怎样？"

绿袍平静地道："公平得很，一人换一刀，你受我两刀，解药便拿去。"

紫英闻言大惊失色："不行！"

丹辰子捡起地上自己的剑就要往脖子上抹去："弟子技不如人，决不能拖累师门！"

诸葛驭我叹息一声，拍落丹辰子手中的宝剑，顺手点了两人穴道，继而坦然地走到绿袍身前。紫英和丹辰子痛苦万分，却无法上前阻止。

诸葛驭我微微点头，无惧无畏，开口对绿袍道："动手吧。"

绿袍尊者一阵狂笑，眼中露出莫名的光彩："诸葛驭我啊诸葛驭我，师父给你取名驭我，就是让你不要被多情所累。可惜，你就是心慈手软！"言毕抬起手来，正欲一刀结束诸葛驭我的性命。

"住手——"

这一番，却是青云来搅局！

千钧一发之际，青云兴奋的声音传来，只见她和丁隐持剑架着玉无心走入正殿，沿路的魔宗门徒纷纷散开，不敢有所动作。

丁隐面色凝重，青云倒是神采飞扬，说道："绿袍，不止你有人质，我们手上也有人质呢！"

这一下，情势又有了戏剧化的转折，众人全都愣住，场面一时间陷入僵局。

适才丹辰子兵行险招，将锦囊托付给青云，让她无论如何找到丁隐，为蜀山留住一线生机。青云在雪池见到丁隐时，也是大吃一惊。

只见丁隐被那妖莲藤蔓吊在半空，赤魂石悬浮在他身前，他浑身剧震，痛苦难耐，眼看就要被黑烟吞噬，情势万般凶险。

而玉无心则正靠近丁隐耳边，轻声说道："大力哥，别再抱有什么可笑的同

情心了，这个世间，强者生存，本来就是人杀人的呢。”

青云当机立断，化作一道青光冲入雪池，金铃疾向玉无心袭去。玉无心一声冷笑，从腰间抽出冰魄寒鞭迎了上去，阵阵寒气将金铃当场冻结成冰。青云将长剑往回一抽，冰屑凌空爆裂，四散打向周围的魔宗门徒。

青云顺势将金铃收回手中，仗剑护在了丁隐面前，对丁隐喊道：“别听她胡说，丁大哥……”话音未落，却看见丁隐五官扭曲，狂态毕露，整个人即将堕入魔道。

玉无心又在旁边煽风点火：“他不是你的什么丁大哥了！顺从了赤魂石，他马上就会成魔了！”说罢寒鞭一甩，凝结出道道冰锋向丁隐飞来，却在半路转弯，射向青云。青云剑光纵横，与寒鞭交错。两女在丁隐面前相斗，谁都不允许对方接近丁隐。

此时，丁隐内心正在交战，只觉得五脏俱焚，冥冥中听到了青云的声音：“他就是我的丁大哥！不管你们对他做什么，我都知道，他是个好人！”

青云的身影在他脑中叠印，丁隐眼神渐渐恢复清明，赤魂石也感应到丁隐情绪，猛烈震动，那层黑色烟雾瞬间消失于无形。玉无心大惊失色，却来不及阻止，眼睁睁看着赤魂石回归到丁隐体内。

紧接着，丁隐猛地睁开双眼，惊喜地道：“青云！是你！”

青云会心一笑：“丁大哥，我知道你绝对不会让这个妖女得逞的！”说着继续舞剑疾攻，将玉无心步步迫退。青云从天而降，三两句话就令玉无心前功尽弃，玉无心本已惶乱，又被青云的剑气伤及肩部，眼见大势已去。

青云趁机割断丁隐身上藤蔓，将他救下，开口道：“丁大哥，快跟我走！”

玉无心一拭血痕，冷冷地道：“你们走不了！”继而高喝一声，“现身！”雪池周围立时拥入无数魔宗门徒，每人都是手持劲弩，一排排弩箭对准了青云和丁隐两人。玉无心对青云说道：“凭你蜀山剑法再好，也免不了身上戳几十个窟窿。宗主拿不到赤魂石，蜀山也别想拿到！”

青云脸色一沉，将丁隐护在身后，随手摸出锦囊塞给丁隐。

丁隐纳闷道：“这是什么？”

青云目光不离弩箭，全神防御，口中对丁隐说道：“这是掌门给你的，他说只有你才能看，危难时可以派上用场。丁大哥，现在我们只能靠它了！”

丁隐连忙打开锦囊，只见一点荧光飞出，落在他的手掌，瞬间幻化为四行小字——气沉丹田，散之神阙，发自幽门，自成剑气。

“掌门怎么只给了四行字！”丁隐仍是不明所以，兀自念道。

玉无心纤手一挥，阵中万箭齐齐发出，向着青云、丁隐袭来。青云将丁隐护在身后，舞剑为屏，准备做最后一搏。丁隐没有注意青云，他的目光一直停留在手中小字上。这四行字仿佛有魔力，让他的目光无法移开。

这四句话，乃是血影神功的心法开篇。血影神功是蜀山禁忌的武功，却可以和丁隐身上的赤魂石相互呼应，有撼天动地之能。可惜血影神功太过癫狂可怖，心志不坚者极易入魔。

为了不让赤魂石落入绿袍手中，诸葛驭我才冒险将这四句心法纳入锦囊，让丹辰子在绝境之间交予丁隐，决死一搏。孰料此刻丹辰子与紫英已为九毒所擒，却是青云送来锦囊，为蜀山争取了一线希望。

“气沉丹田，散之神阙，发自幽门，自成剑气。”丁隐默念着四句口诀，赤魂石之力随着真气血脉，开始在他全身缓缓流动。他身上仿佛烧红的烙铁一般，烫得不可思议。他张开手掌，手掌仿佛变得透明一般，散发出一种奇异的红光，红光缓缓上升到丁隐瞳孔，他的脸渐渐变得狰狞起来。

玉无心注意到了丁隐的异状，一声令下，凄厉的破空声袭开，数百支弩箭再次暴射而出。

丁隐抬头，眼前的一切仿佛变慢了一般，弩箭的锐度、弓弦的声响仿佛都清晰可辨。他忽然动了起来，竟是迎着弩箭冲了上去，掌力所及，漫天弩箭无不折断炸碎，劈头盖脸地向着那些魔宗门徒砸了下去。所过之处，扫倒一片魔宗门徒。

金铃声忽然响在丁隐耳畔，丁隐猛然惊醒，看向青云的方向，只见残余的弩箭眼看就要刺穿青云的身体。丁隐眼中红光猛然退散，来不及多想，疾如星火，凌空一跃，赶在弩箭伤及青云之前，抱住青云一个翻滚避开。几支弩箭被他横空握住，一捏折断。青云躺在丁隐怀中，一时间愣住了。

只听丁隐温言道：“青云姑娘，应该没事了。”

青云俏脸一红，赶紧起身，眉眼间竟有些害羞：“丁大哥，刚刚你干了什么？”

丁隐说道：“掌门那四句话，似乎是很厉害的武功心法，刚刚我忽然感觉到了一种奇怪的力量。”说到此处，尴尬一笑，“本来我好像被它冲昏了头脑，只

想着破坏一切，直到听见你的铃声才清醒过来……”

玉无心不待丁隐说完，冷笑道：“英雄救美！好看得很啊！”话音未落，鞭影已向着两人袭来。

青云正要上前迎敌，被丁隐拦在身后：“我来！”

“傲雪双剑！”青云战意也盛，要与丁隐一起迎敌，丁隐点了点头。只见青云以脚尖挑起地上一把宝剑，丁隐一把接住，二人主动迎上了玉无心。玉无心受挫，更是又气又急，鞭子凝结出数道冰墙。

丁隐身中数鞭，寒气本已入体，却很快被红光逼退。玉无心的鞭子虽快，但是在丁隐看来，却大有破绽。几招之后，丁隐一把捏住了玉无心的鞭子。玉无心兵器一失，被丁隐的长剑抵住胸口。丁隐打量着玉无心的脸，玉无心也毫不畏惧地看着他。

丁隐不愿下手，问道：“你真的和我梦中人长得一模一样。你到底是谁？”

玉无心淡然道：“怎么，因为梦见过我，舍不得杀我了？”

青云神色厌恶，催促道：“丁大哥，不要再和这妖女啰唆了！咱们快撤！”

玉无心又是一声冷笑：“呵，你们俩走了，那么你的大师兄、大师姐呢？”

丁隐一惊，问青云：“丹辰子师兄和紫英师姐也来了？”

青云如梦方醒，一副快哭的表情：“大师兄和师姐为了救我，落到屠媚和九毒的手里了。”

丁隐眉头一皱，将玉无心的鞭子丢给青云：“捆上她，咱们去救人！”

两人挟着玉无心，一路向阴风谷大殿疾奔，途中遇到不少魔宗门徒，要么顾虑人质不敢阻挠，要么三招之内毙于丁隐剑下。两人以电火之势赶到大殿，只怕再迟片刻，诸葛驭我已成了绿袍的刀下之鬼。

屠媚见两人挟玉无心为质，倒有些不以为然，反而绿袍为之一凛，缓缓放下了手中的屠刀。

青云见状，生出一阵好兴致：“呐呐呐，你们看好了！你们宗主要砍我们掌门几刀，我就砍这个女人几刀！这才叫公平！”

屠媚却开口道：“那你们就动手好了。为神宗大业献身，是我神宗之人的本分。”继而笑靥一展，已闪身到了青云面前，冷冷地道，“魔宗不需要绊脚石，不如我替你动手吧！”说着一掌向玉无心头顶拍去。玉无心闭眼受死。

丁隐和青云大惊失色，没想到屠媚竟然下此狠手。

丁隐将玉无心护到身后，凌空与屠媚对掌，掌力竟然和屠媚不分上下。

屠媚大吃一惊："你……你竟然能把赤魂之力化为己用了？"

丁隐并不十分清楚屠媚所指，随口答道："什么己用他用，反正不能让你们如意！"

屠媚一笑一叹："看不出你小子倒是个人才。那就看看你能护住她多久！"说着绣伞一扬，狠招迭出，招招都直取玉无心命门。丁隐和青云为保人质，唯有全力守护。双方过招间，玉无心与丁隐频频肌肤相触，玉无心神情复杂，脸上也是一红。

丁隐向屠媚怒喝道："想不到你们魔宗连自己人都随便牺牲，真是铁石心肠！"

屠媚娇嗔一声，谑道："倒是奇怪了，蜀山的人怎么反而要护着我们神宗女子？是不是看上她了？"

一旁的紫英也是不解，喝问道："丁隐，大敌当前，你怎么护着魔宗妖女！"

屠媚回头看了一眼紫英，又不紧不慢地对诸葛驭我说道："反正双方都有人质，谁都打不痛快，不如先把这些碍手碍脚的人杀光，咱们再慢慢谈！"

蜀山众人见她如此歹毒，只感到如她所说，情势势必变得更加复杂，于己方大大不利，一时大觉麻烦，只有硬着头皮应战。

却未想到，此时绿袍一声高喊："屠媚！够了！"他朝屠媚喊话，眼睛却是盯着玉无心，欲说还休，继而长叹一声，丢开手中巨刀，又对九毒说："九毒，你送诸葛掌门出谷，把解药给他们！蜀山的人……还有丁隐，也都放走。"

九毒面无表情，作揖道："是！"

屠媚却很是不忿，喊道："宗主！可是赤魂石还在丁隐身上……"

绿袍睨她一眼，冷哼道："什么时候轮到你替我做决定了？"

屠媚闻言一怔，面色尴尬，只有悻然退下。

绿袍又看了一眼诸葛驭我，平静地说："诸葛驭我，这次你没有输给我，我也没输给你。会有下一次的。"

诸葛驭我冷冷点头，拾起宝剑，点开丹辰子和紫英穴道。九毒丢来一个药瓶，丹辰子一把接住，也不多言。

诸葛驭我一行人，在屠媚不甘的注视下，押着玉无心缓缓退出大殿。众人一路无语，沿着崎岖山径，快步向阴风谷外走去。

阴风谷外，公孙无我率领一众蜀山弟子正与魔宗门徒对峙，忽见山门打开，魔宗门徒让出一条通道。只见诸葛驭我一行押着玉无心狼狈而出，公孙无我赶紧迎了上去：“掌门！你可算出来了。”

诸葛驭我面色冷峻，只道：“不必多言，速速启程回蜀山。”

紫英指着玉无心问道：“可是这妖女怎么办？”

诸葛驭我看了看玉无心的面容，忽然皱了皱眉，似乎想起一位故人。

玉无心却神色凛然：“被擒认命，要杀便杀，要剐便剐。”

紫英也来催促：“爹，你在犹豫什么！”

诸葛驭我回过神来，叹息道：“放了她吧，我与绿袍有言在先，一命换一命。”

紫英诧异地道：“可是爹，这是难得的机会啊！”

玉无心冷笑一声：“呵，宗主说得没错，蜀山的人果然都是伪君子。”

丁隐闻言，怒目而视：“你有什么资格说这种话？”

玉无心也不相让：“反正我现在在你们手里，要杀要剐随便。”

“不识好歹！”丁隐怒从心起，猛冲上前，持剑抵着玉无心的脖子。

青云大喊：“丁大哥，你不要冲动！”

丁隐持着剑，和玉无心四目相对，顷刻间仿佛看见卧云村上空的点点星火，一盏天灯，小玉望着他笑靥如花……

记忆碎片中的面孔和此时玉无心的面孔重合，丁隐怔了一下，持剑的手微微发抖：“你究竟是什么人？”

玉无心没有说话，看着丁隐的眼神讳莫如深。

丁隐犹豫了一下，解开绑着玉无心的绳索：“你走吧。”

“你……”玉无心有些意外。

始终一言不发的丹辰子突然挺身而出，拔剑拦在二人面前，咬牙道：“不能放了这个妖女！”

丁隐上前一把推开丹辰子的剑，他用力之猛，竟令丹辰子踉跄了两步。紫英赶紧扶住，一脸惊愕。

丁隐对扶着丹辰子的紫英说道：“别忘了，你们两个的命，是她的命换来的。掌门说得对，不可失信于人。”

紫英愤怒地看向诸葛驭我，诸葛驭我却摇摇头，沉吟道："姑娘，你走吧。魔宗人无情无义、心狠手辣，希望你能擦亮双眼，切莫执迷不悟。"

玉无心冷哼一声，一瘸一拐地往阴风谷里走去，行过丁隐身旁，又被丁隐一把拉住。

丁隐神色复杂，眸中却闪着赤诚，对她一字字说道："不管你的身份到底如何，希望你好自为之，别再伤害别人。"

玉无心有些诧异地望了一眼丁隐，丁隐已经转身疾步回到蜀山阵营。当下众人带着他，齐齐御剑而去。

顷刻间，阴风谷外只剩玉无心一人孑然而立。

午时的日头，仍旧很寒冷。

蜀山凌云峰上，正殿之中一片忙乱，晓如真人和妙一和尚带领众弟子正迎接诸葛驭我一行返回。小张缩在角落，一直张望着人群，直到看见青云和丁隐才赶紧冲上前，一把扑了上去，抱住丁隐："丁大哥！你终于回来了！"说着又对青云竖起大拇指："青云，够本事，竟然真的能把丁大哥救出来！"

青云点了点头，凝声道："这次大家能平安返回，多亏了丁大哥。丁大哥眼下伤重，还是先给他包扎了再说吧。"

诸葛驭我环视一周，令晓如真人将丁隐带回栖霞峰疗伤，回头吩咐道："妙一，你加紧蜀山的守卫，不能再让魔宗有可乘之机。其余受伤的弟子各自养伤。如今双方两败俱伤，想必阴风谷短期内也不会有什么大动作。待我修书给各大门派，让他们协助蜀山抵御魔宗，我们暂时先专心休养，保护赤魂石。"

晓如真人、妙一和尚两人领命而去。

诸葛驭我又走到丹辰子和紫英面前，紫英正在查看丹辰子伤势，两人赶紧站起低头。紫英有些心虚地看了看父亲，说道："爹，我们这次不是故意的……"

丹辰子不等紫英说完，主动跪下，自责道："师父，是弟子立功心切，冲昏头脑，才会中了魔宗的圈套，几乎害了师父和紫英的性命。此事是我一人的主意，不关紫英的事，师父处罚弟子一个就好。"

诸葛驭我长叹一声，对丹辰子说："自己去剑冢领罚吧。"

丹辰子点头领命，紫英却是一脸不满。待父亲走后，紫英不禁责怪起丹辰子来："师兄，你为什么把所有责任都往身上揽，我们为了救那丁隐出生入死，没

有功劳也有苦劳啊……”

“别说了！”丹辰子喝断紫英的话头，头也不回地走出大殿。

紫英望着丹辰子背影，气得直跺脚。

一旁的小张注意到紫英脸上的伤，大惊失色，忙冲上前关心：“神仙姐姐！你的脸受伤了，要不要紧？”

紫英正在气头上，猛地捂住脸上的伤口，没好气地瞪了小张一眼：“不用你管！”说罢转身走出大殿，将小张一个人留在当场，尴尬不已。

不出半个时辰，紫英便在剑冢找到了丹辰子，只见悬剑池边瀑布飞流直下，衣衫浸湿的丹辰子正在山壁内侧的空地上持剑横劈，剑锋没入瀑布，溅起水花纷飞。巨响之中，丹辰子手腕剧震，运足功力想要抗衡瀑布飞泻的巨力，可终究血肉之躯无法承受，只听他大吼一声，长剑已然脱手，随着瀑布狼狈地坠下。再看手上虎口处，已裂开一道血缝。他苦笑一声，颓然地坐倒在地，发出一声叹息。

这时紫英已经来到他身旁，戴着面纱，用手绢按住丹辰子手上的伤口，柔声道：“别那么傻，爹嘴上说是罚你，心里也是疼惜的。”

丹辰子会心一笑，开口道：“听说蜀山当年师祖武功盖世，两指就可以截断这瀑布。这位师祖把古剑留在潭中后辞世。我现在只求剑不脱手就够了。”

紫英皱眉道：“亏你还有心思练剑，明明是那丁隐意志不坚，被妖女蛊惑，爹却只罚你一人，你不生气吗？”

丹辰子正色道：“丁隐资质奇特，我想师父也在此番较量中观察留意着他。”

紫英没好气地哼了一声，又道：“我看他身怀赤魂石，就像拿着一块免死金牌一样，所有人都哄着他护着他！大师兄你也是的，越来越软骨头，尽吃哑巴亏！”

丹辰子听到紫英的话，有些不悦，将手从紫英手中抽出。紫英也意识到自己失言，叹了一声，服软来到丹辰子身旁，娓娓道：“大师兄，我只不过怕你名誉受损，你可是要接替掌门之位的人啊。”

丹辰子面露喜色，开口道：“我明白，你放心吧，我会努力成为一个配得上你的人。”

紫英莞尔一笑，这时候一阵清风拂过，吹起了紫英的面纱，紫英慌忙用手压住。

丹辰子这才注意到她的面纱，皱眉问："紫英，脸上的伤还没好吗？"

紫英很是气恼，骂道："那个混账九毒，不知使了什么毒，伤口一直没法愈合。"

丹辰子伸手要取紫英面纱，关切地问："怎会这样，快让我看看。"

想不到紫英推开他的手，有些凄然地道："师兄，我可不想让你看到我这个样子！"紫英说完，扭身就跑，独留丹辰子看着万丈飞瀑，好一阵心绪难平。

此刻在凝碧崖上，还有一个人也是心绪难平。

丁隐正局促地坐在凝碧崖内，为他倒茶的，却是蜀山掌门诸葛驭我。丁隐有些不知所措，心中有一千个问题想问，又因是首次独自面对掌门，就连呼吸都很拘谨。

倒是诸葛驭我和颜悦色，率先打破了沉默："这次从阴风谷回来，想必你一定有许多疑惑，但问无妨。"

丁隐听他这么一说，有些怯生生地发问："掌门，请您告诉我，那赤魂石究竟是什么，为什么会在我身体里？"

诸葛驭我喝了一口茶，轻轻放下茶杯，缓缓道："赤魂石本是天下至邪之物，蚩尤兄弟八十一个元神所化而成，二十四年前我和绿袍争斗的时候赤魂石碎裂，有一个元神遗失，就附在了你的身上。"

丁隐愣住了，他第一次听到自己的经历，手中茶杯失手打翻。诸葛驭我叹了口气，接住掉落的茶杯。丁隐语带惊愕："可是，掌门，为什么会是我？"

诸葛驭我凝重地道："你是六星之子，也是赤魂石天然的容器。"

"容……容器？"丁隐错愕起来，不敢相信自己的耳朵。

诸葛驭我点点头，又接着道："丁隐，你与赤魂石天生相互吸引。上次我与绿袍在太元湖大战，你突然出现，赤魂石被吸入你体内。也就是在那一晚，你失去了记忆。"

丁隐下意识地摸摸自己的胸口，似乎想找找是不是真的有东西在里面，他像是在自语，又像说给诸葛驭我听："怪不得我总觉得身体里有一股奇怪的力量。"

诸葛驭我沉吟道："赤魂石虽能助人功力大增，天下无敌，可物极必反，若使用不当，将会走火入魔，给天下带来浩劫。"说到此处，略微停了一停，又继续道，"所以我们才对你有所隐瞒。替你改名丁隐，是希望你带着赤魂石，在一

个没有太大压力，也没有太多欲念的坏境中，隐藏自己。”

丁隐忽然在诸葛驭我面前跪下，恳求道：“掌门，恕我冒昧，这赤魂石，我不想要！”

轮到诸葛驭我错愕起来：“为什么？天下那么多人都趋之若鹜，恨不得付出一切，就为了得到它。”

丁隐挥舞着双臂，激动地道：“越是大家都想要的东西，就越容易带来灾祸。丁隐也好，丁大力也罢，我现在只想做一个普通人！”

诸葛驭我诧异地盯着丁隐许久，长叹一声，开口道：“这么多年，你是第一个拒绝赤魂石的人。可惜赤魂石化入你体内血液之中，已经融为一体，蜀山之大，没有人比你更适合承载它。”

丁隐神色担忧：“可是这东西魔性这么强，万一我真的入魔……”

诸葛驭我却答道：“丁隐，正邪一念间，道高不如人心高，只有人心不正才会入魔。你天性纯良，现在又如同一张白纸，未被世俗侵染。赤魂石在你这里，反而是最安全的。”言毕站起身来，竟对着丁隐郑重一拜，口中道，“蜀山为了天下苍生，守护了赤魂石千百年，诸葛驭我身为掌门，只能请你暂时先接下这个担子，守住体内的赤魂石。”

丁隐仍旧维持着跪姿，面上神情惶恐：“掌门，您真的相信我能承担如此大任吗？我连我自己是谁都不知道。”

诸葛驭我又是微微一笑，平静地道：“万事万物，终归在于一个‘我’字。丁大力已是过往，不如做一个全新的丁隐，重新锻炼自己的心性和能力，岂不是更好？”

丁隐点了点头，郑重地道：“掌门说的话，似乎也有道理。那我暂时答应您，但如果有一天您找到了更合适的人选，您要帮我将它取出来。”

诸葛驭我看着丁隐，目光甚是温和，对他说道：“好，我答应你。从今之后你就跟着栖霞峰弟子一起习武吧，你要学会保护自己，以防魔宗再对你下手。记住，放下执念，究竟自在，凡事不要太过执着，相信你会有所作为的。”

丁隐迎着诸葛驭我的目光，坚定地点了点头。

已过酉时，万籁俱寂。阴风谷内愁云惨淡，鬼气森森。

绿袍尊者在自己房内调息养伤已过半日。他收起功力，正待起身，那些往事前尘，生死相斗的记忆，连同日间与蜀山众人对战的画面顷刻交织在一起，令他心乱如麻，面上浮现出狰狞的表情。

屠媚伏在他身后，如同厉鬼般突然现身，冷冷道："你为什么不让我惩罚玉无心？"

"你知道我向来不喜欢问题多的人。"绿袍头也懒得回，声音较她更冷。

"可我是个女人，我有好奇心。刚刚你分明手下留情，眼睁睁看着蜀山带走赤魂石也不追究，难道是爱美人不爱江山？"

"你在嫉妒？"

"嫉妒又怎么样！我就是嫉妒。区区一个女下属，有这么重要吗？"

"你不需要知道。"

"上官警我，你不能瞒着我！"屠媚戾气顿起，双手深深扣住绿袍肩膀。

绿袍神色一寒，袖中巨刀刀锋顶住了屠媚下巴："我跟你说过，叫我宗主！"

屠媚恨恨地看着绿袍，胸口剧烈起伏，怨怼道："我偏不！上官警我，当年你伤我至深，后来你被蜀山重伤，逃到西疆，我本可以补上一刀杀了你。可我没有，我还是救了你！这么多年来，我为了你能成就一番霸业，甘为你的副手替你四处征战，建立烈影神宗！所以你是我的，你不能有别的女人！如果你爱上了别的女人，我会把她挫骨扬灰，碎尸万段！"

绿袍凝视屠媚良久，收起刀，缓缓道："玉无心和你想得不一样。"

"有什么不一样？"

屠媚怎么也想不到，绿袍口中会说出这么一句惊人的话来："玉无心……她是我的女儿！"

屠媚难以置信，却听绿袍咬牙道："当年我与素因侥幸坠崖不死，相依为命，素因直到生下女儿之后，方才力竭而亡。痛失爱妻的我打定主意要去复仇，身边无法带着一个婴儿，只能将她寄养在村民家里。直到在西疆立稳脚跟之后，我才找人把她接了回来，对外就说她是孤儿，为神宗所认养。我也没想到她竟与那丁大力的亡妻长得一模一样，真是老天助我。"

屠媚大惊失色，情知绿袍所言非虚，口中仍咄咄逼问："那你为什么要一直隐瞒于我？"

绿袍叹了一声，开口道："我不是瞒着你……我看到她，就会想起素因的死！我不喜欢见到她，但是我也不能让她受到伤害——她身上流着素因的血，我答应过素因会照顾她。若她能帮我完成复仇大计，也算对得起她死去的娘。”

屠媚撇了撇嘴，释怀道：“明白了，那我便不和她计较，我明天就公告门徒，还她大小姐的名分。”说着上前搂住绿袍，娇弱地依偎进其怀中，无限温柔，然而在她眼里，却闪烁着一丝阴冷。她想起不久之前，兄长屠霸借绣伞显形，与她进行的一番对答——

“阿媚，你哭了？”

“我没有……”

“如果有难处，我便来中原看你。”

“不用！哥哥，中原有妹妹替你看着，何必耗费修为启用传灵之术。”

“是真的吗？”

“当然是真的，警我刚刚大挫蜀山弟子，连诸葛驭我也被他打伤。现在整个中原武林，都对我们烈影神宗十分忌惮。”

“忌惮有个屁用，只有南明离火剑才能划开封印，一日拿不到南明离火剑，西疆封印就一日不能破解。阿媚，我好不容易送你们两个穿过封印来到中原，不是让你们去游山玩水谈情说爱的，要记得自己的使命。”

“妹妹没有忘！只是你知道警我心高气傲，凡事不能操之过急，妹妹会督促他，尽快拿到南明离火剑的。”

“好，那我就等着你们的好消息。最好不要让我失了耐心，亲自出手。”

屠媚倚在绿袍怀中，绿袍却不伸手搂抱她。他似一块铁石，任凭她裹着十里春风、一江春水，也无法将他融化，纵然有过刹那间的触动，也在片刻间冷凝了温度。

此刻，他见她倚在自己怀中，神色哀凄，眼珠殷红，似藏着无数苦衷。他不由得摸了摸他她垂落手臂的长发，叹了口气，说道：“你累了，且休息一阵，待我去看看玉无心再来。”

此时，玉无心正独自一人瑟缩在阴风谷地牢中。原本屠媚以蚀骨银蛇钻入她的体内，想要折磨她三天三夜，作为她夺石不力反被擒获的惩罚。绿袍拦了下来，为她免去蚀骨之苦，只从轻发落，将她打入地牢，令她思过自省。玉无心忽听身后有脚步声，猛然回头，来者正是绿袍尊者。

玉无心连忙跪下，低下头去。可绿袍二话不说，抓住玉无心的一只手，一股暖流汇入玉无心体内，令她手臂上的伤痕倏然愈合。

玉无心感激道："宗主……"

绿袍依旧面无表情，只开口道："我已经决定公开你的身份，以后就不必称呼我宗主了。"

玉无心难以置信地抬头望着绿袍，脸上浮现出狂喜的神情，她小心翼翼地张了张嘴，终于喊出许久以来不曾说出的那个字："爹！"

绿袍依然没有任何表情，冷漠地说道："只是一个称谓而已，你就这么喜形于色，看来你的心还是不够狠，成不了大事。"

玉无心心绪激荡，面色复杂地问道："我……我只是有一事不明白，爹，娘已经过世二十多年，您心中的恨为何还是这么深？我看那蜀山掌门也不是坏人，爹为什么不能与他化解仇恨？我相信娘在天之灵也不愿意看到您带着这样的执念，活得这般痛苦。"

话一出口，只见绿袍勃然大怒，快步上前，伸手捏住玉无心的下巴，手中化出一颗药丸，一掌拍入玉无心口中。

玉无心痛苦咽下，口中说道："爹！女儿会约束自己，请爹不要再给女儿服这断情丹了。"

绿袍狠狠地道："嘴上说约束，心里却在撒谎。服了这药，若是有了半点情感，便会头痛欲裂，你好自为之吧。"

玉无心面色苍白，凄然道："爹，您对女儿如此绝情，娘若还在，她会怪您的！"

绿袍大吼一声："放肆！你没有反驳我的权利！你要记住，如果可以选，在你和你娘之间，我绝对会选择让你娘活着。"说着手上用力，令玉无心更加痛苦，几乎透不过气。

绿袍又厉声喝道："我替你取名无心，就是要告诉你。你的每一天，每一刻，都是为了替你娘报仇而活，如果做不到，你的存在就没有意义，听清楚了吗？"

玉无心有些惊恐，不住点头："女儿明白，女儿一定会竭尽全力，替娘报仇。"

绿袍这才放下手，将玉无心甩在一边。玉无心还没来得及喘息，就看到绿袍脸色骤变，浑身青筋暴起，不由自主地颤抖起来，一把按住心口，面色痛苦不堪。玉无心大惊失色，叫道："爹！"

这时屠媚迅速从外面闯了进来，见到绿袍如此情况，赶紧上前扶住他。屠媚一试鼻息，对玉无心道："他内力受损，旧伤发作，快扶他去雪池。"

屠媚和玉无心一左一右扶着面色惨白的绿袍进入雪池。屠媚也是心急如焚，人还未至，便喊叫起来："九毒，快！快启动雪池，为宗主续力！"

九毒得令，挥手运气，只见雪池内鲜血翻滚，血莲的藤蔓渐渐生出，慢慢向绿袍伸来。玉无心忧心忡忡："爹……爹他怎么会这样？"

屠媚道："是我大哥在他身上下了血蛊之术加以控制，必须每月定时以鲜血续力，否则就会被血蛊反噬而亡。"

雪池之中绿袍尊者勉强睁开眼睛，咬紧牙关迸出一句："不……我不想饮血……我挺得住。"

屠媚疼在心里，叫道："别再任性了！你就快死了！"说着双手一挥，藤蔓迅速包裹了绿袍的整个身体，藤蔓上生出冰晶一般的尖刺，猛地扎入其四肢，血液顺着冰刺渐渐进入他的身体。绿袍痛苦不堪，额头布满豆大的汗珠，发出一声低吼。

屠媚和玉无心在一旁看着，皆是满脸肃穆。

绿袍再次闭紧双目，不愿目睹这片腥红的血色。他仿佛又看到蜀山上的那片桃林，心中响起一个声音："素因！素因！若不是因为对你的执念，我才不会这样屈辱地苟活，可是为了你，我愿意撑下去，活着！"

大概过了三刻钟，绿袍的脸色渐复平静，气息也趋平稳。屠媚令九毒以内力助他继续疗伤，这才放心离去。玉无心见势不便久留，随之告退，只留绿袍尊者与九毒神君在雪池边坐定。

绿袍缓缓睁开眼，对九毒道："想不到诸葛驭我一向谨慎，这次竟然敢冒险把血影神功传授给丁隐。"

九毒一面继续催动掌力助他疗伤，一面说道："属下听说，血影神功这门武功已经失传多年了。"

绿袍却道："它没有失传，只是邪性太重，蜀山才借失传之名防止弟子修炼。可是丁隐不同，他是六星之子，赤魂石和血影神功兼容更是威力倍增。"继又冷笑一声，道，"诸葛驭我好手段，如果不是他这一招，这次我未必会输。"

九毒眼中精气随之一盛，昂然道："宗主神机妙算，只要假以时日，赤魂石一定会重归宗主手中。"

绿袍一笑："假以时日……那也罢了，蜀山力量比我想象中要强，要灭它，也不是一时半刻的事。"

九毒见他伤势已无碍，便收了功法，揖道："之后的行动，还请宗主示下。"

绿袍应声道："通知山中人，让他尽量低调行事，暂时先别露出苗头。有需要时，再现身不迟。"

九毒点了点头，从袖中取出一张印有魔宗火印，却是一片空白的纸张卷起。卷起之后，那纸张背面显出四行诗句——

山翁曾约旧交欢，中间转徒废书传。故友舟楫定如何，人生得意须尽欢。

九毒得意一笑，响指招来一只信鸽，将那纸卷系在了信鸽的腿上。那信鸽便展开翅膀，遥遥向着蜀山飞去。

这日清晨，蜀山百草峰上阳光和煦，满目是郁郁葱葱的好景致。

丁隐和小张背着药篓在山林里跋涉向前，丁隐在前方毫不费力，小张却是气喘吁吁。两人不畏峻岭，偷偷潜入百草峰，是为了寻找一种草药。

这世间不公平的事有许多，男女情谊，就是其中最不讲道理的一桩。诸葛紫英打从初次见到小张的那一刻起，正眼也没瞧过他一下，然而小张却将她当作神仙姐姐一般，宁愿为她赴汤蹈火也在所不惜。

阴风谷一战中，紫英中了九毒阴招，脸上留下一处可恶疮疤，寻常药材根本无从医治。小张听说百草峰上长有许多神药，于是就死缠烂打拉着丁隐跑来寻药。

百草峰上，有位脾气古怪、行事乖张的百草仙人。这百草仙人位列蜀山长老之一，却终日钻营药理医道，其余事务概不过问。掌门在内诸位长老均对他无计可施，唯有听任。久而久之，这百草峰便成了蜀山的另一片禁地。

丁隐被小张拉上峰来，只期望不声不响觅得灵药，一刻也不想多留。一路上，丁隐口中还不忘数落小张："青云告诉过我，如果一个女孩真喜欢你，她根本不用你去做这些事；她不喜欢你，你再怎么做都没用的，做得越多，错得越多。"

小张倒十分豁达："那个小丫头片子懂什么。神仙姐姐她喜不喜欢我，是她的事；我想对她好，是我自己的事；而你帮我找药泡妞，是兄弟间的事！"

丁隐苦笑摇头，唯有接着向前赶路。两人脚下的苔藓中，竟然有一对眼睛缓缓睁开，贼头贼脑地看向他们离去的方向。

这时丁隐拔起一株药草丢入篓内，小张却大呼小叫地跑过来，拉着他查看树上一道刻痕："丁大哥，不对劲！这树上的痕迹，明明就是我们半个时辰前开路留下的。"

丁隐当下一惊，小张所指的那道刻痕，确是之前他亲手所留。

"这么说，咱们从刚才起就一直在这林子里打转？"话音方落，奇变又生——只见树上的刻痕竟然在缓缓愈合！

丁隐看向脚下，只见林中植被忽然绿得浓郁古怪，生长速度陡然加快，向两人逐渐弥漫而来。两人震惊之下，唯有背靠石壁缓缓退后。却见那石壁上苔藓滋生，渐渐拱出一张绿油油的脸来，头、肩、胸也逐渐显现出来。

两人感觉不对，正要回身查看，那苔藓怪人已经一手一个，掐住了他们的脖子。丁隐用力一挣，身上的苔藓顿时炸开。

丁隐扣住怪人双手，发力一扯，神力之下竟然从石壁中扯出一个泥人来！那泥人顺着草地一滚，又消失在泥土中！丁隐虽不惧怕，心中却是吃了一惊："这……这是什么玩意？"

耳畔又传来小张的喊声："丁大哥！当心啊！"

只见地上忽然伸出两只手，泥人竟然从地底一把抓住了丁隐和小张的双脚，将他们半个身子拉入地下。紧接着"嗖嗖"两声，一张绳网落下，将毫无还手之力的两人罩住，饶是丁隐一身神力，却也动弹不得。

这时树上跳下一个青衣少年，得意一笑，高喊道："冬虫，已经收网，快出来吧。"

随着地上石块一滚，一个棕衣少年从地底跃出，对那青衣少年道："夏草，还是你身手快！"两人对视一眼，呵呵一笑。

那名叫夏草的青衣少年又再转过身来，对远方一片树林高喊起来："师父，您要的人我们已经抓到啦！"

只听远处传来了一个懒散的声音："什么千年人参沾了人气就会聪明过人，还不是被老子的徒弟给抓住了。人参娃，这次可要给我切片入药，躲不过了……"

却见那树林中走出一个人，头顶用草藤盘发，连胡子上都挂着药渣子，衣着随性，却一脸坏笑，正是百草峰长老百草仙人。

百草仙人走近，见到了网中狼狈的丁隐和小张，愣住了：“冬虫、夏草，让你俩抓的千年人参呢？怎么是这两个家伙！”

冬虫、夏草看着网中二人，又再对望一眼，脸上霎时写满沮丧。他们也不多说，拖住兜着丁隐和小张的大网一路走进顶峰一座草庐。

丁隐在网中，甫入草庐，就闻到一股药气弥漫，接着看到一张通天的百子柜矗立一旁，上面是密密麻麻的格子，标注着草药的名称，堂中还有一张石台。

冬虫、夏草将他们拖到近前，三两下破开网兜，就将丁隐捆在台上。小张则被捆在屋子角落的椅子上，嘴里还硬生生被塞了一块抹布，好在那抹布还不算十分污秽。

那百草仙人出手如电，顷刻间便在丁隐身上扎满金针，令他动弹不得，口中虽无抹布，却因为穴道被封，同样不能发声。他勉强转头一看，那百草仙人正绕着他转圈，垂涎欲滴。

小张奋力吐掉抹布，挣扎着大喊道：“百草仙人，百草大爷，是我们有眼不识泰山，您就行行好，放了我们吧！”

百草仙人啐道：“我呸！我辛辛苦苦攒齐了药方，就差千年人参这一味药！现在倒好，被你们两个浑蛋给吓跑了！”

小张抗议道：“不就是支破人参吗，你放了我们，赔你就是！”

百草仙人贪婪地看向丁隐，又笑着对小张说：“你赔我是吗？那我就要把他切片入药！”

小张瞪大双眼，惊愕道：“你……你要干什么？”

百草仙人却不理会，吩咐冬虫、夏草取刀干活。只见夏草恭敬地端上一个乌木托盘，里面赫然是一套柳叶银刀。冬虫则服侍他穿上麻布外套，又为他戴上特制口罩。

小张见到这个阵势，真正紧张起来，大喊道：“你知道他是谁吗？他可是掌门钦点要保护的人！”

百草仙人早知丁隐来历，笑道：“哎呀，他就是那个诸葛驭我发现的六星之子嘛！我这辈子什么都不爱，就喜欢研究肌体，越奇怪的病例，我就越想解剖，否则就寝食难安！听说这小子体格特殊，再加上赤魂石入体，这么珍贵的样本我已经垂涎很久了。”

小张还要奋力挣扎：“你解剖了丁大哥，不怕掌门来找你算账？”

那百草仙人依然是一副有恃无恐、我行我素的嘴脸："来嘛，整个蜀山都得靠我治病，掌门来也管不了我！"说着就要下刀向丁隐腹部划去。

小张焦急之下翻倒椅子，挣脱了绳子就要上前阻拦。冬虫、夏草早已一齐挡在了他的身前，两人一掌推出，小张被打飞了出去，重重跌在角落的药柜边。

丁隐浑身动弹不得，只能瞪着双眼，惊恐地看着百草仙人举着银刀向他走来。

"砰"的一声，小张顺手抓过药柜里一个罐子摔碎，疯吼道："谁都不许动手！否则我就吃了它！"

百草仙人转身一看，只见小张握在手中的，赫然是一根紫灵芝。

夏草见状大叫："糟了，糟了！那是师父的上品紫灵芝！就剩这一根了！"

小张见状，当即换了一副市井腔调："呐呐呐，我拿它换丁大哥，不亏吧。"

百草仙人也是一惊，继而冷笑道："嘿嘿，小鬼，就算你真吃了它，我照样可以从你的血里提炼出来入药！"

小张不愧是市井中锤炼出的高手，眼珠一转，轻松地道："哦？那如果我用尿泡了它呢？"

百草仙人勃然变色，手中银刀往后狠狠一掷，割断了丁隐身上的绳索。丁隐身上的金针尽数飞起，收回百草仙人手中的匣子里。丁隐赶紧爬了起来，躲到小张身旁。

百草仙人在旁咬牙切齿，狠狠地道："算你狠！快滚！快滚！"

丁隐见状拉起小张，忙道："快走吧，此地不宜久留。"

小张却脖子一歪，睥睨道："没那么容易放过他。百草老头，你这里有什么可以美容养颜的灵丹妙药，一起拿来！"

百草仙人怒道："你！得寸进尺！"冬虫、夏草也跟着骂了起来，不过比起小张在市井中的历练，冬虫、夏草的骂辞算是文雅的了。

小张又是眼珠一转，作势要解裤带，口中还念念有词："糟了，这一紧张，这泡尿憋不住了！"

百草仙人平生尝尽药草、多识鸟兽，却从未见过小张这等地痞无赖的嘴脸，当即气得脸上红白不定，无奈之下，伸手凌空一抓，只见百子柜其中一个抽屉打开，一个白玉瓷瓶赫然飞入小张手中。百草仙人几乎咆哮起来："带着药赶紧滚吧，以后离我的药田远点！”

小张见好就收，神色顿时变得温润谦恭，向着百草仙人深深一揖，开口道：“多谢前辈！”当下拉了丁隐兴奋地离去，步履轻快，绝不似上山之艰。

冬虫看着二人欢快的背影，一张脸上苦大仇深，口中想骂，奈何自小住在深山药田，委实也很词穷，张开嘴来只有颓然发呆。那夏草稍为敏捷，凑上前来对师父道：“紫灵芝明明被我藏在最里面，这家伙是怎么一把就抓到的？”

百草仙人摇了摇头，叹道：“这小子鬼头鬼脑，反应快，胆识也不错，如果加以培养，说不定能成大器。”

小张携着丁隐，疾奔了半个时辰也不觉累，待跑到栖霞峰紫英的住处前，反而变得十分委顿，在紫英面前，便活像只小鸡般瑟缩起来。

紫英一见小张，不由分说道：“我说过，我不想见到你。”

小张鼓起勇气，施了一礼：“上次是我嘴笨惹你不高兴了，可是我……”

紫英听都懒得听他说完，纤手一指：“再说一遍，你给我滚！”话音未落，已掀开门帘，回转身去。

小张还想再说，却见一个花瓶已从房内飞了出来，险些击中他的头部。小张沉默了一阵，将冒死从百草仙人那里得来的白玉瓷瓶放在紫英门口，兀自低声道：“神仙姐姐，如果见到我你不开心的话，那我走了。你记得要好好上药，脸才能复原。只要你能回到原来的样子，能让我远远看着，我就心满意足了。”

小张黯然离开，迎面却见到了丹辰子。小张灰头土脸，无心与他打招呼，丹辰子自也不爱去理睬他，二人匆匆地擦肩而过。

丹辰子又行了几步，来到紫英房门口，敲了敲门，脚边踢倒了药瓶。他疑惑地拾起了药瓶，小声念着瓶上小张贴好的方子，惊奇道：“玉肌散……这是哪来的？”

紫英还道是小张在门外扭捏，当下掀起门帘开骂：“我不是叫你滚了吗？”却见到面前的丹辰子，当下一愣：“大师兄？你怎么来了？”

丹辰子奇道：“刚刚是谁惹你发这么大的火？”

紫英一笑：“不是什么重要的人。”又问丹辰子，“你不是应该留在剑林峰受罚吗，怎么会在这里？”

丹辰子说道：“我向师父告了假，来看看你，只能待一个时辰。”

这时紫英见到了丹辰子手里的药瓶，眼睛一亮，一把接了过来，眼里光彩

一现：“玉肌散？这是百草师叔的灵药，他不是号称谁都不给的吗，你怎么会有？”

丹辰子忙道：“不是，这是我刚刚……”

“所以你是为了我，去求了百草师叔吗？”紫英不待丹辰子说完，已经扑到了他怀中，柔声道，“大师兄，谢谢你。我很感动，从没人像你这样对我这么好……”

丹辰子本想解释，但是看了看怀中温情脉脉的紫英，当下搂住了她，细语道：“紫英，只要你平安无事，我就最开心了！”

丁隐禁地放五鬼，青云妙计求医仙

丁隐也像是挣脱了烦恼，露出久违的孩子般的笑容。两人就这样手拉着手，突然四目相对，眼神激荡。丁隐忽然小声地问：“我们……我们算是朋友了吗？”

玉无心小声地答：“朋友？我从来都没有朋友。”

丁隐一把拉起玉无心悬着的左手，将她的双手一齐暖暖握住，诚挚地道：“从今以后，你就有了。”

诸葛驭我与丁隐一番长谈，向他述说“正邪一念，魔由心生”的道理之后，丁隐似有所悟，郑重接受了守护体内赤魂石的嘱托。

为让丁隐不再为前事所羁，由蜀山重新开始，诸葛驭我决定让他此后与栖霞峰弟子一起习武，希望他不仅可以保护好自己，还可借由武道有所体悟。

丁隐自然是满心欢喜，他找到栖霞峰长老晓如真人，欲行拜师之礼，想不到始终对他关爱有加的晓如真人竟搬出“千百年来，栖霞峰没有过男弟子”的规矩，不由分说地拒绝了他。

丁隐无计可施，正在心急如焚之际，妙一和尚替他玉成了拜师之事。

妙一和尚乃是蜀山天门峰的首座长老，平常虽作和尚装扮，其实他早已还俗，与晓如真人还是如假包换的一对夫妻。夫妻俩各掌一峰，脾气一个比一个大，谁也不肯迁就对方搬去一起过日子。二人只得订下规矩，平时各自执教，每个月单独相聚一次。可妙一又常常耐不得寂寞，时不时闯到栖霞峰来闹腾，活似个老顽童。

这天妙一又是一身酒气跑来闯殿，被一群女弟子拦在门外。晓如见状，大骂妙一醉鬼无赖。妙一也不生气，反而嬉皮笑脸地说，夫妻之间，就该经常相聚才算恩爱。

晓如恼他嘴脸，骂道：“我俩订好了规矩，时日一到，我自会去相见。你此刻在这胡闹，真是好不知羞。”

丁隐听晓如真人说出“规矩”二字，心中更是不忿，便朗声道：“规矩再大，那也大不过人心！”丁隐说的是晓如奉行陈规，不肯收他为徒之事。妙一听来却很对胃口，当下向丁隐投来赞许的目光。

丁隐投桃报李，又道："夫妻人伦，拜师学艺，难道诚心都比不上一条冷冰冰的规矩吗？"

此言一出，妙一拍手称快，乘兴道："好！说得好！道大不算大，人情比天大！晓如，你和我正大光明地斗一场！若你输了，你就得乖乖收丁隐为徒！"

晓如显然不想理会他，冷冷道："栖霞峰的事情，你天门峰少管！"

妙一仍嬉皮笑脸道："这可是夫妻间的事，谁的拳头大，就是谁立规矩！"话音未落，当即将手中酒罐一扔，祭起颈上佛珠，刹那间金光大盛，如潮水般往四周涌去。

晓如一怒之下，双剑迎向妙一，两人凌空相斗，妙一再不谦让，以佛珠缠住晓如双剑，回身一拉，竟然将晓如整个人拉入怀中，不能动弹。妙一开怀大笑，晓如一脸气恼。看得好些个观战的女弟子都转过脸去偷笑。

妙一咳嗽一声，叫道："丁隐，丁隐，你还不过来拜师？"

丁隐欣喜万分，向妙一施礼道："多谢前辈。"随后跪下身去，又向晓如磕了个头，恭敬地道："弟子丁隐拜见师父！"

晓如愣了一愣，兀自叹了口气，再看向丁隐，正色道："明天准时来大殿，和青云她们一起练早课。"

丁隐虽内心欣喜，面色却十分郑重，大声应道："是！"

丁隐收获颇丰，他不仅正式成为蜀山弟子，还与那爱喝酒、爱胡闹的妙一和尚成了朋友。

次日清晨，朝阳初升。栖霞峰上绛霞萦绕，鸟鸣啁啾，晨风吹过清露，令人心旷神怡。庭院中，一众女弟子已开始练剑，方入门的丁隐第一次随着众人一起练习。师姐们见他持了一柄木剑，一招一式生硬淤塞，纷纷都来围观大笑，诸葛紫英则冷眼旁观。唯有青云坚定地站在丁隐一边，与他练得一丝不苟。

远端石阶上，晓如真人正与诸葛驭我比肩而立，看着众弟子习剑。

诸葛驭我缓缓对晓如说道："蜀山千年镇守赤魂石，虽然能保得一时安宁，可是天下抢夺赤魂石之心却也千年不息。就算没有绿袍，也会有其他野心之人虎视眈眈。要想断绝赤魂石之患，唯有让它彻底炼化，根除魔性。"

晓如凝重地道："可炼化风险极大，就连掌门师兄你都没有把握，我担心丁

隐承受不住考验。”

诸葛驭我微微一笑，开口道：“当日在阴风谷，我冒险传授丁隐血影神功的四句口诀，他竟然克服了心魔，将赤魂石之戾气化为己用。正是这番表现让我觉得，他身上有成功的希望。”

晓如深深沉思，忍不住点头，说道：“晓如明白掌门的深意了。”

诸葛驭我继续对晓如说道：“一切皆有定数，也许这就是丁隐与蜀山之间的缘分。凡事不破不立，为了蜀山，为了天下，我愿意相信丁隐一次！而四峰长老中，百草脾性古怪，不宜为师；无我要帮我打理许多庶务，我怕他分身不暇；妙一嘛，他自在惯了，我怕他管教不严。只有你内心赤诚，由你来教导他，正是最好的选择。”

晓如闻言一揖，郑重地道：“定当悉心教导丁隐，决不辜负掌门师兄所托！”

两人说话间，已步入弟子习剑的方阵内，晓如真人刻意停下脚步，悉心指点丁隐剑招，又嘱咐青云多加帮助，对本峰千年来首位男徒务必严格要求。紫英见到父亲，便迎了上来，拉住父亲袖口似有话说，神色中很有几分扭捏。

诸葛驭我知她心意，笑道：“辰儿此刻还在剑林峰瀑布，你练完剑，便去看看他吧。”诸葛紫英登时欢喜不尽，笑容如春花绽放，比天边绛霞还艳丽几分。

晨练一毕，她便飞也似的向着剑林峰而去，人还未至，远远就望见那瀑布激起的淼淼水烟，耳旁响彻飞流直下的轰鸣之声。此刻丹辰子正在中空的岩壁中一人舞剑，只见他一声清啸，一剑斩向瀑布，剑意纵横间，瀑布的水墙竟被剑气斩得爆炸而开。

“大师兄，你成功了！”见此一击，紫英高兴地喊出声来。

丹辰子出剑时心无旁骛，一时间收剑不及，剑气竟然向紫英袭来，从她头顶擦过。紫英发带崩断，一头青丝凌乱，整个人向后飞荡而去。丹辰子飞身相救，抱住紫英，两人四目相望，稳稳落地。丹辰子看着披散秀发的紫英，一刹那，好似忘情一般。

紫英含羞一笑：“大师兄……”

丹辰子猛地回神，赶紧要松手，紫英却贴得更紧，她摊开手掌，两只手攥着两个香囊，举到丹辰子面前。

丹辰子一脸惊喜："你绣的？"

紫英点点头，含羞道："一个是你的，一个是我的，我绣上这个，便跟师兄永结同心。"说着，两手一合，只见香囊相拼，形成了一个"结"的图案。

丹辰子心中喜悦，忙将香囊挂于身上，口中说道："我这就挂上，紫英，这香囊我会永远带在身上。"

紫英微微一笑，对丹辰子说："你能够练好剑，我很开心，就当是对你的奖励吧。"

丹辰子温情地道："你来看我，还送这样有心思的礼物给我，我更开心。"

紫英话锋一转，又道："你还不知道，丁隐那个家伙，竟然已经拜晓如真人为师了，就连妙一师伯都给他求情。"

丹辰子也皱起眉头，追问道："掌门答应教他武功了？"

紫英抱怨道："就是爹亲口同意的。那个丁隐好像给爹灌了迷魂药，爹只会向着他，却把你关在这里受罚！"

丹辰子转而一笑，宽慰道："紫英，师父不是偏心，他让我来剑林峰是为了让我静心修炼。你看这几天，我的剑术不也是小有所成了？"

"你怎么还是不明白！"紫英面色一沉，一把推开丹辰子，嗔道，"丁隐成了蜀山弟子，又身怀赤魂石，就意味着他也有当上掌门的资格！爹这么宠他，再这样下去，说不定会把本该属于你的掌门之位传给他！"

丹辰子听紫英这样说，当下正色道："紫英，师父没有这个意思！"

紫英却打断他，自顾说道："我不管他有没有这个意思，但我诸葛紫英要嫁的人，必须是人中龙凤！"

紫英将一番宣言说得斩钉截铁，也不顾丹辰子一脸错愕，转身就要离去。这时小宝忽然蹿上她肩头，嘶声尖叫起来。只见瀑布下的潭水忽然开始激荡，岩壁也随之剧震起来，水面氤氲的浓浓雾气顷刻弥漫开，只见一条白色蛟龙夺水而出，向两人翻腾而来。

没等紫英尖叫，丹辰子早已抓着剑扑上前去，飞身跃入水中。丹辰子剑光一闪，那蛟龙低吼一声，一人一龙，迎面相扑，便一同向深潭坠去。

丹辰子根本来不及卸力，后背轰然砸入水中，只能尽可能凭着手中长剑搏一生死。长剑龙甲相碰，光华四溅。蛟龙咬住长剑，剑身顿时分崩离析，巨大的身

躯再一腾转，排山倒海般激起千层浪来，直将丹辰子覆到身下。

紫英大惊失色，在岩壁上大呼丹辰子，无奈瀑布本已水声震天，加上那蛟龙低吟翻滚的巨大声势，完全将紫英的叫喊吞没了。

丹辰子被纠缠着撞到潭底，只能手指如钩，死死按住蛟龙的脑袋向潭底青石压去。丹辰子膂力过人，那青石被龙首一撞，顿时粉碎。蛟龙负痛，挣扎得更加猛烈，将潭底所有的沙石、淤泥、水草，尽数搅得天翻地覆，潭水变得一片浑浊。

丹辰子却清楚地看见，那蛟龙正张开血盆大口向他扑来，口中露出恐怖的牙齿与龙舌，斗大的龙眼中早已凶光毕露。

丹辰子拼尽全力，死死擒住龙角不放，将龙首拼命按住，一次又一次将蛟龙砸在潭底的岩石上，论狰狞凶恶，只怕那蛟龙犹及他不上。

水底视物浑浊，丹辰子分明感觉到蛟龙的挣扎一次比一次猛烈，他拼尽全力与之对抗，早将生死置之度外。也不知过了多久，那蛟龙忽然化为数道白光冲出深潭，丹辰子随之力竭昏迷。

紫英跪在深潭边，仍是惊恐地放声大喊。那道白光却又再度轰入深潭。紧接着一道身影凌空而来，诸葛驭我飘然落地，扶起了紫英。紫英回身见到父亲，仿佛捞到救命稻草，哭喊道："爹！大师兄他被卷入潭底了！您快去救救他！"

诸葛驭我平静地俯视深潭，缓缓道："放心，辰儿他会没事的。"说罢微微一笑，示意紫英转头看向水面。紫英刹那间被异象震惊——只见丹辰子被交织如莲座的白光拖起，悬浮于水面之上。

诸葛驭我一脸欣慰，对紫英道："好孩子，他果然不负我的期望，顺利熬过去了。"随即伸手一招，那道白光竟将丹辰子缓缓送往岸边。紫英赶紧冲上前，一把抱住丹辰子。

丹辰子缓缓醒来，见到面前的诸葛驭我，赶紧挣扎起身跪下，被诸葛驭我扶住。丹辰子面有愧色，低声道："多谢师父相救！弟子无能，才会连累紫英和师父为弟子担心。"

诸葛驭我却笑道："不，你做得很好。"

丹辰子一脸不解："可是我的剑……已经折断了。"

诸葛驭我平静地道："来，你伸出手来。"

丹辰子抬头看到诸葛驭我鼓励的笑容，疑惑地伸出手去。只见那道白光流连在丹辰子掌心，渐渐汇聚，一把长剑出现在他手中，剑柄处一抹白玉如游龙般张牙舞爪，活灵活现。丹辰子不可思议地看着手中古剑，缓缓举起，只觉掌中流光溢彩。

一旁的紫英一脸惊喜，叫道："是剑灵！是剑灵！刚刚那条龙是这把剑的剑灵！大师兄，你刚刚降服了这把龙潭古剑！"

丹辰子猛地跪下，冲着诸葛驭我磕头，口中道："弟子这才明白，师父让弟子来此受罚的深意和用心。"

诸葛驭我点了点头，沉吟道："辰儿，你之前心浮气躁，我才不得不用此方法来锻炼你的心志。现在剑灵已经认你为主，这把龙潭古剑从今以后就属于你了！"

丹辰子闻言又是一拜。

紫英赶紧搀他站起，语气恢复温柔娇媚："大师兄，之前的话是我口不择言，我从没有嫌弃你的意思。"

丹辰子会心一笑："我明白，你只是替我担心而已。"

紫英又对诸葛驭我说道："爹，大师兄这么有本事，您之前的气也消了吧？"

诸葛驭我抚须一笑："我若是生气，怎么会让他来此寻得古剑。"又继续说道，"只是辰儿，我看出你心中仍在意丁隐一事，与其总防着别人，不如集中精力，提高自己的修为。为师说过，你是为师最器重的弟子，蜀山的未来，还要靠你呢！"

言罢，诸葛驭我上前拍了拍丹辰子的肩膀，道："任重道远，谨记莫忘初心！"

丹辰子面有愧色，低头道："弟子明白了。"

紫英显然不爱看父亲训诫弟子，有些不耐烦地道："爹，您就别再唠叨啦，大师兄在这剑林峰受了那么多天苦，我先陪他回去休息了。"说着一把就要拉走丹辰子。

诸葛驭我疼爱一笑，挥手让丹辰子陪紫英离去。

紫英别过父亲，与丹辰子说的第一句话却是："大师兄，有了龙潭剑，丁隐

那家伙又算得了什么。”

此刻的丁隐，身在剑林峰剑冢之内。与他同行的，乃是他的好兄弟张馅饼。

蜀山剑冢，位于剑林峰，顾名思义，就是古剑长眠之处。丁隐和小张此行跑来剑冢，显然是为了寻剑。至于他们为何要来寻剑，那是因为受了点苍峰弟子何清、苏阳的奚落。

却说晨练过后，丁隐急忙拉着小张观看他今日所学成果，两人一个负责舞剑，一个负责叫好，场面甚是欢快。

点苍峰何清、苏阳两位师兄恰好跑来栖霞峰送些物什，见丁隐拿了一根树枝，在那里进退有度，一派宗师风范，手中舞的偏又是蜀山派最为基本的入门把式。

两人本已觉得有趣，再看另一边，小张又是一副江湖百晓生的样子，对着丁隐拍掌叫好，还不时频频点头，目光大有深意。粗看之下，恐还以为他们参破了什么武林奥秘。

何清、苏阳见了这幕滑稽剧，忍不住嘲笑起来。苏阳还半真半假，将丁隐的树枝削得七零八落。

何清、苏阳虽无恶意，言语之中却也颇具力量：“蜀山弟子，人人皆有佩剑。你拿了一根树枝、一段柴火来舞，又算得什么蜀山弟子？剑术的真义，全在剑锋之上，只用木棍练可不行，丁师弟，还是早些求掌门赐你一把剑吧。”

丁隐胸臆难平，便又去问青云，却听青云说蜀山弟子的剑都有剑灵守护，弟子只有练剑三年以上，才有资格去剑林峰寻找佩剑，否则火候不够，控制不了剑灵，反而十分危险。丁隐现下若要贸然取剑，无异揠苗助长，那是万万不能的。

丁隐心性敦厚，本已暂时平息了念头，决心扎实修炼，待到火候纯熟，再寻佩剑不迟。想不到小张却鬼马精灵，如上次偷上百草峰一样，偷偷拉了丁隐潜入剑林峰，誓为丁隐寻到一柄宝剑。丁隐拗他不过，也就半推半就跟了来。

剑林峰壁立千仞，浮在虚空境中，云遮雾罩，是五峰中最为险峭之地，然而峰内却又是一番碧山幽幽、古木参天的景致。唯独通往剑冢一途，需攀至绝壁，再经一处狭小阴暗的岩洞方可抵达。

此刻，二人正沿着一条仅容得下一人的小道，在阴暗的岩洞中摸索而行。行过小半个时辰，前方隐隐传来光亮，小张带着丁隐走过拐角，眼前豁然开朗。此处是巨大的飞崖，四周都是琳琅满目的石笋石柱，晶莹剔透。

只见一方怪石盘踞飞崖中间，宛若巨大的祭台。怪石之上，竟然插满了各式各样的宝剑，灿烂夺目者有之，暗淡肃杀者亦有之。丁隐只见中间一个巨大的阵法当中，一把通体幽蓝的长剑直插入土，熠熠生辉。

小张指着宝剑，肃然道："丁大哥，你看最顶上法阵中那把剑，是蜀山神剑南明离火剑，听说二十多年前，蜀山上一任掌门就是用这把神剑封印西疆妖魔的。"

丁隐惊奇地道："这些过往，你是从何得知？"

小张得意起来，笑道："嗨，我是谁？我可是江湖人称消息四通八达的张馅饼。告诉你吧，我这几天偷偷和张琪师兄打听过了，蜀山弟子的剑大多是从这里来的。凡是老一辈剑侠退隐之时，都会把自己的佩剑封存在这里，等待下一个有缘人。丁大哥你看中哪一把，随便挑！"

丁隐点了点头，缓步走入宝剑林立的剑冢之中，上前抚摸着一把把剑柄。长剑或精光四射，或锈迹斑斑，丁隐看着众多宝剑，皱了皱眉头，询问道："张琪师兄有没有说过，怎样才知道哪一把剑属于自己？"

小张回忆道："他只是神神秘秘地说，如果感到有剑鸣，就是有缘的宝剑在呼唤你。"

丁隐苦笑起来："可是我什么都听不到。大概是我剑术还未到家，这里每一把剑我都觉得不称手。"言毕轻叹一声，好不失望。

小张更加沮丧，心中却又很不甘，嘟囔道："难得来一趟，要不你先随便拿一把回去练手再说。"说着顺手拔出身旁一柄镶金嵌银的长剑，对丁隐道，"我看这把就不错。"

那柄长剑甫一离地，小张便感到手中剑柄隐隐抖颤，再看那剑身之上竟泛起微光，仿佛生命苏醒一般，正惊诧间，身后忽然传来青云的喊声："当心！"

话音未落，只见小张手中的长剑忽然化为一道飞虹，向着岩洞深处飞去。小张一愣之下死死抓着剑柄，竟然被带着飞起！

原来青云四下里寻不见丁隐和小张，心里一沉，推测两人已冒失闯入剑冢，即刻御剑疾飞，赶来阻止，却不料还是晚了一步。

只见小张惊叫一声，被那长剑化成的飞虹整个带飞出去，一旁的丁隐也顾不得叫喊，只看得目瞪口呆。

青云看了看丁隐，气恼地道：“告诉过你们，这剑林峰很危险，你们真是胆大包天。”

丁隐却焦急地道：“先别说这么多，小张他……”

青云点了点头，口中道：“快跟我走！”当下御起飞剑，一把拉住丁隐，化为一道剑光追去。眼看两人即将追上小张，飞虹竟然冲向山谷，将小张摔落谷中！丁隐大惊失色，就要冲入谷中。

青云却拉住他，神色严肃地道：“不行！”

丁隐不服地道：“小张说不定还活着！”

青云看着丁隐，脸色煞白，口中说道：“那下面是伏魔谷，是蜀山的禁地！掌门立过门规，任何人没有经过他的同意，决不能进去！”

丁隐面色煞白，顿了一顿，竟走到崖壁边，要徒手攀爬下去。

青云一怔，急喊道：“丁大哥，你这是做什么？”

丁隐目光坚定：“规矩大，大不过人心。眼下小张生死未卜，我不能这样一走了之。”

青云一咬牙，情知当下人命关天，请示掌门已无时间，当下催动飞剑，带着丁隐向伏魔谷底飞去。

两人一阵疾飞，不久便飞入伏魔谷底。谷底怪石嶙峋、枯藤交错，一派阴森幽暗的恐怖景象。两人不及细看，只向着小张坠崖处飞去。一至近处，便听见小张杀猪般的惊叫，只见他被一团黑雾追得亡命逃窜，显是受了很大惊吓。

青云剑气一扫，暂时将那黑雾荡开，丁隐忙将小张拉上飞剑，只想尽快载他离开这是非之地。

小张咳嗽连连，口中道：“丁大哥，那雾气好像有毒！”

青云说道：“应是长年累月积累的瘴气！必须尽快离开这里！”可那飞剑载不动三人，眼看就要被弥漫的黑烟追上，三人眼前蓦地出现一道偏僻的石门。

“来不及了，先去那里避一避吧！”青云喊道。于是飞剑载了三人冲入石门，长驱直入。青云力竭收剑，三人全都摔倒在地滚成一团，狼狈不堪。

丁隐起身就想去扶青云，被青云一把推开。青云斥道：“我早就提醒过你们，修为不够不能佩剑！幸亏我及时赶到，否则你俩这次吃的苦头会更大！”

丁隐面带愧色：“对不起，让你担心了。”

小张却在嘀咕：“这不是没事嘛。我从那么高的山崖跌下来，都没有摔死，说明我就是天生福星，福大命大！”

青云狠狠瞪了他一眼，小张吓得躲在丁隐身后，不敢多言。

丁隐苦笑道：“别怪他了，他这次差点丢了命，也算受到了教训。倒是你进了伏魔谷，违反了门规可怎么办？”

青云也苦笑起来：“总不能看着小张死吧！这边已经被瘴气覆盖，恐怕是出不去了，咱们得另找路出谷才行。”

丁隐、小张点了点头，三人便沿着石壁摸索前行。行了一段，隐隐有光投来，三人看向岩洞深处，只见有一道古老的石门挡住去路，触手一摸，那石门森冷斑驳，且有一层厚厚的积灰，想是历经了多年岁月。丁隐猜测推开石门或许会有出谷的通道，神力一生，便将那厚重的石门缓缓推了开来。

门内竟然是一处巨大古老的溶洞。三人缓缓走入深处，惊奇地打量眼前的一切，感觉别有洞天。丁隐四下张望了一番，道：“这地方有人工开凿的痕迹，应该是蜀山先人留下的。可是掌门为什么严禁你们来伏魔谷？”

青云据实答道：“掌门只说这里封印了许多妖魔，凶险万分，不让弟子随意进入，因此我从未来过。”

一旁小张又道：“八成是吓唬你们呗。我看这洞就是为了避暑的，什么危险都没有。”

三人沿着石壁继续前行，丁隐无意间一扶墙壁，只见依稀刻着模糊的图画。青云看来，只觉得这些图案颇似练武的招式和心法。三人对视一眼，好奇心起，纷纷上前拨开墙上的藤蔓，拂去灰尘，继而全都愣住了。

只见硕大的墙面，竟然画满了小人图和洋洋洒洒的一片草书。丁隐忽然发现墙上草书中有几行小字——

气沉丹田，散之神阕，发自幽门，自成剑气……

他心觉诧异，这四句口诀，乃是阴风谷一役诸葛驭我所授锦囊中的字句！丁隐心中暗想：这……难道是血影神功的心法？

青云也对着字迹凝神打量，却又连连摇头，自语道：“不对，这心法和师父

传授的虽然有相似之处，但是道理似乎截然相反！如果按照这种心法练下去，会走火入魔的！大家不要再看了！”青云匆匆拉起丁隐要走，却愣住了。她见到丁隐的双眼，不知何时已经变成了一片血红！

丁隐痴迷地看着墙上，宛如受到蛊惑一般，赤魂石之力已经不受控制地涌往他的全身。红光沿着他的双眼一路向下，顺着血管弥漫到了四肢百骸。

正在此时，山洞内响起一阵嗡嗡的剑鸣之声。只见岩壁之上，赫然插着一把没入柄段的铁剑！长剑嗡嗡作响，剑鸣声响彻岩洞，小张和青云都忍不住捂住耳朵，唯有丁隐不为所动，走向那剑。

青云一怔，叫喊道：“丁大哥，不能拔！这剑不对劲！”

丁隐不受控制一般握住剑柄，双手顿时渗出血丝，血液流入石缝中。丁隐高吼一声，拔出铁剑！那竟然是一把断刃剑。与此同时，丁隐浑身一震，眼中红光顿时消退，恢复了清醒。

小张却又高喊：“当心，有火啊！”

青云、丁隐猛然抬头，发现自己竟然已不在岩洞内，而在一片地狱烈火之中，周围鬼影憧憧，虚虚实实扑面而来！青云觉得身后一烫，这才惊讶地发现竟然只剩自己一人，周边无数恶鬼般的黑影向自己袭来。

她一边拔剑迎敌，一边惊恐地呼喊：“丁大哥！小张！你们在哪里？”

丁隐也一个人提着断刃剑，处在无边火海中对付着恶鬼，耳边响着青云和小张“丁大哥”的呼喊。他伸手摸到了口袋里的玉簪，触手却是一片冰凉，倘若真的置身火海，玉簪断无可能维持冰冷。

他当即猛醒过来，向二人喊道：“这邪火原来全是幻象！”继而清啸一声，挥起断刃剑劈向那扑来的鬼影。剑锋所到，火海和恶鬼霎时消散于无形。

丁隐还在刚刚那个山洞，却发现身边的小张和青云都眼神涣散，正在互相攻击。丁隐大力将两人甩向两边，两人方才清醒过来。

小张一脸难以置信，青云道：“原来真的是幻象，这山洞也忒邪门，莫非真的有鬼？”

话音刚落，只听阴暗里传出一个乖戾的声音：“姑娘说的鬼，莫非是在下？”

三人惊愕回头，只见山洞深处的石壁裂开，竟然露出了一大块破碎的坚冰，一旁站着一个英俊邪气的白衣青年，揉着手腕，兀自说道："被冰封在蜀山这么多年，身子都酸了。"说话时，目光已落在青云身上，色眯眯地道，"想不到我五鬼天王一逃脱牢笼，就有艳福啊！"

青云一怔："五鬼天王？你是十年前肆虐中原的那个采花狂魔！"

五鬼报以一笑，悠然道："不是采花狂魔，是多情公子！不过你们掌门不解风情，竟然把我镇压在这个伏魔谷这么多年，还得多谢这小子放我出来！"说着一指丁隐，目光之中竟有嘉许之意。

丁隐错愕道："谁放你出来了？"

五鬼又指了指丁隐手中的断刃剑，微笑道："你手里那断刃剑，就是镇压我的封印，你将它拔了，岂不就是给了我自由？你们刚刚陷入了我的恶鬼阵，要不是感念你的恩情，我会放你们三个活命？"说罢又伸了个懒腰，行到众人身前，步态十分从容不迫，口中犹道，"可惜戏就只能看到这里，我要走了。"

青云急喊起来："不行！掌门既然把你镇压在此，我就决不能让你逃脱！"说着与丁隐二人并肩联手，挡在了五鬼面前。

五鬼淡定一笑，忽然快如鬼魅，丁隐、青云两人还没反应过来，就被五鬼点中了穴道。

五鬼看着青云，猥琐地笑道："小丫头长得不错，既然你这么舍不得我，我就带你一起走？"

"放肆！"

危急之际，门口忽然传来了妙一和尚的怒吼。

五鬼脸色一变，自语道："不好，臭和尚来了！"话音未落，妙一已冲到了石洞中，上前大力劈向五鬼。

五鬼笑着抓起地上的丁隐、青云等人，丢向妙一。妙一不得不收住掌力，一个个接住。

五鬼趁机掠出门口，只留声音回荡："各位，还是后会有期吧！"

待妙一追到伏魔谷中，那五鬼的身影早已消失得无影无踪。

妙一只得返回洞中，为丁隐、青云解开大穴。丁隐和青云立刻跪下，小张本来正在松动筋骨，也乖乖跪下。青云正要自责，丁隐打断道："此事无关青云，全是弟子一人的错，才会误放五鬼天王。请师伯责罚！"

妙一问明事因，叹息道：“错已是错，再谈责罚，也无济于事。五鬼的事情，我自会向掌门交代。倒是那把断刃剑是掌门当年亲手用内力封入岩壁的，再强的妖魔都无法挣脱，你又怎么有办法拔它出来？”

丁隐据实道：“当时我读了墙上的文字，浑身力量就不受控制，只感应到那把剑在呼唤我，就……”

妙一一惊，问道：“你练了墙上的武功心法？”说着一把抓过丁隐的手腕，测他血脉，触手便知果是血影神功作祟，才致丁隐魔性入脑，与那断刃剑产生了共鸣，这才将五鬼天王释放出来。

妙一一时间沉默不语。青云、小张相互对视，不知妙一到底是何用意。小张凑上前来拜道：“师伯，您能饶过丁大哥这一次吗？我可以天天给您打酒喝！”

妙一斥道：“用不着贿赂我，我自己会找酒。”又转向丁隐道，“丁隐你记住，你回去一定要静心修炼，切勿再被赤魂石控制心神了！”

丁隐俯身又是一拜，诚挚地道：“弟子知道了。”

青云又问：“师伯，墙上那些武功心法到底是怎么一回事？是谁留下来的？”

妙一脸色一沉，厉声问：“你们还有谁练过？”

青云连连摆手，说道：“没有，弟子只是好奇而已。”

妙一闻言，面色稍缓：“没练就好！这套武功危险莫测，蜀山弟子决不能理会！你们从此之后，再也不能踏入这里半步。不可再贪玩犯戒了，知道吗？”

三人同声称是，不敢多言。而后妙一答应不将三人闯入伏魔谷一事告诉晓如，三人如释重负般别过妙一，返回栖霞峰去了。

当夜栖霞峰上，晓如真人将青云喊到大殿中。青云在师父面前，神情忐忑，眼神闪躲。晓如开门见山地道：“你和丁隐、小张三个人狼狈地回来，身上还带着伏魔谷瘴气残余的气味，你还想向我隐瞒？”

青云沉默半晌，叹了口气，只觉得自己实在没有说谎的天赋，每次有所隐瞒，全都逃不过师父的法眼，只好一五一十地向晓如真人讲述了全部经过。

晓如真人听到五鬼破印一段，甚为震惊，斥道：“破坏结界，放走五鬼天王，你们胆子真够大的！”

青云当即跪倒，说道：“弟子知错了，愿受师父责罚。”

晓如反倒苦笑起来："罢了罢了，妙一那老家伙都帮你们把责任担了，我还有什么好罚的！你没落在那个五鬼天王手里，算你走运了。"

青云嘻嘻一笑，亲昵地道："我就知道，师父疼我，舍不得责怪我的。"

说着又乖巧地上前凑到晓如身旁捏肩，继续问道："师父，我还有个问题。伏魔山那个山洞，为什么会有武功心法？妙一师伯闭口不提，可我真的很好奇。"

晓如长叹一声，低语道："那是素因师妹……"

上官警我与素因的惨剧，多年来令她心中戚戚，挥之不去。警我入魔，素因坠崖，晓如虽非直接施行，却也置身其中。二十余年如一梦，此身虽在堪惊。

今日青云的问题，勾起了晓如心头尘封的往事。她心中波澜顿生，便对青云缓缓说出那段往事……

"上官警我习得魔功，却已经堕入了魔道，竟然去偷盗赤魂石，掌门师兄迫不得已与上官警我兵戎相见，导致素因身亡，上官警我被逐出蜀山，从此加入魔宗，后来更成为绿袍尊者。而素因的名字也成为了蜀山禁忌，再也不能提起。"

晓如一席话讲完，青云早已听得震撼万分，自语道："原来这其中有这么多恩怨情仇……想来那绿袍也是个为情所苦的可怜人。"

晓如唏嘘道："掌门师兄因为当年拆散一对恋人，内疚多时，一直郁郁寡欢，直到后来和紫英的母亲成了亲，有了紫英，心中的愧疚才渐渐淡去。掌门师兄对妻子疼爱有加，相敬如宾，直到妻子去世。但是他心里始终忘不掉素因，日久经年，已成执念，所以每年还是会去太元湖祭拜空坟。这才有了前些天，你们所经历的一幕。"

青云也叹息起来："想不到掌门竟然是这么一个痴情人，不过这些悲剧也不能怪他，是白眉师祖乱点鸳鸯谱才对。"

晓如语气忽然严厉起来，斥道："放肆，青云！不可对师祖不敬。为师之所以将真相告诉你，也是令你警惕，男女之情会让人沉沦，切不可沉迷其中。"

青云不服道："可是师父您还不是照样和妙一师伯成了亲。"

晓如给她说得一脸无奈，勉强道："青云啊，我又不是要逼着你做尼姑。两人相敬如宾，互相扶持，自是最好，只是希望你以后不要为情所困，枉生执念，误入歧途。"

青云脸上一红，喃喃道：“我知道啦，师父。可是我从没考虑过这些呢。”说着索性撒起娇来，蹭到了师父身边。

晓如也无法再绷着脸，忍不住笑了起来：“也罢，你还没到烦恼这个的时候，还是先给我花点心思好好牢记，下次别再闯祸了。”

晓如真人对青云述说前事的时候，绿袍尊者正在阴风谷石室之中捧起晶石。晶石的投影映于石壁，素因正一袭红裙，立在桃林边对他痴痴而笑。

人世间最大的悲痛，一是咫尺天涯，一是人去楼空。

那石壁上的婉丽英容分明近在眼前，可绿袍伸过手去，所触全是虚空。如果再去蜀山，他会想去看一看那片桃林，看一看桃花是否依旧娇艳如昨。

一个人可以把心交给魔鬼，但有些东西却会如影随形，即便魔鬼，也无从幸免。每当夜阑人寂，绿袍总会捧起那枚晶石，回想起那些阔别已久的温柔……

这一次，打断他的人，是邹勤和连登。

这两个西疆来使是屠霸遣来的，甫到阴风谷，就摆出一副趾高气扬的样子。此时二人见绿袍冷着一张脸步入大殿，在他身边的九毒同样面无表情，一言不发，邹、连两人心中一阵不满。

邹勤道：“上官警我，你在中原好吃好喝，混得不错嘛。”

绿袍扫了两人一眼，淡淡地问：“屠霸让你们来的？”

连登又乘机发难：“天尊的名字，岂容你随意挂在嘴边！”

绿袍呵呵一笑，不以为然。

连登不满绿袍轻蔑的态度，爆喝起来：“上官警我，你！我告诉你，不要太嚣张，别以为天尊远在西疆，就看不到你在这里做什么，你要是再不赶紧取回南明离火剑，恐怕……”

话未说完，绿袍猛一回头，目光生出两道寒意，令两个来使不由得打了个寒战。

“恐怕什么？”绿袍眼中寒光一敛，逼问道。

邹勤顿时胆怯起来，支吾道：“我……我们可全探听到了，你根本就是私自前来拿赤魂石的。”他说话的声音，越来越小，说到末尾几个字，大概只有自己才听得见。

绿袍顿了一顿，似乎听不清楚，示意连登再说一遍。

连登见他眼神凛冽，杀机伏藏，哪里还敢多言，又看看站在一边的九毒，也是一般冷峻面孔，令人不寒而栗。他只好指了指邹勤，尴尬地点了点头，刚才嚣张的气焰再无半点痕迹。

绿袍再一伸手，两个使者被他一把抓到面前，瞬间双脚离地，脖子已经被掐出深深的血痕。只听绿袍冷冷地道："不要以为我不敢杀了你们，你们死了，屠霸他顶多就是当死了两条狗，并不会拿我怎么样。所以你们回去以后，知道该怎么跟他说！"

邹勤立刻连连点头："是是是，属下明白，宗主贤能，一切进展顺利，破除封印指日可待。"

绿袍一笑，将二人丢下，开口道："招子放亮一点，命才长一些，滚吧。"

两个脓包这才屁滚尿流地退出殿外，去势之快，竟不在御剑之下。

绿袍冷哼一声，兀自骂道："一群妖魔，愚不可及！"

屠媚在殿外看到这一切，不由得一声叹息。

绿袍道："叹的什么气？"原来他早知屠媚在外看他接见来使。

屠媚现出身来，神色却已恢复如常，面上还带着春风般的笑意，娓娓道："宗主，我带来一位老友。"

屠媚说的老友，正是刚从蜀山破印而出的五鬼天王。这五鬼天王早年也是西疆魔地一大成名高手，尤以身法与幻阵见长，与屠媚乃是多年的老友。今番五鬼破印而出，屠媚自然邀他加入烈影神宗，好助绿袍一臂之力。

绿袍听了一番讲述，向五鬼点头问道："五鬼天王，你意下如何？"

五鬼的语气却并不十分恭敬："上官警我，看来烈影神宗这几年被你打理得不错嘛，这份基业看来还真是不小。"

绿袍闻言脸色一沉，身旁的九毒忍不住厉声呵斥："放肆，休要冒犯宗主！"

五鬼似笑非笑："嚯嚯，我五鬼从来就没有不敢做的事！"

连出两句冒犯之语，绿袍却没有动怒，反而挥手示意九毒退后，饶有兴趣地打量五鬼："你的口气不小。"

五鬼也不客气，开口道："因为我本事够强！当年是我一时大意才被蜀山抓

住，如今我逃出来了，蜀山的人就别再想占我一丝便宜。你们烈影神宗的人，也休想！屠媚的好意，我心领了，但是我对加入你们没什么兴趣！”

说着全然不顾绿袍和九毒都是一脸怒色，转身拂袖而去。

屠媚见状大急，上前一把拦住五鬼，说道：“五鬼，你孤身一人，能有什么作为？”

五鬼嘿嘿一笑，神色轻浮：“天下好酒任我喝，天下美女任我追，岂不快哉！人生在世，各有所求，咱们可不是一路人！”说着正要潇洒迈出大殿，却又忽然愣住了——

只见玉无心匆匆走了进来，来到绿袍面前，款款跪下，口中道：“爹，这批血奴已经全部处理完毕。”

绿袍微微点头：“嗯，做得好！”

玉无心施了一礼，准备告退。

五鬼痴痴盯着玉无心，目光无法移开。

绿袍将这一切看在眼中，示意玉无心暂留，又向她介绍五鬼：“玉儿，这位五鬼天王是爹请来加入我宗的贵客，但是他似乎还有顾虑，不如你帮我劝劝他。”

玉无心虽然疑惑，但还是上前来到五鬼身旁，低头一揖，柔声道：“五鬼先生，请看在我父亲一片诚心的分上，加入烈影神宗共谋大计。”

五鬼早已看得痴了，硬是呆了半晌才问道：“你……是上官警我的女儿？”

玉无心面无表情，话音虽是轻柔，却没有什么温度：“宗中规矩，不得直呼宗主大名，还望先生自重。”

五鬼望着玉无心，微微一颔首，欣然道：“好！看在你的面子上，我五鬼就屈从一次！”说罢立刻上前，冲着绿袍深深一拜：“宗主在上，请受属下一拜！”

绿袍又问：“五鬼天王，你可想好了？”

五鬼望了望玉无心，又转过头，迎着绿袍扫来的目光，斩钉截铁地道：“之前是我想不开，从今以后，我愿意为神宗赴汤蹈火，在所不辞。”

绿袍大笑一声：“好！我神宗又添一位高手，大家从此对蜀山同仇敌忾。”

五鬼却道：“等等，我还有一个要求！”说着指向九毒，继续道，“不管那家伙坐什么位置，我的位置绝对不能比他低！”

九毒一愣，接着气得脸色发白。

绿袍却忍不住哈哈大笑起来：“好，就依你。从今以后，九毒神君是我神宗右护使，你就是我宗左护使！”

五鬼这才志得意满，向绿袍施礼道：“多谢宗主！”

绿袍点了点头，又吩咐玉无心道：“玉儿，你送左使去休息吧。”

玉无心领命，陪着五鬼走出正殿，要为他在阴风谷中安置住所。五鬼也不多言，只跟着玉无心一路前行。玉无心知他不是善茬，态度也甚为冷淡。行至半程，二人经过一处石柱，五鬼忽然脸色苍白，一个踉跄倒在玉无心身上，被玉无心一把扶住。

“左使身体不适？”玉无心的语气带着三分礼貌，七分却是冷漠，总之没有半分关切之意。

只见五鬼抚着心口，皱眉道：“我被囚蜀山多年，受了点内伤，刚刚心情激荡之下恐怕复发了。”

玉无心见势道：“我这就去找父亲为您医治。”

五鬼却轻浮地道：“这伤只有小姐你能治。”说着忽向玉无心脸颊亲了过去。玉无心反应迅捷，猛地一脚将五鬼踢开。五鬼受了一脚，飘然落地，手中铁扇轻摇，看来风流倜傥，没有一点受伤的样子。

“你骗我！”

“能一亲小姐芳泽，撒个谎又算什么？”

“原来是为了靠近我。那你何不早说？”

“在下和小姐你一见如故，刚刚宗主唤小姐玉儿，不知道小姐的芳名是什么？”

想不到玉无心竟撒起娇来，向那五鬼招了招手，柔声道：“那你过来，我悄悄告诉你。”

五鬼心神荡漾，乖乖上前。玉无心神色一寒，腰间寒鞭猛然出手。五鬼大笑，轻巧躲开寒鞭，和玉无心缠斗起来。他武功明显高过玉无心，一边打斗一边说话自如，玉无心根本占不到什么便宜。

五鬼一面躲避玉无心的寒鞭，一面口中还在谈笑："啧啧啧，不是我吹牛，我五鬼天王当年也是纵横西疆的独行高手、翩翩公子，却从没遇见过小姐这种绝色，实在是一见倾心。"

这些轻浮言辞，令玉无心大为反感，手中寒鞭挥得越来越疾。

只见五鬼铁扇一挡，隔开寒鞭，猛然又欺身到她面前，在她耳边轻薄道："我看小姐也是青春寂寞，不如我们交个朋友……"

玉无心丢开鞭子，狠狠一个巴掌甩在五鬼脸上。这一下，倒打了五鬼一个措手不及，不过五鬼也不气恼，反而一副"牡丹花下死"的惫懒嘴脸。

玉无心迎着他炽热的目光，冷冷地道："第一，我玉无心不需要朋友；第二，以后你要是再敢骗我，我会毫不犹豫地杀了你。"

这时一阵咳嗽声忽然响起，九毒神君从石柱后走出，若无其事地清了清嗓子："宗主让我过来看看，左使在阴风谷待得是否满意。"

玉无心瞪了五鬼一眼，冷冷走开，留下五鬼呆呆看着她的背影，揉着被打红的脸，口中犹在念着玉无心的名字。

九毒看不过眼，没好气地道："小姐对你下手算轻了，你若敢再犯，就直接把你丢去雪池喂血莲了。"

五鬼不以为忤，反而赞道："这么狠？敢爱敢恨，真情流露，正是我喜欢的类型！"

九毒鄙夷道："你加入我神宗，就为了一个女人？"

五鬼却嫌弃起九毒来："你懂什么？"说着将嘴角的血丝擦去，再理了理衣衫，整了整发鬓，再度恢复风流公子的形象，沉吟道，"任男人再怎么豪气万丈，赢了江山，多半还是要在感情上输给女子的。"

"色鬼。"

九毒简单发表了评价，正要转身离去，五鬼却一把凑上来揽住他的肩膀，笑道："虽然你位居我下，不过看你人品尚可，不如帮我个忙。你早入神宗，和玉小姐相处有段日子了吧。敢问她喜欢吃点什么？爱用什么胭脂？"

九毒冷冷应道："你想讨小姐的欢心？"

五鬼自信满满，点头道："就算是冰山美人，寒玉无心，我五鬼也总是有融化的办法。"

九毒拨开五鬼的手，正色道：“那就先好好替宗主办事吧。否则小姐没杀你，宗主会第一个杀了你。”

五鬼也是神色凝重，慷慨陈词：“士为知己者死。”显然已将自己当成了玉无心的知己。

九毒虽是魔宗人物，却从未见过这等觍颜之辈，当下不再多言，为五鬼安置好住所起居，便回大殿复命。却见绿袍独自站在雪池边，也在等他回来。

绿袍率先问道：“九毒，一个初来乍到的人位高于你，你心中一定有怨吧？”

九毒道：“属下不敢。”

绿袍却道：“只是笼络人心的招数罢了，你依然是我最信任的属下。”

九毒心中一热，感激道：“属下蒙宗主抬爱，定当全力以赴，万死不辞。”

绿袍又道：“起来吧，听闻蜀山天门峰剑阵已经重新布置了？”

九毒答道：“是，诸葛驭我还将分散在各处的弟子全部召回，加强防守，恐怕短期内我们很难再攻入蜀山了。”

绿袍反而现出笑意：“也罢，我现在对进攻蜀山也没什么兴趣了。”

九毒一惊，以为绿袍要放弃赤魂石。

绿袍却微微一笑，看向雪池里含苞待放的血莲。绿袍再伸手一招，血莲花苞中飘出一团金雾，乖乖在绿袍手中盘旋，竟然是数只金蚕。

门徒将大门打开，几个血奴被推入雪池之内。绿袍微微扬手，几人身上的镣铐断裂，几把长刀飞入他们手中。绿袍对众血奴道：“攻击我试试看。”

几个血奴几乎不敢相信，皆是一脸恐惧，九毒也看得一脸不解。

绿袍又道：“谁能伤了我，今天我就放他离开这里。”

几个血奴面面相觑，终于鼓起勇气，抓起刀向绿袍砍来。绿袍一笑，金蚕化为金雾围绕住血奴，接着竟钻入了他们身躯。几个血奴面色一变，皮下犹如有东西游动，瞬间面色已然苍白。绿袍再一挥手，金蚕从那几个人体内钻出，已经是变大数倍，浑身泛着血红。

九毒看得惊喜万分，施礼道：“恭喜宗主，金蚕蛊大功告成！”

绿袍邪魅一笑：“金蚕入体，中蛊者便会不知不觉被蚕食，只要活着一天，就会无怨无悔地为我神宗献血，至死方休！”

这时百十条金蚕纷纷从血莲中飞出，汇于绿袍手掌。绿袍捧着金蚕，眼含煞气，开口道：“刚好金蚕也饿了，你把它们放出去吧。记住，声势一定要搞得越大越好！”

九毒点头领命：“我明白宗主的意思了，这金蚕的消息一定会让蜀山知道，只要诸葛驭我不是缩头乌龟，就一定会派人下山的。”

绿袍冷哼一声：“蜀山能守得了一时，难道还能守得了一世？只要诸葛驭我离开蜀山，那里就是我烈影神宗的地盘。到时候要做什么，由不得他们。”

九毒也跟着露出邪戾的笑容。

绿袍又道：“还有，这件事，尽量瞒着屠媚吧，省得她多心。”九毒又再点头领命。

雪池像是感应到绿袍的情绪，隐隐泛起波澜，沸腾了起来。

“气沉丹田，散之神阙，发自幽门，自成剑气……”

夜静无声，小张在床上打着呼噜，丁隐也在一边安静地睡着。梦境中，血影神功的四句口诀在丁隐耳边反复响起。

丁隐仍紧闭着双眼，双手却突然握成拳头。伏魔谷岩洞中那些记录着招式的小人图和写着功法的狂草，杂乱地交织在一起，以极快的速度向丁隐脑中涌来。

体内的赤魂石因此兴奋不已，躁动地闪烁着红光。突然，丁隐猛地坐起，向门外看去，眼中红光一闪而过。他好像着了魔一般从床上跃起，从桌上抄起自己的断刃，破门而出。

小张猛地惊起，揉了揉惺忪的睡眼，大叫起来：“丁大哥！你去哪啊？”

丁隐全无反应，径直往前走去，一点红光在夜色中十分突兀。

小张担心他疯病复发，当即跳下床去，狂奔着追上丁隐。小张体质原本就十分平常，这一路直追到伏魔谷外，他已是气喘吁吁，无力为继，早已失了丁隐踪迹。但毕竟兄弟情深，他仍是壮起胆子，顶着阵阵阴风，在一片漆黑中摸索呼叫，希望能找到丁隐。

此时，小张突然听到不远处的岩洞里传出金属的碰撞声，尖锐的声音在黑夜中尤为刺耳。他不由得打了个寒战，小心翼翼摸进入了岩洞，只见前方传来了一阵红光，他虽恐惧，仍是疑惑地走过去：“丁大哥？是你吗？别开玩笑了，快出来吧！”

可是除了他自己的声音在洞中回荡，根本没人回答他。小张越来越害怕，转身想要离开，没想到却从后面突然扑出一个黑影，直直把他撞倒在地。

只见那黑影眼泛红光，面目狰狞，正是丁隐！小张吓得尖叫起来，他几时见过这般凶狠可怖的丁隐，恐惧之下，一张脸孔几乎扭曲，险些就要魂飞魄散。

只见丁隐双眼通红，脸上红色的血管暴起，纵横交错，甚是恐怖。他运足掌力，真气顺着剑锋散射出来，放射出数十条血红色的光芒，在空中交织成一张巨网。

小张唯有大声喊叫，期望唤回丁隐的神志："丁大哥……我是小张！你不认得我了吗？我是张馅饼啊！"

丁隐面目狰狞，衣衫鼓胀，真气周身运转，血网在他背后张开，而他看小张的眼神，就像在看一只猎物。

小张支撑着爬了起来，快速冲过去抱住丁隐，口中仍在大呼："丁大哥你清醒一点，看看我是谁？"

丁隐一把将小张掀开，剑锋一扫，血网汇成一记重拳，直直打在小张心口。

小张再一次被重重地甩在岩壁上，但他仍未放弃，艰难地爬向丁隐："丁大哥……掌门说了，你一旦入魔就万劫不复，求求你！求求你醒过来！我们还有好多事情没做，你不可以这样！"

丁隐似乎听到了小张的呼唤，眼中的红光忽明忽暗，但最终还是红光渐盛。他嘶吼一声，身后红色的血网幻化成无数细丝猛冲上前，将小张的四肢紧紧缠住，将他渐渐举到空中。双拳再一发力，整个血网紧紧箍住小张的四肢，用力一收，便传来骨头碎裂的声音，在一片寂静中，听起来尤其令人毛骨悚然。

在剧烈的疼痛中，小张猛地睁大了双眼，接着如脱线木偶般重重摔在地上晕厥了过去。丁隐拎起自己的断刃剑，一步步逼向小张。

就在这时，一把锋利的银白色宝剑飞入洞中，迎着丁隐侧脸砍了过去，丁隐头一偏，脸上被划出一道血痕，他恶狠狠地回头一看，却见丹辰子已经赶到洞中。

原来丹辰子正在剑林峰瀑布边练剑，手中古剑忽然剧震起来，剑锋自行掉转，直指向另一边山下的伏魔谷。丹辰子转头一看，只见红光炽盛，魔气冲天，

料知必有变故，便乘着古剑，直向伏魔谷冲来。

丹辰子将宝剑收回手中，看到洞中情景，也是大吃一惊，即对丁隐喝道：“混账！如此伤害自己的好兄弟，没有人性！”说罢举起龙潭古剑，向丁隐冲去。只见巨大的白色蛟龙剑灵盘旋在剑身之上，凶狠地咆哮着，向丁隐袭去。

丁隐猛地向丹辰子一扬手，由真气组成的红色巨网立刻将丹辰子笼罩其中。丹辰子毫不畏惧，将龙潭古剑用力一挥，白色蛟龙剑灵向上飞起，用利齿撕咬巨网，很快，就将网扯开一个大洞。

丹辰子随即从网中脱身，转眼已来到丁隐近前。丁隐被迫举起断刃剑迎战，和丹辰子缠斗在一起。只见丁隐的断刃剑与丹辰子的龙潭古剑不断重重撞击，火花四溅。突然，丹辰子身体左侧露出一个破绽，丁隐立刻举剑攻过去，划破丹辰子左臂。丹辰子却趁丁隐靠近之时，施了一个巧力转身，剑尖便径直向丁隐咽喉刺去。丁隐急急后退躲避，却已太迟，眼见将要命丧丹辰子剑下。

危急关头，却见一个身影快速地移动到丹辰子面前，迅速一掌将丁隐震开。丁隐避过一剑，却撞在岩壁上，晕了过去。丹辰子回剑收手，才发现来者是诸葛驭我，随之赶来的，还有妙一和尚与公孙无我。

“师父！他……”丹辰子一时语无伦次。

诸葛驭我却挥手道：“不用多说，丁隐不能死！若他死了，体内的赤魂石失去宿主，恐怕会失控爆发，后果不堪设想。”

丹辰子道：“可我刚才见他魔性深重，武功招式又极其怪异，弟子怀疑……”

诸葛驭我再次打断：“不用说了，不是你想的那样。”

诸葛驭我回身望向躺在地上的小张，妙一已经上前替小张把脉，面色凝重地道：“情况危急，急需救治。”

诸葛驭我当机立断：“辰儿，你速将小张送回栖霞峰，请你晓如师叔救治。”

丹辰子望了望躺倒在地的丁隐：“那他怎么办？”

诸葛驭我急道：“你不用管了，为师自会处理，人命关天，还不快去！”

丹辰子一脸不甘，愤愤地背起小张，向栖霞峰而去。

公孙无我看到刚刚发生的一切，以及岩壁上的绘画，也十分震惊：“这……

这到底是怎么回事？”

妙一和尚说道：“这墙上的武功心法，应当是当年上官警我和素因所绘。”

诸葛驭我点头道：“没错，的确是血影神功。”

公孙无我一脸惊讶，叹道：“什么？”

妙一和尚看了看两人：“此事说来怪我，本来早该向掌门请罪，事情是这样的……”

两人听完妙一所述，又是一阵惊愕唏嘘。公孙无我向诸葛驭我说道：“掌门，绿袍已经是前车之鉴。这丁隐一而再、再而三地不受控制，难保他不会变成第二个绿袍，我看还是将他武功废去，将赤魂石取出为好。”

诸葛驭我一摆手，道：“无我，我知道你为人谨慎，但向来成大事者，无不经过磨难砥砺，万不能因为这小小的挫折而放弃炼化赤魂石的良机。我自会带丁隐回凝碧崖，替他平息心魔，你们就放心吧。”

公孙无我闻言，唯有点头称是。

妙一和尚又道：“掌门，我同意你的想法，但这岩洞里的血影神功心法断不能留，否则后患无穷。”

诸葛驭我点点头，走上前去，运起内力，突然掌中生火，对着那岩壁狠狠一击，整个岩壁上的字画霎时间遭到烈火焚烧，扬起无数碎屑，消失于无形。诸葛驭我望着废墟一叹：“为免再生事端，就让这个秘密永远长埋地下吧。”

公孙无我看着眼前一堆碎石，表情亦很复杂。

丹辰子依命将小张送至栖霞峰，晓如真人查看了小张伤势之后，也是连连摇头，说小张浑身筋脉尽断，五脏六腑也受重伤，目前，只有用紫玉续命丹先行护住心脉，再行接骨，但要彻底救转，使他恢复如常，那已是无力回天了。

紫英的注意力，却在丹辰子的剑伤，为他悉心包扎，温言关怀，令丹辰子好生欢喜。不料紫英忽然话锋一转，说丹辰子贵为蜀山年轻一辈翘楚和三届斗剑大会的魁首，怎么连一个山野村夫都打不过？丹辰子尴尬笑笑，辩解说本来丁隐武功不足为惧，只是昨夜他体内赤魂石力量迸发，有如神助，极难对付。

紫英并不听他解释，恼怒地一跺脚，转身跑开。丹辰子面色铁青立在原地，只觉得先前的温馨场景，顷刻间荡然无存。

这时，丁隐一个人回到栖霞峰，却发现沿途女弟子看他的眼神都很奇怪，纷

纷对他避之不及。不时有人偷偷打量他，并低声指指点点。高师姐说他已经入魔，苏师姐说他必将为祸，司徒师姐更加直接，一见他便惊叫起来，只差拔剑来砍。丁隐眼神一黯，想起早晨醒来时，诸葛驭我对他的一番教导。

“丁隐，伏魔谷一事，流言蜚语恐怕难以避免，你回去的时候，这些都难免要面对，希望你不要太放在心上。你若觉得赤魂石在你身上为祸，想要取出也并不难，只是取出之后，天下各路邪魔歪道必起争端，到时生灵涂炭，远不止你卧云村一处受难，倘若这样，你还坚持要取出来吗？向来推脱责任容易，担起责任却是难事。丁隐，我相信我的眼光，你是能担大任者。若我连你这点小小的错误都不能容忍，岂不是目光短浅？切记！会着魔失控的是人心，而不是石头。坚定心性，稳而不乱。”

丁隐想到这里，目光变得坚定起来，他强迫自己抬起头，迎接众人的目光。一时之间，他又想到小张的伤势，于是发足疾奔，恨不得快一些相见。

女弟子们见丁隐忽然狂奔，又是一阵大呼小叫，说出不少刺耳的话来。

丁隐匆匆赶到偏殿，就见小张正虚弱地躺在床上昏睡着，四肢都上了夹板，俨然一个残破的木偶，晓如真人正坐在一边照看着他。

丁隐发声问道：“他怎么样了？”甫一开口，两行热泪就要夺眶而出。

晓如真人见状叹息道：“命是保住了，只是恐怕从此便残废了。”

丁隐为之一怔，“扑通”跪倒在小张床前，双手捶胸，全身抖颤，口中竟一时说不出话来。

青云跟在丁隐身后走进来，见到这一幕，面露不忍，安慰道：“丁大哥，这是场意外，你别过于责怪自己了……”

丁隐咬着牙，硬生生把泪水忍了回去，转身对晓如真人叩拜：“师父，我在这世上只有小张一个兄弟，请您一定要救救他。”

晓如真人面露难色，深深叹了口气：“你昨日用了十成功力，又加上赤魂石的力量，他能活下来已经是个奇迹了，至于日后能否再站起来，我不敢肯定。”

青云焦急地道：“师父，就真的没办法了吗？”

晓如真人沉思片刻，开口道：“有一个人，也许能救他。”

丁隐目光霎时一亮。

百草庐的牌匾之下，丁隐正跪在门口，他身后放着一副担架，上面躺着打着夹板的小张。丁隐对着大门紧闭的百草庐，用力地磕头高喊：“栖霞峰弟子丁隐，求百草师叔开门救人！”他脑门已有一片瘀青，却仍将这句话反反复复又说了小半个时辰。

这小半个时辰间，百草庐内却是岑寂无声，百草仙人正坐在火锅之前巍然不动，宛如老僧入定。再看那火锅，煮的乃是上好的人参药膳，扑腾腾的汤汁间，几枚枸杞子翻涌起来，甚是明丽。

百草仙人对冬虫、夏草说道：“这枸杞食之平肝明目，放入这参汤中，又有点缀色泽之功。”冬虫、夏草二人连连点头，大为叹服。百草仙人见弟子心悦诚服，也是大为欣慰，招呼道：“来来来，快喝汤。”任凭丁隐在门外喊哑了嗓子、磕破了头，也无法扰乱他喝汤的大计。

吴夏草嚼了颗枸杞子，问道：“师父，您真的不救人吗？”

百草仙人白他一眼：“这种无用之人，救来干吗？还不如省了药材，咱们多吃几顿药膳火锅，自己补补！”

冬虫咽了口汤，又道：“可是，师父，您之前不是还说那小张是个可造之材吗？”

百草仙人深感徒弟迂腐，训斥道：“世上人多人少，老天爷和阎罗王心中自然有数，我若是救活了他，到时候阎罗王来找我算账，我可怎么办？”

夏草喊了声：“师父……”看来还有话说。

百草仙人一拍桌子，大骂道：“你们吃是不吃？再多说一句我就把你们也给煮了下饭！”

冬虫、夏草吓得赶紧闭嘴，乖乖坐到桌子前。

百草庐门外，青云已经闻讯赶到，她看到丁隐脑门已经磕出血来，心中十分不忍。丁隐却不肯稍停，只道：“师父说百草仙人脾性奇怪，如果诚意不足他绝对不会救人，我就当为小张积德吧！”说着，又继续磕头。

青云看着丁隐，又听到院内欢声笑语，狠狠地一跺脚，突又见到旁边花坛中长着的小草，顿时灵机一动。

百草庐中，百草仙人正心满意足地夹着菜，冬虫和夏草一边吃，一边心不在焉地往院子外看，忽然发现院中没了动静。百草仙人反而骂起来：“没诚意的东西！我本想如果他磕足一百零八个响头，就给那小子治病，没想到他只磕了一百零五个就放弃了，真是令人失望。”

刚一骂完，夏草突然盯着火锅惊呼起来：“师父师父，这火锅里有张人脸。”三人围着火锅一看，汤里真的浮现出一张笑嘻嘻的人脸，仔细一看分明是青云。

只见青云坐在房檐上扔下一块石头，正中锅里，油汤溅了起来，崩了三人一脸。青云笑着跳下，俏皮地坐在桌上，嬉笑道：“百草师叔，有好吃的居然也不叫上我，不仗义！”

百草仙人才不理她，开口怒骂：“你你你！你这小丫头片子，坏了我一锅好汤！”

青云嘻嘻一笑，说道：“区区一锅汤算什么，我那天意外采到了一种药草，样子可稀奇了！我师父见了，都说它珍贵无比！还请百草师叔鉴赏鉴赏。”

百草仙人果然好奇心顿起，凑了过来，口风也为之一转：“还是青云丫头乖巧，拿来什么仙草，可否给师叔我开开眼界？”

青云神秘兮兮地自随身的包裹中取出一个盒子打开，只见里面躺着一棵仙草，叶片如打开的豆荚，花朵呈球状，酷似蒲公英。

百草仙人霎时眼前一亮，赞叹道：“莫非这就是北三七？传说中的竹节参！你在哪里找到的？”说着立刻伸手想抢。可是青云将盒子一盖，立时将它藏到身后，手法之快，不愧为当代弟子中的杰出人物。

青云护住盒子，口中说道：“这您就别管了。师叔，这草药真的很珍贵吗？”

百草仙人点了点头，尽显行家本色：“那是当然，这可是传说能解百毒、治多种疾病的‘草药王’啊！”

青云闻言，“啊”了一声。

百草仙人又凑上来，话音中满含慈爱：“青云丫头，乖侄女儿，我知道你最好了，这药材你留着也没用，就给我吧。”

青云却说得一脸诚挚：“这仙草本来就是要送给师叔的啊。不过，作为交换嘛……”

形势逼人，百草仙人毫不犹豫道：“哎呀，你不就是要我救那个张馅饼嘛，我救！我救还不行嘛。”

周青云立刻面露喜色：“不能反悔哦！”

百草仙人白眉一扬，气宇轩昂地道：“我百草仙人一言九鼎，说出去的话一定做到。快给我！”

周青云又道：“我得亲眼看到您救小张，我才给您！”

百草仙人一时语塞，无奈那“草药王”委实稀罕，便只好暂时低头，愤愤地道：“你这丫头！好好好！你随我来吧，真拿你没办法！”说着往外走去探看。

青云跟在后面，偷偷露出一抹得逞的坏笑。

“行了行了，别跪了。”百草仙人推开木门，见丁隐仍在跪地磕头，便没好气地命他起来。

丁隐不明所以，却见青云从百草仙人背后闪出，对他做了个鬼脸，说道：“丁大哥，百草师叔他答应了！”

丁隐一喜，赶紧又连磕了三个响头：“多谢师叔！多谢师叔！多谢师叔！”

吴夏草倒是一丝不苟，提醒师父道：“师父，他真的磕了一百零八个响头。”

百草仙人恨其愚笨，怒道：“你闭嘴！”随即看了看丁隐，摇了摇头，沉吟道：“看在你这么有诚意的分上，我就勉为其难救治这个残废，不过我有一个条件。”

丁隐恭敬地道：“百草师叔请说，无论什么条件我都答应。”

百草仙人神色一凛，开口道：“我向来不白救人性命，作为交换，我治好了张馅饼，以后他便要做我的药人，替我试药。”

青云一惊：“什么？做药人？那不是得跟冬虫、夏草似的，天天泡在药缸子里，弄不好还有生命危险？”

百草仙人眉毛一拧：“我把他从鬼门关里拉回来，他这条命就是我的，舍不得花点代价，就还是去跟阎王做伴吧。”说罢转身就要关门。

众人正着急，却听见后面的担架上传来小张虚弱的声音：“我……愿……意……”

百草仙人停下脚步，面露喜色。

丁隐扑到小张面前："小张……小张，你伤成这样，还要受试药之苦，你叫我心里怎么过意得去！"

小张努力一笑："没关系的，之前与百草前辈有过一面之缘，我很崇拜他。我张馅饼自小体弱多病，打架又打不过别人，总是被人欺负，说不定跟着百草前辈，会改变我的命运，你就让我去吧。"小张吃力地说着话，却满脸微笑看着丁隐。

丁隐沉思片刻，点点头："好，既然小张自愿，那就劳烦百草师叔了。"

百草仙人一挥手："冬虫、夏草，把这个残废抬进去，丢到药缸子里先泡上三天三夜，养元补气！"冬虫、夏草二人齐声应是，便上前抬起担架，往百草庐中迅速走去。

百草仙人伸出手来："青云，现在可以把'草药王'给我了吧！"

青云面不改色地道："呃，那个……刚才出来的时候，我已经把'草药王'放在院子里了，师叔您回去就能看到了。"说着拉起丁隐，耳语道："丁大哥，我们赶紧走吧。"

丁隐还在担心小张，青云又使了一个眼色，低声说："听我的，快走！"

丁隐一头雾水，只好跟着青云快速离去。百草仙人看着两人做贼似的离去，也一脸疑惑。

青云拉着丁隐，两人飞也似的离开百草庐。奔出一箭之遥，丁隐迫不及待地追问："青云，咱们到底跑什么？那个'草药王'又是什么？"

青云说道："嘘，我只不过用些杂花野草，照着医书上的样子粘了一株千年草药王骗他，他心急要草药，就答应了。"

丁隐闻言大惊："啊？这你都敢？那百草师叔他不会反悔不救小张了吧。"

青云却很有把握："不会的，不会的，百草师叔这个人呐，虽然脾气古怪，但是心地其实很善良，而且说话一言九鼎，决不食言。小张交给他，你就放一万个心吧。"

这时，只听见百草庐方向传来一声震天动地的大吼："周青云！你个臭丫头，竟然敢骗我！"

青云吐了吐舌头，一摊手，笑道："这下你知道为什么要赶紧跑了吧。"丁隐好生无奈，两人一齐捧腹大笑起来。

“冥顽不灵！欺人太甚！”诸葛驭我厉声骂道。

此时他正愁眉不展地坐在凌云峰大殿的高台上，台下公孙无我、晓如、妙一等人亦神色凝重，如临大敌。诸葛驭我厉声喝骂的，并非戏谑百草仙人的丁隐和青云，而是绿袍。

根据弟子来报，近日一种诡异的疫病忽然在蜀山脚下数十个村落间急剧蔓延，染者面露狞笑，心魄尽失，直至沦为血奴——这显然是魔宗的荼毒手段。

公孙无我咬牙道：“一定是想令我们腹背受敌，焦头烂额，然后伺机乘虚而入抢夺赤魂石。”

诸葛驭我斩钉截铁道：“赤魂石要保！百姓也要救！这是我们蜀山的责任！”说罢又询问晓如，“不知九还丹能否解此疫病？”

晓如拱手道：“九还丹乃是百草仙人所炼灵药，有补血再生之功，被魔宗吸血之人若能及时服用，定可暂保性命。但九还丹非解毒之剂，本次疫病实难医治。”

诸葛驭我面色一沉，又听妙一道：“既然百草有药，我看不如先行派些弟子下山急救，虽治不得根本，总能控制病情，争取时间。这一边，我们再助百草加紧炼药，希望能赶得上。”

诸葛驭我当即点头：“好，就照各位提议去办。派点苍峰丹辰子，天门峰张琪，栖霞峰周青云、诸葛紫英，百草峰吴冬虫、吴夏草率精英弟子下山急救。无我师弟，百草庐炼药也不能有失，就由你门下何清、苏阳协助百草峰弟子在外护法。”

众长老纷纷领命，晓如又道：“掌门，紫英自上次受伤之后，恢复得一直不是很好，不如就让她留在栖霞峰，也可帮忙看着丁隐，以免再生差池。”

诸葛驭我思忖道：“那也好。晓如，你一定要告诫丁隐，非常时期，切勿再随意走动，定当谨言慎行。”

晓如真人郑重领命，便返栖霞峰去。青云作为栖霞峰唯一的弟子，就与丹辰子等人御剑下山。众人带足九还丹，分为三拨先后落在蜀山西、南、北麓，分头救济各处村民。

这两日，九毒、五鬼等人领着众门徒在蜀山下四处施放金蚕蛊，所过之处，毒雾腾腾，民不聊生。旦夕之间，已有数百村民化为血奴。而这一切，屠媚方才得知。

她来质问绿袍，为何瞒住她练这金蚕蛊，难道是要与屠霸作对。绿袍不以为意，只说自己的血海深仇并非屠媚所能理解。

屠媚凄然道：“二十多年，你心中的仇恨，始终多过爱。”

绿袍一声叹息：“唯有报仇，才有解脱之日。”话至此间，眼角竟隐有泪光。

屠媚见不得他悲恸，当下软了心，说道：“好，我答应你，替你向大哥瞒住这件事，不过你也要答应我，记得大哥交代你的事。”

绿袍一笑，缓缓地点了点头，屠媚表情这才有所松动，想要靠近绿袍身边。

这时，外面有人敲门，传来玉无心的声音：“爹，在吗？女儿有事向您禀报。”

绿袍回头满眼深意地看了屠媚一眼，屠媚尴尬不已，只好起身站在一旁，面带愠色。

玉无心推门进屋，看到屠媚亦在房中，微微一愣，仍是低头上前向绿袍汇报：“爹，左使和右使在外配合无间，给蜀山造成了不小的麻烦，部分蜀山弟子已经先行下山抵御了。”

绿袍嘴角一挑，说道：“好，很好，就是要弄得他们手忙脚乱，自顾不暇。”

一旁屠媚也笑道：“下了山，他们大概就会被宗主的金蚕蛊吓个够呛。想到他们惊讶的表情，真是太让人愉快了！”

绿袍略一思忖，又令玉无心通知“山中人”，无论如何，设法让丁隐下山。屠媚当即会意，望望玉无心，又对绿袍道：“宗主，假使丁隐如愿下山，你说小姐该有几分把握夺回赤魂石？”屠媚问的是绿袍，话锋所指又实是玉无心。

玉无心微一皱眉，道：“赤魂石事关紧要，属下自当竭尽全力，虽死无悔。”

屠媚妖娆一笑：“此前你失败，难道不是竭尽全力？”说着又意味深长地瞟了绿袍一眼。

绿袍冷冷地道：“有什么主意就说，别拐弯抹角。”

屠媚眼波一转，娓娓说道："宗主真是善解人意。要我说，这男人呢，什么恶念仇恨，都是鬼扯，床第之间、销魂一刻的时候，那才是意志最薄弱之时。"也不顾绿袍和玉无心的尴尬反应，屠媚继续说道，"大小姐倾城姿色，烟视媚行，若肯为神宗牺牲，我看赤魂石定能夺回……"

屠媚还未说完，玉无心已是面如凝霜，也不敢去看绿袍，只抱拳道："爹，女儿已经失败过一次，这次贸然前去，丁隐恐怕不会再相信我了……"

屠媚却很平静地说："你刚刚回归，谈何牺牲？若不够自信，我倒有一套好功夫可以教你。想不想学，那就要看你心里有没有这个爹了。"说着又向绿袍眨了眨眼睛。

绿袍冷哼一声，开口道："好了，都不要再说了，就这么决定吧。玉儿，一切听从副宗主吩咐，执行任务，不得有误，否则，你该知道下场。"

玉无心眼中的伤痛一闪即逝，很快便面无表情地答道："是，女儿遵命。"

屠媚一脸得意，如水蛇般凑近玉无心耳边，颀长的手指轻轻抚弄着她的脖颈。

丹辰子、青云等人下山之后，丁隐独自一人，也不觉得落寞，反而在桃林间自在习剑，半日下来，蜀山派的入门剑法已然操演娴熟，还顺便练习起青云教他的傲雪双剑。

正在勇猛精进的关头，忽自空中传来一阵清脆的铃铛声，丁隐停下了剑法，惊讶地抬头。只见空中飞过一群白鸽，其中一只鸽子脚上绑着一个金色的铃铛，落在桃林一角。

丁隐上前抓住鸽子，解下铃铛，只见铃铛上面染着斑斑血迹，神色随之一变，暗想道：这分明是青云随身的金铃，难道……青云在山下遇到危险了？寻思间，又发现那铃铛里夹着一张字条，急急展开，却没有字迹，只赫然见到三个血手印！

丁隐大惊失色，心道必是青云出了差池。便一阵疾奔去往凌云峰禀告诸葛驭我，又被告知掌门及诸峰长老此刻皆在百草庐与百草仙人闭关炼制九还丹。丁隐又是一阵狂奔到百草庐，却被何清与苏阳拦在门外，说是掌门有令，炼药期间任何人不准打扰，等他出关再来吧！

丁隐说事态紧急，能向晓如、妙一陈说也好，何、苏二人决不答允。丁隐央求起来，说是哪怕见见小张也好，心道小张或可将青云遇袭的消息带给百草仙人，再由百草仙人告诸掌门，何、苏二人仍不同意。

丁隐索性硬闯，不想何、苏即刻拔剑相向，还出言警告他不得再生是非。丁隐万般无奈，忽然想到还有大师姐留在栖霞峰上。大师姐是掌门之女，又与青云感情笃深，至少可将消息转呈掌门。想到此节，他又迈开步子，向着栖霞峰狂奔而去。

紫英见到铃铛、字条，面色遽然大变，称是她与青云约定的暗号，意思是："危险！速救！"说罢也不等丁隐，自己提起剑来，就要去救青云。紫英脚下刚走出两步，忽地一软，竟跌倒在地，面色随之惨白，说道："我身上有伤一直未愈，前几日练功又真气错行，所以爹才留我在山上休养。"

丁隐担忧道："师姐，你这样，怎么能下山？"

紫英却摆摆手，毅然道："爹和诸位师叔伯都在专心炼药，万不能打扰，若我不去，青云危在旦夕。"说话间，奋力想要起身，却仍然步履维艰。

丁隐剑眉一竖，牙关一咬，便喊道："我去！青云对我有恩，我不会让她有事的！"

紫英沉思片刻，咬牙一点头，将手里的佩剑交给丁隐，缓缓道："只有如此了。你带上我的剑，这剑和青云之剑原是一同打造，互有感应，能帮你找到青云的下落。"她说着又望了望丁隐，眼中隐隐有泪，"丁隐，之前我对你多有得罪，希望你不要计较，一定要把青云平安带回来。"

丁隐心头一暖，大声道："师姐放心，我会的！"说罢急急向殿外奔去，临出门前，又是一顿，回头向紫英说道，"掌门那里，还请师姐帮我带一句话，就说我下山是情急之举，等回来之后再亲自向他请罪。"说罢拱手一揖，匆匆离去。

紫英也向他点了点头，嘱咐道："丁师弟，你多保重！"

待丁隐离去，紫英慢慢站直了腰。此时，她早已没了之前气喘虚弱的模样，脸上浮起一丝冷笑："你就放心去吧！青云根本就没遇到危险，有麻烦的是你！违背师门，偷盗佩剑，私自下山，我就不相信，这次还赶不走你？"

却说此时，青云和张琪正在采石村外的树林间拷问两名魔宗门徒，两名门徒本想在村外施放蛊毒，当下连同金蚕一并被青云、张琪擒获。

张琪怒喝："说，这金蚕是做什么用的！"

那赤发的门徒十分窝囊，当下讨饶道："少侠饶命！这是宗主的金蚕蛊，以往我们采血都是取人性命，但这金蚕可以寄居在人的体内，被它附体的就会成为我宗的血奴。"

青云睨了他一眼，道："你现在把此前放出的金蚕召回，我就饶你不死。"

赤发门徒面有难色，另一名剑客装扮的门徒又拜道："女侠，那些金蚕都是宗主控制的，我们只是搬运而已，求您放了我们吧……"话音未落，他竟猛地抽出匕首，想要偷袭张琪。

张琪敏捷跳开，那赤发门徒又向青云射出一枚暗器，青云当即挡回，结果了他的性命。再看张琪也是回身一剑，将剑客装扮的门徒穿心而过。

顷刻毙了两名喽啰，青云连忙取出一个锦囊，小心地将一只金蚕收入，谓张琪道："看来这场疫病，皆因这小小金蚕而起。"

张琪点头道："我们必须尽快回蜀山，把这件事禀告掌门，找出克制这金蚕蛊的方法。"

二人正准备御剑飞回蜀山，却看见五鬼天王自树丛间一脸笑意地走来，口中还在招呼青云："姑娘刚刚收起了什么好东西，可否让在下也看看？"

青云脸色大变："是你！"

五鬼粲笑道："姑娘难道不想见到我？"

青云勉强一笑，道："当然不想了，因为我们打不过你。"

五鬼先是一愣，继而失笑道："姑娘倒是坦诚得很。"

青云赔了个笑脸，俏皮道："但是我们可以跑！"

说着一把拉住张琪，急急展开轻功："张师兄，快走！"话音未落，二人已飞出数丈之远，风驰电掣的速度竟不在御剑之下。

蜀山派的轻功易学难精，二人此时得以脱身，全仗自幼修学的坚实根基。随着一阵兔起鹘落，直飞出一两里地，青云料想那五鬼再难追上，便与张琪缓缓落在一处废弃的土地庙前，一阵喘息。

甫一落地，却见五鬼由庙门内悠然走了出来，还是一脸漫不经心地笑道："虽然我是个怜香惜玉的人，可惜今天姑娘既然见到了宗主的金蚕，就没有再让

你回蜀山报信的道理。”

张琪“唰”地拔出剑来，挡在青云面前，迎着五鬼的目光全无惧意，口中道：“哼，那得看你有没有那个本事！”言罢拔剑攻上。

五鬼悠然一笑，身形竟然消失，张琪一剑走空，五鬼已猛然出现在他面前，一掌狠狠击出。只见张琪猛地向后飞起，又重重跌落在地，喷出一口鲜血，昏了过去。

不待青云反应，五鬼已收起轻浮神态，眼中凶光一闪，逼近道：“现在到姑娘你了！”说罢身形一动，一掌击中青云后背。青云立刻脸色惨白，吐出血来。五鬼仍不罢手，又游走到青云正面，挥起一掌，要向她心口击出，口中说道：“现在这一掌，就送姑娘上路了。”

青云只觉今日必死无疑，正待闭目受死，却在电光石火间听到丁隐的声音——

“青云，低头！”

随之一道寒光乍起，骤然向五鬼冲去。

五鬼匆忙一让，只见那是一把古旧的玄铁断刃剑，在五鬼脸上擦出一道血痕。丁隐从旁边林子里跳出，一把拉开青云，之后反身一转，将插入地上的断刃剑取回手中，潇洒落地。

青云趴在丁隐怀中，难以置信地看向他，口中叫道：“丁大哥……”正想起身，但是身子一软，虚弱地倚在丁隐怀里，勉强道，“你……你怎会找来这里？”

丁隐见青云身受重伤，一双怒目圆睁，盯着五鬼道：“先解决那个家伙再慢慢说。”

五鬼认出丁隐是伏魔谷中为他破除封印之人，便笑道：“原来是你啊，我还没多谢你放我出伏魔谷呢。”

丁隐心念青云伤势，不便多言，道：“那次是我的失误，可是今天不会了。”说罢冷冷举起断刃剑，护在青云身前，开口道，“我不会再给你机会伤到她。”

五鬼粲然一笑：“拼死护花，这胆量我喜欢——可惜武功还差了点。”话音未落，猛地进攻，丁隐将青云放在一旁，上前和五鬼战在一处。

青云瘫倒在一旁的树边，心急如焚，却因受伤无法上前参战。五鬼虽然动作敏捷，但丁隐竟然不顾自己被划伤的疼痛，顶住五鬼的几次攻击，硬是挡住了他的去路。五鬼企图故技重施闪到丁隐身后，但是丁隐抢先一步回身，剑尖早已指向五鬼的脖子。

五鬼抿嘴道："小子，武功有长进嘛。"

丁隐毫不示弱："就是为了对付你们魔宗而练的。"

五鬼冷哼一声："可惜比起我，你还差那么一点。"说罢身形一转，已然脱出丁隐控制，他的动作也随之加快，身影一晃便已出现在丁隐身前，一掌击出打中丁隐胸膛，竟与刚才击中青云的一掌十分相似。丁隐后退几步，嘴角渗出一缕血来。

五鬼并不进逼，得意地道："怎么样，知道什么叫山外有山、人外有人了吧。"

负痛之下，丁隐紧紧捏住拳头，眼中怒意散发，周身微微有红光乍现。

"气沉丹田，散之神阙，发自幽门，自成剑气……"那血影神功的心诀又开始在丁隐耳边回荡，他瞪着五鬼，瞳孔隐隐泛红。

五鬼有所觉察，知他想用赤魂石之力，当即飞身上前，如同一道道鬼影，快速攻击丁隐，令他分神御敌，无法顺利运功。此刻丁隐已然催动血影神功，感官也变得敏锐，竟然招招挡开。

倒是青云在一旁看到丁隐周身的红气以及越来越狰狞的面容，心想大事不好，急忙叫道："丁大哥！守心定气，不可枉动邪念！"

丁隐听到青云呼唤，忽又一顿，似乎体内的良知觉醒，并想要克制赤魂石的力量。

五鬼趁着丁隐分心之际，闪到丁隐身后，一掌上前击中丁隐后背，将其打倒在地。丁隐跪在地上，吐了两口血，随后抓起断刃剑站起来。此时他的双眼已经恢复了正常，周身的红气渐渐消散。

五鬼没好气地哼了一声："死到临头，还想什么守心定气，真是可笑。"说罢，身形一闪又向丁隐扑来。丁隐举剑迎上，可没等他反应过来，五鬼一扭身避开剑锋，扑向了一旁受伤的青云。青云重伤在身，哪里还能躲避，当下被五鬼一柄铁扇顶在了喉咙上。丁隐迟了一步，愤愤停住，双目瞪着五鬼，似要喷出火来。

五鬼悠然一笑，似乎很满意自己的作为，口中说道："做人就该卑鄙一点，才能活得久一点。"说着将手中铁扇轻轻一划，青云的脖子已出现一条血痕。青云却是牙关咬紧，不肯叫疼。

丁隐强自镇定，目光逼视着五鬼，冷冷问道："你到底想做什么？"

五鬼微微颔首，缓缓道："本来按照规矩，你们两个都得死，但看在你曾放走我的情分上，你们两人中，我杀一个就可以了，另一个我保证放他走。选好了吗？她的命，还是你的命？"

丁隐错愕一惊："你……"话在口边，一时竟说不下去。

青云却叫起来："留丁大哥的命！"转又对丁隐说道："丁大哥，这家伙不要脸得很，你死了，他说不定还会杀了我！你还不能死，蜀山还需要你！"说到此处，声音已十分虚弱，可知她内伤已入腑脏，情形十分凶险。

"好，那我可听你的啦！"五鬼眼神一寒，铁扇就向青云脖子割去。

丁隐又高喊道："住手！"说着抛下手中断刃剑，凛然道，"不就是要我丁隐的命吗？给你就是，你可要说话算数！"

丁隐眼睛一闭，只见五鬼手中的铁扇已经向他的脖子划来。千钧一发间，一颗石子从一旁射出，打掉了五鬼手中的铁扇。丁隐一回头，只见一个蒙面人从土地庙一侧的树丛闪出，一把匕首从五鬼后肩划过，将他的白色长衫挑开一道口子。五鬼受伤之下一个踉跄，青云趁机挣脱。

五鬼迅速给青云背后补上一掌，青云又是一口鲜血吐出。丁隐飞身而出，将青云接在怀里。丁隐大叫起来，却听青云气若游丝地道："丁大哥……我没事。"

"没时间废话了，快走！"那蒙面人开口说话，听声竟是女子。说话间，她一手拉着青云，一手拉着丁隐，轻功离地，迅速消失在树林中。

五鬼只是看向刚刚三人消失的地方，露出一脸诡异的苦笑："演戏而已，你倒也真下得去手！"随后顾不上昏迷在地的张琪，踉踉跄跄地离开。

却说那蒙面人携着二人一阵疾飞，转眼已离开土地庙三里有余。此时青云再也支撑不住，软倒在丁隐怀中。蒙面人停下步伐，带着两人藏身树后，自己上前观望，道："放心吧，应该没有人追来了。"

丁隐疑惑地看着她的背影，有种难以名状之感。蒙面人此时回头，一阵风吹起，竟将她的面纱吹落。丁隐看到她的样子，正是玉无心，当下惊愕地道："怎……怎么会是你？"

玉无心冷冷地拽下面纱，面无表情地道："你的朋友快不行了，赶紧找个地方给她疗伤。"

丁隐抱着昏迷的青云，一路随着玉无心沿河逆行，约莫黄昏时，看到一间荒凉木屋，猜测是感染金蚕蛊的村民遗下的无主之屋。三人当即推门而入。玉无心信手一挥，屋中油灯已被点亮。玉无心让丁隐将青云放在床上，也不顾他疑惑，当即运起功力为青云疗伤。却见她掌力凶猛，在青云背上猛拍几下，青云忍受不住，吐出一口黑血。

丁隐见青云面色痛苦，下意识地上前打掉了玉无心的手，将青云搂在自己怀里，有些紧张地问道："你到底想干什么……救人还是杀人？"

玉无心冷笑一声："狗咬吕洞宾！也罢，就让她死了算了，反正心疼的那个可不是我。"说罢，转身就向屋外走去。

丁隐纠结万分，看着怀中脸色乌青的青云，一咬牙喊道："等等！"

玉无心背对丁隐，嘴角露出一丝微笑……

时已入夜，小屋内，丁隐替青云盖上被子，转身望向窗外，只见玉无心正背对他，泰然自若地坐在屋外的湖边生火。丁隐看着玉无心的背影，脸上充满疑惑。丁隐不由自主地推门走出去，却停留在离玉无心十步远的地方，犹疑不前，发问道："你到底是谁？为什么要救我们？"

玉无心早已发觉了丁隐的到来，她头也没回，自顾自地拨弄着火堆上的一只烤鸡，开口道："上次我害你，你却放了我一马，一报还一报，我不想欠别人什么。"说着扯下一个鸡腿，扔给丁隐。

丁隐伸手接住，仍然是一副疑惑的样子。

玉无心察觉他的心思，莞尔一笑："放心吧，不是每个魔宗的人都下毒害人的。"

丁隐尴尬地赔了个笑脸，傻兮兮地将鸡腿送到嘴边。玉无心正要喊烫，丁隐却已将鸡腿送到嘴里，果然烫得不轻，一副狼狈的样子。

玉无心扑哧一笑："傻瓜！"

玉无心这一笑，灿若星辰，丁隐也不知道为什么，竟然看得呆了。

玉无心见他一副痴呆神态，又问说："你站得那么远，该不是怕我杀了你吧？"

丁隐倒不笨拙，只应道："怎么可能，你花了这么大力气救了我，如果是为了杀我的话，岂不是很不划算？"

玉无心被他逗笑，喃喃道："算你讲得有道理。"

丁隐又想了想，走到玉无心旁边坐下，诚挚地道："姑娘……谢谢你。"

玉无心看着她，眼波一转："我叫玉无心。"

"无心……姑娘怎么会取这么冰冷的名字？"

"行走江湖，若过多牵绊，只会死得更早。无心无情，反倒自在。"

"怎么可能，寒玉无心人有心，我看姑娘虽然外表冰冷，却还是掩不住内心一片赤诚。"

玉无心听到此话，心中不仅一跳，很快气血上行，脑袋一痛，玉无心一咬牙，赶紧运气压住。

丁隐好似并未察觉，反而想起了什么，面上露出些许担忧："玉姑娘……你打伤了五鬼天王，又救了我们，他日回到魔宗以后，你们宗主不会惩罚你吗？"

丁隐提到绿袍，令玉无心眉头一紧，接着她撇了撇嘴，哂道："你哪来这么多问题？我想走就走，他管不了我的。"

丁隐听到此处，由衷地道："我真羡慕你的自由。"

玉无心神情一黯，轻叹道："有什么好羡慕的，我娘生下我就死了，我爹不喜欢我，就把我送到别人家去养大，后来被迫加入魔宗，每天过着刀尖上舔血的日子。所谓的自由，只不过是掩饰孤独罢了。"

丁隐也随之大发感慨，道："想想我又何尝不是，自我失忆以后，人生就如一张白纸。所有的人都是强行出现在我身边，不管我愿不愿意，喜不喜欢。玉姑娘，我总觉得你有种莫名的亲切感，现在想来，我们之间的默契，大概就是'孤独'二字吧？"

玉无心抬头望着丁隐，一瞬间她眼中波光流转，令丁隐心跳不已。丁隐痴痴地道："你到底是谁？我为什么会记得你？"

玉无心似笑非笑："我说了，我叫玉无心。"

玉无心说着，站起身来跑到湖边，冲着丁隐大喊：“丁隐，你见过下雪吗？”

丁隐疑惑地摇了摇头，又想了想道：“我不记得了，不过我自幼生长于蜀地，应该没什么机会见到下雪吧。”

玉无心嫣然一笑，从腰间取下冰魄寒鞭，往空中一挥。霎时，寒气化作冰凌向周围快速扩散，连树林旁边的湖面上也凝结出一层厚厚的冰。很快，整个林间都被晶莹剔透的冰凌所覆盖，形成了一个流光溢彩的冰雪世界。

丁隐诧异地站了起来，他看到玉无心在他不远处站着，冲他微笑，月光照映着漫天飘落的雪花，令她看起来像仙女一般圣洁。

丁隐不由自主地走上前去，他双脚踏上冰面，发出咯吱咯吱的响声。玉无心悄然伸出手，从半空抓来一个雪球，冷不丁砸在丁隐身上，随后嬉笑着跑开。

丁隐惊呼一声“哎哟”，随即反应过来，虚张声势地怪叫一声，追上来一把捉住玉无心，然后学着她的样子抓来一个大雪球，不由分说整个拍散在玉无心的秀发上。玉无心花容失色，“啊”地大叫起来，双手在丁隐胸膛拍打，冰面上一时间笑语盈盈，好不热闹。

丁隐也像是挣脱了烦恼，露出久违的孩子般的笑容。两人就这样手拉着手，突然四目相对，眼神激荡。丁隐忽然小声地问：“我们……我们算是朋友了吗？”

玉无心小声地答：“朋友？我从来都没有朋友。”

丁隐一把拉起玉无心悬着的左手，将她的双手一齐暖暖握住，诚挚地道：“从今以后，你就有了。”

玉无心有些失神，她看着丁隐的眼睛，一时间脸上表情复杂，猛然推开了丁隐，漠然地道：“可我在你们蜀山眼中，终归是魔宗妖女，正邪殊途，我们恐怕做不了朋友。”说着扭身就要走开。

丁隐一急，赶紧想追上玉无心，却只听“咔嚓”一声，玉无心脚下冰面轰然碎裂，她整个人猛然跌入冰冷的湖水中。

“玉姑娘！”丁隐大骇，不顾一切，一头扎入水中，在水底焦急摸索，幸运的是很快触到了玉无心，正要抱住她腰身，带她浮出水面，玉无心此时却出人意料地伸出手来，像一株水草般紧紧搂住丁隐，不待丁隐反应，火热双唇已吻了上

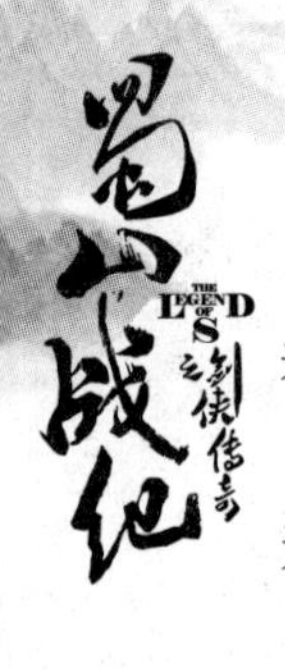

来。

丁隐双眼一睁，只觉得一股暖流自口唇荡向周身，行过每一处经络骨骼，竟无比炙热缠绵，随后他全然放弃了抵抗，在水底与玉无心不顾一切地拥吻起来。

此时湖面上，冰雪霎时融化，玉无心法力消失，一切都恢复原状，只有湖中水流激荡，泛起一阵旋涡。片刻后，丁隐抱着全身湿透的玉无心从水中一跃而出，回到岸上，却只见玉无心双唇乌紫，浑身颤抖。丁隐顾不得残留的温存，急切地道："玉姑娘，你怎么样？"

玉无心紧皱眉头，面色苍白："真气反噬，寒气入体，我好冷。"

丁隐闻言，连忙将玉无心紧紧抱在怀里，身体接触一刻，他再一次感觉自己心跳若狂，强制镇定道："这样子，你好些没有？"

玉无心却借机凑近丁隐耳边，声若蚊鸣："救我！救我！"

丁隐心焦如焚，将她搂得更紧，口中不住地问："怎么救？我该怎么救？你快说，快说啊！"

玉无心偎在丁隐怀中，周身透着刺骨寒气，此时她嘴唇已泛青蓝，睫毛上竟结着极细微的晶状雪花，鼻尖贴着丁隐面颊，轻吟道："以你赤魂石之力，驱散我的寒气。你照我说的口诀运功——气旋周天，采为真阳，元神聚顶，破出丹田……"

丁隐见玉无心痛苦不堪，想也不想，便依随玉无心所教口诀运功，只觉得心脏猛然撞击了一下胸口，双眼突然蒙上一层血红……

春晖无报情难灭，丹心妙手知是谁

两人身躯贴近、耳鬓厮磨，丁隐全身一震，低下头去看玉无心，只见她湿水的罗衫下，玲珑的身段若隐若现，苍白的面容泛着一抹红晕，她的日光里氤着烟波，呼吸轻盈……

很快，丁隐整个人意识模糊起来，红光在他周身流窜，令他浑身燥热不堪，他猛地将玉无心扑倒在湖边。

与此同时，玉无心腰间所坠的一个玉哨被丁隐无意拽了下来。

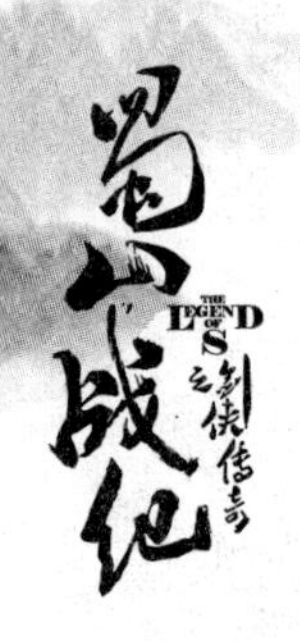

玉无心见丁隐眼蔽赤芒、气息激荡，脸上闪过一丝喜色，当下将身体更加贴近，紧紧抱住了丁隐。两人身躯贴近、耳鬓厮磨，丁隐全身一震，低下头去看玉无心，只见她湿水的罗衫下，玲珑的身段若隐若现，苍白的面容泛着一抹红晕，她的目光里氤着烟波，呼吸轻盈……

很快，丁隐整个人意识模糊起来，红光在他周身流窜，令他浑身燥热不堪，他猛地将玉无心扑倒在湖边。

与此同时，玉无心腰间所坠的一个玉哨被丁隐无意拽了下来。

她似乎未曾察觉，只轻轻地将头扭向一边，眼中闪过一刹的痛苦和空虚，霎时又回归了平静。明月皎皎，流水潺潺，她摊开手掌，月光照出掌心的伏线。

丁隐开始轻吻她的耳根，而在她耳边响起的，却是临行前屠媚的交代："你要让他上钩，心甘情愿运用此口诀，一旦他做了，便会阳气冲顶，赤魂石之气在体内动荡不安，外加他心神不宁，难以压制，这就算成功了大半。你只需抓住机会用银针刺他风池、大椎、陶道三个穴位，到时真气冲体而出，赤魂石便唾手可得。"

玉无心鬓发散乱，呵气取暖，神志仍是清明，当下一咬牙，自腰间摸出三根银针，对准丁隐颈后的穴位，就要扎下去。

就在危急时刻，突见一道剑光飞来，直直击中玉无心手臂，她手上一偏，银针刺入丁隐肩膀。丁隐本是意乱情迷，神魂如居炙热火宅间，世上唯独玉无心的温香软玉可堪退烧救解，此外哪里还知其余。当下忽地肩膀吃痛，便猛然滚到了一边，眼中红光忽明忽暗，这便晕了过去。

"妖女！放开我丁大哥！"

原来是卧床疗伤的青云硬撑着羸弱的身体赶了来出剑救下丁隐。

玉无心见来者是她，暗暗咬牙，不顾香肩半露，抄起冰魄寒鞭，怒目而视，口中道："坏我大事，简直找死！"

青云宝剑在手，睥睨道："有我周青云在，你就别想动丁大哥一根汗毛。"说罢也不顾自身伤势，便向玉无心冲去。

玉无心冷笑一声，将手中冰魄寒鞭猛地向上一挥，只见整个冰雪世界化作无数冰凌，飘浮在空中，之后猛地向青云齐齐袭去。青云挥舞着佩剑，一边抵挡攻击，一边寻到机会，在地上几个狼狈的翻滚之后，终于来到丁隐身边，一把拉住他的手臂。

玉无心见状，长鞭一甩，想要将丁隐拉到自己身边，没想到青云竟然奋不顾身用后背一挡，生生接下玉无心一鞭。这一鞭力道十足，青云后心一凉，一口鲜血喷出，脸上瞬间蒙上一层冰霜，但她已经无暇顾及身上的痛楚，用力拉起丁隐，御剑飞行，快速向远处逃去。

玉无心还想上前追，却感觉肩膀一痛，不由得脱力跪倒在地。原来刚刚青云一剑，已经将她手臂割开一个大口，此时血流不止。她赶紧点住穴位止血，抬头却已经不见了青云和丁隐的踪迹。

玉无心暗叫一声："可恶！"当即运起轻功，披着星月，向二人逃离的方向追去。她的轻功造诣甚高，不仅去势快绝，起落亦无声息，如燕子凌波般，仅凭足尖点过树梢，连枝上的栖鸟也未惊起。

夜风扑面，树影婆娑。玉无心疾行了小半个时辰，于一处村舍前的竹林中发现了丁隐留下的细微足迹。她推测二人就在近处藏身，不由冷笑一声，自语道："逃得了一时，逃不了一世。"正待上前，身后却突然弥漫起一阵白烟，她心念一动，觉得不对劲，忙掩住口鼻，却已然来不及了。

昏迷之前，玉无心余光瞥见白衣一闪，耳边听到的却是女子话音："更深露重，你应该休息了。"

却说青云危急之际救下丁隐，又出剑刺伤玉无心，再是带了丁隐一路御剑飞行，一番动作全凭一口真气苦苦支撑。眼下她体内寒气翻滚，面上渐泛层霜，终于再也支撑不住，带着丁隐一起，狼狈地摔落到地上。甫一着地，一口鲜血喷涌而出。

丁隐却因为地面的撞击，缓缓苏醒了过来，他一睁眼，就见到青云面色惨白地躺在面前。他连滚带爬地上前扶起青云，却发现她冷战连连，手上脸上都覆满了一层白霜。丁隐大惊，问道："青云，怎么了？你怎么会这样？"

青云缓缓睁开了眼睛，神色虚弱至极，她颤抖着伸出手，将丁隐肩上插着的三根银针拔掉，口中道："丁大哥，那个妖女……那个妖女要害你！你千万不要相信她。"说罢，便力竭晕了过去。

丁隐焦急地摇晃青云几下，眼见无法唤醒她，急得快要流出泪来。丁隐知她所受内伤极重，恐怕已入脏腑，拖延下去只怕危及性命。唯前方不远处有个村落，他索性一咬牙将青云背起，向前方快速奔去，心想，哪怕到村中寻个郎中大夫，也总算是一线希望。

这村中果然有间医馆，老郎中查看过青云的伤势却是无奈摇头，徒有叹息。丁隐不肯相信，抓住老郎中的手不住恳求，说着又要跪地磕头。

老郎中自感无力回天，见到青云惨状至此，丁隐赤诚如斯，心下好生悲悯唏嘘，叹息间倒忽然想起一个人来，便对丁隐道："年轻人，如果你能找到素手医仙，也许你的朋友还有一线生机。"

丁隐眼神一亮，追问道："老人家，请问这素手医仙在哪？我怎样才能找到她？"

老郎中说道："素手医仙医术高明，却行踪不定，常常一个月只会出现一两日，都是去照顾那些被魔宗荼毒过的村民。不过我听说，昨天她好像出现在了东边十里外的秀水村。"

丁隐连声道谢，背起青云，就往秀水村赶去。一路向东奔了十几里地，只见夜色中的村落隐隐罩在一片白雾之中，那白雾乘着夜风，送来一阵异香，竟让丁隐觉得血脉舒畅、心神清明，显然并非魔宗所施毒类。

丁隐背着青云，穿过竹林往云雾深处快步走去，约走了十来步，只见前面别有洞天。

月色下，几间茅草小屋安静坐落，小屋外有站有坐聚集着一些手持灯笼的百姓，他们虽然脸色苍白，却是满面笑容，一派祥和之气。

人群中间一个身穿白色纱衣的女子正在走动，向众百姓分发汤药，百姓们纷纷对她道谢。

那女子虽背对丁隐，却看得出她脚步轻盈、体态优雅，在缭绕的白雾中犹如下凡的惊鸿仙子一般，令丁隐也不由得惊叹。他上前一步，拱手道：“请问，阁下是素手医仙吗？”

女子慢慢转过头来，是一个约莫四十岁的中年女子，灯笼的火光照出她的模样，虽已韶华不复，五官却保留着清丽脱俗的风韵。

素手医仙似早已了然丁隐与青云的来路，当下指引丁隐将青云抱到房内的床上放下。此时青云已经双目紧闭，浑身颤抖，气若游丝。

医仙见她脸上泛起冰霜，眉头一皱，将青云肩膀上的衣服往下一褪，只见她肩膀后面赫然有一条触目惊心的鞭伤，伤口周围浮着幽蓝的冰气，狰狞万分。

医仙惊道：“怎么会是被她所伤……”

一旁的丁隐也被这伤口吓得目瞪口呆，一时不知所措。

素手医仙命丁隐速去打桶温水来，便将青云扶坐在床上，转身疾步来到桌前，摊开一个布袋，布袋里面密密麻麻排列着百十来根银针。

素手医仙伸手一挥，几根银针霎时向青云身上的数个大穴扎去，再运起一股温润的掌力，如汩汩温泉般慢慢将青云身上四处游走的寒气聚于一团。只见青云已经冻得乌紫的嘴唇渐渐恢复，肩上那一道伤痕也慢慢愈合。

素手医仙的掌力催动青云体内寒气上行，令青云猛然吐出一口黑血。素手医仙见此情形，方才长出一口气，擦了擦额头渗出的汗水，将青云的衣服拉好，让她平躺在床上。

这时丁隐也打水回来，素手医仙起身从台上取了一只白玉瓷瓶递给丁隐，说道：“她已经没有生命危险了，你将这药喂她服下，让她静养便可。”

丁隐欣喜若狂，激动地跪拜下去：“丁隐替青云谢谢医仙救命之恩！”

素手医仙淡然道：“医者仁心，何须言谢。就让这位姑娘在我这里歇息片刻。外面还有很多人需要照顾，我先失陪了。”言毕微微一笑，匆匆转身离去。

丁隐此时再看青云，见她熟睡在床上，面色已然恢复了红润，心中悬着的大石此时终于落下地来。

丁隐在桌前坐下，无意中摸到袖子里的玉哨，脑海中辗转浮现的尽是与玉无

心在冰湖上的情景。也不知过去多久，屋外的村民早已散去，他却仍痴痴望着玉哨，口中不住自语：“你是谁？你究竟是谁？为什么，为什么要一次次给我希望，又把希望破灭了……”

夜凉如水，风透疏竹，丁隐的思绪却如惊涛拍打乱石、狂风扫荡竹林。直至耳边悠悠传来一阵琴声，他才蓦地清明起来，将纷乱心绪暂忘。他站起身，推开木门，循声向庭院内走去。

只看到圆月之下，素手医仙一袭白衣，正坐在院中弹琴吟唱，唱的是一首思念之曲，饱含深情，百转千回。丁隐听得入神，心有所系，又一阵怅然若失。

丁隐的手不经意间碰到墙边一排农具，发出了一丝声响，素手医仙一惊，回过头来见是丁隐，微微一笑。

丁隐忙施礼道：“医仙前辈，打扰您了。”

素手医仙淡然地道：“无碍，本就是想打发漫漫长夜，既然你来了，不如陪我叙一叙吧。”

丁隐点点头，素手医仙指指院中的一条长凳。丁隐过去坐下，遂问道：“前辈，我虽然不懂什么音律，但也听出您琴声中的思念之情，实在是感人至深。”

医仙以手抚琴，长叹一声：“这是我与我丈夫最爱之曲，当年我们年少时，我常常弹给他听的。后来我们遭逢大难，他被迫去了很远的地方，如今天涯相隔，无法相见。”

丁隐追问：“那前辈……为什么不去找他？”

素手医仙无奈一笑：“世间如果所有事都能如人所愿，那也就没有遗憾一说了。相见甚好，不见亦是想念，我相信他也能感觉到。”

丁隐点了点头，神情恭敬道：“前辈如此豁达，真是让我惭愧。”

素手医仙便问他道：“怎么？我看你能听懂我曲中之意，莫不是心中也有思念之人？可是受伤的那位姑娘？”

丁隐低头一笑，神色间竟有一些自嘲的意味：“青云与我只是同门之谊，丁隐心中记挂的，其实是打伤青云的人。”

素手医仙打量着眼前这位年轻人：“哦？是吗？”

丁隐又道：“前辈您也觉得奇怪是不是？她既然伤我同门，为何我还要惦记她呢？”

素手医仙闻言道："心之所至，境由心生，有时候人的理智和情感是很难一致的。"

丁隐用力点了点头，说道："对，就是这种感觉，我与她在一起时，是发自内心的快乐。虽然我知道她有可能下一秒就会在我心口捅上一刀，可我还是不由自主地相信她、想念她。是幻觉也好，梦境也罢，我甚至希望时间就停在那一刻。"

素手医仙又是一笑，神色颇有关切之意："这么说，你是爱上她了？"

丁隐顿了顿，大声道："我不知道这算什么，可是经过那么多事情，我什么都记不住，唯有她的面容，在我脑中徘徊，挥之不去，我不知道这算不算上天给我的暗示。"

医仙起身，仰望空中明月，会心一笑："美好的东西，后面也可能藏着危险，但这个世界上唯一能够斩除荆棘的力量，就是爱。所以相信自己的心和直觉，你一定能冲破迷雾，找到自己初心所在。"

丁隐似乎听懂了素手医仙的话，心下豁然开朗，脸上也有了笑意，对她说道："前辈，您这么一说，我好像有些明白了。"

素手医仙似笑非笑，又有些意味深长地说："所谓当局者迷，旁观者清，我也不知道为什么突然跟你说这么多，或许这就是你我的缘分吧。"随后低下头去，琴声又起。

丁隐在旁静静聆听着。

夜风习习，繁星璀璨，琴音倚着月色遥遥飘送，竹林间和着窸窸窣窣的虫鸣。

此情此景，抚琴的人不禁忆起了多年以前的蜀山，在那里曾有过一片缤纷的桃花。听琴的人，也会想起卧云村里的天灯与流光。

重伤的青云卧躺在床，此时面色已渐复温润。琴声悠悠入耳，她眼前仿佛现出与丁隐双剑合璧的影像，却忽又现出玉无心的身影。于梦中，她先是甜蜜微笑，继而倏然惊起，睁开眼来，蒙眬间看见了轩窗外的明月光。

没有人知道，此时同一片月光下，同一片竹林边，玉无心也在听着同样的琴声。

原来适才迷昏玉无心之人，正是素手医仙。此刻玉无心正躺在与青云一墙之

隔的房舍内，半梦半醒间，依稀听见了琴声。

次日清晨，青云伤势大为好转，与丁隐前去拜谢素手医仙的救命之恩后，便要辞别返回蜀山。素手医仙道青云体弱，要留她休养几日。青云却从腰间解下一个锦囊，打开一看，竟有只金蚕困在其内。

青云指道："这金蚕便是本次疫病的元凶祸首！我们已在山下耽搁太久，必须赶紧返回蜀山，请百草师叔想办法。"

素手医仙闻言轻叹，遂将一封书信交予青云，道："既是如此，我也不留你们。这封书信中，记录了山下疫病的所有病症情况，你们回去交给百草仙人，相信他一定有医治的方法。"

青云听素手医仙说起百草仙人，很是惊讶，百草仙人久居深山，不问世事，即便蜀山中座次较低的弟子也未必知他名讳，为何这素手医仙竟好似与他熟识？她便向素手医仙问起与蜀山剑派的渊源。

素手医仙却眼神一闪，只说些久仰大名之类的客气话。丁隐据情推测，冒昧问素手医仙是否与蜀山有些过节。素手医仙连忙否认，说自己平素独来独往，不善交际，只盼丁隐、青云二人莫要在诸长老面前提起她来才好。

二人只有点头称是，当下别过医仙，向着蜀山御剑飞去。

医仙目送二人远远飞去，心中一阵怅然，又低头望望竹林边摆着的那具古琴，转身推开玉无心的房门步入室内。

她见玉无心仍在昏迷之中，又仔仔细细地端详她的面庞，忍不住伸手抚摸起来，口中自语道："玉儿，这些年娘不在你身边，真是苦了你了！娘对不起你！娘只是不希望你活在我和你爹的悲剧里，你该有自己的人生……"

这素手医仙，竟是当年以血开天门、涉险盗秘籍、后又堕入万丈深渊的素因！为何素因竟然未死？为何她此刻身临此地？这期间究竟发生了什么不为人知的变故？很难说得清楚一个女人在过去二十四年中经历了怎样的曲折错变……

休洗红，洗多红色浅。卿卿骋少年，昨日殷桥见。

昔年那个痴痴笑笑、生死相许的少女素因已不复在，此刻她触摸着玉无心清冷的面庞轮廓，任凭着往事如风冷暖穿堂，禁不住泪流满面。

她握紧玉无心的手，触及脉搏，惊觉到绝情丹入体的脉象。素因脸色突变，心痛不已，回身从药囊中取出丹丸，喂玉无心服下，又拔下了头上的一根金簪，插在玉无心发间，接着从腰间取出一只瓷瓶，在玉无心鼻子前晃了晃。

玉无心被味道刺激惊醒，看到自己手臂上的伤已经被包扎好。她疑惑地看了看面前的中年女子，翻身下床要取自己的鞭子。

素因淡淡地道："不要追了，他们早就已经走了。你所服下的断情丹，乃极不人道之所为，我已经替你解了，这药你拿着，以后若有人再逼你服用，便可用来化解。"又将药瓶扔给玉无心。

玉无心接过，愣了愣，仍抬起头怒目而视，咄咄道："你到底是谁，我与你素不相识，为什么要给我解药，又为什么要坏我计划？"

素因眼神一颤，平静地道："姑娘，我知道心狠手辣并非你的本性，处处为难别人，你又可曾感受过快乐？"

玉无心面色一变，斥道："你又没有生我养我，怎么知道我本性如何？我告诉你，杀人饮血就是本姑娘人生唯一的乐趣，你今天坏了我的好事，休怪我留不得你！"说着长鞭一挥，四围冰霜顿起，来势汹汹就向素因攻去。

素因心痛万分，唯有左右避闪，鞭子狠狠从她面门划过，左肩的白衣上顿时现出一道血痕。素因见势不妙，只得凌空撒出一片药粉。

玉无心见状骂道："又来这招！"急忙捂住口鼻，另一只手挥去烟雾，却见屋中已没有了素因的身影。她当下轻身一跃，冲入竹林，寻着素因的背影一路狂追。

两旁的茂密树丛不断向后方退去，素因避入小路，边跑边慌忙拨开挡在面前的竹枝。玉无心则是穷追不舍，偏无奈竹林遮挡视线，勉强看见一袭白衣在前方扑朔闪现。

玉无心挥动冰魄寒鞭，眼前一片青竹当即被劈断开来，竹叶纷纷扬扬飞旋落下。可前路上，素因已不见了踪迹。

玉无心喃喃自语："她究竟是什么人？"正犹疑四顾之时，突然听到身后传来响动，她当即回身，冰魄寒鞭也随即出手，口中叫道："看你往哪逃……"她突然一怔，慌忙将手中寒鞭甩向一旁。原来站在玉无心身后的竟然是绿袍尊者。

玉无心万分惊讶："爹！您怎么会在这里？"

绿袍思索片刻，脸上的表情讳莫如深："我见你迟迟未给谷中送信，以为出了什么差池。"

玉无心低头道："女儿本在追踪丁隐，却突然被一个来历不明的女人坏了事。"

绿袍眉毛一扬，问道："来历不明的女人？"

玉无心点点头，继续道："此人我从来没见过，三番五次地用迷药使诈，可是……她并没有出手伤我，真是奇怪。刚刚我追她入树林，却突然失了踪影，不知爹有没有看到此人，她穿白色纱衣，年纪大概……"

绿袍打断玉无心，道："行了，你没受伤就好。现在丁隐恐怕已经回到蜀山了，我们还是尽快返回阴风谷的好。之后的行动，从长计议，没必要被来路不明的人乱了阵脚。"

玉无心点头称是，转身正要离开，绿袍猛然见到她发间的金簪，当即两指一挥，那金簪便一下飞入绿袍手中，玉无心并无丝毫察觉。

绿袍微微皱眉，将那金簪收在了怀中。

却说丁隐、青云二人返回蜀山，正赶上太阳初升、绛霞漫天的时分。

途中，青云几次三番要丁隐答应不再为妖女蛊惑，丁隐心下惭愧，只有点头自省，悔不当初，心想若非青云在千钧一发之际舍命相救，自己殒命事小，那赤魂石恐将就此落入魔宗之手，那才是一场涂炭苍生的浩劫……

丁隐不敢细想下去，只盼着早些见到掌门，将金蚕与素手医仙的药方交予百草仙人，好让中毒的村民有得救治。想到村民丧心病狂、成为血奴的惨相，丁隐忍不住闭上双目，然而眼前一暗，心念电转，却又现出冰湖上他与玉无心耳鬓厮磨的画面。

有些事情是可以遗忘的，有些事情是用来纪念的，有些事情能够心甘情愿，有些事情一直无能为力。关于玉无心的一切，就像丁隐命中的劫数，如影随形，无从可避。

哪怕旭日攀过山巅，金光笼罩漫天的云海绛霞，那片冰湖的雪景，那与玉无心曾经的拥吻，仍在丁隐的脑海中挥之不去。

有一个人却不让丁隐纪念。

丹辰子带着众多弟子，气势汹汹地踞在天门峰山门前，将丁隐、青云团团围住。丹辰子一马当先，拔剑指向丁隐，喝道："捉住他！"

丁隐满脸愕然，青云更是一脸不解，忙问道：“大师兄，你这是做什么？”

丹辰子肃然道：“青云，你闪开。丁隐无视门规，私自下山，我特意代掌门来拿他。”众弟子如临大敌般拔剑齐出，剑锋指向丁隐。

丁隐不敢动作，只得道：“大师兄，恐怕是有什么误会。”

丹辰子不理会他，上前从他身上将紫英的佩剑抢下来，愤慨道：“误会？你盗取紫英的佩剑私自下山，证据确凿，还有什么好狡辩的！”

丁隐一脸迷惑：“盗取？这剑可是紫英师姐借给我的。”

丹辰子闻言一怔：“什么？”

青云忙解释：“对啊，师兄，丁大哥下山是为了救我，要不是他，我可就回不来了！”

丹辰子面对丁隐和青云的辩解，微微皱眉：“既然救了青云，为什么不即刻回山？难道你们不知山下都是魔宗之人，还有心情游山玩水？”

丁隐开口道：“这其中还发生了许多事，三言两语很难说清。”

丹辰子冷哼一声：“跟我回凌云峰见掌门，看你是解释还是狡辩！”

青云见状大为焦急，还想拉着丹辰子解释。丹辰子却对青云道：“我知道你偏袒丁隐，但是他三番五次违反门规，若是一味纵容，蜀山还有什么规矩好讲，大家都随心所欲想走就走想留就留，那还成何体统！”

丹辰子的辞锋甚是严厉，令青云不知说什么才好。倒是丁隐昂首说道：“别说了，身正不怕影子斜。大师兄，我跟你走。”丹辰子不屑地撇了撇嘴，便率众押着丁隐向凌云峰走去。

青云跺了跺脚，一脸关切地跟随上来。

众人上了凌云峰大殿，恰遇诸葛驭我和公孙无我一前一后由偏门走来。诸葛驭我步履匆忙，率先见到丁隐和青云，看两人无恙，这才松了口气。

诸葛驭我来不及询问，丹辰子就率先禀报说：“师父！丁隐在五日前偷走紫英的佩剑，私自下山，不知所踪，今早，徒儿才在天门峰发现他带着青云姗姗归来，特意将他押来，请师父惩戒！”

诸葛驭我听了丹辰子的话，什么都没说，径直上前一把捉住丁隐的手，催动内力。只见一股青气通过丁隐的手进入身体，一路沿着他的体内筋络向前探查，当青气接近丁隐体内的赤魂石时，丁隐眉心红光一闪。

诸葛驭我却舒眉道："万幸，赤魂石无恙！"继而赞赏地看了看丁隐，旋又恢复严厉的神情，正容道，"丁隐，经过上次长谈，我以为你已经明了自己身份，不会再鲁莽行事。可如今你又私自下山，难道整个蜀山甚至天下的安危，你都不放在眼里吗？"

丁隐当即跪倒在地："弟子不敢。"

青云见状，立刻冲上前插话："掌门师伯，丁大哥这次下山，全是因为要救青云，望掌门明察！"

丹辰子见状喝止："青云，师父又没有问你话，你别插嘴。"

诸葛驭我却举手制止了丹辰子，疑惑地望向青云，开口道："青云，你且说完。"

青云点头接道："五日前，弟子在山下寻到重要线索，不巧遇到五鬼天王，被他所伤，幸亏丁大哥及时出现救了我。后来……"青云瞟了一眼跪在地上的丁隐，犹疑片刻，继续道，"后来我因为伤势太重，丁大哥只好带我就近求医，因此耽误了几日才回山。"

诸葛驭我一听，态度立刻软下来，关心地望着青云："你的伤势如何，已经痊愈了吗？"

青云应声道："好了一大半了，我们在山下巧遇一位素手医仙，她的医术高明，恐怕和百草师叔不相上下。大批受魔宗荼毒的百姓，都在她的避难所救治。"

诸葛驭我和公孙无我疑惑地对望一眼，公孙无我也觉诧异，自语道："素手医仙？从没听过这个名号。"

青云突地一拍脑袋，从怀中掏出一个锦囊，上前递给诸葛驭我。

诸葛驭我轻轻翻开，发现其中包裹着一只金蚕。金蚕见了光，挣扎着想飞出来。

青云指道："就是这个小虫，害得山下民不聊生。它蛰伏在人体之内，慢慢采血，一般医生根本发现不了病因。"

公孙无我咬牙道："这恐怕便是魔宗耍的把戏。怪不得百草师弟的九还丹不起作用，原来绿袍竟然对平民百姓施以邪术！"

这时丁隐也从怀中掏出素因赠予的书信，起身呈到诸葛驭我面前，说道：

“回禀掌门，那素手医仙似乎对金蚕颇有研究，她交给我们一封书信，说是回山后交给百草师叔，以研究医治之法。”

诸葛驭我展信一看，不由大喜，高声道：“太好了，得高人相助，也是我蜀山的福气。你们快将这两样东西送去百草庐，让百草仙人过目。”

青云“是”了一声，满脸堆笑，以为危机解除，拉着丁隐就想离去。

丹辰子却一脸不悦，横臂阻拦在前，目光却是望向诸葛驭我，口中道：“师父，丁隐私自下山一事，难道就不追究了？”

诸葛驭我缓缓道：“此番丁隐功大于过，我看……”

诸葛驭我偏袒丁隐，令丹辰子更加不悦，因此不依不饶：“师父，请恕徒儿直言。蜀山之所以立下门规，就是为了规范众弟子言行。若所有人都像他这般无视门规，那正派之风何存！”

他陈词恳切，诸葛驭我一时也有些为难。

公孙无我见状，上前圆场道：“掌门师兄，辰儿说得也是，所谓赏罚分明，功劳自当表彰，而过失也应当责罚。”

众人所言，丁隐一一入耳，在旁施了一礼，向诸葛驭我欠身道：“掌门，弟子知错，甘愿受罚。”

诸葛驭我看了丁隐一眼，又环视众人，说道：“既是如此，我便罚你闭关抄写《蜀山剑谱》，以示惩戒。”

丹辰子犹不服气，欲言又止，他狠狠盯着丁隐，眼神中充满了怀疑与警惕。

丁隐、青云二人离开大殿，先往百草庐去，待将书信与金蚕交给百草仙人后，丁隐再去领罚闭关。

二人才到百草庐前，就远远望见百草仙人一副蓬头垢面、神志颓靡的模样，再看冬虫、夏草，也是一脸木讷地蹲在地上，眉毛、嘴角皆向下斜，看来很像罹遭霜冻的两个茄子。

百草仙人远远就骂道：“有话快说，有屁快放，我很忙的。”

青云堆笑道：“师叔息怒，我们可是来帮您解决山下瘟疫的。”

百草仙人冷哼一声，不屑道：“你们两个？帮我？还不如换两袋枸杞子来呢。”

青云昂着头，摆出一副得意的样子，从身上取出锦囊和书信，在手中迎风招展，说道："呐呐呐，我们是不如枸杞子啦，那这个呢？"

百草仙人一愣，接过书信瞟了一眼，双眼霎时放出精光。随后他小心翼翼地打开锦囊，向内一望，整个人当即陷入狂喜，雀跃起来："太好了太好了！有救有救！"他先去与冬虫、夏草击掌相庆，再是一溜烟冲入炼药房中，将房门关得震天响。

青云和丁隐愣在原地，情知百草仙人找到破解金蚕蛊的方法，二人相视一笑，甚是欣喜。

丁隐像是忽然想起了什么，郑重地望着青云，说道："青云，谢谢你刚才帮我隐瞒了玉姑娘的事。"

青云笑了笑，淡然道："那有什么好谢的，我就是觉得说出来麻烦，万一又被大师兄抓住把柄要罚你，我可不愿意。"

丁隐笑了笑，随后抬眼看了看天色，又道："天色也不早了，既然交接工作完成，我也要回去受罚了。"

青云关切道："要帮忙吗？"

丁隐粲然一笑："不了，掌门让我抄写剑谱，其实根本就不是惩罚，而是督促我勤于修习。他如此厚望，我岂可辜负？"

青云听他如此说，忍不住拍手叫好。

栖霞峰别院的墙壁上，密密麻麻贴着丁隐抄写的剑法要领、步法图，等等。

丁隐趴在木桌上，一边对着翻开的剑谱研究，一边提笔记录，同时还喃喃自语："第七十六式，也就是最后一式叫黄龙翻身……此式分上中下三招，上用封侯挂印，中用走马回头，下用伏虎式……"

丁隐抄写完毕，满意地后退两步，看着桌上、墙上满满的要领和示意图，不自觉地用毛笔当剑，比画起来。只见他步法稳健，不断地探左刺右，招招生风。脚下掉落的宣纸，如同被卷起的落叶般纷飞。

丁隐正练到兴起处，青云突然翻身入室，拿起桌上的另一支毛笔，满含笑意地望着丁隐，盈盈道："丁大哥，看来这昆吾剑七十六式你已经记全，不如让我来考考你。"

说罢，她也不待丁隐应声，执着毛笔向他攻去。丁隐当即接招，两人以笔代剑，在房间里舞将起来，你来我往如蝴蝶穿花般轻快。

丁隐趁隙用毛笔画了青云的脸，青云轻叫一声，随后也不甘示弱，直指丁隐下巴。几招下来，两人的脸都被涂上了墨迹。他们互相看着对方的样子，不禁开怀大笑。

又这样比画了好一阵，青云终于舞得疲累，这才停下稍歇，两人擦净脸上的墨迹，坐在桌前。

丁隐看着意犹未尽的青云，说道："掌门罚我抄剑谱，其实希望我能静心修习，他对我真是用心良苦。"

青云嘻嘻一笑，得意起来："那当然了，修习剑法本就不是为了打打杀杀，而是意在提升自身修为。练剑之人，最重要的是心胸。若你心胸狭窄，就算剑艺高超，也不过糊涂一世。"

丁隐听她说得有理，当下一拱手道："多谢青云师姐提点。"

青云见他郑重其事，不由脸上一红，扭捏起来："你可别叫我师姐，太奇怪了！对了，丁大哥，我还没谢谢你的救命之恩呢。"说着反向丁隐深鞠一躬。丁隐忙扶住她的肩膀。青云也不躲避，此时再抬眼，已经没了之前的紧张，而是含情脉脉。

丁隐却未迎视她的目光，只诚恳地道："跟我无需道谢，比起你帮我的那些忙，这点事又算什么。"

青云拾掇心情，又笑着问丁隐："你抄了一上午了，不如我们出去练练剑，也算是学以致用。"说着提起自己的宝剑，正要拉丁隐起身。

丁隐注意到青云剑柄处常挂着金铃的地方空着，突然想起什么，起身找出金铃，说道："青云，这是你的金铃，还给你。"

青云看着丁隐递过的金铃，疑惑道："咦，这不是我的，我的金铃为了抓金蚕弄坏了，都还没拿去修呢！"

丁隐又问："你是不是有好多个这样的金铃？"

青云扑哧一笑："啊？怎么可能？这金铃纯金打造，贵重得很，当日师父送给我和紫英师姐一人一个，我觉得好玩，就挂在剑上，久而久之也变成了武器。"

丁隐很细心，追问道："那怎么从来没见紫英师姐用过？"

青云想了想，道：“师姐可能觉得不稳重，就收起来了。话说回来，师姐的金铃怎么会在你这儿呢？”

丁隐摇摇头，挤出一个笑容，口中说道：“也没什么，我改天拿去还她便是。”

他说话时避开了青云的目光，眉头一阵紧锁。

丁隐领命赴寒潭，同门操戈因心魔

他们曾经那么热切地拥抱过，在黑夜的冰湖上相濡以沫。而今却又像什么都没有发生过，仿佛一场从未有过的相逢。唯一残留的物证，只剩那个玉哨。

寒玉虽美，只一离手，便留不住体温。

一

有人的地方，就有江湖。有江湖，就有是非。

即便已经跻身天下归心的蜀山，也一样会有人看你不顺眼。丁隐很想知道，为什么诸葛紫英总对自己怀有偏见，竟要设计陷害于他。

栖霞峰上，紫英此刻也很不开心，她将自己困在房内好半天，闷闷不乐。丹辰子如履薄冰伴在左右，也再不敢多言。紫英本以为此番设计足以将丁隐逐出蜀山，想不到父亲存心维护，仅是轻罚他抄写剑谱。紫英越想越是不忿，手中的茶杯也差点摔了出去。

丹辰子只好打起圆场，斟酌着说道：“我想掌门也有他的考虑，丁隐这次下山有功，委实不宜惩罚过重。”

紫英听他话头，不由更添恼怒，正待发作，却见丹辰子眉头一皱，向她发问：“紫英，日前丁隐一口咬定说剑是你借给他的，这到底是怎么回事？”

紫英“啊”了一声，随即杏目一瞪，气急败坏地喊道：“我说是他偷的就是他偷的，你相信他还是相信我啊！”

丹辰子见她如此蛮横，一时竟无言以对。

突然，传来敲门之声。紫英走上前将门打开，却见是丁隐站在门前，脸上没有一丝笑容，平静道：“师姐，之前你借剑给我，我是来道谢的。”

紫英星眸一转，佯装不知，继又斥道：“我什么时候把剑借给你了？你别胡说！”

丁隐苦笑起来，开口道：“没想到你撒起谎来竟可以如此坦然，当时大师兄说我偷剑，我还以为是有什么误会，现在看来，应该不是误会。”

紫英针锋相对："谁撒谎了！我根本听不懂你在说什么。我看啊，你不过是因为自己犯了门规，想找人跟你一起担责吧。"

丁隐无奈地摇摇头，低声自语："果然，若遇无知之徒，不必与其较量。如今遇到黑心妇人，更不必与其争辩。"

紫英眼睛一瞪，怒目而视。丹辰子当即起身，走到门前，将紫英挡在身后，对丁隐道："丁隐，此事你和紫英各执一词，无法评判谁是谁非，但真相只有一个，公道自在人心，你又何必出口伤人呢？"

丁隐一想不错，望向丹辰子点了点头，大声道："大师兄说得好，真相只有一个，师姐心中自然明了，我何需争辩？"言毕，他又从身上取出那个和青云一模一样的铃铛，摆在紫英与丹辰子眼前。那铃铛一现，紫英忙将目光避开，显是有些心虚。丹辰子见状，则是眉头紧锁。

丁隐迎着丹辰子的目光，昂然说道："当初我看到飞鸽送了这染血铃铛回蜀山，以为青云出事求救，急着下山救援。后来我问过青云，这铃铛不是她的，想是师姐你的吧，现在物归原主。"说罢伸出手，将那铃铛递给紫英。紫英却一把将铃铛抢回去，口中冷哼一声。

丁隐不再纠缠，只道一声"告辞"，便头也不回地离开。

丹辰子却始终皱着眉头盯着紫英，看得紫英越发心虚起来，借口说去练剑，想要避开尴尬。丹辰子却一把抓住她的胳膊，将她拉到面前，盯着她的眼睛："紫英，是不是你用计逼丁隐下山的？"

紫英拼命挣扎，丹辰子却紧抓着她不放，紫英口中仍是大喊："他根本就是胡说八道！师兄，放手，疼！"

丹辰子见她此刻还要嘴硬，愈加生气，语气也越发严厉："那你的铃铛呢？拿出来让我看看！"

"我……我……"面对丹辰子灼灼的目光，紫英终于忍不住了，近乎咆哮起来，"我就是讨厌他嘛！蜀山上的人也不知道怎么了，好像都被他收买了一样，青云天天围着他转，爹也处处护着他，现在连你都帮他！大师兄，难道你没有看到，他的存在，威胁到你做掌门了吗！"

丹辰子面上肌肉一颤，又斥道："不管怎么样，你也不该做出如此阴毒之事！"

面对丹辰子的斥责，紫英怔了一下，眼中顿时闪出泪光，一副又委屈又愤

怒的样子，话音犹带着哭腔：“我阴毒？我做的一切是为了什么，还不是为了你！”说着狠狠推了丹辰子一下，甩开他的手，哭着跑出门去。

看着紫英的背影，丹辰子又急又气，狠狠一拍桌子。被扔在桌上的那个金铃，零零作响。

紫英一路由栖霞峰跑到凝碧崖，仍是凄凄楚楚，泪落不止。

诸葛驭我见到女儿哭得梨花带雨，哪里还有打坐的心思，便轻抚她的头发，温言安慰起来：“这是怎么了，谁又惹我们紫英生气了？”

紫英趴在父亲肩膀上哭诉：“爹，那丁隐是给你们喝了迷魂汤吗，自从他上了蜀山，整个蜀山都变了。”

诸葛驭我一听这话，便已明白大半，柔声道：“英儿，爹也正想找你呢，其实丁隐说是你把剑借给他的，他并没有说谎，对不对？”

紫英一愣，脸红地低下头：“爹，您是怎么知道的？”

诸葛驭我看着紫英，说道：“因为丁隐自从失忆之后，心智如同一张白纸，并没有被任何邪念玷污。如此纯净之人，是不可能搬弄是非的。”

紫英闻言更觉羞愧，支吾着偏又讲不出道歉的话语。诸葛驭我轻拍她肩头，缓缓道：“好了，紫英，识人论事需谨慎，乍见之下莫断定。我知道你不喜欢丁隐，可他对于蜀山来说至关重要。你也不能单凭一些事件，就去决断一个人的价值。”

紫英心中颇受教益，嘴上仍是不忿：“可是他今天多次出口伤我，您都不管吗？”

诸葛驭我却是目光一聚，正色道：“若我细究这件事，你就没有一点过错？到时候，爹是不是要连你一起罚？”

紫英见状，只好拉起父亲的衣袖，撒起娇来。

诸葛驭我爱女心切，也不忍再加责备，和颜悦色道：“紫英，你要记住一句话，世事如棋，让一着不会亏。真正心田似海之人，才可成大器。你是我的女儿，应该先天下之忧而忧。可如今你若连一个丁隐都容不得，又该如何容天下呢？”

面对诸葛驭我的苦口婆心，紫英也不好再反驳，嘟着嘴转过身去，呢喃道：“我不过就是一心为蜀山、为大师兄着想嘛！可是……大师兄刚刚竟然为了丁隐，对我大吼大叫！”

诸葛驭我听到这里，不由大笑起来：“哈哈，我算明白了，原来是小儿女斗嘴，到爹这儿告状来了。”

他一边笑，一边将紫英搂进怀里，与她回忆起前事来：“爹这个徒弟啊，性子是直了些，不过对你，那可是掏心窝子的好。从小到大，你想要什么，他哪样不为你达成？你十岁那年，哭着喊着要一只宠物，他二话不说立马出发，费尽千辛万苦爬上指天峰，捉来灵貂送给你。这些，爹可都看在眼里。”

小宝最通灵性，应声从紫英衣袖中钻了出来，蹿上紫英肩头，亲昵地蹭着她的脸颊，逗得紫英笑逐颜开。

诸葛驭我看着女儿与灵貂嬉闹，心中也甚欣慰，又对紫英道：“英儿，容易得到的东西，总是会忘了珍惜。人生并不能事事如意，切莫太过贪心，等把身边拥有的都丢掉了，那时才后悔，就晚了。”

却在这时，丹辰子一头大汗地从外面冲进来，焦急道：“师父，我到处都找不到紫英……”话音未落，这才看见紫英正捧着貂儿坐在诸葛驭我身边，适才的烦恼焦躁霎时化作了喜悦之情，溢在脸上。

紫英佯装生气，一噘嘴道：“你还知道找我？”

丹辰子支吾道：“紫英，刚刚是我话说重了，我不应该对你发脾气，下次，下次不会了。”紫英哼了一声，暂不表态。丹辰子兀自立在原地，不知所措。

一旁的诸葛驭我解意一笑，当即告辞，临行拍拍紫英肩头，道：“记得爹跟你说的话。”

诸葛紫英眨眨眼睛，刁蛮地瞥了丹辰子一眼，说道：“好吧，看在爹和小宝的分上，我就暂且不生大师兄你的气了。”

丹辰子见紫英不再生气，心中无限欢喜，忙感激地拜谢师恩。诸葛驭我却告诫道：“辰儿，你要好好跟英儿相处，再有下次，为师可就不帮你了。”

丹辰子使劲点了点头，又上前紧紧握住紫英的手。

凝碧崖上，夕阳如画。这一出小儿女之间的口角是非，于此总算是告一段落。

蜀山的落日夕阳，从来都是绮丽壮美。

丁隐很喜欢在夕阳下舞剑。黄昏不比白昼，假使眼力跟不上，就很难看清楚剑势。临阵对敌的时候，只有眼明手快的人，才能活得更久一点。

此刻他在一片桃林中挥剑，剑锋所过，落英缤纷，纷纷扬扬的花瓣映染着夕

阳，又被乍起的山风吹去，宛如一场旋舞。

丁隐置身其间，看着每一片花瓣缓缓地旋转、飘降，复又念起那夜冰湖上不期而至的细雪，像是回忆着阔别已久的温柔。

他试着伸出手去，接住徐徐飘落的花瓣，花瓣临到手心的一刹，却被风吹开去。他低下头看看空荡的手心，始终相信那些交织延伸的掌纹里，伏藏着关于命运的线索。

他们曾经那么热切地拥抱过，在黑夜的冰湖上相濡以沫。而今却又像什么都没有发生过，仿佛一场从未有过的相逢。唯一残留的物证，只剩那个玉哨。

寒玉虽美，只一离手，便留不住体温。

丁隐握着玉哨，反复端详了一阵，眼神脉脉，睹物思人。随后犹豫片刻，又将它放在嘴边吹响，任凭哨音在桃林间回荡，说不清是追怀还是呼召。

不一会儿，却见一只白色的信鸽翩然而至，徐徐落在丁隐的手臂上。那信鸽通体洁白，只有双眼两点红色，远看像是两滴血珠一样。丁隐一脸犹疑，再看那血眼信鸽的腿上，赫然系有一个小小竹筒。

丁隐再低头看看手中玉哨，思忖道："难道，这是玉姑娘的信鸽？"突然，他像是想到了什么，慌忙向栖霞峰别院跑去。

黄昏后，弦月弯，照得星空银河一隅清澈。

蜀山的碧月，不似那夜冰湖上的月色婆娑，在丁隐看来却有另一番所寄。他正趁着月光，趴在木桌之上，一阵奋笔疾书，要将这缭乱相思的情愫，尽数托付给那只血眼信鸽。

信鸽带了手书，轻巧地振翅飞去。丁隐目送着它，遥望它穿越山岭，飞度月光。

阴风谷，四处都是狰狞可怖的景象，唯玉无心所居的庭院冰雪尽覆，晶莹剔透，别有洞天。那血眼信鸽飞返时，她正在内院练功，冰魄寒鞭于空中划出一道冰晶，又折射出几许绚丽的光芒。

血眼信鸽径直飞上玉无心肩头，她有些疑惑地取出信札展阅，一读之下，竟是喜上眉梢——

玉姑娘，风起花落，不知为何，此情此景总让我想起你的身影。自失忆以后，整个世界对我来说都是陌生的，只有你的脸，是我脑海中残存的唯一印记。

于是我相信，你对我来说是一个特别的存在。可是为什么我们每次见面，虽有短暂的快乐，最后却都是不欢而散？你究竟是什么人？为什么一时救我一时又要杀我？你就像个解不了的谜，我只能把疑问和这封信放在一起随信鸽放飞，就算渺茫，也希望能得到你的解答。

玉无心反复读了三遍，欢喜地自语起来："这个傻瓜，居然还懂写信。"

却不料绿袍尊者自她身后信步而至，问道："玉儿，在看什么这么开心？"

玉无心忙行参拜之礼，略显生硬地反问道："爹，您怎么来了？"

绿袍话语平和，态度却十分强硬："不能来看看我的女儿吗？"

玉无心犹豫片刻，还是将丁隐的字条交出，拘谨道："爹，这是丁隐的信，我刚刚收到。"

绿袍接过信，快速扫视两眼，随后信手一揉，将它丢至一边，面上现出满意的笑容："赤魂石入体，令丁隐失去记忆，可谓给了蜀山一个绝好的保护屏障。但百密一疏，你就是那唯一的破绽，一定要好好利用。"

玉无心欠身道："女儿明白，您放心吧，丁隐既然肯写信与我，就说明他对我有所牵挂。如今对于我的身份，他已经感到迷茫，只要再稍加刺激，不信激不出他心底的恶念。"

绿袍"嗯"了一声，随即摊开手掌，将掌心一粒药丸递到玉无心面前。玉无心不敢拒绝，只好乖乖取过吞下。

绿袍见她服下药丸，语重心长地道："我知晓你的能力，但男女之情，就像一只无孔不入的蛊虫，在不经意间一切都会被它控制。"

玉无心面无表情地应道："女儿明白父亲的担忧，一定会谨小慎微，决不留恋儿女私情。因为在我心里，只有仇恨。为母亲复仇，是我人生唯一的意义。"

绿袍同样面无表情："说得好，这样我就放心了。"言罢转身想走，突又像是想到了什么，停下脚步，对玉无心道，"上次在树林里，你说你遇到一个来历不明的女人，她有没有跟你说什么？"

玉无心思索了一下，摇头道："我和她没说上几句话，她就是劝我不要继续作恶，话里话外好像很了解我的样子。而且，她的眼神似乎特别温柔，不像是敌人。爹，您认识这个人吗？"

绿袍淡然道："不，只是你上次提到之后，有些在意而已。好好休息吧。"说罢，转身走出玉无心的庭院。

玉无心见他走远，又望望地上的纸团，想了想，上前捡起来将它展平叠好，细心地收入衣襟。随后，她又从怀中掏出素手医仙也就是素因所赠的小瓷瓶，将它举在手中观望。

那日素因替玉无心解了体内积下的断情丹之毒，又对她说这断情丹乃是乖逆人常之物，往后再被逼食，便以小瓷瓶中的解药化开。

玉无心回想前事，心中忐忑不安，犹疑间翻转过瓷瓶，只见上面书写两行字："为人之幸，皆因有情。世间百态，需亲自品尝才知个中真味。"

玉无心将这两行小字反复读诵，再缓缓闭上眼，安静了片刻，思绪中飘过那夜冰湖的飞雪，她静听着自己的呼吸，默默数算着心跳，再睁开眼，将小瓷瓶中的解药吞咽入喉。

需要解药的人不止玉无心，还有蜀山脚下那些罹遭蛊毒的千百村民。

好在百草仙人医技精湛，短短几日间已将救解金蚕蛊的药汤熬制出来。眼下青云正拉着诸葛驭我来到百草庐，诸葛驭我救人心切，步子也迈得分外急切。

二人行至炼药房前，只见炼药房的大门已经敞开，百草仙人正坐在门口，抱着一个大碗吃面，冬虫和夏草在旁边一个递水一个扇风。诸葛驭我看到百草仙人这副形貌，便知有好消息可听。

果见那百草仙人随手将碗放在一边，一副飘逸姿态，自豪地指了指那缸新炼成的药汤，昂然道："这便是对付金蚕蛊的药汤，只要散给百姓食用，便可将体内的蛊毒完全清除，稍加调理便可恢复健康。"

诸葛驭我赞许道："真是辛苦师弟你了，山下百姓终于不必再任人宰割。"

青云也好奇地凑上前去，问百草仙人道："这金蚕蛊，到底是个什么东西啊？"

百草仙人当下白眉一抬，眼中闪过冷峻之色，凝声道："它是一种最阴毒的毒物，也最难炼成。要将十二种毒虫放在瓮缸中密封起来，相克相杀，互相残食，经过七七四十九天炼制，最后只剩下一只，其颜色和形态都会有所改变，便是那金蚕了。"

青云一听这话，露出无比厌恶的表情："听起来就觉得恶心。不过现在好啦，我们有了解药，也就不怕他那些臭虫了。对吧，百草师叔？"

未承想百草仙人却面露难色，支吾道：“这汤药呢，能除金蚕是没错。不过……以如今我熬制的剂量，恐怕只够数十人解毒而已呀……”

周青云不由大惊，急问道：“啊？不能再多熬制一些出来？”

百草仙人白了她一眼，表情很是嫌弃：“你以为这炼药跟煲汤一样？每种药的特性不同，所需药材也各异。这金蚕蛊至毒，唯有以毒攻毒才能将其化解。因此这药汤中便有一味比金蚕还要阴毒的物种……”他说到此处，故意顿了一顿，目光望向诸葛驭我，意指青云愚拙识浅倒也罢了，你贵为蜀山掌门，总应有些见识。

不料诸葛驭我毫不会意，只一脸担忧立在那里，完全无意配合他。

百草仙人也不沮丧，假作咳嗽一声，仍自说自话：“啊，比金蚕还要阴毒的物种嘛，便是那——谪仙潭的乌风草！”

诸葛驭我这才开口道：“谪仙潭？这么说要取此药方，又是一桩难事啊。”

青云心想，以蜀山弟子的身手武功，便是上天入海也非不可，何况救人事大，掌门又有什么担忧，便问道：“掌门、百草师叔，你们说的那里……很危险吗？”

百草仙人又白了她一眼，说道：“当然危险了，光听名字就可想而知嘛。此地凶险异常，山中布满毒瘴，神仙到了都难回，所以长在里面的乌风草也极其珍贵。我百草仙人为取灵药上天入地都不怕，唯独这谪仙潭从未踏足。我所保留的半截乌风草，还是二十年前一位世外高人所赠，如今已经全部制成这缸汤药啦。”

百草仙人说完，身后站着的冬虫、夏草也缓缓摇头唏嘘，神色大为悲忧。

诸葛驭我走到百草仙人身前，凝声问道：“这药方，可是唯一的解法吗？”

百草仙人无奈地点了点头，指了指挂在空中的素因书信，说道：“这是青云上次带回来的书信，那素手医仙果然医术高明，不但详细地解析了金蚕蛊的特性，还将山下病例一一告知。能配出解药多亏了她！不过，这素手仙医究竟是什么人，居然认得我，我却没听说过她。可是以她的医术，我不可能没有印象啊！有机会一定要下山拜会一下。”

诸葛驭我思忖道：“若有机会我也想拜会这位高人，说不定此人还与蜀山有些渊源。不过当务之急，还是要想办法得到乌风草才是。”

百草仙人摇了摇头：“这谪仙潭毒瘴笼罩，一般人凭借自身内力，根本无法

抵御瘴气进入五脏六腑。不过……有一人倒是例外。”

诸葛驭我知他所言，面色凝重地思量了一番，终于也点了点头。他当下再不多言，别过百草仙人便向凌云峰返去，又让青云召集冬虫、夏草、紫英、丹辰子、丁隐等众弟子于凌云峰大殿集合。

不多时，诸葛驭我、公孙无我、百草仙人与众弟子已于大殿聚集一堂。诸葛驭我行事果决，当下与众人简述百草庐内的情势，说是唯有寻回乌风草，百姓始有生机。而前往谪仙潭取回乌风草的重任，竟被诸葛驭我委给了丁隐。

面对诸葛驭我的命令，众人哗然。台下的丹辰子面色大变，紫英也脸色难看。丁隐同样面露惊讶，青云则是鼓励地对他点点头。

丹辰子上前一步，向诸葛驭我施礼道：“师父，丁隐他资历尚浅，取乌风草这么凶险的任务，弟子作为蜀山大师兄，理当代替丁隐前往。”

诸葛驭我欣慰地看向他，口中道：“你自然是要同往。”见丹辰子面露疑惑，诸葛驭我又道，“但这次任务特殊，只有丁隐才能完成。为师现命你带领紫英、青云一起，一路护送丁隐，务必要带着乌风草和所有人平安回来。”

丹辰子难以置信地看向诸葛驭我。紫英则一脸厌恶地瞟了丁隐一眼，低声道：“竟然要我们去保护他，他算什么东西……”

这时百草仙人自席上站起身来，插话道：“我的大徒弟吴夏草也可一同前往。他熟悉各种药性及灵药的生长环境，也对谪仙潭情况略知一二，想必是大有用处的。”

诸葛驭我赞同道：“说的也是，那就派吴夏草为众人领路。”

这时一旁站着的青云轻轻碰了碰丁隐，轻声道：“丁大哥，还不快上前领命。”

丁隐这才回过神，和青云以及夏草一同上前，作揖道：“弟子必定竭尽全力，将乌风草带回。”

青云也一并说：“弟子一定会好好护送丁隐。”

诸葛驭我对他们点点头。丹辰子显然不愿领命，面色铁青地走上前来，站定道：“师父，恕弟子斗胆一问，此次任务为何非丁隐不可？”

诸葛驭我面露不悦，谓他道：“为师自有道理，你听令就好。”

丹辰子脸色难看，却也无可奈何，唯有恭敬领命。紫英站在丹辰子身旁，也是一脸的不忿。尔后众人纷纷退出大殿，青云拉着丁隐，三步并作两步，返去栖霞峰拾掇行囊，准备出发。

夏草面临首次远行，又担着领队重任，便摆出了一副持重的样子，拉过冬虫嘱咐再三，教他好生照顾百草师父。

唯有丹辰子与紫英并肩走在了最后，二人虽也谈不上懊丧，却总又觉得心中有股焦躁烦闷的情绪蔓延着。这时公孙无我走到丹辰子面前，向他比个手势，示意今夜三更，请到偏殿一晤。

丹辰子不明所以，还是如期赴会。夜阑之后，他按时赶到凌云峰的偏殿中，却见公孙无我已孑然立在那里。丹辰子施过一礼，低声问道："师叔深夜叫我到此，不知有何赐教？"

公孙无我一副忧虑不已的样子，沉吟道："我听说今早掌门下令丁隐前去取乌风草，我怎么想都觉得不妥。所以才请你到此，共商对策。"

丹辰子不动声色，说道："师父如此安排，必有道理，我也只能听命行事。"

公孙无我赞同地点头，转过身，一副忧心忡忡的样子，斟酌道："只不过……这赤魂石在丁隐体内，万一这个人不可靠，还不知道要出什么乱子。到时候，可是会殃及整个蜀山甚至天下啊！"

丹辰子叹了口气，慎言道："我也是有所担忧，觉得这人来路不明，虽做出一副无害的样子，却似乎总在给蜀山添麻烦。我曾经劝过师父数次，叫他不要轻信丁隐，可师父一直听不进去。"

公孙无我也轻叹一声，继而说道："掌门就是宅心仁厚，对所有人都一视同仁。然丁隐怀揣赤魂石，可经不起半点闪失啊。"

丹辰子思量一番，向公孙无我问道："不知师叔有何万全之策？"

公孙无我摆摆手，说道："也称不上万全，但至少是条后路。"说罢，从怀中取出一团晶莹的丝线。其时偏殿内光影昏暗，轩窗外亦不见月色，那丝线却于幽暗中闪烁着点点光泽，煞是好看。

"这个是……"丹辰子料想那丝线绝非凡品。

公孙无我点头道："我知道赤魂石一旦发作，常人很难将其制服，遂借与你这天丝神绞网，任何东西一旦被它束缚住，就绝无逃脱的可能。你带上它，一旦赤魂石有何异动，就可用它将其控制住。"

丹辰子露出欣喜神情，伸手接过了天丝神绞网，又向公孙无我施礼道："师

叔为了蜀山殚精竭虑，丹辰子代众弟子多谢师叔。”

公孙无我与他相视一笑，神情甚是欣慰。

转眼次日清晨，一轮朝阳初升，草木枝叶上犹带清露，山间传来鸟鸣啁啾。

凌云峰大殿前，丹辰子与丁隐、青云、夏草、紫英并肩站成一排，正与相送的众人纷纷道别。诸葛驭我看看天色，对五人说道：“时辰到了，你们出发吧。”

五人听令，对众人一拱手，准备启程。

诸葛驭我忽又看向丁隐，示意他近前说话。丁隐听令走出人群，来到诸葛驭我面前。原本与丁隐并立的丹辰子见状，露出微微嫉妒神色，却看见远端的公孙无我依旧持重而立。

诸葛驭我先远眺群峰，又收回目光望定丁隐，郑重道：“丁隐，你可记得先时我们在凝碧崖吃茶时的一番对谈？”

丁隐浩然道：“师父告诉弟子魔由心生，正邪一念，要弟子心诚意正，以苍生为念，穷毕生之力，誓死守护好体内的赤魂石。弟子不敢稍忘。”

诸葛驭我点了点头，又道：“谪仙潭常年为毒瘴迷雾包围，危机四伏。你穿越迷障之时，如若遇到幻象，坚强的意志力才是你的基石。心正邪不侵，千万要稳住心性，不要为它迷惑吞噬。”

丁隐郑重地点了点头，面上却有掩不住的疑惑。诸葛驭我不加诠释，只道：“你且记住我的话，到时自然就会明白。”

丁隐作揖道：“弟子谨记于心。”

诸葛驭我再不多言，示意即刻出发。顷刻间，五人化作了五道剑光，迎着天边的一轮朝阳，飞离蜀山而去。

此时此刻，绿袍又在阴风谷的洞窟中拍案而起，击破了一张厚重的石桌。他抓起被吓得面色煞白的门徒，狠狠问道：“你再说一遍，蜀山怎么可能这么快就找出克制金蚕的药方？”

那门徒不住磕头讨饶，口中支吾道：“属……属下猜想，上次采血时有蜀山人设下圈套，恐怕当时他们……就是为了捕获金蚕，所以……”绿袍大骂一声，身形一闪，已一把掐住门徒的脖颈，硬生生将他凌空提起，甩了出去，门徒惨叫一声落地，登时毙命。

绿袍口中却仍在怒骂："我堂堂一个烈影神宗，竟然连一个可用之材都没有！屡屡败仗，坏我大业，留你们还有何用！"

屠媚、九毒等人相互对视，都是心中暗惧。屠媚思忖了一番，说道："宗主，其实此事仔细想来，反而是一件好事。"

绿袍"嗯"了一声，让她继续说下去。屠媚这才泛起笑意，娓娓道来："蜀山的情报说，诸葛驭我这副药方里一味最要紧的材料是乌风草，方圆百里只有谪仙潭附近才有乌风草。诸葛驭我为了配药，已经派了一众小辈前往谪仙潭。"

九毒闻言便向绿袍请命道："属下愿领命带人去伏击，决不会让蜀山的人拿到乌风草。"

屠媚不待绿袍说话，又道："嚯，那乌风草倒在其次，据说这次下山的人中，就有那个丁隐！只要我们能够在谪仙潭设下埋伏……"

五鬼在旁忍不住打了个哈欠，讥笑道："一群傻瓜。"

众人怨恨的目光一齐聚集过来，九毒最是不忿，冷冷道："五鬼天王，难道你有什么良策？"

五鬼懒得理他，看向绿袍道："此前几次诱捕丁隐，总是功亏一篑。其实宗主何必凡事亲力亲为，既然丁隐这么难缠，为何不让蜀山自己对付他？"

绿袍饶有兴趣，要五鬼仔细说来。五鬼邪魅一笑，便续道："我听屠媚说过，玉小姐曾经试图激发丁隐的魔性以求拿取赤魂石，结果却功亏一篑。其实丁隐这样一张白纸，倒不如直接将他放入染缸之中，何愁他不变黑？"

绿袍眼珠一转，问道："你是说，对丁隐周围的人下手？"

五鬼点头道："正该如此。刚好在下的恶鬼阵，精髓就在蛊惑人心，激发出各人深藏的秘密和恶意。"

屠媚最识风情，当下嫣然一笑，谓五鬼道："你个采花贼，可用这招套了不少姑娘吧？"

五鬼却不与她调笑，反而正色道："这一群人，说是名门正派，我才不信他们心底里没一点见不得光的东西。躲在暗处的狼一旦被火把照亮眼睛，马上就会扑上来咬你。只要丁隐最终和他的好朋友们自相残杀，赤魂石还不是手到擒来？"

绿袍哈哈大笑，又道："好，这个提议有点意思。不过你还需要一个人协助。"

五鬼猜是屠媚，正待回绝，未承想绿袍却将目光落在玉无心身上……

谪仙潭位于蜀北边地的群峦间，众人由蜀山御剑飞行，一日便可抵达。飞离蜀山地界后，丹辰子却率众收了剑势，让大家单以脚力行进。

五人沿官道走了大半天，青云和紫英在路边见到一间简陋茶铺，便让大家停下来歇一歇脚。

众人正感疲乏，便鱼贯步入茶铺，围了张木桌坐下来。各人选位也是泾渭分明，紫英陪坐在丹辰子身旁，青云就陪在丁隐一侧。夏草无奈一笑，坐在了两拨人的中间。

此时茶铺中另有一位黑衣蒙面客，独坐一角自饮。店小二打着哈欠，出来侍奉茶水。丹辰子环顾四周，压低声音道："谪仙潭应该就在附近十里开外的山中，我们今晚在客栈睡一宿，明天就能赶到。"

青云有些不满，说道："为什么步行，大家御剑的话，我看不出一个时辰便能抵达。"

丹辰子目光一敛，谨慎道："师父叮嘱过，这次下山必须谨慎行事，不可张扬行迹。还有……"他蓦地拦住正要捧起碗饮茶的紫英，继续道，"所有吃食物用，务必千万小心！"

紫英知他好意，嘴上偏不服软，嗔道："赶了一天的路了，连一口水都不能喝？"

倒是一旁的吴夏草从容一笑，谓众人道："没事，这茶里没有毒的，请师姐放心喝吧。"说着又从袖中掏出一个锦囊，将锦囊中一颗子母草抖落茶碗。

那子母草生得青葱翠绿，没入碧澄澄的茶水中缓缓舒展，两相映衬之下，甚是明丽好看。

众人都是好奇心起，青云更是兴奋惊叹，捧起那碗茶水仔细端详，像是初见花灯的小姑娘一般。

夏草解说道："这子母草遇毒即枯，天下没有毒质可以例外。现在草叶仍是翠绿通透，便说明这碗茶水没有问题。我就当给大家添些清凉的茶叶了，请放心喝吧。"

众人皆知夏草常年随百草仙人采蕈研药，于此一门定然颇具造诣，未承想今番见他展露本领，竟如此新奇有趣，令人大开眼界。

丹辰子想到此行又平添一位得力帮手，不禁面露笑意，钦佩起师父的细致安排。

各人安心饮茶，紫英又点了些坚果茶点来解乏。这时青云忽地眉头一皱，单膝跪地摸着地面，凝声道："有人冲着我们这边来，大概十多个人。"

丹辰子便一手抄起剑来，脸上露出戒备之色，示意众人道："大家小心，来者不善。"

五人中唯有夏草不识武功剑法，他此时却面无惧色，同样捏紧了一双拳头，一副虽千万人吾往矣的样子，与持剑的丹辰子比肩而立。

顷刻间，就有数十个身着黑衣的蒙面人向茶铺围攻而来。紫英一看武功来路，便知是魔宗无疑。丁隐惊疑道："这魔宗好生厉害，怎会知道我们的行踪？"

丹辰子临危不乱，示意众人先堵住来势，再设法脱身，又拉过吴夏草小心保护着。

众人各持武器，迎着魔宗门徒的汹汹来势，顷刻间兵刃相接，发出锵锵之声。丹辰子四人各守住茶铺的门窗入口，那些魔宗门徒一时攻不进来，却不退散，仍将茶铺围得水泄不通。

丹辰子心知不可久战，寻思着脱身之法。却看他身后护着的夏草手中忽然甩出两条草藤，那草藤化作了长鞭向门外的魔宗门徒袭去，被击中的门徒双手一松，刀刃落地，包围圈瞬间被打开一个缺口。

夏草当即拉起丹辰子，再示意众人由缺口杀出包围。青云、紫英飞身旋至，丁隐料理了一个门徒，正待与众人合兵一处，回头却见那店小二正瑟缩在桌下，吓得浑身发抖。

丁隐一咬牙，回身抓住那店小二，想要带他一起走。怎知丁隐刚刚抓住店小二，店小二却鬼魅一笑，脸庞已经变成了屠媚的脸。

"心软的人，死得早！"屠媚娇嗔一声，不等丁隐反应，伞中暗器已然发出，就要命中丁隐。房内另一侧的青云已是鞭长莫及，唯有惊呼。正在此时，一直独坐自饮的黑衣客竟突然暴起，甩手用披风裹住了飞出的暗器，就往屠媚身上甩回去。屠媚猝不及防，连忙松手放开了丁隐，勉强躲开这一击。

那黑衣客回身护在丁隐身前，几番凌厉的动作，令面纱掉落。丁隐先是错愕，继而呆痴，原来她竟是玉无心！

“玉……玉姑娘，怎么是你？”丁隐的话音好似呻吟。玉无心冷冷瞪他一眼，手中祭出冰魄寒鞭，在茶铺内赫然甩出一道冰墙！

屠媚见势不妙，立即抽身离去，只留下一阵笑声：“既是同门出手阻拦，本仙主就给玉儿留个面子，要杀你们几个小角色，以后还有的是机会……”

那帮围攻茶铺的门徒也随之退去，丹辰子、夏草、青云、紫英得以脱困，都拔剑赶到丁隐身旁，如临大敌地看着玉无心，此时玉无心的面色格外苍白。

青云才不理会，张口便骂：“怎么又是你这个阴魂不散的女人？”

丁隐喝止道：“青云！刚刚是玉姑娘救了我们。”

紫英冷笑一声：“魔宗只会害人，没听说过会救人！八成是不安好心！”

玉无心冷冷地瞥了众人一眼，说道：“随便你们怎么说，我没兴趣。”随后看向丁隐，又对他说道：“我就是来跟你说一句，之前的事情，对不起了。”言毕冷冷转身离去。

丁隐看着她的背影，眼神复杂，想喊她停下却开不了口。青云、紫英不忿，想去追击，丹辰子一把拦住。

丹辰子神色复杂，谓众人道：“她刚刚救我们的时候，态度不像是假的。”

“可是，可是……”青云的话还未说完，却见玉无心脚步渐缓，步履蹒跚，身子一软倒了下去，整个人跌倒在地。

丁隐终于忍不住，一个箭步冲上前，一把将玉无心抱起，却愣住了，只见她的背上已经浸透鲜血：“她，她，她怎么受了这么重的伤……”又转头看向众人，“各位师兄师姐，帮帮我，找个地方给她疗伤！”

青云还在那里“可是”，丁隐更加焦急起来，大喊道：“我看她支撑不住了，总不能见死不救吧。”

丹辰子叹了口气，冲夏草点了点头。夏草当即上前，俯身一试玉无心的脉搏，眉头一皱：“且先在附近找间客栈，我自有办法……”

话音未落，只见丁隐向门外飞奔而去。青云跺了跺脚，还是不由自主地跟了上去。不多时，丁隐在五里外的市镇寻到客栈，众人就此安顿下来。夏草先治疗玉无心的伤势，谪仙潭一行，只好明日出发。

丁隐将昏迷的玉无心抱上床，夏草揭开玉无心的外套，只见贴身的衣服已经被血染红，夏草忍不住低呼一声，丁隐也忍不住皱眉。

夏草试过脉象，对丁隐道：“这玉姑娘所受不止鞭打外伤，还身中魔宗的蚀骨银蛇。这蚀骨银蛇，乃是种一指长的小蛇，打入人体后会在经脉之内游窜，引发全身剧痛，中者生不如死。不知这种酷刑，她是怎么忍下来的？”

丁隐轻轻拨开玉无心脸上的乱发，只见玉无心脸色惨白，双眉紧蹙，楚楚可怜却又一脸倔强，更是令他心痛不已。残忍的鞭挞与银蛇，自是屠媚施加给玉无心的酷刑，丁隐却不知这些做戏，原是在上演一出新的苦肉计。

日前屠媚在阴风谷地牢中依命整治玉无心时，很是下足重手，极尽了毕生所能。也正因此，玉无心的伤势才令夏草与丁隐二人大摇其头，不忍目睹。

男女授受不亲。夏草请来青云为玉无心涂抹伤药。青云心中百般不愿，思忖一番，还是应承下来，又将夏草和丁隐逐出门去，说是玉无心在男子前显露肌肤，不成体统。

丁隐担心青云为难玉无心，起先有些迟疑，却被青云推出门去，青云一面驱赶，口中还不忿道：“你就放心吧，我不会杀了她的。”

青云嘟着嘴坐在床前，很不情愿地将玉无心的衣服褪去，见玉无心白皙如雪的背上，布满了一道道触目惊心的鞭痕，也忍不住倒吸一口凉气。她再也顾不得与玉无心之间的不快，拿起药膏，帮玉无心涂抹。玉无心伤处吃痛，忍不住惨叫起来。

房门被推开，丁隐不顾一切地闯了进来，焦急关切道：“她怎么了？”

青云看到丁隐担心的样子，心中泛起酸味：“有什么好大惊小怪，上药肯定会痛的嘛，我已经下手很轻了。这妖女平日里下手狠辣，这会儿倒是娇气起来了。”

丁隐被青云说得有些难为情，又央求道：“麻烦你了，青云，我还是在这儿陪着她吧，我转过身不看就是。”随后也不等青云答应，便二话不说，坐在玉无心的床边，扭过头不看，只伸出手紧紧握住玉无心的手，再也不放开。

青云看了看两个人，无奈地继续抹药。玉无心吃痛之下，便下意识地咬住丁隐的手。丁隐被她咬得出血，却也不发一声，任由玉无心发泄……

也不知过了多久，玉无心悠悠醒转，发现自己身上的伤口已经被包扎好。有一碗药汤递到面前，玉无心抬头一看，正是丁隐。她目光一闪，又冷漠道：“我不需要你救我。”

“我只是不想看到你死在我面前。”丁隐学着她的样子冷漠对答。

玉无心似笑非笑：“不劳你烦心，我自会找个地方自生自灭。”说罢支撑着

站起身，绕开面前的丁隐就要往门口走去，却又身子一软，险些倒下。

丁隐赶紧上前扶住。玉无心见到他关切的眼神，咬了咬牙，任由他扶到床边坐下。

丁隐轻轻将玉无心放落床上，看着她的眼睛问道："这不是你第一次救我了，是不是又想像上次一样，演一出好戏把人当猴耍？"

玉无心面无表情道："我说不是，你信吗？"

丁隐迟疑了一下，又问她："你背上的伤是怎么回事？"

玉无心仍是冷冷道："和你没有关系，你也不需要知道。"

丁隐挤出一丝苦笑，将心中藏着的话语尽数道出："玉姑娘，你不断出现在我面前，一次又一次欺骗我，我的师兄师姐们已对你失去耐心，随时可能同仇敌忾，兵戎相向。你此行若仍是心怀不轨，纵使我有心护着你，后果你也只能自行承担了。事到如今你已经没有选择，你必须让我们知道你这次出现的目的。你心里若是对我有半点朋友之谊，就请对我说点真话吧！"

玉无心听他直抒胸臆，咬咬嘴唇，眼眶渐红："这些都是我自找的。我没有办法狠心对你下手，没有办法完成任务，而烈影神宗是不需要无用之人的。软弱就要付出代价，就像我现在这样。"

丁隐不由一怔，态度温和下来："所以……你离开魔宗了？"

玉无心沮丧地叹了一口气，点了点头。

丁隐嘴角闪过一丝欣喜，却很快又警惕起来："你，你不会又在骗我吧？"

轮到玉无心苦笑一声，向丁隐吐露心迹："我知道，是我自己一次又一次地出卖了你对我的信任，此番我厚颜无耻地再度出现，并不是为了让你相信我，只是……有一些话，我想对你说。"

一颗泪珠自她眼角落下，她也不顾及，任由泪珠顺着面颊轻轻滑落："我知道自己做过很多坏事，也不奢望你能原谅我。这次之所以拼了命来这里，只是想和你说一声对不起，只想告诉你……我一直忘不了那晚，忘不了我们在湖上……"

玉无心抬头望着丁隐，泪眼婆娑，许多话再也说不下去。

丁隐顿时也回忆起那夜，心中霎时细雪纷飞，刹那又变作滔天洪流。他将双手按在颅侧，愈发苦恼起来，口中叫道："你为什么要骗我，弄得现在我分不清你的话是真是假！"

玉无心噙着泪，逐字说道：“之前我是个工具，身不由己。向来我的使命就是完成任务，从来没想过自己会有其他念头，我从来没有遇到过这样的事，从来没想到自己会把持不住感情。你……是个意外……”

丁隐仍在细雪与洪流间徘徊，神情痛苦，默不作声。

玉无心见状，猛地擦干眼泪，将自己的情绪一一拾掇，又对丁隐作了个揖，平静地道：“你真心待我，我心中感激，但你我本就不是同一个世界的人，就算我心为真，你我终究也只能在正邪两端，两相对望，不如就这样好聚好散吧。告辞。”说着便支撑着受伤的身体，欲起身离去。

丁隐猛地抓住她的肩膀，将她死死按回床边坐下，厉声道：“你现在这个样子，能走去哪里？”

“天下之大，总有容身之处。”玉无心语气清淡，神情寥落。

丁隐却激动地抗议起来：“你可真是潇洒，想来就来，想走就走，说了一堆还是只有一团迷雾！我哪管什么正邪、什么聚散，从头到尾我就只想搞清楚你是谁！说什么拼死拼活要来跟我说话，那你有没有想过我的感受，我也会受伤，会迷惑，会心痛，会担心啊……”

玉无心似有些感动：“你担心我？”

丁隐仍沉浸在刚才的激动情绪中，只差捶胸顿足：“我当然担心你！你的伤那么重，又没有别的地方可去，先好好养伤再说吧！”

玉无心迎着他的目光，又问道：“你真的愿意让我留在你身边吗？”

丁隐思量一番，最终下定决心，点了点头。

玉无心追问说：“可万一你的同伴不答应呢？”

丁隐想了想，回答道：“我会向他们解释的。你气弱体虚，喝完药先休息吧。”

玉无心这才乖乖喝了药，让丁隐给自己盖上被子，她似乎仍不放心，又对丁隐说道：“可是，我还是有点怕。万一他们不同意我留下，不如就你我两个人一起走好不好？不管你要做什么，我都会帮你的。”

丁隐迟疑了一下，说道：“安心养病吧，不用想太多，他们为人正派，除非你有恶意，否则不会趁你无力反抗时为难你。况且他们愿意让我进来跟你谈，就代表他们都是明理之人。你若真的有心脱离魔宗，就应该得到一个机会。只是……此时此刻，我不知道自己信的究竟是你的说法，还是你。我只希望你不要

再骗我了。”

玉无心听了这番话，有些犹疑地点了点头。丁隐这才返身离去，让玉无心好生休养，说迟些再请青云来换药。玉无心见他轻轻闭上房门，眉目间闪过了难以言说的复杂神情。

客栈之中，一桌川菜好不丰盛，众人却是食不知味，神色古怪，因为丁隐扶着玉无心在桌边坐了下来。

两人一落座，立时成了被众人孤立的对象。先是紫英一脸鄙夷，将椅子挪开一步，以示不愿同席。丹辰子面上不动声色，却也停了说话，自顾用餐。倒是夏草生性木讷，加上医者仁心，并未显出什么不适。青云却是个风风火火的性子，自从玉无心坐下，她便放下碗筷，双眼死死盯着玉无心的一举一动，充满了戒备。

玉无心瞥见青云目光，故意坐近丁隐，又夹起一片回锅肉，一脸温馨地放入丁隐碗中。丁隐受宠若惊，甚是欢喜，寻思着是否夹些拔丝土豆、泡椒凤爪来回赠，又怕这般明火执仗的动作引起公愤，这才收拾起心猿意马，老实地将那回锅肉送入自己口中，只盼大家不要发难才好。

紫英却率先开腔：“之前武功那么好，现在动不动就装柔弱，骗谁啊。”

一旁的青云也担忧地道：“丁大哥，你还相信她？莫怪我们猜疑，她这次出现的时机这么蹊跷，况且明明知道你最心软，还一定要晕倒在你怀里。”

丁隐置若罔闻，一脸温情地望着玉无心，也不与青云搭话。青云见状，委屈地低下头。

丹辰子沉吟一声，说道：“行了，各自吃饭，都少说两句吧。”

不想玉无心却对丹辰子感激一笑，柔声道：“我明白自己的身份尴尬，只是当时情况紧急，我是真心想帮大家……”

丁隐连忙补充道：“是啊，是啊，大师兄，玉姑娘既已离开魔宗，也付出了不少代价，希望你能既往不咎。”

丹辰子看看丁隐，又看看玉无心，从容地道：“姑娘，你之前救了我们，我们定当以礼相待。不过你若有其他意图……”

玉无心当即起身，向着丹辰子盈盈拜下，口中道：“我从小命苦，确实做过很多不义之事，却也是受尽报应，心如死灰。此番我是真心悔过，若你们不嫌弃，我愿意协助各位，共同谋划对付绿袍……”

紫英秀眉一紧，冷声道：“大师兄，这妖女满口妖言，不足为信。”

丹辰子却摆手道：“紫英，我们也别太咄咄逼人了。迷途知返是好事，况且受人恩惠本应回报，蜀山人更不能忘恩负义。”

紫英哪肯相让，当即反击道：“你信她还是信我？你平常对奸邪之人绝不容忍，怎么现在心软了？难道你是看她长得漂亮，就丢了原则？”

紫英这番胡言乱语，叫丹辰子如何不怒，他当即以大师兄的身份喝止道：“口无遮拦，成何体统！”

紫英秀目一瞪，更是气恼，却被玉无心一把拉住手臂，只见玉无心挨着紫英，很不好意思地说道：“是我考虑不周，贸然提议，请大家别误会。”

紫英怎会理会玉无心的话，长袖一甩，猛地将玉无心挥退半步，口中冷冷地道：“你这妖女，少来碰我！”

玉无心被紫英的长袖打失重心，直倒向丹辰子。丹辰子顺势扶她一把，举止不失礼数。

紫英见状，更加气不打一处来，指着玉无心骂道：“我看你是迷惑完丁隐，又想来迷惑大师兄！”

青云也同仇敌忾，嘲讽道：“师姐，这妖女要装好人，我们也辨别不得，可惜少了一面照妖镜。”

一直在旁默不作声的丁隐终于忍不住，将筷子狠狠拍在桌上，扶起玉无心，口中喊道：“够了！玉姑娘是我决定留下的，若是有问题，冲着我发难便是！现下她身负重伤，弱不禁风，怕是不堪这唇枪舌剑！”

他急急说出这番话语，便扶了玉无心回房休息，留了一桌人面面相觑，各自尴尬。

紫英冷哼一声，摔下筷子，也起身离去。丹辰子无奈叹气，只得跟着追出。这一来，桌上仅留夏草和青云两人相对。吴夏草看着一桌残羹冷炙，不由长叹一声，兀自念道：“三个女人一台戏。师父诚不欺我，诚不欺我也！”念过之后，他口中还要不住发出“啧啧”之声。

“吃你的饭！”青云忍无可忍，拿起一把汤匙便向夏草丢将过去。那汤匙蕴足真力，去势凌厉，险些就砸在夏草那张无辜的脸上。

夜阑人静，客栈中蜀山众人早已各自入眠。

本该熟睡的玉无心却忽然睁开双眼，坐起身子，抬头向着一片黑暗冷声说道：“看得够久了，出来吧。”

黑暗中即传来一阵邪魅笑声：“美人入眠，能多看一刻是一刻。”伴着笑声，五鬼天王自房梁下缓缓降落。

五鬼落在玉无心床边，还想伸手去碰玉无心的下巴，被玉无心冷冷推开。随后她站起身来，紧闭了窗户，与五鬼坐在桌边，凝声道：“跟着丁隐的这四个人都不难对付，丹辰子貌似正直仁义，但是内心却相当自卑，恐怕这个压力是那个诸葛紫英带给他的；紫英从小养尊处优，个性善妒，不会容忍他人接近属于自己的丹辰子；而那个吴夏草心性单纯，除了药草以外毫无见识，也是不足为惧。”

五鬼又问：“那个叫青云的小丫头呢？”

玉无心悠悠道：“她很喜欢丁隐，这就是最好的突破口。我这边戏已做足，现下就该五鬼先生你登场了。”

五鬼闻言打了一记响指，手心中升起一团黑焰。

这时忽地响起敲门声，接着听见丁隐在门外小声道：“玉姑娘，你该饮药汤了。”

五鬼倏地隐身，那团黑焰转瞬即逝，被他收伏在手心中。

丁隐推门进来，黑暗中只见玉无心一人坐在桌边，诧异道：“玉姑娘睡不着？怎么也不点盏灯？”

话音未落，五鬼忽然从门后闪过，将手中黑焰全部打入丁隐背后。丁隐来不及反应，当即倒了下去。玉无心抢上前来，一把抓住五鬼手腕，质问道：“谁允许你对他动手了？”

五鬼让她少安毋躁，笑言道：“放心，这恶鬼阵不会要他的命，只是想借助他体内赤魂石的魔性，激发起那四个家伙心底隐藏的坏心思而已。他只会当是大梦一场，等到明天早晨醒来，他什么都不会记得的。”

玉无心看向丁隐，略有一丝犹豫。

五鬼又道：“拿不到他身上的赤魂石，宗主是不会放过他的，还不如早点让他解脱。”

玉无心点了点头，五鬼便往丁隐胸口一抚，只见四朵小小的黑色火焰于掌心辗转跳跃。继而五鬼展开手掌，那四朵黑焰竟化作四只小飞虫，五鬼再吹一口气，小虫又向空中飞走，四散开去。

五鬼布完阵法，望了望玉无心，嘴角一扬，神色颇为自得。

玉无心却未看他，只俯下身慢慢凑到丁隐耳畔，凝神低语："丁隐啊，蜀山那些人都会害你的，只有我一个人才会对你好。不管你愿不愿意，你都要和我在一起了。"

却说五鬼施放的那四只飞虫正乘着风势，在客栈中各循一途，逐一由窗口潜入丹辰子、紫英、青云的客房之内，落在各人颈上，再慢慢爬入他们的耳孔，。唯独一只飞虫落在夏草的耳畔，惊起他衣襟内的一株捕虫草，那捕虫草猛然弹了起来，将这飞虫一口吞了下去。夏草依然熟睡，毫无知觉。

那天夜里，丹辰子做了一个梦，梦见诸葛驭我要将掌门之位传予丁隐，说蜀山掌门之位只能传给身怀赤魂石的人。丹辰子呆立当场，眼见着人群将丁隐簇拥而起，与诸葛驭我一起站上高台。

紫英含泪对他逐字说道："大师兄，我一直以为你会是蜀山最年轻的掌门，想不到终究还是输给了他。"

丹辰子想去拉她的手，紫英却转过身去，轻声道："大师兄，记得我曾经说过的话吗？能娶我的，只能是蜀山下一任掌门。"说罢她推开丹辰子，毅然向高台走去。那些身后拥来的人群，又很快将丹辰子踩在了脚下……

丁隐醒来的时候，躺在自己的床上，只感到头痛欲裂。他记不清此前的遭遇，玉无心在他耳边念过的话倒是反复回响："蜀山那些人都会害你的，只有我一个人才会对你好。不管你愿不愿意，你都要和我在一起了。"

丁隐正待分辨，玉无心忽然撞开房门闯了进来，只见她衣衫蓬乱，身带血迹，大喊道："丁隐，快救我！"

丁隐大为惊愕，急忙翻身起床，问道："玉姑娘，发生什么事了？"

玉无心又是茫然，又是惧怕："我不知道发生了什么，所有人都要杀我！"

丁隐正要出门查看，玉无心却突然一把紧紧揽住他，痴痴道："丁隐，别离开我！"

丁隐未承想玉无心此时会做出这个举动，顿时呆立住了，只感到无限的温情，正待伸手去拥抱，却见紫英持剑杀来，一双眼中罩着一层黑雾，凶光毕露道："你让开！我要杀了这妖女！"

丁隐连忙扑挡上去，大喊道："大师姐，你做什么？"

紫英才不理会，一剑照着两人劈来。丁隐忙拔剑隔开，紫英又接连刺出三

剑，全是取人性命的杀招。丁隐不愿伤害紫英，寻个空隙，抱起玉无心，从窗口跳入庭院中。

想不到庭院之中，丹辰子和青云早已准备伏击，两人一起冲上前来，各出狠招对丁隐围攻起来。

丹辰子展开朵朵剑花向他逼来，口中犹在念念有词：“丁隐，只要赤魂石在你身上一日，天下就无安宁，蜀山也没有属于我的位置！”

丁隐勉力招架，想要解释，却是无法开口，丹辰子骤雨般的剑势下，莫说开口说话，只怕稍加分神，即刻就成了尸体。

那一边，紫英也由房内追出，与丹辰子双剑合璧，一齐攻向丁隐。丁隐一面抵御，一面保护玉无心周全，单是应对丹辰子的剑招就已吃紧，此刻再加上紫英，形势更如同雪上加霜。

而青云肃然站在一旁，看着被丁隐护在身后的玉无心，神情越来越冷。忽地青云拿起了一个金铃，一声清啸，那金铃趁着空隙向玉无心飞了过去！

丁隐于丹辰子和紫英剑锋的罅隙间觅到生门，拼着全力硬生生将金铃接下，早一刹，迟一刹，他这条胳膊非给紫英斩落不可。丁隐心中暗叹“侥幸”，又厉声喊道：“青云，连你也要杀她吗？”

想不到青云一副决绝神色，大喊道：“她想伤害你！有任何人想伤害你，我都不会饶过他！”

细看之下，丁隐发现青云与丹辰子的眼中，笼罩着与紫英相同的黑雾。

这时玉无心忽地跳出丁隐的防护，将自己单薄的身子挡在了丁隐身前，迎着丹辰子的剑锋，泪眼婆娑地道：“算了，丁隐，正邪有别，我命如此，别因我为难了。”

丁隐一脸愤怒，咆哮起来：“你没有错！这样不分青红皂白杀人，和魔宗有什么区别！”说着又上前一步，牢牢抓住玉无心的手腕，和她站在一起。

这时丹辰子、紫英和青云的三把剑，已将他俩围在正中。丁隐抱定死志，反而轻松起来，向玉无心粲然一笑，说道：“玉姑娘，看来最后还是只有我们两个在一起了。”

丹辰子三人各自举剑，又向前迫近一步，各人脸上映着剑身的寒光，看来狰狞凶煞。

这时夏草一阵小跑冲入战团，立足未稳，拦在了丹辰子面前。他急急忙忙比个暂停手势，又对丁隐喊道："丁师弟，冷静点，好像大家都中了毒，才会口出恶言……"

丁隐苦笑起来："再冷静，我们可就没命了。"没等众人反应过来，他已搂紧了玉无心的腰，抱起她，飞身离开。

丹辰子三人拔剑正要追去，夏草一咬牙，冲上前去挡在他们面前，又放出草藤，暂时缚住了三人腿脚，口中不住大喊："三位师兄师姐，你们都快醒醒啊！"

五鬼坐在庭院屋顶，目送着丁隐携玉无心离去，又望望脚下被草藤束缚的丹辰子三人，面上露出轻蔑笑意："想不到蜀山所谓的正人君子，竟也这般脓包。"

只见丹辰子三两下就劈开草藤，龙潭古剑一扬，便将夏草隔空扫开。夏草被那霸道的剑气推开，撞在了客栈的石桌上，额角迸出血来，当场昏迷过去。

丹辰子、紫英、青云三人持剑而出，眼中一片混沌，再无半点清明，都是神情癫狂。青云也不去追丁隐，反而持剑挡在紫英面前。

紫英先是疑惑，继而冷笑起来："你是秋后算账来了？青云，你这少女情怀是不是要收敛一下啊，先是喜欢大师兄，接着又喜欢上了丁隐，见异思迁，朝三暮四，真不害臊！"

青云果是挂念丁隐，听了紫英奚落，径自将剑一指，对准了紫英面门。于武林中，这是决一死战的架势，却听她口中说道："我敬你是师姐，你可以看我不顺眼，但我不许你伤害丁大哥！"

紫英一脸不屑，显然未将青云的挑战放在眼内，反而对着身边的丹辰子破口大骂："还有你也一样，和那个妖女勾勾搭搭，没本事当掌门，你想另谋出路吗？你这朝秦暮楚的家伙，我这就代我爹清理门户。"

丹辰子也是大反常态，睥睨道："那今天我们就来看看到底是谁没本事！"

说话间，三人竟拔剑向对方砍去，每个人都当彼此是仇敌一般，毫不留情。五鬼坐在屋顶，叼着一根枯草，欣赏这一团乱战。

五鬼本想看他们自相残杀，不期三人皆是蜀山新一辈中的翘楚，一时虽杀不死对方，自己的门户却也守得严密，总能在危急之际将对方的杀招化为无形。

五鬼又观赏了一阵，决定亲自动手，一记飞身掠下屋顶，铁扇向着三人脖子挥去……

却在此时，一声琴音响起，那琴音凝成一道隐隐约约的银线拦腰而来。五鬼猛然察觉危险，身子避开。银线和铁扇相交，火花四溅。同时那琴音似有魔力一般，青云三人愣在当场，刚刚的癫狂之态一点点消退。

五鬼眼中寒光一闪，看向庭院门口。只见一名清瘦女子不知何时已盘膝坐在那里，她怀中古琴横陈，悠悠奏着上古弦音。这女子不是素因是谁？五鬼并不认识素因，只感到有血滴顺着胳膊缓缓流下，这才惊觉乃是为方才的银线所伤。

五鬼低头看看伤势，冷笑一声："哪来的姐姐，姿色倒是不错，可惜出现得不是时候。"说着身形一动，手中铁扇向素因直冲而来。

素因淡然一笑，再拨琴弦。琴声铮铮，又化为数十把银刀在五鬼身边炸开。五鬼身上血花迸现，被截停在素因面前。

琴声中，青云三人眼中的黑雾丝丝消退，三人对视着，不知发生何事。夏草也自石桌边忍痛爬起，挥舞双手奋力大喊道："师兄师姐！快醒醒！不要再受魔宗妖人蛊惑！"

丹辰子三人反应过来，几把剑重新指向五鬼。五鬼见势不妙，只得凭着轻功向屋顶掠去，再借着转身之势，匆匆隐了行踪，也不知逃向何处。

紫英和青云扶起受伤的夏草，丹辰子忙上前向素因施礼："多谢前辈相救，方才所为……让前辈见笑了。"

素因意味深长地点了点头，又轻笑道："是人都有心魔，难免会被利用。你们几个不用介怀。"继而收起古琴，站起身来，忽然脸色一白，脚步踉跄，嘴角流下一道血丝来。

青云一眼就认出是素手医仙，连忙上前扶住："医仙前辈，您受伤了！"

素因调匀内息，向青云摆了摆手："方才用力太猛，不碍事……丁隐和玉无心呢？"

丹辰子与青云面面相觑，一时竟答不上来，唯独夏草摸着高高肿起的额角，一脸诚恳地道："啊，我看见丁隐带了玉姑娘逃上山去，好像是往谪仙潭的方向去了！"

素因听到"谪仙潭"三字，神色为之一紧。

寒潭屠蟒取灵草，幻阵迷情表心迹

玉无心使劲点头，哭喊道：“丁隐，在谪仙潭我会那么做，全都是身不由己。我的世界里一向只有任务和使命，可是为什么？为什么你要靠近我、温暖我？我筑起一道道心墙，却被你的温柔一一瓦解。我不想害你，一点也不想！”

却说丹辰子众人在客栈中身受蛊惑，心魔大盛，险些将丁隐与玉无心当场杀害。千钧一发之际，多亏夏草突然杀出，又以草藤绊住众人，丁隐这才觅到机会带着玉无心逃出重围，一路向谪仙潭而去。

几番疑似梦，此刻幻如真。玉无心倚在丁隐怀内，半是温馨半是怅然，丁隐越是对她信赖、保护、爱惜，她越是无地自容、心如刀绞。丁隐抱着她，沿着官道一路疾行。她偷偷数算他的脚步和心跳，渐渐抛却了前尘，暂忘了愁绪，只盼在这怀抱里停留得久一些才好。

贴近丁隐胸膛的时候，玉无心感到他衣襟内有件硬物，取出一看，竟是此前自己遗落的那个玉哨。玉无心又惊又喜，神情复杂地望着丁隐。

丁隐支吾着说："我们既然是朋友，便留个信物下来。"他说话的样子有一种扭捏的可爱。

玉无心嫣然一笑，动容问道："你只是想和我做朋友？你会为朋友付出这么多？"问这话时，玉无心的内心竟有些隐隐的期待。

丁隐一时沉默，又想了想，说出了心底的话："玉姑娘，我们之间可否暂且抛开那些江湖恩怨，不论魔宗正派，不论赤魂石，这个玉哨……就当是留个单纯的念想给我，可以吗？"

玉无心点点头，笑得那么真切，这又何尝不是她心中所想呢？在这一刹，前世的恩怨，宿命的死结，尽在二人的笑容中消散。哪怕下一刻兵戎相见、邪火焚天，也无法阻断这一时的现世静好。

日渐西斜，凉风乍起，二人由官道的岔路拐向通往山间的小径，又再步行一阵，眼前竟涌来一片大雾，便是脚下的道路也看不清了。

丁隐徒呼奈何，本就不知谪仙潭的确切所在，只凭百草仙人的一张地图勉力寻找，眼下浓雾封山，不知何时消散，莫说按图索骥，连他们身在何处都不确知，那地图无疑成了废纸。假如到不了谪仙潭，寻不到乌风草，如何回去救人？丁隐望着一团浓雾，顿时焦急万分。

玉无心却让丁隐将她放下，说夏草调配的伤药果不寻常，这两日下来，自己伤势竟已好了大半，加上丁隐小心呵护，眼下她已能自由行走，说着便下地走了几步，还高兴地转了个圈。

丁隐见玉无心步履平稳，料无大碍，心中很是高兴，未想还有更好的消息。玉无心先是一伸手，问他讨来地图端详，又嫣然一笑，自长袖中取出一只小袋打开，倒出些银色粉末，轻吹口气，让粉末弥漫开来。

只见那些粉末在空气中发出荧光，再逐渐汇聚成一只熠熠发光的蜻蜓，在雾气中向前飞去。

玉无心说道："这是我从宗主那里偷来的无暝袋，能感应灵气汇聚的方向，给我们指路。"

丁隐不由得喜上眉梢，拉起了玉无心的手，跟着蜻蜓，向着雾气深处走去。二人又行了一个时辰，终于穿过浓雾，来到一片旷地，只见周围山体蜿蜒，怪石嶙峋，左边有处寒潭，水面上氤氲着淼淼水气。

丁隐心道此地十之八九便是那谪仙潭了，正待前去，又见眼前山势蜿蜒，好似巨蛇蛰伏，再看潭上的水汽也似毒瘴，不由想起百草仙人的交代，赶忙撕下衣服一角，递给玉无心，说道："此地毒物不少，你需加小心，快先遮好口鼻。"

玉无心接过布条乖乖缠上，关切地问他："丁大哥，那你自己呢？"

丁隐有些自嘲地一笑："你不必担心我，我体内那赤魂石虽然百般讨厌，却有护体之效，可使毒瘴不侵。我只需保护好你就可以了。"

玉无心瞪大眼睛点点头，心中却是清明。此番离开阴风谷前，绿袍便对她说过赤魂石与乌风草彼此相克的奥秘。

赤魂石乃至阳之物，乌风草为众阴之精。丁隐所言不错，他体内的赤魂石确对乌风草毒瘴有免疫之功，但他却不知乌风草的另一功用——假使乌风草触及血液，将与赤魂石生出阴阳相济、水火交关的惊天剧变。剧变所生的斥力绝非肉身

堪受，必会将那赤魂石强行排出人体之外。

丁隐哪里知道玉无心所想，目光随着那蜻蜓所过之处张望。只见那蜻蜓自半空打了个转，又一阵疾飞向前，径直落在孤山顶上的一株幼草上，挥了挥透明的翅膀，化为一阵青烟散去。

丁隐眼前一亮，料知蜻蜓落脚处必是乌风草无疑，便对玉无心说道："玉姑娘，前面瘴气太浓，你在此等我，我去去就来。"

他说罢手持断刃剑，迈开大步，穿过瘴气，欣欣然向那乌风草跑去。

玉无心欲言又止，终没有说出话来。

丁隐一阵疾奔跑到山头，站稳脚步，伸出手摘那乌风草，刚触到草叶，忽地感到身下一震，令他站立不稳。

只见周围蛇状的怪山开始颤动，山体渐渐剥落，泥土松脱，地面上奇怪的花纹浮现，仿佛有什么东西正在从地下破土而出。

丁隐心知不妙，全神戒备，抬起头，就见到一双大如灯笼般的巨眼睁开——原来这整座孤山竟是由一条巨型的千年大蟒包围盘踞而成！随之抖动的乌风草，竟是那巨蟒的蛇信！

丁隐目瞪口呆，多亏玉无心飞身赶来，抢在巨蟒进攻之前，挥出手中寒鞭，将巨蟒暂时冻住。她支撑着最后一丝力气高喊："快取乌风草！"

丁隐幡然回过神来，飞身向那巨大的蛇头扑去，一手将蛇信握住。正待举剑去劈，却在此时，忽感手中炙热难当，低头一看，原是前日在客栈中帮玉无心擦药时被她咬伤之处正溢出鲜血，那些鲜血并非自然流出，而似受到召唤一般涌出来，且一沾上那蛇口中的乌风草，便如开水沸腾般发出了炽热的温度。

丁隐正觉诧异，身体却已开始不受控制，整个人疯狂地颤抖起来，红光瞬间蔓延到他的双瞳。他松开断刃剑，不由自主地跪下。红光又开始向他的眉心汇聚，眉心渐渐出现一滴血印，析出的赤魂石元神便开始汇聚成形。

玉无心飞身上来，一手稳住丁隐身形，一手伸出去欲触摸丁隐额际。赤魂石触手可及，可玉无心伸出的手却突然停在半空迟迟不前，看着丁隐痛苦万分的表情，玉无心眼前浮现的却是蜀山深渊的飞堕之吻、阴风谷石牢中的缠绵拥抱、细雪冰湖中的耳鬓厮磨，还有那个被丁隐奉若信物的玉哨……

她曾经问过绿袍，倘以乌风草所生斥力，强行取出丁隐体内的赤魂石，可会关乎性命，绿袍却不置可否，只要她带回赤魂石。她又追问如何处置丁隐，绿袍仍是只要她带回赤魂石。

玉无心内心纠结，竟至泪眼蒙眬。又再停凝半晌，她悬在半空的手终究还是向赤魂石推进一分。扑朔的红光映入手心，又映在玉无心脸上。她似乎不愿看见这光芒，紧闭双眼，贝齿一咬，低语道：“丁隐，对不起……”

玉无心用力地伸出手去……

那时，巨蟒冰封，丁隐昏厥，寒潭沉寂，群峦无声，天地万物仿佛都静滞停凝，唯有玉无心一人孑立在那里，耳边听不见风声。赤魂石在她身前一指之遥，她一伸手即可掌握。

偏在这一刹那间，一道黑影凭空而来，掠过玉无心身后。紧接着响起妖冶的声音：“既然觉得对不起他，那就陪他一起去死吧……”

来者正是屠媚，玉无心迅速转身，硬是接了屠媚一掌。屠媚眼见占了上风，便撑开绣伞，身形腾转，飘落到了远处。

玉无心护在丁隐身前，脸色一白，一口血雾喷出。她功力一弱，冰面开始出现一丝丝裂缝，巨蟒头部的冰霜缓缓退去。玉无心站定下来，质问道：“屠媚！你要干什么？你我皆为宗主效力，取赤魂石回去复命要紧。”

屠媚怪笑一声：“带赤魂石回去，一个人就足够了。”

玉无心眼神一闪：“你想杀我？”

屠媚冷冷道：“不错！我每次见到你，就好像你娘那个贱女人在提醒我，她就算死了，也永远占据着警我的心！我咽不下这口气！”话音未落，伞面光芒流转，数道内力向着玉无心与丁隐两人袭来。

玉无心重伤未愈，方才又硬受屠媚掌力，见绣伞的攻势咄咄逼来，心中暗叫不妙。

却在此刻，寒潭边忽然琴声响起，音波汇集成道道银线，将屠媚的攻势悉数绞碎。接着又是几重音波袭来，屠媚仓促间举起绣伞奋力格挡，忽地，那音波在绣伞边炸裂开来，将屠媚连人带伞掀开数丈之远。

玉无心一怔，素因身负古琴，由寒潭边飞身而至，飘落到玉无心与丁隐身旁。玉无心惊道：“素手医仙？怎么是你？”

素因却不及与她答话，两指点中丁隐天宫、机枢两处大穴。只见丁隐猛地睁开双眼，赤魂石再度经由眉心没入他体内。

玉无心见此情形，倒吸一口凉气，仍是面如凝霜，心中却是五味杂陈。

丁隐恍然间看见素因站在玉无心身旁，正待发问，却听素因说道：“没时间寒暄了，快走！”

屠媚却已经挡在了三人面前，向素因怒道：“来者何人，休要坏我好事！”

玉无心一咬牙推开丁隐，猛地转身对敌，竟然打算独自应对屠媚，让素因带丁隐先行离开。素因见势不妙，上前相助，纠缠之间，素因和玉无心俱双手齐出，一起接下了屠媚一掌。

双方全部力量集于这一掌之上，素因古琴琴弦尽断，一口鲜血喷出。屠媚也被气浪震开，素因与玉无心两人竟同时被打落悬崖之下。

丁隐猛扑上前，终究迟了一步，与玉无心伸出的手交错而过。眼见玉无心与素因消失在重重云雾之中，丁隐撕心裂肺地大喊：“玉姑娘、前辈……”

屠媚支撑着艰难地站起，哈哈大笑，笑到一半，一口鲜血也吐了出来。丁隐颓然趴在悬崖边一动不动，失魂落魄。屠媚抹了抹鲜血，飞身上前，转起绣伞来：“臭小子，现在没有人碍事了，赤魂石总该乖乖拿给我了吧。”

丁隐背向着屠媚，高高伸出右手，只听剑鸣声起，那把断刃剑感应到呼唤，自动飞入丁隐手中。他冷冷转头，已经双瞳血红，杀气浓重，再是一声冷笑，竟然凌空跳起，霸道地向屠媚一剑劈将下去。

屠媚勉强以绣伞挡开这一剑，虎口间传来剧痛，一时无力还击。丁隐的第二剑又劈来，这一剑更加霸道无匹，屠媚不敢硬接，堪堪避过，只见无形的剑气在冰面上斩开一条三尺宽的裂缝。

屠媚见了大呼凶险，暗想这一剑若斩在自己身上，哪里还有性命。这赤魂石加持之力何等可怖，看来今日是要功亏一篑了。

屠媚正待寻思如何全身而退，忽见二人脚下的冰面随着刚才的裂缝一线线龟裂开来。伴随着破冰之声，巨蟒头部的冰霜一层层剥落，那双大灯笼般的巨眼再度睁开，蛇头一扭抖落了最后的冰层，伴随着冰层滚落发出的隆隆之响，巨蟒猛地张开血盆大口向丁隐扑去。

与此同时，寒潭边又传来青云的呼喊：“丁大哥！小心啊！”原来丹辰子四人终于穿过大雾，赶到了谪仙潭。

屠媚见此机会，当即使个诡妙身法，由一个不可思议的角度掠过丁隐剑锋，一个闪身飘移，已落在数丈之外。她婷婷袅袅地将绣伞撑起，径自凌空飞去，溜之大吉。

普天之下，正邪两派，若论这逃命的本领，只怕少有人比她姿势优美。

丁隐正待追击，却被巨蟒所阻。丹辰子等人距离更远，看着屠媚身影飘远，也是无可奈何。青云最是激动，大叫道：“快，丁大哥有危险！”

只见那巨蟒昂起头，一口咬住了丁隐手臂。丁隐目眦欲裂，断刃剑当即转向巨蟒头部砍去。丹辰子与紫英、青云再不迟疑，飞身加入战团，四人一蛇交缠在一起。

冰面已彻底碎裂，巨蟒身子翻转扭动，整个战场霎时山崩地陷。众人的剑招只能伤及它表面鳞甲，根本无法重创。转眼间，巨蟒的尾巴已将潭边扫得一片狼藉，夏草狼狈躲闪，丹辰子三人更是被打飞到岸边。

丁隐紧握着巨蟒上下颚，和它角力着，他已经感受不到疼痛，只欲拼个你死我活。那巨蟒疯狂摇着头，想以毒牙将丁隐刺穿。丁隐狂吼一声，竟然折断了巨蟒的两颗毒牙，巨蟒疼痛吼叫，半截蛇身人立起来。

此时丁隐浑身覆着红光，表情比那巨蟒更为狰狞，他凌空一跃，顺势骑到巨蟒头顶，手起剑落，竟将手中的断刃剑插入了巨蟒的七寸。一时间黑血怒溅，巨蟒疯狂翻腾，将丁隐摔到岸边。

丁隐终于昏迷了过去。巨蟒也随之瘫倒，再也无力动弹。丹辰子起身来到巨蟒嘴边，打算割下蛇信。

夏草阻拦道：“当心，所谓百足之虫，死而不僵……”

可惜夏草表达得过于慢条斯理，丹辰子听完警戒再想避开已来不及，被那猛然苏醒的巨蟒一头撞开，跌在一块硕大的黑岩上。那巨蟒也不看丹辰子，再度向昏迷的丁隐扑了上去。一时间众人惊呼，谁都阻止不及。

却是夏草扑了上来，挡在丁隐身前，双手急急在怀中翻找锦囊，这时巨蟒已至眼前，张开血盆大口将夏草囫囵吞了下去。

青云、紫英大惊失色，倒地的丹辰子也大叫夏草的名字。

只见巨蟒腹部猛地鼓胀隆起，被猛然发芽生长的草种撑得炸开粉碎。原来夏草还是在最后一刻打开锦囊，将草种播入巨蟒体内。漫天飞落的草叶中，一团绿色的荧光亮起，悠悠地落到青云手中，化为一株乌风草。

青云泪如雨下，哽咽道：“这是夏草师兄……送来的？”

丹辰子支撑着走上前来，长叹道：“夏草本来就是百草仙人座下的一株草药

所化，精元耗尽，能够化为草种留在这里，也算是个归宿了。”

这时丁隐也缓缓苏醒过来，眼中血色褪去，却又往悬崖边扑去，嘶吼起来：“玉姑娘……我得去救玉姑娘……我答应过不会丢下她……”

紫英见了丁隐模样，冷冷道：“都什么时候了，还惦记着那个妖女，你给我清醒一点，不是她挑拨离间，让我们内乱，我们也不会如此狼狈！”

丁隐却大叫起来：“不会！玉姑娘分明是为了救我！我不能看着她死！”

青云见不得丁隐这副模样，劝阻道：“丁大哥！你别这样好不好？”

丁隐哪里听得进这些，他一把推开紫英和青云，就要往悬崖下跳去。忽然一张丝网从天而降，将他牢牢裹缠住，丁隐还未及反应，就被丹辰子一掌打晕。

丹辰子网兜中提着昏迷的丁隐，向二女说道：“这是本门的天丝神绞网，丁隐心神消耗过度，脑子一时之间无法清醒，怕是谁的话都听不进。先将他和乌风草一并带回蜀山复命再说。”

屠媚将玉无心已死的消息带回阴风谷。最难过的人不是绿袍，是五鬼。

绿袍问是何人下手，屠媚早有准备，说她赶到谪仙潭时，正见到玉无心被一名抚琴女子一掌打下悬崖。

五鬼原本认定是屠媚施害，听她提到抚琴女子，倒有几分相信，便说道：“那女子很不简单，在客栈中她还破了我的恶鬼阵。”

屠媚听五鬼这般说，索性一咬牙，将所有罪愆尽数推到这来路不明的女人身上，说道：“是啊，此番如果不是她来搅局，赤魂石早到手了！”

她一面说，一面观察绿袍的神色，见绿袍面无表情，继续绘声绘色道：“宗主，这女人几次三番针对于你！她不仅阻挠丁隐赤魂石出体，还心狠手辣地把玉无心打下悬崖！”

绿袍冷笑一声，忽然抬手狠狠甩出一个巴掌。屠媚被打得愣住了，捂着被扇的脸颊，嘴角流下鲜血。绿袍向九毒问道：“九毒，我烈影神宗最忌讳什么？”

九毒不疾不徐，正色道：“最忌对上有所隐瞒，满口谎言！”

绿袍冷哼一声，上前捏住屠媚的下巴，狠狠道：“你再给我好好说一遍，是谁暗算了玉儿？是谁把她打下山崖的？是谁坏了我这次的计划？想清楚再开口。这次再说谎的话，就不止一个巴掌这么简单了。”

屠媚十分不服气，眼泪流下，委屈道：“是！就是我做的！但是，警我，我做这些都是为了你。”

一旁的五鬼勃然大怒道：“屠媚！原来真的是你对玉儿动的手？”说着就要上前，被九毒抢先一步拦住，谓他道：“左使少安毋躁，宗主自会处置。”

绿袍厌恶地丢开屠媚，屠媚扑上前死死攥住绿袍衣袖，哭诉道：“我只是想亲手把赤魂石送到你手里，这样你才能真真正正看我一眼。我不想一辈子活在那个女人的阴影下，不想永远只能和她分享你！我以为只要玉无心不在了，你就能真正属于我……”

绿袍冷冷道：“你既然敢骗我，就应该预料到后果。”

屠媚索性大叫起来：“有本事你杀了我呀！”

绿袍抽刀在手，目露凶光：“你以为我不敢吗？”

九毒见势不妙，上前一步，解围道：“副宗主虽然行事莽撞，但是护主心切，求宗主留她性命！”

绿袍推开九毒，一刀劈下，刀贴着屠媚脸颊深深砍入地面，将她发丝斩断一截。绿袍仍盯着屠媚，狰狞道：“我告诉你，这世上没什么可以威胁我的事情，包括你！只不过赤魂石还没到手，我暂时留着你的命。但是你最好从此记清楚，违背我的命令会付出什么代价！”说罢拂袖而去，临走前又冷冷丢下一句话，“去，无论是死是活，都要把玉儿找回来！”

屠媚瘫坐在地上，眼中满是委屈和不甘。

丹辰子四人将乌风草带回蜀山，诸葛驭我率着各峰长老及众弟子列队在凌云峰大殿相迎。原本一桩天大的喜事，却因为夏草不幸身殁，变得哀伤静穆起来。

四人长跪于地，青云肃然道：“那谪仙潭乃巨蛇所化，乌风草为蛇口中的蛇信，我们几人与巨蛇一番恶战，是夏草最后舍命跳入蛇腹才将其降服。”

此言一出，大殿内一片哗然，众人都为夏草的死而伤心。诸葛驭我眉头紧锁，其他几位长老也是扼腕叹息。

百草仙人大睁着双眼，定住了几秒钟，随后硬是挤出一个笑容：“什么嘛，我当是发生了什么事呢！我那冬虫、夏草，都是药人，自小被我从山里挖了来，炼成今天这副模样，虽然能跑能跳，会说会笑，可毕竟不是血肉之躯，你们也别太在意了，都起来吧。”

听了百草仙人的话，丁隐和青云有些难以置信，青云喊道：“百草师叔，药人也是人，您要是难过就说出来，要罚要骂，我们都绝无怨言。”

百草仙人“呸”了一声，骂道：“你这个丫头晓得什么，我百草每天为了炼药，切片的虫草数之不尽，难道每切一片，我都要痛哭几日，再做个几场法事？”百草仙人这么说，大殿内一时涌起的哀伤气氛也缓和了不少。

诸葛驭我正容道：“吴夏草为蜀山献身，其功不可没，就算本非血肉之身，也是我蜀山正气传承下的优秀弟子，蜀山定当赋予他应有的殊荣。”

丹辰子、丁隐等四人有所释怀，随后起身，脸上的表情方才轻松下来。

诸葛驭我又道：“既然乌风草已经成功取回，还请百草师弟尽快炼药，以救治山下百姓。丁隐，你这次历经波澜，更需静心休养，别再过多自责，以防心魔乘虚而入。”

丁隐恭敬道：“弟子明白。”

紫英却突然撞了撞丹辰子，向他使了个眼色。丹辰子点头会意，便上前施礼道：“禀告掌门，此次任务中发生了不少风波，弟子认为应当一一向掌门汇报。”

诸葛驭我点头应允，丹辰子便讲道：“我们在谪仙潭遇上魔宗玉无心，妖女假意叛出魔宗，实则与屠媚暗中联合，设下圈套。丁隐心性不定，为其所惑，这才导致诸多波澜。”

诸葛驭我闻言大吃一惊。紫英也露出得意神情，青云则紧皱眉头，却看到丁隐也施了一礼，口中道：“回禀掌门，玉姑娘她一心投诚，况且一路上她不畏险境，多次出手相救，现在坠落山崖，生死不明，还请大师兄不要再诋毁她了。”

青云也上前帮丁隐说话：“大师兄，若要一一禀告掌门，为什么不说我们几人由于心智不定，为魔宗所利用，被困在客栈大动干戈、自相残杀之事？”

丹辰子当即有些心虚，紫英立马对青云怒目而视。丹辰子顿了一顿，向诸葛驭我说道：“这……是弟子能力不济，才会被妖人暗中蛊惑，望师父责罚。”

众人你一言我一语，诸葛驭我听完已大致明白，宽容地摆了摆手，脸上表情不愠不怒，缓缓开口：“魔宗之徒作风阴险，相信你们已有所体会。但大敌当前，与其耗时论定对错赏罚，我倒期盼你们能从愚行中学到聪明，切勿重蹈覆辙。记住，定要心存善念，一腔正义，相信烈火试真金，时间自会证明其中的对错。”

听了诸葛驭我的话，众人思量片刻，齐声拜道：“弟子明白。”

四人起身之时，紫英怒视了青云一眼，令青云好生不安。待四人走出了凌云峰大殿，丹辰子又回身挡住丁隐去路，厉声喝道："不管你和那个妖女是什么关系，你自己最好收敛一点。现在赤魂石既然在你体内，你的身体就和蜀山息息相关，若是让我再看到你做出危害蜀山之事，决不轻易饶你。"丹辰子说完，和紫英扭头就走。

丁隐面对丹辰子强硬的态度，虽有些不满，一时也无言以对。

青云凑上来，轻轻拉了拉他，柔声道："走吧，丁大哥，大师兄这个人就是这样，对责任看得格外重，他是对事不对人，你别太放在心上。"

丁隐苦笑一下，口中道："他为什么就是不肯相信玉姑娘呢，甚至拦着我去救她？"

青云听到丁隐提起玉无心，脸上的微笑立马变得僵硬，但还是宽慰道："丁大哥，你别太担心了，我相信吉人自有天相。况且，医仙前辈是和玉姑娘一起跌落山崖的，前辈神通广大，定能保护玉姑娘平安的。"

丁隐挤出一个苦涩的笑容，自语道："希望如此吧。"

青云始终关心丁隐，丁隐始终记挂着玉无心，二人你一言，我一语，进行的却是一番貌合神离、咫尺天涯的对谈。

这情形，青云始终是知道的，而丁隐却浑然不觉。

二人将这样的言谈维持了一阵，青云意兴阑珊，便推说适才与紫英有些不快，该去陪陪她才好。丁隐点点头，便独自一人前往百草庐探望小张。

到了百草庐，兄弟相见自是激动万分，丁隐见小张已经行走自如，高兴地将他扑倒在地，自肩膀到脚踝，将他周身骨骼摸了一遍，不住夸赞百草仙人医术精湛，又问了小张医治的过程。

想不到小张一脸恼火，大骂道："那百草仙人根本不是好人，这些天不但将我浸在那硕大的药缸之中，还喂我吃下上百种莫名其妙的古怪药草，害我要么口腔溃烂，要么肿成猪头，要么浑身奇痒，要么臭屁连连……"

丁隐被他逗得哈哈大笑，再细看他嘴唇，果见肿得像两根香肠一样，笑得更加起劲："你不是自称英俊不凡吗，看你怎么去见神仙姐姐！"

小张被丁隐说得悲从心起，一阵长吁短叹，又替紫英惋惜起来，倒像是紫英错过了什么良缘。

丁隐又笑着说："百草师叔果然言出必行，你这身体才好，他就用你试药

了？”

小张忍不住大点其头：“是啊，是啊，百草仙人神通广大，我现在整个人焕然一新，全身筋骨比以前更加舒活有力了！他救了我一命，让他试药也是应该的。”

他这番话说得甚为真挚，用力间不慎将红肿的嘴唇撑破，一股脓水从疮口间飚了出来，小张想要喊疼，又怕疮口裂开，只得硬忍，胡乱找了片棉布来擦拭，每触及患处，便是一阵刺痛，偏又不敢叫喊。

丁隐早在一旁笑得合不拢嘴，又再调侃了他一阵，然后决定去探望百草仙人。小张当下以主人翁的姿态为丁隐带起路来，不过他不再说话，只以手势指引。二人行至后山药田，只听得篱笆内传来一阵哀伤自语。

只见百草仙人正跪在药田中央，面前刨出一个不大的土坑，土坑中放着一个用药材扎成的小人。百草仙人望着那小人，老泪纵横：“夏草啊夏草，你这孩子真命苦，本就是一棵虫草，差点让山上的蝎子吃了去，多亏我把你救下来，养到现在，却又入了那巨蛇的肚子，真是命苦……”

百草仙人一面哭坟，一面点燃线香，双手微微颤抖，继续念道：“夏草啊，现在你尸骨无存，师父只能用这新扎药人作替，若是你转世重来，也一定要做师父地里的药材啊。”

百草仙人当即将药人点燃，只见猛然烧起一片多彩火光，随后便化为灰烬。

小张一脸不解，打手势问丁隐发生何事。丁隐轻声道：“夏草师兄和我们一同去找乌风草，不幸在谪仙潭丧命。百草师叔表面上装作无事，没想到背地里这么难过。”

小张一听，也不禁为夏草感到惋惜，他抬眼看了看百草仙人，想了想，随后冲进院子，跪在百草仙人身旁，一边帮着他往坑中填土做坟，顾不上肿胀飚脓的嘴唇，张口道：“百草仙人，您别难过了，有什么事情，您尽管吩咐我去做。”

百草仙人见小张突然冲进来，忙擦擦眼泪，换了一副近似泼皮骂街的嘴脸，逞强道：“谁说我难过了，药可以乱吃，话不能乱讲！”

这时丁隐也走进院子，躬身道：“百草师叔，我知道您强颜欢笑是为了不让我们自责，其实您心里一定非常看重夏草师兄。”

百草仙人见状，便也不再隐瞒，深深叹了口气，随后将事先准备的一块精美墓碑拿出，插在夏草的坟前，哀伤道：“虽说夏草只是个药人，可朝夕相处下来，也像是自己的孩子一样，平时遣他去找药草，闲来无事还能给我端茶倒水，陪我聊天解闷。现在说没就没了，真让人不习惯。”他望着墓碑，又不禁悲从心起，抹了抹眼泪。

小张也是性情中人，当下再也不管嘴唇肿胀的窘态，大声道：“仙人！以后您要试药，我绝不躲闪。我可以天天来陪您，陪吃陪喝陪聊天。若不嫌弃，我愿意代替夏草来侍奉您。”

百草仙人一听这话，斜眼打量了一下小张，似乎在认真考虑，接着便斩钉截铁地露出了嫌弃的表情，口中骂道：“我很忙的好不好？谁说要人陪了？再说了，我养吴夏草，那是为了等到颐养天年之时，把他炖到鸡汤里补身子用的。你除了口唇丰厚些，又没别的营养，病好了就赶紧滚回栖霞峰去，少在我这里扭来扭去！”

一腔热情的小张，竟被百草仙人两句话驳得目瞪口呆。若不是考虑到自己刚被救活，只怕当场咬舌自尽也说不准。

丁隐却在一边露出笑容：“我还是比较习惯看到百草师叔您说话不留情面的样子。”

百草仙人白了丁隐一眼，收拾起自己带来的东西，站起身准备走，口中说道：“呐呐呐，没时间跟你们屁话连天了，好不容易取回乌风草，得快快开炉炼药才行。”

他说着又扭身看了一眼小张肿着的嘴唇，不屑地撇了撇嘴：“你个张馅饼，本以为你够精明，自己就能解毒，原来不过是个废物。”他一边骂，一边又从怀中掏出一粒朱丹，塞入小张嘴里。

那朱丹甫一入口，立刻起了疗效，小张的嘴当即消肿化脓，恢复原状，一旁的丁隐惊得目瞪口呆。百草仙人又看了看小张，照他屁股踹了一脚，骂道：“这点毒都受不了，以后还怎么帮我试药？”

小张两眼一亮，百草仙人的言下之意显然是同意了自己刚才的请求。他高兴地跳了起来，与丁隐击掌相庆。

那百草仙人头也不回，已飘然出了药田，只留下一个傲然的背影，隐没在一片川乌、附子与半夏的植株间。

这边栖霞峰上，紫英也是冷冷地转身，只把背影留给青云。

青云快步上前，拉住紫英的衣袖，焦急地解释着。紫英生气地甩开她的手，

怒斥道："你不但不帮着师兄说话，竟还当众让他难堪，胳膊肘向外拐。"

"我也是实事求是，师兄把所有责任都推到丁大哥身上，太不公平了！"

青云还要解释，紫英被她激怒，大喊道："青云！是丁隐执意收留妖女在先，我们才无端中计，不怪他怪谁？"

青云一张俏脸憋得通红，向紫英喊道："可是师姐，的确是玉……那妖女救了我们。"

紫英摇摇头，看青云的眼神仿佛不认识她一般，冷冷道："青云，你我自小一起长大，那丁隐才来蜀山几天，你反倒这样处处偏袒他。别说师兄了，就连我都觉得寒心。"

紫英撂下这话，再也不看青云，快步向大殿门走去。这时，殿门猛地关上，二人身后传来晓如真人的话音："你们两个丫头，刚回来就吵架，成何体统！"

两人回身，看到晓如真人一脸忧虑地站在她们身后。面对师父斥责，两人都不敢再吭声，低着头站在原地，异口同声道："弟子知错……"

晓如真人叹了口气，态度随即缓和下来，柔声道："没想到你们两人从小姐妹情深，竟然这么容易让心魔作祟，甚至挑起离间同门情谊的事端。你们忘了祖师爷太清真人是如何历练得道吗？"

二人惭愧道："弟子不敢。"

晓如真人又继续道："当年太清真人夺得赤魂石，修得血影神功，本想巡游四海，以除魔降妖为己任。可无奈所降之魔太多，自身反被魔性所侵，走火入魔之际，竟然杀妻弑子，差点失了正道，功败垂成。但最后太清真人受仙人点化，于蜀山灵界中修成正果，克除魔性，重返正途，你们知道为什么吗？"

青云天真道："定是因为祖师爷修为高深。"

晓如真人摇摇头，沉吟道："是因为他悟到了一个道理，这个世界原以清净寂灭为宗，本来无魔，何有于降？真正的魔都是从这里来的……"晓如真人指了指自己心脏的位置。

紫英蹙眉道："是心魔？"

晓如真人点了点头："正是。太清真人正是看到了这点，才放下戾气极重的血影神功，封印赤魂石。"

紫英和青云听到此处，皆是垂首不语，默默领悟话中的意思。晓如真人将两个女孩的手放在一起，又道："所谓心正自降魔，你们要姐妹同心，学会控制自己的情绪，谨防心魔，无论何等境况都要淡然处之。这便是这世界上最强大的力量。”

青云与紫英对望一眼，相视而笑，刚才的小小龃龉就此不复存在。紫英景仰祖师爷的无量功德，好希望丹辰子见贤思齐，有所作为。青云心中也在默念：“祖师爷，祖师爷，愿您能保佑蜀山上上下下都拥有心静如水的力量。特别……特别是丁大哥……”她想起丁隐时，面上就泛起了一片红晕。

世上最霸道的力量是想念。

无论是天真的少女，还是阴鸷的魔枭，只要心中刻下一个“情”字，便等于为自己设下了终身业障。这业障有时化成红豆，有时聚作阴魂，令人如痴如醉，似痴似狂。每至灯半昏、月半明、夜风冻、草木霜的时分，便是那最难将息的一刻。

绿袍收了手中晶石，神色恢复旧观，又向门外瞥了眼，平静道：“知道你在，你进来吧。”

屠媚低头轻叹一声，幽幽地现出身来，面上犹带着瘀血伤痕。

绿袍从衣襟内掏出一只药瓶，递给她：“饿了就吃饭，受伤了就要擦药。”

“警我！”屠媚脸上一喜，掩不住激动，但见绿袍一张冷面，即又改口道，“属下，属下参见宗主。”

情字一关，人人难以参破，即便她是宝城仙主。他打她，她仍要觍颜来见他；他赠药，她便心如鹿撞，面若桃花。可他依旧面无表情，说话冷漠如初：“你不应该骗我，这令我为难。”

绿袍接着说道：“我们这么多年互相扶持，早就是一家人了。当年我身受重伤，流落西疆，连几个小小妖魔都打不过，是你把我捡回去，衣不解带地照顾我。我骗了你一次，你却还是选择相信我。我这条命能活到今天，全是你屠媚给的，此等大恩，我上官警我一辈子也不会忘。”

绿袍说到“上官警我”四字，又触动屠媚心弦，她不忿道：“难道你我之间只有恩情吗？”屠媚说完，走到绿袍身边，便要依偎到他怀里。没想到绿袍突然一转身，只留给她一个后背：“你最傻的就是这个倔脾气，二十多年了，没有一点变化。当着这么多下属的面跟我闹情绪，受伤的是谁？”

绿袍的话语虽然苛责，毕竟带了一点温度，而这久违的温度已令屠媚心神荡漾，她低下头，叫着他的名字，细语道：“警我，玉儿的事是我不对，我替你去

找她回来。”

绿袍嘴角一斜：“你养好自己的伤便罢，玉儿是我女儿，她自会逢凶化吉。”

绿袍并未错估玉无心的福报。

半个时辰后，玉无心果然从天而降般出现在了阴风谷的大殿前。夜风凄冷，草木凝霜，石径边的火烛摇摇曳曳，玉无心一袭白衣沾了几道血渍，孑立在灯火中，冷艳如鬼魅。

屠媚闻讯而来，不免露出惊讶的神色。

“你，你竟然回来了？”

“怎么，看到我没死很失望吗？”

“若你要告状，我劝你还是别白费力气了，因为宗主已经知道了。”

“知道你半途对我出手，坏他好事？”

“是呀，知道我把你打下山崖，生死未卜。可是就算如此，他也没怪我，因为在这阴风谷里，我屠媚的地位可比你重要多了。”

“那当然，看到你脸上的伤就知道你有多重要。”

二人边走边说，一番对话听来平静，却暗藏机锋，各有深意。

行至大殿，绿袍正威坐中央，他看到玉无心归来，并没有表现出太多的惊讶。

倒是一旁的五鬼天王，看到玉无心出现，立刻两眼放光，张开双臂扑上去：“玉儿，你可算回来了！”玉无心屈身一躲，五鬼扑了个空。九毒看到五鬼狼狈的架势，无奈地摇了摇头。

玉无心看也不看五鬼，快步走到绿袍面前行礼跪拜：“女儿迟来复命，望父亲原谅。”

绿袍挥了挥手，示意玉无心起身，口中说道：“果然不负我所望，大难不死，历劫归来，此乃我神宗之幸。谪仙潭之事我已知晓个中缘由，此次任务失败，错不在你。”

玉无心施礼道：“谢谢爹。”又睨了屠媚一眼，见她面色铁青，没好气地冷哼一声。

绿袍又问：“据闻那抚琴女子与你一同坠崖，可知她生死与否？”

玉无心正色道：“女儿坠崖时侥幸为藤蔓绊住，又费了一番力气脱身而出，这才返来复命。至于那抚琴女子，女儿确见她坠下山崖，却不知她生死。”

绿袍“嗯”了一声，随即换了个话题：“我只想知道，丁隐如今是否还信任你？”

玉无心迟疑了一下，说道：“女儿相信自己并未暴露身份，丁隐应该依旧相信我有意投靠蜀山。”

绿袍又道：“太好了！经过这次，想必诸葛驭我也不会再让丁隐冒险，必将他困于山上，严加保护。不过他自己也分身不暇，取得乌风草后，定会配制解药，下山散药。玉儿，到时候还要靠你再上蜀山，接近丁隐。”

玉无心眼中闪过一丝无奈，仍道：“女儿遵命就是。”

屠媚看不得绿袍器重玉无心，没好气地说：“是啊，丁隐倒是还相信你的谎话，但是你自己呢？难道心里没有一点变化？”

“我不明白你在说什么！”话虽这样说，玉无心却明白，自己的内心似乎是有了些许的变化。

屠媚柳眉一挑，笑意盈盈：“哎哟，你在谪仙潭上眼泪汪汪、柔肠百转的样子这么快就忘了？我反正是感动得不得了，要不我来跟大家说说？”

玉无心重复着刚才的话：“我不明白你在说什么！”

屠媚两眼一瞪，厉声道：“你不敢承认吗？”

“够了！屠媚，先前的惩罚还不够吗？”绿袍厉声喝止二人，屠媚有些不服气，却也不再出声。绿袍又对玉无心说道：“玉儿，你是我的女儿，也是我最可靠的属下，我要你回去准备准备，时机一到，再上蜀山！”

玉无心当下点头领命，转过身去，一步步走出大殿。

九毒站在绿袍右侧，肃然而立，面上看不出悲喜。倒是居左的五鬼，望着玉无心渐行渐远的背影，兀自叹息一声。

这场劫后余生的父女相逢与玉无心预料中一样，并没有什么暖意。她回到自己房间，顾不上沐浴更衣，便瘫倒在了床上，心中回想起坠崖之后的情形——

那日玉无心坠崖时，人已昏迷过去，再次睁眼醒来，就看见素因正为她运功疗伤。素因告诉她，二人幸为藤蔓缠住，眼下正在崖壁上一处山洞之中，玉无心身上新伤旧伤相叠，若不及时救治，后果不堪设想。

玉无心惊疑交加，探问素因身份，素因除了吐露“素手医仙”四字，其余一

概三缄其口，只全力为玉无心运功疗伤。疗伤间歇，素因还施展轻功于山中采来几味药草，又在山洞口升起篝火，为她煎药热灸。

几日照料下来，玉无心竟已康复大半，先时冰封的心也渐渐被这温暖化开。

这日睡前，素因喂玉无心服药之时，玉无心向她吐露心迹，大抵说自己从小就被父亲训练成为母亲复仇的工具，也从未见过母亲的样子。

素因听得心疼不已，动容之下几乎就想与她相认，可话至嘴边，终是咽了下去，只轻抚着玉无心的秀发，哄着她安然入睡。

次日玉无心醒转时，山洞内已不见了素因踪迹，又等了半天，仍不见返。她思忖一番，决意回到阴风谷中，这便有了方才父女重逢的一幕。

玉无心仰卧在床榻上，想起了素因的温暖与父亲的冷漠，一时间百感交集，心中悸动。这时血眼信鸽突然从窗外飞入，落在窗台。

玉无心坐起身，摸了摸鸽子，忽然发现鸽腿上捆着的纸筒，她惊讶地抽出纸筒，匆匆展开——

玉姑娘，都说生离死别最是痛，我不愿想这个，只期盼你安然无恙。我如今身不由己，既无法去找你，也无人可以告知我你的状况，整日牵肠挂肚，思绪纷乱。玉哨是我仅有的念想，只能寄托于此，盼你回音。

玉无心看着纸上字迹，心知是她坠崖后丁隐所写，心中既是感动，又觉负罪，另有股欣欣然的欢喜油然而生，她展开笑靥，甜甜地骂了句：“你这个傻瓜，竟然还在担心我。”

想不到身后竟传来丁隐的声音：“我当然担心，因为我不想从此之后再也见不到你。”说着一双手抚上玉无心肩头。玉无心惊讶转身，只见丁隐赫然站在那里。

玉无心又惊又喜：“丁隐！你怎么会在这里？”

丁隐粲然一笑：“因为我想再见你一面！那天在谪仙潭，我见到你掉落悬崖，恨不得跟着你一起跳下去。”

玉无心惊喜万分，站起身来拥住丁隐，不住道：“我没事，我没事。”她突然又觉得怪异，推开丁隐，蹙眉道，“阴风谷守卫重重，你一个人进来没事吧？”

却见丁隐凄然一笑，突然喷出一口鲜血，双膝一软跪倒在地，玉无心这才发现丁隐胸口有个巨大的血洞。玉无心连忙扑上去，紧张道：“丁隐，怎么会这样？”

丁隐面无血色，只说道："没事，只要看到你安好，我就放心了。"

玉无心心痛万分，不由得泪如雨下："丁隐，你怎么这么傻！你为我这样，不值得。"

丁隐望着她，气若游丝地说道："你哭了，你是为我流的眼泪吗？你在乎我，对吗？"

玉无心使劲点头，哭喊道："丁隐，在谪仙潭我会那么做，全都是身不由己。我的世界里一向只有任务和使命，可是为什么？为什么你要靠近我、温暖我？我筑起一道道心墙，却被你的温柔一一瓦解。我不想害你，一点也不想！"

此时丁隐突然猛烈地咳血，身上也全被鲜血染红，整个人在玉无心怀里渐渐消失，最后关头，他费尽全力留下一个笑容："有你这句话，就够了……"随后整个人瞬间灰飞烟灭，化作一缕烟尘往窗外飘去。

玉无心口中大喊着丁隐的名字，惘然地想抓住那缕烟尘，却猛然撞进一个人怀里，耳边竟响起了五鬼天王的声音："玉小姐，你果真是喜欢上他了。"

玉无心猛然清醒，见到是五鬼天王，恍然大悟，怒斥道："你竟敢对我下幻阵！"

五鬼却是一脸沮丧，抱怨道："我不用这个办法，恐怕你永远也不会承认自己喜欢丁隐。唉，真是让人失望的消息。想我五鬼风流一世，这回竟然做了冤大头。"

玉无心赶紧辩解道："我没有！没有……喜欢他！"

五鬼凑近玉无心，有些轻浮地端详着她秀美的面庞，口中啧啧道："那是我看错了？"

玉无心转身回避五鬼的视线，几乎央求道："不要告诉父亲，我会……我会忘记他的！"

五鬼露出一副怜香惜玉的表情，口中道："我帮你隐藏秘密，你要怎么报答我？"

玉无心未料到他会如此说，惊问道："你想怎么样？"

五鬼邪魅一笑，指了指自己脸颊，眨眼道："亲我一下，亲我一下我就帮你保守这个秘密。"

玉无心羞愤至极，抬手就想打五鬼，却见五鬼觍着脸坏笑道："巴掌还是香吻，结果可是不一样的哦，你要想好了。"

玉无心忍气吞声，只好闭上眼睛，勉为其难地想要亲五鬼。五鬼原本一脸得意，却见玉无心双眼紧闭，双唇颤抖，脸颊上滑下一滴晶莹的泪珠，顿时心生不忍，一把推开了玉无心，似在抱怨嫌弃：“好了好了，向来只有女人追着我五鬼跑，我可从来没有强逼过任何人，说出去简直丢死人，这种嗟来之食，不吃也罢。不过我告诉你，总有一天我会让你心甘情愿做我的大老婆！哈哈哈！”

说完，五鬼便潇洒转身离去，走出两步，他忽然又想起了什么，便停了下来，向玉无心说道：“对了，那日在谪仙潭出现的神秘女子，先是在山下破了我的恶鬼阵，可到了山上，却反过来出手救你，你与她是否有什么渊源？”

玉无心摇摇头：“我并不认识她，只是上次在秀水村追踪丁隐的时候，曾被她阻拦，可是这次她却舍命救我，我也猜不透她究竟想干什么。”

五鬼见她不像作伪，便说道：“这女人行踪飘忽，心思诡秘，宗主对她的态度又好像很特别，我得好好查查她的来历。”说罢便要离开。这一次，却是玉无心叫住了他。

五鬼见风转舵，立刻回过头来，额前刘海一甩，颇有潇洒不羁的神采，继又摆出了一副迷人笑脸，问道：“怎么，小姐是舍不得我？”

玉无心没有心思与他说笑，沉声道：“刚才的事……”

五鬼眉峰一聚，眨了眨眼，笑容甚是温润：“放心，我怎么舍得出卖你？只不过从今以后，你得对我好点！”说罢这番话，他又甩了甩头发，径自飘然离去。只留玉无心捏着手里的信笺，心事重重地站在房内。

百草庐内堂烟雾缭绕，百草庐的弟子正在庭院里忙进忙出，有的端水，有的送药，一派繁忙热闹的景象。

药房中间一只巨大的炼药炉旁，百草仙人正满头大汗地站在一边，双手运掌催动真气，炉中之火越烧越旺，药缸中也不时显出各色光芒来。

小张抱着药材蹑手蹑脚地走进来，见了眼前情景，顿时兴奋不已。百草仙人听到有人进来，以为是冬虫，头也没回，只管招呼：“冬虫，拿来了没有？”

小张掐住嗓门，模仿起冬虫的声音：“来了，来了。”便低下头，将怀中的药材递了上去。

百草仙人用手将药草轻轻一捻，那药草即刻化作一团棕红色的粉末，他又一扬手，将粉末撒入丹炉，炉中立时传来沸腾之声。

百草仙人不忘指点道：“冬虫，你记着，病人多数失血过多，这鸡血藤是帮助人体造血的良药。”

小张连连点头，百草仙人又道：“再取冰心蚕两斤！”

小张有些紧张，一边应承，一边爬到高高的百子柜边，口中喃喃念道：“冰心蚕……冰心蚕……”目光扫过巨大的百子柜，锁定其中的一个柜子，伸手打开来一看，正是冰心蚕，他高兴地取出，交给百草仙人。

百草仙人将冰心蚕又投入丹炉，他专注炼药，并没有发现身后并非冬虫。只见他自怀中取出一个锦盒，里面正是乌风草，再奋力用掌力推向炼药炉。

乌风草落入药缸中，顿时华光大起，升腾起一团青色的雾气。

百草仙人凝神大叫一声：“聚！”

只见雾气收回药缸，整个药炉隐隐震动不已。片刻，炉火熄灭，药缸中的药汤呈现出清明之色。百草仙人睁开眼睛，面露喜色道：“成了！”

小张看得目瞪口呆，也忍不住喜形于色，蹦了起来，口中大叫道：“太好了！太好了！”话一出口，小张立即知道露了馅，连忙捂住嘴。

百草仙人已经回头，看到站在身后的并不是冬虫，微微有些吃惊，却已三步并作两步地来到小张面前，三根银针钉入小张的三个穴位，小张顿时感到浑身奇痒，不由自主地大笑起来。

百草仙人须发倒竖，目露凶光，狠狠道：“你偷看我制药，可知该当何罪？”

小张已经笑到不能自已，眼里却含着泪，整张脸扭曲变形，在地上打滚，模样甚是滑稽，讨饶道：“百草仙人……百草大仙……百草老英雄，我只是太崇拜您了，才想偷偷来学习您的制药之术，求您……求您……饶了我吧……”

百草仙人“呸”了一声，又道：“我问你，我的百子柜一共四百多味药材，连冬虫、夏草有时都记不全，你怎么一下子就能找到？”

小张强忍笑意，勉强道：“弟子不才，之前在仙人的药房里养伤，已经将药材的摆放一一牢记。”

百草仙人眼珠一转，嘴角一扬，沉吟道：“嗯，倒有些天赋嘛……”说着又想了想，看到小张一副窘状，伸手一挥，三根银针又回到他手中。

小张这才平静下来，趴在地上喘气，良久才说：“弟子自从来到蜀山，对什么武功剑术并不感兴趣，却觉得仙人的药石之术不但能治病救人，还能出奇制

胜，这才是世间一等一的真功夫。弟子刚费了好大力气，才问冬虫师兄求来一个亲近您的机会，若仙人不嫌弃，请收我为徒，我定当倾尽全力，继承仙人的衣钵。”

百草仙人冷哼一声，哂道：“说得好听！我百草的衣钵哪是随便就可以继承的！”话音刚落，便一转身，随手扔出一个挠痒痒用的“不求人”，“啪”地一下打在小张的脑门上。

小张的脑袋上活活给打出一个包来，一脸委屈道：“仙人，您不同意就不同意嘛，干嘛又点人穴位又敲人脑门。亏得我还帮您试了那么久的药，真是冷血！”小张越说越沮丧，捂着脑袋上的大包，一阵悻然。

百草仙人哈哈大笑，往那摇椅上一躺，将二郎腿跷得老高，口中说道：“冷血？吴冬虫是不是没告诉你，做我百草仙人的徒弟，一不用敬茶，二不用磕头，可是必须先给师父挠痒痒？”

小张顿时大喜，忙捡起了“不求人”，恭恭敬敬地上前给百草仙人挠痒痒，兀自嬉皮笑脸道：“哎呀，师父！您早说嘛，这挠痒痒的手艺，我若称第二，可就没人敢称第一了，您要是把我给放跑了，您可就亏大了……”

百草仙人嘴角一挑，闭起眼睛，专心受用，看来对小张的挠痒绝技甚是满意。待小张挠了一炷香工夫，百草仙人才悠悠睁开眼，谓小张道：“你可知我们采药之人最先要炼成的是什么绝活？”

小张认真想了想，停了手中挠痒的动作，恭敬地道：“我猜定是那能在山林中辨认出药材的火眼金睛之术。”

百草仙人一瞪眼，示意小张继续挠痒，不可懈怠，又训示道：“什么火眼金睛？采药人的首要绝技乃是土遁之术！越是名贵稀缺的仙草，往往有猛兽守护，不先学会逃命怎么行？怎么样，学是不学？”

小张兴奋地道：“学学学！当然学！您教什么我就学什么。”

百草仙人点了点头，露出了一抹诡异的笑容……

两个时辰以后，丁隐与青云来到百草庐探问解药炼制的进度，才推开门，便看到一众弟子端水送药，各自忙碌。

丁隐见众人面带喜色，估计大功告成时不远矣，又与青云对望一眼，两人很是高兴，便去炼药房前静候佳音。

青云走出几步，脚下忽被什么硬物一绊，低头一看，居然是小张的脑袋。只见小张整个人被埋进土里，只留颗脑袋露出在外，一副拼死挣扎又无能为力的样子。青云忍着笑意大骂道："你搞什么？看到我们来，也不说一声，害我差点摔倒。"

小张破口大骂："我背后又没长眼睛，百草仙人给我埋得这么彻底，我连转个头也不行吗？"

丁隐忍不住哈哈大笑，绕着他走了几圈，就是不肯将他刨出来。

小张急得大喊："丁大哥、青云姐姐，你们快快救我！我已经在这里晒了两个时辰了！"

丁隐和青云笑够了，正待设法将小张刨出，却见炼药房的门猛地被推开，冬虫手舞足蹈地跑出来，大声喊道："炼成啦！师父的神药炼成啦！"

丁隐、青云欢喜不已，也不顾小张了，当下赶往凌云峰大殿飞报诸葛驭我。

诸葛驭我闻讯大喜过望，当即召集诸峰长老与各位大弟子入殿，昭告众人道："乌风草取回之后，百草庐已连夜炼制出金蚕蛊的对症丹药，我蜀山弟子即刻下山送药赈灾。各弟子务当谨记：此行一要救助百姓，二要防敌来袭，若有所伤亡，人马增援不及，恐将功亏一篑，故此番我决定亲自下山。"

公孙无我闻言说道："师兄亲自下山，自然是功德无量之举。可蜀山若一日群龙无首，怕是会给了魔宗钻空子的机会。"

诸葛驭我摆手道："我已考虑过了，就由你和妙一两人留在蜀山暂时主持大局。我带百草、晓如下山，我们速去速回，你们二人也千万不可大意。"

妙一与公孙无我各自点头，诸葛驭我又谓众弟子道："辰儿、琪儿、紫英、青云、冬虫，你们几个也都随我一起下山去。"众人一一领命，各自从冬虫手中取过药瓶，整装待发。

丁隐听自己未被点名，便向诸葛驭我施礼道："掌门，我也想同去，再为蜀山效力。"

诸葛驭我点了点头，却说道："丁隐，为师知道你一片赤诚，效忠蜀山，但魔宗觊觎赤魂石，为免另生事端，你还是留在山上稳妥些。"

丁隐虽有些失落，却也明白诸葛驭我的一片苦心，当下不再多言。返回栖霞峰的途中，青云倒是叫住了他。青云睁着一双大眼睛对他道："虽然这次丁大哥你不能下山亲手救治百姓，但我一定会告诉他们，是你冒死取得了乌风草，你也是他们的救命恩人！"

丁隐被青云说得不好意思起来，笑道：“这也是整个蜀山的功劳，不是我个人的。再说了，帮助别人本来就不应该计较回报，没什么好向外人多提的啦。”

青云叹息道：“你呀，成天只为别人着想，根本不考虑自己。”

丁隐笑了笑，没有说话。

青云打量着丁隐，不由得又脸红心跳起来，有些期期艾艾地道：“丁大哥，我这次跟师父他们下山，少则十天半月，多则一月，你……你会想我吗？”

丁隐并不晓得青云的心意，大大咧咧地道：“那是自然，我会天天求祖师爷保佑你和诸位同门平安归来的。不过青云，你性子急，遇到什么事情千万不要鲁莽，凡事要听从掌门的话，多与紫英师姐、丹辰子师兄商量，知道吗？”

青云又咬着嘴唇问他：“那……要是我再不幸遇到危险，你还会像上次一样奋不顾身来救我吗？”

丁隐斩钉截铁道：“当然会！”

青云顿时笑靥如花，呢喃道：“丁大哥，你最好了。”

丁隐给她说得一阵尴尬，不知该说什么才好。青云又踌躇了一会儿，知道自己必须走了，眼神依依不舍，话别道：“丁大哥，那我走了。你在山上好好练功，等我回来。”

丁隐点头道：“青云，保重。”

青云微笑转身，如一片云彩般悠然远去。

屠媚急匆匆冲进雪池，见绿袍暴躁不已，披头散发，在雪池旁横冲直撞。九毒想拦住绿袍，却被他一掌打开，连退几步，幸好被屠媚扶住。

屠媚放眼望去，只见雪池干涸殆尽，里面的血莲也是奄奄一息，快要枯竭。

屠媚大惊失色：“这……怎么回事？”

九毒凝重道：“副宗主，蜀山破了金蚕蛊，雪池已经快干了，宗主的旧伤……”

屠媚不待九毒说完，勃然怒喝：“为什么不告诉我？”

九毒仍是不卑不亢，回她道：“是宗主不让说的。”

屠媚再不与九毒多言，飞扑到绿袍身边，口中大喊起来：“警我，警我！你怎么样？”她一触到绿袍，就发现他正浑身颤抖，再看他脸色惨白，青筋暴突，显是承受着极大的痛苦。

屠媚心疼不已，焦急万分，紧握着绿袍的手喊道：“警我，你撑着，我去找大哥来救你！”

绿袍一把抓住屠媚的手，用力摇了摇头，狠狠道：“屠霸这狗东西！他给我下的血蛊里有剧毒……”

绿袍说完，又吐出一口鲜血，整个人发疯一般狂吼，衣衫爆裂，黑色的气息在他血脉中蔓延，吞噬他的生命。

屠媚心急如焚，却是束手无策，她一咬牙，挥刀割破自己的手腕，鲜血从白嫩的手臂上汩汩流下——为救绿袍，她竟以自己的鲜血飨食血莲！

九毒见状，大惊失色想来阻止，屠媚却大喊道：“不要理我！你快去找血奴，不管用什么办法，快去啊！”

九毒也为屠媚的壮举所感动，却凝立当场，焦心道：“副宗主，中原找来的血奴，若没有天尊赐血为引，非但遏制不住宗主毒发，反而会令反噬更加严重！”

屠媚目光一黯，正在无奈时，突然雪池外传来一个男声，正是那脓包的使者连登，只听连登向她喊道：“副宗主何必如此，天尊看到了会伤心的。”

屠媚回头，却见连登身上背了一个皮囊，正缓步走进来，口中道：“天尊知道宗主雪池告急，特地让我送些西疆魔地的血来，这些血可比人血金贵多了。”

屠媚不待连登多言，厉声喝道：“还不快拿过来！”

那连登歪嘴一笑，将身上皮囊打开，只见一道红色血柱缓缓注入雪池，一片血红中泛着黑气，在雪池中翻涌，雪池中的血莲似得到养分，纷纷伸出藤蔓爬过来。

绿袍身受蚀骨之痛，意识却是清醒的，咬牙骂道：“屠霸卑鄙！”

连登却不以为然地道：“如果不是宗主贤能，天尊也不会有所忌惮，想来还是宗主锋芒太露所致。”

绿袍闻言咆哮起来：“我不要这些血！我不要！”

屠媚搂住他，逐字道：“上官警我，你要活着！活下去，你的仇才能报，不管有多大的屈辱，你都要活着！死了就什么都没有了！”

绿袍挣开屠媚，狂吼一声，想要冲到连登面前，可是刚走两步，已经跪倒在地。

连登一副小人得志的嘴脸，怪笑道：“宗主，我胆子小，不要像上次一样吓

我。还是好好享用天尊给你的礼物吧。”

话音未落，那雪池中的藤蔓像是着了魔一般，不顾绿袍的反抗，从雪池中爬出，将绿袍整个缚住，拖了回去。

“不！”绿袍撕心裂肺的惨叫声由雪池内骤然响起，在数个石室间回荡不止，良久不绝，令人毛骨悚然。

连登又对屠媚行了一礼，神色间甚是傲慢，口中道：“副宗主，属下还要回去跟天尊复命，就不多留了。”说罢便转身离去。屠媚迫于大哥威势，只好将连登送出雪池。

二人走出数十步，连登停下脚步，对屠媚冷冷说道：“副宗主，你且留步。我刚想起来，天尊让我带句话，要你好自为之。”说罢迈开步伐，看也不看屠媚。

屠媚望着这喽啰的背影，心中一阵忐忑，忽见身后绣伞中射出华光，屠霸半透明的身影飘浮在空中，出现在屠媚眼前。屠霸率先发话：“怎么，你终于记起大哥了？”

屠媚对着兄长嘶吼一声：“为什么这么对警我！为什么要这么折磨他！”

屠霸呷了口茶，淡然道：“我这么做，不是在帮你拴住他吗？若不是我在血里下了毒，他会乖乖待在你身边这么多年吗？我的傻妹妹。”

屠媚冷冷道：“我的事情不要你管！”

屠霸呵呵一笑：“嚯，不想我插手，那就做好你的事，也让上官警我做好他的事。”

屠媚咬咬牙，愤愤地说：“放心吧，我们的人已经成功潜入蜀山了。哥哥，您就多点耐心，再等几日吧。”

屠霸似笑非笑，说道：“好，做得很好，我就等着你们的好消息了。别怪我没有提醒你，上官警我当年骗过你一次，难保日后不会有第二次。我们兄妹俩是血脉至亲，这个世界上就只有大哥不会害你、算计你，待取得南明离火剑，破除封印，夺回赤魂石以后，大哥带你称霸中原。”

屠媚不想再听，赌气地一挥手，收回绣伞，屠霸的身影也瞬间消失。屠媚重重地将伞拍在桌子上，秀眉蹙起，脸色凝重。她虽是心肠刚硬，杀人无数的魔女，无奈对上官警我情根深种，相思入骨，这“情”字便如一生魔障，令她无力抽身，心甘情愿画地为牢，饮鸩止渴却犹自痴痴醉醉。

优昙花海情方定，山中故人露狰容

玉无心愣了愣：“你在命令我？”

想不到丁隐一副责无旁贷的样子，不由分说道：“对，我命令你，从今天开始直到你痊愈，一切都得听我的安排，知道吗？”

丁隐说完，便扶玉无心躺下，为她盖好被子，目光很是严厉，就像照顾生病的孩童一般。

一个人练剑练得久了，会自由。

初时还拘泥于招式身法、兵刃短长，待至后来，剑随意动，便如那行云流水般挥洒自如。就如积水成渊、百川灌海，水势初时循着地势河床流淌，至汇成汪海，也便破了樊笼，不受约束，所谓沧海横流、洋洋洒洒，讲的便是那自由之境。

这段话是公孙无我说的。

诸葛驭我、晓如真人、百草及诸弟子下山之后，便留公孙无我与妙一二人坐镇蜀山，主持大局。

这些时日，丁隐除去上百草庐找小张见面，每日晨昏都在栖霞峰奋力练剑，修为大有长进。这日，公孙无我见他练剑练得酣畅，便说了上面的一番话。

虽未臻自由之境，公孙无我的开示仍令丁隐大有所悟。公孙无我趁势就要考校他几招，二人便各出佩剑于桃林间试练开来，两剑一交，公孙无我就大为震惊，未承想短短时日，丁隐的剑招竟已经这般熟稔犀利，当下公孙无我也不再有所保留，动作越来越快，丁隐当即疲于应对，渐感吃力起来。

公孙无我似未察觉丁隐的变化，为了试验丁隐的反应速度，出剑愈发诡谲。丁隐勉强接招，身体内慢慢聚集起红光，一股股红色的气流似乎在他的身体里横冲直撞，不出一刻钟，他已是大汗淋漓、气喘吁吁。

公孙无我接连三剑，刺他正面人迎、膺窗、外陵三处穴道，丁隐避开后，支撑不住，一头倒将下去。公孙无我忙上前扶住，探了探他的脉象，大骇道："丁隐，怎么了？"

丁隐表情痛苦地道：“师叔，我感觉体内真气四处冲撞，好生难受。”

公孙无我又连点了丁隐几处大穴，可不但没用，反而促发了丁隐体内赤魂石的力量，只见丁隐双眼泛红，猛然起身全力一掌，公孙无我防备不及，被他一掌打中胸口，顿觉胸中一痛，登时倒退了好几步。

就在此时，妙一突然出现，一拳就将丁隐的掌力卸下，丁隐神志已失，但见他周身笼罩在红光之中，稳住脚后，方向一转，便对妙一出手。

妙一闪身一躲，狠狠地给了丁隐胸口几拳，强运内力压制住丁隐体内即将跃出的血魔，红光顿时消散了大半。

丁隐喷出一口黑血来，眼中红光才渐渐退去，整个人支撑着起身，向妙一行了个礼，一时竟无气力去扶公孙无我。

公孙无我看看丁隐，捂着胸口走到妙一身边，有些痛苦地说道：“我正指点他武功，想不到竟激发了赤魂石……”

妙一点头道：“看来这赤魂石始终是个隐患，我们不能掉以轻心。”

公孙无我一声轻叹，担忧地望着丁隐，口中道：“这次是我大意了。”

妙一看着丁隐，思量了一番，道：“丁隐，你以后每日巳时，都打一壶酒到天门峰后面的树林找我，作为交换，我教你些内功心法和拳脚功夫，好更稳定地压制赤魂石，你看如何？”

丁隐擦擦嘴角的黑血，点了点头，欣然道：“丁隐遵命。”

此后数日，丁隐便每日清晨提一壶酒，跑到天门峰后的小树林里报到。妙一本就与他投缘，有了美酒助兴，更是酣畅豪迈，将自身的功法奥秘毫无保留地授予他。

丁隐如法练习几日，先时淤塞的气脉便大有顺畅贯通之感，心下满怀感激，欢喜不尽。妙一传过运气之法，又与他练习剑术，两人在林中试练起傲雪双剑。

丁隐只觉得身轻如燕，气血活络，剑招上的威力也随之大为增长。

二人练了大半日，大汗淋漓，便瘫坐在乱石边喘着气歇息。丁隐看着夕阳西下，倦鸟归巢，只觉好生畅快。

妙一笑呵呵地将酒葫芦递上来，与丁隐大口对饮。丁隐内心虽有豪情，酒量却是不济，没喝三两口，便教那烈酒呛得一脸通红，眼泪直流，看得妙一哈哈大笑。

丁隐模样虽窘，心中自有一股豪情，说道：“跟师伯学艺喝酒，真是人生一大快事，我真的好久没有如此开怀过了。”

妙一自饮一口，问他：“好久是多久？”

丁隐忽地一怔，竟是答不上来。记忆中他曾在何年何处与何人饮酒，全是一片空白。他忽然意识到，原来他人生的回忆只有始于蜀山的短短光阴。他惘然若失地摸了摸衣襟中的玉哨，学着妙一的样子，呷了口烈酒入喉。

妙一又问他：“丁隐，有件事我想问你。”

丁隐大方地道：“师伯但问无妨。”

妙一便望着他问：“你和青云，到底怎样？”

“情同兄妹……”

丁隐还待细说，便被妙一喊停：“打住打住，别来这一套，青云这孩子是我从小看着长大的，她心里的小九九可都逃不过我的眼睛。我看青云对你挺上心的，你也不是木头，不会没感觉吧。”

丁隐低头不语，半晌，却抬头看着妙一，反问道：“妙一师伯，当年您和师父是怎么认识的？”

妙一听到晓如的名字，眼睛不自然地放出光彩，立刻变得笑意盈盈，声音也轻快起来：“那个母老虎呀，我跟她可才真叫不打不相识……”

原来妙一十几岁时，祖业凋敝，无以为生，就进了庙里当和尚。一来庙里吃饭不要钱，二来他也想着习武健身，将来可以帮扶弱者。

不料他出家那寺庙却是个黑庙，歪嘴住持一心只想骗人香火钱，经都念不清楚，拳脚上的本领更是不堪入目。不仅如此，还三不五时教唆妙一四处化缘，索要供养，妙一不从，便破口辱骂。

妙一终于忍无可忍，这才从庙里逃了出来。那时他听说蜀山上有很多高人，就凭着韧性，爬了九九八十一天，才攀到蜀山脚下，整个人疲累过度，晕倒下去。

待他睁开眼来，只看见一个慈祥的白眉老人站在他的面前，旁边还站着一个亭亭玉立的少女。不消说，老者便是白眉真人，那少女就是年轻时的晓如真人。

白眉真人见妙一骨骼雄奇，可惜奄奄一息，便将他收留下来，又让晓如照顾他的饮食起居。

不出半月，妙一便对晓如生了情愫，想不到晓如恼羞成怒，不待妙一伤好，就天天拿剑追着他满蜀山地砍杀，吓得妙一屁滚尿流、四处躲藏，竟然练就了一身逃命的好功夫。

白眉真人看在眼里，认定妙一天赋超群，便将他送入天门峰，专攻防御和布阵之术。

不出三五个月，妙一的武艺大为精进，过招时竟能与晓如斗得漫山遍野、飞檐走壁。起初还有些师长同门来劝架，后来众人见他们渐渐竟斗得你侬我侬、郎情妾意，便转为嘻嘻哈哈地打趣赞叹。

妙一与晓如的追打戏目，简直成为当年蜀山上的一景。可以说这对夫妻当真是刀光剑影里打磨出来的。

讲到此处，妙一又笑着对丁隐道："后来我才知道，你师父当时之所以追着我打，是逼我快点进步，她对我可真是用心良苦。"

丁隐听得哈哈大笑起来。

妙一又道："其实我最了解你晓如师父了，脾气虽然暴躁，可是心肠却好得很！"说完又自饮一口，欢喜道，"丁隐啊，不瞒你说，这么多年来，经历了江湖上的打打杀杀，恩恩怨怨，我觉得人生最美好的不过是得一知己，两相为伴，把酒言欢！晓如这母老虎，虽然脾气坏了点，可我跟她在一起，倒是开心得很。"

丁隐低头笑笑，有些感伤起来："师伯，我真羡慕您，有人一辈子陪着您嬉笑怒骂，把酒言欢。"

妙一大眼一瞪："那你想不想也找一个这样的人？我看青云就很合适嘛。"

丁隐却支吾道："呃……这个……不合适吧？"

妙一眉头一皱，大声道："有什么不合适的？青云可是晓如和我看着长大的，不是我夸她，人又漂亮性子又好，你还有什么不满意的？"

丁隐又说："我明白青云是天底下难得的好姑娘，只是……"

妙一眉头一皱："难道你心里有其他人选了？"

丁隐尴尬万分，却又不知说什么好。

妙一见到丁隐为难，也不再逼他，只是接着喝酒。夕阳西下，一群白鸟从色彩斑斓的晚霞中飞过，群山连绵，景色异常美丽。

妙一沉吟道："也罢，也罢，我也不来逼你。只是人生苦短，一个人走未免太寂寞，这么美的风景，两个人一起欣赏才有乐趣啊。"

丁隐笑道："我和师伯一起，不也是两个人吗？"

妙一"呸"了一声，骂道："我可不想和你这小子凑一对！"说罢站起身来，喝下最后一口酒，慨然道，"酒没了，我也该回去了。丁隐，我就不给你当媒人了，只是珍惜眼前人，这道理你以后自然会明白。"

妙一正欲离开，忽见丛林深处群鸟飞来，伴着阵阵惊鸣。妙一循迹望去，辨知是那剑阵所在的方位有了异动，当即神色一凛，喝道："不好，有人擅闯天门峰剑阵，事不宜迟，我们去看看！"

丁隐也是大惊，二人一阵飞奔，片刻便来到剑阵的所在，丁隐一眼就看到了正在剑阵中苦战的玉无心。

旬日未见，玉无心竟又孤身来闯蜀山剑阵，她哪里知道上次闯阵之后，妙一早对天门峰剑阵的方位布防做了极大调整。早前绿袍传她的那套破阵口诀，此番自然没了作用，玉无心刚一入阵，便陷入千百支剑如天罗地网般的包围之中，一时间险象环生，命悬一线。

丁隐见状心急如焚，也不顾旁边还站着妙一，已经奋不顾身地冲到玉无心面前。此时剑阵中一柄通体漆黑的古剑正向玉无心飞旋而来，丁隐闪身上前，一把将玉无心抱在怀里，扯到一旁，那古剑由他的肩头擦过，立马划出一道血痕。

两人扑倒在地，狼狈地打了几个滚才停下来。玉无心见是丁隐，一时间也忘了身上的痛楚，面上竟露出久别重逢的笑意。

丁隐旁若无人地将玉无心抱在怀里，紧张地问道："玉姑娘，你怎么会在这里？你没事吧？"

玉无心虚弱地笑着摇摇头，娇嗔道："我没事……我心里正咒你不得好死，你就出来替我挨一刀，咱们又扯平了。"说着又是一口鲜血吐了出来。

丁隐大惊失色，叫道："你快别说话了……我带你去疗伤。"

这时，站在一边一言不发已久的妙一缓步走了过来，凝声道："来者何人？擅闯蜀山剑阵，真是不知天高地厚。"

玉无心见他龙骧虎步、神色威严，心中不由畏惧起来，当下挣扎着爬起来挡在丁隐面前，强撑着说道："你别为难他，都是我一人所为，一人做事一人当。"

丁隐心中感动，也连忙跪倒在妙一面前，口中道："妙一师伯，玉姑娘三番五次救我性命，若不是她，丁隐早已不在世间。如今她已经叛出魔宗，和绿袍反目。这次她上山来找我，肯定也是无路可去，请师伯责罚我一人就好，不要为难她了。"

妙一皱了皱眉头，沉吟道："要是谁都求求情就放进蜀山来，那要这剑阵来做什么？"

丁隐却执拗起来："可是玉姑娘已经受了伤，咱们总不能见死不救。"

玉无心见妙一神色冷峻，眉目间蕴含着怒意，便奋力拦住了丁隐，说道："丁隐，男儿大丈夫，不要随便屈膝于人，我没事的，死不了。"说话间强撑着要站起来，却因体力不支，脚下一软，晕倒在丁隐怀里。

丁隐焦急地唤了她几声，来回摇晃着她单薄的肩膀，见她仍不醒转，又试试脉搏，知无大碍，便转过来一阵苦求，不住道："师伯，求求您，救救玉姑娘吧。人命关天，不能见死不救。"

妙一深深叹了口气，便让丁隐背起玉无心随他而去。妙一一路走到伏魔谷边界的一间小屋前才停下来。

丁隐见这里环境清幽，四下没有人迹，便小心推门进去，发现室中陈设倒也质朴整洁，尤其一张木床铺置得十分干净，便将尚在昏迷的玉无心安放在床上，转身向妙一央求："师伯，您说过只要人心向善，身份门第都是浮云，丁隐以性命担保，玉姑娘早已脱离魔宗，绝无坏心，请师伯救救她吧。"

妙一早从丁隐的反应中料定，这玉无心便是紫英、丹辰子口中说的"妖女"无疑，首次见她面容，果然是生得俊美灵秀、姿色天然，心中暗想，无怪乎丁隐方寸大乱、受其蛊惑。

他正叹息间，目光忽然在她眉目间停驻下来，心中暗惊，口中却道："我们蜀山的剑阵可不是闹着玩的，她与剑气搏斗，耗损过度，好在她内力底子还算深厚，只是些皮外伤，并无大碍。"

丁隐总算松了口气，便问玉无心何时才能醒转。妙一望了望玉无心，又看了眼丁隐渗血的肩膀，便道："你去百草庐，找你兄弟小张要些上好的止血药来，顺便把你肩膀上的伤包扎一下。"

丁隐感激抱拳，便匆匆出门向百草庐去了。

妙一目送丁隐出门，转身来到玉无心床边，捏住玉无心的手腕，提气运功，一股真气缓缓进入玉无心体内。不多时，玉无心苍白的脸色便逐渐红润起来，身子侧了侧，悠悠醒转。妙一收回手，退了两步站在床前。

玉无心睁开眼睛，看到屋中只有妙一一人，慌忙坐起身来，动作牵动伤口，她秀眉微蹙，轻呼了一声。

妙一说话间神色甚为祥和："你身上有十多处外伤，还是不要乱动才好。"

玉无心便问："丁隐呢？"

妙一会儿心一笑："放心，他去替你取药了。"

玉无心稍微松了一口气，下意识地伸手一抓，见鞭子在旁才稍加放心，便问妙一道："为何要救我？"

不料妙一竟淡然道："故人之后，自当尽力相救。玉姑娘，你爹近来可好？"

玉无心此时脸色又是一变，思量半晌，问妙一道："你……是怎么知道的？"

妙一点头道："上次掌门自阴风谷归来，心中就已经有所怀疑，只是不敢相信。但你成功破我蜀山剑阵，一定是得到上官警我亲传，上官警我如此小心谨慎，这件事一定是交给极为重要的人去做。更重要的是，你与你母亲素因神态有几分相似，这可骗不了人。你不是上官警我的女儿，又是谁？只是我很奇怪，当年素因明明已经跌落山崖身亡，你……"

玉无心哀伤道："我娘当时一息尚存，我爹将她救回，本来可以舍弃我保住娘的性命，可娘拼死不从，用尽全身真气护我周全，直到我出生，我娘却耗尽全身真气而亡……"说到此处，两行泪水已夺眶而出。

妙一听到真相，也是一声叹息："孽缘……真是孽缘……"

玉无心听到妙一叹息，擦干了泪水，冷笑一声："你不用在这里惺惺作态，我父母沦落至此，还不是全拜蜀山所赐。你既然已经知道了我的身份，为何不杀了我？"

妙一却淡然一笑："我为什么要杀你呢？冤冤相报何时了，上一辈的恩怨，还是不要影响到下一辈为好。"

玉无心听到妙一这么说，这才缓缓放下戒心。

妙一叹了口气，转头望着玉无心，问道："那你与丁隐……"

玉无心有些不好意思地微笑起来，神色却甚为真挚："前辈请放心，我之前的确骗过他，但此番冒险上山，并非我父亲授意，我只为不辜负他一番挂念之意，并无别的企图。"

妙一不置可否，摇了摇头，又叹道："但你可知道，你与他一正一邪，相交越深，迟早令世人不容。"

玉无心星眸一转，反问道："前辈很在意这些门第之见吗？"

此话一出，妙一也笑了起来，心中对这玉无心倒有些欣赏之意。

玉无心又道："我身在魔宗不错，但除去身份，我就是我，所言所行皆由心而生。在丁隐面前，我只是玉无心，不是什么魔宗的大小姐，更不担心什么正邪不两立。"

妙一便问她："有一天丁隐知道了你的身份会怎么想？"

玉无心闻言想了想，开口道："若他不能接受，我只当瞎了眼，看错了人，但决不后悔今日所为。"

妙一大笑起来："好！不愧是上官警我的女儿，我欣赏你的坦荡。"

玉无心见他爽朗豪迈，索性直接将疑虑抛了出来："敢问前辈，打算如何处置我？"

妙一闻言，笑容一闪，身形已飘至玉无心面前，伸手点住她后背穴道。玉无心未及反应，心下一惊，却听妙一说道："你放心，我只是封住了你的玉泉穴，让你暂时不得施展内力罢了。这里是伏魔谷一个已经废弃的别院，一般蜀山弟子不常出入，不会有人察觉。你且好生休息吧，估计过一会儿丁隐就该回来了。我只有一句忠告给你，人与人之间的信任难能可贵，希望你不要再辜负。"

玉无心眼神一闪，点头谢过妙一。妙一便不在房内停留，转身出门。

不多时，丁隐抱了一堆药膏，匆匆归来，见妙一负手立在小屋外，便急急迎上去问起玉无心的伤情。

妙一告知他玉无心现已无碍，正在房内休息，丁隐欣喜不已，正要推门相见，妙一却拉住了他，正容道："丁隐，我已答应留她在此养伤，可她毕竟是个外人，你不要带她随处走动，只能待在这小屋附近，这样于你于她都有好处，知道吗？"

丁隐点了点头，欣然道：“多谢师伯宽容！”便急忙推开木门，一阵心跳若狂。

玉无心见丁隐进来，挣扎着就要坐起。丁隐却一个箭步冲到了玉无心面前，将她扶住：“别动，你身上有伤！”

两人一瞬间目光对视，玉无心迎面碰上丁隐火辣辣的目光，有些尴尬。丁隐打来一盆水，将玉无心的一只胳膊拉了过来，玉无心想要退缩，丁隐却并不在意似的将她的手拉了过来，将袖子撸起，看到那纤纤玉臂上触目惊心的道道伤口，忍不住眉头一皱。

丁隐道：“蜀山剑阵自你上次闯入之后已经重新布置，你也不用脑子想想，就硬生生来闯。”

玉无心嘻嘻一笑：“上次来抓你走，一路畅通无阻，可这次一心只想来找你，反倒艰险重重。你说这是不是老天故意在捉弄人？”

丁隐睁大眼睛问她：“你是特意来找我的？”

玉无心笑靥如花，从怀中拿出丁隐绑在鸽子腿上的书信，俏皮地道：“我收到你的信，就想当面来告诉你，我没事，我很好。”

丁隐欣喜万分，情不自禁上前抱住玉无心，深情道：“你知不知道，我好担心你！”

玉无心顺势伏在丁隐肩头，半是温馨半是怅然，突然目光一冷，身子一颤，推开了丁隐。丁隐以为触到玉无心伤口，连忙歉意地放开了她，对着上了药的伤口吹了吹，小心翼翼地用纱布将伤口缠起来。

玉无心看着丁隐温柔细致的动作，眉头又皱了起来。

丁隐却以命令的口气说道：“这伤口不算浅，这两天你要好好休息，不要碰水，有什么就吩咐我做，这样才不会留疤，听到了吗？”

玉无心愣了愣：“你在命令我？”

想不到丁隐一副责无旁贷的样子，不由分说道：“对，我命令你，从今天开始直到你痊愈，一切都得听我的安排，知道吗？”丁隐说完，便扶玉无心躺下，为她盖好被子，目光很是严厉，就像照顾生病的孩童一般。

玉无心一时没有适应丁隐这般模样，口中抗议道：“你还管束起我来？”

丁隐也不理会，伸手捂住了玉无心的嘴，摆出一副家长模样：“你呢，现在什么也别说，先睡一觉。我呢，哪里也不去，就在这里。”

玉无心只好听话地闭上眼睛，心中竟有些甜蜜。这一觉睡到半夜，蜀山已是万籁俱寂，玉无心突然醒来，眼见四下无人，丁隐并不在屋内。

玉无心正待呼喊，忽见到窗外洋洋洒洒正飘着细雪，她不由得十分惊讶，挣扎着起身，随手披了衣服出门，却见到屋外一片银装素裹，空中的雪花便如洁白的杨花般，纷扬起舞。

春夏之交，怎会下雪？玉无心心中诧异，伸手想抓住一片雪花，却发现那些飘落下来的竟然是白色的柳絮，抬头一看，原是丁隐坐在一棵参天大树上往下大把大把抛撒柳絮。

丁隐见玉无心发现了他，顽皮地喊道：“玉姑娘，你看，我丁隐也一样可以造一个冰雪世界！你快上来呀！”

玉无心心中喜悦，却一撇嘴：“我全身内力都叫你那师伯给封住了，这么高的树，我怎么上？”

丁隐一笑，抓住一根树藤，从树上荡下，伸手揽住玉无心的腰肢，将她带上了树顶。玉无心满心欢喜，霞生双靥：“从来没发觉，你也有这么幼稚的时候。”

丁隐低头一笑：“因为那是我们在一起的第一个回忆。”

玉无心也是秋波一转，面上更红，看来十分妩媚，她浅笑道：“你为什么总是只记得别人的好，不记得别人曾经伤害过你？”

丁隐迎着她的眼波，逐字道：“我先前遇到一位前辈，她告诉我，心之所向，境由心生。我的记忆没有了，我现在唯一能相信的只有我的心。”

“你的心？”玉无心重复道。

丁隐点点头，从怀中拿出一个木头雕像，递给玉无心。玉无心接过来一看，那小像竟然雕的就是她自己，而且仔仔细细用油彩上了色，面目神采兼具，显然是精心雕琢而成。

丁隐继续道：“自从我失忆以后，整个人就像一张白纸，无所适从，无依无靠，只有梦境中不断重复出现的一张脸，让我觉得既熟识又安心，于是我开始雕这个木像。是她一点一点在我这张白纸上留下印记，我也一点一点雕完这个木像。玉姑娘，打从你第一次出现在我面前到现在，虽然发生了很多事，但我只想

跟随自己的心去印证，梦境中的她就是我眼前真实的你。”

玉无心一阵感动，心中百感交集：“丁隐，你……”

丁隐打断她：“别说话，你看下面。”

玉无心随丁隐所指，放眼远望，两人坐在数丈高的古树上，将整个伏魔谷尽收眼底，平日晦暗阴森的伏魔谷，此时在月色下也显得寂静幽然。突然间，周遭树边的花骨朵像是收到指令一般，齐齐绽放，顿时成为一片花海，娇艳万分。

玉无心惊喜道：“是昙花……”

丁隐点头道：“对呀，是昙花。蜀山人人皆以为伏魔谷是魔气充盈的恐怖之地，殊不知换个角度去看，竟然有如此美丽的花朵绽放盛开着。所以目之所见并不全是真实的，一个人是好是坏，并不能从表面去判断。心里那双眼睛怎么看，才是最真的。”

玉无心看着阴森之地里开出的优昙花海，似有所感，便问道：“那你心里的眼睛看见了什么？”

丁隐脱口而出：“你！”

玉无心被丁隐所说震撼，紧紧抓着那个木头小人，不能言语。

丁隐又道：“天地之大，人海苍茫，人在天地之间那么渺小，可我在还没碰见你的时候就已经认识你了，你说这是不是我们的缘分？这样昙花一现的机缘，难道不应该珍惜吗？”

“你不在意我……之前骗了你吗？”玉无心有些忐忑。

丁隐爽朗一笑：“经历了那么多，能够支撑我活下去的不过就是心底里的那一点念想，所以只要你现在没有骗我，就够了。”

他说着便翻身跃下树去，又抬头望望玉无心，突然想起了什么，说道：“玉姑娘，上次在湖边，你教了我一套心法招式，我可都没忘记，不如我现在也用那方法替你疗伤吧。气旋周天，采为真阳，元神聚顶，破出丹田。”

丁隐说完，假意运功，但他只摆出动作，并没有动用真气，而是斜眼望着玉无心，似乎在等待对方的反应。

玉无心坐在树上，内心剧烈地纠结着，脑海中绿袍和丁隐的身影两相交缠，她的双手在树干上抠出一道深深的痕迹，突然她像是下定了决心一般，飞身下树，来到丁隐身边，一把从背后抱住了他，大声喊道：“别再练了，这心法根本不是疗伤用的，是为了激发你身体里赤魂石的魔性。”

丁隐释然一笑，转身凝望着玉无心，又问她：“那你现在还要我的赤魂石吗？”

玉无心也再不犹豫，坦然道：“不，有你心意如此，还要什么赤魂石！”

两人视线一对，不再言语，便在一片花海间热烈地拥吻起来。

尘世之间，再没有什么言语能形容此际的相逢。就像乍现的昙花，迎来刹那的芳华，纵是良辰苦短，美景匆匆，也令人此生都不会忘记。

往后时日，玉无心便在伏魔谷的小屋居住下来。丁隐每日来此习剑，闲时又为她梳洗头发，烹饪小菜，陪她看着山涧中细水潺潺。又过几日，玉无心伤势渐愈，便与丁隐一同在小屋前对练。

丁隐用剑，玉无心使鞭，两人刚柔相济，默契十足，时而腾挪如轻盈之燕，时而辗转如蛟龙潜行，剑过之处，落英缤纷，煞是好看。

忽地一个酒葫芦从空中飞来，原是妙一前来探望。妙一见丁隐持剑挺立在一片碧树丛中，玉无心手握长鞭，一袭白裙随风轻扬，只觉得宛如一双璧人。

他说笑着上前与两人切磋起来，丁隐与玉无心心意相通，便舞起断刃剑寒鞭，向赤手空拳的妙一攻了上来。妙一哈哈大笑，与两人斗到一处，一时竟难分高下。

待三人练习得累了，就席地坐下，在林中野餐。丁隐捕来野兔溪鱼，烧制成菜，妙一取出酒来，大赞丁隐厨艺。此时丁隐已能大口喝酒，便与妙一痛饮一番。

玉无心只管在一边给二人夹菜，面上笑意盈盈。气氛其乐融融，三人开怀大笑，似一家人一般。

妙一看着玉无心爽朗的笑脸，心中若有所思：上官警我虽堕入魔道，可他根性毕竟是好的，这玉无心虽在魔宗长大，看起来却并非阴邪之人，若加以引导，或也是一条出路。

却说诸葛驭我、晓如真人率领一众蜀山弟子正在马不停蹄地奔走各方，几日下来已为数以百计的村民解除金蚕蛊毒，村民起死回生，感激涕零自不待言。

有个老阿伯携了阖家十数口人，向丹辰子叩拜起来，口中不停道：“谢谢大

侠救命之恩！谢谢大侠救命之恩！”

丹辰子连忙将村民一一扶起，浩然道：“救助百姓，实是蜀山之责。为了寻找治病的神药，很多蜀山弟子都竭尽所能，我的同门师弟吴夏草甚至牺牲了自己的性命，我这举手之劳，根本不算什么。”

诸葛紫英见丹辰子推托，火急火燎地冲上前，对他道：“大师兄，你过于谦逊了，都是你勇往直前，才为我们做出了表率。”

丹辰子被她说得神色尴尬，紫英却神色凛然大声念道：“凡我蜀山弟子，皆以天下正道为己任，守护苍生，心念所归，无惧无退！大家说对不对？”

这一来，院中蜀山弟子皆是齐刷刷起立，跟着喊道：“巍巍大任，生死于斯。心念所归，无惧无退！”

村民们为之感染，更加肃然起敬，将蜀山弟子们围在中间，山呼拥戴。

诸葛驭我和晓如真人站在一角，满意地看着丹辰子。晓如真人点评道：“谦逊有加，正气浩然，你这个徒弟倒是教得不错，我看颇有大家风范。”

诸葛驭我看在眼内，便打趣道：“是你的徒弟爱护有加。”两人一阵哈哈大笑。

看着山呼的村民，丹辰子对这众星捧月般的场面颇为无奈，面上作出高兴的神采，心中却是尴尬，便拉了紫英走出小院，行到附近一处山坡上，谓紫英道：“紫英，你怎么了？还有十几个百姓等着我救治，有什么话晚些再说好吗？”

紫英反而责问道：“我问你，刚才那些百姓谢你，你为什么不受用，反而还将功劳推给别人？”

丹辰子见她跋扈，只好道：“紫英，你听我解释……”

紫英柳眉一竖，哂道：“有什么好解释的？吴夏草都已经死了，师兄，现在是你继承掌门之位的关键时期，别总是这么谦逊推托，要开始积攒声誉才是。”

丹辰子顺着她话中之意道：“紫英，正是因为如此，韬光养晦才是最好的策略，锋芒太露只会遭人口舌。”

紫英不以为然地贬斥道：“抢不来赤魂石就说是不可贪心，把功劳让给一个死人就说是韬光养晦，我看你不是怕露锋芒，而是根本没有锋芒吧！”

紫英说完，转身就走，丹辰子大步追上去拉住她，却被一把甩开。丹辰子急得叫喊起来：“紫英，我承诺你的事，不管用什么办法，我都会做到。”

紫英轻蔑一笑："好啊，那我等着看结果就是了！"

看着紫英离去的背影，丹辰子脸色极为难看，双手紧紧握成拳头，浑身都在颤抖。

另一边，百草仙人和青云则在一条村陌上快速行进，青云眉飞色舞地讲着之前的故事："那天我挨了那个妖女一鞭子，真是在鬼门关走了一遭，如果不是丁大哥一直背着我找到了医仙前辈，我恐怕已经去陪祖师爷他老人家了。对了！当时丁大哥自己也受伤了，还流了好多血，可他一直咬着牙不说，真是一条铁铮铮的汉子！"

百草仙人突然停下，无奈地叉腰站在那里，一脸不耐烦："丁大哥，丁大哥！丫头，我们走了一个时辰，你已经提了一百二十七次丁大哥了！我是喊你带我来找那个医仙的，不是让你给我讲丁隐那呆子的英雄事迹的！"

青云叫起来："胡说，我丁大哥才不是呆子呢！"

百草仙人一脸坏笑："嘿嘿，你这丫头片子该不是喜欢上人家了吧！"

青云被百草仙人点破心思，红着脸尴尬一笑，赶紧转移话题，对着不远处一间草屋说道："师叔，那里就是了！医仙前辈可是位大美女呢！"说着一溜烟跑向了那间草屋。百草仙人摇头一笑，快步跟上。

青云喊着冲进了屋子，却发现屋中并没有人，四下查看一番，便对百草仙人说道："想是医仙前辈出诊去了，师叔，我们在这里等她一会儿吧。"

百草仙人环视草屋，只有一缕清香烟雾弥漫，一架古琴置于屋中，他走到桌前，见桌上放着一个置放银针的布包，拿起来一看，只见那针袋布料虽已泛黄，却保养如新，上绘一幅人体穴位全图，右下角绣了一个"素"字，还有一行小字："草木愈病，医者愈心。"

百草仙人看到这个针袋，暗暗皱起眉头。

二人又等了一阵，终是不见医仙踪影，便不再逗留，返去与诸葛驭我等人会合。

客栈之中，百草仙人从怀中掏出素因的银针针袋，交给诸葛驭我，坦言素手医仙十有八九就是当年的素因。

诸葛驭我一脸震惊，且喜且叹，良久才道："你可看清了，确定是她？她还活着……她真的还活着？"

百草仙人点点头，沉吟道："绿袍当日坠崖未死，素因还活着也在情理之中，只可惜她似乎并不愿意再见我们。"

诸葛驭我长叹一声，兀自道："当日我真的以为已亲手置她于死地，如今即使知道她还活着，我也没脸求得她的原谅啊。"

百草仙人却道："掌门师兄，你也不必太过自责，我看素因师姐未必不能原谅你。"

诸葛驭我惊异道："此话怎讲？"

百草仙人叹道："听青云描述，绿袍放出金蚕为害民间时，素因却在疫病发作地区救死扶伤，更被人尊称为素手医仙。依我看来，素因所作所为皆是在绿袍背后默默为他弥补过失啊！"

诸葛驭我思忖道："你言下之意是警我他根本不知道素因还活着，而素因也不想再见警我？"

百草仙人点头道："正是如此，所以如果我们能找到素因的话，绿袍与蜀山的恩怨或许就有机会化解了。"

诸葛驭我紧紧握着针袋，似有千言万语无法说出口，良久才道："果真如此，真是天下之大幸。百草，这件事就拜托你了，不过要暗中查访，小心对待。素因心中必定是伤痕累累，才不肯相见，我们不能再犯错了。"

百草仙人当下点了点头，许多往事涌上心头。

这边伏魔谷里，树林间一片飞鸟惊起，玉无心和丁隐两人的身影在树林间穿梭跳跃，快速行进。树丛不远处还有一只灵巧的猕猴，对着两人做个鬼脸，随后快速攀爬树枝，吱吱地叫着到处乱跑。

丁隐和玉无心走到一处，眼神相对，眼中尽是默契。玉无心喘着气，笑骂道："你这泼猴，跑得还真快，欺负我使不出轻功！"

丁隐开怀道："蜀山上常有灵兽出没，等我把它抓了，给你做伴！"

玉无心被他逗笑，看着猕猴龇牙咧嘴的样子，没好气道："我看它贼得很，还是先抓住了再说吧！"

丁隐嘴角一扬，再次跃上树间，玉无心也追随而去。却只见那猕猴长臂轻舒，攀上一根树藤，丁隐见状使劲一扑，直往那树藤上扑去，口中叫道："看你往哪里跑！”

那猕猴龇牙咧嘴，伸脚将树藤往旁边一拽，丁隐顿时重心不稳，面朝地跌入一摊烂泥里。猴子张牙舞爪地笑着，转眼又溜开去。

只见丁隐从泥里爬了起来，已经看不出人样，玉无心被他这狼狈模样逗得哈哈大笑，连忙拿出手绢递给丁隐。

二人席地而坐，此处正是伏魔谷一处山崖边，向来人迹罕至，倒是有不少奇花异草，甚是美丽。

玉无心在小屋里闷了数日，看到这番景象，也不禁沉醉：“这伏魔谷的风光别致，可惜蜀山之人全然不懂欣赏，偏把它当成禁地，可惜了这一番美景。”

玉无心一回头，却发现丁隐已经不见了。原来他已攀上不远一处山崖，奋力地摘下一朵异常美丽的蓝花，摇晃道：“玉儿，好看吗？”

他一兴奋，脚下一滑，几块石头滚落，人也差点掉了下来。

玉无心眉头一紧，三步并作两步走向崖前，挥出长鞭缠住岩石，奋力爬上抓住丁隐，两人背靠在悬崖上，双手攀着石壁，好在有惊无险。

玉无心嗔怪道：“傻瓜，你有几条命？”

丁隐笑了笑，突然他的目光停在玉无心身边一个被草丛虚掩的小洞上，他伸手扒开草丛，竟然看到一个雕花银盒。二人跳下山崖，将银盒打开一看，只见最上面整整齐齐摆放着一块玉佩和一条旧手绢。

丁隐皱眉道：“妙一师伯说，这伏魔谷向来无人居住，怎么会有这些东西呢？”

玉无心端详道：“看上去好像是些私人旧物。”便顺手拿过玉佩和旧手绢，下面竟是厚厚的一沓书信。

丁隐拿起最上面一封信，依着信封上的署名念道：“素因师妹亲启。”

话音未落，玉无心脸色骤变，一把拿过那封信，抽出信笺，只见落款处赫然写着：“师兄警我诚致。”

丁隐心中一动：原来是他们的旧物！

玉无心看着书信，不禁触景伤情，她怕丁隐发现，便回过身去，一封封打开那些书信。多年来她第一次接触到父母当年的事情，书信中字字情真意切，皆是美好感情，令玉无心不禁红了眼眶。

丁隐尚未察觉玉无心的变化，自语道："想不到绿袍这个大魔头居然也是个情种。"

玉无心本来背对着丁隐，听到此话，却再也忍不住心中酸楚，眼泪"唰"地落了下来。

丁隐见状吓了一跳，关切地道："玉儿，你怎么哭了？"

玉无心触景伤怀，哭得愈加伤心，竟然一头扑进了丁隐怀里，呜咽起来。丁隐手足无措，很是心疼，伸手紧紧搂住了玉无心。

两人就这样静默地相拥在一起，丁隐并不敢询问玉无心原因，只是轻拍着她的背，抚摸着她的长发。

又哭了一阵，玉无心才渐渐平静下来，她抬起头认真地看着丁隐，嘤咛道："我只是有点害怕，怕我们两个会跟他们落得一样的下场。"

丁隐洒脱一笑："傻瓜！怎么可能？你如今都已经脱离魔宗，不再是魔宗人了，等掌门回来，我就求他老人家收你入蜀山门下，到时候咱们就可以大大方方在一起了。"

玉无心挤出个无奈的笑容，谓丁隐道："事情不会那么简单。"

丁隐却拍拍胸脯，大声道："你放心，我一定会全力保护你的！我丁隐今天就向你保证，从今以后，敬你重你，爱你信你，绝不食言。"

玉无心满眼复杂地看着丁隐，感激地一笑。丁隐将她拥入怀里，两人甜蜜相依。这时，两人身后传来一阵咳嗽声，两人都下意识地向后一步，见是妙一从山石后走了出来，两人方才松了一口气。

丁隐有些愧疚地道："师伯恕罪，我只是看玉儿伤势好转，想带她到附近散散心。我们方才在半山的山洞里发现了这个盒子。"说着将那书信与银盒递给了妙一。

妙一低头一看，立刻抬头看了玉无心一眼，见玉无心满脸泪痕，眼中神色意味深长。

妙一狠狠踢了丁隐屁股一脚，口中骂道："你这臭小子，你废寝忘食照顾玉姑娘，有多少天忘了给我打酒了？还不赶紧去小屋备些酒菜，一会儿咱们好好喝上两杯！"

丁隐嬉皮笑脸，摸了摸屁股，忙不迭地跑去置备吃食。

待丁隐走远，玉无心一直强忍着的情绪忍不住又爆发出来，她湿着眼眶对妙一施礼道："多谢前辈没有拆穿我。"

妙一看了看手中的书信和盒子，叹了口气，对玉无心道："你跟我来，我带你去一个地方。"

玉无心便随着妙一一路由伏魔谷走到剑林峰，妙一带她转入一处山谷中的偏僻所在。玉无心见到横七竖八插在地上的宝剑，不由得心生好奇，问道："前辈，这是什么地方？"

妙一笑而不语，一直带着玉无心往前走，在拐角一处石台上，一个巨大的法阵散发着光芒，法阵中央悬着一柄通体晶亮的宝剑，宝剑似晶非晶，似玉非玉，光润如沐，散发着幽蓝色光芒，在幽蓝的光线下，隐隐显出阵眼边缘的咒印。

妙一说道："这是我蜀山当年镇守西疆魔地的封印之眼，而这把南明离火剑是白眉真人用来封印魔地的圣物。当年一战，可谓惊心动魄。你爹孤军深入，差点被困在封印中出不来，你娘以血入剑，硬生生将封印打出一个缺口，两人最终才得以重逢。只是没想到，之后突生巨变，天翻地覆……"

玉无心听着妙一的话，内心波澜暗涌，口中道："我从来没有听说过这些。"

妙一也有些惊讶："难道你爹对旧事都绝口不谈？"

玉无心忧伤地点点头，慢慢走上前，却见那居中一柄宝剑似有感应，微微颤抖了起来。玉无心心下一惊，又平静地道："我爹对蜀山只有恨。"

妙一叹了口气，缓缓道："一个人最痛恨的东西，必然曾在他的生命中占据重要地位。因爱生恨才是最可怕的，对你爹来说，你娘比整个蜀山甚至天下更重要，所以他才无法在失去之后走出仇恨的阴影。"

玉无心的嘴唇有些颤抖，轻声问："前辈，我娘……她到底是一个怎样的人？"

妙一迎上她的目光，悠悠道："我自上蜀山之后，拜入天门峰门下，平日与她交集不多，但也知道她虽性子刚烈，内心却十分善良，这一点，其实你跟她很像。"

玉无心苦笑起来："如果不是因为我，我娘和我爹何须受这种煎熬。我长这么大，从没见父亲笑过，我一直以为他是个不懂得快乐为何物的阴郁之人。方才

见到他们的亲笔书信，仿若见到他们在一起时的快乐时光，也才知道，原来爹当年也是个生龙活虎、性格爽朗的潇洒少年。若是当年没有这些恩怨纠葛，他们该是多幸福的一对，只可惜……”

说到此处，她的眼泪又落了下来。

妙一也感叹起来：“这一切想来也是命运捉弄，又岂能断言谁是谁非？当年你的父母亲双宿双飞勇敢生下你，因爱诞生的孩子何错之有？别难过了。只可惜当日凌云峰血战，我恰好奉命下山安抚武林各派，否则多个清醒的旁观之人，也许还能阻止这场悲剧。”

玉无心轻轻拭去了泪水，又道：“不能怪前辈，前辈能多番提点晚辈，晚辈心中已十分感激！前辈，您带我来看此剑，不知有何用意？”

妙一微笑了一下，道：“我知道你心中一定很想了解爹娘的过去，想来想去这蜀山上与他们有关的东西，也就是这把剑了。南明离火剑威力非凡，当年蜀山年轻一辈弟子，尚无人可以掌控。可怜你娘不顾一切救你爹，竟然令灵剑认主，我相信是爱的力量才打出了那个缺口。但凡事一体两面，爱虽能救人，也能害人，你必须明白这一点。”

玉无心体会着妙一话中含义，神情真挚道：“若是前辈担心丁隐，我可以向您保证，我不会再伤害他了。”

妙一却摇了摇头：“我不是担心他，而是担心你。”

玉无心不解道：“担心我？”

妙一又道：“我想，丁隐并不知道你的真实身份。他只当你是绿袍的手下，认为只要你脱离魔宗即可换取新生，他又怎料想得到，事情远非他所能想象。”

玉无心被妙一道破心事，面色忧愁起来，点了点头，口中说道：“这二十几年来，我一直是父亲手上一把尖刀，替他执行任务，从来没仔细想过其中的是是非非。可是面对丁隐，我才慢慢懂得什么叫安心和快乐，其实我心里充满挣扎恐惧，生怕自己一不小心又会伤害他。”

妙一听了她的话，平静地道：“你应该明白，丁隐是蜀山弟子，已归属正派；你父亲却站在魔宗的立场，难免有一天正邪不容，兵戎相见。到那时，你于他们二人之间，又该如何抉择呢？”

玉无心叹息一声：“眼下也没有更好的办法，只能走一步看一步了……”

妙一却道："办法不是没有，而要看你如何抉择。"

玉无心目光一闪，便问他："前辈的意思是想让我当父亲的说客？"

妙一点了点头，口中道："你父亲当年在蜀山之时，是一个风度翩翩的正人君子，当年蜀山三杰，属他最为仗义，匡扶正义的事迹也比比皆是。正邪之间，只是一念之差，我想他真的是因为放不下你的母亲，才将仇恨转移到别人身上。但你母亲能不顾一切地将他从存亡关口救回，你又何尝不能呢？"

玉无心释然地一笑，望着妙一道："多谢前辈一番肺腑之言，晚辈明白该怎么做了！等过两日我就下山回阴风谷，尽力劝服父亲向善。"

妙一见她神色真挚，心下也是一舒，便道："如此甚好，若能成功，对丁隐，对你父亲来说，都是一件大好事啊！"

玉无心重重地点了点头，道："晚辈一定竭尽全力！"

妙一便笑起来，爽朗地道："走吧，走吧。丁隐应该已经备好酒菜，我们爷仨儿今晚就好好畅饮一番。"

玉无心嘻嘻一笑："晚辈从命！"她心中也怕丁隐久等，便快步向伏魔谷跑了过去。

看着玉无心的背影，妙一脸上依旧带有一丝担忧，心中暗想：若是真能这么容易就好了，只怕上官警我执念已深，难以劝服，到时只怕一场灾难无可避免。他再次叹了口气，快步跟了上去。

一老一少并肩走出剑林峰，却见南明离火剑依然微微颤抖着，发出幽蓝色的光芒。

二人还未到伏魔谷林中，远远就见炊烟袅袅，原来丁隐捕来溪鱼与山鸡，正在烹制汤羹。妙一打趣道："先前玉姑娘不在，几时见丁隐显露过厨艺？现在有了玉姑娘，丁隐才露出这见色忘义的本性来。"

丁隐也不掩饰，反而一副理所当然的样子，说这鱼汤不单滋补，也有助伤口愈合，玉无心新伤初愈，正要多喝才是。至于那酒鬼妙一，恨不得几颗花生米打发了去，免得天天来骗吃骗喝。

三人说完哈哈大笑，围坐在地，大快朵颐起来。

当夜妙一回到天门峰，唇舌间还留着那鱼汤的清香。他心中却寻思着丁、玉两人在伏魔谷的这场相逢，未来不知又将演出什么景象来。正兀自心绪烦乱，却

见公孙无我已经在山门处等候多时。妙一便招呼道："无我师弟，深夜来我天门峰，是不是有什么事？"

公孙无我便施礼道："哦，倒没有什么特别的事情，只是担心丁隐的状况，过来看看罢了。"

妙一道："我已经教他学会如何控制赤魂石之气，那小子天资聪慧，相信假以时日，他应当能运用自如。"

公孙无我也放下心来："如此真是我蜀山大幸，真是有劳师兄了。"

妙一一笑，也不多言语。

公孙无我又问道："对了，我刚刚听张琪说，师兄最近常常出入伏魔谷和剑林峰，是不是谷中出了什么问题？"

妙一眉头一皱，道："那倒没有，只是最近山中空虚，我多去看看，免得有什么差池。"

公孙无我便点头道："还是师兄想得周到，我收到掌门书信，说他们在山下会多耽搁几日，你我二人还是要多多警惕，以防魔宗乘虚而入。"

妙一也点了点头，道："师弟挂心了，蜀山防御本就是妙一的职责所在，我定会恪尽职守。"

公孙无我一笑，抱拳道："有劳师兄费心，夜深了，师兄早些休息，我就不叨扰了。"

妙一回礼道："师弟慢走。"

两人相视一笑，公孙无我转身离去。

妙一望着他的背影，满怀心事，十分不安，自语道："这一次，我到底是做对了，还是做错了？"

与此同时，在伏魔谷的小屋中，玉无心独立窗前，手中握着一张信笺，上面写着几个字："诸葛驭我归，速战速决，父。"

玉无心百般纠结，看到桌上那个银盒，又拿起里面的一封书信，恰是素因写给上官警我的最后一封信——

师兄，世事难以预料，蜀山向以天下为己任，我相信大师兄定有他为难之处。而你我能够相遇相知，携手走过一段，已是上苍的恩赐。一段情缘让我们拥有爱、懂得爱，再苦再难，亦不枉这一遭。怨恨只会令人蒙蔽耳目，扭曲心智，在这个世界上，唯一能够斩除荆棘的，是爱！

玉无心眼前似乎幻化出年轻时候的上官警我和素因，他们两人在伏魔谷间嬉戏，上官警我舞剑，素因抚琴，琴瑟和鸣，甚是恩爱。她虽然看不清母亲的面容，但脸上却浮起温暖的笑意。

玉无心自语道："爹，您替我取名无心，是想让我远离世间情爱，可寒玉可以无心，人岂能无情？是爱是恨，皆在人心。娘说得对，在这个世界上，唯一能够斩除荆棘的，是爱！希望您终有一日能放下仇恨，远离黑暗幽谷。我相信娘泉下有知，也不愿再见到您折磨自己了！"言罢以手化火，将绿袍的来信烧作灰烬。

百蛮山阴风谷中，屠媚为绿袍带来了两个消息：一是金蚕蛊的解药已然生效，救济了数百村民，魔宗放出的金蚕相应折损不少；二是玉无心已成功潜入蜀山，现与丁隐正在伏魔谷中你侬我侬，恩爱缠绵。

两个消息一好一坏，屠媚说完，瞟了绿袍一眼，等待绿袍示下。绿袍却是一副平静神情，仿佛一切尽在掌握之中。

屠媚反而不安起来，问道："你那宝贝女儿与丁隐缠绵得很，你有没有想过，万一那断情丹没了作用……"

绿袍冷冷一笑，玩味地看着屠媚，口中道："断情丹早已解了。"

屠媚大惊失色："为什么？难道你就不怕你的宝贝女儿真的爱上了丁隐……"

不想绿袍竟道："爱上？爱上不是更好？他们爱得越深，到时候一旦有一天失去了，丁隐必定疯狂成魔。"

屠媚看着绿袍狠辣的目光，不由得打了个寒战，自语道："所以你现在的恨，还是因爱成魔？"

绿袍并没有发现屠媚的异样，继续说着他的计划："诸葛驭我想当拯救天下的英雄，我就偏不让他顺风顺水。屠媚，你就再辛苦一次，去陪他们玩玩吧。一来让他们没那么容易当英雄，二来也是将他们拖在山下，好让玉儿有充足的时间完成任务。"

屠媚也不说话，兀自站在那里。

绿袍问她："怎么，不愿意？"

屠媚惨然一笑："为你做事，哪有不愿意的道理！"转而又问，"只是有件事我很好奇，这山中人身份神秘，到底是蜀山的哪一位朋友？"

绿袍摇头一笑，负手走出了雪池，冷冷道："屠媚，不该问的事情不要问，不该来的地方不要来，这个道理你应当懂的。"

却说蜀山脚下，仍有数百村民等待众人送药解毒。诸葛驭我将下山的众弟子分为数拨，分头行动，各赴一方救援。紫英照例与丹辰子结伴，正前往山脚东北面的牛角村，那里尚有三十多名中毒的百姓等待救治。

丹辰子和诸葛紫英两人正汗流浃背地登上一处山顶，紫英一脸疲惫，拿出手帕擦着汗。

丹辰子解下腰间的水壶，递给紫英，紫英没好气地接过，抱怨道："爹也真是，空学了一身御剑的本事，却不让我们随意使用，这山路再走下去，腿都要断了。"

丹辰子宠溺地一笑："好了，好了，如今到处都有中了金蚕蛊需要我们协助的人，步行才能避免有所遗漏，况且魔宗蠢蠢欲动，师父也是担心我们暴露行踪，陷入不必要的打斗。咱们是出来散药，又不是出来炫技，你就忍忍吧，很快就到了。"

他说着上前，拉住紫英的手，紫英撇了撇嘴，只得继续往前走去。

两人往前走了一会儿，突然，一个小孩从树林中跑出来，拉住紫英的手不放，含泪央求道："哥哥姐姐，求求你们救救我娘吧！"

丹辰子关切道："小弟弟，你别慌，怎么回事？"

那小孩抹了把泪，哭诉道："我娘她得了瘟疫，听说蜀山剑派下山治病，我本想带着娘去求医，可没想到她走到半路就已经快不行了。"

丹辰子眉头一紧，问道："小弟弟，你娘在哪里？"

小孩伸手一指，说就在前方村落。

丹辰子和紫英两人跟着小孩，疾步走向前面一处断崖，见有几个灾民正在半山歇息，个个都痛苦地呻吟着。其中一个中年妇女背对二人蜷缩在地上，浑身颤抖着，看起来奄奄一息。丹辰子一见此状，赶紧上前查看。

可是丹辰子刚一触到那妇女，就勃然变色。但为时已晚，只见那女人袖间一股黑气喷出，迎面笼罩在丹辰子脸上，丹辰子双眼一黑，摇摇晃晃晕倒在地。

紫英惊叫道："师兄！"未待还击，后面几个灾民也纷纷跃起，将紫英击倒在地。

只见那女人撑开放在地上的伞在脸前一晃，伞面再起的时候，分明便是屠媚！

待丹辰子在呼啸的风中醒来，发现自己正双脚悬空，被凌空吊在一处断崖边，脚下是万丈云海，深不见底，而紫英也被吊在一边，仍不省人事。

丹辰子倒吸一口凉气，却看到不远处站着一脸笑意的屠媚，不禁怒上心头，斥道："又是你这妖女！"

屠媚发出一阵娇笑，一脸嗔怪道："敢叫我妖女的人，一般都活不过半炷香的时间。"

她又走到丹辰子身边，伸手摸着丹辰子的脸，一脸疼惜道："不过小帅哥，咱们俩还真是有缘，走到哪里都能碰上！看你青春年少、君子如玉，我还真舍不得对你下手。"

丹辰子一偏头，躲开了屠媚的手。

此时紫英也缓缓醒了过来，看见屠媚如此行为，立刻尖叫了一声："放开你的脏手！你这个贱女人！"

屠媚上前就甩了紫英两记耳光："闭嘴！像你这样没脑子的蠢女人，早该死一万次了，还让你活到现在，真是便宜了你。"

紫英横眉喊道："要杀便杀，要剐便剐，哪里来这么多废话！"

屠媚冷笑道："没想到你胆子还挺大，那我就让你刺激刺激！"说着一挥手，一个魔宗门徒立刻挥刀砍断绳子。紫英尖叫一声，飞速往下落去。屠媚眼疾手快，上前拉住绳子，紫英下坠之势戛然停止，但已经有小半个身子落在悬崖下方。

她顿时吓得不轻，已经是涕泪横流，再也不顾什么仪态，连连向丹辰子求救："师兄！师兄救我！"

屠媚冷冷道："你的师兄救不了你，因为你们马上就要去做一对鬼鸳鸯了！只不过你们临死之前，还让我看了场好戏，什么蜀山剑侠，也不过是贪生怕死之辈。"说罢，便示意属下门徒动手。

却在此时，丹辰子出口疾呼："等等！"

屠媚轻蔑地瞟了丹辰子一眼，娇声道："哟，怎么，怕了吗？"

丹辰子却镇定道："我贱命一条，死也就死了，只不过副宗主，我要好心提醒你一句，有一件事你要想清楚。你可以现在就杀了我，但若是宗主从此以后打从心里厌弃你坏了他的大计，你宗主夫人的位子可就要泡汤了。"

屠媚目光一冷，上前一把抓住丹辰子，贴近他的脸庞："你想说什么？"

丹辰子一笑，不紧不慢地念出四句诗文："山翁曾约旧交欢，中间转徙废书传，故友舟楫定如何，人生得意须尽欢！"

屠媚大惊，往后退了一步："你是……山中人？"

丹辰子微微一笑，口中道："副宗主，这下你知道我是谁了？要不是情况紧急，我本是不愿意暴露身份的，只不过觉得大水冲了龙王庙，到时候宗主不高兴，你也没有好结果，咱们谁都得不到好处，你说是不是？"

屠媚眼珠一转，对手下人一挥手："放他下来。"

丹辰子即刻被众手下放了下来，紫英听得云里雾里，惊慌地问道："丹辰子，你在说什么？"

屠媚也同时问道："我很好奇，宗主到底许了你什么，让你这蜀山未来的栋梁之才也肯干如此下作的勾当。"

丹辰子冷冷一笑，又道："话不要说得这么难听，这不是什么勾当，是友好协商，宗主他要赤魂石，我想当掌门，我们只是各取所需而已。"

紫英闻言，一张脸上早已没了血色，大骂道："丹辰子，枉我爹这么疼你，你这个忘恩负义的白眼狼！"

丹辰子邪魅一笑，一脸阴鸷地道："师妹，你不是一直觉得我当不上掌门吗？今天机缘巧合，这个惊喜就提前送给你了！"

紫英气得破口大骂："丹辰子！我要杀了你！"

屠媚不堪其烦，令人封住紫英的嘴，即刻便有手下将紫英的嘴塞上。紫英双眼通红，呜呜地说不出话。屠媚仔细端详着丹辰子，丹辰子连看都没看一眼紫英，脸上尽是冷漠。

屠媚秋波一转，娇声道："好！我今天就相信你一次，只不过为保万无一失，你这个漂亮的美人儿就给我当个人质吧。"

丹辰子冷哼一声，开口道："不必了，这个女人刁蛮任性，你留在身边，耳根也不清静，不如杀了了事，反正诸葛驭我迟早要死，就让他的女儿先走一步吧。"说完，他竟伸手抓过自己的龙潭古剑，提剑一步步向紫英走去。

紫英睁大眼睛，惊恐地看着丹辰子，拼命摇头，喉咙里发出呜呜的哀求声。

丹辰子望着惊恐的紫英，似笑非笑："诸葛紫英，我告诉你，我早就已经烦透你了！我很快就可以当上掌门了，可惜，掌门夫人永远也不会是你！"

言罢，他目露凶光，猛然一剑刺穿了诸葛紫英的胸口。

紫英惊恐地看着自己胸口的血洞，又怨恨地看向丹辰子，丹辰子却将剑狠狠拔出，接着往上一扫，绳子瞬间被割断，紫英嘶声惨叫，坠下山崖。

屠媚也被这突然的一幕惊呆，脸上渐渐露出笑容，饶有兴趣地看着丹辰子，缓缓拍起手掌："有意思，真有意思！果然是能成大事者。"

丹辰子回身，用手指擦去溅在自己脸上的血渍，道："说吧，宗主派你过来有什么任务？"

屠媚一笑，缓缓凑近丹辰子的耳朵，对他耳语了几句。

丹辰子轻松一笑，道："只是拖住诸葛驭我？如此简单的任务交给你做，真是屈尊了，不如由我来代劳如何？"

屠媚又问："那你打算怎么做？"

丹辰子嘴角一扬："粉墨登场，假戏真做！不过就是要有劳副宗主费些力气，让我的戏能演得真一点，好让老头们相信。"

屠媚嫣然一笑，走到丹辰子身边，轻轻抚摸他的胸口："这么健朗的身子，打伤了多可惜。"

丹辰子露出不在意的笑容："一点小伤何足为惧，就看副宗主出手准不准了。"

屠媚露出心疼的表情，作势道："哎呀，我还真是舍不得……"话未说完，突然面色一变，不待丹辰子反应，便一掌打向丹辰子的肩膀。

剧痛袭来，丹辰子后退两步，肩部衣衫瞬间裂开，露出黑紫的伤口，鲜血当即流出。只见屠媚不知何时在两指间夹了一片尖刀，面上犹带着嫣然笑意："不出点血，也不像是真的。"

丹辰子咬牙一笑，施礼道："多谢副宗主。"两人相视一笑，眼中尽是阴冷。

片刻之后，丹辰子面色苍白，摇摇晃晃地出现在客栈门口。他捂着肩上的血洞，血不住地顺着手臂往下流淌，一滴一滴洒了一路，吓得周围的人纷纷躲避四散。他跌跌撞撞地冲进客栈后院，终因体力不支跌倒在地。

青云碰巧开门出来，见到丹辰子如此惨状，震惊不已，赶紧上前扶起他，大叫道："大师兄！怎么回事？你怎么伤成这样？"

丹辰子重伤之下，气若游丝："我……我和紫英遇到了魔宗偷袭……"

青云惊道："我去叫师父！"

丹辰子抓住青云衣袖，支撑道："快……快去救紫英！紫英……紫英她与我失散，下落不明，快去找她！"丹辰子说完已是力竭，晕倒在了青云怀中。

蜀山

正邪殊途情义绝，巧思计擒“山中人”

玉无心说到此处，两行清泪已潸然而下，她也不去拭泪，兀自念道：“言念君子，温其如玉。在其板屋，乱我心曲。丁隐，我甚至以为，只要我们两人不放手，就可以是一辈子。”

丁隐和玉无心都没有想到，他们在蜀山伏魔谷的一段静好岁月竟是被小张打破的。

那日玉无心收到绿袍信笺，上书寥寥数字：“诸葛驭我归，速战速决，父。”玉无心柔肠百转，又捧起多年前上官警我与素因留下的银盒，阅过最后一封书信。

她开始相信多年前母亲说过的话：“在这个世界上，唯一能够斩除荆棘的，是爱！”继而她以手化火，将绿袍的来信烧作灰烬。

玉无心不知道，自己能否说服父亲放下仇恨，回心向善。但她相信，假若母亲泉下有知，也决计不愿看到绿袍这样豢养心魔，在仇恨的深渊中越滑越远，直至没顶。更何况，她自己也决计不愿与丁隐重复父母那段相爱相杀的悲苦宿命。

她抬起头，望见夜空中无数繁星列成的银河，银河之外，又有明明灭灭的星辰缀满整个苍穹。

这人世间诸多错综纷乱的立场，就如同恒河无数的繁星。魔宗也好，蜀山也好，邪魔也罢，侠义也罢，为什么大家为了自己的道业，总要永无止息地相互杀戮，留下满手洗也洗不去的血腥，再让仇恨一辈辈地延续下去？

她准备回阴风谷去见自己的父亲，唯一的问题是如何对丁隐解释自己的离开。

丁隐果然着急起来，手中盛满水果的篮子落在地上，脸上写满惶恐与不解：“为什么？不是说好了留在山上陪我吗？玉儿，你是不是有什么事瞒着我？”

玉无心不知如何向丁隐解释，只是温柔而坚定地望着他。

丁隐心中渐软，又道："玉儿，我说过信你，就会信你，你不想说，我就不问了。可是我们相聚才短短几天，你的伤也尚未痊愈，不然让我陪你下山吧？"

玉无心眼中充满不舍，扑进丁隐怀里，紧紧抱住他，温柔道："等到事情办妥，我就回来找你。丁隐，很多事情我一时半会儿也很难跟你说明白，但你要相信我心里绝无半点恶意，更不会再伤害你。不用担心，等我回来，好吗？"

丁隐搂着玉无心，不知道作何回答。却在这个时候，木屋门外传来一声惊叫。二人回过头，只见小张面无人色地立在门口，双唇不住颤抖，显是受了惊吓。

原来小张见丁隐近日神采奕奕，三不五时前往伏魔谷，料定此间必有什么新奇事瞒住他，这日便悄悄跟踪了丁隐潜入，谁知刚一推门，就见到了玉无心。

小张将她认作卧云村中死去的小玉嫂子，冤魂还阳，来与丁隐相聚，加上伏魔谷中原本阴气森森，霎时间小张吓得毛骨悚然，后背冒汗，双腿也软了下来，颤抖着喊道："鬼呀……"

玉无心见是外人，当即身形一闪，一条鞭子已缠住了小张脖子。小张一惊，靠在墙上不敢动弹，眼神中充满了恐惧。

丁隐见此情形，连忙上前拦住玉无心："玉儿！这是我兄弟，自己人。"

小张双眼中仍带着极大恐惧，战栗着求饶道："小……小玉嫂子……是我啊……你不认识我了吗……我是张馅饼啊……"

玉无心眼神一闪，当下收了鞭子，立在一旁，神情仍十分戒备。

丁隐已经感觉不对劲，连忙拉起小张："小张！你在说什么？"

小张也才看出端倪，料知眼前这女子绝非卧云村中的小玉，却仍未摆脱白日见鬼的余悸，支吾道："她……她和小玉嫂子长得一模一样。"

丁隐双手猛地抓住他的肩膀，震惊道："什么？"说着连连倒退了两步，之前零碎的记忆又在脑中快速闪过，令他头痛欲裂。

玉无心被丁隐的反应吓得不轻，忙上前扶住丁隐，关切道："丁隐，你没事吧？"

丁隐捂着头，脑海中数不清的纷乱影像如狂风暴雪般猛扑上来，口中不住大喊："你是谁？你到底是谁？"

玉无心见状，脸上闪过一丝悲切，而后一扭头，站在一边，竟不说话。

片刻之后，丁隐慢慢缓过神来，发现自己正倒在小张的怀中，正待起身向玉无心解释，却被小张按下。丁隐挣扎起身，小张却大声嘶喊道："大哥，别过去，这一定是个阴谋！"

此刻玉无心就在距他三尺之遥处静立着，不向前，也不离去，面上凝了一层冰霜。

丁隐喝止住小张无礼的嘶喊，小张却还要说，丁隐又一次喝止，小张一脸激动仍要说。丁隐忍无可忍，大喊起来："我让你闭嘴！"又有些心虚地望了望玉无心，说道："玉儿，我这兄弟口没遮拦，你别往心里去，我这就送他下山，你等我回来！"说罢，便推搡着小张往山下走去。

二人甫一走远，小张便责问丁隐："我没猜错的话，她就是之前害你的那个妖女！"

丁隐不悦道："她不是妖女。"

小张揪住丁隐衣襟，咄咄道："大哥，拜托你想清楚好吗？这世上除了双生子，怎么可能有长得一模一样的女人呢？就算有，为什么偏偏都被你遇到，你不觉得奇怪吗？"

丁隐仍是摇摇头，故作轻松道："我想这只是巧合而已。"

小张听他这般说，更加气恼，将丁隐衣襟揪得更紧："巧合？两个长得一模一样的姑娘，一个是你老婆，另一个是你的救命恩人。小玉嫂子死了，如今又突然冒出来一个玉姑娘，你们两人不过见了几次面，她便不顾一切地冲上蜀山来找你，这不是巧合，是巧计！"

丁隐依然故我，反而来劝慰小张："你想多了，玉姑娘三番五次救我，而且她也脱离了魔宗。你为什么就不能相信人家呢？"

小张终于忍无可忍，恨不得给丁隐一记耳光让他清醒，口中大骂道："你现在活脱脱就是被鬼遮眼，我说不过你！可杀你妻子的是魔宗，毁你家园的是魔宗，你可以说你不记得这些了，可是你自己仔细想想，你老是重复见到的那些片段画面，对你难道真的毫无意义吗？她到底是谁？你真的确定这一切不是个阴谋吗？"

丁隐听他说到"杀你妻子，毁你家园"以及"老是重复的那些片段"，这才猛地一愣，停下来哑口无言，内心一阵翻涌。

小张又道："还有，青云对你一片真心，你却在这里犯糊涂，我真替她不值！"

小张说完愤愤离去，将丁隐一人留在原地，久久回不过神……

待丁隐再返回小木屋前，只见玉无心正站在木屋外，面上一改之前的温柔，目光变得冷冽孤寒。丁隐也是心事重重，因为小张的不期而至，两人间的气氛骤然变得尴尬起来。

丁隐有些心虚，想要化解冷场，便故作轻松地问道："玉儿……这到底是怎么回事？"

玉无心冷冷一笑，轻声道："丁隐，我一直以为我们的感情可以经得起考验，可现在看来，还是抵不过外人流言蜚语的挑拨。"

丁隐无言以对，只是唤了声："玉儿……"

玉无心全不理会，冷冷地望着丁隐，谓他道："你的眼睛骗不了我，他说的话你听进去了，而且也相信了，对不对？"

丁隐越是心虚，便越是词穷，只有不住摇头，口中讷讷，不知如何回答。

玉无心冷笑一声："对……我是长得像你的妻子，所以魔宗才会派我来接近你，现在你知道原因了吧！"

丁隐神情痛苦，似乎不愿接受这个事实，又有些不甘心地道："你为什么不早点告诉我？"

玉无心痛心地看了他一眼，又望望小木屋周边的景致，缓缓道："告诉你又有什么意义呢？自我决定与你一起，我早就忘记了这件事。如果今天不是你的兄弟突然跳出来，没有人会再提起！"

玉无心说到此处，两行清泪已潸然而下，她也不去拭泪，兀自念道："言念君子，温其如玉。在其板屋，乱我心曲。丁隐，我甚至以为，只要我们两人不放手，就可以是一辈子。"

丁隐见她悲恸如斯，心中也是戚戚，动容道："玉儿，我相信你，我会跟他们解释清楚一切的。"

玉无心却惨然一笑，说道："不必了，丁隐，我毕竟出身魔宗，就算你跟他们再如何辩解，这也是改变不了的事实。况且我自由惯了，也受不了蜀山这诸多规矩，更受不来这些人对我的诋毁。你要是真心对我，不如我们一起走吧！"

丁隐一时间如五雷轰顶，不由得往后退了一步："走？去哪里？"

玉无心道："天下之大，只要你我二人愿意，还怕没有容身之处？"

丁隐仍在震惊之中，一时难有主意，只道："玉儿，这不是件小事！"

玉无心摇了摇头，泪水在脸上肆意流淌，映衬出惨淡的笑容："丁隐，无论一个女人有多少伪装，有多少谎言，但最期待的永远是有一个人能接受最真实的她。带着伪装的爱情，终究都是一场骗局。我如果留在这里，每一天都要面对别人的冷嘲热讽，每一天都有人提醒我不过是长得像你逝去的妻子。这样的爱，我玉无心不想要。"

丁隐念着玉无心的名字，想要上前抱住她，却被冷冷推开。那一刻，他竟有了咫尺天涯的感觉，他又一次殷切而无力地喊她的名字："玉儿，一定要这样吗？"

玉无心苦笑一下，又道："我别无选择，我知道对于你来说是个艰难的决定，所以你考虑一下吧。明日午时我就下山，到时候，走还是留，希望你能给我一个答案。"说完，便回身走进了木屋，狠心将门关上。她倚在门内，任由眼泪如决堤般涌出。

玉无心不去拭泪，口中喃喃自语："爹，我本想当面向您陈情，奈何人心若磐石，难以转移，一日为魔，即便改邪归正，他人也终生视你为魔，正邪殊途，岂是女儿一己之力能够扭转。即便女儿愿焚身以火，也断不愿看着丁隐陷入正邪争斗的旋涡。此番，就让女儿自私一次吧。丁隐，若你愿意，我一定带你走，带你远离这些恩怨，天涯海角，生死与共。"

此时此刻，丁隐颓然站在屋外，满脸痛苦。两个人隔着一张木门，沉浸在各自的哀伤里，直到妙一拎着酒葫芦大大咧咧地现身。

听了丁隐一番诉说，妙一一阵大笑，饮酒入喉，道："玉无心是你自己惹下的麻烦，自己屁股自己擦，我可替你做不了主。真的喜欢人家姑娘，你就自己开口。"

丁隐叹道："可她身上还是藏着太多的秘密，我总觉得仿佛永远都看不透她。和她在一起，我的确有着说不出的开心，只希望天长地久，恒久不变。可是又害怕她身上的秘密一旦揭穿，会害得我和她之间再生芥蒂……"

妙一听了丁隐的说辞，又扭开酒葫芦，豪饮一口，缓缓道："我年轻的时候做过许多荒唐事，砸过佛寺打过宗师，直到后来在蜀山遇见了晓如。那个时候我想和她好，两个人却也是处处担心害怕，怕破坏蜀山组织，怕妨碍自己修行，更怕周围人的闲言碎语。可是到头来我却发现，心里最怕的事就是失去她。只要有她陪在身旁，别的一切又算得了什么！”

妙一见丁隐仍一副纠结模样，便举起酒葫芦狠狠敲他脑袋，口中道：“人生当苦无妨，良人当归即好，两个相互喜欢的人在一起，还用在乎别的吗？”

丁隐教他拍得一愣，正不知如何应答，妙一又是豪迈一笑，对着一门之隔的玉无心说道：“明天我会下山，将蜀山剑阵打开两个时辰，好让你安全离开。”然后又看了看丁隐，将问题抛给他，“至于要不要留她，就看你自己了。”

丁隐又是感动又是惆怅，一时竟不知所措。

妙一又拍了拍他肩膀，意味深长地道：“玉无心是个好姑娘，你最好想清楚了再给她一个答案。这样对你们两个都好。”

他说完又自饮一口酒，哼着小曲悠悠荡荡地走开了，只留下丁隐独自在木屋前愁云惨淡。

那一夜，丁隐在小木屋外痴立了两个时辰。他无数次想去敲门，却因为心中对于真相的担忧与惧怕，千言万语最终化作了一声叹息。

终于他转过身来，孤身回到栖霞峰歇下，那一路的山风悲戚萧索，漫天星辰如同邪火乱惑。

夜里，丁隐梦见了伏魔谷的昙花、谪仙潭的泪眼、冰湖里的缠绵。不同的时刻、不同的场景中，每一个玉无心分明都真真切切、栩栩如生地立在他身前，他伸手想去拥抱，所得只有虚空。

他惊醒过来，才发现自己手中死死握着那个玉哨，从深宵直至破晓，再没有松开过。

丁隐一夜无眠，除去脑中翻涌的往日情景，妙一的话也在耳际回响。次日清晨，他终于做出决定。

什么是非大义、天下苍生，什么巍巍大任、生死于斯，对他和玉无心都太过沉重了。如果他此生注定承担这样的大任，因此让每一个拥抱的归宿都变作相忘，让每一场欢爱都需以鲜血为祭，那么他宁肯抛却身世、浑忘苍生。

白骨如山忘姓氏，无非公子与红妆。为什么让两个真心相爱的年轻人去背负

蜀山与魔宗的千年恩怨？刀兵浴血，死生离别，爱恨之间难道没有另一条生途？

丁隐终于决定抛却蜀山的一切，与玉无心远走他方。他迎着一缕晨光，由栖霞峰大步流星地向伏魔谷的小木屋奔去。

小张却将丁隐拦在半路，担忧起他的决定。

“天下之大，难道没有栖身之所？三餐一宿、男耕女织，这才是我想过的生活。”丁隐笑着对小张说。当一个人决定逃避的时候，他总要说成追求。

小张想了想，便笑道：“好歹兄弟一场，你要奔向新生，也该与我道个别。”

丁隐反倒诧异起来：“你……不拦着我了？”

小张粲然一笑，有些自嘲：“我想明白了，就像我对神仙姐姐一往情深一样，喜欢一个人，与她是何身份，大概没有关系，所以你去追求你的幸福吧。”说着小张从身后掏出一个包裹，递给丁隐，笑言道，“此去经年，也不知是否能再与大哥相见，这是我给嫂子的见面礼，盼你们以后能想起我来。”

丁隐一愣，接过包裹，便拆开看看小张留了什么念想，却见包裹中喷出一阵烟雾，丁隐猝不及防，正中迷烟，双脚一软，跪倒在地。

小张将丁隐扶了起来，愧疚道：“丁大哥，对不起。就算你恨死我，我也不愿意看着你这样堕落。”

丁隐身中迷烟，意识却未失去，口中激动地道：“小张，你搞什么！你快让我去见玉姑娘，她正在等我，别让她一个人等我！”

小张却没有让丁隐激动太久，手起手落间，数枚银针已然封住丁隐的各处穴道，令他陷入了暂时的昏迷。

却说玉无心一个人垂头静静坐在木屋门外，望着远处来路。良久，那条小路依旧安静，没有人影。

玉无心长叹一声，面带凄凉，自语道：“丁隐，你到底还是没有来！既然你已决定，我也无话可说。”言毕起身，就要离开小屋。

忽然树丛中有脚步声传来，玉无心惊喜回头，欣喜道：“丁隐！”

脚步声骤然停止，一切寂静无声。玉无心愣住，她打量着毫无异状的树丛，面色逐渐转冷，拔出腰间寒鞭，戒备道：“是谁？”

依旧没有回答，只有玉无心一人急促的呼吸声。她目光一寒，忽然一鞭向树丛抽去，与此同时，树丛中一道黑影跳起，凌空抓住玉无心鞭子，一掌向玉无心拍落。正是张琪！玉无心躲开张琪掌力，已经是气血翻涌，连退几步。

顷刻间，树丛中众多蜀山弟子蜂拥而出，将玉无心包围在中间。张琪盯着玉无心，怒斥道："魔宗妖女，胆大包天，竟然擅闯蜀山，你到底是何居心？"

玉无心冷冷道："我和你们没有话说！丁隐在哪里？"

张琪也不应她，口中大喊："早听大师兄说妖女无心，果然是觊觎赤魂石，还不束手就擒！"

话音未落，十数名蜀山弟子已持剑组成人墙，挡住了玉无心的去路。玉无心略有犹豫，并没有对这些人下杀手。

张琪早已飞身上前，玉无心一咬牙，和张琪对了一掌。她内力不能尽数使出，气血翻腾之下，身上伤口顿时崩裂。张琪忽然之间面色大震，匆匆收回掌力。

玉无心退后几步，强撑着站起身子，心道：糟了，如今只有不到两成内力，断不是他们的对手，得赶紧想个办法脱身。

张琪与玉无心掌力一交，便察觉玉无心的内力为妙一所封，心下好生奇怪，便问道："师父下的封印……你怎么会认识我师父？"

玉无心冷笑一声："不但认识，他今天还下山去开剑阵，要送我离开呢！"

妙一的封印天下无双，张琪见玉无心神色不似作伪，暗想师父或是另有安排，当下不可鲁莽行事。他犹豫了一番，示意周围弟子不要上前。

双方若就此罢斗，原也可以避免一场血雨腥风，偏生丹辰子从天而降，将这桩事情弄得不可收拾。

丹辰子人犹未至，先是一声暴喝传来："妖女，受死吧！"紧接着一道剑光袭来。玉无心措手不及，被剑光劈中肩膀，踉跄几步，吐出一口鲜血。

玉无心惊讶抬头，正是一脸正气的丹辰子，便道："丹辰子？你不是应该在山下散药吗？"

丹辰子眉心一皱，斥了一声："连我蜀山人马动向都打听得这么清楚，还说没有阴谋？"

玉无心生受了他一剑，却压抑着战意，谓丹辰子道："我来只为了丁隐，不

是你们想的那样！让我见他！”

丹辰子冷笑一声，口中晒道：“你对丁隐图谋不轨已久，真以为我们会再给你机会？”说话间，他丝毫不给玉无心喘息的机会，又示意张琪一并围攻。张琪见势，也只得咬牙带着众弟子围攻玉无心。

玉无心左冲右突，却始终无法脱困，丹辰子更是步步紧逼。玉无心内伤过重，步法一乱，丹辰子一剑已经刺入她肩头，张琪补上一掌，玉无心又添新伤。几轮下来，玉无心已经一身鲜血遍体鳞伤，支撑不住单腿跪地。

张琪等几个弟子心有不忍，不愿再下手。张琪带头叫喊起来：“姑娘，你还是投降吧。”

玉无心不领情，犹道：“不，我一定要见丁隐！我和他约好了，他还欠我一个答案！”

丹辰子暴喝一声：“真是死不悔改！”举剑又向玉无心斩去。玉无心拼尽全力，举鞭护住自己。寒鞭和龙潭古剑相抗，凌空被白龙咬碎，一点点破碎剥离，终于化为片片冰凌炸开，射向众人。众人匆匆避开，玉无心趁此机会，冲出重围，向着山崖上撤去。

张琪瞥见玉无心去向，大喊道：“她往剑林峰的方向去了！”

丹辰子却忽地叫住张琪：“张师弟……”他看向玉无心背影，语气甚是冷峻，“除魔除根，不能有无谓的同情心，妖女三番五次要抢赤魂石，决不能再给她机会！追！”

却说玉无心一步步退入剑林峰，浑身上下已经多处受伤，狼狈不堪。她的耳边分明传来一阵低回震鸣之音，令她心中越发不安。未退多远，丹辰子、张琪等人已追了上来，将玉无心逼向一处飞崖绝壁。

玉无心并无战意，仍在高喊：“让我见丁隐！我只要见他一面！”

张琪心中有些不忍，便去询问丹辰子，丹辰子心如磐石道：“对魔宗的人，没必要心软！”

玉无心迎着众人目光，朗朗道：“魔宗又怎么样？蜀山又怎么样？我只要丁隐这个人，他也只要我！你们凭什么决定他的命运，凭什么一定要我们两个分开？”

她单薄的身影站在飞崖之上，支撑起最后的力气，怒视众人。

她又说道："我和他在一起很开心，我们两个从来都没有这么快乐过，为什么你们一定要逼他选择守护赤魂石的命运？你们谁都不懂他，只有我懂！"

"借口！"丹辰子目光一寒，龙潭古剑的剑气顿时暴起，化为一条巨大的白龙，向着玉无心袭击而去。

玉无心闭上眼睛，眼泪滑下，心道今日若命丧于此，也该是命中劫数，只是迟迟未见丁隐，令她虽死也不瞑目。

这时，位于剑林峰石台法阵中央的南明离火剑疯狂地颤抖起来，原来刚才那阵低回铿锵之音竟是南明离火剑的震鸣。

忽然之间，只见这柄通体幽蓝的神剑自石壁中拔地而出，凌空而起，飞渡而来，斜斜插在了玉无心面前。剑身的蓝光忽然膨胀开来，如涟漪般散开，仿佛绽开了一朵巨大的莲花。

顷刻间，那铺天盖地的剑气已将玉无心和南明离火剑全部吞没。整个飞崖瞬间炸裂，蜀山众弟子不由自主地退后几步。

硝烟散开，丹辰子等人全都愣住了。只见整个飞崖已经荡然无存，南明离火剑巨大的剑气汇聚成一根苍蓝色的火柱，将单薄的玉无心托举在空中。

玉无心的神识似已被剑气吞没，茫然地看着眼前，却又好像什么都看不见。

张琪惊愕地道："那是蜀山的南明离火剑！刚刚是剑气保护了她！"

丹辰子也大惊失色："不可能！蜀山前辈的剑，怎么可能会保护魔宗的人！"

只见空中的玉无心看着手中的南明离火剑，喃喃自语："娘，他们每个人都要杀我……可是我真的不想死在这里。我还想再见丁隐一面，他还欠我一个答案……"

宝剑无声地震颤着，玉无心将额头贴在剑身上，触感冰凉，轻声道："娘，您是在引导孩儿吗？"

玉无心手指划过剑刃，滚烫的鲜血抹在剑身上，她咬紧牙关凝聚起全身真气，手指缓缓滑过剑身。随着手指的移动，剑身一寸寸化为剔透的蓝色。

丹辰子和张琪大惊失色，丹辰子大喊道："她在以血饲剑！她要南明离火剑认她为主人了！"

话音未落，只见无数蓝色柔丝从剑身上一缕缕迸发出来，将宝剑裹在其中。

玉无心顿觉浑身真气充沛，她冷冷举剑，俯视脚底众人。

丹辰子忽然觉得肩头剧痛，原来一缕蓝色柔丝随风飘在了他的肩头，已经将他的衣服烧出了黑洞，他惊恐抬头，疯狂地将周围弟子往外推去："快！大家快撤！"

玉无心一剑挥向脚下，那些柔丝见风即涨，骤然化为无数密密麻麻的蓝色火苗，如同雨点一般落下，瞬间布满了整个天空。

火苗落在蜀山弟子的身上，瞬间将躲闪不及的弟子烧成了灰。惨叫声不绝于耳，之前还气势汹汹的蜀山弟子一瞬间非死即伤，在地上痛苦哀号。丹辰子和张琪舞剑挡开了大部分火苗，却也被烧得满身狼狈。

玉无心静静站在火雨中，看着一片惨状，面无表情，低语道："我不会让任何人阻碍我的，有谁想让我和丁大哥分开，我就把他们全部杀光！"

另一边，丁隐正昏昏沉沉醒来，发现自己正坐在墙角，身上插满银针，被封住了重要穴位。丁隐咆哮道："张馅饼！你想干什么？"

小张无可奈何地说："丁大哥，我这么做都是为你好呀！只要你留在这里一个时辰，之后我就会放你走！"说着他奋力摇晃着丁隐的肩膀，大喊道，"丁大哥，你醒醒！那个魔宗女人一定是对你有图谋的！"

丁隐深知小张的心意，却无法被他说服。丁隐努力让自己平静下来，逐字说道："张馅饼，我告诉你，我很清醒，从来没有比此刻更清醒过！没错，玉儿可能真的长得很像小玉，可是这又能代表什么呢？过去的那些事我已经想不起来了，那些残缺成碎片的画面我始终摸不清、探不着，难道你们非得逼着我活在那个所谓的记忆里，一辈子戴着那个枷锁甩不掉吗？我告诉你们，我和玉儿的一点一滴都是真实的，都是我能感受到的，我爱的是她，是真真切切站在我面前的玉无心！拜托你们能不能不要总是拦着我，让我自己选择一次？"

小张愣了一下，接着"扑通"一声跪在了丁隐面前："丁大哥，你是我张馅饼最好的朋友，我张馅饼管不了什么玉姑娘，也管不了什么情啊爱啊的，我只能保护你！"

正在这时，外面传来了响天彻地的钟声。

丁隐顿时紧张起来："两长一短，是紧急情况，到底发生了什么？你告诉我到底发生了什么？说啊！"

小张便道：“张琪师兄已带天门峰弟子围剿伏魔谷，想来已与那妖女动上手了。丁大哥，我求你了，你就听我一句劝吧！”

丁隐听到这个消息，简直心急如焚，焦急之下，双眼发红，内力一震，断刃剑飞入手中，挣开捆绑自己的锁链。

小张扑上前去死死抱住丁隐，企图拖住他的脚步。丁隐一咬牙，一掌击在小张后脑，将小张击昏过去。

丁隐叹道：“小张兄弟，我知道你的情义。可如果玉儿因我而死，我宁可和她死在一起！”说罢就匆匆向战场奔去。

另一边，何清与苏阳正伴着钟声焦急地冲进点苍峰院子，却见公孙无我也是一脸疑惑地问道：“怎么回事？为何鸣钟？”

何清急道：“有魔宗妖女混入蜀山，张琪带天门峰弟子围剿，两边已经打起来了。”

公孙无我大惊道：“什么？现下情况如何？”

何清又道：“尚不清楚，只是听说南明离火剑脱离封印之眼，自行出世了！”

公孙无我闻言握住长剑，咬牙切齿道：“通知点苍峰所有弟子出动，包围剑林峰，这次决不能让妖女作乱！”

与此同时，妙一遥望着剑林峰方向，只见红光蓝光交替闪现，将天色映得瑰丽壮美。妙一心道：糟了，是南明离火剑的剑气！玉无心和丁隐那边恐怕出事了！

他一起身，要往剑林峰赶去，却不想一个鬼魅的身影从他身后绕过。妙一甫一回头，一把铁扇直攻他面门，紧随而来的是五鬼天王的邪笑：“和尚，别来无恙！”

“你还敢再来！”妙一一掌拍地，天门峰石壁尽碎，无数把剑从石壁内脱出，组成剑阵悬空而定。五鬼只是一笑，并不躲闪。

妙一觉得情况不对，还没来得及躲避，只觉后背一痛。原是九毒神君已经借着五鬼的掩护绕到妙一身后，对他连发暗器。

妙一瞬间口唇乌紫，倒在地上。

五鬼轻蔑一笑：“和尚也不是那么难对付嘛！”

身边九毒冷冷道：“少废话，赶紧去救小姐！”

玉无心看着众人惨状，耳中已再听不见那些凄厉的惨叫声。

她将手中长剑一挥，剑气托着她落到丹辰子和张琪面前，她冷冷地望着丹辰子：“带我去见丁隐。”

丹辰子怒视玉无心一眼，握紧手中的龙潭古剑又要劈杀。玉无心眼中掠过一丝失望，手中的南明离火剑便向丹辰子斩去。

“玉儿！”此时身后却传来丁隐的声音。

玉无心浑身猛然一震，缓缓抬头，只见丁隐疾步走入剑林峰，浑身上下已经被火雨灼烧得狼狈不堪。玉无心愣了很久，呆呆看着丁隐，脸上终于有了一丝表情，她口中叫着丁隐的名字，猛地扑上前去，用力搂住了他，眼泪终于肆意地流了下来。

丁隐却是愣愣地看向剑林峰，满地蜀山弟子的尸体凄惨到令他不忍直视，一身是伤的丹辰子和张琪怒视着他。他看向怀中的玉无心，神情一点点灰暗了下来。

玉无心幽幽地说：“我以为再也见不到你了！”

丁隐推开了玉无心，脸上的神情错愕而悲痛：“这些人……都是你杀的？”

玉无心点了点头，轻声说：“是。”

丁隐盯着玉无心，面上已无血色：“他们都是我的同门，我的同伴！”

玉无心噙着泪，有一种冷漠的悲苦：“那又怎么样？他们不允许我们俩在一起，就该死！”

丁隐咆哮起来：“只有魔宗才会这样草菅人命！”

玉无心浑身一震，缓缓退开，仿佛不认识一般打量着丁隐，接着缓缓露出一丝冷笑：“魔宗不在乎人命吗？你们蜀山这些正道中人，还不是照样杀人不眨眼！我不杀他们，他们就要杀我！我苦苦求了他们那么久，只要和你见一面，可是他们不管不顾。”

丁隐也是冷冷地回应着玉无心：“只要你说明你的来意，解释清楚这是一场误会即可！”

玉无心心如死灰，仍对丁隐道：“那又怎么样？他们会放过我吗？丁隐，他们要杀我不是因为我做了什么坏事，只因为我是魔宗的人！在你眼里，他们罪不至死，难道我就该死吗？”

丁隐看着玉无心一身伤痕，心中略感后悔。

丹辰子在一旁听着两人的对话，忽然之间高喊起来：“别信这个妖女的话，她这次上蜀山，根本就是为了接近赤魂石！”

丁隐先是一惊，又否认道：“不会！玉儿说了，她愿意脱离魔宗！”

丹辰子面上肌肉一颤，又道：“她脱离得了吗？她是绿袍的女儿，她体内流的就是魔宗的血！”

玉无心拔剑指向丹辰子，斥道：“别说了！”

丹辰子却不畏惧，谓丁隐道：“她不让我说，就是因为我说的是实话！”

丁隐一把握住了玉无心的手腕，面无表情地看向玉无心：“我大师兄说的是不是真的？”

玉无心避开丁隐目光，口中轻轻叫着他的名字：“丁隐……”

丁隐容不下这片刻的柔情，咄咄道：“告诉我实话！你已经骗过我太多次了，这次告诉我事实！”

玉无心沉默良久，逐字说道：“是！我的确是绿袍的女儿，我这次来的确是奉了爹的命令，可是……”

“没有什么可是了。”丁隐打断玉无心的话，冷冷地退开。玉无心想追上前，却被丁隐抬手阻止。

丁隐带着苦笑，缓缓道：“我以为这次你对我是真心实意，没想到你却还是在骗我。我以为你已经变了，你已经不像过去那样嗜血好杀，今天我才知道，你其实一点都没有变。你果然是无心无情！”

玉无心浑身一颤，她还想竭力解释：“不是这样的，这一次不一样！”

“玉无心，我被你骗够了，骗累了。”丁隐看着玉无心，一步步缓缓退开。

玉无心流下泪水，高声大喊：“丁隐，你不能这么对我！血缘是我不能改变的，但在蜀山的这些时日，我对你说过的话句句都是真的！你到底要怎样才能相信我？”

话至此处，玉无心颓然地跪倒下来，南明离火剑应声落地，发出金石铿锵之音。

丁隐望定玉无心，不住摇头：“我们之间已经没有可能了。正邪殊途，终究

有你我跨不过的鸿沟，斗不过的命运！”

玉无心却声嘶力竭地叫喊起来：“我偏要跨，就要斗！蜀山关我们什么事？魔宗又关我们什么事？我说过要跟你一起走，我们离开这里，只要我们在一起，别再与他们有任何牵扯还不成吗？”

却在此刻，丹辰子忽然暴起，口中大喊道：“妖女，受死吧！”手中的龙潭古剑已刺入玉无心胸前，只见鲜血如注，喷洒而出。

“玉儿——”丁隐惊得大声呼叫，便向玉无心飞扑过去。

丹辰子却道：“这种妖女，就应该得而诛之！丁隐，你还要被她迷惑，执迷不悟吗？”

丁隐一瞬间也愣住了，迈出的脚步竟硬生生地停在半途。

玉无心看着丁隐的眼神由开始的希望缓缓变得绝望。丹辰子的长剑只在玉无心的身上刺出一个口子，丁隐的言行于她才是诛心之痛。玉无心喉头一甜，吐出一口鲜血来。她笑了笑，不甚在意，又低声对丁隐道：“原来你也和他们一样，因为我是魔宗，就希望我死。”

丁隐愣在那里，脑海中闪过千般回忆，脚步仍停在半途，彷徨唏嘘，心如刀绞。

却见玉无心猛地转身，一掌击开了丹辰子，拾起了南明离火剑，又冷冷望着丁隐道：“你说过会敬我重我，爱我信我，你这个骗子！”随后一剑向着丁隐砍去。

丁隐心灰意冷之下不退不避，看着玉无心的脸毫无反应。

“小心！”千钧一发间，张琪扑了上来，一把将丁隐扑开，却迎上了玉无心的剑锋。一抹鲜血飞溅在丁隐脸上，张琪面上被剑气扫过，留下一道触目惊心的伤痕，他右眼已被刺瞎，痛苦地倒在丁隐怀中。

丹辰子也随之惊叫道：“张琪师弟！”

眼前一切瞬间变得鲜红，丁隐怒吼一声，双眼红光迸射，再度进入赤魂石附体的狂态。他高高跃起，手持断刃剑向着玉无心扑了过去。

玉无心拔剑相向，两人缠斗在一起。丁隐杀红了眼，仿佛认不出眼前人是玉无心，招招势大力沉，夺人性命。玉无心凭借南明离火剑，竟然和丁隐势均力敌。

玉无心身形比丁隐快了一步，剑尖指向丁隐心口。玉无心还是不忍，将剑尖稍稍挪开，丁隐却是不管不顾扑了过来。断刃剑刺入玉无心胸中，玉无心双眼圆睁，痛入心扉，鲜血顺着嘴角流下。丁隐也愣在原地，两人面对面站着，仿佛时间静止一般。

玉无心惨然一笑："丁隐，我在等你的时候，想象过我们今后的千百种样子，好的坏的、聚的散的，就是没有猜到你给我的答案会是这样……"

丁隐狂呼一声，断刃剑从玉无心胸口抽出，鲜血溅了他一脸。

玉无心如泣如诉："我本无心，你给了我一颗心，如今你却又亲手在上面捅一刀，这大概……就是逆天而为的下场吧。娘，对不起，女儿不能给您报仇了，女儿和爹一样，终究还是败在一个'情'字上……"

玉无心双眼一闭，缓缓倒下。

丁隐双手持剑，怔在原地。

忽地，一掌狠狠拍在丁隐后背，丁隐喷出一口血，双膝跪地，一个白衣人影蹿到丁隐面前，一把扶住玉无心，揽在自己怀中，正是五鬼。

五鬼怒视丁隐，一脸义愤："你们要不要脸，这么多人对付一个女人！"

话音未落，九毒也飘然降落，一把钢钉撒出，蜀山众人猝不及防，纷纷中招倒地。九毒缓缓落下，将南明离火剑拾在手中，再看着一地残局，轻蔑道："名门正派，不过如此。"

五鬼则是点住玉无心胸口穴位止血，只见玉无心脸色惨白，早已不省人事。五鬼轻拍她额角，温柔地说："玉儿，撑住，我们来接你回家了！"

负伤的丹辰子仍很坚毅，支撑着起身喊道："放肆，想来就来，说走就走，拿我蜀山当后花园吗？"他咬紧牙关想去拾那龙潭古剑奋力抗敌，九毒却运足全力猛然一击，将他重重打飞出去。

五鬼见状冷笑一声："没错！不但当你蜀山是后花园，我们还要在这里撒撒野！"

九毒却摆手道："左使，现下不宜久留。蜀山正在派人包围这里，诸葛驭我好像也得到了消息，已经上山了，救人要紧，赶紧走吧。"

五鬼点点头，又看向丁隐，兀自道："丁隐，我们今天就是杀你同门，带走你心爱的人，你有本事，就来阴风谷找我们报仇吧！"说着便抱起玉无心，和九毒两人飞身离去。

丁隐一直看着玉无心消失在视线中，却仍然跪在原地，整个人呆若木鸡。

魔宗入侵、弟子死伤、妙一中伏、剑阵损毁……蜀山经此一役，可谓元气大伤。更为性命攸关的，却是南明离火剑已为玉无心掳去，蜀山法阵的封印之眼没了神剑镇守，西疆封印便岌岌可危，实是雪上加霜的噩耗。

诸葛驭我甫一返回蜀山，就面临这等危局，幸好他临危不乱、秉公果敢，当即道：“事已至此，防御魔宗再犯才是首要。无我、晓如，你们稍后随我一起开阵加固封印之眼，以防西疆作乱；百草，你带门下弟子全力救治受伤弟子，不得有误。”

对于犯有过失的妙一与丁隐，诸葛驭我则下令暂时关押，至于惩处云云，则待日后定夺。妙一原是坦荡之人，此番实有不容推脱之责，当下安心领罚，绝无怨言。

丁隐却失魂落魄，瞳仁涣散，既不解释，也不反抗，便如断线木偶般，被执法的弟子收押起来。

对诸葛驭我而言，当务之急乃是设法加固法阵封印。二十四年前，素因以血开天门时封印之眼已遭损毁，乃是白眉真人耗尽修为强行弥合，而今南明离火剑不在，这封印之眼更是脆弱，一旦崩毁，西疆魔地结界就将随之失效，届时群魔进犯，后果不堪设想。

却说丹辰子一脸疲惫地回到点苍峰，他身上带伤，心中也是愁云密布，刚走到庭院之中，忽然之间觉得脑后风声袭来，丹辰子侧头避开，竟然是两柄长剑攻来。丹辰子脸色一沉，打落长剑，转身一把扭住了偷袭之人的胳膊，却瞬间愣住了。只见持剑的人正是一脸愤怒的紫英。

丹辰子却是一喜，上前一把抱住紫英，欣喜道：“紫英！你没事了吧，伤好了吗？谢天谢地他们找到你了！”

诸葛紫英却一把推开丹辰子，冷冷道：“够了，一直这么装下去，不累吗？”

丹辰子眉头一皱：“紫英，师父没告诉你吗？我是有苦衷的。”

紫英怒道：“好一个有苦衷，那就先等我刺你一剑，再慢慢听你的苦衷！”说着再度拔剑攻向丹辰子。

丹辰子无奈之下，只能一味躲避，不敢与紫英交手。竭力避开剑锋时，牵动伤口崩裂，丹辰子忍不住吃痛，眉头一皱。紫英手中剑顿了一顿，面有不忍。

丹辰子忽然一笑，猛地向前抢下了紫英的剑，将她紧紧搂在怀中，深深吻了下去。紫英拼命挣扎，丹辰子却越搂越紧，紫英终于放弃了抵抗。良久，丹辰子一脸疲惫地凝视紫英，温柔道："你知不知道我有多担心你，咱们谁也不动刀剑，好好谈谈不可以吗？"

紫英仍是冷冷道："还有什么好谈的！"

丹辰子搂紧紫英，口中道："当时情况危急，我只有那样才能救你。"

紫英哂道："救我需要把我推下山崖吗？救我需要刺我吗？"

丹辰子又道："不那么做，你我都会死在屠媚手上！我当时只能搏一搏唯一的机会。"

紫英冷笑起来："你会死？你不是屠媚的线人吗，她怎么舍得杀你？"

丹辰子却道："蜀山的确有魔宗的人，但并不是我，而是另有其人。"

"你是说蜀山有内奸？"紫英瞬间愣住。

丹辰子这才缓缓松开手，将双剑还给紫英，口中道："现在你肯听我解释了吧。其实自从丁隐上山以来，我就觉得蹊跷，魔宗似乎对蜀山的举动一清二楚，不管什么都瞒不过他们。一开始我以为是丁隐在搞鬼，直到那天我在后山练剑，挥舞的剑气不慎割伤几只鸽子，那些鸽子落在地上，我竟见到其中一只的足上捆着一根精致的小铜管……"

那时丹辰子打开铜管，取出内里的一小卷信纸，见纸张背面写着四句小诗，正面则是一片空白，初看并无异状。

丹辰子不动声色，当下先是收了铜管，待夜间再到油灯下查看，果然信纸遇热缓缓散发出一阵异香，丹辰子识得，那是魔宗的显影香。他立刻将信纸在油灯上缓缓烤着，空白的纸张上逐渐显示出字迹来，丹辰子字字念出，却是字字惊心："继续监视蜀山动静，切勿暴露身份。"

丹辰子猛地抬头，眼中精光四射，知是蜀山藏了内奸无疑，再看那信纸背面的小诗："山翁曾约旧交欢，中间转徙废书传。故友舟楫定如何，人生得意须尽欢。"每句首字藏头，竟是"山中故人"四字。

当日面临危机，丹辰子便在屠媚面前念出这首诗。他向紫英说道："屠媚为人狠辣，当时我唯一的办法就是假借这‘山中人’的身份，先换取她的信任。”

紫英听得将信将疑，便问道：“你怎么确定屠媚不认识这个‘山中人’？”

丹辰子苦笑起来：“我不确定！我只知道，如果什么都不做，我们俩一定会被屠媚灭口，只有这么赌一把，才有你我活下来的希望！我虽然赌赢了，可是屠媚一定要把你留做人质，我只能用苦肉计，才能不让你落在她的手上。”

照着丹辰子所言，紫英眼前浮现出当日丹辰子刺伤她的情景，不由心有余悸。丹辰子又说道：“我那剑从你肋骨穿过，避开了你的经脉和内脏，不会失血太多。这样才能让你撑得久一些。”

丹辰子继续道：“那时我细听耳边风声，其中有树叶的沙沙声，说明悬崖下面有着大量藤蔓，足以支撑你的体重。我必须把你送出去，万一被屠媚发现了破绽，你只会更危险。于是我一剑割断绳子，让你堕入山崖。接下来我再与屠媚虚与委蛇，心中却是一万分牵念你的安危。”

紫英朝丹辰子翻了个白眼，怨恨道：“后来便又如何？”

丹辰子点头道：“屠媚告诉了我一个重要的情报，她说玉无心为了接近丁隐已经偷偷上了蜀山，让我拖延师父等人回山的时间，给玉无心制造机会。我必须把这个消息传递给师父，也得赶紧通知师父去救你。可是屠媚生性多疑，并没有完全相信我，而是一直在我身后盯梢。我在客栈中见到青云，佯称你我遇袭，说你与我失散，下落不明。暗中却将字条偷偷塞给青云，令她速来救你。”

紫英回想前情，心中已信了大半，嘴上却仍是怨怪：“你这狼心狗肺之徒，休要编故事来骗我！”

丹辰子大为焦急，上前握住紫英双手，恳切道：“不信你便去问青云，我那字条上写着什么？”不待紫英说话，丹辰子又说道，“字条上写了一行字：有人监视，紫英在绿屏峰崖下藤蔓处。唯有险中求胜，我这才骗过屠媚。”

紫英确是为青云所救，自知丹辰子所言句句属实，但她神情依然颇为不忿，认为丹辰子刺伤了她，便是天大的罪愆。

丹辰子还在继续解释：“当日我与师父商量后，就立刻秘密回到了蜀山。其实我心中一直牵挂你的安危，只是没有机会好好向你解释。”

紫英又逼问道：“这些事……为什么我一点都不知道？”

丹辰子神色有些无奈，仍耐心道：“师父怕消息泄露，所以谁都没有告诉。”说着一把搂过紫英，温言道，“紫英，刺你一剑，如同在我心头刺上百剑，如果不是形势所逼，我绝不会这么伤害你。你要记得，不管发生什么，你永远是我丹辰子这一生最重要的人！”

紫英冷冷推开丹辰子，一脸愤恨和不解，竟当场耍起性子来：“可是我想知道，你在悬崖边对我说的那些话是什么意思？你说我刁蛮任性，说你烦透了我，这些话你藏在心里很久了吧？”

丹辰子无奈道：“我只想骗过屠媚那个女魔头。”

紫英又冷笑说：“你对屠媚是演戏，我怎么知道你以前对我种种是不是也在演戏？”

丹辰子终于觉得紫英太不体谅自己了，负气地拔出长剑，递到紫英手中，大声道：“紫英，如果能让你消气，那把我刺你的那剑还给我好了！”

紫英冷冷盯着丹辰子，气从心起，竟然真的拔剑向他刺去。丹辰子不闪不躲，迎上剑锋。这时一道劲风袭来，其中蕴含的内力竟硬生生将紫英手中长剑打飞，插入地面。

“紫英，够了！”诸葛驭我一脸怒容地出现。

诸葛驭我一把将紫英、丹辰子两人分开。

丹辰子默默向师父行礼，而紫英见到父亲，更是委屈万分，嘤咛道：“爹，明明是他欺负我在先。”

诸葛驭我正色道：“不要再胡闹任性了，辰儿说的事情句句是真，我可以为他做证！”

紫英性子一来，便难收拾，当即哭喊起来：“好！是我无理取闹，大师兄永远是对的！可以了吗？”说完冷哼一声，转身离开。

诸葛驭我无奈地看着女儿的背影，转身拍拍丹辰子的肩膀：“辰儿，紫英的娘去世得早，是我对她太过纵容，你别放在心上。”

丹辰子神色有些懊丧，道：“师父，的确是我伤了紫英在先，我不怪她。”

诸葛驭我苦笑起来，沉吟道：“她已有个过分宠溺她的父亲，你不能再宠她了。你跟我来，我有事要和你说。”

丹辰子面色一变，却见诸葛驭我摇摇头，肃然道：“隔墙有耳，去凝碧崖。”

师徒二人一入凝碧崖，诸葛驭我便紧锁大门，低声道：“这里绝没有旁人偷听，你可以讲了。”

丹辰子略施一礼，缓缓道：“是。我一直按照师父的吩咐低调行事。这次围捕玉无心的行动，除了张琪师弟以外，应该没有其他人知情，就连公孙师叔都没敢惊动。可五鬼天王和九毒神君行动如此迅速，令弟子功败垂成。”

诸葛驭我眉头紧锁：“罢了，玉无心既是绿袍之后，放她一条生路也罢。但如若那‘山中人’一日不除，蜀山就会暴露在绿袍的眼底，再无秘密可言。”

丹辰子皱眉道：“敌暗我明，只有找出这个山中人，才能折断绿袍安在蜀山的这根毒刺。师父，弟子愿意请缨，一定查出这个魔宗安插的内奸！”

诸葛驭我沉吟良久，摇了摇头：“不，这件事你先不用参与。”

丹辰子一脸不解，大为惊愕。

诸葛驭我却是面带笑容，谓他道：“我有更重要的事情交给你去做，‘山中人’的这件事，我自有应对的办法！”

丹辰子见到诸葛驭我自信的笑容，忍不住也精神振奋，正待发问，诸葛驭我忽地又道：“丹辰子，你是不是还是对丁隐有成见？”

丹辰子沉默片刻，据实道：“他和魔宗走得太近，正邪不分，这样终究不是蜀山正道。”

诸葛驭我苦笑起来，口中道：“什么是蜀山正道？什么又是邪魔歪道？谁又能搞得明白？”

丹辰子一时不明所以，却见诸葛驭我摆了摆手，叹道：“回去吧，去陪陪紫英。她这次气生得不小，虽然我刚刚训斥了她，恐怕她心里还有不服，你还是去劝劝她吧。”

丹辰子只得恭敬地道：“弟子明白。”

丁隐颓然呆坐在牢房中，一个时辰之前他被罚终身监禁的消息已传遍蜀山，但他此刻的万念俱灰与这个严厉的惩处无关。

在他脑海中，关于玉无心的段段回忆如潮水般袭来，从鬼使神差的初见，到刻骨铭心的缠绵，又到在劫难逃的相爱相杀，玉无心每一次的不期而至，总令他如痴如狂，点燃心苗，而后她又一次次打碎他心中的幻想憧憬，令他失魂落魄，独饮戕伤。

丁隐不明白，如果一切都是假象，那他心中的感情是否能找到真实的凭据？如果情感是真实不虚的，玉无心又为何次次伤害他？究竟什么是蜀山？什么是赤魂石？究竟丁隐是谁？究竟谁又是丁隐？

牢房除了一扇厚重的铁门，四面都是砖石砌成的高墙，房中没有一扇窗户，也无半盏灯火。丁隐呆坐久了，既不见日月，也不觉冷暖，内心唯有无止境的怀想与自问，连绵不绝，辗转相续。

他想到痛处，竟没了往日里的苦楚；念及温存，也不复留恋。唯有铁门外悬着的那柄断刃，仿佛有通灵之力，伴着丁隐的心绪兀自低鸣不息。

哀，莫大于心死。

在他被关押期间，小张与青云来探望过他，两人硬是在牢房外墙刨出一个小洞，令一缕阳光射进来，好似这样就可以冲散丁隐心中的阴郁。

小张问丁隐是否记恨自己，说当时若不用迷药放倒他，也许事态不会变得这么差。青云不停地安慰着丁隐，说过些天她就去求掌门师伯从轻发落。

丁隐对自己的遭遇漠不关心，只问起张琪和众师兄的伤势。

小张气不过，又说起公孙无我："那公孙无我竟说一切都是因你身上的赤魂石而起，早知蜀山就不该救下你。"

丁隐这才露出苦笑，黯然道："原来，蜀山当初救我也只是因为赤魂石而已吗？好……你们对我真是好……"

青云注意到丁隐的异常，想要解释："丁大哥，丁大哥！不是你想的这样！"

丁隐此时的目光已颓唐至极，他低头看着自己的双手，手心红光闪现，提醒着他体内赤魂石的存在。

他看着红光一闪一灭，像在与青云对话，又像低声自语："魔宗为了赤魂石要抓我，玉儿为了赤魂石来接近我，就连蜀山号称是为了我好，其实也只是为了保护赤魂石而已，现在觉得我是个危险，就把我关起来了事。我不过就是一个没有过去、没有未来，命运被一颗石头牵着跑的人。我说的话、付出的感情，有人在乎吗？有人关心吗？从今以后，这世上我还能相信何人？"

说到这里，丁隐仰头怒吼，惊动了守卫的弟子，弟子匆匆冲入牢房，却被丁

隐身上散发的内力全部震倒。丁隐扬手，那把断刃剑越过铁门，飞到了他手中。

小张惊叫起来："丁大哥，别做傻事！"

丁隐看了看手中断刃，凄凉一笑，刀刃抵上了自己的脖子："掌门说过，让我为天下人保管这赤魂石。可我为了天下，又有谁能为我？我好累，我早就说过我承担不了这样的责任，这样的结局对大家都是个解脱。"

"不要！"随着小张的一声大喊，丁隐断刃一送，便要自戮。却在此时，青云金铃猛地出手，缠住了丁隐的断刃。青云有些轻蔑地望着丁隐，大声斥道："你醒醒，我认识的丁大哥不是这么一个不负责任、一死了之的人！"

丁隐黯然道："这个责任是你们强加给我的，我从来都没想要过。"

未承想青云竟收回了金铃，淡淡地说："那你就去死吧！"就连身边的小张也没料到青云的反应，呆呆望着两人，不知该如何劝解。

青云逐字说道："丁隐，你死了，只会令亲者痛仇者快，你以为你会得到解脱吗？师父说过，心之所向，身之所往，别怪什么石头主导你的命运，遭逢苦难还能傲骨而立的才是我的丁大哥。如果你不懂得自己主宰命运，反倒要在那里怨天尤人、自暴自弃，那我周青云这一辈子都瞧不起你！"她说着便拉起小张，大步离开。小张又不放心地回头张望，却被青云强行拉走。

丁隐呆呆看着青云的背影，那柄断刃无力地落在地上。

就在丁隐试图自尽的第二天，蜀山发生了一件大事——

诸葛驭我将各峰长老及大弟子召集到凌云峰大殿，重新部署蜀山对抗魔宗的策略。这些日，他显然思虑良久，因此说话不疾不徐，处之泰然："诸弟子听令，蜀山此番遭逢大劫，南明离火剑被盗，封印之眼亦开始松动。世有青索、紫郢、神木三把神剑流落于人间，为了天下苍生福祉，必须寻回上古神剑，加固封印。现派遣弟子丹辰子、诸葛紫英、周青云三人下山，寻找三把神剑带回蜀山，加固西疆封印，抵御妖魔。"

诸葛驭我一声令下，众人全都愣住了。

青云和紫英对视一眼，都是不敢相信。先是丹辰子上前跪下，领命道："弟子定当不负师命！"紫英、青云二人接着拜下。

诸葛驭我又道："此行吉凶未卜，艰险异常，你们几个要掩藏踪迹，低调行事。"

未承想百草仙人忽然排众而出，手上抓着一脸莫名其妙的小张，推到诸葛驭我面前，朗声道："掌门，此行必求四平八稳、四通八达、事事如意，不如我帮你凑个吉利数吧。"

接着他又拍了拍小张的后脑勺，继续道："我这个徒弟人还算机灵，医术也被我调教得还凑合。让他一起跟去，万一受困，有人出鬼点子，受伤的话还可以有人照顾。"

紫英素来不看好小张，便抢白道："百草长老，我们几个可以照顾自己。"

百草眉头一皱，瞟了一眼紫英，谓她道："你大小姐这辈子下过几次山？去过几次民间？没有小张带路，你们自己能打听到神剑的消息吗？"

不待紫英回应，诸葛驭我先是一笑，赞道："也好，也好。张馅饼熟悉山下状况，又通医理，确是你们的一个好帮手。"

父亲这般说，紫英自是哑口无言，只能瞪了小张一眼。

此时青云却是一脸忧虑，上前跪拜道："掌门，青云可不可以求您一件事？"

晓如真人知道青云肯定是要为丁隐说情，便抢先喝止道："青云！不要放肆！"

青云见所想已被晓如点破，索性横了心，求情道："掌门师伯，师父，丁大哥他真的很可怜啊！"

一旁的小张也犹豫起来："对啊，丁大哥还在山上，我若去寻神剑，谁来给他送饭？"

诸葛驭我见状，仍维持着从容不迫的风度，缓缓道："青云，你身为栖霞峰一脉的出色弟子，心中当顾全大局。我且答应你，若你们顺利寻回神剑，我再考虑对丁隐的处罚，这样你可以安心去了吗？"

青云喜形于色，连忙磕了个头，口中道："多谢掌门！弟子定当不负师命，取剑回山！"

诸葛驭我又看看小张，小张一副扭捏不前的样子。

百草大摇其头，飞起一脚踹中小张屁股，大骂道："你个没用的东西，有我在，还怕照顾不好一个丁隐吗？"又凑近小张耳边，低声道，"呐呐呐，有你喜欢的神仙姐姐一起去，你还不感谢为师？"

小张揉着屁股，又偷看紫英一眼，当即下定决心，向诸葛驭我磕了个头：“百草峰门下弟子张馅饼，定当不负师命，取剑回山！”

自此丹辰子、紫英、青云与张馅饼四人结成了下山寻剑的队伍。诸葛驭我示意他们各自回去收整行囊、备好物用，次日清晨便下蜀山。

那天夜里，紫英照例对丹辰子做了一番“建功立业、早登大位”之类的鞭策。百草却一本正经地将一个锦囊交与小张，告诉他锦囊中乃是保命符，危急之时，自有妙用。

小张感激之下，主动为百草挠了好一阵子的痒。冬虫虽是药草所化，却也有感于场面之温馨，看得大为动容。

夜幕之中，青云一个人来到牢房外，静静坐下，对着前日她与小张在外墙刨出的小洞，幽幽诉说着心事：“丁大哥，我是青云。我明天就要和师兄师姐还有小张一起下山去寻找神剑了，会离开很长一段时间。走之前，我想……想再见你一面。对了！掌门师伯答应我了，只要我们顺利寻剑归来，就会对你从轻发落。”

牢房内没有动静，青云沉默了一阵，又道：“丁大哥，是不是上次我骂你，你生我的气了？我向你道歉，你能不能不要不理我？”

丁隐依旧没有应声，青云却不焦急，又耐心地道：“你不肯回应也好，有些话如果当着你的面，我反而会不好意思说出口。丁大哥，其实这次你收留玉无心姑娘的事情，我……我真的吃醋了，因为我好像……不知从什么时候已经喜欢上你了。”

说到此处，青云已是泪流满面，她也不顾丁隐感受，将掩藏的心思通通吐露出来：“是，我以前说过喜欢大师兄，可你和他是不一样的。我对大师兄只是单纯的崇拜，可是对丁大哥你……却是真心实意的喜欢。你开心，我也觉得很开心；可是你受伤，我会觉得比自己受伤还难过。我以前从来不知道，自己可以对一个人有这样的感情。”

青云不愿丁隐看见自己流泪的样子，眼泪却不争气地越流越多，她自顾自说着：“我不敢奢望你心里有我。你心里有小玉，说不定还有那个玉无心姑娘，而我在你心里只是个不懂事的黄毛丫头。我不想让刚刚的那些话成为你的负担，我只希望你活着，希望你快乐，希望能看到你的笑容。我不知道自己能做什么，但是……我会一直陪在你身边的。”

青云想透过小洞探看，牢房内并无一丝光亮，月色也很稀薄，她无法望见牢房内丁隐的动静。

青云又对着小洞沉默了一阵，继而深吸一口气，擦干眼泪，站起身来，挤出了一个笑容，说道：“丁大哥，请你好好保重，等我回来，为了你，我一定会努力的！”

然后她抿抿嘴唇，轻快地转过身，一阵小跑奔回栖霞峰。

次日清晨，天门峰的大门早早打开，几位长老送丹辰子、紫英、青云与小张四人走出大门，众人都与各自的师父依依惜别。

这边晓如真人叮咛紫英道：“你们两个自小都在师父身边长大，没怎么离开过蜀山。这次下山时日长，又有任务在身，一定要多加小心。”

紫英有些兴奋地点点头，说道：“放心吧，师父，您也要保重身体。”

那边百草仙人正与小张重温日常挠痒的情形：“张馅饼，你昨日挠过为师大椎、风门与灵台三处穴道之时，为何不使指腹之力，而是带了三分腕劲？”

小张肃然道：“腕劲较指力更为雄厚，可将那‘不求人’的功用发挥殆尽。”

百草点了点头，神情颇为欣慰，继又惋惜道：“唉，你此番下山去了，那冬虫哪有这般聪慧的天资。”

丹辰子环顾一周，唯独不见诸葛驭我的踪影，便纳闷道：“师父怎么没有来？”

公孙无我信步走来，谓他道：“掌门师兄为了研究修补封印的阵法，已经先行闭关了，所以就不来送你们了。他托我叮嘱你们，万事保重。”

丹辰子闻言，恭敬抱拳道：“是，多谢师叔。”

人群中，只有青云一脸惆怅，不时望着蜀山方向，直到四人踏上行程，她还不时回头张望。小张看在眼中，也是一声轻叹。四人一路向蜀山脚下走去，在下山的小径边，丹辰子忽然停住，兴奋地指向前方，口中道：“紫英，你看！”

紫英一愣，接着兴奋笑出声，向前扑到路边一个中年男子怀中。只见中年男子解开斗篷，正是等候在此的诸葛驭我，青云和小张也都愣住了。青云忘了刚才的愁绪，张口便问：“掌门，您怎么会在这里？”

紫英也满心欢喜："爹，您是不是舍不得我，专门来送我们一程？"

诸葛驭我却笑道："我的确是来送你们的，不过我还带了一个惊喜。"

青云神采飞扬："哇，掌门要给我们什么法宝？"

诸葛驭我仍是一脸笑意，谓青云道："看到你就明白了。"又对着身后山崖喊道，"出来吧！"只见山崖边走出一个人影，冲着众人一笑，正是丁隐。

所有人瞬间都愣住了，青云呆立原地，小张兴奋地扑上前，抱住丁隐，大叫起来："丁大哥！丁大哥！"他又回头猛拽了青云一把，喊道："羞什么，你之前不是最担心他了吗？"

青云仍站在原地，满脸绯红，窘得不敢上前。倒是丁隐坦坦荡荡地对青云一笑。

紫英和丹辰子交换了一个不解的眼神，丹辰子便问诸葛驭我："掌门，您不是决定终身囚禁丁隐了吗，为什么又放他下山？"

诸葛驭我从容道："丁隐这次下山也是为了戴罪立功。既然蜀山这次的祸是他闯的，那么自然也得由他想办法弥补。"

小张听掌门这样说，更是欢喜不尽："掌门，您真是跟我们开了好大一个玩笑啊！"

诸葛驭我指指青云，谓丁隐道："你应该多谢青云。"

青云给他说得一脸疑惑，喃喃道："谢我？为什么？"

这时所有人的目光都聚集在青云身上，青云则是一副丈二和尚摸不着头脑的无辜神色，兀自道："我……我什么都没干啊！"

却见丁隐走到青云面前，大声说道："不，你狠狠骂了我一顿。"他说话时，早前的颓唐已不见了，脸上已恢复了往日神采。丁隐以双手按住青云双肩，静静微笑地看着她。青云却避开了他的目光，一张俏脸霎时羞得通红。

丁隐对青云笑了笑，自顾自说道："没有你的那一顿骂，我根本不会知道自己之前有多糊涂。青云，你带给我的帮助比你想象的要大得多。"

一旁的诸葛驭我也点了点头，谓众人道："是啊，如果没有青云，我这次还劝不动丁隐下山呢。那天青云骂完他之后，当晚他就请求见我。"

原来丁隐寻死那日，青云的一顿怒骂竟成了对他的当头棒喝。青云走后，丁隐便向牢房守卫请求要见掌门，想不到诸葛驭我果真推开了牢房的铁门，丁隐要拜，诸葛驭我扶他起身，又问他道：“牢中数日，你可有所悟？”

丁隐低头服罪：“掌门，是我做了错事。”

诸葛驭我道：“如果是指玉无心的事情，你不用再请罪了。”

丁隐却道：“不，我是说我差点成为了一个懦夫，如果没有白天青云那顿大骂，我恐怕已经放弃了自己。”他抬起头来，已是目光如炬，不见了白天时的颓唐。

他又说道：“掌门，之前您和我说的一个道理，我终于想通了。您曾经告诉过我，这赤魂石是为天下人而扛，我曾经想过逃避，可是现在我想尝试去扛起这个责任。”

诸葛驭我问他：“你当真想明白了？”

丁隐昂首一笑，口中道：“青云说得对，人要主宰自己的命运。赤魂石要我癫狂一世，我偏要给它一个天下太平！”

说着又向诸葛驭我跪下，脸上却是神采飞扬，继续道：“蜀山弟子丁隐求掌门恩准，与师兄师姐们一起下山寻找神剑，弟子定当不负师命，守护体内赤魂石，为蜀山正道而战！”

诸葛驭我听丁隐一番话语，忍不住击掌叫好，扶起他道：“我也正有此意，既然你有志下山，那我就放心了。我还有另一项任务交托给你，除了紫青双剑和神木剑之外，蜀山其实尚有一把神器流落在外，而且只有你才能找到——血饮刀！”

丁隐问道：“这刀的名字是和赤魂石有关？”

诸葛驭我点头道：“没错，血饮刀相传是先人为疏导赤魂石之力专门打造，亦只有身怀赤魂石者才能使用，可惜乱世中失散，至今下落不明。若能寻回此刀，对你炼化赤魂石大有帮助。”

丁隐心中早已踌躇满志，便高声道：“弟子明白，定当竭力寻找血饮刀的下落。”

诸葛驭我便道：“好，下山之后，我和诸位长老就没有办法随时照顾你们了。既然你走上了这条路，就应该知道前路要面临的危险和压力。莫怪我多言，切莫再被儿女情感所困。”

丁隐心知掌门所指，恭敬道：“弟子明白，不管发生什么，弟子都会学习面

对，不再惧怕！”

于是乎，诸葛驭我将重燃斗志的丁隐当成了法宝，为丹辰子四人送了来。

诸葛驭我说完始末，小张便拉着青云兴奋地将丁隐围在当中，好一阵问东问西，唯独紫英矜持地站在一旁，不肯出声。

与小张的热情相比，青云似乎不太敢看丁隐，她脑中回荡的全是当夜对着牢房小洞诉说的衷肠，一张俏脸已红得发烫。

小张猜到大概，便揶揄她：“咦？青云，你的脸怎么忽然这么红？发烧了？”

青云要寻地缝去钻，无奈蜀山一麓土质甚为严密，令她无处遁形，只得硬着头皮对丁隐道：“丁大哥，那天夜里我找你道歉时说的话，你可不可以当作没有听见？”她说得声若蚊鸣，眼神惶恐闪烁。

丁隐却很无辜：“你没有什么好道歉的，应该是我向你道谢才对。”

青云却连连摇头，憋红了一张脸，嘤咛道：“不是嘛……除了道歉以外，我还讲了些别的。”

小张有意打趣，跑来挤对青云：“啊？什么话一定要偷偷去讲？我看多半是情话。”

丁隐拍了小张后脑一掌，正色看着青云，道：“那天傍晚我见过掌门之后，就随他一起离开牢房了，我是真的都没有听见。”

青云将信将疑，也说不清是欣喜还是庆幸，良久才支吾着说道：“当真？可我怎么觉得你坐在牢房里面？”

丁隐仍是一脸茫然，努力寻思着青云所说的情形。小张却很豪迈：“没关系，没关系，既然错过了，现在当着丁大哥的面再讲一遍就是了。”

青云却连连摇头，一阵摆手：“不不不，都只是些傻话。丁大哥没听见就最好了。”她见小张不再纠缠，终于如释重负地笑出声，又和小张一起围着丁隐叽叽喳喳起来，只是笑容中有一丝遗憾。

诸葛驭我走到淡然旁观的丹辰子身旁，压低声音道：“你们尽快带丁隐离开，他跟随你们下山一事，不要让任何人知道。”

丹辰子同样低声道：“是！只是……我不明白师父的用意，就算您是要丁隐戴罪立功，为什么要故意放出囚禁他的消息，又让他秘密下山呢？”

诸葛驭我微笑道："这是为了'山中人'准备的。"

丹辰子当即了然，兴奋道："师父是想借这次机会，把'山中人'揪出来？弟子这才明白师父苦心。"

诸葛驭我点了点头，又谓他道："辰儿，前路艰险，我希望你能摒除偏见，做好这个大师兄。"

丹辰子抱拳称是，便走到丁隐面前，主动伸手示好："丁师弟，都是要一起上路的同伴，之后就得共同抗敌了。之前发生的事情，咱们能不能不要计较，就让它过去？"

丁隐粲然一笑："多谢大师兄关照！从今以后风雨同舟，大家并肩为蜀山而战！"两人微笑间，双手已紧紧相握。

丹辰子又望了望紫英三人，朗声道："大家出发吧！"五人便向着诸葛驭我一拜，共同奔向前程。

佛度有缘人，药医不死病。

青云的一声棒喝，竟让历劫之后形如槁木、心若死灰的丁隐重焕生机，再赴征程。"赤魂石要我癫狂一世，我偏要给它一个天下太平！"丁隐这样说的时候，眼前似看见射入暗室的一束阳光。

但绿袍尊者所见，只有南明离火剑的幽光。

剑悬在雪池上空，绿袍孤立池边。雪池之内，红莲仍在饮血，金蚕依旧蠢动。玉无心站在雪池的另一端，苍白清瘦，看来却是凄美。

九毒与五鬼将玉无心救回阴风谷后，她一连数日不曾进食，只枯坐在床上，熄了灯火，闭了轩窗，深锁重门，便似与这世界自我隔绝一般。

期间五鬼多次献过殷勤，又是炖鸡汤，又是点红烛，玉无心一概冷对。非是厌恶，无关纷扰，心死之人，又有什么心境可言？

唯独一句话，玉无心想说与父亲。

玉无心可以自饮情殇，却不想父亲自困愁城。她可以抹去丁隐，忘却蜀山，却忘不了银盒里的封封锦书，抹不去妙一的谆谆规劝。此刻绿袍传她入殿，便是为他解开心结的机会。

雪池之上，南明离火剑幽光闪烁。那光芒中，玉无心恍惚看到当年素因与上

官警我的深情挚爱。而在绿袍看来，它却昭示了一段血海深仇。

绿袍看着南明离火剑，又看了玉无心一眼，缓缓道："你娘当年就是以血入此剑，拼死救了我一命。"

玉无心连忙跪下来，轻声道："爹，这次是女儿办事不力，可是……"她思忖着用什么样的言语来规劝父亲，化开他内心郁结的仇恨。

绿袍却似已看穿她的心事，猛地腾身跃到玉无心面前，一把捏住她的下巴，眼中射出凶光："可是什么？你不会是想要求我放了丁隐，放弃赤魂石吧！"

玉无心对父亲的反应有所预料，不承想还未开口，绿袍便换成如此凶煞暴戾的面孔，心中的邪魔狰狞喷涌而出。玉无心既是惊愕，又是畏惧，口中叫道："爹！"

绿袍骂了声："混账！"再用一记狠狠的耳光来回应女儿，口中骂道，"你娘在生时，为了保护我拼尽全力。当年若不是为了留下你，她也不会力竭而亡。现在就算人不在了，却还是在用力保护你。可是你呢？为了一个不相干的男人，竟然忘了自己亲娘的血海深仇，不要脸！"

玉无心跌倒在地，绿袍的冷言冷语令她羞愧难当，委屈的泪水止不住地流下。她之前想过无数种规劝父亲的对话和情境，也深知人心之危，过程之艰，却未想过父亲竟会以这样的方式对待她。

她看着暴怒之下五官扭曲的绿袍，多么希望他能够平静下来，她轻轻地呼喊他："爹……"

绿袍却咆哮道："不要叫我爹，我上官警我不养忘恩负义的狼崽子。若不是答应过你娘，我今天非撕碎了你不可！"

他说着狠狠一甩袖子，离开了雪池，半空中冷冷扔下一句话："你这颗棋子，今日就算是废了。从此以后，不许离开阴风谷半步！"

玉无心跌坐在地上，满脸都是苦涩的泪水。雪池上的南明离火剑似有感应，轻轻飘到她身边。

玉无心紧紧抱住剑，自语道："娘，女儿自知出身如此，无法获得爹多一丝怜爱。倘若能以自己性命换娘的性命，女儿万死不辞。只是如今爹满腹仇恨，已经杀红了眼，女儿真的不知道该怎么办。娘，您教教我，我好想您……"

这一天，绿袍对女儿发了一通火，但他的心情却很快好转过来。

令他心情好转的是“山中人”的两封密信。

第一封，说诸葛驭我担心赤魂石再生意外，决意将丁隐永世囚禁蜀山。

第二封，说囚禁丁隐是假，诸葛驭我实要将丁隐送往极北严寒之地封印起来，让赤魂石再也不得现世。

绿袍比照着一前一后两封密信，饶有兴致地对屠媚说道：“诸葛驭我使这声东击西之计，竟差点连我也瞒过了。”

屠媚见绿袍心情不错，脸上也露出笑容，跪下请命道：“我愿带人去半路伏击，一定能够趁其不备抓获丁隐。”

绿袍摆手道：“屠媚，‘山中人’的事情一向是九毒负责的，你还是留在阴风谷待命吧。他平日的巡视工作也得有人接手。”

屠媚偏不服，说道：“我做的不会比九毒差，请宗主再给我一个机会！”顿了顿，又道，“再说你女儿刚从蜀山重伤归来，近期我在这里巡守，她每天撞见我，怕是也不开心。”

屠媚一心求战，语气恳切，话中又提到玉无心，绿袍寻思了一下，又打量了屠媚一眼，便点头道：“好，那你记住，不管用什么方法，一定要把丁隐带回来，别让我失望。”

屠媚施了一礼，这才满意离去。

却说蜀山天门峰上，诸葛驭我与公孙无我正为晓如真人送行，眼前排列成队的蜀山弟子护着一辆巨大的马车，那马车之外，被黑布蒙得严严实实。

晓如向二人施礼道：“掌门、师兄，二位请放心别过。我定当不负所托，一定会将丁隐护送到极北之地。”

诸葛驭我道：“一切都拜托了。”

公孙无我也叮咛道：“一路多加小心。”

晓如又向诸葛驭我一拜，便带了众弟子离去。

公孙无我目送人车远去，便凝眉问道：“掌门师兄为何一定要将丁隐送走？”

诸葛驭我一笑：“怎么，你不放心？”

公孙无我沉吟道：“赤魂石事关重大，将他留在蜀山紧密看护，才是万全之策啊。”

诸葛驭我点了点头，又淡然道：“我这么做自然有我的道理。”

公孙无我仍道：“我只担心此行太过危险，若是能安全送达，自然是万全。万一遇见魔宗的人要强抢丁隐，晓如她一人恐怕难以保护他周全……”

诸葛驭我不待公孙无我讲完，便说道：“越是低调，越是能隐藏丁隐的身份。我已经放出风声，现在整个江湖都知道，丁隐违背门规，必须终身囚禁在蜀山。况且送他转移之事，只有你们几位长老知道，魔宗又怎么会有所察觉呢？”

公孙无我当即道：“掌门师兄说的是。”

诸葛驭我意味深长地看看众人远去的背影，忽地又向公孙无我问道：“百草呢？”

公孙无我先是一愣，不明白诸葛驭我这时缘何提起百草来，随即回答道：“他只派吴冬虫送了路上必备的草药来。”

诸葛驭我一笑，说道：“也是，送别这种事，他一向不上心。”

公孙无我笑了笑：“百草性子虽乖戾了些，心中却比谁都更牵念蜀山的安危。”说着依然翘首望着远走的晓如等人，一副不放心的样子。

诸葛驭我一笑，拍了拍他的肩膀：“师弟，放心吧，一切我都已经安排妥当，定能万无一失。”

却说晓如一行离了蜀山地界，一路向北而去，方行了五十里地，来到一处狭长的谷地，这时天色忽变昏暗，继而狂风四起，眼见是山雨欲来的情景。

晓如一身劲装，寸步不离马车旁，一阵疾风刮来，吹开马车的垂帘，露出车中人的侧影，赫然正是丁隐。

晓如出手如电，立刻封好垂帘，又警觉地察看四周，隐隐感到一丝魔气。她临危不乱，镇定地对众弟子道：“大家加快行路，莫在此地久留。”

众人正待策马疾行，却听头顶忽然一声箭响，只见数十支火箭向着车队射来。晓如高喝一声，早已挡开来箭，护在了马车前，方寸不乱，谓众人道：“有人劫车，保护丁隐要紧！”

数十名蜀山弟子当即排列成剑阵，将纷纷而下的火箭一一打落，马车被护在剑阵中间，无人能靠近分毫。

晓如见众弟子训练有素，阵法森严，心下大为欣慰，从容调度道：“薛志常，你携三人守‘明夷’位；周志龢、靳致远，你二人伺机打掉西首的那名箭手；魏扶摇，你速去增援‘中孚’位……”

晓如虽不知敌人虚实，却对蜀山的阵法颇有信心，料想足以抵挡半个时辰，却不料被打落的火箭射入地面后，竟有火势猛地蹿起。

凌云峰弟子薛志常大叫起来：“不好，这地上已经被泼了火油！”

晓如也是一惊，仍沉着道：“所有人先护住马车！”

于是众弟子弃了剑阵，纷纷上前扑火，防止火势蔓延上马车，一时间手忙脚乱。

魔宗门徒则顺着绳索滑落山崖，杀入了马队中间。晓如大急之下，带领众弟子力战。火光中，岩壁上一袭紫衣撑着伞飘然落地，屠媚绣伞一扫，马车周围几名蜀山弟子瞬间被震开。

屠媚脚尖一点，掠过众人来到马车前，撕开垂帘，只见丁隐双眼紧闭，被铁锁捆绑在车内。

屠媚妖冶一笑，便要伸手去拉丁隐：“跟我走吧。”却被晓如一剑逼退，屠媚也不示弱，绣伞一转，已射出三枚暗器，晓如挥剑一扫，全部打落，屠媚却已转入她侧后，一掌劈将过来，又被晓如闪身避过。

屠媚见晓如身手了得，一时不易对付，便道：“女人何苦要为难女人呢？留下丁隐，我可以让你们死得痛快一些。”

晓如懒得理她，口中哂道：“我堂堂蜀山岂有向邪魔歪道屈服的道理！”

屠媚无奈地摇摇头：“那就是没得谈了？”话音未落，绣伞柄中竟喷出一股黑色的烟雾来，直扑晓如而去。

晓如心下一惊，急忙向后退去，屠媚得了空隙，便一把拉着丁隐跃出马车，就要施展轻功跃起。晓如清啸一声，哪里容她走脱，挥起双剑向屠媚攻去。

却在此时，魔宗门徒又在峡谷上空纷纷射下了火箭，拦住了晓如去路。晓如正焦急间，忽听见山谷外响起一声高呼——

“屠媚，我倒要看看到底是你阴风谷的魔高一尺，还是我蜀山的道高一丈！”

原是诸葛驭我赶来驰援，他所过之处，一片剑光绽放，魔宗门徒无不接连倒地。屠媚见势一愣，再看向丁隐，只见丁隐不知何时已经睁开眼睛，冲着她茫然一笑，整个脸孔竟然泛起了青绿色。

屠媚情知不对，一把推开丁隐，丁隐的四肢竟忽然幻化为植物藤蔓，刹那间已将屠媚死死缠住。

那藤蔓带有毒性，屠媚挣扎了几下，居然回身无力，无法动弹，急忙呼喊魔宗门徒来救援。

此时诸葛驭我已飞至晓如身边，朗声道：“蜀山弟子听令！剑阵转坤成方位！”

蜀山弟子应声而动，早已训练有素地散开，剑阵的威力猛然比刚刚大了数倍，剑光闪闪，声势夺人！一时间魔宗门徒连声惨叫，狼狈退却。

诸葛驭我对晓如使了个眼色，两人三剑，向屠媚攻去。屠媚哪有还手之力，只几招便败下阵来，被诸葛驭我点了穴，跌坐在地，束手就擒。

屠媚羞愤万分，冷冷盯着诸葛驭我，阴阳怪气道：“想不到名门正派使的终究是中原人最为擅长的心计！”

诸葛驭我回以冷笑：“对付你们这些妖魔鬼怪，用不着那么高尚。拿下！”

众蜀山弟子纷纷围上，将屠媚押住。

晓如这时才一脸疑惑地询问起来：“师兄，这到底是怎么一回事？”

诸葛驭我微微一笑：“晓如莫怪，只是钓鱼而已。”

晓如凝眉道：“钓鱼？晓如不明白，还请掌门赐教。”

诸葛驭我道：“你还记得先前丹辰子提起的‘山中人’吗？”

晓如这才觉悟，沉吟道：“这么说，今日屠媚来袭，是蜀山内奸所致！”

诸葛驭我点头道：“正是，这‘山中人’一日不除，我蜀山就一日不得安宁，所以我才设下这个局，利用醉心草做了一个‘药人丁隐’让你护送。魔宗获得这个假消息，必然派精英来劫，我等从后面包抄，一来可以挫挫魔宗的锐气，二来也可以摧毁魔宗和‘山中人’之间的信任，这样一来，就算暂时查不出这‘山中人’的身份，恐怕以后魔宗也不会轻易相信他了。”

晓如听到诸葛驭我的布局，震惊不已，长长出了一口气：“掌门心思缜密，晓如佩服，可为何唯独信任我，让我担此重任？”

诸葛驭我面带笑容，解释道：“下山散药，你一直都跟随在侧寸步不离，根本没什么机会传递消息。而且在这蜀山上，公孙无我世故圆滑，百草性情乖戾，妙一又太过仁慈，皆有可以被攻破的弱点在身。只有你独善其身，虽是女子，却不输豪杰，我不信你，又能信谁？”

蒙得掌门夸奖，晓如反而惭愧起来，正色道：“掌门夸奖，晓如何以克当？承蒙掌门重托，定当竭尽全力，那接下来该如何？”

诸葛驭我思忖了一番，又沉吟道：“本以为绿袍会亲自出手，没想到他还是谨慎了。不过抓到屠媚，也算是一大收获，咱们歇息一晚，明日就回蜀山，来个突然袭击，能够探出谁是内奸便最好，若是探不出，也有敲山震虎之用。”

晓如点了点头，又问道：“是，但听掌门吩咐，还有一事……”

诸葛驭我会心一笑：“你是想问，真的丁隐去哪里了吗？”

晓如恭敬道：“还请掌门明示。”

诸葛驭我仍笑道：“呵，算一算脚程，大概已经在江南了吧。”

晓如这才明白过来，惊讶道：“原来掌门也派他去寻剑了！”

诸葛驭我比了一个手势示意晓如噤声，又道：“莫要声张，虚虚实实，亦真亦假，便是对他们几个孩子最好的保护。”

二人相视一笑，再不多言，便领着一行人马掉头向蜀山返去。峡谷一战，蜀山弟子无一死伤，却毙了魔宗门徒一十七名，还将屠媚生擒回去，实是近期以来蜀山对魔宗少有的一场全胜。

翌日一早，公孙无我、百草仙人和门下几位大弟子就被请到了凌云峰，连天门峰座下张琪也蒙着尚未恢复的眼睛来到了大殿，众人皆是面面相觑。

公孙无我问百草道：“掌门这么早召集我们，师弟可知是什么事情？”

不想百草也是一脸愤然：“他最近也真是大惊小怪，我想炖些参汤也不得安生。”

公孙无我暗暗皱眉，此时却听到殿外弟子恭迎掌门的声音，随即便见到诸葛驭我与晓如真人并肩步入大殿。

在众人一片狐疑的目光中，诸葛驭我威严地环视一周，上前就座，环视道：“大家都到齐了？”

公孙无我好生奇怪，张口问晓如道：“晓如长老，你不是下山护送丁隐去了吗，莫不是……”

诸葛驭我打趣道：“晓如在山下遇到了一个朋友，便决定中途折返，先行回蜀山。”

公孙无我闻言惊诧：“朋友？”

诸葛驭我却一挥手：“诸位见了就知道，带上来吧！”

公孙无我和百草都好奇地盯着门口，见到五花大绑的屠媚被两个弟子带着走入大殿，一瞬间所有人面色一紧。诸葛驭我不动声色，悄悄观察着在座人的脸色变化。

屠媚面对蜀山众人，依旧毫无惧色，口中竟似在抱怨：“诸葛驭我，你少得意了，你们名门正派，却暗箭伤人。如果不是这次你们给我们放出了假消息，你真以为我会栽在你们手上！”说着便毫无顾忌地仰天大笑起来。

诸葛驭我眉心一皱，眼中精光乍现，谓屠媚道：“你既已被擒，还是不要说大话了。告诉我那‘山中人’的身份，蜀山不会伤你性命，只会将你镇压在伏魔谷之中，等你邪性退尽的一天，自然会将你放出来。”

屠媚嫣然一笑，好似与诸葛驭我谈情一般：“好啊，那我就告诉你。那个人——就是他！”

第十四

疑云密布“山中人”，蜀山五骑入江南

丁隐见青云衣衫不整，眼泛泪光，一抖身上的外套，就把青云严严实实裹在里面，忙问道：“没事吧？”

青云噙着泪，分明又笑得明媚如花：“我……我没事。丁大哥，我就知道你一定会来救我的。”说着猛地抱住丁隐。丁隐虽然一愣，却只是一笑，并没有推开。

凌云峰大殿内，众人屏住呼吸，如临大敌，只待屠媚揭晓那“山中人”的身份。屠媚眼神脉脉环顾一周，便轻轻扬起手，单手一指，正指向一直站在公孙无我身侧低眉顺目的苏阳。苏阳一愣，根本不明白到底是怎么回事。

诸葛驭我震惊道：“你……你说什么？”

大厅中倏然寂静，十几道目光齐齐射向苏阳，每个人的脸上写满震惊与愤怒，戒备的神情中分明透出逼人的寒意。

苏阳惊恐地看向众人，一点点往角落缩去，竟有些语无伦次起来：“掌……掌门，我什么都不知道，她在胡说！”

屠媚却在一边盯着苏阳，狠狠说道：“如果不是你放给神宗假消息，我也绝不会落到你们的手上！阴风谷给了你不少好处，没想到你竟然敢出卖宗主！宗主一直说‘山中人’是阴风谷的朋友，没想到竟然是这么一个吃里爬外的小人！”

屠媚说到此处，分外激动，整个人发疯似的挣扎着，想要冲向苏阳。众弟子七手八脚地将她压在地上，堵住了她的嘴巴。

百草仙人望望屠媚，又望望苏阳，对公孙无我冷声道：“公孙无我，看你教的好徒弟！掌门，我看这苏阳是留不得了，不如我替你清理门户吧。”

诸葛驭我伸手示意百草仙人少安毋躁，他看向公孙无我，只见公孙无我此时也一脸震惊，呆立在原地看着自己的徒弟。

这时苏阳忽然惊恐地跪下，疯狂地朝着诸葛驭我磕头，叫喊道：“不！我真的不是什么内奸！掌门，我平日一向恪守门规，怎么可能替魔宗卖命，我真的不知情，求掌门明察！”

百草仙人对苏阳这副跪地求饶的模样颇不待见，冷哼一声，哂道：“屠媚都指认了你，我看你再解释也是没用的。”

苏阳又是惊恐又是畏怕，吓得嗓音也变了，一面磕头央告，一面杀猪似的号叫起来：“我是冤枉的！我真的是冤枉的！”

说着又连滚带爬扑到公孙无我身边，抱住他大腿喊叫道：“师父，弟子平日为人如何，您最明白了，我真的无辜啊！师父——”

公孙无我一脸沉痛之色，当下未去理会苏阳，转向了诸葛驭我，沉吟道：“掌门，我觉得此事大有蹊跷，苏阳的为人我最清楚，他没这个胆子。若贸然杀了他，中了魔宗的奸计，只怕得不偿失。”

百草仙人抢白道：“他没这个胆子，难道是你这个师父干的？我看你根本就是包庇徒弟！”

公孙无我却不示弱，淡然道：“百草，这内奸若真是苏阳，我绝不包庇。可如今你这么着急杀人，可是想要隐瞒什么？”

公孙无我说得平淡，词锋却很犀利，百草自觉讨了没趣，便狠狠瞪了公孙无我一眼，没好气地道：“不管了不管了，掌门，由你定夺吧！”

诸葛驭我捋了捋胡须，看了看屠媚与苏阳，向身边的晓如真人询问道：“晓如，你怎么看？”

自屠媚指认苏阳开始，大殿内场面陡然变得喧杂聒噪，先是苏阳惊恐万状、方寸大乱，再是百草与公孙无我的一番针锋相对，唯独晓如真人始终维持着从容。诸葛驭我看在眼内，是以询问她。

晓如真人便说道：“回禀掌门，这‘山中人’事关重大，不能全信屠媚一人所言，还是先将苏阳收押，待询问清楚后再做定夺。”

诸葛驭我点点头，冲着殿下挥了挥手，便有几个弟子上前要带苏阳走。

此时苏阳已吓得涕泪横流，死死抓着公孙无我不放。几个弟子使了一把力，才将他按倒在地，苏阳口中还在大喊：“师父，真的不是我——我是被冤枉的，您救救我！救救我！”

公孙无我忍痛一拂手，将苏阳隔开，口中道：“苏阳，若真不是你，关你几日又何惧之有？你先听从掌门吩咐，师父一定会将此事查清楚！”

众弟子拉着苏阳的手脚，要将他拖出去，苏阳一边挣扎，一边还在号叫：“不！”

众长老见到苏阳这般模样，心中也有几分不忍，纷纷摇头叹息。正在这当口，屠媚突然暴起，挣脱了弟子的束缚，手中亮出一把匕首，直往苏阳胸口刺去。

诸葛驭我大惊，乾坤剑气已经出手，将屠媚重重扫倒在一边。但屠媚出手极快，一把匕首已经刺入苏阳胸中，他睁大眼睛，慢慢倒了下去。

“苏阳！”公孙无我冲上前去，将苏阳抱在怀里。

只见苏阳双眼圆睁，口中不断冒出血沫，仍在哀叫申冤：“师父，救我，我不想死，不是我……真的不是我……”公孙无我连忙为苏阳输入真气，可是已回天乏术，不一会儿苏阳便一命呜呼。

公孙无我脸上已是老泪纵横，他转过身，长剑在手，指向屠媚，暴喝道：“屠媚，你欺人太甚！”似要当场将她手刃，好为爱徒血仇。却听诸葛驭我一声喝止：“师弟，够了！”公孙无我这才颓然丢下宝剑，虎口犹在颤动。

遭此惨变，大殿内一时间鸦雀无声，众人目睹了屠媚的凶残手段，都心有余悸，也为苏阳的惨死唏嘘。

诸葛驭我长叹一声，谓晓如道：“且将屠媚带去牢房关押吧。今日之事就到此为止。”说着又缓缓走到苏阳尸身前，俯下身去，为死不瞑目的他抹上双眼。

于蜀山而言，擒获屠媚本是快事，各峰聚集大殿彻查“山中人”，也该是一桩乘胜追击的事。眼下却因为苏阳的惨死，变得分外沮丧悲忧，阴云密布。很难说得清楚苏阳到底是不是“山中人”，但公孙无我的丧徒之痛乃是确凿。

黄昏一场冷雨，浇得整个蜀山凄凄切切。凝碧崖外，公孙无我正在雨中长跪不起，诸葛驭我劝了几回，他也不肯起身，只不住道：“屠媚冒死下毒手，看来断然是苏阳所为无疑，是我教导无方，请掌门责罚。”

诸葛驭我撑了柄油纸伞来为师弟遮雨，开解他道：“此事不能完全怪你，不必太过自责。”

公孙无我说道：“就算苏阳曾经做过对不起蜀山的事，他也终究是我的徒弟，我对他的所作所为就必须负起责任。”说着又对诸葛驭我连磕了三个头。诸葛驭我闭眼长叹，缓缓扶他起身，一时也不知该说什么。

这时何清撑了柄黑伞远远走来，他手中捧着一个陶罐，面色凄凉，眼睛红肿，向诸葛驭我肃然施了礼，口中道：“禀告掌门，我已经将苏阳师弟尸身火化，是否通知他的家人过来接他还乡？”

诸葛驭我点了点头，有些动容道："去吧，落叶归根。"

公孙无我接过何清怀中陶罐，向诸葛驭我道："掌门师兄，我有一事相求。"诸葛驭我示意他但说无妨。却见公孙无我神色肃穆，缓缓道："当初苏阳拜我为师，我曾经答应过他的父母一定会好好教导他，如今却是这样一个结果。请掌门允许我亲自送他的骨灰还乡，也算是尽一尽我为人师表最后的一点责任。"

这番话说得恳切诚挚，令人动容，虽然魔宗随时可能兵临城下，但父母之托、师徒之情焉能置之不顾？诸葛驭我当即道："难为你一片苦心，就由你吧。"

公孙无我施礼道："多谢掌门。"何清便撑起伞，一路护送着他离去。

诸葛驭我望着冷雨中二人远去的背影，心中涌起许多思绪。

不多时，晓如真人又匆忙而至，将几张尚未燃尽的纸片交到诸葛驭我手中："掌门，这是在苏阳房间发现的，是他和魔宗之间的通信往来，我已经查问过，的确是他的笔迹没错。听闻他也常常去喂点苍峰所养信鸽，有接触到信鸽的可能。"

诸葛驭我痛心疾首，似在责骂，又似自语："堂堂蜀山弟子，为何要为虎作伥？"

晓如推测道："想必是被魔宗提供的利益诱惑，迷失了心智。"

诸葛驭我无奈地摇摇头，却又拿起纸片仔细端详起来，忽而眉头紧皱道："真有这么简单就好了。"

晓如闻言一愣："掌门的意思是……"

诸葛驭我先不答她，反而问道："晓如，这次诱捕内奸，你有没有一种奇怪的感觉，就好像一拳打在了棉花上，总觉得有些不着力？"

晓如却很笃定："已经有这么多证据，证明苏阳便是那内奸'山中人'。"

诸葛驭我又道："就是这些证据来得太顺理成章了，好像全部是为苏阳准备好的。这个内奸既然能在蜀山隐藏如此之久不露痕迹，应该是个胆大心细之人，这样的人又怎么会干出烧毁信件只烧一半这种蠢事呢？"

晓如寻思道："掌门是怀疑……那苏阳只是个替罪羊，真正的内奸另有其人？"

诸葛驭我一时殊难判定，唯有沉吟道："我也不知道。我只是觉得这次的抓

捕太过顺利了，心中反而有些不安。”

晓如若有所思：“我已经吩咐过看守监牢的弟子守紧口风，丁隐已经下山的消息应该还没有多少人知道。”

诸葛驭我长叹一声，看向远方，缓缓道：“事到如今，只能见机行事了。但愿丁隐他们能够一路平安，他们接下来的路程恐怕会更加艰难。”

翌日黄昏，阴风谷外。冷风扑面，残阳如血。

一声鸽哨刺破天空，一只信鸽如箭矢般飞降下来，落在九毒神君肩头。九毒将它腿上铜管取下，取出其中的信件，转身送回谷内。那信件的背后赫然还是“山中人”落款：“山翁曾约旧交欢，中间转徙废书传，故友舟楫定如何，人生得意须尽欢。”

绿袍尊者阅读着“山中人”的信件，面无表情，不辨悲喜。看完之后，绿袍用内力烧尽信纸，淡淡看向九毒：“屠媚中了蜀山的埋伏，现在正被囚禁在蜀山。她不在期间，宗中事务就先由你暂时处理吧。”

九毒紧张道：“宗主，副宗主千金之躯，万不能有所损伤，不如让属下带人前去蜀山营救，否则天尊……”

绿袍闻言，眉头一皱，淡然道：“那也不必了。”

九毒有些惊愕：“宗主，属下不明白……”

绿袍嘴角微扬：“呵。你不明白为何我一点都没有觉得意外，是吗？”

九毒作揖道：“宗主……是否宗主早有部署？”

绿袍有些自得地一笑，谓九毒道：“你猜得没错，如今丁隐体内赤魂石渐稳，这点你和五鬼同他交手之时已经很明显，而蜀山却在这时候着急把他送到极北之地，你不觉得很奇怪吗？”

九毒寻思道：“宗主是怀疑，蜀山此番设局是想引蛇出洞？”

绿袍又是冷冷一笑，说道：“诸葛驭我想要抓出‘山中人’，还想顺便折损我魔宗羽翼，这样一箭双雕的计谋虽然绝妙，只可惜他忘了，我与他同门十多载，他如何骗得了我。所以我让屠媚去试一试真假，如果真的能抓住丁隐，当然最好；但是如果失败被俘，对阴风谷也未尝没有好处。”

九毒记挂屠媚安危，又问道：“属下只是担心，万一蜀山对副宗主有所不利该怎么办？”

绿袍淡然道：“放心，诸葛驭我为了从屠媚嘴里问出‘山中人’的身份，一定不会伤她的性命。而屠媚刚好可以趁这个时机搅一搅浑水，让蜀山这个内奸的迷局更加混乱。更何况没有屠媚的这番试探，我们怎么会知道丁隐真正的下落？”

九毒这才释然道：“宗主深谋远虑，属下明白了。”

绿袍点了点头，道：“九毒，我不会放着屠媚不管的，我会亲自去救她出来。”

绿袍说话的时候，从容的表情看不出悲喜。然而此刻，他的指尖正轻触到随身衣袋中的晶石，在他心中分明有个声音在说：“素因，为了你，我要故地重游了。”

即将故地重游的人不止绿袍，小张也算一个。

此时在阴风谷七百里外的玉水镇，一辆马车正在山路上疾行。丁隐挥着马鞭赶车，小张坐在车辕上，正眉飞色舞地介绍沿路美景：“大哥，再有一段就要到我的家乡玉水镇啦，这是去太湖的必经之路，不如咱们一起去城里落脚，刚好可以看看玉水镇的风光。”

车厢内的青云诧异起来：“咦？张馅饼，你不是阳城人吗，怎么玉水镇又变成你的家乡啦？”

小张一脸豪情地道：“江湖儿女，四海为家嘛。玉水镇可是我混熟的地盘！”

丹辰子见他说得眉飞色舞，出言提醒道：“我们这次可是带着任务，并不是来游山玩水的，越快赶路越好。”

“就算耽搁一下又如何？”紫英冷冷瞥了丹辰子一眼，态度甚为冷淡。

丹辰子忙赔笑道：“紫英，你还在生我的气？”

紫英依旧不冷不热：“我哪里敢生大师兄你的气。不过爹叮嘱过我们，要找到神剑的下落，必须先到陶然居内的藏经阁查探。大师兄，你知道陶然居在哪里吗？”

丹辰子答不上来，一时间好生尴尬。

多亏丁隐解围道：“大师兄，我看大家劳顿一天了，既然小张认识路，咱们不如就先去玉水镇休息一下，顺便打听一下陶然居的消息也好。”

丹辰子无奈点头，紫英爱理不理，却是冲小张笑得温柔，故意凑近他身旁：

“哎，小张，你倒是说说这玉水镇有什么好风景。”

小张难得见到紫英态度温和，兴奋万分，连珠炮似的说开了：“这玉水镇呀，就坐落在太湖边上，依山傍水，风景秀丽。不过可惜咱们这次下山晚了点，如果赶上春天三月桃花开的时候，太湖就好像罩在一片粉红色的云雾里一样，比咱们栖霞峰的桃林还要壮美几分呢。”

紫英有意让丹辰子气恼，便装出与小张相谈甚欢的样子，瞪大了水汪汪的眼睛，憧憬道：“哎呀，那岂不是可惜……”

小张怎能让神仙姐姐扫兴，万分殷勤地道：“不可惜，这阵子也好，太湖里的鱼虾正是肥美，咱们到了落脚处，就好好吃上一顿河鲜！”

青云最是嘴馋，听得小张这般说，当即拍手称快：“太好了！那我一会儿要吃螃蟹，还要吃大虾。”

为了让神仙姐姐大快朵颐，小张自是什么包票都敢打。只怕青云说她喜欢吃深海鲨鱼，小张也会说成是玉水镇的特产。只见他一脸豪迈地道：“哎呀，没问题，没问题！什么虾啊蟹啊的，通通包在我张馅饼身上，今天我请客！”一面说，一面还将胸脯拍得咚咚作响。

紫英自是嫣然一笑，款款道：“那就谢谢小张了。”

丹辰子看着紫英故意与他置气，心中隐隐不悦，谓众人道：“也不知道到底是出来找剑，还是游山玩水。”这一说，又惹来紫英白眼。

仍是丁隐出来圆场，向丹辰子道：“大师兄，这一路好山好水，咱们难得出来一趟，小张有意做东，也是盛情难却，就让二位师姐尝尝他的家乡菜好吗？”说着又问小张：“小张，到玉水镇还有多远？”

小张四下一看，欣然道：“前面山路一转，不出二里地就到！”

丁隐见丹辰子再无异议，便挥起马鞭，驾车全速向玉水镇驶去。

玉水镇坐落吴越之地，太湖之滨，与姑苏、乌程相遥望，不仅是千百年来的鱼米之乡、漕运要津，更是南北际会、人潮往来的繁华市集。

丁隐安置好车马，小张便熟稔地领了众人在市集中穿梭而行，不时跟贩北货的阿伯打打招呼，与卖藕粉的大姐问个平安。市井中的商贩们也对小张极为熟悉，纷纷笑骂着与他回应。这时小张顺手从水果摊子上抓了几个苹果，冲着卖水果的中年大婶抛了个媚眼，便又嘿嘿地蹿了回来，讨好地将苹果递给丁隐和青云。

青云诧异道："你还没有给钱呢！"

小张头发一甩，一副玉树临风的样子："用不着，用不着。这玉水镇可是我的地盘，吃点果子还要花钱？"说着他又回头看了看卖水果的大婶，大婶似乎知道这些人顾虑什么，也很淳朴地摆了摆手。

小张得意地将手上的苹果在衣服上使劲擦了几下，小心地吹吹灰尘，递到紫英面前："神仙姐姐，一路辛苦了。"

紫英接过苹果，却被丹辰子挡下："别贪小便宜。我们带够了盘缠，想吃的话我们自己会买。"丹辰子从腰间解下布包，随手打开，露出了整整一袋金叶子。

周遭的人群甫见到金光闪闪，发出啧啧惊叹之声。小张慌忙上前一步，将丹辰子的钱袋捂住，低声道："江湖险恶，财不外露。你懂吗？"丹辰子虽有不悦，但小张所言非虚，他便谨慎其事，当下收了钱袋不再多言。

这时人群中有了一阵骚动，只见一个披麻戴孝的少妇神色凄凉地推着板车缓缓挤上前来，板车上一条薄毯盖住了一具男尸，仅仅露出头发。板车蹭到了丹辰子和紫英的身边，少妇猛地上前抱住了紫英，抬起头，满脸泪水。

那少妇哭诉道："求姑娘行行好，奴家的相公暴病而亡，如今连给他下葬的钱都没有了。奴家愿意做牛做马，只求给相公换一副棺材，让他能够入土为安。"

紫英为之一愣，与青云交换了一个同情的眼神，正要去取钱袋，又是小张猛地冲上前来，一把抓住少妇的手，喝道："等等！小娘子，卖身葬夫这种伎俩，我张馅饼早就看腻了！"

那少妇赶紧抽回手来，气势汹汹地对着小张又哭又骂："这位小哥，奴家不知道你在说什么，死者为大，不要侮辱了我家相公！"

小张不以为然，上前又抓住那女人的手，厉声说道："小娘子，再不走我可就不给面子了，玉水镇我可是从小混到大，要骗人去别处骗！"

少妇忽地尖叫起来："非礼啊！救命啊——"于是有许多路人蜂拥上来，霎时间将小张围在中间，令他施展不得。

丁隐不动声色，径直上前掀开板车上的毯子，猛地往那"男尸"的腰间一点，那"男尸"竟然从板车上跳了起来，接着意识到露馅，赶紧和少妇站到一处。

青云见状大叫起来："是活的！果然是个骗子！"

那"男尸"眼见露馅，与少妇对视一眼，猛地扑向丹辰子，想强行抢走钱袋。可惜两人哪是蜀山众人的对手，三两下就被丹辰子和丁隐踢倒在地。围观的人群见几人武艺超群，也都纷纷叫好。

小张得意扬扬地上前揪住两人的衣服，啐道："让你们在爷爷我的地盘上撒野！"

那少妇眼见讨不到好，态度倒是软了下来，连声哀求道："大侠饶命！我们也是逃难过来的灾民，实在是走投无路，以后……以后再也不敢了。"

青云乃是心软之人，挨不过人家讨饶，便说道："小张，我看他们也挺可怜的，不如送他们些盘缠，下不为例就是了。"

小张不愿就此罢休，仍要开骂，丁隐走上前来，低声对小张道："看咱们的人很多，不要多生事端了。"说着便取出一些碎银子，给了少妇与男子，口中道："你们拿了钱赶紧走吧，以后不要再招摇撞骗了，好手好脚，自食其力才是正路，知道吗？"

那少妇与男子连声称谢，左一句"多谢大侠饶命"，右一句"大侠恩重如山"，便连滚带爬地去了。

小张望着他们的背影，啐了一口，又转头望望丹辰子，说道："看到没，论打架，你们行，混街头，还是得看我小张。"

丹辰子有些不是滋味，皱眉道："你这也是三教九流的本事，上不了台面。"

还是丁隐爽朗一笑："不管什么本事，有用就行。"

小张见丁隐力挺，很是满意，高兴地道："还是丁大哥懂我！"又望望丹辰子众人，手臂一挥，"走，我带你们去吃整个玉水镇最好吃的东西。待我们吃饱喝足，再分头打听打听，这陶然居到底在什么地方。"说着便携了丁隐的手，以当仁不让之势为众人领路，直奔镇中最著名的几家食肆。

想到琳琅满目的江南美食，青云自是满心欢喜，当下拉了紫英的手雀跃不已，丹辰子也只得赔着笑跟上来。

却不知在街角一边，蜀山五人的一举一动早被几个壮汉收入眼底。

一个皮肤黝黑、面带刺青的年轻人低声道："万马哥，那两个姑娘漂亮是漂亮，可看起来都不是好惹的货色。"

身旁一脸横肉的秃子附和道：“对呀，和她们一起的那几个男的，看起来也是武功不弱。”

那被称为“万马哥”的人身形矮胖，双目射着精光，太阳穴上轻微鼓起，一看便有些内家修为。他此时面露狞笑，压低声音道：“怕什么，到嘴的肥肉，我还会让她们飞了？”

那秃子猜不出万马的心思，又问道：“那咱们怎么办？”

万马望了望街上熙熙攘攘的人群，遥指道：“小五、柱子，你们去把刚才那对骗子夫妇抓过来，我自有对付他们的办法。”

玉水镇地处太湖之滨，与姑苏、乌程两地隔水相望，镇上食肆均以地道的江南菜系著称，本就享有盛名，如今再加上小张好一通费心张罗，摆在众人面前的菜色更是经过精挑细选，琳琅满目。桂花酒酿鸭、香糟毛豆海带丝、南乳醉花蛤、咸蛋黄焗南瓜、四喜烤麸、葱油鲜炒蚕豆瓣、罗汉斋、话梅蜂蜜叉烧……盘盘都是色香味俱佳，令人垂涎。

可是桌边坐着的丹辰子、丁隐、青云、紫英四人，却个个一脸沮丧，食不知味。

青云喃喃道：“这偌大的一个玉水镇，竟然谁都没有听说过陶然居，可真是古怪。”

丹辰子也皱起眉头，寻思道：“师父叮嘱过，陶然居是武林望族范氏的府邸，范家一向行事隐秘，这镇子上都是些世俗百姓，无人听说过也是正常的。”

这时小张忽地从众人背后蹿出来，一屁股坐到了桌边，抢过桌上的水杯开始牛饮。

青云连忙问他：“小张，你问到陶然居的消息了？”

小张抹了抹嘴角的茶水，应声道：“消息倒没有，不过我找到了一个更重要的线索。”便从怀里掏出两根簪子，递到紫英和青云面前。

青云不解道：“小张，你这是搞什么？”

小张先不回答，指了指着四人的佩剑，低声道：“掌门嘱咐低调行事，可你们看起来不是打架就是去讨债的，就算真有人知道陶然居的事情，敢告诉你们吗？把剑收起来，把簪子戴上，这可是最紧俏的货色！”

青云三人听后面面相觑，一时不知所措。这时丁隐凑到小张耳边，低声道：“费了这么大劲，你其实就是想给紫英送件礼物吧？”

小张赶紧把簪子塞到丁隐手里，使个眼神道："呐，不是还准备了青云的吗？"说着便走上前去，将一根簪子恭恭敬敬递到紫英面前。

紫英瞥了一眼丹辰子，丹辰子面色略有不满。紫英冷哼一声，故意甜笑着看向小张，悦然道："小张，你说得有理，那就请你帮我戴上吧。"

小张连连点头，兴奋万分地为紫英戴上簪子。丹辰子冷哼一声，将头扭向一边。

青云拿着簪子，有些羞涩地问丁隐："丁大哥，你能帮我戴上吗？"

丁隐点点头，笨手笨脚地给青云戴上，两人面孔相对，青云一下子面色绯红，冲小张吐了吐舌头，小张却对她露出一个得意的眼神。

丁隐见小张与青云一阵挤眉弄眼，有些不明所以，正待询问，小张却靠了上来，压低声音神秘兮兮地耳语道："丁大哥，你独自随我来，我带你去见一个人。"

丁隐向来信得过小张，猜测此去必然事关陶然居的所在，当下便找个借口与小张匆匆离席，留下一桌子的珍馐美味供丹辰子三人品用。江南菜肴，不仅精致工巧，风味也是一绝，青云越发吃得欢畅起来，更不时与紫英品评说笑，大赞美味。唯独丹辰子被冷落一旁，自顾着夹夹菜，饮饮汤，胃口着实一般。

丁隐随着小张离开食肆，在玉水镇蜿蜒曲折的青石巷间辗转前行，不多时，眼前出现一顶小竹棚，"半仙神算"的旗子正迎风招展，旗下摆了个摊，摊旁坐着个身形瘦削的中年人，一脸的高深莫测，一看便是市井中常见的盲派算命先生。

小张遥指道："这便是本地的神算刘瞎子，是整个玉水镇消息最灵通的人，在市面上打听不到陶然居的消息，说不定他能有线索。"

丁隐点了点头，正望见刘瞎子给一个中年妇女作法，只见他眼珠上翻，露出白眼，手中摸摸索索，点燃的符咒四处挥舞，口中还在念念有词。

丁隐眉头一皱，谓小张道："他能行吗？怎么看都像个骗子。"

小张偷笑起来："丁大哥看人真准，他确实是如假包换的骗子。但骗子有时候也有几分真本事的！"

说话间那妇女起身离开竹棚，还一副感恩戴德的样子，不住对着刘瞎子欠身施礼，脸上隐隐还有泪光。刘瞎子稍微点了点头，面上表情高深莫测，点钱的指法倒很是娴熟。这时小张已带了丁隐冲到了摊前，小张一拍刘瞎子肩膀，刘瞎子吓了一跳，向小张摸索起来。

小张大叫道："刘瞎子！别装了，是我，张馅饼！"

那刘瞎子顿时一激灵，翻着的眼睛瞬间变得正常起来。一双眼睛细看之下乃是黑白分明，眼神也颇为清澈，只是脸上却挂着无奈的苦笑："呐呐呐，张馅饼，大家都是出来混江湖，就不能给条活路吗？当着外人的面，非要拆我的台！"

小张不由分说道："少废话，向你打听个消息，你开个价！"一边说，一边抄起钱袋摇得叮当作响。

那刘瞎子一听见钱币撞击的声音，便如闻仙乐，满脸堆笑，殷勤地道："不是我刘瞎子吹牛，我上知天文下知地理，还通晓不少武林秘史，不管你有什么问题，我包你有答案！"

丁隐从钱袋里拿出三片金叶子，放到刘瞎子手上。刘瞎子捧起金叶子，面上表情更加温润亲和，如被三月里的春风拂过一般。

丁隐便问道："先生知不知道一个叫作陶然居的地方？"

刘瞎子闻言一惊，皱眉道："二位要去那里？"

丁隐见他反应，眼前一亮，急道："这么说，先生知道怎么去？"

刘瞎子果然点了点头，缓缓道："知道，离此地不远，就在几十里外的太湖边上，离玉水镇只有一日脚程。"

小张却有些不忿起来："那怎么玉水镇的人都没听说过？刘瞎子，你不是骗我的吧？"

刘瞎子倒是恼怒起来："骗你我就不姓刘，范氏一族向来低调行事，不是武林中人，一般也不会去拜会。不过嘛……"

丁隐、小张一起问道："不过什么？"

刘瞎子叹息一声，口中道："我劝你们还是别费工夫了，传说范家主人范夫人脾气古怪，从不肯轻易放别人进入。"

小张冷笑一声："我们都给你这么多钱了，你总该想点让我们进去的办法吧？"

刘瞎子却摆摆手，说道："我只能帮各位到这里了，要进陶然居，恐怕还得两位自己想办法。"

丁隐心知刘瞎子并非作态，那陶然居非等闲所在，绝非刘瞎子之辈可以引

见，当下便点了点头，对刘瞎子一拱手："那也罢了，既然已经知道陶然居所在，总会有办法的，多谢先生指教了。"说着又拿出十片金叶子放到刘瞎子手里。

刘瞎子碰到丁隐的双手，却忽然一把抓住，口中说道："英雄留步——劫孤二煞怕同辰，你是天煞孤星！"

小张一脸不屑，打开刘瞎子的手："去去去，少骗人了，刘瞎子，你见谁都说人家是天煞孤星，哪里来这么多天煞孤星。"

丁隐却愣愣地看着自己的手，一副茫然神情。

小张见了，有些恼火起来，啐了刘瞎子一口，又对丁隐道："丁大哥，你别听他瞎扯，他都是骗人的！"

刘瞎子却很不服，大声喊道："张馅饼，我这次可没骗人，你这兄弟，注定孤独一生，凡是接近他的人都不会有好下场的，尤其是女人！怎么会有如此命格……怎么解，怎么解？"刘瞎子说着，竟然颤抖起来，还伸出五指，不由自主地掐算起来。

小张却不以为然，上前就要开打，口中还在骂道："好嘛，你个刘瞎子，看我不砸了你的招牌！"他一边叫骂，一边要踹翻刘瞎子的摊位。

却是丁隐一把将小张拉住，要他不可无礼，随即又对着刘瞎子作揖道："多谢半仙提点，我自己这个命，估计无解吧。"

说着，丁隐落寞地转身离去，也不理会小张。

小张又骂了两句，这才追了上来，见到丁隐一脸颓然，心知是刘瞎子的话触动了丁隐心中悲愁，便唯有小心劝慰道："丁大哥，你别放在心上，刚刚刘瞎子的话真的都是胡说八道。"

丁隐轻叹一声，沉吟道："其实仔细想想，他说的话也没有错。妙一师伯，还有整个卧云村，还有玉……"丁隐此时联想到玉无心，一阵心酸，半句话竟教他硬生生憋了回去，他顿了顿才继续道，"凡是我在乎的，或者想要在乎的人，最后都没有好下场。说不定，真的都是因为我是天煞孤星……"

小张上前拦在丁隐面前："那不是还有我吗？"

丁隐有些茫然，小张又道："我知道你是在内疚，觉得这次蜀山大祸是你造成的。可是我跟在你身边这么久，怎么没有被克死？还有青云，我们都陪在你身边，那么多困难都闯过来了，还不是活得好好的！丁大哥，别再想那个魔女，也别再想什么天煞孤星，根本就是狗屁，没有玉无心，还有我张馅饼陪着你丁隐，看看那个孤星能拿我怎么样！”

丁隐看着小张，目光渐渐恢复神采，接着才缓缓笑开。

小张紧张地打量着丁隐的笑脸，问道：“笑什么？你怎么又笑了起来？”

丁隐不答话，忽地上前揽过小张肩膀，大声道：“走，走，走！咱们喝酒去！”

却说当夜丹辰子与紫英、青云三人已在玉水镇安顿好，丁隐与小张喝到临近二更方才迟迟归去，次日直到午时才睡醒。丹辰子三人用过早饭之后，紫英和青云又说要去逛集市，看看江南的胭脂丝绣，也一并探听陶然居的所在。

丹辰子说要同行，自然又遭了紫英一番白眼奚落，只好待在客栈中独自消磨时光。

紫英和青云虽然从小在蜀山习武，终归也是爱美的女儿家，二人甫一来到集市，便在琳琅满目的水粉胭脂、香囊刺绣间穿梭，逛了快两个时辰，这才肯坐进路边的茶铺稍事休息。

二人各点了一杯清茶坐定，紫英又要了些香榧、松子来做茶点，与青云吃得好不欢喜。

青云剥了个香榧，小心刮开榧衣将果仁送入口中，只觉得清香可口，美味无穷，忽又想起客栈中那可怜兮兮的丹辰子来，便向紫英问道：“师姐啊，你一路上都在故意气大师兄，是真的不打算原谅他了吗？其实屠媚那件事，大师兄真的有苦衷。”

紫英淡然道：“理解他的苦衷和原谅他是两回事。”看青云一脸茫然，紫英苦笑起来，拍了拍她的脑门，又道，“你整天没心没肺的，当然不懂。对男人就得严厉一点，再小的错也得重重地罚！这样他们才能知道做错的后果，才能不再犯！”

青云似有所悟，口中仍嘀咕道：“可是大师兄这样……也太惨了吧。”

紫英却替她惋惜道：“哎呀，像你这么心软，早晚会被男人欺负的。”

这时茶小二正上来为两人添倒茶水，他有些奇怪地打量两人的衣衫打扮，斟酌着对青云道：“两位姑娘敢情是外地来的吧？在玉水镇，还是打扮得低调一些为好。”

青云一愣：“为什么？”

小二打量四周，一脸神秘地道：“这里的马贼猖狂得很，镇子里最近有不少年轻姑娘都被马贼抓走了。两位姑娘这般貌美，还是小心为好。”

紫英听到别人称赞自己容貌，得意地微笑，青云则一副满不在乎的表情。

忽地前方一阵哭喊声传来，两女循声望去，只见前方巷子口，昨日那个行骗的少妇正拉着路边一位须发皆白、身形佝偻的老人家哭诉：“求求您行行好，赏口棺材给我家相公吧！”

青云和紫英皱眉对视一眼，哂道：“又是这人！真是辜负了我们的一片好心！师姐，不能让这些骗子得逞，咱们过去看看！”说着也不待紫英答话，便站起身来，快步向前，一把抓住那少妇的肩头。

少妇正拉着老人表演，见是青云，顿时大惊失色，转身想跑。青云脱手将剑柄上的铃铛掷了出去，钢丝绕了少妇的腿一周，将她结结实实绊倒在地。青云上前一步，用剑抵住少妇的脖子，冷冷道：“想跑？没那么容易！”

这边紫英也跟了上来，指着那行骗的少妇，向惊呆了的老人解释道：“老人家且莫惊慌，那家伙是个骗子，千万别信她的话。我们昨日刚施过银钱，谁知她今天故技重施……”

老人这才缓过神来，向紫英道谢：“原来如此，多谢姑娘指点——”话音未落，老人猛地将手一扬，只见一只指甲大小的绿色蝎子从老人手背肌肤蹿出，向紫英袭来。

紫英大惊之下拔剑挡开，却已慢了一刹，被那蝎子的毒钳刺中手臂，竟来不及挣扎，当即瘫软在地。

青云见势不妙，赶紧上来救援。先时被称作“万马哥”的壮汉竟由巷子另一头飞速蹿了出来，取出撒了迷药的布条，自背后一把蒙住青云口鼻，将青云也迷晕过去。

万马抱着倒下的青云，又小心地试过鼻息，这才恭恭敬敬地向那老人拱手道：“还是二当家有本事，又逮住了两只嫩羊！”

那佝偻着的老人忽地直起身子，方才那刺中紫英的蝎子此时也爬回他胳膊，化作了一片蝎子文身。老人默默点了点头，卸了面上伪装，现出本来面目。他看上去颇为年轻，生得倒也英挺，只是看来十分冷酷。此人便是万马的头领，众马贼的二当家——林天逸。

万马见林天逸沉默不语，便请示道：“方才在市集上我就盯上这两个女的了，她们身上有武功，底子硬得很，要不要索性一刀杀了，以防万一？”一边说一边还做了个抹脖子的动作。

林天逸喝道：“住手！”又打量着青云和紫英的面容，摇了摇头，斥道，“大当家要的是活人，你要是送了两具尸体给他，看他不要了你的命。没脑子的话，就少说话，多做事！”

万马被林天逸一顿训斥，虽恭敬地低头，神色却有些不服。

林天逸也不与万马多言，先用黑布遮住了两女的眼睛，再吹了声口哨，瞬间巷子里蹿出了好几个大汉。林天逸点了小五与柱子的名，令他们小心将两女带回，又示意大汉们将两女扛上板车，并为板车蒙上薄毯。

大汉们个个点头领命，推着板车离开，无人注意到紫英头上的簪子掉落在地。

待丁隐与小张转醒，只见丹辰子一脸焦急在客栈门口守候。小张正要和他说起昨夜探知陶然居的消息，丹辰子哪里有心去听，只一把拉住两人，说是紫英、青云久出不归，恐怕遭了意外。

丁隐问明情由，心想两女武功不弱，多半是蜀山待得久了，好不容易来趟江南集市，怕是流连忘返起来。当下安慰丹辰子与小张不必惊惶，安心等候。谁知等了两个时辰，眼看黄昏将近，依然不见紫英和青云归返，三人这才万分紧张，心中不祥的预感越甚，赶紧决定出门寻找。

丁隐、小张、丹辰子分为三路，各自在玉水镇中探听寻找，约定一个时辰后再行会合。

丁隐三人将玉水镇寻了个遍，只差掘地三尺，却怎么也觅不到紫英与青云的踪迹。饶是“地头蛇”小张，也急得跳起脚来，最后只得找那刘瞎子探问，依然问不出半点头绪来。

原来此时紫英与青云已被马贼掳到玉水镇外十数里地的一处山寨中。这寨子唤作天龙寨，位于太湖西向的群山间。吴地的山峦并不以高峻著称，概是低缓连绵，加上植被茂密，鸟兽罕至，山中也藏着一些幽僻隐秘的所在。这天龙寨就倚着一片断崖，修建于密林深处。

这时，一队马贼在万马的带领下进入山寨。山寨防守森严，马贼拿着武器严守位置，不少人正好奇地向万马的队伍方向看去。

青云、紫英两人被黑布蒙眼，被推搡着入内，青云颇为恼怒，狠狠骂道：“偷袭暗算，算什么英雄？”紫英也叫喊起来：“你把我们绑来这里，到底想要做什么？”

万马揭开两人蒙眼的黑布，一脸淫笑道：“我们大当家没别的爱好，就喜欢欣赏姑娘们的花容月貌。”说着就要上前揩油，众马贼随之骚动起来。

忽地林天逸从后面现出身来，神情一冷，一把打开万马的手，呵斥道：“放肆！大当家的女人，若是被你碰脏了身子，你的命还想要吗？这两个姑娘先锁在寨子后院，其他人准备喜宴，静候大当家回山！”

林天逸示意手下将青云、紫英妥善收押，便转身走向内堂，也不再看万马一眼。

万马见他走远，便一改刚刚低眉顺眼的模样，狠狠往地上啐了一口：“呸，仗着大当家宠你，如此嚣张！”

一旁的小五应声道：“人家那是有本事！”

柱子却帮腔道：“万马哥，你不是巴望着二当家的位子很久了吗？”

万马不与他们分说，狠狠瞪了一眼林天逸的背影，愤愤走开。

这一边，紫英和青云正被推搡着走入后院。青云放慢了脚步，那负责押解的马贼便照她背上猛地一推，口中喊道：“快走快走！别在这里东张西望！”青云一个踉跄，险些跌倒下去。那马贼一把扶住她，口中又是一阵骂骂咧咧。

就在此刻，紫英袖中忽地白光一闪，那马贼分心之际，小宝已跃出了院墙之外，径直往镇子里蹿去。

天色已晚，明月初升。

丁隐、小张、丹辰子三人聚集在白天青云、紫英被掳走的巷子附近，各人都是焦头烂额，心急如焚。小张问丁隐道：“大哥，你说在这附近之后，就没人见过她们了？”

丁隐一边细细在地面查看，一边点点头。丹辰子又自语道：“可两个大活人，总不可能就这样消失了。”丁隐也是不住摇头，忽地从墙角边拾起一根簪子，小张上前一看，不由大声惊叫起来：“这簪子，是我昨天送给神仙姐姐的！难道她们遇到危险了？”

丁隐眉头紧锁，推测道：“青云性子烈，如果有人袭击，肯定不会乖乖束手就擒的，但这里连一点打斗的痕迹都没有，只能说明一点——”

却是丹辰子说出了后半句话：“她俩被下了迷药。”

丁隐和丹辰子对视一眼，两人都是面色严峻。丁隐思忖道：“对方应该没打算伤她们性命。但究竟是谁？劫走她们又有何目的？”丹辰子也难觅头绪，在原地不住踱步。

小张忽地喊起来：“我知道是谁抓了他们！”

丁隐和丹辰子猛地回过头来，只见小张正指向地上的一对脚印，那脚印边缘分明有淡淡的马蹄铁形状。小张脸色惨白，战栗着说道：“这是带马蹄铁靴子留下的脚印，我认得……”

丹辰子闻言，竟十分激动，上前一把揪住小张，大喊道：“是不是你在玉水镇的仇家？为了报复来找上她俩的？”丁隐上前拉开丹辰子，示意他少安毋躁，且待小张慢慢说来。却在此刻，墙头突然闪过一道白影，丹辰子警觉，飞身上前一抓，触手是一片绒毛，低头一看，竟是紫英的貂儿小宝。

小宝见是丹辰子，瞬间又惊又喜，吱吱地叫了起来。

丹辰子急忙道：“小宝！紫英呢？”

小宝识得人语，当下猛地跳出丹辰子掌心，蹿出几步，对着三人龇牙咧嘴，示意三人跟上。

三人便跟着小宝一阵疾奔，直奔出十多里地，才见小宝在一处山坡上的密林间停了下来，三蹿两跳，跃上了高处枝头眺望。丁隐三人从山坡后探出头来，山坡下方遥遥可见灯火通明的山寨，寨子里有不少马匹兵器，还有马贼们来回走动。

小张恨恨道：“方圆百里，就他们这个贼窝子。我猜紫英、青云也是着了他们的道。”

丹辰子问道：“这群马贼到底是什么来头？”

小张缓缓道：“之前我见到的马蹄印就是他们的标记，以前他们也算是个劫富济贫的义帮，没想到几年前来了一个叫马元龙的人，他不仅武功高强，还会些邪门歪道的法术，这帮马贼跟了他，就变得无恶不作。”

丹辰子看了看小张，口中道：“我看你八成也是他们一伙的吧，否则怎么会对他们的底细那么清楚。”

丹辰子这般说，原是揶揄小张出身市井，与玉水镇的三教九流颇为熟稔，

谁料小张当真回答道：“是啊，我的确进过那个寨子，但我不是马贼，而是肉票。”

这可将丹辰子和丁隐吓了一跳，两人都是一脸惊讶地看着小张。小张又道：“那群马贼进城绑架百姓要挟银两，我是个孤儿，根本就没有人来赎我，他们把我关在寨子里打了三天三夜，后来我趁着马元龙带队出门的时候，偷偷从寨子里逃了出来，从此离开了玉水镇，再也没敢回来。”

丁隐笑了笑：“哈，原来是段历险记，我还以为你跟他们同流合污。”继又推敲道，“这么说来，这帮马贼无非是要钱，能不能用钱把青云、紫英赎出来？”

小张却眉头紧锁，摇头道：“恐怕再多的银子，马贼也不会放人的。那个马元龙武功邪门，听说每次抓了年轻女子都是为了拿来修炼妖术。青云和神仙姐姐花样年华、貌美如仙，恐怕马贼抓了她们就是为了要献给他的！”

丹辰子和丁隐都是面色大变，丹辰子震惊地道：“你说什么？他敢！”

丁隐却更为冷静些，谓丹辰子道：“师兄，这山寨张灯结彩，看样子是要摆喜宴，我想他们应该还没对青云、紫英下手。”接着又问小张：“你当年逃出寨子的时候，走的是哪条路？”

小张指了指远处：“山寨后面有条土沟，当年我就是从里面爬出来的。”

丁隐点头道：“好，我们想办法潜入后院救她们。”

丹辰子这才心下稍安，情势虽险，两女毕竟暂时安全，再说于他的武艺而言，这帮山寨马贼实也不足为惧，于是微微一笑握住长剑，恢复了以往的气度：“一旦救出青云、紫英，难免惊动马贼，不如我们兵分两路，我从前门进攻，吸引他们的注意力，你们带着青云、紫英再趁机撤离寨子。”

小张反而为他担心起来：“马贼人多势众，师兄，你——”

丹辰子微笑道：“对付这么些人，我丹辰子还有自信。剩下的就交给你们两个了，事后我们依然在这里会合。”说着持剑潇洒离去，留下小张和丁隐两人。

小张望着丹辰子飞身而去的飒爽背影，嘀咕道：“想不到这大师兄还有些胆色！”

丁隐一笑，又催促道：“少废话，快带路吧。”

此时青云、紫英两人被捆在山寨后堂，青云一阵奋力挣扎，无奈那迷药十分霸道，将她周身的气力全都封闭起来。她向紫英求助道：“师姐，这感觉就像穴道被制，令人浑身无力，不知能否强行运气冲开？”紫英摇了摇头，也是一脸无奈。

后堂的门忽被推开，只见林天逸冷冷打量着两女，口中说道：“没用的，你们中了毒，几个时辰内都没办法用内力。你们只要乖乖待着，我不会为难你们的。”

青云和紫英一时间愣住了，不知道林天逸用意，惊疑不定地瞪着他。紫英面无惧色，索性问道：“抓我们的是你，现在示好的也是你！你到底想怎么样？”

林天逸抬起头，表情竟然没有以往的阴冷，却是深深的无奈：“别害怕，我带你们来这里，只是想请你们帮一个忙。”

“帮忙？”青云不解地问。

林天逸似乎不愿多说，只答道：“你们再多忍耐一阵，等时机一到，我一定会放你们离开，我林天逸说到做到！”说完这句，他便径直离开了。

紫英啐道：“惺惺作态！”

青云却思量道：“可是他刚刚的眼神看起来的确不像是坏人，倒像是有什么说不出的苦衷。说不定他真的有什么隐情。”

紫英不愿细想分辨，便对青云说道：“一帮贼众，管他什么好人坏人，但愿小宝快点找到大师兄，我是一刻也不愿在这里待了。”

青云也是一脸迷茫，虽谈不上畏惧，但身陷此地，总归是忧心忡忡，忐忑难安。

囚禁两女的后堂之外是一条回廊通道，沿着通道经过后院与中堂，直至天龙寨的大堂。此时寨中各处张灯结彩，院子里摆着十来桌酒席。马贼们正在奔忙着，布菜摆酒，场面热闹十足。

却说厨房之内，有个精瘦赤膊的厨子正独自对着大锅用力翻炒，大锅中满满的虾仁个个白白胖胖，看来煞是美味。那厨子炒得来劲，索性用锅铲捞起一只来自行享用，一边咀嚼，一边念念有词：“哎呀，近水楼台先得月。”

谁知“月”字才说出一半，那厨子就眼前一黑，教人击晕过去。却见小张从他身后冒了出来，手中拿着一个水瓢，愤愤道：“哼，你一个马贼还这么有文采，打的就是你！”

这句骂得颇有水准，逗得丁隐也差点笑出声来。此时小张与丁隐已换上马贼服饰，二人之前料理了两个传菜的小厮，此番潜入厨房，乃是另有算计。

小张打晕了厨子，还觉得不够，又顺手从锅子里抓出两只虾仁塞进自己口中，边吃边道：“偷菜就偷菜，你还吟诗，你还吟诗，我要你吟诗！”说着又往那晕倒的厨子身上踹了几脚，看来他对马贼吟诗一事颇有芥蒂。

丁隐见势，忙提醒他加紧动作：“大当家的喜酒马贼们肯定都得喝，你有什么药可以先拖住他们的？”

小张一撩腰间衣服，露出腰部捆着的一大排各式小瓶子，嘿嘿笑道：“我可什么毒药都带齐全了，就看大哥想拖他们多久。比如这七魂散，只要放一点点在酒里，就能让这群马贼全都七窍流血而死，谁都救不回来。”

丁隐吃惊道：“有必要这么狠？”

小张却是一脸的疾恶如仇，铿锵道：“我这是为民除害，斩草除根！”又见到丁隐面有不忍，叹了口气，摸出另一个小瓶，道，“哎呀，算了，既然丁大哥不忍心，我就当行善积德，让他们吃点苦头就行。”

两人相视一笑，便将药粉撒入一排酒坛之中。

话说大当家的喜宴过半，院子里忽然混乱，数十名马贼个个捂着肚子，离开酒席，纷纷如飞蛾扑火一般朝茅厕狂奔而去。无奈天龙寨规模不大，厕位有限，几名性情中人竟为争夺厕位大打出手。

“你惹龙惹虎也休来惹恼我！”

“我今天忍屎忍尿也绝不忍你！”

“赵大哥，平常我敬你是兄长。哼，老而不死是为贼！今天你若不让我，信不信我要你血溅七步！”

“你不讲信义在先，休要怪我用拳头说话！”

“哪个阻我扑天雕拉屎，我便负尽苍生！”

这帮马贼虽是粗鄙，叫骂间倒气势恢宏，有些文采跃然而出，小张混在人群中听得大摇其头。更有些饮酒多的马贼，蹲在墙角边吐边骂，有几人已吐得晕死过去。

此时后堂之中，囚室的门却被悄然推开，青云惊喜地看向门口，却见万马带着一脸淫笑出现在门外。

青云便骂道：“你们二当家的说过，不许你们来骚扰我们！你不怕吗？”

孰料万马毫无惧色，轻薄道：“反正大当家消受不了这么多女人，分给兄弟们享用一下也是应该的。”说着凑近了紫英，伸手就摸了上去。

紫英厌恶地避开，狠狠瞪了他一眼，反而激起万马兴致："哟！都绑红了，那林天逸真是不懂待客之道。小美人，只要你好好服侍我，我不会亏待你的。"

想不到青云却大声叫道："别碰我师姐，你非要找女人的话……"她一张俏脸涨得通红，咬牙道，"你找我！"

万马只觉闻所未闻，登时一脸坏笑，转身打量着青云，淫笑道："呃？贞洁烈妇我见过不少，这主动送上门来的还真是少见。好！老子就喜欢主动的。"说着就要向青云逼近。

紫英又惊又恼，大喊道："青云，你别干傻事！"

万马甩手一个耳光打在紫英脸上，又从身上取出布条将紫英双眼蒙住，口中道："你急什么？你们姐妹俩排着队，一个个来！"

说着他转身向青云走去，见青云虽是怒目圆睁，贝齿紧咬，却是一副掩不住的俏丽容颜，便忍不住在她脸上轻薄地摸了一把，再是狠狠将她的青裳扯开，将她雪颈下的一片肌肤暴露出来。裂帛之声响起，青云含泪咬牙闭上了眼睛。

千钧一发之际，一道人影闪入，丁隐已经冲进了屋子，一脚踢晕了万马。

青云惊呼起来："丁大哥！"

丁隐见青云衣衫不整，眼泛泪光，一抖身上的外套，就把青云严严实实裹在里面，忙问道："没事吧？"

青云噙着泪，分明又笑得明媚如花："我……我没事。丁大哥，我就知道你一定会来救我的。"说着猛地抱住丁隐。丁隐虽然一愣，却只是一笑，并没有推开。

一边的小张亦赶紧上前给紫英松开手上的绳子，正想解开蒙眼布，紫英却忽然扑上前搂住了他。小张瞬间僵住，怀里的紫英娇弱无比，实在美艳。丁隐和青云也愣住了，青云正想开口，丁隐向她示意先不说话。

小张渐渐放松了下来，幸福地笑开，他终于缓缓伸出手，搂住紫英的背。

却听紫英带着哭腔说道："大师兄，我终于等到你来救我了！"

小张一愣，接着露出了认命的苦笑，刚刚搂住紫英的手轻轻放下，无奈道："神仙姐姐，是我，张馅饼。"

紫英浑身一抖，接着扯下蒙眼布，猛地推开了小张。

小张也颇尴尬，只好道："神仙姐姐，这里危险，我看还是先逃离这里……"

紫英猛地挥手，就要给小张一巴掌，丁隐一把攥住她的手腕。

“放开！”紫英叫道。

丁隐迎着她的目光，正色道：“师姐，怎么说都是他救了你。”紫英顿了顿，这才收回手去，又问丁隐道：“大师兄呢？”

不待丁隐回答，门外已传来了一阵骚动，林天逸的声音回响在山寨中：“有人强行闯寨，所有兄弟去前门支持！准备弓箭！”

丁隐环顾一周，谓三人道：“大师兄在为我们争取时间，此地不宜久留，我们快去接应他！”

此时，山寨正门已经围了不少马贼，随着林天逸的一声令下，马贼们的弓箭齐齐发射。丹辰子轻巧一掠，滑行数丈，轻松将飞箭打开。林天逸又一声呼哨，马贼们骑马而来，将丹辰子围在中央。双方对峙着，剑拔弩张，一触即发。

林天逸示意众马贼按下刀剑，大声发问道：“来者何人？”

丹辰子从容应道：“蜀山丹辰子。我的两位同门被你们绑入山寨之中，赶紧把她们放出来！”

林天逸冷笑起来：“放人？那就看看你有没有这个本事了！”话音刚落，林天逸单手一挥，众马贼便全数上前袭向丹辰子，一时间刀光剑影，煞是骇人。

丹辰子何等人，焉能为马贼所困？只见他一阵左冲右突，剑光闪烁，近身的马贼便像靶子般纷纷倒下。林天逸见他气势逼人，唯有指挥马贼且战且退。

不远处的岩石后，丁隐、小张、紫英、青云已然赶到，正看见丹辰子在人群间挥剑穿梭，游刃有余。小张嘀咕道：“啧啧，看来大师兄厉害得紧，根本用不着我们帮忙嘛。”

紫英却皱眉道：“不对，这些马贼还没使出全力。”

果见林天逸又一挥手，再次放出玉蝎，身边无数手下也同样卷起袖子，瞬间无数只蝎子蜂拥而至，向丹辰子扑去。丁隐和小张等人看得心惊胆战，丹辰子也是一惊，将手中长剑舞得更快，不敢有丝毫怠慢。无奈蝎子数量众多，杀之不尽，眼看就要围困住丹辰子。

“大师兄！快走！”青云大声叫道，因为身上迷药未退，她的行动仍很迟缓。

丹辰子闻声回头，只见紫英艰难地站起身来，冲着他示意。丹辰子心头一暖，压抑已久的情绪终于转化成一个笑容。他见紫英、青云已被救出，当下不再与马贼纠缠，手中长剑一转，口中说了句：“那就不打扰各位了！”没等林天逸等人反应过来，丹辰子便御剑而起，冲出了马贼与毒蝎的包围圈。

丹辰子飞到紫英身前，拉起她的手，两人相视一笑，丹辰子问道："紫英，你没事吧？"

紫英点点头，笑着喊他："大师兄……"

丁隐见二人和好如初，心中也甚欢喜，却又担心他们在此地执手相望，互诉衷肠，不知要用多久，便喊道："话不多讲，先走再说！"

此时青云、紫英两人尚不能自如行动，丁隐和丹辰子便背起两女，向着后山突围，所过之处，倒下成片马贼。

林天逸见势不妙，咬牙切齿，忽然翻身上马，向后面马贼们高吼一声："追上他们！"

马贼小五又叫了起来："二当家，起雾了！"

林天逸惊讶抬头，只见丁隐一行人的方向飘来一阵白雾，来势汹汹地蔓延了整个包围圈。林天逸心知不妙，又喊道："不对，这雾有古怪，大家掩上口鼻！"却看身旁的小五已两眼翻白，昏倒在地，身后的马贼随之一个个全都倒下。

烟雾中，丁隐几人的身影渐行渐远。林天逸看着身边倒下的马贼，只能一咬牙，撕下衣角蒙住口鼻，向着雾气冲了过去。

山路崎岖复杂，丹辰子背着紫英，丁隐背着青云匆匆赶路，小张一路断后，腰间的葫芦里还在冒着白烟。眼看终于远离了山寨，小张终于停下脚步，喘了口气，收起葫芦。

小张环顾四周山林，得意地道："丁大哥，不用再跑了，马贼已经追不上了！"

青云好奇地道："小张，你刚刚用的什么毒烟，这么厉害？"

小张更加得意起来："呐，这是师父给我的神仙降，共用了六千三百零八种药材精炼而成，只要闻着一点点，就可以让人动弹不得，神仙也不例外。"说着又瞪了丹辰子一眼，意味深长地道，"所以呢，光靠打架是没用的，关键时刻还是我有办法，不费一刀一枪就能歼灭这批马贼。"

忽地丁隐大喊一声："当心！"

只见树林中一个人影猛地扑出，一把将小张扑倒，正是抄近路赶到的林天逸。两人瞬间厮打起来，小张丝毫不是林天逸的对手。丁隐见状不妙，赶紧上

前救援，他和丹辰子联手，三两下就将林天逸点了穴。小张狼狈起身，上前踹了林天逸一脚，骂道：“我早就看你们这帮马贼不顺眼了，我这次就是要报当年的仇！”

不料那林天逸竟说道：“你懂什么？只要再有两个姑娘，计划就能顺利进行了！你们这时候来节外生枝，捣的什么乱？”

小张登时冒火，又踹出一脚：“节外生枝？你们这帮马贼个个都长学问了！你们强抢民女，还有理了是吧？”说着还要挥拳去打林天逸。

青云忽然一愣，她回想起被关押在山寨时林天逸对她说过的话，不由眉头紧锁，上前拉住小张：“小张，等等！也许他有苦衷。”丁隐也一把拦住小张的拳头，对他摇了摇头，示意青云上前。

青云走到林天逸身前，意味深长地直视他的眼睛，问道：“在山寨里面，你说的那些话到底是什么意思？”

丹辰子不以为然道：“青云，这群人都是烧杀抢掠的马贼，和他们有什么好说的？”

青云却道：“大师兄，这林天逸虽然抓了我们，但在山寨里却帮我们解围。我觉得他不是坏人，说不定另有隐情。”

丹辰子看向紫英，紫英犹疑了一下，也点点头。

丁隐见紫英点头，便上前为林天逸解开穴道，对他说道：“如果你真的有苦衷，不妨讲出来，也许我们能帮忙。”

林天逸惊疑不定地打量着这一群人，思忖了一番，犹疑地问道：“你们当真是蜀山剑侠？”他见众人昂然点头，眼神也都清澈温润，当下再无怀疑，从怀中掏出了解药，对着众人跪下，双手将解药奉上，恭敬地道：“诸位，这是蝎毒解药，两位姑娘服下便可恢复。先前诸多误会，还请诸位不要见怪，求求你们帮帮我，卉儿的命就靠这两位姑娘了！”

青云惊讶起来：“卉儿？谁是卉儿？”

众人给林天逸说得一愣，唯有面面相觑。

里应外合剿马贼，除恶务尽诛元凶

一个人太累，就会想回家。

不怕累的，又想浪迹天涯。

感情终究是很奇妙的东西，它不被立场、身世、成就和地位束缚，也不受时地局限，即便是修罗道场、人间地狱一般的阴风谷，一样也会有人私奔。

林天逸迎着众人诧异的目光，缓缓道：“我本来并不是马贼，只是玉水镇一个普通的猎户。我有一个未婚妻叫卉儿，我们两个青梅竹马，从小一起长大。我自小父母双亡，只有卉儿对我最好，我们早就定下了终身，等到她年满十六岁就正式拜堂成亲。”

说到此处，林天逸面上分明洋溢着幸福的神采：“那日卉儿凤冠霞帔坐上花轿，迎亲队伍正在街中敲锣打鼓，玉水镇上四处是欢天喜地的景象。”

林天逸忽然声调一降，表情也变得狰狞起来：“我领着队伍正要迎来花轿，却突然杀出一群马贼，足足几十号人，一阵刀枪羽箭就将婚礼现场杀得尸横遍地，那为首的马贼大当家马元龙还将新娘卉儿掳了去！”

青云听得一阵心悸，问道：“如此兽行，真是令人发指。你那时怎不拼死相抗？”

林天逸痛苦地道：“我与那群畜生拼命，杀了他们几个，无奈寡不敌众，当时中了两箭，昏死过去。醒来之后已过了大半天，随我一起拼命的兄弟全死了，卉儿也早已不知去向。”

丁隐想起卧云村中的遭遇，不由唏嘘起来，忍不住问道：“随后呢？”

林天逸又道：“此后我才知道，卉儿不是玉水镇唯一被掳走的女子，自她之后，马元龙愈发肆无忌惮，被他盯上的姑娘无一幸免，全被他掳上了山寨。马元龙身怀妖法，玉水镇人心惶惶，谁都拿他没有办法。家里有了待字闺中的少女，要么举家逃走，要么送嫁远方。”

小张追问道：“既然如此，你又如何成了马贼的二当家？”

林天逸望着蜀山五人，缓缓道："为了探寻卉儿下落，我去邻县杀了两个贪官，好让官府通缉，我再装作无处可逃，跪在了天龙寨山门前求他们收留，这才能混入马贼内部。我的武艺虽不及各位大侠，总算略通些拳脚上的路数，加上我一心取得马元龙的信任，长久下来，也立了一些功劳。这便顺理成章，坐上了二当家的交椅。"

小张寻思片刻，忽然道："等等！抢亲之日，马贼与你照过面，你还毙了几个，上山时，你如何蒙混过去？难道没人认出你来？"

林天逸点头道："这位大侠想得真是细致。马贼掳走卉儿那日，我是作新郎打扮，与上山交投名状时是不大相同的。其实即便那马元龙认得是我，他也不必担心。"说着林天逸挽起袖子，露出手臂上那只绿色的蝎子文身，口中道，"马元龙将这玉蝎打入每个马贼体内，既是武器，也是制约。身上有玉蝎的人每个月都会剧痛难忍，只有服下他赐给的蝎毒才能缓解。"

听了这番话，丹辰子也忍不住道："想不到这马贼匪首用心竟这般阴毒。"

紫英又向林天逸问道："那如今你找到卉儿没有？"

林天逸继续道："并没有。我入山寨之后，每天都在查找卉儿的动静，可是马元龙为人谨慎，抓来的姑娘都被他亲自带走，没有人知道他究竟把这些姑娘藏在哪里。我知道此事只能从马元龙身上下手，就对他更加逢迎，终于有一天在他喝醉酒之后，他向我吐露了一个最大的秘密。"

林天逸回忆道："半年前，我在临安天目山中猎了一只巨熊，将偌大的一对熊掌献给了马元龙。马元龙当下很是高兴，拉我喝了不少老酒，又说他历来最器重我。我想套他口风，一面大表感激，一面又说下次给他多找几个美女做压寨夫人，让他艳福齐天。"

丁隐笑道："你也真是沉得住气，为了套他句话，谋划得这般长久细致。"

林天逸也笑了笑，有些无奈道："力拼不敌，唯有多想些办法。"

他顿了顿，又道："我本想从马元龙口中套出些线索来，可是他接下来说的话着实令我大吃一惊。马元龙告诉我，那些姑娘并非要做什么压寨夫人，全是他练习一种阴魔神功的工具。"

众人听林天逸说到此处，个个义愤填膺。丹辰子似乎想起什么，皱眉道："这阴魔神功，我曾听师父说起，乃是西疆魔地的一门邪功。据说施法者需要集齐一百个元阴少女，取天时地利之处开坛设法，就可以功力大增，延寿百年，但

是那一百个少女却会丢掉性命。这邪功阴毒至极，江湖不齿，应该已经灭绝了才是。”

小张战栗道：“啧啧，马元龙竟然干这种伤天害理的事情？”说着又一把揪住林天逸，厉声道，“你竟然还帮他去抓人？还想把青云和神仙姐姐抓去给马元龙练功？你还有没有良心？”

林天逸一脸无奈道：“我一直帮着马元龙抓人，是打算尽早让马元龙集齐一百个少女，趁着他开坛做法的时候，想办法将她们一起救下。”

丹辰子点了点头，从容道：“所以你才会求青云和紫英帮你这个忙，对吗？”

青云看着林天逸，也有些生气：“林天逸，你当真是这么打算的？你知不知道这样做很自私？”

林天逸双眼一红，“扑通”一声跪在地上：“各位大侠，天逸深知这么做十分自私，内心早就煎熬无比。但马元龙狡猾奸诈，这是我唯一能够找到卉儿的办法。”说着又向青云和紫英两人深深一拜，继续道，“眼下万事俱备，只差最后两位姑娘就能凑齐一百个了。可是如果错过了这次机会，不知道下次还要等多久。卉儿她们被关在山里，还不知道能不能撑到那个时候。”

青云早已在一旁听得热血沸腾：“我们跟你走！我们蜀山弟子守护苍生，义不容辞，这种事就应该早告诉我们，也省得大家之前费了那么多工夫。对吧，师姐？”

青云看向紫英，只见紫英皱眉，面带犹豫。青云一愣，问道：“师姐，你该不会是害怕了吧？”

紫英顿了顿，说道：“爹只让我们尽早找到神剑，低调行事，不要以身犯险。”

青云又道：“可是掌门说过让咱们见死不救吗？”

丹辰子看了看青云，又看了看林天逸，口中道：“青云，紫英她只是不想多生事端。”

“我也不同意！”站在一旁一直不出声的丁隐突然开口，众人才发觉他的脸色不知何时阴沉了下来，只听他说道，“林兄弟，我佩服你的胆色，但救人有千百种方法，让两个姑娘去当诱饵太冒险了，我决不同意。”

林天逸已经不知道说什么好，只是紧紧握着拳头，一脸愁容。

丁隐却对丹辰子道：“大师兄，我们还有任务在身，还是快些上路吧。”丁隐说完，径自离去。

小张和青云均是一头雾水，不解丁隐为何忽然变为这般冷漠的嘴脸，二人对望一眼，青云便匆匆向丁隐追了上去。

青云追了一阵，便望见丁隐站在不远处山涧边发呆。

“丁大哥——”青云喊了一声。

丁隐不待她开口，已说道：“我知道你想说什么，我也知道你心里一定觉得我无情无义。但自你被掳走，我已觉心惊胆战，我实在不想再看到你有危险。”

青云心中一甜，脸上微微有了笑意，却努力憋住，小声问丁隐：“你是在担心我？”丁隐点了点头，青云顷刻欢喜起来，大喊道：“我就说嘛，丁大哥绝不会是一个这么冷血的人！”说完一步跳到丁隐身旁。

丁隐笑着摸摸青云脑袋，眉间却有掩饰不住的忧色。青云注意到了丁隐异状，忍不住抬头，问道：“丁大哥，你以前一直都是很乐观的啊，这次怎么忽然有了这么多顾虑？你到底在担心什么？”

“我不是在担心……我是在害怕。”丁隐说了这句，又沉默许久，在山涧边的岩石上坐了下来，缓缓道，“刚刚被救上蜀山的时候，我身边什么人都没有，什么人都忘了。那时候我什么都不害怕，不管发生什么，顶多就是我一个人、一条命。可是后来有了同门的师兄弟姐妹，有小张，有你，还有……”丁隐自知失言，苦笑一声。

青云心疼地看向丁隐背影，竟觉得分外萧瑟。

丁隐又道：“可是拥有的越多，我心里就越是不安。我已经不是当初那个什么都不怕失去的莽汉了，我害怕如果有朝一日你们离开，自己会无法承受。所以我不想你去冒险，我不想失去你们中的任何一个。”

青云跟着坐在了丁隐身旁，望着他说：“我不会离开的，我发誓。我知道你关心我，可是林大哥他也失去了关心的人，我认识的丁大哥心地善良，绝不会袖手旁观的。至于我嘛，你就放心吧，从小掌门和师父都说我机灵，就算马元龙再怎么猖狂，见到我也只有吃亏的份。”

丁隐想了想，又问道：“青云，你当真一点都不害怕？”

青云嫣然一笑，眨眼道：“有你帮我撑腰，我怕什么？”

丁隐见状，唯有苦笑点头，说道：“好好，就算我败给你了。可是紫英她不

肯去，还差一个姑娘要怎么办？”

话音刚落，只见小张从树丛后跳了出来，摆出一副成竹在胸的得意神情，拍着胸脯道：“放心吧，既然你们决定要帮忙，我张馅饼自有妙计啦。”

伏魔谷夜色如墨，唯有妖物哭嚎之声，月夜下，降魔塔高耸在谷底，巨大的黑影投射在地上。

晓如真人提着一小罐酒走入降魔塔，只见塔内漆黑阴寒，在几支火把的照明下，唯有正中一片平地上的金色伏魔阵法闪烁光芒，妙一长老手持念珠静坐守阵，他的背影看来孤单寂寞。

晓如长叹一声，放下酒坛。

“到底还是你心疼我。”妙一头也未回就辨别出了晓如的声音，又笑道，“蜀山这么多人，现在也只有你愿意来见我了。”

晓如叹息道：“掌门师兄说了，这次你闯下的祸太大，他不得不严惩，以儆效尤。等一切都过去之后，他会想办法让你重回天门峰的。”

妙一却大笑起来：“只怕到时候我都舍不得回去了，这降魔塔虽说是蜀山镇妖之地，但也算得上是蜀山最清静的地方了。在这里可以自由自在地待着，不用去看谁的脸色，也不用受谁的管，想要打架的话多的是妖魔鬼怪。唯一的遗憾就是不能常常见到你。”

晓如也随之一笑：“他只罚你镇守伏魔谷，并没有罚你不能和我见面啊。”

妙一当下一愣，继而惊喜道：“晓如，你的意思是……”

晓如温柔地笑了笑，为妙一倒上一碗酒，坐到他身旁，莞尔道：“闲来无事之时，我还是会带着酒来看你。”

妙一苦笑着推开酒，说道：“酒就不用了，当初要不是我和丁隐喝多了酒一时心软，放过了玉无心，也不会有如今的事情。”

“后悔了？”晓如问他。

妙一却道：“我妙一从不后悔。只是我和这玉丫头也算交过心，她是个好孩子，她本已答应了我，回阴风谷后就去劝说绿袍改邪归正。可惜人算不如天算，还是棋差一着，一场误会之下，她竟又和蜀山成为了死敌。”

晓如叹道：“此事也怪丹辰子他们太过于冒进，不肯听人解释。”

妙一有些无奈地摇了摇头：“谁知道呢，若不是相处过，我也肯定会毫不留情地对魔宗人出手，人有时候往往就只看到表面。”

晓如又道：“世间万事，表里不一者甚多，往往眼见也不能为实。老天爷太喜欢和世人开玩笑，少有人能事事如愿的。”

妙一长叹一声，开口道：“我只怕这个玩笑开得过大，让玉丫头走上她爹的老路。而且丁隐和玉丫头之间缘分未尽，只怕以后这个误会毁了他俩之间那段来之不易的情分。”

晓如望了望妙一，徐徐道：“放心吧，丁隐是我的徒弟，我知道他的性子，他一定能想到办法应对的。”

妙一点点头，将晓如拉入怀里，道：“晓如，我不能擅离此处，请你帮我做一件事——当日丁隐他们在伏魔谷山间意外发现素因和上官警我当年留下的书信。事出突然，玉丫头恐怕没来得及带走，你替我去伏魔谷小屋一趟，将信件收起。再怎么说，那也是玉丫头的父母当年留下的唯一一点念想。”

晓如略加思忖，便点头道：“你放心，我会寻来好好保管的。”

伏魔谷内夜风寒彻，两人在火光闪烁的阵法间相互依偎，又说了不少体己话，也算老夫老妻间久违的温馨。直到北斗垂落，辰星涌出，晓如才返回栖霞峰上。

次日清晨，晓如果然去伏魔谷找到那间小屋，见那里依旧保持着当时打斗的原貌，玉无心的包裹散落一地，装着书信的银盒翻倒地面。晓如收拾起银盒，将一封封书信收好，只见上面有素因的娟秀字迹。晓如长叹一声，不由自主念了起来：“结发为夫妻，恩爱两不疑……素因师妹，你这又是何苦。”

晓如睹物思人，昔年许多景象纷纷涌上心来，只觉得唏嘘不已。

却在这时，她耳边分明传来绿袍尊者的声音：“生当复来归，死当长相思。”

晓如心头猛地一震，腰间双剑却已出鞘。只见剑身反光中，绿袍静静负手伫立在小木屋门前。晓如再无迟疑，猛地一把撒出书信扰乱绿袍视线，剑光大盛向着绿袍逼去。

绿袍只是惆怅地看着满天书信，全然无视晓如的长剑，只是抬手举刀轻轻一挡。晓如被他的随意一挡震得气血翻涌，倒退数步。绿袍从地上拾起那张信纸，眼神恍惚，口中发声，却不知是在自语还是对晓如说：“结发为夫妻，恩爱两不疑；生当复来归，死当长相思……这是素因最喜欢的一首诗。”

晓如站定脚步，持剑摆出防御招式。绿袍却丝毫不加理会，而是蹲下将素因的信件一张张捡起，口中兀自念道：“我曾经不喜欢这首诗，因为它讲的是一对夫妻离别，不知道从此是否有机会能再相见。多讽刺啊，如今这诗却成了我和她之间最好的写照，生当复来归，死当长相思。”念及此处，绿袍脸上露出一个惨然的笑容，即便晓如看来，也觉出无限凄凉的意味。

晓如有些动容道：“这些信是你的女儿玉无心找到的。绿袍，不……警我师弟，当年师父担心你会因为执念而走入歧途，二十四年过去了，你还是无法放下吗？”

绿袍听她口中喊出“警我师弟”，也是一怔，继又冷冷道：“杀妻之仇，能这么容易忘记吗？人生最痛莫过于生离死别，你们蜀山让我两样都占全了，现在还想让我忘记，你觉得我能做得到吗？”

晓如知他心如刀绞，唯有道：“可你还有女儿，你忍心让她走上你的老路吗？”

绿袍却淡淡回了句：“玉无心是我的女儿，我自有分寸。”

晓如仍未放弃希望，大声道：“她也是素因师妹的血脉！你忍心让她为了你复仇的执念，去欺骗去杀人吗？你就不怕素因师妹会因此怪你？”

绿袍非但不为所动，眼中反而升起一阵杀意：“别忘了，这次围攻我女儿的人是蜀山弟子，刺了她胸口一剑的人是你的徒弟丁隐。”

这番话令晓如无言以对。

绿袍瞥了她一眼，又道：“既然你提起，我就替玉儿出出气，冲丁隐的师父报了这一剑之仇。”说着他身影快如鬼魅，已经闪到晓如面前。晓如运起双剑抵挡，绿袍的刀却瞬间如同一道白练，朝着晓如剑光破去。刀剑一交，晓如旋即不敌，一口鲜血喷出，瘫倒在了墙边。

绿袍冷冷收刀入鞘，又将素因书信一封封慢慢收入怀中，正要转身离去，却又忽地想起了什么，向瘫倒的晓如问道：“屠媚是不是还被你们关在牢房里？”

晓如挣扎着冷笑一声，又呕出一口鲜血，鄙夷道：“还说什么对素因旧情难忘，原来你早就和魔宗妖女暗结连理。”

绿袍眉头一皱，忽地冲上前掐住晓如脖颈，将她高高举起，眼神中满是阴狠暴怒，再由他齿缝间迸出一句话来：“我只是顺手搭救一个手下而已。别把素因和那种人相提并论，在我心里，哪怕一千个屠媚都比不上素因一根小指头。”说着手上内力一推，晓如眼前一黑，当即昏了过去。

绿袍轻车熟路来到伏魔谷牢房门前，起落间料理了几名看守弟子，便如天将般出现在屠媚面前。

屠媚眼见绿袍从天而降，登时欣喜万分，大喊道："警我，你来救我了！我知道你舍不下我，你一定会来的！"

绿袍却一副例行公事的表情，只冲屠媚微微点了个头，向她走近一步。屠媚大喊道："警我，小心！前方蜀山布了法阵。"

绿袍目光一瞟，不屑地道："这三脚猫的法阵又有什么用场？就算是诸葛驭我亲自设的，那又怎么样呢？"话音刚落，只见他停步下来，一掌轻抚地面输入内力，整个法阵竟瞬间爆裂开，连着屠媚脚上的铁链全数炸开。绿袍在蜀山学艺二十年，各种阵法于他而言早已烂熟于心，他此刻破阵的功法大抵在十二三岁时便练就了。

随着法阵消弭，烟雾散开，屠媚娇呼一声，扑到了绿袍怀中，紧紧抱住他，又诉说了许多火热的相思话。绿袍只是点点头，又推开了屠媚，冷声道："此处不宜久留，走吧。"

屠媚指着牢房内被绿袍击晕的两个看守，询问道："这两个蜀山弟子杀了干净？"

绿袍摆手道："不必了，我自有安排，到时他们只当自己睡了一觉。"说着径直向外走去。

屠媚跟着走了几步，便撒娇道："我之前受了点伤，只怕用不了轻功。"

绿袍皱了皱眉，只得将她腰肢揽住，运起轻功带她飞身而去。

屠媚在绿袍怀中，只觉浑身一阵酥麻，如同徜徉在幸福港中，她转过头，贴近他健壮的胸膛，轻声说："警我，我累了，我们回家吧。"

一个人太累，就会想回家。

不怕累的，又想浪迹天涯。

感情终究是很奇妙的东西，它不被立场、身世、成就和地位束缚，也不受时地局限，即便是修罗道场、人间地狱一般的阴风谷，一样也会有人私奔。

在丁隐、小张等人大闹天龙寨的同一时刻，九毒神君在阴风谷外拦下了一对拼死狂奔的男女。男的叫阿坤，是个普通的魔宗门徒，九毒对他留有一些印象；

女的却是玉无心房中的侍女小男。两人被九毒一招击倒，当下跪在地上，瑟瑟发抖。

侍女小男不住哀求道："右使，我们真的不是什么奸细，也没有往外传消息。"

九毒冷冷望着她，说道："我有很多办法让你们开口，也有很多种办法让你们永远闭嘴，你们最好想清楚了。"

小男旁边，一直跪着咬牙不语的门徒阿坤终于开口："小男，反正逃不了，你我便死在一起，闭上眼，别怕。"

小男含泪看了阿坤一眼，点点头，闭上眼睛。

九毒挥起法杖，正准备下杀手，忽然他眼前闪过一道光芒，法杖被冰魄寒鞭缠住，原来是玉无心。

小男睁开眼睛，看到是小姐玉无心，便红了双眼，连连磕头，不住说道："小姐，是我对不住你……"

玉无心也不理睬小男，谓九毒道："右使，要处置我的人，怎不过问我一声？"

九毒不卑不亢道："小姐，宗主不在谷内，已将宗内事务暂交给属下处理，还希望小姐不要为难属下。"

玉无心冷哼一声，眼珠一转，向九毒说道："我若硬要为难你，你敢拦我？这两个人交给我处置吧。"又对着身旁喊道，"来人，将这两人押到我房间去。"说着也不理会九毒，径自转身离去。

小男和阿坤被带到玉无心房内，"扑通"一声跪了下来。玉无心伸手一挥，解了两人身上的绳索。两人不知下场会如何，小男满脸愧疚，唯有不停磕头。

玉无心便问她："为何要走？"

小男心中惊怕，却鼓足勇气道："小姐……小男知错，但小男只是想和坤哥远走高飞。小姐不也想和那位蜀山少侠远走高飞吗，为何就不能成全他人？"

玉无心被戳中痛处，猛然抬头盯着小男。

阿坤见势不对，便猛地扑上去，挡在小男面前，想要将她护住。阿坤与玉无心地位悬殊，平日里几乎不敢正视玉无心，更不敢与她说话，此刻却挺起胸膛，毫无畏惧地道："小姐，身为男儿，当保护心爱之人，若小姐肯饶了小男，属下愿以命谢罪！"说着抬手就要自裁。

玉无心当即挥鞭阻止了他。看着这阿坤眼中的勇气和担当，玉无心心中一阵颤抖，想起丁隐当日在蜀山对她所说的绝情话语，黯然垂泪，半晌，她抬头轻轻叹道："起来吧，我送你们出谷。"

阿坤和小男不可思议地抬起头，紧紧相拥，喜极而泣。

玉无心望着这幕景象，却是心潮翻涌，百感交集。

却说玉无心将两人护送到阴风谷外，又目送他们越走越远，直到消失在她的视野中，她不由得轻叹了一口气，垂下头来，自语道："我护得了你们，可谁来护着我呢？"

九毒却不知从何处现出身来，谓她道："其实宗主一心护你，只是你看不见罢了。"

玉无心冷冷瞟了九毒一眼，也不答话。

九毒又道："照宗主的性子，是决不容许宗中有人叛逃的，小姐今日所为，着实让属下难办。"

"他行事如此狠辣，这样的人居然也有人对他忠诚至此，我真是想不到。"玉无心回了这句，也不知是讥讽还是自嘲。

九毒道："当日在西疆，若不是宗主舍命搭救属下，属下断不可能活到今日，更不可能被宗主委以重任。若有人背叛宗主，九毒决不会放过。"

玉无心苦笑起来："可他连自己女儿都肯推出去利用。"

九毒又道："小姐想想，上次你在秀水村遇险，宗主马不停蹄赶去寻你；你在谪仙潭坠崖，宗主更派了大队人马去找；你被蜀山弟子围攻，宗主得到消息，立马令属下和五鬼前去接应。属下虽不知宗主为何要令小姐执行这些任务，但属下看得出，宗主虽然嘴上不说，心中却时刻牵挂着小姐的安危。"

玉无心愣住了，她回想起之前的一幕幕，好似确如九毒所说，她口中喃喃道："那我爹……他现在去哪里了？"

九毒面无表情地道："前日出发，独自去了蜀山。"

玉无心心中一惊，她担心丁隐，却又不敢表露。

九毒好像看出了她的顾虑，缓缓道："宗主此去蜀山，是不忍夫人的书信就此遗落在蜀山。"

玉无心一震，呆呆望着九毒。

九毒对她一笑："小姐，恕属下多言一句，一个看似温柔却狠心杀你的男人，和一个表面冷酷却心中有情的父亲，你选哪一个？宗主恐怕很快就要回来了，请小姐保重。”

九毒意味深长地说完这句，便转身告辞离去，留下玉无心独自愣在原地，呆呆望着远方，心中一阵波澜起伏，不禁自问道：“爹，您对娘一往情深，对下属施以重恩，却为何唯独对我这般狠心绝情？”

阴风谷大殿内，绿袍已带屠媚归来，九毒下首而立。屠媚软软地倚靠在绿袍身边，任由绿袍为她疗伤。

九毒作揖道：“恭迎宗主回谷，恭喜副宗主功成身退。”

绿袍点点头，为屠媚输气疗伤完，缓缓站起，谓屠媚道：“这次你保住了‘山中人’的身份，做得很好。”

屠媚嫣然一笑：“你连夜上山救我，这份心意，我为你做再多也值得。警我，我明白，你心里还是舍不得我的，是不是？”

绿袍沉默了一下，敷衍地点了点头，接着推开了屠媚，径直离开。

“警我！”

屠媚似乎还有话说，绿袍却挥了挥手，说道：“你累了，先休息吧。”说着径直离去，留下屠媚一脸失落。

九毒正准备跟上，却被屠媚拦住，屠媚喊道：“等等，我还没有告诉警我呢，我在蜀山的时候打听到了消息，丁隐已经偷偷下了蜀山。”

九毒淡然道：“宗主已经知道了。”

屠媚一愣，不解道：“什么时候的事？”

九毒又道：“‘山中人’早已给宗主送来了情报，宗主已经将一切都安排好了。”

屠媚点了点头，掩不住失落的神情，她顿了顿，问九毒：“你说宗主他是真的关心我吗？”

九毒犹豫了一下，还是开口道：“恕属下多嘴，宗主这次去蜀山，并不只是为了救副宗主。”

屠媚惊异道：“那他是为了什么？”

九毒面上有些为难，斟酌道：“小姐曾对属下提起过，宗主与夫人以前的书信都还在蜀山。宗主此去，多半是为了拿回那些书信……”

“别再说了！”屠媚听到此处，面色已然骤变，话音变得颤抖起来。

九毒便作了一揖，小心翼翼道：“副宗主保重，属下告退。”

屠媚见九毒离去，再无顾忌，当下暴怒起来，将眼前所能看到的一切都扫到地面，口中不住大骂：“又是那个贱人！她哪怕是死了，警我心里也还是有她！我一心为他着想，为什么他就不能正眼看看我，为什么我连一个死人都比不过！”

大殿内，许多灯盏、烛台，以及烈影神宗的徽标饰物，全被屠媚扫落一地，摔得破损狼藉。屠媚发泄一阵之后，只觉一股深深的悲哀涌上心头，她颓然跪倒在地，两行眼泪无声地滑了下来。

这一边，绿袍正负手走过阴风谷花园，远远看到玉无心和五鬼天王正在花园里过招，玉无心招招狠辣，面上看起来却若无其事。九毒从后跟上来，绿袍问他道：“我不在这些时日，她都是这样吗？”

九毒答道：“回禀宗主，这几日小姐都在没日没夜刻苦练武，连五鬼那家伙都有些吃不消。”

绿袍又问道：“她没想着去找丁隐？”

九毒摇头道：“除了之前放走了两个叛徒，小姐并没有什么出格之举，也许她已经想通了。”

绿袍听到“叛徒”二字，眼神一凛：“叛徒？怎么回事？”

九毒禀道：“属下已经查过了，单纯是私奔而已，并无其他意图。而且属下已经派人暗中跟去了，不会让小姐难堪，也决不会留下后患。”

绿袍点点头：“你做得很好。”

九毒抱拳点头，绿袍又看了玉无心一眼，便转身离去了。

待绿袍离开，玉无心方才停下攻向五鬼的招式，五鬼已经在一旁累得气喘吁吁。玉无心看着父亲离去的背影，几天来悬着的心终于放了下来。

五鬼察言观色，问玉无心道：“怎么了？”

玉无心兀自说道：“看样子……丁隐没事……”

“你还是关心他……”五鬼看着玉无心，无奈地摇了摇头，一时也不知该如何接话。

天龙寨的大门被马贼徐徐打开，马贼在门外站成两排，号角声震天。万马站

在队首，打量四周并没有林天逸的身影，忍不住面有喜色。这时一声马嘶传来，一匹骏马冲入了寨子，马背上竟然空无一人。

山寨两排火坛却忽然之间接连燃起，一个人影飞入山寨，踏上马头腾空而起，落在山寨正中的座椅上。此人一头赤发，壮硕的身形如同寺庙中的金刚护法，看来令人生畏，一身软甲上绘着似火非火、似云非云的诡怪纹形，面上更是眉目狰狞，冲天煞气中又带了几分妖异。他手中还把玩着一枚火红色的琉璃球，看来十分夺目。

“恭迎大当家归来！”百十号马贼一阵山呼，纷纷拜倒下来。

马元龙扫视一周，只问了句：“林天逸呢？”

万马急忙从队伍中连滚带爬地上前，争抢着回话：“禀告大当家的，林天逸恐怕是死了！”

马元龙为之一愣，问万马道：“什么？”

万马说道：“昨夜有几个蜀山弟子来闯山寨，林天逸追了去，一夜未归，怕是凶多吉少。”

正在此刻，山门外传来林天逸的声音：“属下林天逸，恭迎大当家归来！”这几句乃是气沉丹田吐出，话音不重，在场的马贼却人人听得清楚。众人回头一望，只见林天逸意气飞扬地骑马穿过山门，两个脸上蒙着面纱的少女被捆着双手牵在马后。

看到林天逸归来，众人都是面露欣喜，只有万马眼神中满是嫉恨，目光扫过林天逸身后的两位少女，略有疑惑。

林天逸策马来到马元龙座前，作揖道：“大当家，这两个姑娘昨夜被劫，我追了一夜，终于将她俩抓回，如今一百名少女已齐，大当家随时可以开坛作法，练成神功！”

马元龙堆满笑意，点头道：“好，你做得很好嘛！”说着走下座来，打量起两个姑娘，又不动声色地伸手上前，想要摘掉其中一位的面纱。

那少女忽然娇嗔一声，捂住面纱，扑到马元龙怀中，娇吟道：“大当家！只要大当家愿意饶了我的命，我愿意好好伺候大当家。我从此就是大当家的人了，谁都不爱，只爱大当家一个！”

马元龙顺势将那少女搂入怀中，邪笑道：“你比她们乖多了！听话的姑娘，我最喜欢！明日开坛作法，我就选你做我的头祭！”说话间，只见他手中的琉璃球竟然缓缓升至半空，隐隐发出血红色的光芒。

马元龙边将那投怀送抱的少女搂紧，边对林天逸道："看到了吗？这赤星百炼珠能操纵草木，更能幻化天火。有神珠在手，再加上百名少女献祭，我练成神功那是指日可待。"

林天逸随声附和道："大当家神武，是我辈之福。"

马元龙点了点头，笑意更甚。那悬在半空的赤星百炼珠似与马元龙心意相通，刹那间发出一道红光，直冲云霄而去。

随着林天逸返回天龙寨的两名少女，一是青云，一是由小张假扮而成。不消说，适才与马元龙袅娜撒娇的自是小张。此时丁隐、丹辰子、紫英三人在山坡上观察着山寨内的动静，遥见山寨内一道红光一闪而逝。丁隐忽然感觉胸中一震，他晃了晃脑袋，又调整气息，想要保持平静。丹辰子正犹疑那道红光的来历，看到丁隐异样，连忙问道："丁师弟，怎么了？"

丁隐镇定道："没事，只是隐隐感觉赤魂石有些异动。大师兄，你说方才那红光是什么？"

丹辰子思忖道："不清楚，这马元龙所练邪术太古怪，我也只是听师父提起过而已。"

紫英见到丁隐皱眉，冷冷瞪他一眼，有些轻视道："只不过区区几个马贼而已，哪里来那么多顾虑。"

丹辰子却很沉稳，提醒道："丁师弟，明日不要逞强，一切有我顶着，好好护住赤魂石，切勿顾此失彼。"

丁隐点了点头，又说道："我们还是等林天逸返回再见机行事。"

又过了小半个时辰，林天逸已从天龙寨离开，行至山坡上与三人会合。丹辰子老远便问："林兄弟，现下情况如何？"

林天逸上前说了山寨内情形，又道："马元龙明日便要开坛作法，小张兄弟行事机敏，已被选为明日头祭。"

丁隐摆手道："如此最好，离马元龙越近，越能打他个措手不及。"

林天逸赞同道："没错，我在山寨院子东南西北四个角都藏了武器，还有跟我一起混入山寨的兄弟们会在四周守候。等小张兄弟得手后，我会发烟火为号，大家里应外合，兵分四路包围祭坛，断了马元龙的生路！"

丹辰子与紫英对望一眼，说道："甚好，我们就照林兄弟的计划行事！"

开坛当日，天龙寨正中已高高竖起祭台，马贼们列队台下，声势浩荡。硕大的火盆被众人点燃，马元龙坐在当中座椅上，满意地看着一切，得意大笑。

这时，空中一道涟漪浮起，接着一道门在祭台边缓缓幻化出来，一众少女竟然从门内缓缓走出。每个少女看来都是神情憔悴，被绳索连成一串，脚步踉跄。

林天逸站在台下，忍不住抬头寻找卉儿的身影，果然在队列中看见了低头前行的卉儿，她模样与之前倒没有什么改变，唯独眉目间带着浓浓哀伤，神色间也有些麻木呆滞。林天逸一阵心疼，只能低头掩饰心中的愤怒，不敢出声呼叫。

青云混在这列少女之中，注意到了林天逸的眼神，接着发现了卉儿。青云快走两步，悄悄赶到卉儿身边，低声耳语道："你就是卉儿吧，我是林天逸找来救你的！"

卉儿惊讶地转过头，简直不相信自己的耳朵，半晌才道："是……是林大哥……"

青云比了个"嘘"的手势，又低声道："别转头，装作什么都没有听见！等会儿开坛之后，我们的人自然会行动，你悄悄传话告诉大家，等会儿千万要镇静行事，不要乱跑乱叫。我一定会护你们周全的！"说着深深地凝视了卉儿一眼。卉儿为人聪颖，镇定地微微点头，便悄悄走到前面的少女身旁，低声耳语。少女们相互低语，每个人脸上逐渐有了希望的神采。

这时小张已换成一身新娘打扮，用红纸抿了嘴唇，红盖头缓缓遮面。两个马贼左右夹住他，带着他向着外面祭台中央的一根柱子缓缓走去。小张貌似娇弱无力，盖头下却在得意窃笑，在他宽大袖子内，双手间早已夹好了几个小药瓶。他心想道：哼，等会儿一上台，只要马元龙一碰我的身子，老子就左手一把迷药，右手一把毒药，给他来个先惊喜后惊吓。

小张得意间，那一众少女全数被赶上了祭台，小张则被马贼绑在了中间的那根柱子上。马元龙静静站在火盆之间，信手扬起，燃起的青烟竟然幻化成一只蝎子，在山寨上空飞舞。众马贼齐齐跪下，为首的万马大声道："良辰吉时已到，请大当家的开坛作法！"

众马贼便山呼道："愿大当家神功大成，天下无敌！"

马元龙一挥斗篷，腾空飞落到了小张身边，温柔地抚摸小张脸庞，凑近道："放心吧，我会好好对你的。"说着马元龙缓缓脱下自己的上衣，露出满是蝎子文身的上身。小张手中已经暗自扭开小药瓶瓶盖，随时准备出手。

马元龙正要揭开小张的红盖头，忽然之间仰天大笑，将小张推开数丈之远，口中高喊道："火生万物，来啊，把他给我火焚祭天！"

林天逸和青云两人瞬间愣住了，小张更是大惊失色，一把扯开了绳子，掀开盖头。不对啊，这盖头都还没揭怎么就献祭了？

马元龙狂笑道："张馅饼，你当真以为过了几年我就认不出你了？既然你想给我修炼神功加把柴火，我就成全你！"

小张大怒之下就要和马元龙交手，马元龙却又高高跃起，斗篷一甩化为一团火焰，将小张团团围住。

马元龙冷眼看着小张被困在火焰圈中，露出狰狞的笑容。

小张指着他破口大骂："马元龙，你竟然敢玩阴的？"

林天逸见势不对，正要将怀中的烟火信号取出，却感到后颈一凉。万马已不知何时潜到他身后，持刀抵住了他的后颈，一脸冷笑道："林天逸，还想着发信号叫援军呢？你的这点小伎俩早就被大当家的看破啦！"

这时青云已用剑气劈开了绳子，手一伸，自己的宝剑已然在手，立刻向着马元龙抢攻，口中喊道："马元龙，今天要死的人应该是你才对！"

马元龙正要应对，青云忽然改变方向，一个金铃遥遥向着万马打去。万马猝不及防，长刀落地。林天逸趁机一拳将他打翻在地，奋力将烟火信号扔向天空。山寨外作为呼应的号角声也随之响起，丹辰子、丁隐、紫英三人从天而降，一路劈开马贼，向着祭台冲去。与此同时，山寨内随林天逸潜入寨中的村民也纷纷抄起家伙，偷袭其他马贼。

形势陡然逆转，万马大惊失色，叫喊道："挡住他们，否则大当家的不会放过我们！"话音未落，一把鬼头刀已从侧面砍来，万马避开一看，竟是林天逸的手下扑天雕向他偷袭，万马骂道："你这王八，原来也是奸细！"

扑天雕喊道："你才是畜生，你死有余辜！"说着又是一刀劈向万马面门。

丁隐一路料理了七八个马贼，来到了火圈前，喊了声："大师兄、紫英，你们掩护我，我救小张！"便要迎着火焰扑上去。马贼们见丁隐上前，纷纷从手上放出蝎子，却被紫英和丹辰子的剑气尽数摧毁。

丁隐上前就要从火圈中救出小张，却被火焰熏退，火焰颜色发白，烧灼无声，根本无法靠近。眼见着火势要逐渐将小张吞没，丁隐挂念兄弟安危，顿时心焦如焚。

马元龙正悬浮空中，冷冷看着丁隐的徒劳尝试，他思忖一番，向丁隐等人喊道：“我马元龙与蜀山无冤无仇，你们趁现在出了寨子，休来管我闲事，我便饶各位不死。”

青云挥剑向马元龙一指，喊道：“少讲大话了！强抢民女，修炼邪术，我们蜀山打的就是你！”

马元龙冷哼一声，说道：“我的天火可不是一般人扑得灭的！你们就看着那个张馅饼被活活烧死吧！”

青云懒得与他搭话，与丁隐对望一眼，两人便联手向马元龙攻了上去。只见那赤星百炼珠猛然升空，生出一片金光护在了马元龙面前，马元龙竟然生生承受住了丁隐、青云两人的攻击，口中说辞还甚是嚣张：“强龙不敌地头蛇啊！蜀山弟子也就在山上风光，只要下了山，这里就是我马元龙的地盘！”

丹辰子和紫英见势不妙，两人也匆匆跃上祭台。四人四剑联合，内力汇合成一处向着马元龙攻去。可那赤星百炼珠的金光却越来越盛，四人谁都无法近马元龙的身，阵阵金光反而向着四人的剑尖侵蚀而去。

就在此时，马元龙忽然一愣，只见包围小张的火海中心渐渐升起一股黑色雾气，翻滚涌动，不但没有被火焰压制，反而蔓延开来，一点点蚕食着火焰。

黑雾护着一个人影走出火焰，正是毫发无损的小张。原来那黑雾正是小张使出的药粉，眼下黑雾吞灭火焰，又如同具有灵性般乖乖飞入小张手中的药瓶内。

马元龙心中一惊，口中却仍骂道：“张馅饼，你比以前倒长了不少本事！”

小张掂了掂手中药瓶，冷笑一声：“你这火系的妖术再厉害，可对付不了天生可以克火的嘉禾草！”说着将药瓶掷出，喊了声：“丁大哥，接着！”

丁隐四人对了一个眼神，四把长剑同时劈向飞来的药瓶。药瓶在赤星百炼珠的金光前炸裂，黑雾蜂拥而出，裹在四把长剑上，竟然驱散了金光，向着马元龙砍去。屏障不在，马元龙狼狈躲闪四人的剑招，身上瞬间添了不少血口。

祭台上，林天逸率着扑天雕等村民已经占了上风，渐渐将马贼打散。万马见势不妙，早已丢下了刀剑滚到祭台之下装死，见到无人注意，赶紧翻身起来，连滚带爬地往外逃去。

马元龙被丁隐四人联手攻击，见到大势已去，就想逃走。丁隐四人围住了他的四个方向，不让他有逃脱的机会。丹辰子喊道：“我蜀山弟子今日就要为玉水镇百姓做主了！丁隐、紫英、青云，布阵！”

四人立刻变换剑阵，扼住马元龙逃走的方位，四剑齐齐向他胸口刺去。

“噗”的一声长剑入体，鲜血四溅，吐血而亡的人竟然是万马。原来刚刚马元龙信手一抓，将万马吸到了掌中，移形换影之下竟然将万马顶在了自己身前。趁着众人愣神，马元龙一把丢开万马的尸体，向着后山的方向腾空而去。

丹辰子持剑一挥，丁隐几人即刻御剑追去，一直追到山寨后面的丛林，却见马元龙一个翻身，身影竟然消失在了密林中。

青云骂了声：“可恶！”正要拔腿冲入密林，丁隐却拉住她道：“青云，等等，这密林地势复杂，还是小心为妙。”

小张也道：“也是，不知道这妖人又搞什么鬼！”

丹辰子想了想道：“穷寇莫追，先前有姑娘受伤，我们还是先回去看看要紧。”五人便相互点点头，丁隐和丹辰子不甘地看向马元龙逃离的方向，叹了口气，回到了山寨。

这时山寨中局面已经平息下来，马贼大多已经投降，少女们也纷纷寻找到了自己的家人，一家人终于重聚，涕泪交加。林天逸在一群惊恐的少女中寻找着，一个个辨认面孔，寻找卉儿。

“天逸！”卉儿的声音在林天逸身后响起，他不可思议地缓缓回头，只见卉儿一脸血污地从祭台角落爬出，正朝自己的方向走来，眼里噙着泪花，口中喊道，“卉儿终于等到你了。”林天逸猛地扑上前去，将卉儿搂在怀中。

丁隐等人正从外面回来，看到这一幕，也十分感慨。青云和小张笑着打量着林天逸身旁的卉儿。

小张坏笑道：“呐呐呐，难怪林兄弟肯费这么大力气救人，原来卉儿是这么一个大美人。”

青云也对林天逸笑了起来：“付出这么多辛苦，只为了救心上人回来，你还真是个痴心人。”

林天逸脸红不已，一时间不知道说什么。倒是卉儿乖巧地向青云等人行礼：“各位少侠，天逸已经把一切都告诉我了，卉儿多谢几位少侠救命之恩。”

丹辰子含笑道：“不用多礼，本分而已，不足挂齿。况且这件事其实林兄弟出力最大，他一直都没有放弃救你的念头，才能最终和你重逢。”

林天逸憨厚一笑，却牵动脸上伤口，卉儿脸色一紧，温柔抚慰。两人互相牵挂，情意正浓。

丁隐在一旁看着亲密的林天逸、卉儿两人，微笑不语，心中却隐隐有些惆怅。他脑海中闪过一道身影，自己曾经也和玉无心如此相亲相爱，悄然摸了摸怀里，他贴身放着的正是玉无心留下的那个玉哨。

天龙寨的一帮马贼终被剿灭，不仅林天逸和蜀山众人，参战的村民们也个个扬眉吐气，欢喜不尽。这时山寨后堂之中，扑天雕等人早已摆好一桌丰盛的酒席，林天逸带着卉儿，向丁隐等人举起酒碗，不住称谢。

林天逸与小张打趣起来："来来来，这可是唯一一坛没有被小张兄弟下药的好酒了。"

小张嘿嘿笑道："我这还不是为了救人，还好我心慈手软，没在里面下七步断肠的毒药。"

林天逸跟着大笑起来："哈哈，小张兄弟好本事！各位帮助我和卉儿，还有其他百姓家人重逢，是我们玉水镇的大恩人，我敬诸位一杯。"丁隐等人不便饮酒，却纷纷举起杯来，随着林天逸微微抿了一口，也替他感到高兴。

卉儿自从进门开始，就面有犹豫之色，此刻忽然站起，给自己倒满酒，谓蜀山众人道："我也敬诸位一杯。"林天逸一愣，忙劝道："卉儿，你喝不了这么多。"卉儿却不顾林天逸阻拦，"咕咚"一口气喝下一大碗酒，接着脸上浮起红晕，又借着酒壮胆气，向众人深深鞠躬，说道："卉儿多谢几位救命之恩，但还有一个不情之请。各位武艺高强，侠义心肠，卉儿请求各位帮忙帮到底，彻底为玉水镇除了马元龙这个祸害。"

丹辰子当即说道："我也正有此意，马元龙如今受伤不轻，此时诛之，正是最佳时机。"

青云也握起拳头，义愤填膺地说："卉儿，你放心吧，就算你不说，我们也肯定会留下，彻底铲除马元龙再走！"

林天逸却道："事情没这么简单，后山地貌奇特，毒虫毒草众多，马元龙藏身的地点更是神秘莫测，之前我找了一年都没有找到，你们又有何办法？"

不料卉儿不顾林天逸的劝说，勇敢地说："我能带路！"

林天逸心疼起来："卉儿！你不能再去冒险。"

卉儿却面无惧色，对林天逸道："天逸，马元龙一日不除，百姓就无一日安宁，总有一天还会再出来。蜀山的几位少侠不可能一辈子守在玉水镇，等他们离开之后，马元龙的报复恐怕比现在更加残酷，到时候，玉水镇还能好吗？”

林天逸叹了口气，又道：“那我带你远走高飞，彻底离开这个地方？”

卉儿感激地看了看林天逸，缓缓道：“天逸，我知道你待我好。可是我的家人、你的朋友，他们要怎么办？是留他们在镇子里心惊胆战，等着马元龙的报复，还是你要带着大家一起逃，让他们放弃这个生活一辈子的镇子，远走他乡？”

“我……”林天逸竟然一时语塞。卉儿温柔一笑，牵起林天逸的手，坚定地说：“天逸哥，马元龙一定要除！”

林天逸像是下定决心，握拳道：“好，那我陪着你一起去！发生什么事，我总能护着你。”

卉儿惊讶地看向林天逸，接着缓缓笑开，众人亦感动不已。

丁隐一笑，拍拍林天逸的肩，说道：“林兄弟，咱们兄弟一场，我们不会坐视不理，待准备妥当，大家一起上山！”

却说此时马元龙已避至后山巢穴中，丹辰子刺中他肩头的创伤阵阵剧痛。马元龙忍痛取出赤星百炼珠，开始运功疗伤。在赤星百炼珠的光芒之中，他的伤口竟然渐渐愈合。

这颗赤星百炼珠乃是一年前马元龙无意中得来，那时他带着一帮手下在莫干山干了一票买卖，正沿着密林满载而归。

那时月黑风高，众人行经一处鸟兽罕至的林地，马元龙忽见到树林深处隐隐闪出光芒，他料知必是异宝，便扒开树丛藤蔓钻进去察看，果见有处土地松动，金光自内而出。

马元龙拨开浮土，只见一把破旧古朴的刀斜插在尘土中，那刀破旧不堪，刃口残缺，但刀柄上镶着的一颗火红色珠子却是熠熠生辉。

马元龙只轻轻一碰，那灵珠便脱落了下来，灵珠灵力散入他体内，一个声音在他脑海中响起：“赤星百炼乃天地精华之灵珠，得者长生不老，永世昌盛。”

马元龙警觉地回头，却发现四下无人，只有灵珠金光闪动，他又翻动浮土，发现旁边埋着一块石碑，上面密密麻麻记载着一些武功心法。

马元龙看着看着，眼神开始变得贪婪，哈哈大笑：“阴魔神功！哈哈哈，真是天助我也，我马元龙只要练成了这神功大法，岂不可以长生不老？我天龙寨就可屹立不倒！”

于是马元龙就地打坐，照章修炼起来，顷刻间便觉得内息激荡，功力陡进。马元龙先不声张，当下将随行的十余个手下杀之灭口，又用人血将碑文拓在布帛上收好，再将那石碑毁去，带了赤星百炼珠与那柄刀，悄然返回天龙寨，次日便开始循着拓本秘籍将那阴魔神功修炼开来。这之后才有了玉水镇抢掳少女及与蜀山诸侠的相遇。

这时马元龙藏匿在巢穴之内，又在催动功法，只见他一头赤发纷纷竖起，变得越来越红，面上妖邪之气也越来越盛，那赤星百炼珠在他面前上下悬浮，夺目的金光将他整个人笼罩起来。而那把古刀却始终被他丢在一边，看来并不起眼。

马元龙心知蜀山众人未必就此罢休，已做好决一死战的准备，却想不到他们来得这么快。

此时卉儿蒙着眼睛，在林天逸的搀扶下正领着丹辰子五人走在山路上。卉儿一面凝神分辨花香的味道，一面说道："当初被马元龙抓上山时，我虽然被蒙着眼睛，但是一路上都闻到了各种花卉植被的味道。我从小对花香特别敏感，只要再让我走一次山路，我一定能找到他的老巢所在！"

卉儿毫不迟疑地带着众人向山中走去。丁隐等人见到卉儿本事，都相当惊叹。小张想起百草仙人辨识草药的本领，便道："想不到卉儿姑娘还有这种本事，一点都不比我师父逊色。"

林天逸向众人说道："卉儿是制香之家出身，她从小就闻惯了各种花香，所以才会对香气了如指掌。"

卉儿也笑着说："几位真是过奖了。接下来我闻到了点地梅的味道，应该是折向了那边——"

丁隐自走入山中一刻，就已经感觉不适，他只觉得心跳加快，胸中激荡，此刻更是支撑不住，断刃剑撑地，停了下来。

青云发现他脸色不对，连忙上前问道："丁大哥，你怎么了？"

丁隐脸色有些泛红，定了定神才道："我也不知道，自从到了天龙寨，我体内赤魂石总是翻腾不已，我需花很大力气才能将其压制。"

丹辰子闻言上前，点住丁隐几个穴位。他将一股真气输入丁隐体内，问他道："好些了吗？"

丁隐再次运气，已经平息很多，十分感激丹辰子相助："多谢大师兄，是我功力不济，让大家挂心了。"

紫英却有些不屑地看了丁隐一眼。正在这时，小宝忽然从她衣袖里蹿出，尖声嘶叫。紫英见状道："不对，小宝感受到有妖气！"

果见几片树叶被风吹来，直直向着卉儿冲来。丁隐几人早已持剑打飞树叶，没想到树叶竟然变得硬如铁石。

青云惊异道："怎么会这样？"

丹辰子看着被击飞的树叶，皱眉道："我看马元龙昨天所用的那枚灵珠有操控金石木火之能。恐怕只要利用灵珠，这山上的一切都会变成他的武器！"

随着几人说话声，山间树叶开始缓缓悬浮空中，片片如刀，纠缠着直直向卉儿攻来。

丁隐喊道："护好卉儿！卉儿是唯一知道他巢穴的人，他一定想先对卉儿下手。"

林天逸闻言拔出刀来，与小张一起牢牢护在卉儿面前。丁隐几人也立刻分散四方，组成了剑阵，将卉儿护在中央。

四把长剑的剑光汇成一道墙，将攻势挡在卉儿身前数丈。几人终于合力抵挡下了灵珠的攻势，卉儿虽然受到惊吓，但是依旧毫不畏惧。

众人护着卉儿，一路攻上了山。转过一块巨石后，卉儿一把扯下了蒙眼布，忽然说道："就在前面，那里有一个山洞！"

与此同时，漫天纷飞的树叶刀刃忽地全部平息下来，众人来不及思索，全数冲入了山洞，严阵以待。不料一进山洞，众人却全都傻了眼。

只见山洞内并没有马元龙的痕迹，只有一排木头组成的笼子，里面还有空着的镣铐。卉儿不忍再看，躲在了林天逸身后。林天逸搂紧卉儿，问道："卉儿，你们当时就被关在……这里面？"

卉儿轻轻点头，脸上有泪珠滑下。众人都是一脸不忍，林天逸咬了咬牙，上前劈碎了那些笼子，道："放心，我再不会让马元龙有机会接近你。"

小张环视一周，说道："这里不是马元龙老巢吗？他人呢？"

丹辰子持剑在手，从容道："他既然能用灵珠操控，说明他一定就在附近。"

话音刚落，马元龙的声音竟凭空传来："没错，你们居然找到了这里，那我就正好送你们上西天了！"紧接着大地隐隐震动，山洞岩壁的碎石缓缓滚落。

丁隐等人将卉儿护在了中央，警惕地看向四周。丁隐背后，落地的碎石竟然

缓缓滚动聚拢在了一起，幻化为马元龙的样子，趁众人不备攻来。

丁隐敏捷转身对敌，马元龙被拦腰砍断，竟然再度化为了石块。与此同时，紫英那一角叫声响起，又有马元龙出现在另一角，攻向紫英等人。

丁隐大喊道："这不是马元龙本人！这是他用灵珠的力量炼成的石人！"

"谁说这不是我了？"马元龙的声音又不知从何处传来，让人毛骨悚然。

那石人势大力沉，掌力更加霸道无匹，并且可以好几个一起神出鬼没地从各处出现，让丁隐等人防不胜防。

"我早就把灵珠和自己炼化为一体了，我就是灵珠，灵珠就是我！有了它，现在整座山的一切都是我的千军万马，你们都只是蝼蚁！"马元龙的声音始终不停，却不知他真身藏在何处。

几人的长剑刺在石人身上，都如刺向石头一般，石人毫发无损，更是疯狂大笑。一个石人猛地出掌袭向青云，却被丁隐匆匆挡开。青云暗叫："好险！"情知丁隐若是再晚一步，她便非死即伤。

青云看了看众人，愤愤道："再躲下去不是办法，不如跟他拼了！"

丁隐却道："必须找出他的真身，击破赤星百炼珠才能彻底摧毁他！"

紫英皱眉道："说得简单，要怎么找到他的真身？"

丹辰子忽地喊道："紫英，快让小宝出来！"

紫英顿时明了，一声口哨，小宝蹿出衣袖，向着躲在角落里的卉儿急冲而去。

林天逸护着卉儿躲在山洞角落，尽量不让她卷入战场。只见马元龙从岩壁中幻化而出，缓缓出现在她身后，猛然一下掐住了卉儿的脖子。

马元龙现出身形，狠狠说道："这些人都得死，这个女人知道了我的所在，更是不能留下！"这时小宝蹿上他肩头，狠狠咬了下去。

马元龙负痛，无奈放开卉儿，将小宝甩出，小宝"吱吱"叫了一声，在岩壁上打了个回旋便安然落地，仍向马元龙龇牙咧嘴。

丹辰子挥剑一指："那个才是马元龙的真身！"

马元龙仍要攻击卉儿，丁隐四人虽然想救，却被石人缠得无力脱身。林天逸转身用背部护住卉儿，眼看马元龙的手已经要抓到卉儿，却被人一把抱住——正是小张。

小张手持着匕首，大吼一声直刺在了马元龙心口，却发现无法深入丝毫。

马元龙哈哈大笑：“任何武器都已经伤不了我了！”

小张不服道：“天下就没有百毒不侵的东西！”他一咬牙，将随身的毒药瓶砸在了匕首上，毒药嗞嗞作响将石头烧化，匕首刺入石人胸口。

马元龙深埋在胸口的赤星百炼珠竟然被匕首刺开一道裂缝。马元龙痛得嘶声大吼，再也顾不上卉儿，竟然力气大涨，将小张一把抓在掌中，高高举起就要摔死。

丁隐凭借着天生神力，猛地冲上前从身后抱住了马元龙，任凭他暴跳如雷，却死都不放手。小张滚落地下，被青云一把接住。小张顾不上喊疼，大声对丁隐叫道：“丁大哥，他的灵珠还没有毁掉！”

众人经历刚刚一番苦战，已经十分狼狈，眼看马元龙体内的赤星百炼珠又散发出金光。丁隐抱着马元龙朝着山洞外翻滚而去，两人竟一起掉落山崖。与此同时，山洞内的石人顿时失去了控制，全都倒落地下，化为一摊碎石。

小张和青云等人焦急地赶到山崖边，只见到丁隐和马元龙已经一路打到山崖下河流的上方。丁隐和马元龙在水面上纠缠搏斗着，两人谁都不肯放松。

马元龙死死握着赤星百炼珠不肯松手，金色光芒笼罩住他的全身，甚至顺着丁隐的身体蔓延而去。随着金光一路延伸，丁隐开始失去力量，金光延伸到他胸口，却忽然不动了。

只见一股红光从丁隐胸口亮起，接着包围了他的全身，压制住了赤星百炼珠的金光，将一片水域映照得通红。原是赤魂石的力量猛地爆发出来，令丁隐力量陡增。这下轮到马元龙渐渐不支，浑身颤抖起来，浑身的妖气开始丝丝散去。

马元龙再也支撑不住，甩开丁隐就想逃走，却被丁隐死死拉住。他绝望地回望丁隐，只见丁隐的眼睛也是一片血红，他冷冷一笑，谓丁隐道：“就算你今天杀了我，以后你也会和我一样，变成一个魔头！”

丁隐一怒，睁大被赤魂石染红的眼睛，双手一用力，那赤星百炼珠的金光竟刹那熄灭，珠子坠入水中，马元龙的躯体也随之爆裂开来，整个水域瞬间被这股巨力激荡开。丁隐也被这股巨力震晕，直直坠入水中，顺流而下。

众人早已赶到了下游，正在大喊着丁隐的名字，每个人都是一脸忧色。

忽然青云大叫起来：“丁大哥！是丁大哥！”众人远远望见丁隐仰面浮在水面，随着水流飘荡而下。

小张与林天逸来不及说话，便同时扎进水中，向丁隐游了过去，将他拉上了

河岸。这时青云也扑了上来，眼泪险些夺眶而出，大叫道：“丁大哥！丁大哥！你快醒醒啊！”

可是丁隐双目紧闭，仍是昏迷不醒。

“他没死！张馅饼，你快想想办法！”青云一把拉住了小张。

小张把了把丁隐的脉搏，脸色沉了下来：“几乎……几乎感觉不到脉搏了。”

青云不敢相信自己的耳朵，哭叫道：“不可能，你再想一想，你一定有办法救他的！”

丹辰子也试了试丁隐的呼吸脉搏，说道：“青云，丁隐应是受到了太大的撞击，内力衰竭……”

青云不让丹辰子说下去，自顾大喊道：“我不会让他死的！我能救活他！”不等丹辰子等人阻拦，她早已扑到了丁隐身边，嘴唇相贴，将体内真气度给丁隐。

“青云！”紫英脸色一沉，正要上前拦下青云，又被丹辰子拽住。

只见青云源源不绝地将内力度入丁隐体内，努力按压着丁隐的胸口。众人纷纷转头，不忍再看。丁隐却依旧没有苏醒的迹象。青云的眼泪终于滑下，大哭着扑倒在他胸口。这时先是一只手轻轻摸了摸青云的脑袋，随后，丁隐虚弱的声音响了起来：“别哭了……我还没那么容易死。”

小张欣喜地大叫起来：“丁大哥！你终于活转啦！”

青云这才惊喜地抬起头来，只见丁隐咳嗽了两声，艰难地吐了两口水，醒了过来。小张和林天逸赶紧将丁隐扶了起来。丁隐看向青云，艰难地笑道：“我本来一直在迷糊，一直听见有哭声在我耳边，一直在拉着我回来。青云，你又救了我一次。”

青云愣在当场，忽然扑上去紧紧抱住丁隐，崩溃地哭了起来。丁隐无奈，只有默默抚摸着青云的背，让她将刚刚的情绪彻底发泄出来。

过了半晌，林天逸才上前探问道：“丁大哥，马元龙呢？他去了哪里？”

丁隐笑了笑，又向小张道：“小张，百草仙人给你的法宝葫芦呢？”

小张一愣，反问丁隐道：“葫芦在这里，可是你要它有什么用？”

丁隐笑而不语，缓缓张开手掌，只见一团光华从他掌间飞出，“嗖”地一下钻入小张手中的葫芦内。

林天逸看得愣住，惊异道：“这……就是马元龙吗？”

丁隐点了点头，说道：“方才马元龙的肉身被赤魂石之力所毁，这只是他的元神。不信你看，你胳膊上的文身还在不在？”

林天逸闻言看向自己胳膊，只见那枚玉蝎文身缓缓淡去，终于消失不见。

林天逸忍不住喜形于色，大叫道：“太好了！之后我们再也不用受马元龙的威胁了！”

丹辰子拍拍林天逸的肩膀，对他道：“我们会把这元神送回蜀山，请师父镇压在伏魔谷中，玉水镇就再也不用受他的祸害了。”

丁隐也跟着笑出来，又拍了拍怀中仍一脸眼泪的青云，轻声道：“青云，别哭了，一切都解决了，咱们可以回山寨了！”

青云这才肯抬起头来，带着眼泪粲然一笑，随后重重地点了点头。

却说丁隐众人击毙马元龙，不仅救出卉儿与林天逸团聚，更为玉水镇除去一方大害。林天逸携了扑天雕与一众被救少女的亲人家眷在天龙寨摆下宴席，千恩万谢。

蜀山众人不便饮酒，却受之无愧地好生品尝了地道的江南美食菜肴，也算是遂了紫英、青云初来时的心愿。

宴席散去后，丁隐五人想要再奔前程，却被林天逸热情挽留下来，说他不日便与卉儿成婚，各位恩人岂有告辞之理。各人均觉盛情难却，也便打算留宿两日。

这时丁隐正在山寨房间内打坐调息，小张在一旁为他针灸。丁隐心中不停回荡着马元龙死前所说的话：“你以后也会和我一样，变成一个魔头！一个魔头……”

每念及此，他便面色凝重，思绪混乱。

青云站在小张身边，担忧地看着丁隐，不停地问东问西，小张已经被青云问得有些不耐烦了，青云却还在那里叽叽喳喳：“丁大哥，你痛吗？哪里痛？有多痛？你和我说，丁大哥？丁大哥？你不说我怎么确定你会痛？”

小张狠狠一把推开青云，骂道：“确定确定！我帮他确定！青云姑奶奶，能不能稍微相信我的医术，让我安心看病行吗？”

青云调皮地一吐舌头，乖乖退到一边，却依旧不肯离开。

丁隐这才回过神来，对青云笑道："放心吧，青云，我刚刚运气冲了一遍自己身上的穴位，一路通畅，并没有什么大碍。"

一旁给丁隐针灸的小张忽然眉头一皱，对丁隐道："丁大哥，我以前感受过你的内力，那时候有赤魂石护体，你的内力虽然强，但是戾气太重，冲撞太强，每使用一次，对穴位的损害也很大。可是刚刚我检查你内力的时候，却发现那股戾气和缓了许多。"

丁隐点了点头："我也有这种感觉。"说着伸手运气，赤魂石之力便顺着他的血管缓缓流动，先是发出红光，再又归于无形。丁隐继续道："就好像被净化了一样。长久以来一直是赤魂石控制我的心神，这次好像第一次开始听我的话，为我驱使了！"

青云忽然想到什么，大声道："炼化！这就是掌门说过的炼化啊！"

丁隐仍皱眉道："可我还是隐隐担忧，怕自己终有控制不住的一天。"

青云却兴奋地跳了起来，拉住丁隐的手，大声道："怎么会呢！丁大哥，肯定是你有着铲除妖魔的正义之心，赤魂石感受到了你的心志才被你净化的。这样下去，说不定你真的可以炼化赤魂石，完成掌门的心愿！"

丁隐又点了点头，微笑道："但愿如你所说。"

这时，身旁的小张又道："好了好了，高兴完了，现在可以上药了吧！"他嘴角虽也带笑，却无奈地瞪了青云一眼，取来了一盆自己调制出的药膏。

青云不明所以，跃跃欲试道："我来吧！"

小张瞟了她一眼，阴阳怪气道："也行啊。不过丁大哥的伤，背上有，腿上有，屁股上也有，想不到青云你一个黄花大姑娘，竟然有如此心胸。来，丁大哥，咱们脱衣服——"小张作势要给丁隐脱衣。

青云早已满脸通红，冲出了门外，只有声音隔着门传了进来："丁大哥，你刚刚受伤身子虚，我去给你煮点汤。"

直到青云的脚步声消失在门外，小张这才坏笑一声，开始给丁隐上药，口中说道："要不是我这招，恐怕她一直唠叨到晚上都不会走的。不过，丁大哥，青云为了救你，还真豁得出去啊。"

丁隐听他这般说，也只得赔了个笑。

小张一边换药，一边意味深长地看向丁隐，对他道："今天你掉到河里昏迷的时候，青云亲自为你度气，贞操名节什么的，全都不在乎了。这丫头是真的很在乎你，我敢保证，全天下都找不到一个比她对你更好的女孩。”

丁隐却严肃道：“小张，你别说了！”

小张眼神一转，冷冷道：“你不会还想着那个玉无心吧！”

丁隐沉默了一阵，脸上有一丝为难，良久才说：“小张，我现在心里很乱，我真的没有办法回应青云。我怕这个时候贸然做出回答，只会伤害她更深。”

小张冷哼一声，手上力道一重，丁隐疼得叫了一声。

“干什么？”丁隐不满地瞪了小张一眼。

小张立刻瞪还他一眼，下手也更重了，口中不客气道：“我就不明白你了，有青云这么好的姑娘不要，还整天记挂着那些狐狸精！以后有你后悔的日子！”小张又啐一口，便提着药箱扬长而去，留下丁隐一个人坐在屋内，若有所思。

另一边青云红了脸，在院子里一路疾行，被紫英猛地拦住。

紫英没好气道：“又去看丁隐了？”

青云脸上微微一红，支吾道：“是，丁大哥他已经脱离危险了，就是身子有点虚，小张正在帮他……”

紫英忍不住打断青云，斥道：“我关心的不是他，是你！”

说完，她神情复杂地盯着青云，目不转睛，直将青云看得一阵发毛：“我……我怎么了？”

紫英厉声道：“今天在河边，你就这么去给丁隐度气，在场的不是还有张馅饼和大师兄吗？要度气也有他们，哪里轮得到你！你要记得，自己是女孩子，要注意自己的名节！”

青云噘着嘴，问紫英道：“那要换成是大师兄，你肯让小张和丁大哥去度气吗？”

青云没来由地呛了紫英一下，紫英脸色一红，哑口无言，良久才想出一个理由：“那我和大师兄……我们不一样嘛！”

青云耸耸肩，俏皮笑道：“怎么不一样啦？不都是男女有别，授受不亲吗？”她说到这里，又认真起来，对紫英道，“师姐，我不骗你，当时我真的以为丁大哥要死了，师父说过什么我都记不起来了，我也顾不得什么应不应该，我脑子里唯一的念头就是决不能让他死！所以我才……我才……”

青云回想起当时场景，自己和丁隐嘴唇相贴，脸上红晕更甚，“我才”了半天，硬是说不下去。

紫英无奈地一指头戳在青云脑门上，骂道：“我只是劝你一句，还是小心这个丁隐。他毕竟和魔宗妖女不清不楚，你又这么傻兮兮的，我怕你将来吃了亏，有苦说不出。”

青云“哦”了一声，竟不知怎么回她才好。

护情郎父女反目，破阵法骨肉重逢

此刻玉无心正趴在闺房的一张案台上，痴痴地望着丁隐赠她的那个木人，悠悠叹息一声。在她记忆中，冰湖上两人嬉戏的情景犹在眼前，伏魔谷的夜昙也从未凋落，那些山林间跳跃的猕猴、山涧中跳跃的溪鱼、小木屋袅袅的炊烟一直都在那里，唯有她和丁隐不见了。

一

天龙寨中，林天逸与卉儿的婚宴临近。此时青云正在卉儿的厢房内为她换上凤冠霞帔，满脸都是艳羡。

卉儿明白青云心思，笑着问道：“青云，你对丁大哥的心意一看即知，为何不对他表明心迹？”

青云面上泛起羞涩，继而叹道：“曾经有一次，我以为再也见不到丁大哥了，那天晚上我鼓足了全部勇气，去向他表白。可是阴差阳错之下，他什么都没有听见……”

卉儿眼波一转，又道：“傻姑娘，你可以再和他讲一次啊，为什么就这么放弃了？”

青云想了一想，却道：“我害怕……我想也许这就是老天在告诉我，我和丁大哥之间没有缘分。我怕强求的话，反而会离他越来越远，所以我宁愿把这些话都藏在心里，不让他知道。这样，我还能以朋友的名义留在他身边，陪着他、照顾他，看他一切安好。”

卉儿轻轻握住青云的手，叹息道：“可是这样憋在心里，不会很辛苦吗？”

青云却是一笑：“这世间总有些路要一个人走，有些关要一个人过。我不怕辛苦，也不贪心，只愿漫漫长路陪他去走，这样对我而言……就足够了。”眼神中，竟分不清是幸福还是苦涩。

厢房之外，林天逸恰好和丁隐走过，听到了两人的对话。林天逸意味深长地看向丁隐，丁隐沉默不言，只有苦笑而对，口中自语道：“良人深情，我心却不能移，真是傻……”

林天逸问他："丁大哥，你说什么？"

丁隐摇摇头："没什么……只是叹这丫头不知道矜持。"

儿女情长，最没道理可讲，林天逸也只有点到为止："青云可是个好姑娘啊……"

丁隐却正色道："正因为她是个好姑娘，我才怕辜负了她。"

林天逸见状也不回避，继续问道："我听小张兄弟提起，丁大哥之前曾经也有一位心爱的姑娘，后来却——"

丁隐果然打住话头，沉吟道："过去的事情，不提也罢。"

林天逸却似早有准备，说道："既已过去，忘记不是更好吗？眼前良辰美景，难道不值得珍惜吗？"说着微微一笑，拍拍丁隐肩膀，继续向前走去，只留下丁隐独自站在厢房门口。

缓缓的风势吹得柳絮纷飞，晏晏笑语自轩窗内传来。再过半个时辰，卉儿就将凤冠霞帔嫁做新娘，青云伴在她身边，既由衷欢喜，又触景生情，想自己对丁隐一番痴恋，也不知如何了局。丁隐此刻也是眉头深锁，自言自语："奈何良辰美景虚设，我心却仍若一叶孤舟，也不知该向何方飘去。"

是以婚礼开始的时候，丁隐望着四周的灯笼彩菱、红烛罗帐，看着眼前一双璧人夫妻交拜，满场"早生贵子""白头到老"的颂祝不绝于耳，他心中真的很想知道，两个相爱的人究竟要历经多少磨难沧桑，死生契阔，才终于可以拨云见日，修成正果。

夫妻这才交拜，小张便跃上凳子，振臂一呼："来来来！江湖儿女没那么多讲究，掀盖头啦！"众人顿时喝起满堂彩。林天逸作了个八方揖，便笑着将卉儿的红盖头徐徐揭开。众人立刻一哄而上，簇拥着两人。欢声笑语中，林天逸拥紧卉儿，深情相吻。

这一刹，丹辰子望了望紫英，恰遇上紫英投来的目光，二人各自脸上一热，又赶紧错开眼神，大声鼓起掌来，衷心为主人喝彩。

青云也偷眼去望丁隐，却见丁隐站在喜庆的人群中对着林天逸遥遥举杯，他的笑容中又分明带着迷惘与落寞。

最苦恼的还是小张。喜宴中，不少宾客向紫英敬酒，紫英不胜酒力，小张便屡次想为神仙姐姐代饮，丹辰子却每每抢先从紫英手中接过酒杯，一饮而尽，全不给小张献殷勤的机会。小张唯有悻悻然坐在角落，看着紫英温柔地为丹辰子倒

酒夹菜。

小五等人看出小张心情不佳，凑到他身边，耳语道："张大哥，你是不是对紫英姑娘有意思？"

小张如实道："我有意思，可惜人家没有，还是白搭。"

柱子眼神一冷，阴鸷道："只要张大哥一句话，我们立刻就去把那个丹辰子解决了。"

不料小张径自灌下一大碗酒，向柱子呵斥道："呸呸呸！我张馅饼喜欢的女人，要凭自己的本事追到手！"

听得一旁的二虎直竖起大拇指，赞叹道："张大哥，真男人，真汉子！哥几个，张大哥救了我们山寨，又替我们解了蝎毒，不如以后就做我们的大当家吧！"

话音方落，一众马贼便纷纷起哄，频频向小张敬起酒来。小张也一副豪气干云的样子，当下便以马贼大当家自居，高举起海碗与众人连干了几大碗酒。

此刻青云在人群中已找不见丁隐踪迹，她有些担心，便绕过热闹的人群，悄悄往山寨外走去。青云寻出厅堂，只见丁隐形单影只地站在广场中，月光将他的影子拉得很长，显得十分寂寥，他一脸忧思，手中仍然握着那个玉哨。

青云不忍再上前，只得默默远望，口中喃喃自语道："丁大哥，希望你可以快一点好起来……"

酒过三巡，喜宴上依然是觥筹交错、人声鼎沸，蜀山众人各自离席，唯有小张借着酒力鏖战十多名马贼，还不时站上桌去仰天长啸，引来阵阵喝彩。

好在次日蜀山五人与林天逸等人分别时，小张酒力散去，言谈间不乏侠义之气："天逸，我不在的时候，你还接着当你的二当家，你们做点小生意也行，反正……反正从今以后不许再作恶。"林天逸当即率众拜倒，谨遵号令。

如此一来，小张果真成了天龙寨的大当家。林天逸又与丁隐、丹辰子、紫英、青云等人说了不少感恩保重的话，蜀山五骑便别过天龙寨，匆匆向陶然居方向绝尘而去。

却说马元龙的巢穴中，昏暗潮湿，气氛恐怖，那柄陈旧的破刀仍然斜插在一旁的泥土中。

一只手握上了刀柄，缓缓将刀抽出，正是魔宗宗主绿袍尊者。绿袍仔细端详着这把古刀，又望着刀柄的缺口处，眼中闪耀着精光。

这时九毒从后方进来，向绿袍回报道："禀宗主，我们似乎来晚了一步，丁隐等人已经离开，他们行踪隐秘，并未对那帮马贼透露去向。"

绿袍不怒反笑，谓九毒道："老天甚是公平，没抓到丁隐那小子，倒给了我一个意外的惊喜。"说着回过身，将那柄古刀展示给九毒。

九毒有些不明所以，问道："宗主，这是……"

绿袍料知九毒不识此刀，面上犹带着笑意，缓缓说了三个字："血饮刀。"

绿袍带着一脸茫然的九毒来到先前丁隐和马元龙打斗的河边，他一手将真气灌入刀柄，闭眼运气，只见刀身隐隐震动，连河面也跟着有些波动。绿袍道："血饮刀，乃先人为疏散赤魂石之力而打造，刀柄所嵌赤星百炼珠有聚力散力之奇效。这次不仅马元龙这妖孽未能发现其妙用，连丁隐他们也不曾知道此刀就在这山中，真是天助我也！"

九毒循声望去，果见河中的淤泥中，已经失去光泽的赤星百炼珠受到感应，渐渐散发出金光。这时绿袍突然睁眼，河面暴起数层水花，那颗通体红色的灵珠从水中腾空而起，飞向绿袍手中。他再将刀柄一横，飞上来的正是赤星百炼珠，珠子嵌入刀柄，那刀似乎得到新的力量，古旧生锈的表面渐渐剥落，露出赤色的钢刃。

九毒不禁赞叹："恭喜宗主寻得法宝。"

绿袍略一点头，谓九毒道："这血饮刀与赤魂石之力互相吸引，有了它，夺取赤魂石指日可待。你速去派人暗探，打听丁隐的下落，就算掘地三尺，也要将他找出来！"

世上无难事，只怕有心人。

魔宗寻得古刀，蜀山就找得到故人。

"已经找到了吗？"诸葛驭我掩藏不住内心的兴奋，快步走向百草仙人。

百草仙人咧嘴一笑："这回可算是发挥了一下我百草峰弟子寻草药时上天入地的本领，她素手医仙再神龙见首不见尾，也难不倒我。"

诸葛驭我忙追问："她现下人在何处？"

"她行踪不定，一直找不到确切的落脚点，不过每个月十五和十六两日，她都会出现在林间医馆医病救人。"百草说罢，递给诸葛驭我一个小木盒。

诸葛驭我疑惑地接过来，打开一看，里面趴着一只通体漆黑的甲虫，皱眉

道：“这又是何物？”

百草眨眼道：“我的一个徒弟亲眼见到了她，并在她身上施了药术。一个月内，她身上都会散发出常人难以察觉的药香，只要有这乌虫，无论多远，都能寻香而至。”

诸葛驭我闻言甚是高兴。百草便问道：“掌门，您准备好去找她了吗？”诸葛驭我顿了顿，随后点点头，脸上的表情有些悲切，沉吟道：“一切恩怨纵然已是旧事，我对她的确仍是满心愧疚。不过，她还活着，恐怕便是化解一切仇恨的关键吧。于情于理，我都要去。”

百草点了点头，若有所思道：“有一事我始终觉得奇怪，素因当年和绿袍一同坠落山崖，若她还活着，绿袍没有理由不知道吧。”

诸葛驭我寻思道：“我也觉得奇怪，可当时太元湖一战，绿袍似乎一心要报仇，这当中不知是有什么误会。”

百草也想了想，说道：“或许可以问问那个屠媚，她是绿袍身边的人，也许对素因的事也有所了解。”

诸葛驭我立时点头，当即别过百草，向伏魔山监牢而去。

那囚牢内光线昏暗，诸葛驭我推门而入，只见屠媚正背对着他，在牢中打坐。

诸葛驭我从容道：“屠媚，这伏魔山千百年来凝聚冰窟寒气，任再猖狂的妖法，只要一入禁制，便如同脱水之鱼，绝无生存之机。你如今被俘，对你来说未必是坏事，你若能静心悔过，脱胎换骨，或许能有更好的造化。”

他见屠媚一声不吭，也一动不动，叹了口气，又道：“其实我来是有件事想要询问你。不知你已经跟随在绿袍尊者身边多久？”

那屠媚依旧毫无反应，诸葛驭我皱眉，察觉到有些奇怪，仍进言道：“即使正邪不两立，这面对面交谈的礼数总该要有吧。”说罢，诸葛驭我用指间真气，吸引地上的一块石子，向屠媚的肩部击去。在石子的冲击下，屠媚猛地转过身。

谁知，面对诸葛驭我的竟然是晓如真人！

晓如此时穴道被封，无法说话，也动弹不得，唯有眼神透露出焦急万状。

诸葛驭我更是大惊失色，大喊道：“晓如！怎么会是你？”连忙扶晓如回房。晓如之前与绿袍交手，身上受了不少伤，此时元气大损，面色苍白。

诸葛驭我扶她靠在床上休息，晓如方才好转，便勉力支撑道：“抱歉，掌门，我能力不济，没能阻止绿袍。”

诸葛驭我却道：“该道歉的是我才对，竟然让他毫无阻碍地重上蜀山，又大摇大摆地离开。看来我真的是太大意了。”

晓如叹息道：“掌门不必自责，绿袍似对蜀山剑阵了如指掌，防不胜防。”

诸葛驭我一脸沉痛道：“看来苏阳果真是替死鬼。如今那屠媚被绿袍救走，唯一的线索又断了。”

晓如听得也是一脸悲忧，无奈地摇了摇头。

诸葛驭我纵有沮丧，仍不失从容，谓她道：“现在的一切推测都只是猜想而已，从今往后，定要时时提防。敌暗我明，比起绿袍在明处叫嚣，这内奸才是蜀山更大的祸患。”

却在这时，紫英的雪貂小宝从窗缝溜进房间，扑进晓如怀中。晓如又惊又喜，随即便发现了小宝身上的平安信和系在它脖子上的葫芦。她忙展开信件阅读，露出欣慰的笑容：“这几个孩子，果然不负众望。他们几人收服了为祸百姓的妖人马元龙，将其元神封住，带回来收于伏魔谷下。”

诸葛驭我也随之松了口气：“这就太好了。”但很快，他又担忧起来，“本想让丁隐隐藏行迹，不被魔宗之人盯上，可现在，这个秘密恐怕也守不住了。”

晓如心知掌门所虑，便道：“我会通知他们万事小心的。”

诸葛驭我点了点头，又道：“这内奸如鲠在喉，若一日不除，整个蜀山都处于惶恐之中，无法安宁。”说着担忧地望向窗外，又叹了口气。

叹气的人不只是诸葛驭我，还有玉无心。

此刻玉无心正趴在闺房的一张案台上，痴痴地望着丁隐赠她的那个木人，悠悠叹息一声。在她记忆中，冰湖上两人嬉戏的情景犹在眼前，伏魔谷的夜昙也从未凋落，那些山林间跳跃的猕猴、山涧中跳跃的溪鱼、小木屋袅袅的炊烟一直都在那里，唯有她和丁隐不见了。

闭起双眼，她如此清晰地记得在他怀中的每一次哭泣，记得他口中的每一句许诺……本是田园诗般的良辰美景，忽变得火光冲天、刀兵相见。然后在一片火光与尸骸间，自己浑身是血，手持南明离火剑，与两眼血红的丁隐斗得天翻地覆……

玉无心想到此处，猛地将小木人推开，任由它跌落地上，滚去一边。

而玉无心早已泪如泉涌，抱头痛哭：“爹，并不是女儿不愿听您的话，可都

说世上最难过的是情关，果然不假。丁隐侵入了我的心，我便如同被缚住手脚，痛彻心扉也无力反抗。娘，女儿好想您告诉我，我能怎么做呢？”

玉无心为情所困，屠媚也不见得就很超脱。

屠媚满心欢喜，希望将夺得南明离火剑的好消息禀报屠霸，请兄长助绿袍一臂之力，一鼓作气将赤魂石夺回。想不到绿袍听了她的想法却大为震怒，撂下一句：“你若真是站在我这边，就暂且把这个消息压一压，不要让屠霸来搅局。”

屠媚还在那里“可是”，绿袍便彻底冷下脸来，斥道：“不要再说了，我要做的事情，没人能拦住我。”说完挥了挥手，招来九毒、五鬼，下令道，“你们继续加派人手，搜索丁隐，尽快将他的行踪找到。”

两人领命退下，屠媚仍不甘心：“诸葛驭我已经生疑，所以这一次丁隐去了哪里，连‘山中人’都不知道，要找出他的行踪，恐怕没那么容易。”

绿袍看也懒得看屠媚，冷哼道：“就算天下再大，他也逃不出我的手掌心。”

屠媚突然意识到门外有人，怪笑道：“有人似乎也很关心丁隐的去向呢！”说罢右手一挥，猛地将殿门打开。只见玉无心躲闪不及，尴尬地出现在众人面前。

原来玉无心方才大哭之后，依然心念丁隐境况，竟走出闺房，潜伏在阴风谷大殿门前偷听起来。此刻为屠媚撞破，众目睽睽下，玉无心确实好不尴尬，只有对着绿袍怯生生喊了句：“爹……”便再也说不下去。

绿袍依旧面无表情，问了句：“你休养得如何？”

玉无心心中忐忑，唯有施礼道：“已经基本痊愈了。”

绿袍又道：“既然如此，那你再休整两日，我有任务给你。”

玉无心有些迟疑，不知该如何作答。

绿袍察觉到她的神态，微微皱眉：“怎么，不愿意？”

玉无心局促起来，不安道：“爹……不是不让女儿再出阴风谷了吗？”

绿袍眼神一冷，威严道：“你什么意思？”

玉无心此刻鼓足了勇气，向父亲道：“请恕女儿斗胆直言，可不可以……不要再抓丁隐了？”

绿袍眼神一变，瞪着玉无心，口中还未发言，屠媚便冷笑起来，抢白道：“哟，大小姐，你是在蜀山上被打傻了吗，怎么说出这种话？”

“让她说！”绿袍瞥了眼屠媚，又直直盯着玉无心，眼神冰冷。

玉无心心中怯懦，但依旧壮胆直言：“爹，您想想看，这一切到底是为了什么，就为了报仇吗？就算报了仇，杀光天下人，死去的人依旧无法复活，娘也活不过来。这样做值得吗？”

绿袍冷冷一笑：“那你这是为天下，还是为丁隐呢？”

玉无心心下一横，索性道：“无论如何，女儿希望您放他一条生路！”

“混账东西！”绿袍终于压制不住怒火，爆发出来，左手一挥，一道强烈真气直击向玉无心的脸上，将她狠狠打翻在地。

玉无心怀中的小木人滚了出来。她想伸手去捡，却被绿袍抢先拿到了手里。绿袍看着手中的木人，怒火中烧，便骂道：“好一对痴男怨女，当初要你接近他，就警告过你不要动真感情，给你服下断情丹，意在保护你，没想到你竟然辜负我一片好意，到头来还是自投火海，无药可救。”他手中再一用力，那木人竟被捏得粉碎。

玉无心伤心不已，一时间竟忘了恐惧，多年来的愤怒和委屈涌上心头，口中逐字说出：“是！我是动了感情！因为我有血，有肉，有心！而不像您，为了自己的那一口气，将所有人都当成草芥，肆意践踏！”

“你闭嘴！”绿袍被玉无心激怒，当即放出一道尖锐石柱，直飞向玉无心身前。

千钧一发间，五鬼天王飞身而至，将石柱挡开，急喊道：“宗主，虎毒不食子，小姐是一时糊涂才乱说话，请您三思。”

玉无心却全然无惧，一双眼睛望定绿袍，大声道：“我没有糊涂，我被您利用了这么久，已经够了。爹，您的执念，您心中的怨气，终将让一切走向万劫不复，求您停手吧，就算是为了娘……”

玉无心还没说完，绿袍又是一记巴掌扇了过来，五鬼天王来不及挡，玉无心嘴角流血，倒在他怀中。绿袍继续骂道：“当初你娘是为了生你而死，你有什么资格在这里跟我谈论大是大非。”

玉无心含泪道：“够了！您根本就是拿娘来作借口，娘已经死了，您根本就是为了您自己！”

绿袍猛然跃起，直直扑向玉无心，扼住她的脖子。

玉无心凄然一笑：“您就杀了我，让我去陪娘好了。”

绿袍手却没有再动，一拂袖子，将玉无心扫倒在地，继而冷冷地道："回去吧，我现在不想看见你。"

玉无心痛心地看了绿袍一眼，转身离去。

五鬼对玉无心十分关切，当即向绿袍恳求："宗主，小姐……"话到嘴边，却也不知从何说起，一时间不知所措。

绿袍睨了五鬼一眼，又环视大殿一周，狠狠道："谁再说话，别怪我掌下无情。"

五鬼见状，只有偃旗息鼓，不再多言。

倒是屠媚目睹了一出好戏，嘴角笑意盈盈，点评道："这丁隐嘛，魅力可真是不小，你的宝贝女儿奉命去勾引他不成，反倒被他勾得失心疯了。"

"够了，不要再说了。"绿袍向屠媚暴喝一声，当即拂袖离去。留下屠媚、五鬼两人各怀心思，面面相觑。唯有九毒自始至终一言不发，好似石柱般立在一旁，哪怕眉头也不曾皱一下。

大殿之外，玉无心一个人跌跌撞撞地来到雪池旁，看到南明离火剑正被缠绕在雪池红莲的藤蔓中。玉无心伏在墙边伤心一阵，突然像是下定了决心，猛地站了起来。她脸上还挂着泪痕，呼吸渐渐平缓下来，眼神也越来越坚定。

玉无心自语道："娘，我这不长的一生总是为别人活着，可是我的心难道就要永远掩埋在不属于我的仇恨里？不，我不愿意这样。"

南明离火剑似有感应，发出低沉的剑鸣。

"娘，您陪女儿一起走吧！"玉无心望着隐隐剑芒，心中已作思量，当下飞身上前，用冰晶割断藤蔓，将南明离火剑取走。

被割断的藤蔓乃是魔物，如触手一般飞快向玉无心追袭而来。玉无心连忙扬手挥鞭，竖起一道冰墙将数条藤蔓暂时阻延，当藤蔓击破冰墙时，玉无心已经在一片碎冰中逃离了雪池。

足足一个时辰之后，巡哨的魔宗门徒才察觉到小姐出逃的迹象。门徒连滚带爬将消息禀报屠媚，屠媚又心焦如焚禀报绿袍，她所关心的不单是玉无心的去向，和玉无心一起失踪的南明离火剑更令她如坐针毡。

岂料绿袍听了屠媚禀报，全是一副意料之中的神色，反而令屠媚大为吃惊："这玉无心的逃走，难道在你的计划之内？"

绿袍冷笑一声："你以为这阴风谷是她想逃就能逃出去的吗？"说着手掌一

翻，只见掌心落着几粒黑丹。他再运功发力，那黑丹瞬间消失于无形，不一会儿，血眼信鸽翩然而至，落在他的手臂上。

屠媚诧异道："这是追踪蛊？"

绿袍从容道："嗯，我们不是正愁找不到丁隐下落嘛，不如顺水推舟，既然爱得如痴如醉，总没有不见面的道理。那不如就靠她把丁隐找出来吧，跟着她，估计很快就会有结果。"

屠媚这才会意，不仅叹服绿袍老谋深算，转又说道："警我，就算是这样，你也不该让她把南明离火剑拿走啊。那把剑可对我们西疆至关重要。"

绿袍仍是一脸淡漠，从容道："放心吧，早晚我会连人带剑一起抓回来。"

一旁的五鬼得知绿袍的计划，十分担忧玉无心，上前请命："宗主，属下愿意协助小姐，发现丁隐踪迹后，就将小姐带回。"

屠媚闻言哂道："行了吧，五鬼，让你去还不是肉包子打狗，有去无回。"

五鬼没好气地瞪了屠媚一眼，正色道："我没想着要弃暗投明，可也不愿意看到小姐这样。"

绿袍想了想，便向五鬼道："你去盯着她也好。不过，若真的对她有情，就应该明白怎样做才是对的。"

五鬼作了一揖："宗主请放心，属下自当明白。"说罢，五鬼转身走出阴风谷大殿。

绿袍一挥胳膊，他肩上的血眼信鸽拍拍翅膀，也飞出大殿。

却说蜀山五人从天龙寨出发，不出半日便已到达范府陶然居门前。这陶然居乃是一座硕大的庄园，白玉牌楼，高墙朱门，远远望去端的是宏伟威仪，气势竟分毫不输当朝的王侯府邸。

丹辰子一行五人在范府大门下马，都是一脸惊叹。早有服侍周到的仆人上前为五人牵过马匹，带他们入内，来到了庄园内一幢古朴的建筑前。

这时一位须发皆白、衣饰华贵的管家已经上前迎接，丹辰子立刻施礼，递上拜帖："蜀山门下弟子丹辰子五人冒昧前来拜访，希望可以……"

那管家却打断道："公子不必多言，几位千里迢迢赶来，只为了进藏经阁一阅吧。"

丁隐一行五人面面相觑，瞠目结舌。

管家见状一笑："看来我没有猜错，此处进去就是陶然居了。"说着递给丹辰子一块木牌，又道，"这是几位的号码，请耐心等待叫号。"

丹辰子一愣："叫号？什么叫号？"

管家笑着一指旁边，只见一边屋子里竟然坐满了剑客，每个人都是一脸焦急，手中竟然都抓着一块相同的木牌。管家谓丹辰子道："舍下藏经阁收集了天下所有的武林秘籍，有许多武林朋友都慕名前来参观，所以我家夫人才立了规矩，以木牌为号，让大家以此等待入内。"

青云上前插话道："那只要轮到号码了，就能直接进去？"

旁边一个长发剑客冷笑了一声："当然不会这么简单，想要进陶然居，得先经过考验才行。"

丁隐便问那剑客："什么考验？"

剑客捋了捋额前的头发，道："范夫人有两个弟弟，这对兄弟虽然相貌古怪，却是两个武痴，武艺也十分高深，且彼此心有灵犀，合作无间，创出了一套独门剑阵。所以范夫人规定，轮到号者两两组队进入闯阵，只有能闯过剑阵的人，才有资格进入陶然居。如果输了，还必须得教他们一套独门绝技才可以离开。这两兄弟的本事可强得很，至今为止，还没有几个人能够成功闯过他们的剑阵。"

紫英有些不耐烦起来："这是要等多久？"

长发剑客看了一眼丹辰子的木牌，思忖道："阁下是一百零七号，估计再等上半个月就轮到了。"

丹辰子闻言道："可惜我们时间紧迫，没那么多耐心。"说着忽然拔出剑来，登高一呼，"诸位，既然这范氏兄弟的剑法如此高深，想必只有我蜀山剑法才能克制。诸位再等也是白费劲，不如早些离去吧。"

丁隐见状，猛地上前抓住丹辰子的剑，低声道："大师兄，我们还是不要多惹是非。"

丹辰子知他心意，这般作为实是情势所迫，便道："任务紧急，岂能在这里浪费时间。"

刚才那长发剑客见丹辰子拔剑高呼，很是不忿，便向大厅内的人群挥手道："嚯！这小子这么狂，给他点教训！"话音刚落，整个大厅内百十位剑客竟真的齐齐向丹辰子围攻过来。

丁隐无奈之下，只能和丹辰子站在一起，青云、紫英也都拔出剑来，准备御敌。

忽然一声巨响，两个人高马大的剑客被丢进了战团中央，以狗啃泥的姿势狼狈坠地，硬是隔开了丁隐一行人与诸多剑客。

众人惊愕间，只觉头顶一阵风声，两个矮胖老头从后堂飘出，竟然踩着一众剑客的脑袋来到大堂。为首那老头一边说道："哈，又是两个闯阵失败的。下一对轮到谁？"另一名老头也踩着人头紧跟其后，口中道："别叫号了，好像有好玩的人来了！"

眼见二老就要踩上丹辰子的脑袋，丹辰子一掌推出，竟然让范伯、范仲不得不避让开来。

范伯定睛望了望丹辰子，问道："你就是刚刚那捣乱之人？"

丹辰子恼他们无礼，硬生生回了句："在下只是觉得自己的武艺足以进入陶然居。"

范伯、范仲两人迅速对了个眼色，范伯道："好，我们哥俩喜欢有胆识的人。你打算和谁闯阵？"

丹辰子身边的紫英自是当仁不让："我！"

范仲对紫英打量了一番，笑道："原来带着个大美人闯阵，有点意思。你们便进来吧！"

于是在众人艳羡的眼神中，丹辰子与紫英跟随范伯、范仲走入内堂。

这陶然居不愧大家府邸，内堂之中也是布局恢弘、陈设考究，所用木料石材无不雕工精湛，形质俱佳，就连壁上字画、摆件文玩也都极尽风雅。丹辰子与紫英被范伯、范仲一路领向后堂，二人心中早已赞叹连连。可是甫一转入后堂，宅中恢弘雅致的气氛陡然转为阴暗，一股阴森之气竟油然而生。整个后堂光线幽暗，内里布满了数十个可以转动的木人，丹辰子、紫英两人每走一步，都要暗自提防。

忽然，范伯又与范仲对个眼色，猛地一阵烟雾自墙壁喷出，范伯、范仲身影刹那消失不见。

"装神弄鬼！"丹辰子刚哂了一句，紫英便接着喊道："师兄，当心！"

只见两旁的木人忽然转动起来，丹辰子和紫英连忙躲闪避开。

这时范伯的声音从空中飘来："困难的还在后面呢。"

话音刚落，那数十个木人的四肢忽然都长了一截，伸出的部分竟然是一把长剑。木人的转势带动长剑组成剑阵，一时间令人眼花缭乱，好不凶险。

这木头剑阵显是出自名家高人之手，丹辰子察觉到身边三个木人竟按易理分别扼住“小畜”“履”“泰”三处方位，分别向他攻来，而且剑势奇快无比，丹辰子闪避不暇，唯有手忙脚乱仓促应对。紫英紧张大喊：“师兄，要不先退出去再想办法！”

丹辰子毕竟是蜀山大弟子，龙潭古剑已出手，此时焉有退避之理，便强撑道：“不行，既然进来了，咱们就不能出去！”

耳边却传来范仲声音：“小子，刚刚说大话，现在尝到苦头了吧。”话音方落，那些木人的转速越发加快，出剑也更加凌厉凶险，丹辰子和紫英两人苦苦支撑，好几次顾此失彼，险些为剑锋刺伤。

这时紫英被两剑夹击，无奈退守至“无妄”位，甫一站定，“离”位上的木人竟整个横过身来，一记势大力沉的横劈拦腰袭来，紫英暗叫不妙，只得举剑硬挡，丹辰子也是虎吼一声赶来救援。

谁知那袭击紫英的木人忽而停住来势，硬生生与丹辰子凌空相撞。这一撞之力非同小可，丹辰子只觉眼前一黑，数道真气在脏腑中横冲直撞，亏得他内力修为扎实，这才勉强落地，没有昏死过去。

紫英早已花容失色，正要救援丹辰子，先时扼住“履”位那木人从她身后出招，挥起巨臂将她打倒在地。

丹辰子与紫英二人，一前一后倒地不起，样子十分狼狈，全没了初时的傲气。范伯、范仲这才驱停木人剑阵，缓缓步出，来到二人身前看了几眼，范伯施施然说道：“能坚持这么久，看来你的武功的确还不差。”

丹辰子既感沮丧，又是惭愧，咬牙道：“晚辈……刚才狂妄，这次失礼了。”

范仲似乎不肯领情，吹了吹胡须道：“刚刚闹成这样，现在打输了道个歉就算完了？”

范伯皱了皱眉，饶有兴致道：“那当然要留下来陪我俩玩玩了。”

范仲瞟了范伯一眼，嘿嘿笑道：“不是玩，是要拿来研究研究。”

丹辰子见二人一唱一和，心中正觉不妙，忽然范伯、范仲同时出手，以极快的身法，围着丹辰子直转圈，丹辰子和紫英一时间不能适应两人打法，又是一阵左支右绌，狼狈不已，看得范伯、范仲哈哈大笑起来。这时范伯又突地从下伸脚，勾倒了丹辰子，趁他下盘不稳，手指飞快扫过他腰部“阳关”“肾俞”两处穴道，丹辰子只感到下肢麻木，随即瘫软倒地。

紫英惊呼一声，想转身逃走，谁知范仲又自房顶钻了出来，倒挂在屋梁上，对着她脑后一点，紫英便也昏倒过去。

屋外广场上，丁隐、青云和小张三人都听见了紫英的惊呼，都是面色一变。丁隐当机立断道：“小张留下以防万一，青云和我去救人！”

于是他偕同青云飞速冲入内堂，谁知半路又被那木人剑阵挡住去路。两人也不多话，直接与众木人过起招来。丁隐救人心切，原想速战速决，不料那木人剑阵委实诡异精绝，丁隐与青云全力以赴，也讨不到半点便宜。

“当心！”青云勉力隔开“谦”位木人的横劈，却见另有个木人自“离”位向丁隐偷袭，而丁隐此时正与“明夷”位上的木人缠斗，一时无法转身防御。

正是千钧一发的关头，青云疾呼一声，半转身一剑向“离”位刺去，使个围魏救赵之法为丁隐解围。情急之中，她这一剑使的并非栖霞峰的剑法，而是傲雪双剑的剑招。

谁知青云一剑刺出，正中木人的“肩贞”穴道，那木人不仅止了偷袭丁隐的攻势，居然缓缓停止了动作，似乎被这一剑刺中了体内的机枢。

青云惊喜道：“丁大哥，傲雪双剑似乎有用！”

丁隐依言刺去，果然又废去“明夷”位的两个木人。

丁隐和青云两人面露喜色，背靠背齐心协力运用傲雪双剑出击，两人携手默契十足，两把剑竟然和整个剑阵斗了个旗鼓相当。丁隐挡开木人的剑锋，青云捣毁机关，两人眼看就要冲出剑阵，忽然尘土飞扬，一团旋风卷入了剑阵中，截住了丁隐、青云两人的攻势。

出手的正是范伯、范仲两人，只见两人如同连体一般，一个骑在另一个身上，如同有了四只手臂，舞起剑来滴水不漏。四人转眼之间就已经过了几招，青云、丁隐两人竟然丝毫不落下风，甚至有隐隐胜过范伯、范仲的趋势。

却见范伯、范仲两人使个移形换位身法，双剑乾坤一转，凌空画个圆弧，再又左右一交，光影重叠，随后分别以雷霆万钧之势分刺丁隐、青云二人。丁隐与青云自然识得厉害，当下便不迟疑，挥起手中双剑，横向各画半圆，再以剑尖相抵，发出一阵共鸣。

四柄长剑猛烈相撞，发出了金石铿锵之音，四人亦同时被巨大的内力震退一步。丁隐与青云双剑合璧，竟硬生生接住了范伯、范仲的杀招。范伯却忽地惊叹起来："傲雪双剑！你们怎么也会傲雪双剑？难道你是小溪！"

丁隐接过话头，冷笑道："笑话，傲雪双剑又不是你们的独门秘籍，我们为什么不能会？"

范仲未去理会丁隐，反而一脸惊奇地问青云："这剑法是谁教你的？"

青云冷哼一声，斥道："凭什么告诉你？先放了我师兄师姐再说！丁大哥！"说着又要与丁隐双剑进招，范伯、范仲却是连连摆手。

"不好玩！"

"不打了！"

"这怎么打？"

"大水冲了龙王庙嘛！"

两个老顽童，你一句，我一句，如同演双簧戏般一唱一和，看得丁隐、青云一头雾水。青云指着范伯哂道："你俩说不打就不打，真以为我们有这么听话？"

范伯、范仲却不理会，两人对视一眼，竟猛地转身逃去。

青云赶紧追上，口中叫道："等等！你还没放人呢！"

丁隐叫道："青云，当心有陷阱！"果见头顶一个重物向青云砸来，丁隐上前揽住青云，翻滚到一旁。两人抬头，发现刚刚从天而降的竟然是一个大铁笼，将两人关在其中，铁笼中凌空撒下药粉，两人躲避不及，软软地晕倒下去。

丁隐再次醒来时，发现自己身处一间装饰精美的厢房之内，四周都是琉璃锦缎，红烛对立。此时他正躺在一张宽大的龙凤床上，床褥和棉被竟也是大红锦缎，床头竟还摆了一对鸳鸯枕。

他试着坐起身来，却发现手脚皆被麻绳捆束，再转身一看，更是大吃一惊，原来青云也和他一样，被五花大绑丢在这张床上。

丁隐正尴尬间，青云也悠悠转醒。她先是睁眼看见丁隐，又望望四周一片红彤彤的新房陈设，顿时面颊绯红，也不知该说什么才好，半晌才憋出一句："丁大哥……你，你没事吧？"

二人相距不过几寸之遥，又同在一张龙凤床上，青云说话的气息暖暖地吹在丁隐脸上，丁隐只得挪远身体，有些不自然地道："啊，我没事，你呢？你受伤没有？"

青云摇摇头，又含羞问道："我没事，丁大哥，这……是什么地方？"

丁隐望了望四周，又顺势挪开一些，口中道："不清楚，可能是他们关押我们的地方。不过，作为牢房，也未免太豪华了吧。"

青云不敢与他对视，胡乱说道："真倒霉，之前碰上马贼，莫名其妙被劫持，现在又遇上这对怪模怪样的老顽童，将我们绑在这里。"

丁隐心想，此时情境虽是暂无危险，却委实诡异莫名，难说之后范府会有什么险恶的手段使出来，便道："放心吧，青云，这次我和你在一起，拼了命也会保护你。"

听丁隐这么说，青云更加羞涩，脸上情不自禁浮出微笑，良久才低头道："不管怎样，先想办法逃出去吧，这绳子……"

丁隐也十分尴尬，他注意到捆住两人的绳索在青云的肩膀处有一个活结，可是碍于男女有别，委实不便替她解开，便迟疑道："办法是有，可我若是这么做，恐怕会冒犯你。"

青云自然知他所指，一张俏脸羞得通红，当下咬了咬嘴唇，叹息道："可是，可是……现在也没什么别的好办法。"说着闭上了眼，声音细若蚊鸣，"你解吧，没关系。"

丁隐看青云如此，也不好再磨蹭，口中说声"得罪了"，便又一点点挪动身体，靠近青云，将头埋进她脖颈间，用牙齿努力磨咬绳索，好一阵的耳鬓厮磨。青云只觉得耳根微痒，一边害羞，一边忍住不乱动。

直到青云肩上的活结被丁隐磨断之前，二人必须维持这个尴尬的姿势。青云几次偷偷睁开眼，只看见厢房内的雕梁花窗，红烛摇曳。

殊不知花窗之外，此时范伯和范仲正在饶有兴致地窥望，先是范仲边看边问："咦？你说到底是不是？"再是范伯不容置疑的声音："呐呐呐，会傲雪双剑，年龄相仿，那脾气还跟大姐差不多，肯定是小溪！"

接着范仲又提醒范伯："你忘了前几次找错人，我们两个被大姐骂得有多惨。这一回，一定要看清楚她腰间有没有红痣。"

那范伯贵为兄长，果然更加老成干练，说道："所以，我才想了这条妙计，好让她自己脱给咱们看。"

范仲又担心道：“怎么解了这么久还没解开，你个笨蛋，是不是你把绳子系得太紧了？”

范伯一怒之下，一掌拍在范仲后脑上，斥道：“你才笨蛋，如果系得太松，一下子就解开了，他们势必要起疑心。”

范仲这才大点其头，放下心来，又窥了窥厢房内丁隐磨绳的进度，道：“快了快了！老子再来给他们加把火。”一面坏笑起来，自衣袋中取出一支竹管，对着窗纸的窟窿吹出一股青烟……

厢房之内，眼见青云肩上的绳结就要被丁隐磨开，青云双颊绯红，艳如绛霞，口中气喘吁吁。丁隐也满头是汗，正用牙齿断开麻绳的最后一股绳结。

不多时，丁隐大呼一声：“好了！”

青云飞快地拨开身上绳索，又为丁隐解开束缚，两人立刻从床上跳起来，尝试寻找出路，却发现门被从外反锁，花窗也被锁死。

丁隐瞥见窗纸上的破洞和那根正在喷吐青烟的竹管，大惊道：“不好，是迷烟！”他一把掐断竹管，转头看向青云，却发现她已倒在床边。

丁隐赶忙上前将青云扶起，手臂在碰触到她的刹那，两人都浑身一颤。青云神志已有些模糊，她满眼迷离地望着丁隐，吐气如兰道：“丁大哥……”

丁隐搂住青云的手紧了紧，眼神越发迷离，周身升起一股燥热之气，赤魂石之力也隐隐发作，令他整个人置身于一片隐隐红光之中。两人越靠越近，像是互相吸引一般，眼看就要吻上去。

两人脸对脸，恍惚之间，面前的青云竟变成玉无心。丁隐一怔，猛然间恢复理智。他放开青云，后退几步，从桌上拿起茶壶狠狠砸在地上，捡起碎片将胳膊划破。

鲜血流出，他体内的赤魂石似乎震动了一下，丁隐当即盘腿在地，运起妙一和尚传授的心法，开始运功输气，以压制赤魂石。

刹那间，屋内气流飞转，丁隐周身笼罩着一片红光，他运功输气，体内的一片清明之气和赤魂石的力量角斗在一起。

一直在窗外偷看的范仲、范伯见丁隐周身被两股乱气所包围，不禁大吃一惊，范仲惊叹起来：“他体内有股奇怪的气息，似乎力量极强，不知道练的哪门哪派功法。”范伯也看得入神，口中啧啧道：“真是有意思啊。”

厢房之内，丁隐依然在努力压制赤魂石，他回忆起妙一帮他压制赤魂石的情景，依妙一的手法自行点穴冲关，只感觉体内的力量猛然间被闭合，周身之气如同瞬间停转。

丁隐当即喷出一口恶血，那股笼罩周身的红气突然像凝固住一般，定住了几秒，随后瞬间消散于空气中。

赤魂石被压制，迷药的力量也被破解。丁隐回头去看，只见青云已经软绵绵地倒在床上。丁隐忙冲上去，将青云扶起来，推宫过血。丁隐心知，只要青云面上的潮红褪去，便能恢复理智。果见青云缓缓睁开眼睛："丁大哥，刚才……"青云有些娇羞之态，神色间却缓缓透出了清明。

丁隐点了点头，哂道："你没事吧？那两个怪人也真够下三滥的，竟然对着屋子里吹催情香！"

青云这才看到丁隐手臂上的伤口，十分担心地拿出手绢替他按住伤处。丁隐的伤势并不算重，青云为他裹伤，内心却升起一股蜜意，回思起方才际遇，眼神中更是充满了柔情。

这时候，窗外传来范仲的喊声："你这小子，运的什么功，竟然破了我的迷魂香！"

青云一听，勃然大怒起来，跳起来对着窗外大骂："你们这两个怪人，究竟有何居心？多亏了我丁大哥是正人君子，不然……不然……"青云说到此处，俏脸涨得通红，再也说不下去。

那范仲却十分耿直："不然怎样？我们还就是想看你脱了衣服……"

这话一说，青云更加面红耳赤，连忙捂住胸口，退开两步，只恨这厢房中寻不到地缝，好令她钻进去。

范伯忙冲上前捂住范仲的嘴，骂了句："蠢材！"也不理会青云，单谓丁隐道："你刚刚那功法，再运一次给我们看看。我活这么大，还从来没感受到过这么强烈的气息，教教我们！"

丁隐却缓缓道："我看两位也并非大奸大恶之人，有什么要求，我丁隐奉陪到底便是，希望二位不要为难这位姑娘。"

青云见丁隐维护自己，又是嫣然一笑。

范仲接过丁隐话头，谓他道："你小子这门武功古怪得很，不如教了我们。进了陶然居，天下武功都不是秘密！"

青云几时听过如此不要脸的要求，当下"呸"了一声，又骂道："你们两个

人想学我丁大哥的本事，下流……”

丁隐制止了青云继续说下去，他眼珠一转，思量道：“武功本是身外之物，要我教二位也非不可，不过你们得答应我，教了你们，就放这位姑娘走。”

范伯、范仲听丁隐这一说，不禁对视一眼，交头接耳起来，那声音甚是轻微，只为不让隔窗的丁隐听见。又过了一阵，范伯才朗声道：“好！我答应你！”

厢房内，青云见丁隐如此维护自己，心下万般欢喜，可是很快又焦急起来：“丁大哥，你千万不能教他们运功之法，这可是蜀山……”

丁隐却对青云调皮地眨眨眼，青云立刻停住，意会了他的用心。只见丁隐盘腿坐下，随即开始运功，但他其实只是做了些动作，并未动用真气。

丁隐朗声道：“周身俱要聚气，尤须贯串。气息鼓荡，由丹田而上，聚于胸中……”这些口诀，自是说给窗外的范伯、范仲听的。

青云皱皱眉，轻声询问丁隐：“丁大哥，这是……”

丁隐笑着摆摆手，压低声音道：“等着看好戏吧。”

这时范伯、范仲已经开始跟随着丁隐的口诀慢慢运气，很快，一股青色的真气现出，并在他们身体经脉内快速流窜。

范伯惊喜道：“哇，果然厉害！我感觉到体内充满了真气啊！”范仲身体内的真气也越来越多，他的两条手臂都被撑得胀大了起来，他忽地说道：“可是，怎么感觉有点怪怪的？”

很快，范伯、范仲两人的身体好似气球般，被体内的真气慢慢涨得膨胀起来，先是四肢，再是身体，最后脸也肿了起来。两人都涨得好似两颗人肉皮球一般，在院内滚来滚去。

范仲几次运功想扼住充盈四溢的真气，奈何新生之气全被裹挟而去，强行注入四肢百骸，气海就像被抽空一般，而他整个人仍在不断膨大，范仲急得大骂起来：“混蛋小子，你教我们的是什么鬼东西！快停下！快停下！”

厢房内，青云和丁隐趴在窗边看着外面的情况，已经笑得合不拢嘴。青云笑着问道：“丁大哥，你怎么会这么奇怪的心诀？”

丁隐一眨眼道：“我只是将上次抄录的内功心法随便挑了一段，反过来教他们，现在他们真气逆行，全部聚在体内散不出来，所以才这般模样。”

这番解说，听得青云拍手大笑起来。

丁隐又道："青云，你让开点，现在那两兄弟已经不足为惧，这小小一道门，可挡不住我们。"说罢，丁隐运功猛向正门击去，起手间便将木门击碎，携了青云快步奔出门去。

庭院中，范伯、范仲眼睁睁见两人逃走，无奈自己身体胀成球状，满地乱滚，完全不听使唤，只能吹胡子瞪眼。范仲更是骂起娘来："你这臭小子！竟敢骗我们！"

丁隐转头一笑："两位，只不过小小惩戒，不出一个时辰，便能恢复原状，得罪了！"

青云见范伯、范仲满地打滚的滑稽样子，也算解了气，对丁隐道："丁大哥，还跟他们废话什么，这叫活该，我们走！"

范伯在地上不住打滚，仍对着青云大喊："小溪！你不能走啊！"

丁隐和青云忍着笑，也不理会范伯、范仲，径直向庭院后门冲去，想要尽快找到丹辰子和紫英。这范府的布局甚是精妙，内里廊道众多，路径复杂，丁隐与青云奔出好一阵，却见廊道尽头是一扇闭合的朱门。青云猛地将门拉开，却正和一个中年美妇撞了个照面。

那妇人正是陶然居的主人——范夫人。范夫人虽有一些年岁，眉目间的气韵风华却不稍减，只见她一袭云锦长裙纤尘不染，头上发饰也极为考究，若非鬓角透出些许白发，怕是难以猜中年纪。

范夫人一见青云，先是一怔，又似乎意识到什么，正在欲说还休之间。

丁隐担心青云，忙上前去，伸手想要制住范夫人穴位。丁隐出手极快，使出妙一和尚早前教给他的点穴手法，此时他并无伤人之意，只欲暂时将范夫人制住，免得她呼喊起来再生变数。

想不到那范夫人不仅轻而易举避开丁隐的招式，反而后发制人，闪过身，对准丁隐后颈一点，将他直接击晕过去。

青云见状大惊失色，一把扶住丁隐，正要出剑与范夫人拼斗，不料她抬起头来，却见范夫人脸上分明挂着两行泪珠，再是朱唇一启，轻声喊她道："小溪……"

但还没等青云反应过来，范夫人也出手点了青云的穴，青云当即倒在范夫人怀中，她最后只看到范夫人含泪的笑脸，便是两眼一黑。

待青云悠然转醒，发现自己又躺在了一张床上，不过身边却不是丁隐，而是满含笑意的范夫人，范仲、范伯两个活宝也挤在两边，看到青云醒了，同时开心地笑出声来。

范仲、范伯有些手忙脚乱地道："哎呀！醒了醒了，小溪醒了！"

范夫人也一脸关切地道："醒了就好，渴不渴，想不想喝水？"

青云一脸茫然，愣愣地看着热情地围在她身边的三个人。先是范伯凑上来道："还是先吃饭吧！鲍参翅肚随你选。"

范仲睨了范伯一眼："你个笨蛋，女孩子要吃燕窝雪耳才对。"

范伯眼神为之一冷，揪住了范仲衣襟，道："鲍参翅肚！"

范仲哪肯相让，当下扣住范伯手腕，大喊道："燕窝雪耳！"

一边的范夫人却是热泪盈眶，痴痴望着青云说道："小溪，你长大了，眼睛像他，鼻子嘴巴像我，长得真好看！真好！"

青云看着又哭又笑的三个人，只感到莫名其妙。范夫人这时伸出手来，想要触摸青云的脸颊，一边说道："小溪，来，让娘好好看看你！"

青云猛地挡开范夫人的手，大喊道："够了！够了！你们到底是谁？小溪是谁？娘又是怎么回事？你们把丁大哥怎么了？放我出去！"

青云正在喊叫，范夫人已经拿出半块玉佩，递到青云眼前，问她道："你看看这个，认不认得？"

青云看到那玉佩，当下一惊，随后从脖子上摸出另外一块，举在眼前，诧异道："你这半块玉佩是哪里来的，为什么和我的一样？"

这时范夫人轻轻地将自己的玉佩和青云的对在一起，果见两块玉佩严丝合缝，合为一块莹润的玉璧。范夫人再也掩藏不住内心的欣喜，大声道："你真的是小溪！你真的是小溪啊！"一旁争论炖品的范伯、范仲这时也停下干戈，一前一后围着范夫人愉快地绕着圈。

青云看看合二为一的玉佩，又看看范夫人，摇了摇头，口中道："我叫周青云，不叫什么小溪，夫人，您是谁啊？"

范夫人抑制不住地泪流满面，又掏出鲛绡拭擦起来，好一阵才稳住情绪，谓青云道："我姓范，是这陶然居的主人。听范仲和范伯说，你会傲雪双剑，可对？"

青云点点头。

范夫人又笑着问她："是谁教你的？"

青云据实道："是我自己学的，师父说，这傲雪双剑是我父母的遗物，妙一师伯救下我的时候，傲雪双剑的剑谱就塞在我的襁褓中。"

范夫人一边不住拭泪，又掩不住喜悦微笑起来，继续向青云问道："那你师父有没有告诉过你的身世？"

青云又点了点头，说道："师父说，我是个孤儿……那一年，妙一师伯下山巡游，在一片隐秘山间，正撞上一群妖人在围攻我爹……我爹武艺虽高，却因手中护着一个襁褓，无法全力御敌，加上那帮妖人人多势众，我爹勉力支撑，终于寡不敌众负了重伤，屋子也让妖人烧毁了……"

范夫人面带凄楚，似乎想问话，又不知从何说起，便与范伯、范仲对望了一眼，又示意青云继续说下去。

青云继续道："我妙一师伯当即出手相救，可惜终究晚了一步，虽然驱散了妖人，我爹却因伤势过重，未能留住性命。他在临终时，自衣襟中取出一本剑谱，随着襁褓一并托付给妙一师伯……"青云顿了一顿，又道，"那本剑谱便是《傲雪双剑》，那襁褓中的婴儿自然就是我了。此后妙一师伯把我带上蜀山，我就一直作为养女被他和晓如真人养大。在我懂事之时，他们才告诉我这一切，并将剑谱交给了我。"

听着青云的叙述，范夫人早已泪流满面。一旁的范仲、范伯也不时吸吸鼻子，眼圈通红。

青云不解地看着范夫人："夫人，您怎么了？为什么哭？您认识我爹吗？"

范夫人擦擦眼泪，点点头，强忍着伤心对青云微笑道："好孩子，我也有个故事想告诉你，是你爹和我的故事。"

范夫人望着青云清秀的眉目，眼神有些迷蒙起来，仿佛看见多年前自己的模样。她缓缓地捧起茶盏，慢慢诉说："我自小在这陶然居中长大，闺名叫范小雪，因为是这范家千金，被父母视为掌上明珠，从小飞扬跋扈，没有人敢惹，直到遇上了你父亲……"

看着青云疑惑的眼神，范夫人继续道："我年轻时很有些大小姐的派头，身后总跟着五六个丫鬟，每每在市集上都成为众人视线的焦点。那些大小商户见是我来了，总要阿谀奉承两句，这个向我推荐胭脂，那个要为我裁剪衣裳，我却一概不理，只嫌弃人家胭脂不够艳丽，手工不够精湛。"

"可见那时我的眼光是很挑剔的。"范夫人笑了笑，又道，"有一日我逛完

市集，在凉亭边遇见个乞丐模样的人坐在角落里，身上还盖着块满是破洞的麻布，我心中虽嫌他脏，却也有些同情，便取出几两银子，朝他扔了过去。银子才丢出去，只见麻布动了一动，却不知怎的，它又鬼使神差般飞回到我手上。”

青云插话道：“这人好生了得，他使的定是接驳暗器的高明手法，因为出手的动作奇快，您才无法看清，当是银子自己飞了回来。”

范夫人点头道：“是啊，我那时哪里明白。正诧异间，那人竟抬起头向我说了句：‘我不是乞丐。’我见他长得丑，更是没有好气道：‘本小姐赏你的，拿去买吃的吧，别在这里碍事。’谁知他也不生气，反而对我说道：‘小姐，您虽然美貌，可惜金玉其外，败絮其中。’他说话时昂首挺胸，看来器宇不凡，尤其那双眸子生得炯炯有神。”

这般相遇情景，在青云听来虽有些俗套，却因与她身世相关，也分外入神起来，开始想象那位气宇轩昂的落魄男子会是什么模样。

范夫人这时也陷入回忆，对青云绘声绘色地说道：“你想啊，从小到大，哪有人敢这么对我说话，我当时便向他发作起来，可他理也不理我，居然迈开步子直接走出那凉亭。这一来我更加着急，当即施展武功一路叫骂着追上前去，谁知直追到镇子外的山林里，总是远远望见他背影，奈何又怎么都追他不上，气得我话都说不出来。这时天色渐暗，又忽然下起一阵骤雨，将我淋了个通透。正在我气恼无助间，他居然现出身来，高高举着一件麻衣，给我挡风遮雨。”

范夫人说起当年情景，好似就在眼前一般：“他身材魁伟，肩膀有这么宽。”她比着手势道，“他那时站在我身前，真像一道铁壁，挡住了所有的风雨，我躲在他臂膀下，原先的怒意竟全消了，心中只觉得一阵欢喜。”

范夫人说到这里，面上隐隐泛起笑意，眼神间尽是温柔。

一旁的范伯插话道：“这男子叫周傲然，他不仅给大姐挡风挡雨，当天还将大姐护送回家呢！”范仲也是一脸坏笑：“在回家的途中呢，我家大姐不慎将一只绣鞋落入小溪中，那周傲然就说赤足容易划伤，便将她抱了起来，一路送到陶然居外。啧啧啧，这可真是温柔体贴有风度啊。”

范夫人被范伯、范仲两人抢白也不愠怒，面上仍带着温柔笑意，又道：“我第二日醒来，便发现昨日被溪流冲走的那只鞋子已经摆在我的窗台上。”她又看了看青云，微笑道，“就这样，我和你爹相爱了……”

范夫人见青云一双眼睛幽幽地望着自己，又笑了笑，对青云说道：“刚开始我并不知道他的身份，后来相处久了，才知道他是西疆魔地之人，为了躲避同伙的追杀，才来到中原。那时候，大家都说他丑，可我不这么觉得，在我眼里，他是最英俊、最温柔的人。”

在范夫人的述说中，青云心中已勾勒出一些图景，自然也猜中范夫人的身份，只是事出突然，一时间令她难以消化，她迎着范夫人的目光，小心翼翼地问道：“所以，你是我娘吗？”

范夫人面带微笑，却十分用力地点了点头。

青云又问：“那后来究竟发生了什么事？”

范夫人听青云这么问，面色忧伤起来，沉吟道：“我是大户人家的小姐，父母自然不会同意我和一个西疆妖人在一起，为了爱，我决定放弃陶然居的一切……”

范夫人饮了口茶，眼神有些寥落，回想起一段尘封已久的往事：“我那时以死相逼，决意和你爹一起离开陶然居。我爹娘纵然万般不愿，也只得让出一条生路。于是我们攀上一处常年积雪的高山，在树林深处搭起一间小屋，又自己点上红烛，简简单单拜了天地成亲。”

范夫人说道：“刚开始，觉得和爱的人生活在一起，是这个世界上最幸福的事。我们躲在深山老林中，那里常年积雪，高松环绕，美不胜收。我和你爹，一边过着幽静生活，一边钻研武学，还自创了一套剑法，就是傲雪双剑。很快，我们有了你，生活平淡且又幸福。”

随后她叹了口气，继续道：“可我毕竟是娇生惯养的富家小姐，从未过过这样的清苦日子，更别提还要带个孩子。渐渐地，我开始嫌弃这个，抱怨那个，常常因为琐事与你爹拌起嘴来。”

说到此处，范伯也开始叹息摇头，范仲则拿过茶壶，缓缓为范夫人斟满茶水。

范夫人看了看青云，又说道：“那一天，你爹去山中打猎，我独自在家实在闷得慌了，便趁你睡着时悄悄跑去山下的集市，一口气买了许多胭脂水粉，还有你的小衣裳来。谁知我兴高采烈地回来时，你爹居然暴怒起来，责备我不该到处乱走，说是会给仇家寻到踪迹。我本就是个说不得的性子，当下便与他大吵起来，想我不过下山逛逛庙会，他怎能这般凶我骂我！”

范夫人说到此处，仿佛回到当时的情境，此时捧着茶盏的手竟有些颤抖起

来，她摇头道：“现在想来真是万般不该，可是当时真是气恼得很，索性撂下两句狠话，独自跑下山去。你爹武功高、身法快，几次追出来拦住我去路，我在盛怒之中哪里肯回头，而木屋中又传来你大哭的声音，他只得回去照料你，于是我便独自跑了出来……”

范夫人此时已泪流满面，颤抖着说：“谁知道，这一走，竟是与你爹的诀别。待我返回时，你爹的尸身已躺在一片焦土中，而襁褓中的你，也不知教什么人抱到何处去了……”

范夫人上前一把抱住青云，泣不成声，良久才说道：“从那以后，我就四处找你，还专门在这陶然居设下只有傲雪剑法才能破解的剑阵，可谓皇天不负有心人，终于让我们母女团聚了。”

但青云一时无法接受这么多，身子僵硬，一脸惶恐，口中轻轻喊了声：“夫人……”

范夫人眉心一聚，不解道：“你还叫什么夫人，应该叫‘娘亲’才对啊。”

范仲、范伯也望着青云，一脸期待：“对啊，快叫啊。”

青云看看众人，张了张嘴，面对声声催促，竟突然哭了出来。

范夫人大惊失色，忙轻声安慰：“怎么了，小溪，见到娘不开心吗？”

青云兀自摇了摇头，喃喃道：“我不叫小溪，我叫周青云。为什么突然我就多了个娘亲？之前还在担心被那怪兄弟害死，结果他们竟然是我舅舅。这太奇怪了……”

范夫人抹了把泪，仍微笑着说：“傻孩子，是不是一下子让你知道太多事，接受不了？如果你不喜欢叫小溪，娘就还叫你青云，好不好？”

青云边哭边摇头，看着范夫人的双眼，似乎难以接受：“我从小就羡慕师姐，有爹疼爱，我连做梦都想有爹娘在身边，可是……可是……为什么我爹是西疆妖人……为什么就因为你一时负气贪玩，我就成了孤儿……”

范夫人一时也不知该如何是好，只有道：“好孩子，你别哭，我知道你怪我，也一时很难接受这么多事，别哭了，好不好？”

青云猛地将被子罩过头顶，将自己包了起来。

范伯忙向范夫人劝慰道：“大姐，让小溪一个人静静吧，你也别心急，现在人已经找回来了，以后有的是时间。”

范夫人心疼地摸了摸躲在被子里的青云，点了点头，温言道：“好孩子，你好好休息一下，我过一阵再来看你。”说着站起身来，与范仲、范伯一起走向门口。

这时青云又将脸露了出来，有些怅然若失的意味，说道：“夫人，能不能请求您一件事？放了与我一同前来的三个人。还有，请您不要告诉我的同门，我父亲是西疆之人。我们蜀山和西疆向来势不两立，我的身世若真如您所说如此特殊，还是不让同门知道为好。”

范夫人停下来，回头看了看青云，神情忧伤，终是现出一个微笑：“好……我答应你。”

范夫人答应青云，暂时在蜀山众人面前隐去她生父出身西疆的身份。一番话说完，范夫人才走出客房，便是一个踉跄，险些摔倒在地。范仲、范伯连忙将她扶住，范伯查看了一番，见是内伤迹象，惊讶道：“大姐，你怎么受伤了？”

范夫人面色凝重，压低声音不让青云听到：“前些日子，我为了寻小溪，在边塞附近碰到了西疆旧敌……”

范仲、范伯面露惊恐，异口同声道：“难道是那八魔？”

见范夫人点头不语，范伯又道：“可当年八魔与姐夫一战，已经折了五个兄弟，其余三个也都狼狈逃回西疆，都相安无事这么多年了，怎么又跑了出来？”

范夫人沉吟道：“怕是那烈影神宗重回中原，冲破了部分封印，大荒八魔的妖法造诣不浅，又休养生息这么多年，也就接踵而至。”

范仲也听得一怔，皱眉道：“大姐，你说他们会回来寻仇吗？”

范夫人眼中闪过一丝恨意，冷声道：“就算不来，我早晚也要找他们讨债，傲然的这个仇，不得不报。”说到此处，她面色又转忧虑，叹息道：“只是，小溪刚刚回来，我担心……”

范伯双眼一瞪，激昂道：“放心吧，大姐，我们范家终于团圆，可以一起面对危机，管他八魔九魔，只要我们齐心，就一定不是问题。”

范夫人苦笑了一下，又道：“只是小溪对我，似乎还是不能完全接受。”

范仲明白范夫人心头的担忧，笑着慰藉道：“大姐，这人啊，总有脑子转不过弯的时候。再给她点时间吧，有谁会真的不要自己的娘亲呢？”

范夫人心中何尝不是这般想法，对范仲点了点头，又问道：“对了，和小溪同行的那几个人呢？”

范仲闻此一问，方才想起这桩事情，却一副不以为然的样子，嘀咕道：“那

几个人总是吵吵嚷嚷又爱捣乱，我把他们通通关在地牢里了。”

范夫人面色一变，呵斥道：“你呀，他们都是小溪的同门，怎能如此对待？还不快随我去放人！”

丁隐睁开双眼，发现自己正倒在地牢之中，丹辰子跪在他身边，拍打着他的脸颊，紫英则靠着铁栏杆坐在一旁，一张俏丽的脸庞上满是愠怒之色。

丁隐忙坐起来，环顾四周道：“师兄、师姐，这是什么地方？”

“估计是这陶然居的牢房。”丹辰子说话间不失沉着，见丁隐气色无异，又向他问道，“丁师弟，你怎么也会在这里？青云呢？”

丁隐摇头道：“我只记得一个中年女人出手点了我的睡穴，后来就什么也不知道了。”

紫英冷哼一声，借题发挥起来：“我还以为你能好好保护青云，看来跟大师兄一样没用。”

丹辰子听了这话，又是一阵尴尬。还是丁隐解围道：“不论怎样，我们得快想办法出去，这陶然居的人都奇奇怪怪的，希望不要伤害青云才好。”

紫英又是一声冷笑：“能出去的话我们早出去了，这里的牢房都是精铁制成，完全没办法弄断。”

三人说话间，只见一股白烟透过墙面传进来，整个墙面发出被腐蚀的“嘶嘶”声，同时传来一阵刺鼻气味，先是紫英，随后丁隐和丹辰子也忍不住捂住鼻子。

又持续了片刻，只见在白烟中，墙壁终于被腐蚀穿了，几缕阳光透进来。再是一双脚从外面猛地一踢，脆弱的墙身上立刻穿了个大洞。随后，一张大花脸从墙洞内探了出来。

丁隐定睛一看，正是小张手脚并用地爬了进来，小张一边咳嗽，一边骂娘：“喀喀，哎哟喂，可算是进来了！什么狗屁牢房，费老子不少气力！”忽地瞧见紫英面露喜色望着他，小张立时换了嘴脸，声音也变得分外温柔：“张馅饼来迟一步，神仙姐姐受委屈啦。”

紫英却不领情，冷冷道：“你早干吗去了！”

小张颇为郑重地点了点头，动容道：“是，是，我也恨自己本事小，不能再早些来搭救神仙姐姐。”说着又故意瞟了丹辰子一眼，意思是指他丹辰子号称本领高超，早又干什么去了？

诸葛紫英不屑地瞥了他一眼，又指指小张用药草腐蚀出的墙洞，说道："你少臭美了！你打算让我们钻这个狗洞出去啊？"

小张"咦"了一声，他事先未想到神仙姐姐连越狱都要兼顾优雅，此刻紫英一说，他才觉得自己谋事不周，心中十分惭愧。正待思量应变，忽然听到范夫人的声音远远传来："诸位，之前是误会一场，多有得罪，恳请各位见谅。"便看见范伯、范仲带着一脸堆笑的范夫人走进牢房。

紫英先前未与范夫人照过面，便问道："你是谁啊？"又指指范伯、范仲，"和这两个怪人一伙的吗？"

范夫人也不怪紫英无礼，和颜悦色道："我是这陶然居的主人，也是小溪……哦，不，青云的生母。"

众人大惊失色，异口同声："什么？生母？"

范夫人点了点头，又道："适才多有冒犯，将诸位囚禁在这里，更是不该。诸位请先随我到庭中做客，我再慢慢将母女相认的原委说与你们。"

众人见范夫人气度不凡，温文有礼，又自称青云生母，事虽唐突，却不似有诈。丹辰子与丁隐、紫英对望一眼，便决定先随了范夫人离开囚牢再作打算。

四人跟着范夫人穿过石阶，步入回廊，又经过一片楼台水榭，这才来到陶然居奢华的庭院中。一路上，范夫人已将与青云的关系说清楚。

听完范夫人的述说，四人均觉万分诧异，丁隐回想起此前范伯、范仲对青云的古怪态度，也有些明白过来。

小张则惊叹地看着庭院中奢华的摆设，啧啧道："这么有钱有势的亲娘，真是很值得重逢啊……"

丁隐又道："之前她一直觉得自己无父无母，孤孤单单，现在可好了。"

范夫人则是脸色一黯，轻叹道："我欠这孩子太多了，这么多年，都没有给过她关爱。诸位看来与她关系非同一般，多谢这么多年的照顾。"

这时紫英向丹辰子使了个眼色，丹辰子立刻上前拜道："夫人，我们此次前来拜会，其实有事相求。"

范夫人客气道："呃？少侠但讲无妨。"

丹辰子缓缓道："素闻陶然居藏经阁中收藏万卷典籍以及各种江湖轶闻。只要有疑问，藏经阁必能给出答案。我们此番奉命寻找上古神剑线索，所以才贸然

闯阵，既然误会已解，还望夫人能行个方便，让我等入藏经阁一览。”

范夫人微笑了一下，没有接话。

范伯则大笑起来：“哎呀，多少年来，江湖对我范家藏经阁垂涎不已。只不过这宝地可不是想去就能去哦。”

丹辰子向范伯点了点头，从容道：“在下明白，只要在下力所能及，定当尽力相助。只是我们已经看遍陶然居，仍未见到这藏经阁，敢问范夫人和两位前辈，藏经阁究竟在哪里？”

“远在天边，近在眼前。”范仲指着不远处的假山，“呐呐呐，就在那里。”

众人朝着范仲手指的方向望去，可假山上分明什么都没有。小张有些不解地向范仲道：“前辈，据我看来，那分明是一座假山。”

范仲赞同道：“是啊，非常明显。”

两人一问一答，全与废话无异。直听得丹辰子、紫英、丁隐云山雾罩，一时想不破其中的深意。还是范伯直截了当：“这藏经阁只有有缘之人才能入内，其他人连见都见不到，更别提进去了。”

众人闻此一说，当即面面相觑，不知该说什么才好。

好容易缓过一阵，丁隐才上前向范夫人施礼道：“夫人，我想去探望青云，不知是否方便。”

范夫人高兴地点了点头：“当然了，请随我来。”

于是范夫人领了众人走向一条幽僻小径。丹辰子见这铺砌小径的青石板材、两侧栽种的绿植园艺，无不极尽考究，显示出陶然居主人的风雅与财力。丹辰子寻思这陶然居主人是青云生母，按说该对此行大有助益，可是方才那“假山哑谜”又算卖的什么关子？

这时紫英也追了上来，谓丹辰子道：“我看那范夫人和怪兄弟都在卖关子，一会儿见到青云，一定要好生劝她，她现在身份可不一样了。”丹辰子想了想，也只有点了点头。

众人跟随范夫人来到一处别致的庭院。庭院的青砖院墙边，东首是一簇杏花，西首植着梧桐，枝头上栖着六七只小鸟，水塘里，有几尾锦鲤正在莲叶间穿游嬉戏，水面上的小小木桥通往一座小筑。这小筑是范夫人刚为青云张罗的闺房。

此时青云正在房中看着手中拼合在一起的玉佩发呆。听到敲门声，她忙将玉佩收起，只见房门被推开，范夫人满脸笑意地走进来："青云，看我带谁来了。"

青云看到同门前来，立刻一扫阴霾："丁大哥、师兄、师姐，还有小张，你们都没事吧？"

众人一一问候青云。范夫人更是一脸热情："他们是你的朋友，陶然居肯定不敢怠慢。对了，乖女儿，娘让人给你做了新衣服，还做了许多好吃的……"

话未说完，青云却面露尴尬，打断范夫人："夫人，您的好意我心领了。我有些话想与几位同门说，不知方不方便……"

众人看看青云，又看看范夫人，明显感受到两人之间尴尬的气氛。

范夫人毕竟晓得，便挤出微笑道："当然方便，那我先不打扰你们。"便又依依不舍地看了眼青云，这才退出房去。

范夫人一走，青云明显松了口气。

倒是紫英有些看不过眼，责备道："青云，不管怎么样，范夫人一腔热情，你如此态度，太不应该了。"

青云跟着叹了口气："她或许真的是我亲娘没错，可是不知为什么，一跟她相处，我就紧张，真希望她别对我这么好。"

小张揶揄道："我看你啊，是一时受不起富贵命。"

青云却很不屑："我才不在乎那些呢。"

一旁的丁隐这时才说："我想青云只是一时难以接受而已，亲娘缺席了这么多年，忽然迎来这种亲昵，心中难免挣扎，你们也别逼她。"

青云见丁隐开口，自也打开话匣："丁大哥……我……我知道范夫人没有必要编造我的身世，她对我的热情我也看在眼里。只是小的时候，总是会幻想自己有娘亲是什么样子，现在真的有了，倒是有些无所适从，我自己也觉得很奇怪。"

紫英坐在青云身边，轻声道："你可不能惹你娘生气，咱们还有求于她呢。方才我们提到那藏经阁，范家的人神情古怪，躲躲闪闪，想是有什么奥秘。但若是亲女儿开口，她可没理由再拒绝吧。"

青云听了紫英的话，面露难色，一时不知如何应对才好。

倒是丹辰子劝起紫英来："青云现在情绪不好，先别勉强她了。"

紫英狠狠瞪了丹辰子一眼，口中道：“要你多事？青云知道轻重。”

青云对紫英勉强笑了笑，说道：“知道了，师姐，我会尽快求她让我们进藏经阁的。”

翌日清晨，丁隐还在睡梦之中，就听见外面吵吵闹闹，他起身出门，见丹辰子也来到院中。两人见到不远处回廊中丫鬟下人来来去去，忙前忙后，为一些衣着光鲜的公子引路，看情形是在招呼客人。丹辰子和丁隐对视一眼，两人都是满脸疑惑。

这时恰好有个丫鬟端着茶盘经过院前，丁隐连忙上前探问：“请问，这么多人来范府，发生什么事了？”

那丫鬟原本正是来找丁隐和丹辰子，娓娓道：“二位少侠，夫人终于找到了女儿，心中好不喜悦，昨日就广发拜帖，为小姐招婿。这不，一早就来了许多世家公子，夫人命我前来，请小姐的各位同门一同前去，为小姐做个见证。”

丹辰子和丁隐听了，都一脸错愕。

丁隐道：“招亲？可看青云昨日的态度，她现在连范夫人是自己娘亲的事实还没能完全接受，现在要她成亲，恐怕不妥吧。”

丹辰子说道：“这婚姻大事，向来是父母之命，媒妁之言。我想范夫人应该有自己的打算，也会征求青云的意见。我们还是不要多嘴为好，以免生出嫌隙，又坏了她们母女的和气。”

丁隐听了丹辰子的话，觉得有理，点了点头：“这范府上下都奇奇怪怪，范夫人更是心思深沉，叫人捉摸不透，未免意外，我们还是去看看吧。”

不多时，丁隐和丹辰子便在大堂入口的回廊处望见花枝招展、一脸无奈的青云远远走来，范夫人紧随在她身旁，一边帮她抚弄衣角，一边还拿出根闪亮亮的珍珠钗子，插在青云的发髻上。

青云无奈道：“夫人，我们修行之人不好穿着艳丽……”

范夫人却道：“你啊，都是在那蜀山上清心寡欲惯了，这世上哪有不爱美的女孩子。”

青云回道：“师父常说，人的美是自内而外，跟胭脂水粉无关，那些都是庸俗之物。”

范夫人皱了皱眉，又好生劝道：“你呀，你就当让娘高兴高兴，咱们就庸俗一会儿，就今天。”

两人一前一后进了陶然居大堂，此时大堂内站着一排年轻公子，个个身着华服，玉树临风。青云见到这排场，不禁一怔。众公子看到范夫人前来，整整齐齐地鞠躬拜礼，同声道：“见过夫人。”

其中一个陈公子手持纸扇，当即上前一步，施礼道：“在下陈宇，家父陈远如，在此见过范夫人。”

范夫人清淡一笑：“原来是江南首富家的公子，欢迎欢迎。”

那陈公子回以微笑，又道：“久闻陶然居美名，今日一见，可谓是大开眼界。这位想必就是青云小姐吧，果然倾国倾城，沉鱼落雁……”

陈公子还没说完，范夫人便眉头一皱，拉着青云走开，口中说道：“我范小雪最讨厌阿谀奉承的人，青云啊，你记住，这种一上来就耍嘴皮子的男人，八成是虚荣懦弱之辈，千万不能嫁。”陈公子听到范夫人的话，顿时一脸尴尬，没趣地退回队伍中。

青云听得云里雾里，抬眼望去，发现所有公子都面露笑容，盯着自己看，有的还在暗送秋波，令她莫名其妙。

范夫人看在眼里，疼爱地摸了摸青云的发髻，温柔地道：“青云啊，你年纪也不小了，这些都是我给你精挑细选的夫婿候选人。”

青云一听，大惊失色，躲开范夫人的手，向后退了几步，惊愕道：“您在说些什么啊！谁说我要嫁人了，我不嫁！”

范夫人又一皱眉：“这些人都是达官显贵的公子，你难道不喜欢吗？”

青云大喊道：“成不成亲是我自己的事！再说了，就算我要嫁，也不愿嫁给这些人！”

范夫人见她反应，揣测道：“为什么？难道你心里已经有了意中人？”

“我……我……”青云“我”了半天，一句话说不下去，恰在这时，青云注意到丁隐和丹辰子由侧门步入厅堂，她和丁隐四目相对，眼神带着求救之意，但丁隐有些不好意思，将视线移开了。

范夫人对青云道：“青云啊，你要是有喜欢的人就告诉娘，嫁给心爱之人才能幸福，这个道理娘明白。”

青云看到丁隐移开视线，在如此情境下毫无反应，不免有些伤心，便对范夫人说道：“若是心爱之人不爱我呢……”

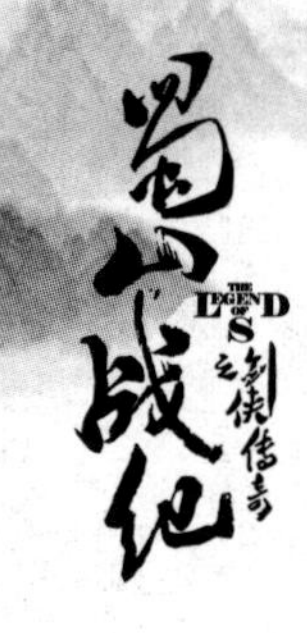

范夫人“咦”了一声，出乎所料，接着又对青云说道：“女儿放心，以我陶然居的势力，还怕有人不愿意娶你？”

丁隐远远听到这番对话，内心有所触动，他明白青云的心意，可是在这种情况下，除了逃避，自己什么都做不了。青云也一直盯着丁隐，见他无动于衷，眼圈不禁微微泛红。

范夫人随着青云的目光望去，只见丁隐和丹辰子并肩而立，两人皆是身材魁伟，英气逼人，与先前那些油头粉面的富家子弟颇不相同，当下心中会意，便凑到青云耳边，坏笑着问她：“青云啊，原来你是喜欢英气少侠的类型啊！”

原本是母女间一句贴心话，不料却令青云勃然大怒，只见她红了脸，对范夫人大喊道：“我喜欢谁跟你没有关系！从进了这陶然居，你就在强迫我做这做那，现在越来越离谱！我是蜀山弟子，就算终身不嫁，也无所谓！”

青云说完，甩手跑出厅堂，就快出门时，因为不习惯一身长裙，踉跄了一下，丹辰子和丁隐下意识地想要上前扶她，那群贵公子中却闪出一个身影，口中说了句“小姐小心”，便抢先一步将青云稳稳扶住。

青云尴尬地抬头，见那公子一袭白袍，面白如纸，却是剑眉星目，相貌堂堂。青云一时间也有些难为情，便冲着那公子点了点头，匆匆道了句“多谢”，埋怨地瞪了瞪丁隐和丹辰子，径自离去。

青云不辞而别，范夫人一时下不了台，只得令丫鬟奉上些参茶、虫草、燕窝之类甜点以飨宾客，又命范伯、范仲好生招呼，自己才来向丁隐、丹辰子求助，要他们帮着一起将青云寻回场内。

此时青云正气鼓鼓地坐在房顶上，口中咒骂着丁隐：“这个丁木头，看着别人被逼嫁人，什么忙也不帮，算什么嘛！”

她一边骂，一边居高临下看着丁隐在庭院中四下寻找，一脸焦急的样子，心中很是解气，忍不住骂道：“你个臭丁隐！现在又找我做什么，难道要劝我听话吗？都没有人来问过我的意见，就自做主张，嫁人嫁人，怎么不自己嫁啊！”

青云话音刚落，耳边竟有个怪腔怪调的声音学着她的语气说：“嫁人！嫁人！”

青云一怔，回头看去，只见一只鹦鹉扑扇着翅膀落在她身后。那鹦鹉不断重复着“嫁人”，青云怒气上头，拿起屋顶的瓦片对着鹦鹉丢过去。谁知鹦鹉反应灵敏，翅膀一扑扇躲了过去。瓦片径直落入屋檐下，只听下面传来一声惨叫。

青云一惊，忙上前查看。只见瓦片击中一名年轻男子的头，正是方才在堂中扶住她的那位年轻公子，此人被砸得头破血流，昏倒在地。

青云见状，大惊失色，忙跳下屋檐，赔礼道：“对不起！对不起！我不是故意的！”

那公子身体似乎很虚弱，此刻躺在地上，面色苍白，双眼紧闭。身边一名侍从在一旁拼命拍他的脸颊，不住地道：“公子，公子！你醒醒啊，公子！”

青云只觉得自己闯了祸，见了这般情形，唯有怯生生向那侍从道：“这位公子受伤，全是怨我……只是我方才出手并不太重，这位公子怎会如此？”

那侍从倒不出言责怪青云，只是眉头紧锁道：“我家公子云中雪，乃是姑苏云家的大少爷，我是他的书童云中阳。公子他自小体弱，生得一种怪病，只要一遇到大的冲击，便会昏迷不醒。”

什么云家雾家，青云全未放在心上，实在是这公子的病症诡谲凶险，且由自己出手误伤，才令她紧张万分：“那现在怎么办？有什么办法吗？”

那云中阳说道：“以前老夫人求了一味神药，要用女人的血做药引子，公子喝了立刻就会醒。可自从老夫人过世后，公子生性善良，不愿轻易害人……”

青云又问：“那药你带在身上了吗？”

云中阳连连点头：“当然，救命之药从不离身。”说着便从身上取出一个小小的药壶，一副如履薄冰的神色。

青云立刻将药壶接过来，随身拔出一把小匕首，划破指肚，将血滴入药壶中。血液刚刚接触到药汤，便生出一阵淡黄色的烟雾。

云中阳则是一副感激涕零的样子，对青云作揖道：“多谢小姐！多谢小姐！”

青云觉得事情全因自己而起，克当谢意，只是点了点头，示意云中阳尽快施救。

云中阳点点头，轻轻扶起云中雪，将药汤灌入他的口中。不一会儿，云中雪的眼皮动了动，随后苏醒过来，抬头瞥见青云受伤的手指，又看看云中阳手中的药壶，当即便向青云一拜：“在下云中雪，多谢青云小姐搭救。”

青云这才松了口气，微笑道：“别别，刚刚你扶了我一把，这不正好，我们谁也不欠谁了。”

云中雪同样报以微笑：“小姐性子真是豪爽。”

青云被云中雪一说，面色微红，问云中雪道：“你也是来求亲的？”

云中雪给她问得有些不好意思，支吾道：“哎呀，我这也是病急乱投医，希望早日成亲，也就不用再怕那怪病。不过姑娘放心，若非情投意合，小生也不愿勉强。”

青云蛮欣赏云中雪率真坦诚的态度，于是摇头一笑：“罢了罢了，自从下了山才发现，天下之大，真是无奇不有。”

云中雪似乎听出话中之意，问道：“姑娘是在笑话我？”

青云忙摆了摆手，恢复了寻常的乐天作派，向云中雪粲然一笑：“不敢不敢。不过今天碰上我，也算是你幸运啦。”

就在这时，刚刚那只鹦鹉扇动翅膀，落在云中雪肩膀上，鸟喙一张一合，还在说着：“嫁人！嫁人！”

云中雪拍了拍鹦鹉，对青云嘿嘿一笑：“姑娘莫怪，它叫怪羽，会的花招可多了。”说着他对着鹦鹉打了一个响指，鹦鹉听话地凑近他。云中雪轻声对鹦鹉说了句什么，随后又打了一个响指。鹦鹉扑扇了两下翅膀，大叫起来：“不嫁人！不嫁人！死也不嫁人！”

青云给这一人一鸟逗得笑出声来，正想着与怪羽多熟络熟络，缓解之前的郁闷情绪，却在此时耳边传来丁隐的声音：“青云，你在这里啊！”

青云听到叫声，霎时又沉下脸来，果见丁隐大步跑来，口中还喊道：“哎呀！你跑哪里去了？找你好半天了。”随后他又疑惑地看着云中雪，向青云问道：“呃……这位是……”

云中雪洞察到青云神色的变化，随即向丁隐拱手作揖道：“在下云中雪。青云小姐，既然你有朋友来了，我就不打扰了，咱们后会有期。”

青云点点头，目送云中雪转身离开。丁隐看着青云，意识到她情绪不好，便道：“走，我送你回房吧。”青云躲避开丁隐的目光，只是点了点头。

一路上，青云沉默不语，低着头走在前面，丁隐不时担心地望向她的背影，终究不知该如何开口。两人一前一后走到青云闺房所在的小筑前，青云像是再也忍不住了，猛地转身盯着丁隐，话音有些颤抖：“你真的不打算说点什么？”

丁隐“唔”了一声，犹豫道：“我知道你不开心，觉得你母亲强迫你做不情愿的事……”

“我不是指这个！”青云狠狠地打断了丁隐，一双妙目中好似射出两道看不见的火焰。

丁隐佯作无辜，又问青云道：“呃……那是指的什么？”

青云见丁隐这副反应，直是急得喊出声来：“你眼睁睁地看着我去嫁给别人吗？你不替我着急？”

丁隐如何不知青云所想，可是他心绪烦乱，不愿面对，只有避实就虚地搪塞道：“我……这毕竟是你的私事，我是个外人嘛……”

青云几乎不敢相信自己的耳朵，她呆呆站在原地，失望地打量着丁隐，像是从来没有看清过眼前的这个男人。

一阵清风徐徐而至，吹皱荷塘的水面，原本静美的倒影刹那间随着粼粼波光散开不见。有几簇杏花瓣自院墙外旋转着飘降下来，有一些落在荷塘里，有一些落在荷塘外，再随风势落了一地。有几簇被吹到丁隐脚边，他也没有看见。

青云失落地笑了笑，又向丁隐点了点头，轻声道：“嗯，那我明白了。”说着她很快转过身去，踏过小桥，再“砰”的一声关上了小筑的门。

落花有意，流水无情。

青云把自己锁进闺房，无非出于内心难以名状的失望。

另一边，在范夫人的房内，却有人关起门来，孕育红彤彤的希望。先是范夫人一副愁眉不展的样子，坐在太师椅上自怨自艾：“我猜青云肯定是生我的气了，觉得我勉强她。我怎么会这么糊涂呢？想当年我离家出走，也是因为爹娘勉强我，青云会不会一怒之下也要走啊？”

再是范仲眼珠一转，斟酌道：“我觉得小青云她不高兴，八成是你选的那些人她都看不上！”

这时范伯又一拍大腿，眼放精光：“肯定的嘛！小青云喜欢那个丁隐！”

“真的吗？真的吗？”范夫人立刻从太师椅上雀跃而起，兴奋地抓住了范伯肩膀。

那范仲却大摇其头：“不不不！我觉得她喜欢的是丹辰子！”

范夫人先是一愣，又追问道：“怎么讲？怎么讲？”

范伯白了范仲一眼，不屑道：“怎么可能嘛，你忘了是青云和丁隐一起使出傲雪双剑。”

谁知范仲冷哼一声：“青云冲进木人剑阵，那不是为了救大师兄吗？”

范伯又道：“你是她肚里蛔虫？我看她冲剑阵，不过是出于同门之谊。”

范仲只觉得范伯不可理喻，当下使出撒手锏："那你想想，为什么我们给丁隐和青云下了迷魂香，他们还会拼死不从？"

范仲这一说，范伯顿时哑口无言。范仲内心十分得意，摆出一副勘破世情的样子，又将右手别在身后，左手竖起一根指头，走到范夫人身边，缓缓说道："你看那丹辰子浓眉大眼，高大英武，听说还是掌门继承人，跟我们小青云可是门当户对。"

范伯暂被范仲压住气势，嘴上却还要争辩，当即跳上一把珐琅圆凳，登高而呼："我看丁隐也非等闲之辈，他是正人君子，坐怀不乱，不仅武功高，皮肤也很白。"

范仲哪里容他造次，一记飞身跃上了青玉案台，一双怒目圆睁，直勾勾盯着范伯，心中翻涌的千言万语汇成三个字："丹辰子！"

范伯嘴角掠过一丝轻蔑笑容，眼中杀机一闪，睥睨道："丁隐！"

"丹辰子！"

"丁隐！"

"丹辰子！"

"丁隐！"

两个人你一句，我一句，直将丹辰子与丁隐的名字反复念了三十多个来回，饶是宠辱不惊的范夫人也为之晕头转向，费了好大气力才将两人劝和。

范夫人一边擦汗，一边说道："我想了个绝好办法，让你俩来施行，你们想不想听？"